W0214880

Perry Rhodan NEO

Spur der Ewigkeit

mit exklusiver NEO-Story
»Im System des Roten Riesen«

Perry Rhodan NEO

Spur der Ewigkeit

mit exklusiver NEO-Story
»Im System des Roten Riesen«

EDEL

Impressum:

Ungekürzte Lizenzausgabe Edel Books,
in Verlag der Edel Germany GmbH, Hamburg
© 2015 by Pabel-Moewig Verlag KG, Rastatt
www. perry-rhodan.net
Redaktion: Sabine Kropp
Titelillustration: Dirk Schulz / Horst Gotta
Umschlaggestaltung: STRAUB & LINARDATOS GmbH
Vertrieb: Edel Verlagsgruppe, Hamburg
www.edel.com
Druck und Bindung: optimal media GmbH
Printed in Germany 2015
ISBN: 978-3-86803-582-7
Alle Rechte vorbehalten

Inhalt:

Im Jahr 2036 treffen die amerikanischen Astronauten Perry Rhodan, Reginald Bull, Eric Manoli und Clark Flipper auf dem Mond auf die Arkoniden: menschenähnliche Außerirdische, die mit ihrem Kugelraumschiff AETRON notgelandet sind. Der alte, kranke Wissenschaftler Crest fliegt mit Perry Rhodan und dessen Kameraden zur Erde, wo er Heilung findet.

Damit die arkonidische Technik, mit der sie ausgerüstet wurden, nicht zum Werkzeug irdischer Machtinteressen wird, sagen sich Rhodan und die übrigen Astronauten von ihrer amerikanischen Heimat los und landen in der Wüste Gobi. Ein Schutzschirm bewahrt sie vor den Angriffen der chinesischen Armee, die mit der Belagerung beginnt. Im Schutz dieser Energiekuppel errichten arkonidische Roboter die Stadt Terrania, das Symbol für Perry Rhodans Traum einer geeinten Menschheit. Bestürzt über die Skrupellosigkeit der eigenen Regierung stellt sich General Bai Jun mit seinen Soldaten schließlich auf Perry Rhodans Seite.

Dass die Krise um die STARDUST nicht sofort in einen weltweiten Atomkrieg ausartet, ist nicht zuletzt dem ehemaligen amerikanischen Homeland Security-Agenten Allan D. Mercant sowie dem außerordentlich reichen Homer G. Adams zu verdanken. Schon lange weiß Adams, dass es auf der Erde übersinnlich begabte Menschen, sogenannte Mutanten, gibt, die er nun zu Perry Rhodans Helfern macht.

Allerdings gelingt es einer weiteren amerikanischen Mondmission, die AETRON durch eine Atombombe zu vernichten. Die arkonidische Kommandantin Thora entgeht dem Untergang ihres Schiffes, weil sie mit zwei Begleiterinnen, Tamika und Quiniu Soptor, das Sonnensystem erkundet. Die drei werden über der Venus von einer uralten arkonidischen Festung angegriffen. Der geheimnisvolle menschenähnliche Roboter Rico birgt Thora und fliegt mit ihr in dem arkonidischen Beiboot TOSOMA IX zur Erde.

Mit diesem Schiff, das den Namen GOOD HOPE erhält, brechen Perry Rhodan, Thora und einige andere kurzentschlossen ins Wegasystem auf, als von dort ein Notruf aufgefangen wird.

Sie sind kaum abgeflogen, da taucht ein Raumschiff der nichtmenschlichen Fantan über der Erde auf. Sofort beginnen die eigentümlichen Außerirdischen damit, weltweit Dinge einzusammeln, die ihnen attraktiv erscheinen – Besun genannt. Reginald Bull, Dr. Eric Manoli und die beiden jugendlichen Mutanten Sue Mirafiore und Sid González werden ebenfalls zu Besun erklärt und von der Erde entführt. Als Beute der Fantan lernen die drei den außerirdischen Mediziner Fulkar sowie den parabegabten Mausbiber Gucky kennen. Zusammen mit ihnen gelingt den Menschen die Flucht.

Zur gleichen Zeit empfindet Rico eine tiefe Sehnsucht, die ihn zum Atlantik hinzieht. Unterwegs schließt sich ihm Quiniu Soptor an.

Mercant und andere folgen dem mysteriösen Robot und entdecken in den Tiefen des Ozeans ein zehntausend Jahre altes, arkonidisches Großraumschiff, die TOSOMA, sowie eine ebenfalls verlassene Unterwasserbasis der Arkoniden. Durch einen Transmitter dieser Basis, eine Art Tor zu anderen Welten, verschwinden Rico und Quiniu Soptor im Nirgendwo.

Zwischen den Planeten der Wega geraten Perry Rhodan und seine Begleiter derweil in den mörderischen Kampf zwischen den echsenhaften Topsidern, die mit ihrer Raumflotte in das System eingefallen sind, und den menschenähnlichen Ferronen, die trotz ihrer Unterlegenheit ihre Heimat erbittert verteidigen. Bereits nach kurzer Zeit wird die GOOD HOPE abgeschossen. Die Überlebenden, die von den Ferronen verwirrenderweise als »Lichtbringer« verehrt werden, schlagen sich zum Thort, dem legendären Herrscher des Ferronenreichs, durch. Als der endgültige Sieg der Topsider nur eine Frage der Zeit zu sein scheint, taucht in letzter Sekunde die gewaltige TOSOMA auf, die man auf der Erde wieder instandgesetzt hat. Angesichts ihrer Übermacht sind die Topsider zu Friedensverhandlungen mit den Ferronen bereit. Da die Fantan dort nun reichhaltigeres Besun erwarten, beenden sie ihren Aufenthalt auf der Erde und ziehen ins System der Wega weiter.

Während Perry Rhodan mit Reginald Bull und dem Ferronen Chaktor im Wegasystem ein ferronisches Raumschiff zu bergen versucht, empfängt er den mentalen Ruf eines Unbekannten und sieht in einer Vision das Bild eines halbkugeligen Planeten.

Auf der Erde erfährt Crest, dass seine Krebserkrankung erneut ausgebrochen ist. Er vertraut sich daher dem Transmitter der arkonidischen Unterwasserbasis an, weil eine Aufzeichnung ihres offensichtlich unsterblichen einstigen Kommandanten ihn in seiner Ahnung bestärkt hat, dass hier der Weg zur Welt des ewigen Lebens beginnt. Der Transmitter versetzt den alten Arkoniden sowie die Telepathin Tatjana Michalowna und den topsidischen Weisen Trker-Hon, die sich ihm anschließen, nicht nur ins Wegasystem, sondern auch in die tiefe Vergangenheit. Dort gelangen sie zum Thort, der ihnen den Weg zu einem weiteren Transmitter weist.

Perry Rhodan folgt Crest zusammen mit Thora, Reginald Bull, Ras Tschubai und Sue Mirafiore. Sie werden in eine noch fernere Vergangenheit versetzt, in der sich die Ferronen in einem Bruderkrieg gegenseitig zerfleischen. Nachdem sie dem ersten Thort dazu verholfen haben, das Blutvergießen zu beenden, lässt sie ein neuer Transmittersprung auf dem Planeten Reyan erleben, wie der Bruderkrieg seinen Anfang nimmt. Dabei begegnen sie dem rätselhaften Kundschafter Carfesch und seinem blauen Walzenschiff und unterstützen ihn. Dieser wiederum ermöglicht ihnen eine neue Transmitterpassage ...

Alexander Huiskes

Der Weltenspalter

Shaftgal-Cull: Wir empfangen ein Ankunftssignal aus Sektor Drei-Drei-Drei.

Gal-Enn: Kollisionsfrage ist vorläufig offen. Hypothetischer Besuch durch Zusatzpersonal mangels Anforderung zweifelhaft, durch Eindringlinge oder Unbefugte aufgrund Sicherungssystemen unwahrscheinlich, durch Kommission oder sonstige Vertreter des Imperiums hoch, aber verfrüht und von der Anreise unerwartet.

Shaftgal-Xarr: Gesetzt Kommission besteht direkte Primärkollision, auch Quartärkollision; gesetzt Eindringlinge besteht Sekundär-, Tertiär- und Quartärkollisionsmöglichkeit, keine Primärkollision.

Gal-Enn: Lösungsansatz gemäß Kollisionsparametern: Demut. Wir machen einen Dienstgleiter und einen Sänftengleiter startbereit. Eile ist geboten!

Kapitel 1

Crest
Unbekannte Welt, unbekannte Zeit

Eine unbekannte Welt in einer Zeit, die nicht die ihre war.

Das Erste, was er sah, waren die Mündungen schwerer Energiewaffen. Sie kamen von der in Dunkelheit gehüllten Decke herabgesurrt und richteten sich auf ihn.

Das Erste, was er hörte, war eine barsche Stimme, die Arkonidisch sprach.

Das Erste, was er empfand, war eine trockene, nach Staub schmeckende Kühle.

Wie in einer Gruft. Wohin sind wir nun wieder geraten?, dachte Crest. *Und was hat das alles mit der Unsterblichkeit zu tun?*

Der Thort hatte es ihnen angeboten. »Ich sehe eine Gegenstation, die bisher nicht verfügbar war. Sie scheint außerhalb des Wegasystems zu liegen. Wollen Sie dort Ihr Glück auf der Suche nach der Unsterblichkeit versuchen?«

Keine Garantien, keine Prognosen, nur eine Möglichkeit.

Der Thort besaß zwar einen Transmitter, aber er konnte dessen Potenzial nicht ausnutzen. Diente er der Maschine oder sie ihm?

Für Crest bedeutete es nur einen Schritt – einen, in dem sein Körper an dem einen Ort erfasst, durch das Nichts geschleudert und am anderen Ort wieder materialisiert wurde . Wie das technisch machbar war, ahnte er nicht einmal, obwohl sein Volk mit dem Transitionsantrieb seiner Raumschiffe etwas Ähnliches zuwege brachte.

Crest trat an den elfenbeinweißen Torbogen unter dem Roten Palast auf Ferrol und tauchte ein in die endlose Schwärze des Abstrahlfeldes – und im nächsten Moment stand er in einer dämmrigen Halle, den Transmitterbogen hinter sich.

Und ich habe nichts von dem Transport gemerkt. Es war, wie durch einen immateriellen Vorhang zu gehen.

Weißes Licht, das die Schatten vertrieb, flammte auf, wahrscheinlich sensorgesteuert und für die Augen von Arkoniden angenehm. Crest hingegen fuhr ein stechender Schmerz durchs Gehirn. War das nur der plötzliche Helligkeitswechsel, oder quälte ihn der Krebs?

Es ist hochinteressant. Wie groß mag die Reichweite des Transmitters sein?, sinnierte der Extrasinn, jenes kleine Stückchen Gehirn, das bei Arkoniden stimuliert und zu einer Art innerer Stimme erweckt werden konnte. Er galt auch als Logiksektor, weil er seinem Träger bei dessen Entscheidungen helfen und seine Überlegungen hinterfragen sollte.

Das ist jetzt nicht so wichtig, dachte Crest zurück.

»Wohin hat uns der Thort geschickt?«, erklang eine Frauenstimme in seinem Rücken.

Das war Tatjana Michalowna, einer seiner Begleiter auf dieser wunderlichen Reise durch Zeit und Raum. Die Menschenfrau war ausgesprochen jung, kaum mehr als ein Vierteljahrhundert, und ähnelte äußerlich in allen wesentlichen Punkten einer attraktiven Arkonidin, abgesehen von den dunkelbraunen Haaren und der rosigen Hautfarbe. Sie war für ihre gemeinsame Reise mit Crest vielfach geeignet, unter anderem, weil sie über telepathische Fähigkeiten verfügte. Sie konnte die Gedanken anderer lesen, wenn sie sich konzentrierte oder wenn diese Gedanken besonders intensiv waren.

Auch Trker-Hon trat nun durch den Transmitter, sein zweiter Begleiter, den seine Neugierde und Forschungsbesessenheit zum besten Partner für den Arkoniden machte. Er war ein Topsider, eine etwa menschengroße und humanoid anmutende, aufrecht gehende Echse mit schwarzbrauner Schuppenhaut, langem Reptilschwanz, flacher Stirn und vorspringender Schnauze. Trker-Hon trug eine Augenklappe über dem rechten Auge und bewegte sich mit jener Vorsicht, die man oft bei älteren Wesen antraf.

»Bewegen Sie sich nicht«, sagte die unbekannte Stimme wieder, die Arkonidisch sprach. »Bei Zuwiderhandlung werden Sie terminiert.«

»Wir sind von einem leuchtenden Schutzschirm eingeschlossen«, sagte Tatjana Michalowna und machte eine vage Handbewegung. »Damit sind die Möglichkeiten, unsere Umwelt zu begutachten, sehr eingeschränkt.«

Crest blieb steif stehen. »Bewegen Sie sich nicht«, ergänzte er.

Michalowna lachte leise. »Keine Sorge. Mein Bedürfnis, *terminiert* zu werden, ist begrenzt.«

»Aber vorhanden?«, erkundigte sich Trker-Hon.

»Bewegen Sie sich nicht!«, befahl die Stimme wieder. Es handelte sich offenkundig um eine künstlich erzeugte Stimme, weil die Intonation, das Tempo, jede Nuance immer exakt gleich waren. »Sonst werden Sie terminiert.«

Das Leuchten des Energieschirms nahm ab und änderte seine Farbe: weiß, gelb, orange, rot.

Als Nächstes fielen Lichtkegel herab und schlossen die drei Reisenden ein. Als sie versuchten, sich zu bewegen, stellten sie fest, dass diese Lichtkegel zugleich die Grenzen eines Prallfelds waren.

Wieder änderte sich die Farbe: Bei Trker-Hon wechselte das Weiß zunächst auf Gelb und dann sofort zu Grün. Bei Michalowna folgte auf das Gelb Orange, und bei Crest durchliefen die Farben die gleiche Reihenfolge wie beim Energieschirm und endeten bei Rot.

»Identifikation nicht möglich«, sagte die Automatenstimme. Die Läufe der Strahlwaffen schwenkten auf die drei Neuankömmlinge ein.

Crest glaubte, ein leichtes, orangefarbenes Glühen in der Mündung zu erkennen, schalt sich aber sofort einen Narren. Energieschüsse waren lichtschnell und konnten ohne glosende Vorwarnung abgegeben werden.

Er sah, wie Trker-Hon versuchte, die unsichtbare Barriere zu durchbrechen, die ihn im Lichtkegel gefangen hielt. Wütend peitschte der Schwanz der großen Echse auf die Energiewand, die Hände hämmerten ergebnislos und in völliger Stille dagegen.

»Crest!«, rief der Topsider. »Unternehmen Sie etwas!«

Crest reagierte nicht. Was hätte er sagen oder gar tun sollen? Sie waren schutzlos durch den Transmitter gegangen, wie leichtsinnige Abenteurer und weltfremde Wissenschaftler.

Wo waren sie, und wieso sprach man Arkonidisch zu ihnen? Transmitter waren den Arkoniden unbekannt, daher passte hier etwas nicht. Und der Ausdruck *terminieren* galt als sehr schwerfällig und technokratisch-gespreizt.

Wo ... und wann?, ergänzte der kürzlich wiedererwachte Extrasinn, dem die Bedrohung durch die Außenwelt offenbar vollkommen egal war. *Seit unserer Ankunft auf Ferrol wissen wir, dass die Spur, der wir folgen, nicht allein durch den Raum, sondern auch durch die Zeit verläuft. Zurück in die Gegenwart konnte der Thort uns nicht gezielt schicken. Das bedeutet aber nicht, dass es nicht dennoch geschah, schließlich hat auch der Transmitter auf der Erde unser Ziel autonom bestimmt. Unser Aufenthaltsort kann also weiterhin in der Vergangenheit liegen, aber ebenso gut in der Zukunft oder in einer gänzlich alternativen Zeitlinie in einer ganz anderen Epoche.*

Crest seufzte. Da noch kein Schuss gefallen war, schien der Steuermechanismus dieses Ortes auf etwas zu warten. Sofern es sich nicht um das Eintreffen einer externen Stationsbesatzung handelte, musste dieses *Etwas* von ihnen kommen.

»Station!«, rief er im Befehlston. »Desaktivierung der Sicherheitsprotokolle!«

»Befehl undurchführbar. Nennen Sie den Befehlskode!«

»Wir gehören nicht zum militärischen Personal«, wich Crest aus.

»Identifikation nicht möglich«, wiederholte der Automat.

»Was brauchst du Blechbüchse, um uns zu identifizieren?«, fragte Michalowna.

Keine Antwort.

»Wir sind vollkommen waffenlos!« Trker-Hon ächzte. »Wie sollen wir eine Gefahr darstellen?«

Keine Antwort.

Crest legte eine Hand an die Energiewand, die ihn kegelförmig umschloss. »Station! Desaktivierung des Energieschirms, der mich umgibt!«

Umgehend erlosch der Lichtkegel und, wie eine rasche Überprüfung ergab, auch der dazugehörige Energieschirm.

Michalowna und Trker-Hon warfen ihm flehende Blicke zu. Ihre Energiekegel waren nach wie vor intakt.

»Station! Desaktivierung des Energieschirms meiner Begleiter!«

Nichts geschah, aber die körperlose Stimme fragte: »Bestätigen Sie die Identität der beiden fremden Lebensformen als Ihnen bekannt und zugehörig? Geht von ihnen eine Gefahr für Ihr Leben oder die Sicherheit dieser Station aus?«

Crest gestattete sich ein schmales Lächeln. Die Station hatte also *ihn* zwar als Arkoniden identifiziert und erkannte ihn in gewissen Grenzen als befehlsberechtigt an, aber für seine Begleiter galt das nicht. Nicht, solange er dies nicht erledigte.

»Ich bestätige, dass die beiden meine Begleiter sind. Von ihnen geht keinerlei Gefahr für die Stationssicherheit aus.«

»Diese Angaben sind im Stationsprotokoll hinterlegt. Bei Fragen wenden Sie sich bitte an das zuständige wissenschaftliche Personal, das soeben informiert wurde.«

Die Energiekegel erloschen, ebenso wie der Energievorhang, der sich schon zuvor um sie gelegt hatte. Die Waffen wurden wieder an die Decke gezogen, und es wurde dunkel im Raum.

Aber nur für eine Sekunde, dann flammte grelles weißes Licht auf und riss aus der Dunkelheit, was bislang vor ihnen verborgen gewesen war: eine große Halle.

»Na, so was. Haben Sie eine Ahnung, was es mit diesen Geräten auf sich hat? Die erinnern mich an Ihr Raumschiff, Crest.« Tatjana Michalowna wies auf ein ganzes Sortiment an Messgeräten, die ringsum aufgebaut waren.

Crest versuchte, zunächst den bohrenden Schmerz hinter der Stirn und danach das Staunen über den Transmitter zurückzudrängen und sich stattdessen die Umgebung genauer anzusehen. Nach ihren Erfahrungen auf Ferrol schien dies dringend angeraten. Wer wusste, in welche gefährliche Situation sie geraten waren?

Rings um den Transmitterbogen waren Messinstrumente, Kameras und andere Geräte aufgestellt, dazu mehrere Paravents, wie sie in vielen Kulturen anzutreffen waren, aus Stahl gebogen, der mit Kunststoff beschichtet war und einfache Rautenmuster zeigte. Das Design der Geräte war funktional für zweihändige Geschöpfe und wirkte seltsam vertraut. Beinahe wie in einem Museum.

»Ich kenne nicht die exakte Funktion, aber sie sind mir hinreichend geläufig«, antwortete er. »Das Imperium verwendet Geräte wie diese zur Vermessung energetischer Phänomene und physischer Prozesse sowie zur Konservierung von Anlagen.« Er deutete nacheinander auf drei unterschiedliche Maschinenblöcke.

»Station! Wann wurden diese Messinstrumente zum letzten Mal benutzt?«, fragte er.

»Fragen Sie bitte das zuständige wissenschaftliche Personal«, lautete die wenig hilfreiche Antwort.

In einem der Nebenräume zur Haupthalle stießen sie auf mehrere Schränke, jeder mit dem arkonidischen Symbol für *Forschung* versehen. Die ordentlich angebrachten Aufschriften verrieten, was darin zu finden war.

Wir sind tatsächlich auf arkonidischem Terrain, schlussfolgerte Crest. *Offenbar erforschen hier arkonidische Wissenschaftler die Transmittertechnologie. Eine Technologie, von der ich annahm, ich sei der Erste meines Volkes, der sie benutzt. Aber ... es ist niemand hier. Sie scheinen demnach nicht besonders erfolgreich darin zu sein.*

Oder sie sind gerade selbst auf einer Reise durch den Transmitter, schlug der Extrasinn vor.

»Nutzen wir die Gelegenheit, uns neu einzukleiden«, empfahl Crest seinen beiden Mitreisenden.

»Eine hervorragende Idee«, sagte Michalowna und durchstöberte einen Schrank. Kurz darauf hielt sie Crest ein passendes Sortiment hin: weiche schwarze Hosen, ein ebenfalls schwarzes, trikotähnliches Oberteil und einen geschlitzten, burgunderfarbenen Überwurf, der bis zu den Knien reichte. Dazu bequeme wadenhohe Stiefel mit breitem Umschlag.

Sie selbst nahm sich ein weiteres Set und streifte es rasch über. »Für Sie ist nicht viel dabei«, gestand sie Trker-Hon.

»Nun, das war kaum zu erwarten, nicht?« Der Topsider durchwühlte das Material und zog schließlich einen grünen Umhang hervor, den er sich überwarf. »Das wird genügen müssen. Lassen Sie uns nach draußen gehen. In diesem Gebäude gibt es nicht viel zu sehen. Vielleicht werden wir schon von dem *wissenschaftlichen Personal* erwartet.«

Crest ging vor. Die Arkoniden der Vergangenheit sollten zuerst einen ihres Volkes sehen. Er öffnete die Tür und trat hinaus.

Kalter Wind fasste nach Crests Gesicht, als wolle er den Fremden ertasten, der sich so unversehens auf diese Welt verirrt hatte. Die Luft roch nach Eisen. Crest blickte auf eine trübe braunrote Landschaft, dann sah er zum Himmel. Ein kleines rotes Auge brannte vom Zenit durch Dunst und Wolken und verlor dabei so viel an Kraft, dass die Landschaft zu Karmesindünen in einer Rußwüste erkaltete.

Gerade voraus, hinter einer dornigen, bizarren Kugel, die wohl eines der Gewächse dieser Hemisphäre war, regte sich etwas. Sie sahen nur eine rasche Bewegung und hatten eine Ahnung von Fell und Zähnen, dann stob eine Staubwolke auf, und das Tier – falls es sich um ein Tier gehandelt hatte – war verschwunden, als sei es nie da gewesen.

»Nichts.« Trker-Hon atmete zischend aus. »Wir scheinen sicher zu sein – für den Moment.«

»Was für eine traurige Welt«, sagte Tatjana Michalowna hinter ihm.

In seinem Herzen stimmte Crest ihr zu. Der Anblick machte ihn wehmütig, ohne dass er wusste, weshalb. Im Wegasystem hielten sie sich jedenfalls garantiert nicht mehr auf, dafür war die Sonne zu schwach, zu rot, zu klein.

Die beeindruckende Leistung der Transmittertechnologie ist auf jeden Fall, interstellare Entfernungen zu überbrücken, attestierte der Extrasinn.

»Sehen Sie sich den Horizont an«, empfahl Trker-Hon. Seine Stimme klang schnarrend und rau. Misstrauisch. Vorsichtig. »Er ist viel zu nah und viel zu gekrümmt. Dies ist eine signifikant kleinere Welt als Ferrol, Topsid oder Arkon.« Trker-Hon holte tief Luft, beinahe ehrfürchtig, wollte es Crest scheinen. »Eine alte Welt.«

Crest nickte. Er erschrak ein wenig, als ihm bewusst wurde, dass dies eine typisch *menschliche* Angewohnheit war. So weit war es also gekommen. Diese Menschen waren eine so junge, so *vitale* Spezies, dass sie ansteckend wie ein mutiertes Virus waren, selbst für einen alten Arkoniden wie ihn. Die Frage war: Vertrug sich dieses Virus mit dem arkonidischen Kulturmetabolismus und ergänzte ihn – oder würde es ihn letztlich zerstören?

»Sie haben recht, gelehrter Freund. Aber ich wüsste gern, wohin und zu welchem Zeitpunkt wir transferiert wurden.«

»Elfter Satz: Hier ist hier. Jetzt ist jetzt«, sagte Trker-Hon, als brauche es keine weiteren Worte. Er witterte, mit ruckendem

Kopf und gebleckten Zähnen, und zeigte damit einmal mehr, wie dicht Topsider noch am Tier waren; das zumindest glaubten die meisten Arkoniden. Crest war sich in dieser Sache längst nicht mehr sicher: Er hatte in dem alten Echsenwesen schon manche Facette der Weisheit erkannt, die auf Arkon verloren gegangen war.

»Fragen nutzen nichts, ohne zu forschen. Sie beide sehen in die falsche Richtung!«, flüsterte Michalowna. Sie packte Crest am Oberarm und führte ihn an der Hallenwand entlang, bis sie eine Ecke erreicht hatten.

»Was ist *das?*« Trker-Hon, der ihnen folgte, keuchte überrascht auf.

Wo in der bisherigen Blickrichtung nur Dünen und Eisensand gewesen waren, dunkel und bedrohlich, leuchtete an der Längsseite der Halle eine gewaltige Perle. Das jedenfalls war der erste Eindruck des Arkoniden. Er rührte von dem perlmuttfarbenen Schutzschirm über der Stadt her, die sich dort in die Dünen schmiegte, als sei sie ihnen entstiegen. Sie waren zu weit entfernt, um Details zu erkennen, geschweige denn welche Lebewesen dort unterwegs waren.

Eine solche bleiche, bizarre Schönheit passte nicht zu dieser Welt, allenfalls als elegische Erinnerung, als Phantasma einer lange zurückliegenden Vergangenheit.

»Die Stadt ist bewohnt«, sagte Michalowna. Sie kniff die Augen zusammen, ein Zeichen ihrer Konzentration.

»Arkoniden?«, fragte Crest, mehr aus Gewohnheit. *Selbstverständlich* waren es Arkoniden, die ganze Halle war arkonidisch. Und so nah bei einer Forschungseinrichtung des Imperiums mussten auch arkonidische Forscher leben.

Zu seiner Überraschung schüttelte Michalowna den Kopf. »Nein. Es sind ... viele. Fremde. Ich habe so etwas noch nie ...«

Crest lächelte schwach. Michalowna hatte nicht einmal einen Hauch der Vielfalt gesehen, die die Milchstraße an Lebensformen bereithielt. Da war es kein Wunder, dass sie so reagierte.

»Können Sie sagen, ob diese Lebensformen uns ... feindlich gesinnt sind?«, fragte Trker-Hon.

»Ich verstehe nicht genug, aber mein erster Eindruck: nein.«

Crest glaubte nicht, dass ihnen direkte Gefahr drohte, dafür wirkte die gesamte Anlage zu ruhig. Wenn es eine Bedrohung gab, käme sie schleichend und aus einer Richtung, die sie nicht erwarteten.

»Sie werden uns wissenschaftliches Personal schicken«, sagte Crest. »Bis dahin warten wir ab.«

»Eilig scheinen sie es nicht damit zu haben«, kommentierte Michalowna und schlang die Arme um ihren Oberkörper. »Verdammt frisch hier draußen.«

Sie standen auf der Kuppe des Hügels und betrachteten die merkwürdige Stadt, in der die Fremden lebten, aus der sich aber noch immer niemand näherte.

Tatjana Michalowna nahm die Umgebung genauer in Augenschein, ob ihnen von dort erkennbare Gefahr drohte, während die beiden Wissenschaftler sich mit neuen Hypothesen zu ihrem Aufenthaltsort beschäftigten.

»Die Architektur zeichnet sich durch dreierlei aus: kuppelförmige Dächer, runde Fenster und dreieckige Türen.« Crest ging im Geiste jene Völker des Großen Imperiums durch, die einigermaßen ähnlich bauten. Hundertprozentige Übereinstimmung fiel ihm keine auf.

Trker-Hon unterbrach seinen Gedankengang. »Achten Sie auf die Vorsprünge und Simse. Sie sind überall, aber es ist kein terrassiertes Konzept, sie wirken eher strategisch als städtebaulich. Und die Anordnung der Gebäude ...«

»Ah«, machte Crest und legte den Kopf schief. Nun sah er es auch: Die Gebäude standen jeweils in Dreiergruppe dichter beieinander, und die Höhe jeder Dreiergruppe wurde an zwei anderen Stellen der Stadt exakt gespiegelt. *Triptychonale Bauweise* ... Das erschwerte die Zuordnung weiter. In welchen Völkern nahm die Drei eine so beherrschende Stellung ein, dass es sich auf die Bauweise auswirkte? Oder war es ein ästhetischer Ansatz? Denkbar, dass die Fremden drei Augen hatten oder drei Beine oder ...

»Sie wirken so *vertraut* mit dieser Architektur. Ihre Beobachtungen sind so präzise und schnell, dass ich annehme, sie sind Ihnen bekannt. Kann das sein? Diese merkwürdige Dreiersymmetrie ...«

Der Topsider gab ein halb bellendes, halb fauchendes Geräusch von sich. »Das kann man sagen, ja. Und zugleich auch wieder nicht. Wir kennen eine Welt, weit in Richtung des Zentrums, eine verlassene Welt. Dort stießen wir auf vergleichbare Bauten. Aber wir fanden keine Bewohner. Nichts, was uns verriet, wie sie aussahen, was sie taten und weshalb sie gingen. Eine traurige Welt. Eine sehr traurige Welt. Wir können von ihr lernen, aber wir verstehen sie nicht.«

Crest seufzte. Es war schwierig, den Gedanken eines fremden Wesens zu folgen, obwohl er glaubte, darin weniger schlecht als die meisten zu sein. »Ich verstehe Ihre Trauer. Verlorenes Wissen.«

Trker-Hon schnalzte mit der Zunge. »Ich vergesse immer wieder, dass Sie schuppenlos sind. Sie verstehen *nichts.«* Sein Schwanz peitschte roten Sand hoch, dann schloss sich für einen langen Augenblick die Nickhaut über den verbliebenen glotzenden Echsenauge. Als sie wieder aufklappte, sprach Trker-Hon wesentlich ruhiger weiter: »Sie können nicht verstehen, weil Sie den Dritten Satz nicht kennen. *Achte das Leben! Erhalte es, wo du kannst.* Von jener Welt ist das Leben geschwunden. Fragen Sie sich: Hat das Leben seine Welt nicht geachtet oder der Planet nicht das Leben?«

»Könnten Sie beide Ihre philosophische Diskussion wohl vertagen und sich auf das Leben *dieser* Welt konzentrieren?«, sagte Michalowna. »Wir bekommen Besuch!«

Ein quecksilbriges Fluggefährt, das wie eine breite Pfeilspitze geformt war, aber gut und gern sechs Meter in der Länge maß, hatte gerade den Seifenblasenschirm der Triptychonalen Stadt durchdrungen und raste direkt auf die Transmitterstation zu.

»Sssshhhh!« Trker-Hon duckte sich, sein Schwanz peitschte den Sand. »Nun werden wir sehen, was uns erwartet!«

Crest dachte nur eines: *Keine Arkoniden.*

Gleiter wie dieser waren seines Wissens niemals in Gebrauch gewesen. War er zu vertrauensselig, und würde sich das nun rächen? Er wünschte Thora an seiner Seite – Thora und ein paar schwer bewaffnete Soldaten.

Nur für den Fall der Fälle ...

»Lassen Sie mich reden«, bat Michalowna, die von hinten an Crest herantrat. »Ich denke, wir werden keine Gewalt anwenden müssen, obwohl ich den Gedanken der Fremden nicht ganz folgen kann.«

»Sie haben wahrscheinlich recht.« Crest flüchtete sich in ein – wie er hoffte – beruhigendes Lächeln, obwohl ihm ganz und gar nicht danach zumute war. Er spürte, wie sein Herz schneller und kräftiger pochte, und in seinen Fingerknöcheln blühte der

Schmerz auf, der seine Hände zu Krallen krümmte. Aber Crest lächelte weiter. Sein Zustand durfte die anderen nicht beunruhigen.

Trker-Hon versteifte und gab ein weiteres zischendes Geräusch von sich. »Ich hoffe, die Fremden wissen das ebenfalls. Ich werde versuchen, entspannt zu wirken.«

Der Pfeilgleiter kam rasch näher; er wirkte wie aus einem Guss gefertigt. Ein unangenehm hohes Pfeifen begleitete seinen Flug, und als er auf drei teleskopartigen Beinen aufsetzte, knarzte es leicht.

Staub wurde kaum aufgewirbelt, wie Crest bemerkte. Das sprach für die Qualität der verwendeten Technologie.

Er betrachtete den Gleiter genau, ob er Hoheitszeichen des Großen Imperiums aufwiese; aber er sah nichts: Die Oberfläche kam ohne jegliche Verzierung aus, beinahe, als sei der Gleiter ein schlecht entgrateter Gussabdruck aus Aluminium. Keinen Moment geriet Crest in Zweifel, dass es sich um ein Fahrzeug zur Personenbeförderung handelte. Für alles andere hatte er die falsche Größe.

Dann erklangen die dreistimmigen Töne eines Kristallofons. Es spielte ein traditionelles Stück aus dem arkonidischen Militärrepertoire, und das Oberteil des Gleiters schob sich unter die Seitenteile, als bestünde es sich nur aus dünner Folie.

Sie begrüßen uns, dachte Crest. *Sie erweisen uns militärische Ehren. Aber wer sind sie?*

Seine Frage wurde beantwortet, als sich drei Passagiere aus dem Gleiter erhoben, in dem sie liegend geruht hatten, aber die Antwort war kaum befriedigend: Crest sah Wesen wie sie zum ersten Mal. Riesige, zerbrechliche Geschöpfe. Geschöpfe, die Waffen trugen.

Keine Arkoniden. Was ist hier los?

Verzweifelt wünschte er sich jemanden mit militärisch-strategischer Erfahrung an seine Seite. Diese Wesen überforderten ihn.

»Willkommensgruß auf ... zzzhhh ... Kedhassan, Hohe Kommission«, sagte das mittlere der Wesen aus gut zwei Metern Höhe und versuchte, seinen dreigeteilten Körper in so etwas wie eine Verbeugung zu zwingen. Knirschende Mandibeln untermalten die gesprochenen Worte; offensichtlich hatte es Schwierigkeiten mit dem Arkonidischen. Eigentlich war das kein Wunder, schließlich handelte es sich nicht um Arkoniden.

Insektoide, dachte Crest, *aber mit ungewöhnlichem Phänotyp. Ich hätte gewiss von ihnen hören müssen: drei Beine, ein braun ge-*

schuppter Insektenkörper, vier Facettenaugen und ein tropfenförmiger Kopf ... Ausgesprochen charakteristisch und einzigartig, aber sie sind mir völlig unbekannt. Auch den Namen des Planeten habe ich nie zuvor gehört. Kedhassan. Hoffentlich weiß Michalowna, was sie tut.

»Das wird aber auch Zeit«, sagte die Terranerin in diesem Augenblick, ebenfalls auf Arkonidisch. »Unpünktlichkeit ist ein Zeichen mangelnden Respekts vor dem Großen Imperium! Sind die Orgh so schlechte Diener?«

Tatjana Michalowna
Unbekannte Welt, unbekannte Zeit

Tatjana Michalowna spürte die Anwesenheit der Fremden wie einen leichten Schläfendruck. Wenn sie sich konzentrierte, konnte sie ihre Gedanken lesen, aber auch wenn es eindeutige Schnittmengen mit menschlichen gab, erfasste sie oft nur Einzelheiten, ohne sie in einen Zusammenhang stellen zu können. Die Bewusstseine der Fremden zu lesen war, als führe sie mit einem blanken Finger eine Messerschneide entlang: Einige waren sehr scharf, andere eher stumpf, und je nachdem, wie tief sie eindringen wollte, stieg der Schmerz oder ließ nach.

Immer wieder erfasste sie die Gedanken *primär, sekundär, tertiär, quartär, quintär,* und auffallend oft tauchten die Begriffe *Bestand* und *Orgh* auf. Da sich für *Orgh* keine Übersetzung anbot und bei jedem der Fremden in recht eindeutigem Bezug auftauchte, schloss sie, dass es sich um den Namen des Volkes handelte. Inmitten des Gedankenwusts schälte sich etwas heraus: Die Orgh hatten Angst vor einer Kommission des Imperiums, weil diese sie unvorbereitet traf. Zumindest nahmen sie an, dass die Neuankömmlinge Inspekteure wären.

Zudem waren jede Menge andere Gedanken dabei, von Eindringlingen und von Wissenschaftlern, dass es für Tatjana Michalowna schwierig war, eindeutige Aussagen zu treffen. Hinzu kam die fremdartige Sinneswahrnehmung, in die sich die Telepathin ebenfalls automatisch einklinkte: Orgh hatten vier Facettenaugen rings um den Schädel, und wo bereits das Rastersehen durch Facetten *schwierig* war, verkomplizierte die Sache sich durch überlappende Wahrnehmungsbereiche und die Rundumsicht, die mit dieser Augenanordnung einherging.

Mit anderen Worten: Während Ferronen beinahe schon unangenehm menschlich wirkten und dies zu Fehldeutungen einlud, waren diese Orgh mindestens so fremd wie die Fantan und an sich zunächst weitgehend unverständlich.

Wir haben keine Zeit zu verlieren. Wir dürfen nicht stehen bleiben, wir müssen weiter. Zögern und Stillstand sind auf dieser Prüfungsreise nicht vorgesehen ...

Zu zögern war eindeutig die schlechteste Idee; die Orgh betreuten eine Forschungsstation, zu der nicht jedermann Zutritt hatte. Sich als unwissende oder zufällige Besucher auszugeben ergäbe eine schlechte Ausgangsposition. Zumal sie in Erfahrung bringen mussten, was sie auf dieser Welt eigentlich sollten. Denn dass diese Station einen *Zweck* hatte, stand außer Frage. Wenn sie richtig vermuteten – bisher sprach zwar nichts dagegen, aber einen schlüssigen Beweis hatten sie nicht –, erwartete sie nach jedem Transmitterdurchgang eine Prüfung, um ihre Eignung für das ewige Leben zu testen.

Worum es dabei *tatsächlich* ging, konnten sie bestenfalls ahnen: Neben dem reinen Überleben waren bestimmt auch andere Anforderungen wie moralische Verantwortung, Klugheit, Raffinesse, Gerechtigkeit im Spiel – wer konnte das genau wissen? Nur derjenige, der wusste, wer diese Prüfungen überhaupt ausrichtete und sich in dessen Gedankenwelt gut genug auskannte.

»Das wird aber auch Zeit! Unpünktlichkeit ist ein Zeichen mangelnden Respekts vor dem Großen Imperium! Sind die Orgh so schlechte Diener?«

Sofort zuckte ein scharfer Schmerz durch die Gedanken der drei Orgh. *Primärkollision!* Beinahe tat Michalowna ihr Auftreten leid, aber sie glaubte fest daran, dass sie situativ richtig handelte. Den drei Orgh geschah kein Leid, und sie fürchteten keineswegs eine Strafe. Ihre Gedanken blieben gelassen, auch wenn der Begriff *Primärkollision* wie ein Derwisch durch ihre Gedanken tanzte.

»Ich bin Gal-Enn. Verzeihung für die Unhöflichkeit der ... zzzhhh ... Verspätung zu erbitten ist mein Ziel!«, sagte der vorderste und größte der Fremden. Er sprach Arkonidisch, wenn auch sehr umständlich und gespreizt. »Die Benutzung dieses Artefakts fordert unsere Überraschung. Eine andersortige Erforschung fand Durchführung?«

Tatjana lächelte so arrogant und arkonidentypisch, wie sie es zuwege brachte, dann sagte sie kalt: »Wir testen Sie, das ist Ihnen gewiss bewusst?«

Gal-Enn wirkte verwirrt. Seine Gedanken wurden so scharf, dass sie dachte, sie würde bluten. *Primärkollision sinkend, Quartärkollision stagnierend, Quintärkollision steigend.* »Sie ... testen uns? Mich?«

»Ihre Zuverlässigkeit in überraschenden Situationen. Sie haben bestanden, wenngleich knapp. Wo ist unser Transportmittel? Sie werden nicht erwarten, dass wir ... *gehen?«*

»Ich signalisiere höchste Erfreutheit, die Begrüßung der Kommission ... zzzhhh ... durchführen zu können. Für unsere Nachlässigkeit ist die Bitte um Nachsicht zu verstehen. Mein Name ist Gal-Enn, ich bin der Anführer ... zzzhhh ... Leiter der Forschungsstation Kedhassan.«

Tatjana hob eine Hand, um dem Redefluss Einhalt zu gebieten. Als der Orgh schwieg, sagte sie nur: »Der Gleiter.«

Gal-Enns riesige, aber schmale, insektenhaft zerbrechliche Gestalt schien zu schrumpfen, als werde ihm nun erst bewusst, dass er einen Wunsch der Kommissarin nicht umgehend erfüllt hatte. »Sicher«, sagte er in seinem schabenden, schlechten Arkonidisch. »Da, es kommt in Sicht, ja? Es sollte Ihren ... zzzhhh ... Anforderungen zur Genüge gereichen, so meine Annahme?«

Mit zwei seiner vier Arme deutete er in Richtung Stadt. Von dort näherte sich eine Art schwebendes schwarzes Sitzkissen mit einer Reihe von Troddeln am Rand. Die Abmessungen waren schwer zu schätzen, aber es bot ihnen allen sicher bequem Platz.

Tatjana verbiss sich ein Lächeln. Wer kam auf ein so absurdes Design? Wahrscheinlich irgendwelche Orgh-Wissenschaftler, die extrapolierten, was Arkoniden gefallen konnte und was bequem für sie war.

»Unsere Anforderungen sind recht einfach: Wir wollen Ergebnisse sehen!«, schnauzte sie und registrierte überrascht, dass sogar Crest zusammenzuckte. »Meine beiden *Derengar* sind bereits neugierig, Ihre Fortschritte zu begutachten. Ich werde danach entscheiden, ob Sie es weiterhin wert sind, dem Großen Imperium zu dienen!«

Primärkollision!, durchschrillte es ihre Gedanken, als alle drei Orgh zeitgleich dasselbe dachten. Und dabei fiel es ihr erst auf: Die Orgh verständigten sich untereinander zumindest ansatzweise telepathisch. Allerdings hatte sie keinerlei Anzeichen dafür verspürt, dass sie versucht hätten, auch mit ihr in Gedankenkontakt zu treten oder sie gar telepathisch auszuspähen.

»Uneingeschränkte Zurschaustellung ist das Mindeste, dessen Anerbieten wir Ihnen ... zzzhhh ... machen können, geehrte Inspekteurin!«, versicherte Gal-Enn.

»Ich bin gekommen, um Ergebnisse zu sehen! Nicht, um Ausreden zu hören!«

Gal-Enns vier Arme zuckten unkoordiniert. »Jeder...zzzhhheit! Aber vielleicht möchten Sie erst eine Ausruhgelegenheit? Die Notwendigkeit einer Einhaltung des Gebots der Gastfreundschaft, zur Beweisführung unserer Gastgebereignung.«

Sie spürte, dass er log. Er spielte auf Zeit. Die Orgh waren noch nicht so weit, weil sie mit der Kommission nicht so früh gerechnet hatten. Insofern bot sich die perfekte Gelegenheit für sie, herauszufinden, an welchem Projekt auf dieser Welt gearbeitet wurde. Dann aber sah sie in Crests Gesicht und las darin nur grenzenlose Müdigkeit und einen kaum zu bezwingenden Schmerz. Selbst ihre eigene Erschöpfung drohte sie zu übermannen. Der Orgh hatte recht, aber das durfte sie ihm nicht zeigen.

»Dies wird ebenfalls zu überprüfen sein. Also schön. Bringen Sie uns in unsere Quartiere. Die zumindest sind hoffentlich bezugsfertig? Die Umstände unserer Reise waren nicht durchweg erfreulich, und meine weisen Begleiter sind daher müde.«

»Selbstverständlich ...« Der Orgh brach ab und schien auf etwas zu warten.

Quintäranalyse, dachte er.

»Sie dürfen mich Hohe Inspekteurin nennen. Mein Name lautet ...« Sie fischte nach Crests Gedanken, der ihr Zögern sofort richtig deutete und einen Namen entwarf, der glaubhaft klang. »... Tiara da Efelith.«

»Ja, Hohe Inspekteurin«, sagte Gal-Enn und neigte den tropfenförmigen Kopf in einer Geste der Demut, die er zweifellos bei den Arkoniden abgeschaut hatte. »Haben Sie die Güte der Nachfolge. Die Glänzende Stadt wird Sie mit vier Augen begrüßen.«

Und seine Gedanken sagten: *Primärkollision möglich. Quintärkollision offen.*

Kapitel 2

Fulkar
Erde, 6. Oktober 2036

Die Menschen waren ein seltsames Volk. Sie verfügten über einen so schönen und abwechslungsreichen Planeten, aber sie schienen ihn nie richtig zu genießen. Es trieb sie fort, auf andere Kontinente, auf andere Planeten, in andere Sonnensysteme. *Fernweh ist Sternweh,* dachte der Mann und betrachtete den grellblauen Himmel über sich.

Beinahe bedauerte er es, unter einer fernen Sonne geboren zu sein.

Der Name des Mannes lautete Fulkar, und er war ein Ara, ein Angehöriger jenes Volkes, das auf sämtlichen Planeten des Großen Imperiums und so manches anderen Reiches einen herausragenden Ruf in der Medizin genoss.

Die Sonne leuchtete weißgolden und schickte Glut in die Wüste zu Füßen Fulkars, der es sich auf dem Sattel von Julian Tifflors Motorrad bequem gemacht hatte. Die Rocal Enfield Bullet stank nach Öl und galt selbst auf der primitiven Erde als hoffnungslos veraltet. Es war kaum zu fassen, dass Tifflor und seine Freundin mit Maschinen dieser Bauart die Wüste zwischen Ulan-Bator und Terrania durchquert hatten. Weiße, weite Gewänder umhüllten Fulkars hageren Körper, und ein schwarzes Tuch bedeckte den Kopf.

Was tue ich hier?, dachte er. Er hatte geglaubt, wenn er ein bisschen herumfahren würde, gewänne er mehr Klarheit und die Übelkeit in seiner Magengegend verschwände. *Bewegung, Luft und Ruhe ...*

Von Luft und Ruhe hatte er an den Hängen des Nan-Shan mehr als genug. In der primitiven Vorzeit dieses Planeten hatte der Gebirgszug seinen Namen – »Südgebirge« – daher erhalten, dass die Handelskarawanen auf einer bekannten Handelsstraße nach Süden auf diese Berge blickten. Solcherlei Informationen zog der Ara jederzeit rasch aus den allgegenwärtigen Informationswolken, die den Planeten einhüllten.

Soll ich hierbleiben und die Primitiven heilen? Der Gedanke erschien ihm reizvoll. Es konnte spannend sein, in eine ganz andere Kultur zu tauchen, sie vielleicht sogar zu beeinflussen.

Andererseits war es ihm für eine ganze Weile auch wunderbar vorgekommen, als besonderer Besun der Fantan zu fungieren, als einziger Arzt in ihrer Sammlung. Die Fantan hatten ihn einst von Aralon entführt, seiner Heimatwelt, auf der ihm eine große Klinik gehört hatte ...

Ich müsste mich zurücksehnen. Ich verstehe nicht, was mich antreibt. Da ist diese ... Sehnsucht. Aber ich will nicht nach Aralon, so viel ist mir klar. Nur: Wo gehöre ich hin?

Er drehte den Zündschlüssel und wollte die Maschine gerade starten, um in die Gobi zu fahren, da flackerten Funken vor ihm auf, und ein junger Mann stand vor ihm.

Fulkar erkannte ihn sofort. »Sid! Sid González! Was tust du hier? Wie hast du mich gefunden?«

Der junge schwarzhaarige Latino grinste, obwohl ihm der Schweiß in Bächen von der Stirn rann. »Marshall!«

»Ihr Menschen mit euren merkwürdigen Kräften gönnt einem Arzt kein bisschen Einsamkeit. Was kann denn so wichtig sein? Tifflor wird böse sein, wenn ich seine Rocal Enfield Bullet nicht zurückbringe.«

»Dafür wird schon jemand sorgen. Kommen Sie schnell!« Sid streckte ihm eine Hand hin.

Kaum berührten sich ihre Finger, veränderte sich die Landschaft. Nichts war mehr zu sehen von den Hängen des Nan-Shan, stattdessen standen sie auf dem flachen Wüstenstreifen des »Raumhafens« von Terrania – eines Landesfeldes, für das sich jedes zivilisierte Volk schämen würde.

Und solche primitiven Geschöpfe können teleportieren und Gedanken lesen! Was für eine Verschwendung die Sternengötter mit ihren Gaben manchmal betreiben ...

Fulkar atmete kurz durch, um seine Überraschung zu überspielen. Er durfte sich keine Blöße geben, so viel war sicher. Egal, wie freundlich die Menschen sich gaben. Es waren Fremde, Primitive.

Egal, wie sympathisch sie wirken, verstehen werden sie die großen Zivilisationen nie. Sie sind nicht sterngeboren, sondern erdgebunden. »Was tun wir hier?«

»Bin gleich wieder da!«, rief Sid, machte sich los und verschwand erneut in einem Blitzgewitter.

»Es ist wirklich ungerecht.« Fulkar seufzte und legte die Hände auf den Rücken. Also schön. Der Junge liebte es geheimnisvoll. In einiger Entfernung sah der Ara einige Menschen, die sich an Wracks aus dem Wegasystem zu schaffen machten.

Die Wega, dachte Fulkar. Auch eines der Systeme, in die es niemanden zog, der ein bisschen auf sich achtete. Im Reich der Arkoniden gab es wundervolle Sternsysteme, die viel mehr zu bieten hatten als eine recht übertrieben wirkende Anzahl an Planeten ...

In diesem Moment ertönte ein helles, kreischendes Geräusch. Ein gleißender Stern stürzte vom Himmel – und wurde zu einem Raumschiff, das mit irrwitziger Geschwindigkeit heranraste.

Die Bauweise verriet die Herkunft: ein langer, dünner Zylinder mit einer Zentralkugel. So etwas baute nur ein Volk: die Topsider.

Wer macht dieses Schiff hier?, fragte sich der Ara, ehe ihn eine heftige Bö erfasste, die ihn zwei, drei Schritte zur Seite trieb. Er beobachtete erstaunt, wie praktisch in letzter Sekunde die Impulstriebwerke des Raumschiffs zündeten. Hart kam das Schiff auf. *Und welcher Anfänger sitzt am Kontrollpult?*

Zumindest schienen die Menschen ringsum nicht allzu beunruhigt.

»Da bin ich wieder!« Sid trat von hinten an Fulkar heran. An seiner Hand hatte er einen großen, breitschultrigen Mann mit vollem dunkelblondem Haar. Er wirkte noch etwas verschwitzter als Sid, trug seltsame Kleidung und wirkte verwirrt.

»Dr. Haggard?«, rief der Ara erstaunt. »Was tun Sie hier? Gibt es einen medizinischen Notfall, für den wir beide benötigt würden?«

»Das will ich hoffen«, antwortete der Mediziner. Seine Stimme klang angenehm. »Sid wird mich ja nicht grundlos aus unserem Rugbyspiel geholt haben! Was, Sid?«

»Kommen Sie! Beide!« Sid griff nach Fulkar.

Im gleichen Augenblick standen sie in einem Raum des Topsiderschiffes. Zumindest deutete das Design der Möbel darauf hin. *Schwanzstützen, Schwanzlehnen und Schwanzlöcher,* erkannte der Ara.

Fulkars Blick blieb an zwei Wesen haften, die auf den für sie eher unpraktischen Liegen ruhten: Der eine war der Arzt Dr. Eric Manoli, der andere ein pelziges, knapp metergroßes Wesen: der Mausbiber Gucky.

Daneben stand ein Mensch, an dem aber auch gar nichts interessant erschien, selbst seine Kleidung war so unterdurchschnittlich wie möglich: an den Knien ausgebleichte Jeans, braune

Halbschuhe mit deutlich erkennbaren Nähten – konnten diese Menschen nicht einmal anständige Schuhe schweißnähen? – und ein T-Shirt, das aussah, als sei es dem Träger nicht nur ans Herz gewachsen, sondern auch schon ein paarmal zu oft gewaschen worden.

»Ich bin Cyr Aescunnar. Und Sie? Sie sind dieser seltsame Vogel, dieser Ara, richtig?«

»Zuerst einmal sind Sie im Weg. Was ist hier los?« Fulkar eilte zu den Liegen und schob Aescunnar zur Seite, Haggard keinen Schritt hinter ihm. »Sie Manoli, ich Gucky«, schnarrte der Ara schnell und zog sich den Schleier vom Kopf, den Burnus streifte er achtlos ab. Wieso war ihm plötzlich so heiß? Draußen in der sengenden Hitze der Gobi hatte er das gar nicht gemerkt ...

Er sah sich um, erfasste die Bedeutung der medizinischen Instrumente, die herumlagen. Er wischte zwei unterschiedlich große Schuppenzangen vom Tisch und nahm sich einen Universalanalysator. Es handelte sich um ein billiges Gerät, das die Aras gern an die weniger betuchte Kundschaft verkauften. Aber es würde reichen, jedenfalls für den Augenblick.

Haggard drehte sich zu Fulkar. »Manoli ist bei Bewusstsein, aber nicht ansprechbar. Puls und Blutdruck sind stark erhöht! Und bei Gucky?«

»Moment.« Fulkar fuhr mit dem Analysator über den Mausbiber. Er tastete nach Kehle, Stirn und Brustkorb seines Patienten. »Mmmmh«, machte er. »Hier ebenso. Und das bei so unterschiedlichen Spezies. Besorgniserregender Zustand.«

Sid sah ihn entsetzt an. »So schlimm? Doktor Fulkar, Sie müssen die beiden retten. Es sind meine Freunde!«

»Ich weiß«, sagte Fulkar. »Bleib ruhig, Sid, du hast die Richtigen geholt. – Doktor Haggard, kommen Sie bitte?«

Flüsternd berieten sich die beiden Ärzte über den Zustand der beiden Patienten und die Diagnose.

»Alles Mögliche könnte die Ursache sein«, fasste Haggard schließlich zusammen. »Wir brauchen weitere Informationen.«

»Ich könnte Ihnen da aushelfen«, meldete sich Aescunnar zu Wort. »Wir waren gemeinsam auf dem Titan, um das Wrack eines arkonidischen Kreuzers zu untersuchen. Dort haben wir ...«

»Sind Sie Arzt?«, schnappte Fulkar.

»Historiker«, antwortete Aescunnar und setzte zu einer weitschweifigen Erklärung an.

Fulkar hörte nicht mehr zu. Seine Gedanken rasten, sein Herzschlag beschleunigte sich. Die Übelkeit nahm zu. *Was ist nur los mit mir?*

»He! Hören Sie mir überhaupt zu? Wir sind gerade so davongekommen und ...«

Fulkar spürte die Hand des Fremden auf seiner Schulter. Die Berührung schmerzte furchtbar.

»Gehen ... Sie ... weg!«, wollte er brüllen, aber nur ein Flüstern kam über seine Lippen.

Aescunnar sah ihn bestürzt an. Oder ... *ertappt?*

Dann fiel Fulkars Blick auf Sid. Der Junge ging hastig vor den Liegen seiner beiden Freunde auf und ab. Die drei waren gemeinsam Besun der Fantan gewesen, das schweißte wahrscheinlich zusammen.

»Sid, bleib ruhig«, sagte Fulkar erneut und trat zu dem jungen Mann, weg von dem merkwürdigen Historiker, der als Einziger keine Beschwerden aufwies. *Das macht ihn verdächtig ...*

In diesem Moment schrie Sid voller Schmerz auf und torkelte. Er fiel gegen Fulkar, versuchte sich festzuhalten, rutschte aber ab und stürzte zu Boden.

»Sid ...!«, rief Doktor Haggard. »Fulkar, was ist mit ihm? Und mit Ihnen?«

Fulkar drehte den Kopf. Er konnte nur noch Licht und Schatten unterscheiden. Ein grauenhafter Schmerz schoss ihm vom Magen hoch in die Brust. Er konnte nicht einmal mehr schreien, dann sah er den Boden rasend schnell auf sich zukommen ...

Kapitel 3

Crest
Kedhassan, Tag 1

Die Glänzende wurde die Stadt unter dem Seifenblasenschirm von den Orgh genannt. Tatsächlich glänzte sie vor Sauberkeit, und ihre eigenartige Symmetrie, die den Besuchern so beklemmend und dennoch eindrucksvoll erschien, tat ihr Übriges.

Das schwarze schwebende Samtkissen brachte die vorgebliche Kommission und die drei Orgh zu einer Vierkantpyramide, aus der oben eine Art gläserner Kelch emporwuchs, der eindeutig dekorativen Charakter hatte. Das Gebäude wirkte seltsam fehl am Platz, als wäre es nachträglich eingebaut worden.

Eine eindeutige Referenz an die Arkoniden, kommentierte Crests Extrasinn.

»Schlafsiedlung Drei-Vier«, erläuterte Gal-Enn. »Mit Fremdweltquartieren.«

Trker-Hon gab eine Art Krächzen von sich. »Worin unterscheiden sie sich von Ihren eigenen Quartieren?«

»Sie sind überaus höflich, dies zu erfragen. Ihre Neugierde gereicht einem *Derengar* gewiss zur ... zzzhhh ... Zierde. Ich zeige es Ihnen.«

Gal-Enn manövrierte das Kissen an die Basis der Pyramide. Auf einen unhörbaren Befehl hin schoben sich aus der glatten Wandung mehrere große Schubladen, etwa drei Meter lang, einen Meter hoch und zwei Meter breit. Darin lag jeweils ein Orgh, eingezwängt in eine aufgeschäumte Masse und zahlreiche technische Geräte, die wohl der Versorgung der Insektoiden dienten.

»Das sind Schlafquartiere der Orgh. Funktional und effektiv«, sagte Gal-Enn und ließ die Schubladen wieder verschwinden. »Ihre Bevorzugung einer Kombination aus Schlaf-, Ruhe-, Erholungs- und Informationsbereichen ist in unserem Bewusstsein. Wir nahmen uns die Freiheit, die Pyramidenspitze mit entsprechender Einrichtung zu ... zzzhhh ... versehen.«

Damit ließ er das Schwebekissen aufsteigen.

Im oberen Drittel der Pyramide schob sich eine Plattform aus dem schimmernden Material, und eine Tür in der Wand wurde erkennbar. Gal-Enn stieg aus. Nacheinander bat er die Hohe Inspekteurin und ihre beiden Wissenschaftlichen Begleiter, eine Handfläche an einer bestimmten Stelle gegen die Tür zu drücken.

»Die Individuallegitimierung hat ... zzzhhh ... stattgefunden«, versicherte er ihnen. »Die Unterkunft steht Ihnen nun zur Verfügung. Handflächenkontakt auf violetten Markierungen genügt zur Verbindungserstellung zum lernfähigen interaktiven Spezifikationsprogramm für Umsorgungseinrichtungen. Eine neue Kontaktierung ...«

»In zehn Stunden!«, befahl Michalowna scharf.

Gal-Enn vollführte eine komplizierte Geste mit drei der vier Arme. »In zehn Stunden führe ich eine erneute Kontaktierung durch. Unser Rückzug findet Akzeptanz?«

»Er findet.«

Das »Spezifikationsprogramm für Umsorgungseinrichtungen« erwies sich als holografische Darstellung eines Arkoniden, der man allerdings ansah, wer sie programmiert hatte: Die Bewegungen orientierten sich eher an denen der Orgh als an Humanoiden.

Dennoch zeigte es den Gästen die Zimmerfluchten und war dabei behilflich, individuelle Rückzugsmöglichkeiten zu gestalten. Die dazu vorhandenen Mittel waren zwar vergleichsweise bescheiden, aber sehr effektiv: Wände konnten verschoben, in Verlauf, Oberflächenstruktur und Transparenz verändert und mit Durchgängen nach Wahl versehen werden, das Mobiliar und der Bodenbelag ließen sich innerhalb einer gewissen Bandbreite modifizieren, Beleuchtung, Temperatur und Luftfeuchtigkeit konnten die Gäste frei einstellen. Unveränderbar war lediglich der Zentralbereich der Unterkunft, ein Raum mit dreieckigem Grundriss, in dessen Zentrum eine viereckige Versorgungssäule stand: Dort befanden sich die Ausgabe von Nahrung und Getränken sowie eine lokale Kommunikationseinrichtung.

»Wir sollten uns eine Weile hinlegen«, schlug Tatjana Michalowna vor. In ihrem Schädel brummte es, die Welt wurde bleiern. Sie musste sich dringend von den Gedanken der Orgh abschotten, und sei es auch nur für kurze Zeit. »Unsere Tage auf Ferrol waren alles andere als erholsam. Die verwirrenden Gedanken der Orgh bereiten mir Kopfschmerzen. Wenn mir früher jemand gesagt hätte, wie anstrengend *Denken* sein kann, hätte ich ihn ausgelacht.«

»Warten Sie«, bat Crest. »Sie brauchen auf mich wegen der ... Krankheit keine Rücksicht zu nehmen.«

»Wer sagt, dass sie das tut?« Trker-Hon lachte. »Sie vergessen, dass wir beide schon recht alt sind. Und sie hat recht: Es war für uns alle anstrengend, auch für unsere junge Begleiterin.«

»Trotzdem. Ich werde nicht so schnell Schlaf finden. Dieser Ort ist wie ein Rätsel für mich. Können Sie uns etwas darüber sagen, was Sie nicht sagen konnten, solange wir in Begleitung waren?«

Michalowna nahm einen Becher Wasser aus der Versorgungseinrichtung und trank ihn in einem Zug leer.

»Das meiste ist nicht besonders überraschend. Die Orgh arbeiten für das Große Imperium von Arkon, aber keineswegs freiwillig, obwohl das früher anders war, wenn ich die Gedanken richtig verstanden habe. Sie müssen regelmäßig Inspektionen über sich ergehen lassen; deshalb sprechen viele Arkonidisch, obwohl sie untereinander nur telepathisch kommunizieren. Das läuft aber eher wie ein *Intranet* ab, ich bekomme dazu nur schwer Zugang. Interessant ist aber vor allem eines: Das Forschungsprojekt untersteht dem Militär Arkons und trägt den Kodenamen *Weltenspalter.* Ist Ihnen ein solcher Begriff bekannt?«

»Weltenspalter«, wiederholte Trker-Hon. »Ein interessantes Wort. Sehr kriegerisch, aber das ist durchaus nicht unerwartet. Ihr Volk rückt Krieg oft in den Fokus seiner Forschung, verehrter Crest.«

Crest schüttelte den Kopf. »Sie sehen das aus einer verengten Perspektive, weil Sie bisher vornehmlich mit dieser Seite des Großen Imperiums konfrontiert waren. Ebenso wie wir bei den Topsidern zunächst ihren Expansionsdrang sehen.«

»Sie haben niemals die Gelegenester von Kragar-Gul gesehen, die Diamantsäulen von Luter-Gwinz oder die Felsspaltergeneratoren der siebzehn Monde. Vielleicht sollten Sie das nachholen, sonst werden Sie Topsid nie verstehen.«

»Ebenso ist es mit Arkon. Wenn Sie jemals die Kristallenen Weiten bereist haben, begreifen Sie den Geist des Imperiums, und der hat nichts mit Waffengewalt zu tun.«

Die beiden Weisen drifteten schon wieder ab. »Zur Sache, meine Herren! Stichwort *Weltenspalter.* Kennen Sie diesen Begriff?«

»Es ist ein Waffensystem, sagten Sie?« Crest stützte den Kopf mit einer Hand ab. Tatjana betrachtete ihn, und ihr schien es, als flutete eine Welle von Leid über seine pergamentene Gesichtshaut. »Nein, mir ist nicht bekannt, dass es eine entsprechende Forschungseinrichtung gäbe oder gegeben haben könnte.«

Trker-Hon legte den Kopf schief und betrachtete den alten Arkoniden. Seine Klauenhände trommelten beinahe unhörbar auf der Tischplatte. Dann, nach einer langen Pause, sagte er: »Vielleicht denken wir in die falsche Richtung. *Welt* hat eine stellare und eine soziale Konnotation: Es muss keine Waffe im militärischen Sinn sein, die einen Planeten zerstört. Man kann Welten auch begreifen als Gesamtheit der planetaren Bewohner und diese durch Meinungen spalten. *Teilen und herrschen.* Und um fremde Völker besser spalten zu können, würde man gewiss Wissenschaftler aus Völkern wählen, die sich in deren Mentalität besser einfühlen können, während an einer echten Waffe vornehmlich die Wissenschaftselite Arkons arbeiten würde.«

»Hervorragende Schlussfolgerung. Sie könnten recht haben, Verehrter«, sagte Crest. »Eine Waffe, die ganze Planeten spalten könnte, ließe der Imperator kaum so vollständig in Händen von Nichtarkoniden.«

»Es sei denn, man hätte die absolute Kontrolle über diese Nichtarkoniden«, gab Trker-Hon zu bedenken. »Aber wie gewinnt man diese und bewahrt sie?«

»Die Geschichte lehrt uns, dass keine Kontrolle absolut sein kann. Je fester der Griff, desto eher zerbricht das Festgehaltene und schlüpft durch die Finger.« Crest krampfte eine Hand in sein Gewand, als verspüre er heftigen Schmerz. Michalowna dachte kurz daran, wie wenig sie sich um seinen Zustand kümmern konnten. Bevor sie weiter nach der Unsterblichkeit strebten, bedurfte der Arkonide vor allem der Heilung – etwas, das nicht einmal die hochstehende Medizin der Aras zuwege brachte. Jene, die Unsterblichkeit verhießen, stellten für ihn die letzte Hoffnung dar, wenn es überhaupt eine geben konnte. Und die Zeit lief ihnen davon ...

»Das alles ist sehr verwirrend. Wir müssen dringend Informationen beschaffen. *Suche das Profunde, meide, was dich verwundert, der Starke braucht festen Stand.«* Der letzte Satz Trker-Hons klang beinah wie ein Mantra, er gehörte daher wahrscheinlich zu den »Sozialen Weisungen« der Topsider.

So kamen sie nicht weiter. Tatjana Michalowna dachte noch einmal über alles nach, was sie den Gedanken der Insektoiden hatte entnehmen können.

»Vielleicht hilft die Information, dass das Imperium den Weltenspalter gegen ein bestimmtes Volk einsetzen will? Der Orgh dachte seltsam abstrakt, ich bin sicher, dass er dieses Volk niemals selbst gesehen hat. Ich bin nicht einmal sicher, ob ich alles verstanden habe. Es fiel auch kein Name, jedenfalls keiner, den ich identifizieren konnte. Diese Fremden scheinen bei den Orgh keine *Primärkollision* zu bedeuten – wissen die Geister von Tunguska, was damit gemeint sein soll.«

Sanft massierte Crest seine Stirn, in den fiebrigen roten Augen stand ein neuer Glanz. Seine Neugierde siegte für den Moment wohl über Schmerz und Erschöpfung. »Sprechen Sie. Egal, wie bedeutungslos es Ihnen vorkommen mag.«

»Gal-Enn und seine Begleiter betrachteten die Fremden als merkwürdig irrelevant, als gäbe es keine Berührungspunkte zwischen ihnen, außer eben dem Großen Imperium. Daher blieben sie sehr abstrakt, nur gefühlte Orientierungsmuster im Hintergrund, ganz anders als die Arkoniden.«

»Das spricht dafür, dass die Orgh Aufträge entgegennehmen und umsetzen. Sie haben kein eigenes Interesse im Auge. Warum fürchten sie dann aber unsere Inspektion so sehr?« Trker-Hon rieb über seine Augenklappe. Ob er manchmal Phantomschmerzen spürte?

»Furcht«, sagte Crest, »ist mitunter eine sehr wirksame Waffe, um Kooperation herbeizuführen. Oft ist diese aber den Fürchtenden selbst inhärent, sie muss kaum von außen induziert werden. Das Schlimmste, was den meisten Wesen zustoßen kann, ist, mit ihren eigenen Mutmaßungen allein zu sein.«

»Und Sie fragen, welche Vorbehalte Topsid gegenüber Arkon hegen könnte? Arkons Vorstellung von Herrschaft basiert offensichtlich nicht auf gleichberechtigter, gegenseitiger Verständigung.«

Crest seufzte müde. »Das ist ein schwieriges, weites Feld. Ein sehr weites Feld, Trker-Hon.« Sein Blick mied den direkten Kontakt zu Michalowna und dem Topsider, stattdessen wanderte er zu einem siebeneckigen Fenster und hindurch auf die Dünen Kedhassans, die im schwachen roten Licht der namenlosen Sonne zu einem Meer aus rotschwarzer Finsternis wurden. »Auch wir hatten in unserer langen Geschichte viel zu lernen ... Prozesse, die Ihnen vielleicht noch bevorstehen. Wir ändern uns mit den Zeiten, wissen Sie? Selbst Geschichten, die vor einem Jahrhundert gerühmt wurden, müssen ab und zu neu erzählt werden, damit ihr Geist überdauert.«

»Sie haben natürlich recht. Auf Topsid verwenden wir das Bild der acht Jahreszeiten einer Zivilisation ...«, begann Trker-Hon.

Michalowna unterbrach ihn: »Eine wunderbare Diskussion, aber leider zum falschen Zeitpunkt. Auch wenn wir es nicht direkt merken, dürften wir unter Zeitdruck stehen. Was ist, wenn die echte Kommission auftaucht? Oder die geheimnisvollen Fremden, vor denen die Arkoniden sich fürchten?«

»Selbstverständlich«, sagte Trker-Hon, als könne er selbst nicht glauben, dass ihm das entfallen war. »Wenn Sie die Orgh richtig verstanden haben, Tatjana, haben die Arkoniden vor diesem Feind so große Furcht, dass sie sogar fürchten, gegen ihn zu unterliegen.«

»Unmöglich«, versetzte Crest. »Das Große Imperium hat keinen äußeren Feind zu fürchten.«

Trker-Hon hob eine Hand. »Das ist nicht gesagt. In unserer *Gegenwart* haben Sie recht. Und was die Zukunft angeht ... Wir kennen sie nicht, käme der Feind also aus dieser Zeit, brauchten wir nicht weiter nachzudenken. Aber es gab Feinde in der Vergangenheit, die von Ihrem Volk gefürchtet wurden, nicht wahr?«

»Es ist Jahrhunderte her, dass sich jemand dem Großen Imperium in den Weg stellte. Aber je weiter wir zurückgehen, je kleiner unser Reich und unsere Macht waren, desto mehr erhöht sich die Zahl der gefährlichen Feinde. Aber wie weit sollen wir zurückgehen? Die Furcht muss so groß sein, dass sie sich selbst so fremdartigen Wesen wie den Orgh mitteilt. Die Großen Bruderkriege, die Usurpatorischen Zwingburgen ... nein. Es waren lebensgefährliche Zeiten, aber ich las nie von einer Zeit für Furcht. Die Garbo Hamati, die Konnexion des Randes, die Schwarzen Schlachtenwüter oder die Randwärtigen Sternenfresser ... alles Episoden, viel zu weit entfernt, um glaubwürdiger Überlieferung wert zu sein. Und sonst ...«

»Welcher Feind war in den Aufzeichnungen Ihres Volkes der schlimmste?«, bohrte Trker-Hon nach. »Ganz sicher nicht *mein* Volk, oder?«

Crest lachte trocken. »Der schlimmste Feind ist man immer selbst, haben Sie das noch nie gehört?«

Der Topsider gab ein bellendes Geräusch von sich. »Wir pflegen zu sagen, dass stets der gegenwärtige Feind der schlimmste sei.«

»Es kommt außerdem darauf an, wo wir uns befinden. Ein Gegner, der für Arkon selbst irrelevant scheint, mag auf einer

Grenzwelt wie der drohende Weltuntergang wirken. Wenn wir wüssten, wo wir uns befinden ...«

»Das bringt uns nicht weiter!«, warf Michalowna ein. Sie war müde und angestrengt. Ihre besondere Gabe laugte sie stärker aus, als es ein Außenstehender begreifen konnte. Mit Telekineten oder Teleportern hatte man automatisch mehr Nachsicht, weil sie sichtbare Leistungen vollbrachten. Telepathen hingegen hatten »nur« mit Gedanken und Sprache zu schaffen – und was bedeutete das schon? »Versuchen Sie, alle Bedingungen auszuschalten, die wir nicht festlegen können: Zeit, Ort, mythologische Verbrämungen. Und vor diesem ganz generellen Hintergrund – sagen Sie uns: Wer war der schlimmste Feind, den das Imperium je hatte?«

»Sie haben recht. Die schlimmsten Feinde unseres Imperiums waren solche, die eigentlich nie hätten Feinde sein dürfen, weil wir unterschiedliche Welten beanspruchten: die Methans.«

Tatjana Michalowna
Kedhassan, Tag 1

»Methans?«

»So wurden sie oft genannt. Sie bewohnten Methan-Wasserstoff-Ammoniak-Planeten, absolut lebensfeindliche Welten.«

»Bewohnten?«

»Ich weiß nicht, wie viele überlebt haben. Es war eine schreckliche Zeit, rund zehn- bis elftausend Jahre vor unserer Gegenwart. Die Methans drohten uns zu überrollen, und ich halte es für sehr glaubhaft, dass damals genügend Zeit für Furcht war. Wir wussten wenig über den Feind, und wie ich bereits sagte, kann es nichts Schlimmeres geben, als mit seinen eigenen Ängsten allein zu sein.«

Trker-Hon schüttelte den Kopf, als müsse er Wassertropfen wegsprengen. »Schön und gut. Könnten diese Methans der Feind sein, gegen den die Orgh am Weltenspalter forschen?«

Tatjana Michalowna zog die Stirn kraus. »Es wäre schlüssig. Da auch die Orgh Sauerstoffatmer sind und wohl nicht direkt am Krieg beteiligt, gibt es für sie wenig Grund, diesen Gegner selbst zu fürchten. Haben Sie zufällig eine Vorstellung vom Aussehen des Gegners? Groß, klobig, mehr als zwei Augen?«

Crest nickte. »Das könnte auf die Methans – Maahks nannten sie sich selbst – zutreffen. Und wenn sie es sind, könnten wir uns etwa zehntausend Jahre in der Vergangenheit befinden. Ungefähr jedenfalls. Der Krieg war lang.«

»Ja, das halte ich ebenfalls für wahrscheinlich.« Trker-Hon zwinkerte mit seinem Auge. »Der Thort hat auf Ferrol eindeutig ausgesagt, dass er die Transmitter nur zur räumlichen Versetzung bedienen kann. Die Tatsache, dass es sich manchmal wohl um Zeitmaschinen handelt, war ihm bis zu unserem Aufeinandertreffen unbekannt.«

Die drei sahen einander an.

Dann sagte Crest: »Es bleibt folgendes Problem: Mir ist keine Waffe namens *Weltenspalter* bekannt, die während des Methankriegs zum Tragen kam. Und wenn sie wirklich so kriegsentscheidend ist, wie die Orgh denken, ist das unmöglich. Es sei denn, die Waffe wurde nie eingesetzt.«

»Vielleicht, weil *wir* es verhindert haben?«, fragte Trker-Hon. »Wir hätten auf Ferrol um ein Haar ein Zeitparadoxon ausgelöst. Und wir haben erfahren, dass Perry Rhodan und seine Begleiter, die nach uns suchen, auf Rofus bereits eines hervorgerufen haben, indem sie einen einfachen Soldaten zum Thort machten. Ohne ihr Eingreifen hätte es keinen Thort gegeben!«

»Das ist eine zu voreilige Schlussfolgerung«, sagte Crest. Tränen traten ihm in die Augen. Thora, seine Begleiterin, war mit Rhodan unterwegs. Und sie wussten nicht, wo oder wann Thora und Rhodan abgeblieben waren. Sie mochten längst tot sein. »Vielleicht ist es eine Fehlentwicklung gewesen. Ein Zeitparadoxon ist natürlich theoretisch möglich, aber wir sollten zuerst nach einfacheren Erklärungen suchen.«

»Warum sollte es uns sonst hierher verschlagen haben?«, hielt der Echsenartige dagegen. »Sie selbst sind überzeugt davon, dass wir auf einer Prüfungsreise sind. Daher muss es sich um eine Prüfung handeln.«

Crest nickte langsam. »Wir wissen aber nicht, welcher Natur diese Prüfung ist. Solange sich das nicht ändert, rate ich zur Vorsicht.«

»Na schön.« Michalowna erhob sich. »Nehmen wir einfach mal an, wir befinden uns in der Vergangenheit zur Zeit des Methankriegs und sollen etwas mit diesem Weltenspalter anfangen. Wenn das so ist, müssen wir uns beeilen.« Die beiden Wissenschaftler sahen sie müde an. Die Terranerin vergaß immer wieder, wie alt die beiden waren. »Die Orgh haben uns beste Startbedingungen gegeben, weil sie uns mit einer Kommission verwechselt haben.«

»Ah«, sagte Crest. »Selbstverständlich. Wir müssen in spätestens zwei Tagen mit der Ankunft der echten Kommission rechnen.«

Michalowna nickte. »Genau. Ich habe es Ihnen bereits zu vermitteln versucht: Unsere Situation ist gefährlich. Ich weiß nicht, wie lange wir unsere Rolle durchhalten können. Sobald die echte Kommission eintrifft, fliegen wir auf. Wir müssen hier weg!«

Sie schaute aus dem Fenster, und der kleine rote Punkt, der die Sonne war, blickte stoisch aus dem Zenit zurück. Dann, als zöge jemand einen Schleier darüber, wurde sie verdunkelt, und Nacht senkte sich über den Planeten.

Eine solche Dämmerung habe ich noch nie gesehen. Als würde jemand das Licht ausschalten, dachte sie.

Praktisch sofort nach Einsetzen dieser seltsamen »Nacht« begannen die Gebäude ringsum zu leuchten, erst als schwache Funken, die irgendwie von *drinnen* und *unten* kamen und sich ausbreiteten und emporstiegen wie Luftblasen in Flüssigkeit, bis sie die gesamte Architektur in einem schwebenden Tanz illuminierten. Es war ein atemberaubender Anblick, beinahe schon ätherisch und zutiefst traurig.

»Abgesehen davon, dass es nicht so ohne Weiteres möglich sein dürfte, wieder durch den Transmitter zu gehen, spricht mein Gefühl dagegen«, sagte Crest. »Wir sind der Unsterblichkeit auf der Spur, hoffen wir wenigstens. Die Stationen unserer Reise sind Prüfungen. Wir müssen uns der Unsterblichkeit würdig erweisen ...«

Michalowna setzte sich wieder. »Na schön. Dann schauen wir uns einfach mal an, welche Optionen uns bleiben.«

»Unser Ziel ist, diese Welt wieder via Transmitter zu verlassen«, steckte Trker-Hon die Perspektive fest. »Nach bestandener Prüfung, wenn möglich.«

»Dies sollte vor Eintreffen der echten Kommission erfolgen und nachdem wir den Weltenspalter inspiziert haben.«

»Nur dann werden die Orgh keinen Verdacht schöpfen«, schloss Crest die Überlegungen ab.

»Dann werde ich bei Gal-Enn mal Dampf machen«, sagte Michalowna. »Der Hohen Inspekteurin wird er ...«

Sie schoss hoch, dass der Stuhl umfiel, und stellte sich vor Crest. In dessen Rücken war eine Tür aufgegangen, und ein Orgh trat ein.

»Ich grüße die Hohe Kommission.« Er sprach ebenfalls Arkonidisch, schien aber nicht die gleiche Vorliebe für bürokratische Satzungeheuer zu haben wie Gal-Enn.

»Wie lange sind Sie schon da?«, blaffte Michalowna. »Haben Sie uns belauscht?«

Der über zwei Meter große, schlanke Insektoide wich einen Drittelschritt zurück und hob alle vier Hände vor das ausdruckslose Chitingesicht. »Ich bin Oger-214. Ich habe nichts gehört. Ich bin gerade erst angekommen. Gal-Enn schickt mich.«

Sie straffte sich und fand schnell wieder in die Rolle der arroganten Arkonidin. »Wozu schickt er Sie? Kann er nicht selbst kommen?«

Oger-214 neigte sich leicht zur Seite. Die Antenne, in die sein tropfenförmiger Schädel auslief, wedelte. »Sie brauchen einen Diener. Alle Kommissionen erhalten einen Diener.«

Du meinst eher: einen Spion für Gal-Enn. Aber wenn wir ablehnen, machen wir ihn nur misstrauischer.

»Das wurde auch Zeit. Sie dürfen bleiben, Orgh.«

Der Insektoide verneigte sich, so gut es sein Körperbau zuließ. »Oger-214.«

»Auch das.«

Kapitel 4

Homer G. Adams
Erde, 6. Oktober 2036

Aus dem fünfzigsten Stock des Stardust Towers hatte man einen wundervollen Blick über ganz Terrania. Dort befand sich auch das Büro von Homer Gershwin Adams, dem Finanzgenie der Terranischen Union. Seit knapp drei Wochen war er zudem ihr Erster Administrator, nachdem Perry Rhodan zu seinen Gunsten von der Kandidatur zurückgetreten war. Und fast ebenso lange waren Perry Rhodan und seine Gefährten verschwunden, nachdem sie auf der Suche nach dem todkranken Crest durch einen Transmitter im Wegasystem gegangen waren.

Acht Menschen hatten sich zu einer Krisensitzung versammelt. Wie üblich trug Adams einen zerschlissenen Designeranzug, den er an Knien und Ellenbogen mit Flicken verstärkt hatte. Dadurch wirkte er wie ein exzentrischer Lord, was durch seinen starken britischen Akzent noch verstärkt wurde.

Von den Eingeladenen war Doktor Haggard über Funk zugeschaltet: Er hielt sich an Bord der NESBITT-BRECK auf, des topsidischen Erkunders, in dem nun mittlerweile vier Opfer der mysteriösen Krankheit in einer Art Koma lagen. Persönlich erschienen waren Bürgermeister Bai Jun, Staranwalt William Tifflor sowie dessen Sohn Julian mit seiner Freundin Mildred Orsons, dann Michael Ott, der Gründer zahlreicher Think Tanks in der ganzen Welt, sowie der Telepath John Marshall.

»Dank des Schutzschirms ist die NESBITT-BRECK hermetisch von der Umwelt abgeschlossen«, berichtete der Arzt vom Stand der Dinge. »Etwaige Keime können nicht nach außen dringen. Betrachten Sie mich also getrost als Versuchskaninchen. Wenn ich in Kürze ebenfalls ausfalle – sollten Sie eine Lösung parat haben.«

»Danke, Doktor Haggard«, sagte Adams. Er wühlte in einem kleinen Stapel aus Papierbögen, die mit allerlei bunten Merkzetteln versehen waren, dann zog er einen heraus, warf einen raschen Blick darauf, zerknüllte ihn und warf ihn in einen bereitstehenden Papierkorb. »*Bereitstellungsantrag für topsidisches Beuteraumschiff*, ha! Hier geht alles so schnell, dass man es kaum glauben mag. Wo ist die gute alte, lähmende Bürokratie hin? – Also, Haggard: Wie ist der Zustand der Kranken?«

»Sie leben. Das ist das Beste, was ich derzeit sagen kann. Sid und mein Kollege Fulkar liegen hier, sind bei Bewusstsein, aber nicht ansprechbar. Ihr Blutdruck ist besorgniserregend, ihre Atmung ebenfalls. Doktor Manoli musste ich betäuben, er hat versucht, das Schiff mit Gewalt zu verlassen, reagierte aber auf keinen Kommunikationsversuch. Gucky ist ebenfalls bewusstlos: Er wollte auf unkonventionelle Weise von Bord gehen.«

»Sie wollen sagen, der Ilt habe versucht zu teleportieren und sei vom Energieschirm des Schiffes zurückgeschleudert worden?«, präzisierte der schlanke, asketisch wirkende Mann im Maßanzug, der Adams gegenübersaß. Seine Stimme klang müde, aber das lag wohl daran, dass er erst vor Kurzem aus einer Gefangenschaft befreit worden war.

»In der Tat, Mister Tifflor«, sagte Haggard.

Der Rechtsanwalt nickte nachdenklich. Er legte die Fingerspitzen der Hände aneinander und an die Lippen. »Wenn wir dieses Verhalten als Maßstab nehmen ... Halten Sie es für möglich, dass es identische Fluchtreflexe waren und dass wir auch bei dem Außerirdischen und dem Jungen mit solchen Aktionen rechnen müssen?«

»Dazu ist es zu früh, aber wenn ich mich weit aus dem Fenster lehne, würde ich sagen: Ja, das ist möglich.«

»Vielleicht sogar wahrscheinlich?«

Haggard lächelte nur. »Ich bin Arzt, kein Prophet.«

Michael Ott, der wie ein freundlicher älterer Herr mit Strohhut aussah und direkt neben Adams Platz genommen hatte, räusperte sich und schob den Hut weiter aus dem Gesicht. Dann zupfte er an seinen langen grauen Haaren und wickelte sich eine Strähne um den Finger. »Gute Propheten sind seltener als gute Ärzte, was? Und mit Doktor Haggard haben wir einen ausnehmend guten Arzt in unseren Reihen. Also, Mister Haggard, können Sie eine ansteckende Krankheit als Ursache ausschließen?«

»Mit den Mitteln an Bord komme ich nicht weiter. Vielleicht nach einem mehrwöchigen Kurs in topsidischer Medizintechnik, aber selbst dann ... Die Symptome sind sehr unspezifisch und dennoch besorgniserregend. Ich kann eine Seuche leider nicht ausschließen. Mir fehlt allerdings die Ursache.«

Ott stand auf und trat ans Fenster. »Ich denke, mit der Wissenschaft ist es wie mit einem guten Spaziergang. Man kann Terrania nicht sehen, wenn man nur auf eine Landkarte starrt. Legen Sie sich nicht zu früh fest, sonst blockieren Sie mögliche Lösungswege.«

Bai Jun wirkte irritiert, William Tifflor leicht amüsiert.

Adams räusperte sich und sah die anderen der Reihe nach an. »Haben Sie Ideen beizusteuern? Miss Orsons? Sie wollten ursprünglich Virologie studieren, wenn ich mich nicht irre?«

Die schwarzhaarige Freundin von William Tifflors Sohn nagte an ihrer Unterlippe. Sie hielt ein Pad hoch und zeigte auf mehrere Dateien, von denen die jüngste erst vor zehn Minuten bearbeitet worden war. »Ich habe mir die zugänglichen Unterlagen angeschaut. Wenn es ein Virus wäre ...«

»Nein!«, bellte Adams in diesem Moment. Die anderen schraken auf und blickten ihn an. Adams wurde rot. »Nicht Sie.« Er nestelte an seinem Funkempfänger, den man schon gar nicht mehr wahrnahm, so oft trug er ihn mittlerweile. »Lassen Sie die Roboter machen und *verschonen Sie mich* für die nächsten Stunden, ach was, besser Tage, mit allen Jammereien wegen des Stardust Towers, okay?« Er nahm die Ohrstöpsel heraus und riss sich das Mikrofon, das wie eine blasse kleine Warze an der Unterlippe klebte, herunter. »So, bin wieder ganz bei Ihnen. Miss Orsons?«

Die junge Frau begann von Neuem, ihr Pad ließ sie auf dem Tisch liegen. Offenkundig hatte sie sich eine neue Strategie zurechtgelegt. »Es hat vier ganz unterschiedliche Wesen erwischt, und zwar sehr schnell. Proband fünf – Verzeihung, ich meinte natürlich: Doktor Haggard – hat sich trotz intensiven Kontakts nicht angesteckt. Und wenn wir die Berichte von Sids Gesundheitszustand in Betracht ziehen, die besagen, dass er bereits *vor* Kontakt mit den Erkrankten an Fieber litt, da passt vieles nicht zusammen.«

»Andererseits sind Ihre virologischen Kenntnisse auch nicht zwangsläufig als am obersten Ende der Wissenschaftsskala einzuordnen«, gab William Tifflor zu bedenken.

»Sie haben gefragt ...!«, begann Mildred, schwieg dann aber sofort, als der Blick des Anwalts auf ihr ruhte. »Frank?«

»Mildred hat recht«, sagte Frank Haggard. »Es besteht kein Grund, ihre Meinung herabzusetzen.«

»Aber wer tut das denn?«, rief Bürgermeister Bai Jun. »Wir alle wissen sehr zu schätzen, was Milly ...« Er übersah bei der Verwendung dieser Koseform ihren Blick, als habe sie in eine Zitrone gebissen. »... uns mitzuteilen hat. Nicht wahr, Mister Tifflor?«

»Das stelle ich überhaupt nicht in Abrede«, stellte William Tifflor klar. »Aber wir benötigen Beweise oder zumindest Indizien. Spekulationen sehe ich nicht als solche an. Bis zum Beweis des Gegenteils schlage ich vor, vom schlimmsten Fall auszugehen, also einer Seuche.«

»Vielleicht kann ich helfen.« John Marshall erhob sich. Wie Tifflor war auch er groß und gepflegt, aber er trug einfache, elegante Kleidung. Während der Anwalt oft sehr nüchtern-analytisch wirkte, war der Telepath stets mitfühlend, ohne nachgiebig oder weich zu sein. »Ich habe mir erlaubt, telepathischen Kontakt zu den vier Erkrankten herzustellen. Ich konnte kaum einen klaren Gedanken heraushören, sie befinden sich im Delirium. Allerdings haben alle vier zwei Dinge gemeinsam. Zum einen spüren sie einen starken Drang, die Erde zu verlassen, zum anderen geistert ein Begriff durch ihre Köpfe: *Besun.«*

»Das ist wohl kaum ein Wunder. Sie waren schließlich alle vier Gefangene der Fantan.« Mildreds Finger huschten über die glatte Oberfläche des Pads, schoben Grafiken herum und tippten Text. Man konnte ihr ansehen, dass dieser Gedanke sie faszinierte.

»Könnte das des Rätsels Lösung sein?«, fragte Bai Jun. »Dass sie bei den Fantan infiziert wurden und die Erkrankung nach einer gewissen Zeit ausbricht? Dann wäre sie vielleicht nicht ansteckend. Gut für Terrania, nicht wahr?«

»Das ist die Lösung«, meldete sich Ott erneut zu Wort. »Die Fantan können uns weiterhelfen.«

»Theoretisch schon.« Adams klang nicht sehr überzeugt. »Praktisch ist das schwierig. Wir kennen keine Koordinaten von Fantanwelten. Und die Fantan selbst haben sich vor vier Wochen aus dem Wegasystem zurückgezogen, wie im Friedensabkommen vereinbart. Ich wüsste nicht, wie wir sie finden sollten.«

»Das ist auch nicht nötig«, meldete sich Julian Tifflor erstmals zu Wort. »Die Fantan werden *uns* finden.«

Kapitel 5

Tatjana Michalowna
Kedhassan, Tag 2

Tatjana Michalowna saß auf dem breiten, kastenförmigen Bett und starrte nach draußen. Sie hatte nur ein paar Stunden geschlafen, und nun wartete sie darauf, dass die Sonne aufging.

Als es schließlich geschah, war es wie ein Zwinkern. Plötzlich stand der ferne rote Augapfel wieder im Zenit, und unter seinem strengen Blick schrumpften die Lichter der Glänzenden Stadt zurück, schlüpften in eine Sicherheit, die nur sie kannten, verbargen sich unter der Oberfläche.

Was war das Geheimnis dieser Welt? Warum hatte es sie an diesen Ort verschlagen? Ihr kam es vor, als rankten sich Schatten und Rätsel um jeden Schritt, den sie taten. Ein Lied kam ihr in den Sinn, das sie in ihrer Kindheit einmal gehört hatte. Es hatte lange gedauert, bis sie es verstand, denn es war in englischer Sprache gewesen, aber der Tonfall hatte ihr Herz getroffen. Und wieder kam es ihr in den Sinn. Es stammte aus dem letzten Film, den sie mit ihrem Vater gesehen hatte, einem Klassiker, wie dieser erzählte. Sie hatte nicht allzu viel verstanden, und einen Tag später war ihr Vater tot gewesen.

Home is behind, the world ahead. And there are many paths to tread through shadow to the edge of night until the stars are all alight. Mist and shadow, cloud and shade. All shall fade, all shall fade.

Tatjana wischte sich die Tränen fort. *Die Heimat liegt hinter uns, die Welt breitet sich vor uns aus. So viele Wege führen durch den Schatten der Dämmerung, bis alle Sterne erstrahlen. Nebel und Dunkelheit, Wolken und Schatten. Alles schwindet ...*

Sie war eine erwachsene Frau, die die Sterne nun selbst suchte und hoffte, sie würde durch Nebel und Schatten gelangen, so, wie sie sich einst auf der Erde aus dem Bann des Suggestors Clifford Monterny befreit hatte. Alles schwand – falls man überlebte.

War das der eigentliche Preis der Unsterblichkeit? Dass alles ringsum welkte und verging?

Sie stand auf und verließ das Zimmer. Im dreieckigen Zentralraum wartete Oger-214. Wenn sie sich nicht täuschte, hatte der Orgh die ganze Zeit stoisch dort abgewartet, während seine klarsten Gedanken immer wieder um *Vermeidung der Primärkollision* kreisten.

»Haben Sie eine Nachricht von Gal-Enn?«

»Er wird in wenigen Minuten hier sein, um Ihnen den Weltenspalter zu zeigen.«

Crest
Kedhassan, Tag 2

Das schwarze Schwebekissen trug die Kommission und ihre Begleiter – neben Oger-214 und Gal-Enn waren dies an die zwei Dutzend schwer bewaffnete Orgh – aus der Stadt.

»Der Flug dauert eine Weile«, kündigte Gal-Enn an.

»Wieso haben Sie Ihre Stadt nicht unmittelbar am Standort des Weltenspalters angelegt?«, erkundigte sich Crest.

Gal-Enn wirkte verwirrt. »Die Anlegung ist uns nicht zuzurechnen, aber ... zzzhhh ... Besiedelung und Schaffung von Raum sowie Errichtung der Schlafquartiere. Eine Effizienzfrage.«

Damit wäre das Rätsel der Erbauer dieser Stadt wieder offen, wisperte der Extrasinn.

Crest verbarg sein Erstaunen mit jahrelanger Routine des Wissenschaftlers, der mit Hypothesen und Nullhypothesen arbeitete. *Das Universum bietet so viele Wunder, und mir bleibt nur noch so wenig Zeit. Dabei stehen wir unter dem Bogen der Unsterblichkeit, aber nichts regnet herab wie auf Riganir den Goldenen. Märchen bleiben Märchen. Deswegen hängen wir wohl so an ihnen.*

Du vergisst, dass wir mitten in diesem Märchen stehen. Riganir ist eine Fabelgestalt, aber du bist höchst lebendig.

Du wiederum vergisst den Krebs, der mich von innen auffrisst. Manchmal habe ich solche Angst davor, dass er mich eines Tages beherrscht, dass er mein Denken und Handeln bestimmt und ich nicht mehr ich selbst bin ...

Für jede Erkrankung gibt es eine Heilung. Die Medizin der Aras und der Menschen mag nicht ausreichen, aber irgendwo wird es einen Arzt geben, der dir helfen kann.

Aber wo? Ganz gewiss nicht in der Vergangenheit auf einer sterbenden Welt. Es ist beinahe poetisch, oder? Auf einer sterbenden Welt zu sterben.

Der Extrasinn fühlte sich verärgert an. *Du stirbst nicht, jeden-*

falls nicht hier und heute. Konzentrier dich auf diesen Weltenspalter oder meinetwegen auf die Glänzende Stadt und ihre Geheimnisse, aber denk nicht an deine Erkrankung, sonst siegt sie über dich.

Das war leichter gesagt als getan. Crest wischte die feinen Schweißperlen von der Stirn, die sich in den letzten Minuten gebildet hatten, und versuchte, tief und gleichmäßig zu atmen. Schmerzen kribbelten seine Wirbelsäule entlang, in den Fingerspitzen prickelte es, als fasse er in ein elektrostatisches Feld.

Trker-Hon hatte mittlerweile das Gespräch an sich gerissen. Der alte Topsider wusste genau, wie schlecht es Crest ging, und schützte ihn, indem er die Aufmerksamkeit der Orgh ablenkte. Das war bei Geschöpfen, die einen Rundumblick hatten, naturgemäß schwierig. Dennoch hoffte Crest, dass die Insektoiden seine Reaktionen nicht genau zu deuten wussten – für sie musste er so fremd wirken wie sie für ihn. Außerdem war er Arkonide, und damit hinterfragte man seine Handlungen nicht.

»... keinen anderen Namen?«, fragte Trker-Hon gerade.

»Es ist kein Bestand einer Notwendigkeit festzustellen. Der Glänzenden Zweck als zeitlich befristet ergibt sich aus dem ... zzzhhh ... Dienst des Imperiums auf Kedhassan.«

»Das Imperium bestimmt, wo wir stehen.«

Gal-Enn gab ein knisterndes Geräusch von sich, seine Stimme klang unbehaglich. »Ihre Identität ist nicht die eines Arkoniden.«

Trker-Hon lachte kurz auf. Der Orgh hatte einen seltsamen Moment gewählt, das Offensichtliche festzustellen. »In der Tat.«

»Aber Ihre Funktion entspricht der eines Derengar, eines Wissenschaftlers des Imperiums?«

»Das bin ich.« Trker-Hon klang vollkommen ruhig. Zu Crests Erleichterung spielte er mit. »Ein Wissenschaftler des Imperiums.«

»Gut«, sagte Gal-Enn. »Gut.«

»Also kommt die Zulassung von Nichtarkoniden zu hohen Weihen vor.« Es klang, als spräche er zu sich selbst.

Ringsum knisterten und knackten die Körper der Orgh, während sie sich für die anderen unverständlich unterhielten.

Tatjana Michalowna
Kedhassan, Tag 2

Primärziel denkbar, sangen die Orgh. Ihre anderen Gedanken gingen wild durcheinander. *Kollisionen auf sekundärer, tertiärer, quartärer Ebene möglich. Risikofaktor als Chancenfaktor, keine Primärkollision im Erfolgsfall. Quintärer Fortschritt aussichtsreich. Quartärer Fortschritt als Conditio sine qua non.*

Tatjana Michalowna verstand nicht, was die Orgh damit meinten. Sie dachten ausgesprochen hierarchisch, so viel war aufgrund der Begrifflichkeiten klar, aber sie hatten keine Vorstellung davon, welche Ziele sich auf den einzelnen Hierarchieebenen befanden.

Da kam ihr der Zufall in Gestalt Trker-Hons zu Hilfe. »Ihr Volk ist für einen Gelehrten faszinierend«, sagte der Topsider. »Sie unterscheiden sich in vielen Punkten von unseren Völkern ...«

»Ihr Interesse gilt zur Mehrheit den Orgh?«, fragte Gal-Enn. *Ist dies der Beginn der Strafe? Herausfinden, was uns schmerzt?*

»Ich kenne Sie nur als ausführendes Organ unseres Wissenschaftsbetriebs«, antwortete der Topsider. »Ich bin neugierig.«

»Ihr Vorrecht als Derengar«, stimmte Gal-Enn zu, seine Gedanken waren nach wie vor in Aufruhr: *Worin liegt seine Quintärplanung? Oder sucht er ebenso wie wir auf den oberen Ebenen?* »Matrim-183 wird Ihnen einen Bericht geben.« Gal-Enn winkte einem der anderen Orgh.

Dieser trat vor und erzählte, ohne sich eigens vorzustellen: »Wie Sie aus den Dateien des Imperiums wissen, stammen wir vom Planeten Orghum und unterstehen unserer Königin – möge sie Eier legen bis ans Ende der Zeiten. Eines Tages werden unsere Shafts dorthin zurückkehren, wenn das Imperium das erlaubt.«

Seiner Stimme merkte man ebenso wie der Gal-Enns an, dass sie es nicht gewohnt war, Arkonidisch zu sprechen. Allerdings schien er besser ausgebildet oder geübt, denn er redete schnell und flüssig.

»Ihre Shafts – es handelt sich um Verbände ... Clans ... Schwärme ... Herden, nicht wahr?«

Matrim-183 machte eine umfassende Bewegung mit dem oberen Armpaar. »Es sind unsere kleinsten Zusammengehörigkeiten, und wir tragen den Namen unseres Shafts sowie eine Kennzahl als Namen; mehr bedürfen wir nicht. Jeder Shaft untersteht einem Shaftgal wie Shaftgal-Cull oder Shaftgal-Plaram. Eine Anzahl der Shaftgals wiederum untersteht einem Gal. Auf Kedhassan folgen sämtliche Shafts und Shaftgals dem Befehl von Gal-Enn.«

Obwohl er sich auskunftsfreudig gab, hielt Matrim-183 mit vielen Details hinter dem Berg, aber für Tatjana Michalowna war dies kein Hindernis. Seine Gedanken verrieten ihn, sie hingen im

Augenblick des Sprechens um ihn wie sauber angeordnete Äpfel, die sie nur zu pflücken brauchte, ohne sich auf die Zehenspitzen zu stellen oder zu recken.

Zwischen 109 und 317 Orgh bildeten einen Shaft, der von einem Shaftgal geleitet wurde, und 317 Shaftgal unterstanden einem Gal. Jeder Shaft hatte einen bestimmten Namen, und seine Angehörigen wurden durchnummeriert, lediglich die Shaftgals und Gals hatten das Recht auf einen Namen.

Michalowna wandte sich wieder an Gal-Enn. »Sie sind sehr ... zurückhaltend. Verbergen Sie etwas vor uns?«

Der Gal wehrte hastig ab. »Die Tatsache enthält keine Täuschung, sollte Ihr Denken diese Richtung einnehmen. Wir haben keine Gewohnheit zur Beantwortung von Fragen dieser Art.«

»Sie werden uns hoffentlich nicht vorschreiben wollen, wie wir unsere Inspektion durchführen?«, schnauzte sie ihn an.

»Nein, Hohe Inspekteurin, niemals. Es ist nur ...«

»Dann ist es gut. Und jetzt schweigen Sie! Wir sind nur aus einem einzigen Grund hier: uns von Ihren Fortschritten zu überzeugen.«

Sie hoffte, dass ihre Begleiter begriffen, wie nah sie soeben an einer Enttarnung vorbeigeschlittert waren. Mit vor der Brust verschränkten Armen stand Michalowna breitbeinig auf dem fliegenden Kissen und starrte auf diese seltsame Welt, auf der die Sonne tagsüber stets im Zenit stand, als habe Kedhassan keinerlei Eigenrotation.

Kedhassan – ein Planet, dessen Substanz nur aus Blutstaub und Schwarzasche bestand. Sie sehnte den Augenblick herbei, in dem sie den Weltenspalter sehen würden und sich dessen Geheimnis lüftete.

Nach einer halben Stunde ereignislosen Fluges über eine triste Landschaft unter dem ewig gleichen Himmel sahen sie am Horizont etwas im trüben Rot von Kedhassans Sonne glitzern. Etwas *Großes*. Etwas *Fremdes*.

Sie hüteten sich vor voreiligen Fragen und versuchten wie allwissende, überlegene Vertreter des Imperiums auszusehen.

Das *Ding* im rotschwarzen Sand war eine gewaltige Scheibe aus Metall, gut einen Kilometer durchmessend und fünfzehn Meter dick. Die Oberfläche war glatt geschmirgelt von Jahren in der Wüstenei, vielleicht Jahrhunderten oder sogar Jahrtausenden. Sie lag da wie eine achtlos weggeworfene Münze der Sternengötter.

»Die Ankunft steht bevor«, sagte Gal-Enn beflissen, als seine Gäste keine Anstalten machten, etwas zu sagen.

»Das sehen wir selbst!«, kanzelte Michalowna ihn ab. »Sagen Sie uns lieber etwas, das wir noch *nicht* wissen und das Ihre Leistung in ein günstiges Licht stellt. Sonst sehen wir uns gezwungen, Sie zu ersetzen.«

Der Orgh erstarrte. »Dazu existiert keine .... zzzhhh ... Notwendigkeit. Es bedarf des Abwartens bis zur Vollendung der Einweisungserklärung.«

»Vollendung?« Sie schnaubte. »Überschätzen Sie sich nicht. Wir werden erfreut sein, wenn es Ihnen gelingen sollte, unsere ohnehin nur geringen Erwartungen zu übertreffen.«

»Sehr wohl.«

Als sie näher kamen, sahen sie, dass rings um die Riesenmünze Baracken und Zelte standen, offenkundig notdürftige Unterkünfte der Orgh, die dort arbeiteten. Und das waren sehr viele, sicherlich acht oder zehn Shafts.

»Die Arbeit erfolgt in unterschiedlichen Schichten«, erläuterte Gal-Enn ungefragt und wies auf Matrim-183, der sich nicht von der Stelle gerührt hatte.

Der Orgh ergänzte: »Nach vier Wochen schicken wir eine Schicht zurück in die Glänzende Stadt und ersetzen sie. Aber das wird bald nicht mehr nötig sein.«

»Die Arbeiten sind noch *nicht* abgeschlossen? Was ist mit dem Zeitplan?«, drängte sie.

»Wir befinden uns innerhalb des Zeitplans. Wir werden pünktlich fertig sein.«

»Also wollen Sie, dass wir abwarten?«

»Der Gal hat eine Simulation vorbereiten lassen. Wenn Sie überzeugt, was Sie sehen werden, sind Sie vielleicht bereit, die letzten beiden Tage abzuwarten.«

»Wir werden sehen«, sagte sie. »Lassen Sie uns beginnen!«

Das Schwebekissen landete wenige Meter vom Rand der Scheibe entfernt, die wohl den Weltenspalter darstellte. Umringt von den Orgh, betraten sie den Boden Kedhassans.

Vor ihnen gähnte eine Öffnung in der Wand, und Matrim-183 winkte ihnen, Gal-Enn und ihm zu folgen. »Kommen Sie. Sie werden begeistert sein, welche Fortschritte wir gemacht haben. Die Ähnlichkeiten mit der Technologie der Glänzenden Stadt haben sich als außerordentlich hilfreich erwiesen ...«

»Langweilen Sie uns nicht mit Banalitäten«, wies ihn Michalowna zurecht. »Ich will kein Ereignisprotokoll, sondern Ergebnisse! Wo ist denn nun Ihre Simulation?«

Es dauerte eine Weile, bis sie die Steuerzentrale des Weltenspalters erreicht hatten. Gal-Enn wies sie darauf hin, dass das Innere zu großen Teilen zerstört gewesen und die Einrichtung auf die Bedürfnisse von Arkoniden zugeschnitten worden sei. Matrim-183 ergänzte, es gäbe allerdings eine Holodokumentation, die alle Stadien der Erforschung und Instandsetzung erfasse, sodass es ein Leichtes sei, die Originalkonfigurationen wiederherzustellen.

»Jaja, das wissen wir. Historiker werden die Auflistung Ihres stümperhaften Tuns sicherlich interessant finden, wenn Sie uns nicht *endlich* Ergebnisse liefern!«, unterbrach Michalowna ungeduldig.

Da der Zeitplan eine Fertigstellung erst in zwei Tagen vorsah, würde die echte Kommission wohl kaum vorher auftauchen. Andererseits durften sie ihr Glück nicht überstrapazieren. Außerdem passte dieses Verhalten zu dem, was die Orgh – zu recht? – von den Arkoniden erwarteten.

»Zur Gewinnung bester Eindrücke lautet mein Rat zur Platznahme in den ... zzzhhh ... Kommandosesseln. Die Abspielung der Simulation ereignet sich im Hauptholo dort. Eine Wahl besteht zwischen einer personalisierten, direkten und einer allgemeinen Individualeinbindung.« Gal-Enn wies auf einen großen freien Bereich im Mittelpunkt der Zentrale.

Ringsum waren frei drehbare Sessel mit halbkugelförmigen Metallhelmen angeordnet. In breit ausladenden Armlehnen sah man Sensorfelder, Holoprojektoren und weitere technische Ausstattung. Die Außenwand der Zentrale war wiederum mit Monitoren, Eingabemöglichkeiten und einer Vielzahl ungewöhnlich aussehender Vorrichtungen versehen, einige davon ganz sicher nicht für die Verwendung durch menschliche Hände gedacht.

»Die Vermeidung jeglicher manueller Berührung ist empfohlen, kein Eingreifen der Hohen Kommission ist geboten, vollständige Wechselwirkungsfreiheit der Systeme besteht noch nicht .«

Tatjana Michalowna vergewisserte sich, dass ihre beiden Begleiter ebenfalls Platz genommen hatten. »Projektion!«, sagte sie laut.

Crest steuerte ein Beiboot, das den Weltenspalter begleiten sollte. Er sah, wie ein goldener Ring den Rand der Scheibe umschloss, die sich von unsichtbaren Händen gehoben aus dem Sand gen Himmel bewegte. Rotschwarze Staubschleier wehten ihr hinterher, sie ritt auf der Substanz des sterbenden Kedhassan ins All. Der Ring begann zu glühen, aber es war kein Antriebsleuchten. Mehrere blauweiße Energiebälle rasten den Goldring entlang wie die Kugeln eines Roulettespiels.

Ihr Anblick war beinahe hypnotisch, und die weißblaue Sauberkeit der Energie wirkte wie ein am Reißbrett entwickelter, computersimulierter Gegenentwurf zu dem schmutzigen Planeten, den der Weltenspalter verließ. Crest musste sich in Erinnerung rufen, dass er genau das *war,* dass er sich in einer Projektionsrealität befand, die auf Hochrechnungen und Daten beruhte. Dennoch nahm ihn dieses Erlebnis gefangen; er beschleunigte das kleine Schiff, um den Anschluss an die fremdartiger Technologie entstammende Scheibe nicht zu verlieren.

Erst langsam, dann immer schneller flog der Weltenspalter davon, und Crest folgte ihm. Alles fiel zurück, nur der Weltenspalter war wichtig in diesen Minuten, nicht Kedhassan, nicht Crests Begleiter – wo waren sie? Es scherte ihn kaum. Nicht einmal das Wühlen in seinem Bauchraum und der bittere Magensaft, der ihm die Kehle hochschoss, hatten irgendeine Bedeutung.

Ein großer Planet kam in Sicht, eine wirbelnde, chaotische Atmosphäre, dominiert von Ammoniak und Methan und angereichert mit anderen unangenehmen Gasen. Eine Sturmwelt, wie die Methans sie liebten. Und da waren sie auch schon heran, die verhassten Schiffe des Feindes.

Schlanke, zylindrische Einheiten, die im All hingen wie achtlos hingestreute Stäbchen eines traditionellen Geschicklichkeitsspiels. Als der Weltenspalter herankam, ordneten sie sich an, als würden Metallspäne von einem starken Magneten angezogen: Sie bildeten eine Halbkugel um den Weltenspalter, um ihn von ihrem Planeten abzudrängen.

Interessant. Die Schiffe des Feindes sind weitaus weniger detailliert abgebildet als der Rest. Wahrscheinlich mussten die Orgh mit begrenztem Datenmaterial arbeiten. Wir dürfen uns nicht darauf verlassen, dass alles exakt so ist, wie sie es darstellen.

Generische Gegner, kommentierte der Extrasinn. *Sie wollen uns nicht den Feind erklären, sondern den Weltenspalter.*

Die Stäbchenraumer feuerten auf den Weltenspalter, aber nun kam Crest ins Spiel. Er und all die anderen ungezählten Begleitschiffe schützten die ultimative Waffe, warfen sich ins Gefecht und sprengten den Wall der Methanraumer.

Als die titanische Scheibe in einen hohen Orbit um die fremde Welt einschwenkte, rotierte sie, erst langsam, dann immer schneller, gegenläufig zu dem Goldring an ihrem Rand. Weitere blauweiße Energiekugeln bildeten sich – und dann geschah es: Die Energiekugeln prallten aufeinander.

Trker-Hon saß in dem Sessel neben jenem des Kommandanten. Er verfolgte über die Panoramaanzeige, wie der Weltenspalter sich aus dem Sand erhob und immer höher in den Himmel Kedhassans stieg.

Dateneinblendungen beschrieben den Flug präziser, als das topsidische Auge ihm zu folgen vermochte. Es bereitete manchmal Schwierigkeiten, die vorüberflirrende fremde Schrift mit den teilweise altertümlichen Begriffen hinreichend schnell zu lesen und in topsidische Maße umzurechnen. Es genügte immerhin, um Trker-Hon gute Vorstellungen von den Kapazitäten des Weltenspalters zu vermitteln. Dieses ... Raumschiff – er zögerte, den Begriff zu verwenden – hatte ein ungeheures Potenzial. Viel mehr als ein schwerer Kampfraumer, mehr als hundert schwere Kampfraumer. Allein die Energieerzeuger ...

Schon erreichte der Weltenspalter die äußersten, dünnen Luftschichten, verharrte kurz, als blicke er zurück, und raste dann durchs All, dem Rand des Sonnensystems entgegen.

Der Topsider sah kaum etwas von diesem Flug, nur das Ziel war gut zu erkennen, obwohl er nicht begriff, wo es eigentlich lag, ob in diesem oder einem anderen Sonnensystem. Die Anzeigen verwirrten ihn, offenbar war vieles adaptiert oder mit Zwischenstationen auf arkonidische Bedürfnisse umgearbeitet worden. Es musste die Orgh einen unerhörten Aufwand gekostet haben. Wenn die Insektoiden *so etwas* schafften, stellten sie einen beträchtlichen Machtfaktor dar, mit dem zu rechnen sein würde.

Das Ziel der Fahrt war ein Planet, der aussah wie eine im schwarzen Eis der Unendlichkeit um sein Leben und seine Wärme kämpfende Welt. Er wirkte einerseits gigantisch, andererseits unglaublich flüchtig, als taumle eine Kugel zerknüllter Gaze zwischen lodernden Feuern.

Ein Raumkampf entbrannte um die Scheibe, Arkoniden gegen fremde Einheiten. Die Schlacht wirkte ausgeglichen, weil die

Schiffe der Gegner einander technisch ebenbürtig waren. Allerdings boten die Fremden etwa zehnmal mehr Raumschiffe auf als die arkonidischen Invasoren.

Und dann fuhr der Weltenspalter eine gewaltige, lange Klinge aus purer Energie aus.

Tatjana Michalowna sah aus Augen, die anders angeordnet waren, als sie es gewohnt war, in den Himmel ihrer Welt. Es war eine schöne Welt in Grün- und Blautönen, mit vom ewigen Wind abgeschliffenen Kanten. Sie stand einfach da und starrte nach oben. Ein an- und abschwellender Klageton – Feindalarm – orchestrierte die Szene.

Sie kannte das. Die Arkoniden in ihren Kugelschiffen kamen und gingen, stets zuverlässig abgewehrt von der Heimatarmee. Manchmal sah man am Himmel das ultrakurze Aufblitzen von Schüssen oder gar die etwas längeren Lichteffekte, wenn ein Treffer etwas zerstörte, Bomben, Raketen, Beiboote ... Was genau es war, wusste sie nicht, sie war kein Soldat. Aber sie vertraute den Soldaten.

Ein großes Bild entstand über dem Platz, auf den sie sich begeben hatte, um das Schauspiel zu bestaunen. Es zeigte die angreifenden Arkoniden und ihre eigene Abwehrflotte. Sie hatte all das schon oft gesehen, diesmal aber führten die Sauerstoffatmer einen neuen Schiffstypus mit sich, eine immense Scheibenkonstruktion.

Wer kam auf den Gedanken, etwas so Großes zu bauen? Vor allem: wozu?

Die Kugelraumer wehrten verbissen jeden Angriff auf dieses Schiff ab und führten es immer dichter an den Planeten heran, es war ihnen sichtlich egal, wie hoch der Blutzoll war.

Die Heimatflotte warf alles in die Schlacht, was zur Hand war, und eine Feindeinheit nach der anderen verging im tödlichen Feuer.

Was versprachen sie sich von alldem? Sie konnten mit dieser wunderschönen Welt doch *gar nichts* anfangen. Warum ließen sie die Gaswelten nicht einfach in Ruhe?

Sie erfuhr es schon Augenblicke später.

Vom Himmel fuhr ein gleißendes Leuchten herab, beinahe wie ein Blitz, aber unnatürlich gerade, lang gestreckt – und schlug keine fünfzig Meter von ihr in den Boden.

Alles ging rasend schnell, so schnell, dass alles wiederholt werden musste, um es dem trägen menschlichen Auge begreiflich zu machen: Die Bilder froren ein, ließen dem Auge Zeit, sie zu erfassen, und erst dann wechselten sie wieder. Tatjana Michalowna, Crest und Trker-Hon wünschten sich, der eine früher, der andere später, sich dieser Bildfolge entziehen zu können, aber es war umsonst. Die Mentalprojektionen der Orgh hielten sie in ihren Visionen gefangen.

Eine Tausende Kilometer lange, schmale, aber nur hauchdünne blauweiße Energieklinge entsprang der Scheibe des Weltenspalters und raste in einem einzigen gewaltigen Hieb durch den Planeten.

Sie sahen, was Crest sah: die Schiffe der Methans, hinweggefegt. Eine Welt, die auseinanderbrach, in zwei Hälften gespalten, an den Schnittflächen von einem Netz blauweißer Energiefäden gehalten und vor dem endgültigen Zerbrechen bewahrt.

Sie sahen, was Trker-Hon sah: Es war nur ein einziger flammender Schnitt, der die Atmosphäre zerriss, widerstandslos durch gewaltige Gebirge drang, in tiefen Meeren nicht gebremst wurde oder erlosch und der sich nicht um das Magmaherz einer Welt kümmerte.

Sie sahen, was Tatjana Michalowna sah: Das Leuchten schlug nicht nur einfach ein, es *zerteilte* den Boden und raste tiefer, so weit ihr Blick reichte. Häuser wurden zerhauen, ganze Gebirgsrücken, so abgeschliffen sie waren, fielen auseinander. Dann kam das Feuer, das hervorbrach wie das Herzblut des Planeten, geschmolzenes Gestein, brennendes Gas ... Sie sah ihren Nachbarn sich in der unerträglichen Hitze auflösen. Ihr Mund brannte, die Füße schmolzen ...

Ein einziger Schnitt, chirurgisch, schnell und kaum erkennbar, selbst wenn man jede Bildsekunde in hunderttausend Bilder auflöste. Bilder, die sprachen.

Crest löste sich aus der Projektion. Seine Augen tränten. Eine solche Macht ...

Trker-Hon schüttelte die aufgezwungenen Bilder ab. Eine furchtbare Waffe ...

Tatjana Michalowna wachte auf und entkam dadurch dem Tod, der sie bereits verschlungen hatte.

»Entbehrt die Hoffnung, zur Steigerung Ihrer Zufriedenheit beigetragen zu haben, der Realität?«, zerbrach die fremdartige Stimme Gal-Enns die Stille, nachdem die Präsentation beendet war.

»Es ist nicht weniger, als wir erwarteten«, sagte Tatjana Michalowna, obwohl ihr speiübel war. Das, was sie eben gesehen hatte, war unmöglich, reine Phantasie. Einen Planeten buchstäblich zu teilen und beide Hälften zu erhalten ... das war keine Technologie, das war *Zauberei.*

Crest gab ein würgendes Geräusch von sich. Seine Hände krampften sich um die Armlehnen, ob vor seelischem oder körperlichem Schmerz, ließ sich nicht sagen.

»Und Sie sind sicher, dass Sie die Arbeiten innerhalb von zwei Tagen abschließen und die vollständige Funktionsbereitschaft des Weltenspalters garantieren können?«, fragte Trker-Hon so gleichmütig, dass jeder Narr erkennen musste, dass er schauspielerte.

»In zwei Tagen«, bestätigte Gal-Enn. »Ich nehme an, unsere Existenz findet damit Berechtigung?«

Michalowna überlegte nur kurz. »Ich werde es in meinem Bericht empfehlen«, gab sie zurück.

Primärkollision mit sinkender Wahrscheinlichkeit, dachte Gal-Enn erleichtert. *Quartärerfolge wahrscheinlich. Folgewirkungen sekundär und tertiär denkbar.*

»Für heute werden wir Sie wieder Ihren Arbeiten überlassen. Hüten Sie sich, uns zu enttäuschen.«

Gal-Enn ging voraus. »Eine Enttäuschung ist ... zzzhhh ... nicht beabsichtigt.«

Crest
Kedhassan, Tag 2

Crest zitterte beim Verlassen des Weltenspalters, zumindest fühlte er sich so, als habe er keine Kontrolle mehr über seinen Körper. *Das war grauenvoll,* dachte er.

Märchenhafte Technologie, meldete sich der Extrasinn. *Hier zur Zerstörung eingesetzt. Das schließt nicht aus, dass der Weltenspalter zu anderen Zwecken konstruiert wurde.*

Welchem anderen Zweck außer der Kriegführung könnte er dienen?

Das eben sollten wir herausfinden. Und vor allen Dingen: was aus ihm geworden ist.

Crest drängte den Schmerz zurück, der ihm die Brust eng werden ließ. *Dürfen wir überhaupt zulassen, dass so etwas existiert? Selbst wenn es der einzige Weg ist, den Krieg zu gewinnen?*

Der Extrasinn schwieg einen Moment. *Dürfen wir in der Vergangenheit herumpfuschen mit unserem begrenzten Horizont? Denk daran, dass der Imperator über den Einsatz dieser Waffe entscheiden wird, und der Imperator ist weise. Er wird sie nicht einsetzen, egal, was die Militärstrategen ihm empfehlen.*

Es waren andere Zeiten als heute, dachte Crest. *Ich weiß nicht, wie groß die Not des Imperiums wirklich ist. Verändern wir die Zeitlinie mit dem, was wir tun? Erfüllen wir sie vielleicht sogar? Oder ist alles irrelevant, weil wir ohnehin in einer parallelen Wirklichkeit agieren?*

Das wissen wir nicht, gab der Extrasinn zu.

»Achtung! Zurück!«, schrie in diesem Moment einer der Orgh und deutete in die Dünenwüste. Im ewigen schwarzroten Schattenspiel des Sandes fiel es Crest schwer, die Ursache für diesen Schrei zu erkennen.

Ein Stein flog heran, faustgroß, aber mit solcher Wucht und so zielgenau geworfen, dass er glatt den Körperpanzer eines Orghs durchbrach.

Und dann sprachen die Waffen: Im grellen Weiß ihrer Entladungen, die sich an einem einzigen Punkt kaum hundert Meter entfernt trafen, sah Crest einen kleinen schwarzen Schattenriss, den weichen Konturen nach stark behaart. Ein Tier, das erste, das sie auf Kedhassan zu Gesicht bekommen hatten. Und wohl allem Anschein nach ein besonders gefährliches.

»Was ...?«, fragte Michalowna.

»Ich bitte um Verzeihung für die Unannehmlichkeit«, sagte Gal-Enn. »Shaftgal-Cull hat sie beseitigt.«

Crest hakte nach: »Welcher Art Unannehmlichkeit war das? Geht davon Gefahr aus?«

Gal-Enn lachte knisternd. »Nur ein ... zzzhhh ... Ilt. Kein Grund zur Beunruhigung.«

Kapitel 6

Skelir
SREGAR-NAKUT, 7. Oktober 2036

»Obacht«, warnte Jenves. »Nicht zu dicht an das System heran, weißt du?« Er griff mit einer tätowierten Hand nach Skelir und schubste ihn von der Steuerung ihres Spindelschiffes weg. Mit nur vier statt sechs Gliedern war Skelir ihm im Zweifelsfall immer unterlegen.

Die SREGAR-NAKUT dümpelte jenseits der äußersten Planetenbahn, alle Sensoren wie neugierige Augen und Ohren auf das Vielplanetensystem der Wega ausgerichtet.

Skelir deutete auf ein Holo. »Wir sind *außerhalb* des Wegasystems, siehst du? Dort verläuft die Grenze. Wir verletzen keinen Vertrag. Sei nicht so nervös.« Sein fein geschuppter hellblauer Zylinderleib wackelte. »Wäre doch schade, zu schnell aufzugeben. Denk nur an den vierzigsten Planeten.«

»Dort dürfen wir nicht mehr hin«, sagte Jenves schnell, vielleicht etwas zu schnell. Skelir wusste, dass es ihm um das Besun, das sie dort versteckt hatten, mindestens so leid tat wie ihm.

»Vor vier Wochen ist die Frist abgelaufen, die uns der Friedensvertrag einräumte, in den Überresten der Kämpfe nach Besun zu suchen«, wiederholte Jenves den bekannten Umstand.

»Die besten Besun kommen unerwartet«, entgegnete Skelir. »Und da wir im Moment nichts Besonderes erwarten, schließe ich daraus, dass wir bald einem Besun begegnen.«

»Besun« war ein Begriff aus der Sprache der Fantan, der für die meisten anderen Völker unübersetzbar blieb. Am ehesten entsprach er noch dem »Wert«. Alles und nichts konnte ein Besun sein: ein Raumschiff, ein Kunstwerk, eine Pflanze oder ein Lebewesen oder sogar ein Augenblick. Und die Suche nach den schönsten, besten und seltensten Besun trieb die Fantan hinaus ins Weltall.

»Ja, das klingt plausibel. Aber begegnen wir dem Besun auch hier, oder müssten wir nicht längst woanders sein?«

»Da unsere gezielte Suche nichts mehr brachte, müsste sie anderswo natürlich ergiebiger sein«, belehrte ihn Skelir. »Aber finden werden wir das Besun trotzdem hier, weil es schließlich unerwartet kommt. Und nirgends wäre es unerwarteter als hier. Verstehst du?«

»Ui«, machte Jenves.

»Was ist denn? Ich wollte uns gerade etwas zu essen aus der Bordküche holen.«

»Dem Nahrungsmittelreplikator meinst du«, sagte Jenves. »Warte damit lieber noch etwas ab. Ich habe einen Notruf aufgefangen.«

Skelir beugte sich interessiert zu ihm. »Ein sehr schwacher Notruf. Ganz aus der Nähe.«

»Aus dem Innern des Systems«, gab Jenves zu bedenken.

»Ein Notruf ist eine Ausnahmesituation. Wir *müssen* reagieren, das versteht jeder.« Er schmatzte leise. »Es ist nicht weit.«

Jenves betrachtete die Anzeigen. »Zwischen den beiden äußersten Planetenbahnen ... Wir sind sehr nah dran. Es wäre unfair, ihnen nicht unsere Hilfe anzubieten.«

»So ist es.« Skelir gluckste. »Also: hin oder hin?«

»Hin«, antwortete Jenves und richtete das Spindelschiff auf die Quelle des Notrufs aus.

Ein riesiger, vier Kilometer langer Frachter der Ferronen, der aussah wie eine monströse Raupe mit vielfach segmentiertem Leib, trieb steuerlos zwischen den Planeten.

»Erztransporter«, vermutete Skelir.

»Schwer beschädigt«, ergänzte Jenves.

Die beiden tauschten Blicke. »Eigentlich ... eigentlich ist das eine viel zu verlockende Situation. Darum stimmt etwas nicht mit diesem Schiff. Wieso wurde es nicht gleich nach dem Friedensschluss von anderen Fantan geborgen?«

»Vielleicht, weil wir so viel anderes zu tun hatten. Niemand hat es bemerkt«, versuchte Skelir zu erklären, wobei er seine Worte mit Bewegungen dreier seiner vier Glieder unterstrich.

»Und wieso haben nicht in der Zwischenzeit die Ferronen selbst den Transporter gerettet?«

»Da könntest du gleich fragen, wie ein Ferronenschiff überhaupt einen Hyperfunknotruf senden kann, weil die Wegabewohner bekanntlich keine fünfdimensionale Technologie kennen.«

»Richtig«, sagte Jenves. »Darauf hätte ich selbst kommen können.«

»Also spricht einiges dafür, wieder wegzufliegen«, stellte Skelir enttäuscht fest. »Damit würden wir wahrscheinlich das Gleiche wie alle anderen tun. Ich glaube nicht, dass ich das will. Und du?«

Jenves lehnte sich gegen die Wand in seinem Rücken. »Ich tue gern, was andere tun.«

»Besun sammeln«, erinnerte ihn Skelir.

»Richtig.«

Wenige Minuten später flogen sie in einem kleinen Beiboot los. Die Blicke Hunderter neidischer Fantan, die an Bord zurückblieben, folgten ihnen.

Kapitel 7

Gal-Enn
Kedhassan, Tag 2, nachts

Gal-Enn ließ die leuchtenden Gebäude der Glänzenden Stadt hinter sich. Im typischen Dreischritt seines Volkes stapfte er durch den Eisenoxidsand, hinaus in die schwarze Weite Kedhassans. Die Sonne würde noch für Stunden verhüllt sein, und so lange herrschte Nacht über der gestorbenen Welt.

Nur Artefakte einer einstigen Hochphase der ehemaligen Bewohner waren übrig geblieben: die Glänzende Stadt und der Weltenspalter. Auch sie würden verschwinden, wenn der Energieschirm endgültig erlosch.

Wie lange war es her, dass die Orgh diesen merkwürdigen Planeten entdeckt hatten? Ein früherer Gal, sein Vorvorgänger, hatte mit der Besiedlung beginnen lassen; mehrere Jahrzehnte war das her. Mittlerweile bevölkerten rund sechzigtausend Orgh in 248 Shafts diese kleine Welt, auf der die Schwerkraft nur knapp halb so hoch war wie auf Orghum und auf der die Tage nur so hell waren wie die Nächte in der Heimat.

Es schien damals eine hervorragende Idee zu sein. Es sicherte das Überleben des Volkes. Es mehrte den Ruhm. Es mehrte das Wissen.

Und dann war alles schiefgegangen. Ihre Neugierde rief das Verhängnis hervor – die Begegnung mit dem Großen Imperium und dessen unerbittliche Forderung: die Instandsetzung des Weltenspalters.

Die Forderung musste erfüllt werden. Es gab keinen anderen Weg. Die Königin war zur Geisel geworden, zur Geisel auf ihrer eigenen Welt, umringt von arkonidischen Kampfrobotern, Orghum eingeschlossen von Wachsatelliten des Imperiums.

Würde Kedhassan das farblose Blut der Orgh trinken? Alles sah danach aus.

Die Orgh würden ausgelöscht werden, wenn es nicht gelang, das Imperium zufriedenzustellen und den künftigen Wert der

Orgh zu beweisen. Der fremde Wissenschaftler, dieser Trker-Hon, war ein Beispiel dafür, dass es möglich war zu überleben.

Gal-Enn ließ die jeweiligen beiden Rückfüße immer ein wenig kreiseln, ehe er sie aufsetzte, dadurch erkannte ihn jeder Orgh schon von Weitem. So sollte es sein. Er war ihr Gal.

Shaftgal-Cull erwartete ihn und begleitete ihn auf den nächsten Hügel. Die anderen Shaftgals waren bereits eingetroffen.

Am Himmel flirrten die sanften, pulsierenden Lichter der Nacht, die meist aussahen wie farbige, sich windende Bänder, manchmal wie tanzende mehrfarbige Kugeln. Manchmal entsprangen ihnen schemenhaft erkennbare Bilder von Orten oder Lebewesen, und Gal-Enn rätselte über deren Bedeutung. Die Nächte auf Kedhassan beruhigten und inspirierten ihn, selbst im Angesicht des Todes und obwohl er die Ursache für diese Leuchterscheinungen nur zu genau kannte. Es war um so vieles angenehmer, sich der Illusion hingeben zu können, irgendwo im Universum walte eine göttliche Hand, die ihnen Zeichen sandte.

In dieser Nacht würde er das Schauspiel am Himmel nicht genießen können. Er hatte die Shaftgals hergebeten, und er würde ihnen zuhören.

Sie sahen ihn kommen. Ihre Gedanken brachen über ihn herein wie Wasser, das durch einen berstenden Staudamm schoss.

Shaft eins meldet eine unzulässige Konsolenverbindung im oberen Plattensegment des Weltenspalters. Ursache unbekannt. Quartäres Problem.

Shaft zwei hat die Auskleidung der Gänge abgeschlossen, Informationsterminals sind vorhanden.

Shaft drei berichtet, dass die Programmierer Schwierigkeiten mit einem universellen Interface haben, das mehrteilige Anfragen stets zurücksetzt.

Shaft vier ...

Gal-Enn schickte einen starken Impuls über seine Kopfantenne aus, der im telepathischen Netz für Ruhe sorgte.

Wenn es uns nicht gelingt, den Weltenspalter übermorgen in Betrieb zu nehmen, werden die Arkoniden Orghum vernichten, verkündete er, was allen ohnehin bekannt war, von dem er aber wollte, dass es ihnen ständig bewusst war. Der Erhalt ihres Volkes hatte oberste Priorität, und ohne die Königin waren die Orgh eine aussterbende Spezies. Sie durften nicht scheitern!

Ich erwarte Lösungen, sagte Gal-Enn. *So, wie ich mich der Kommission unterwerfe, um uns zu retten, müsst ihr tun, was notwendig ist. Dies ist der richtige Weg. Die Kommission hat mir signalisiert, dass wir zufriedenstellend arbeiten. Wenn es uns gelingt, der Priorität zu gehorchen, haben alle sekundären und weiteren Ebenen Aussicht auf gesteigerten Erfolg. Wir ...*

Ein scharfer telepathischer Impuls unterbrach ihn. Er ging von Shaftgal-Cull aus, der zu seinem bevorzugten Gedankenterzett gehörte; er hatte ihn und die Kommission an diesem Tag begleitet.

Ich stimme überein, was getan werden muss. Aber ich fürchte, die Prioritätskollision ist nicht verhindert. Ich traue der Kommission nicht, dieser Kommission jedenfalls. Sie kam durch den Transmitter; sie landete nicht mit dem Schiff und stattete ihm einen Besuch ab, sondern sie benutzte *ihn. Außerdem war sie viel zu früh. Sie war noch nie zu früh.*

Gesetzt, sie benutzten den Transmitter zum ersten Mal, brachen sie womöglich auf, als unterlägen sie den Beschränkungen des Raumschiffsverkehrs. Ihr Transport verlief jedoch in Nullzeit, also erschienen sie viel früher als geplant, argumentierte Gal-Enn.

Shaftgal-Cull gestand dies ein, hatte aber weitere Einwände parat: *Haben Sie sich die Repräsentanten genau angesehen? Nur einer sieht so aus, wie wir Arkoniden kennen. Die Frau hat das Auftreten, aber bis auf den grundsätzlichen Körperbau nicht das Aussehen, und dieser Derengar Trker-Hon ist der erste Nichtarkonide, der jemals eine Kommission begleitete.*

Ich weiß. Es ist anders als sonst. Aber alles wandelt sich. Dürfen wir das Risiko eingehen anzunehmen, es handele sich um Betrüger? Wenn wir uns irren, wird die Kommission dafür sorgen, dass unsere Königin stirbt. Wir müssen sie ehrfürchtig behandeln, unsere Heimat steht auf dem Spiel. Und selbst wenn sie keine echte Kommission sein sollten: Welche Gefahr würden sie für uns bedeuten?

Sie unterschätzen die Brisanz. Dürfen wir ihnen blindlings vertrauen? Wenn sie nicht die richtige Kommission sind, wird die richtige dafür sorgen, dass unsere Königin stirbt, weil sie uns des Verrats zeihen kann.

Wir werden so oder so verlieren, wie wir uns auch entscheiden, erkannte Gal-Enn.

Das mentale Gemurmel der Shaftgals schwoll an. Jeder spürte die Unsicherheit des anderen, und das alles übertrug sich auf den Gal. Schließlich traf Gal-Enn eine Entscheidung. Er wandte sich direkt an Shaftgal-Cull.

Sorgen Sie dafür, dass die Kommission in einem Augenblick eli-

miniert werden kann, sollte ich zu dem Schluss kommen, dass dies notwendig ist. Oger-214 hält uns auf dem Laufenden.

Er blickte hoch zu den bunten Bändern, die das allmähliche Versagen des Energieschirms versinnbildlichten.

Es ist zum Wohl unseres Volkes.

Crest,
Kedhassan, 2. Tag, nachts

Das rote Auge am Himmel war verschwunden, als habe eine riesige Hand es weggewischt, und die Funken stiegen aus der Glänzenden Stadt auf, um sie allmählich zu illuminieren. Nacht regierte Kedhassan, sternenlos und von seltsamen bunten Lichtschlieren erfüllt, wie Energiefluktuationen auf einem Schutzschirm.

Crest betrachtete das Schauspiel stumm von seinem Quartier aus. Nur die Schlafpyramiden der Orgh blieben dunkel, Fremdkörper in dieser seltsamen Schönheit, Krebsgeschwüren gleich ...

Es ist wie bei mir, dachte Crest. Sein Körper schmerzte auf diese unbestimmte, diffuse Art, die ihn an den nagenden Tod erinnerte, der ihn auffraß, ohne dass jemand ihn aufhalten konnte. *Die Stadt leidet unter der rohen Ergänzung, die die Orgh vorgenommen haben, die nicht hierher gehört.*

Der Extrasinn meldete sich. *Sieh dir die Beleuchtung an. Erinnert sie dich nicht an die Funken, die den Weltenspalter umkreist haben? Das könnte dafür sprechen, dass die Erbauer dieser beiden Artefakte Kedhassans identisch sind. Allerdings haben wir auf dieser Welt schon einige Überraschungen erlebt.*

Crest rieb sich das rechte Handgelenk, um den Schmerz zu vertreiben. *Schönheit und Vernichtung liegen offenbar dicht beieinander. Ich kann mich jetzt nicht mit diesen Fragen befassen.*

Du darfst den Schmerz nicht die Oberhand gewinnen lassen!, befahl der Logiksektor.

Crest zitterte, der Schmerz ließ ihn frösteln, obwohl er zugleich Feuer durch seinen Körper jagte. Es wurde immer schlimmer. *Das ist leichter gesagt als ... getan.*

Mit einem zischenden Geräusch öffnete sich die Tür. Oger-214 stand darin. »Die Hohe Inspekteurin bittet ihre *Derengar* in den Versammlungsraum.«

»Ich komme.«

Langsam ging er an dem Orgh vorbei zu Trker-Hon und Michalowna, die bereits auf ihn warteten.

»Brauchen Sie mehr Ruhe?«, erkundigte sich der Topsider besorgt. »Sie riechen nach Schmerz.«

Crest lächelte schwach. »Ihre olfaktorischen Rezeptoren sind wohl ein wenig zu empfindlich. Keine Sorge, mir geht es den Umständen entsprechend gut. Es war ein langer Tag.«

»Der Tag war so lang wie jeder andere«, widersprach Oger-214 verständnislos.

Michalowna drehte sich zu ihm um. »Danke! Sie können sich jetzt zurückziehen. Wir haben Interna zu besprechen, die nur die Kommission betreffen.«

»Ich soll Ihnen zu Diensten sein«, wagte der Insektoide einen Einwand.

»Sollten wir etwas benötigen, rufen wir Sie über das *Spezifikationsprogramm für Umsorgungseinrichtungen.«*

»Wie Sie wünschen.« Oger-214 drehte sich um und stakste in der merkwürdigen knielosen Laufweise der Orgh aus dem Raum: Ein Bein gab die Laufrichtung an, die beiden anderen links und rechts davon wurden synchron darüber nach vorn gesetzt. Die teleskopartige Konstruktion der Beine ermöglichte dies.

Nachdem er verschwunden und außer Hörweite war, setzten sich die drei Zeitreisenden zusammen.

»Möchten Sie anfangen, Crest?«, eröffnete Michalowna.

Crest machte eine sparsame Geste der Zustimmung. »Dieser Tag hat uns mehr Rätsel aufgegeben als gelöst. Das erste und zugleich gefährlichste ist der Weltenspalter, das zweite betrifft seine Konstrukteure und das dritte – nun, das scheint mir vergleichsweise klein zu sein: dieser Ilt.«

Michalowna nickte. »Richtig, der Ilt. Ein Ilt wie Gucky.«

»So ist es.« Crest zuckte die Achseln. »Falls es sich nicht um eine zufällige Namensähnlichkeit handelt, haben wir es mit einem alten Volk zu tun, wenn es in unserer Gegenwart noch existiert.«

»Gehen wir davon aus, dass es keine zufällige Ähnlichkeit ist«, bat Michalowna. »Für wie *zufällig* halten Sie es, dass wir in ferner Vergangenheit ausgerechnet auf die Welt der Ilts geraten, nachdem wir in der Gegenwart einem von ihnen begegnet sind? Und haben alle Ilts paranormale Fähigkeiten wie Gucky? Bisher schien er mir, was sein Volk anging, recht zugeknöpft.«

»Es ist möglicherweise ein Zufall«, sagte Crest. »Wir haben den

Ilt auch nicht gut genug gesehen, um eine tatsächliche Ähnlichkeit mit Gucky feststellen zu können.«

»Ein sehr unwahrscheinlicher Zufall«, mischte sich Trker-Hon ein. »So unwahrscheinlich, dass es eher das Gegenteil davon ist. Aber falls dem so sein sollte, verstehen wir die Botschaft nicht, die dahintersteckt.«

»Das bringt uns zum nächsten Punkt: Könnten die Ilts die Erbauer dieser Anlagen sein? Wenn sie alle über so stark ausgeprägte Psi-Fähigkeiten wie Gucky verfügen ... Haben sie diese Stadt und den Weltenspalter erbaut?« Michalowna sprang auf und ging unruhig um den Tisch. Crest glaubte zu spüren, was sie umtrieb, ohne dass sie es auszusprechen wagte.

»Wenn sie es wären, könnte es sich um dieselben Wesen handeln, die das ewige Leben kennen. Dann wäre Kedhassan identisch mit der Welt des Ewigen Lebens und es wäre logisch anzunehmen, dass Gucky hinter unserer Prüfungsreise steckt oder sie zumindest beobachtet.« Crest lächelte. »Glauben Sie wirklich, es wäre so leicht?«

Michalowna erstarrte. »Bin ich so einfach zu durchschauen? Glauben Sie mir, Crest, und auch Sie, Trker-Hon, ich bin keine Abenteurerin, die der ewigen Jugend nachjagt. Aber ich gestehe, dass ich die Idee faszinierend finde. Ein Rätsel, das ich lösen möchte. Und ein Mittel, dessen ich mich gewiss bedienen würde, wenn ich die Notwendigkeit dafür sähe. Aber im Augenblick *weiß* ich nicht einmal, ob ich die Unsterblichkeit annehmen würde. Ich überschaue die Konsequenzen noch nicht, ich habe keine Ahnung, welchen Preis sie mich kosten würde.«

»Reichlich viele Worte«, merkte Trker-Hon an und ließ offen, was genau er damit meinte.

»Ich wollte Ihnen nicht zu nahe treten oder Ihnen eigensüchtige Motive unterstellen, Tatjana«, entschuldigte sich Crest. »Ich glaube lediglich, dass der, der uns diese Prüfungen stellt, komplexere Vorstellungen hat, als wir auf Anhieb erfassen können. Wir haben es womöglich mit völlig unterschiedlichen Dingen zu tun.«

»Oder mit nur *scheinbar* unterschiedlichen Dingen, die tatsächlich aber wie ein Puzzle zusammengelegt werden müssen.«

»Also schön.« Der Topsider gähnte, wobei sein raubtierhaftes Gebiss eindrucksvoll zum Vorschein kam. »Wenn ich eine Rangliste aufstellen sollte, stünde der Weltenspalter zweifellos ganz oben. Er ist eine so unvorstellbar furchtbare Waffe, dass sie niemals eingesetzt werden darf. Ich nehme an, darüber besteht zwischen uns Einigkeit?«

Als niemand antwortete, fuhr Trker-Hon fort: »Wir müssen lediglich entscheiden, was wir tun sollen. Option A: Vertrauen wir auf unsere Geschichtskenntnis und tun nichts, weil wir wissen, dass der Weltenspalter nie eingesetzt wurde? Option B: Versuchen wir, seine Inbetriebnahme zu verhindern, *damit* unser historisches Wissen tatsächlich eintrifft? Option C: Gehen wir davon aus, dass die Informationen über seinen Einsatz gelöscht wurden, und handeln so, wie es sich uns gerade machbar erscheint, ohne unser Leben zu riskieren?«

»Kurz gefasst: Riskieren wir ein Zeitparadoxon oder nicht?«, fragte Michalowna.

Crest lächelte. Diese junge Frau war so wunderbar ungeduldig, so voller Leben. So ...

Ein plötzlicher Krampf packte ihn. »Ich ... Tat...«

Konzentrier dich! Denk den Schmerz weg!, befahl der Extrasinn.

Er versuchte es, aber der Schmerz warf seinen Körper herum, ohne dass er etwas dagegen tun konnte, überall blühte Qual. Seine Lungen brannten und raubten ihm die Luft zum Sprechen.

»...jana ...«

Du stirbst, wenn du nichts tust! War sein aktivierter Extrasinn immer so laut gewesen? Die Worte sprengten Crest beinahe den Schädel.

Er sah, wie sie ihn anstarrten, er erkannte das Entsetzen in Michalownas Augen. *Hat sie schon viele sterben sehen?,* dachte er, und dann erlosch sein Blick.

Tatjana Michalowna, Kedhassan, Tag 2, nachts

Etwas hatte Tatjana Michalowna schon die ganze Zeit beunruhigt, ohne dass sie konkret hätte sagen können, was es war. Zu stark waren die Ablenkungen gewesen, zu anstrengend die Gedankensuche bei den Orgh. Nun aber erkannte sie es wieder: Mit schreckgeweiteten Augen starrte sie Crest an.

Diese merkwürdige Stimme, die sie manchmal gehört hatte, wenn sie Crests Gedanken streifte. Wie ein Echo von Gedanken, die ein anderer dachte. Sie hatte das eine ganze Weile nicht mehr erlebt, aber in diesem Moment war es wieder da.

Du stirbst, wenn du nichts tust!, wetterleuchtete in ihm diese furchtbare Frage, die so laut und so klar zu verstehen war, dass sie sich nicht einmal anstrengen musste, um sie wahrzunehmen: *Hat sie schon viele sterben sehen?*

Sie sprang hinzu, als Crest fiel. Sie fing ihn auf und verhinderte dadurch, dass er sich bei seinem Sturz verletzte.

Nachdem sie ihn vorsichtig zu Boden hatte gleiten lassen, schweißnass und eiskalt, aktivierte sie das Dienstholo. »Oger-214 soll herkommen! Sofort! Wir benötigen einen Arzt oder Mediker oder Wunderheiler oder wer immer greifbar ist!«

Das Holo schüttelte den Kopf. »Sehr gern. Oger-214 ist bereits informiert. Spezifizieren Sie Ihren Wunsch.«

Sie saß neben Crest und bettete seinen Kopf in ihren Schoß, während Trker-Hon unruhig auf und ab ging. Erste Hilfe an Humanoiden zählte nicht zu seinen Talenten. Er und der alte Arkonide hatten sich ... Nun, angefreundet mochte eine zu utopisch-terranische Sichtweise sein, aber das Verhältnis der beiden kam Freundschaft so nahe, wie es möglich war.

»Ich brauche medizinische Versorgung für den *Derengar.*«

»Ich bedaure«, sagte das Holo und nickte freundlich, ehe es erlosch.

»Atmet er noch?«, fragte die Echse und zischte. Trker-Hons Hände öffneten und schlossen sich um leere Luft.

Sie legte das Ohr an die Brust des Arkoniden. »Ja«, flüsterte sie. »Aber ich weiß nicht, wie lange. Er wird schwächer.«

Trker-Hon fluchte. »Diese Krankheit ... Glauben Sie, es handelt sich ebenfalls um eine Prüfung?«

Tatjana schüttelte den Kopf. »Das würde bedeuten, es gäbe irgendwo dort draußen eine Macht, die unser Schicksal bestimmt. Und daran glaube ich nicht. Und Sie auch nicht. – Oder?«

Der Topsider schwieg etwas zu lange, ehe er antwortete. »Nein, ich bin ein Hüter der Moralischen Weisung. Wir gestalten unser Leben selbst.«

Seine Stimme wurde leiser, während er sprach, als verlören die zementierten Inhalte der Moralischen Weisung ihre Gültigkeit, als bröckele das Fundament der topsidischen Weltanschauung im Angesicht des Todes.

Michalowna lächelte; der Topsider kam ihr auf einmal sehr menschlich vor. »Ich frage mich allerdings manchmal, ob es nicht schön wäre, eine solche Instanz der Hoffnung zu haben oder zumindest jemanden, dem man die Schuld geben kann«, gestand sie.

Trker-Hon hob abwehrend die Hände. »Wehren Sie sich gegen solche Gedanken! Glauben Sie an den achten Satz: *Die Lüge schmeichelt, die Wahrheit schmerzt, drum suche den Schmerz und gewinne die süße Frucht der Erkenntnis!«*

Das Öffnen der Tür und die Ankunft Ogers-214 unterbrachen das Gespräch. »Hohe Inspekteurin?«

»Holen Sie einen Arzt! *Derengar* Crest hat einen Schwächeanfall erlitten.«

Der Orgh kam näher und beugte sich interessiert vor; die spindeldürren Chitinarme knisterten, als liefe Elektrizität darüber. »Seine Zeit ist gekommen?«

»Sie sollen einen verdammten Arzt holen!« Tatjana brüllte ihn geradezu an, weil der Atem des Arkoniden nur noch flatterte. So schwach, so zart, so ... sterblich. »Man muss ihm helfen!«

Oger-214 richtete sich kurz auf, nur um sofort wieder zusammenzusacken. »Er wusste, dass er sterben wird?«

»Er ist krank!«

»Hat er sein Wissen weitergegeben?«

»Wie? Nein – wir werden ihn retten!«

»Es tut mir leid. Ich verstehe es nicht. Er ist verantwortungslos.«

»Im Gegenteil! Er ist einer der verantwortungsbewusstesten Männer, die ich je kennengelernt habe. Davon verstehen Sie nichts. Und jetzt *holen Sie endlich einen Arzt!«*

Oger-214 blieb, wo er war. »Wer lebt, lebt. Und wer stirbt, stirbt. Niemand ist mehr wert als die anderen. Heilkunde ist irrelevant. Ist er ansteckend?«

Sie antwortete nicht auf seine Frage. »Ist es das, was Ihr Volk ausmacht? Mitleidlosigkeit? Gefühllosigkeit? Mangelnder Respekt vor einem großen Mann?« Tatjana schlug mit einer Hand nach dem Fremden, sie wünschte sich in diesem Moment tatsächlich, über jene Macht zu gebieten, die ihr die Orgh zuschrieben. Der Hieb tat ihr sicher mehr weh als dem Orgh, aber er zuckte zurück. In seinen Facettenaugen zeigte sich allerdings keine Regung.

Trker-Hon schob sich neben sie. Obwohl er gut drei Köpfe kleiner als der spindeldürre Insektoide war, wirkte er ausgesprochen bedrohlich. »Er ist ansteckend?«, fragte er.

»Nein! Und seine Zeit ist noch lange nicht gekommen!« Sie umarmte den alten Mann, selbst vollkommen überwältigt von der Wucht der Gefühle, die sie ihm entgegenbrachte und von denen sie nichts geahnt hatte. Crest war wie ein Großvater und Partner.

Und er war ein Leitstern auf ihrer gefährlichen Reise durch Zeit und Raum. »Er darf nicht sterben!«

Oger-214 stand reglos. Ob er sie anschaute oder Crest oder ob er Trker-Hon taxierte – sie wusste es nicht. Aber er würde ihr nicht helfen. Er *konnte* es nicht, weil es in seinem Volk nicht vorgesehen war, das hatte sie begriffen.

»Ich weiß, wo er Hilfe finden kann«, sagte Oger-214.

Sie benötigte einen Moment, um zu begreifen, was sie da gerade gehört hatte. Sie hob den Kopf, bemüht, ihre herrische und stolze Tarnung wieder aufzurichten. »Dann bringen Sie uns dorthin!«

Der Orgh hob in einer Geste, die einem menschlichen Achselzucken glich, seine vier Arme. »Im Augenblick ist das unmöglich. Wird er einen weiteren Tag überleben?«

Trker-Hon zischte leise.

Michalowna legte eine Hand auf Crests Stirn, lauschte dem Atem. Er klang ruhiger als zuvor, auch ein bisschen kräftiger. Der Arkonide war eingeschlafen. »Ich hoffe es.«

»Erlebt er den Morgen, werde ich versuchen, ihm zu helfen«, sagte Oger-214 seinen bislang längsten Satz und ging ohne ein weiteres Wort.

Kapitel 8

Tatjana Michalowna
Kedhassan, Tag 3, morgens

»Es tut mir leid, dass ich uns solche Ungelegenheiten bereitet habe«, flüsterte Crest und strich sanft über Tatjana Michalownas Handrücken. »Ich danke den Sternengöttern für zwei so großherzige Begleiter wie Sie beide.«

Der alte Mann hatte zehn Stunden am Stück geschlafen; dabei schienen die Lebensgeister wieder in ihn zurückgekehrt zu sein. Er wirkte noch immer schwach und unsicher, aber er konnte gehen und sich bewegen, auch wenn man ihm die Schmerzen ansah. Dazu brauchte Tatjana Michalowna ihre telepathischen Kräfte nicht zu bemühen.

»Sie müssen essen und trinken!«, befahl sie und schob ihm etwas zu, das wie ein Becher schwarzer Tee und ein rot gefärbtes Spiegelei aussah. Crest versuchte vorsichtig die fremden Speisen, fand sie akzeptabel und aß langsam. Auch Trker-Hon und Tatjana Michalowna nahmen etwas zu sich.

Über die merkwürdige Gedankenstimme, die sie wie eine Art Echo bei Crest erlebt hatte, schwiegen sie. Tatjana hatte einmal versucht, dieses Phänomen anzusprechen, aber der Arkonide war ihr ausgewichen. Daraufhin hatte sie beschlossen, es vorerst dabei bewenden zu lassen.

Kurz darauf erschien Gal-Enn. Er blieb in der Eingangstür zu ihrem Wohntrakt stehen, als benötige er eine Einladung, um weiter in ihren Privatbereich einzudringen. Wahrscheinlich war das immer so gewesen, wenn eine Kommission den Planeten erreichte.

»Wir entbieten eine ... zzzhh ... Entschuldigung für die Unfähigkeit, zeitliche Einsparungen zu bewerkstelligen hinsichtlich der Inbetriebnahme des Weltenspalters.«

Gal-Enns Gedanken waren in Unruhe, viel mehr als am Tag zuvor, das spürte sie deutlich, aber sie konnte keine Ursache ausmachen. Und sie durfte keinesfalls nachfragen, weil das nicht zu ihrer Rolle gepasst hätte.

»Ich glaube nicht, dass Entschuldigungen ausreichend sind«, sagte sie stattdessen.

»Ich biete Ihnen eine Opportunität zur Besichtigung eines ... zzzhhh ... weiteren Projekts, dessen Inaugenscheinnahme der Positivität unserer Einschätzung seitens des Imperiums Zuträglichkeit ermöglicht.« Er wedelte mit einer Hand. »Ein Projekt von Interesse für die ... zzzhhh ... ehrenwerte Kommission, ja?«

Sie zögerte. Eigentlich würde sie lieber auf die von Oger-214 angekündigte Hilfe warten, schließlich musste sie sich um Crest kümmern. Was würde Rhodan sagen, wenn er erfuhr, dass der weise Arkonide, der helfen sollte, die Zukunft der Menschheit zu gestalten, in der Vergangenheit verstorben war?

Crest nahm ihr die Entscheidung ab. Er erhob sich mit einer Kraft, die sie ihm nicht mehr zugetraut hätte, seine Stimme vibrierte vor Energie. »Zeigen Sie uns Ihr Projekt, Gal-Enn!«

Diesmal umschwirrten zehn mit schweren Strahlenwaffen ausgestattete Gleiter das schwarze Samtkissen, als sie die Glänzende Stadt verließen und in die öde Weite Kedhassans flogen. Gemessen an dem Sicherheitsaufwand des Vortages war dies außergewöhnlich viel. Wovor benötigten sie einen so starken Schutz?

Gal-Enn verriet es ihnen nicht. Sein Chitingesicht blieb so undeutbar wie immer. Trker-Hon versuchte, von Oger-214 Informationen zu bekommen, aber der schien nicht gewillt, sein Wissen mit ihnen zu teilen. Womöglich wusste er auch nichts von diesem zweiten und dem Großen Imperium offenbar bisher nicht bekannten Projekt.

Im Gegenzug entwickelte er eine erstaunliche Neugierde im Hinblick auf Crests Erkrankung. Gegenüber seinen Fragen gab sich Trker-Hon sehr zugeknöpft. Diese Hilfsbereitschaft passte gar nicht zum Verhalten der Orgh.

Crest seinerseits hatte genug damit zu tun, den Anschein von Tatkraft aufrechtzuerhalten. Er würde vor den Insektoiden keine Schwäche zeigen, egal wie schlimm es ihm ging, und bemühte sich, niemanden an sich heranzulassen.

Tatjana Michalowna war unschlüssig, was sie tun sollte. Als Hohe Kommissarin wurde von ihr keine körperliche Aktivität erwartet, dafür Beurteilungen, als verleihe sie Prädikate an besonders wertvolle Weine. Aber sie wusste nicht, wie stark ihre Reaktionen ausfallen mussten, um glaubwürdig zu wirken. Alles, was sie hatte, war ihr telepathisches Gespür, das ihr half, die Stimmung der Orgh einzuschätzen. Sie schlenderte durch die Reihen der Orgh, die mit an Bord waren, als wolle sie sie inspizieren. Etwas stimmte ganz und gar nicht, das spürte sie.

Sie kniff die Augen in ihrer Konzentration zu schmalen Schlitzen zusammen und tastete mit ihren mentalen Kräften hinaus – vorsichtig, um die telepathisch veranlagten Orgh nicht zu erschrecken oder vorzuwarnen. Sie nahm mittlerweile an, dass die Antenne auf dem Kopf der Fremden ein unverzichtbares Instrument ihrer Gedankenkräfte darstellte. Das würde jedenfalls erklären, weshalb sie keine aktive telepathische Kommunikation mit ihr führen konnten – ihr fehlte dafür die richtige Antenne.

Michalowna konnte Gedanken lediglich wahrnehmen, aber nicht aktiv senden. Sie benötigte dafür allerdings kein spezifisches Organ, vielleicht weil sie eine *Mutantin* war, eine Ausnahme unter den Terranern. Bei den Orgh hingegen hatte die Natur es so eingerichtet, dass es ein verlässliches, beliebig reproduzierbares Organ für die Fähigkeit aktiver wie passiver Telepathie gab. Aber sie war keine Biologin oder gar Expertin für Fremdvölker; sie suchte lediglich nach einer Begründung, die sie für stichhaltig genug halten konnte.

Es war schwierig, die Orgh auseinanderzuhalten. Die tropfenförmigen Köpfe mit den vier ausdruckslosen Augen lagen deutlich über ihrer normalen Blickhöhe und sahen einer wie der andere aus. Der Chitinleib ließ kaum Variationen an Masse zu, es gab also keine dicken oder extrem dünnen Orgh, und sie ähnelten einander alle, als seien sie der gleichen Gussform entsprungen. Lediglich anhand der braunen Schuppenmuster bekam Michalowna bei guter Beobachtung einige Unterscheidungsmerkmale heraus, aber diese Musterungen waren so komplex und ähnlich, dass sie bald keine Neigung mehr verspürte, sich auf ein Unterleibsstudium der Orgh einzulassen.

Ansonsten wurde Uniformität bei den Orgh auch im Hinblick auf ihre Bekleidung großgeschrieben – was man eben so Bekleidung nannte: Um die Körper aller Orgh waren einer oder mehrere identische Kunststoffgürtel in weißer Farbe geschlungen. An ihnen hingen Behälter, in denen sie Werkzeuge, Energiemagazine oder anderes aufbewahrten. Die Soldaten trugen außerdem über Kreuz geschnallte Gurte an ihrem oberen Körperdrittel, an denen sie ihre Schusswaffen befestigten. Auch die Schusswaffen der gleichen Baureihen sahen alle vollkommen identisch aus – nirgends gab es individuelle Applikationen oder Markierungen. Alles war beinahe erschreckend sauber, fast schon steril.

Vielleicht legten die Orgh keinen Wert auf Individualität. Oder – und das hielt sie für wahrscheinlicher – sie nahmen sie anhand von Gerüchen oder Gedanken wahr; womöglich benötigten sie so etwas Profanes wie Äußerlichkeiten nicht, anders als die Menschen. Michalowna kannte keine Militäreinheit der Menschen, in der es keine individuellen Zeichen für die einzelnen Mitglieder der Truppe gab.

Tatjana Michalowna kreuzte die Hände auf dem Rücken und ging betont forsch. Sie würde herausbekommen, was nicht stimmte. Aber sie fand kein Zeichen von Gefahr, nichts Ungewöhnliches. Kein Orgh verhielt sich besonders auffällig – dank ihrer vier Komplexaugen konnten sie alles im Blick behalten, ohne den Kopf bewegen zu müssen. Und die Gedanken ...

... blieben schmerzhaft. Immer wieder zuckte sie davor zurück, weil sie den klingenscharfen Schmerz fürchtete. Sie versuchte, die dauernden Elemente von *Kollisionen* und Hierarchien auszublenden, die sie verwirrten, und stattdessen zu den eigentlichen, inneren Gedanken vorzudringen.

Es kam ihr vor, als schiebe sie Schleier beiseite, immer ängstlich darauf bedacht, dass das, was dahinter lauerte, nichts davon mitbekam. Aber alles, worauf sie stieß, waren weitere Schleier. Als ob *Primär-, Sekundär-, Tertiär-* und viele andere Kollisionen jede Faser des orghschen Denkens bestimmten. Sie benötigte dringend einen Schlüssel oder einen Kode, der sie verstehen ließ, was es damit auf sich hatte. Nur dann würde sie Zugang zu den Fremden finden, falls das überhaupt möglich war.

Ohne greifbares Ergebnis, aber schweißnass gab sie die Erkundungsversuche vorerst auf. Der Tag würde noch lang genug werden, und vielleicht brachte sie eine ganz altmodische Art der Beobachtung weiter als das Gedankenspähen.

Shaftgal-Cull
Kedhassan, Tag 3, morgens

Shaftgal-Cull stand in einer Reihe mit seinen Soldaten und beobachtete die drei Fremden. Es fiel ihm schwer, sie voneinander zu unterscheiden. Das lag am Aufbau seiner Augen, die viele Vorteile für das Leben der Orgh aufwiesen, aber im Kontakt zu vollkommen fremden Völkern wie Arkoniden auch Probleme bereiteten.

Die vier holoptischen Augen der Orgh waren annähernd halbkugelförmig und bedeckten über siebzig Prozent der Kopfkapsel. Es handelte sich um Komplexaugen, die sich aus einer großen Zahl vieleckiger Ommatidien zusammensetzten. Von diesen Einzelaugen gab es etwa zehntausend pro Auge, aber das konnte variieren, je nach Brut der Königin, die ihre Nachkommen im Rahmen bestimmter Parameter gezielt hervorbringen konnte. Es gab Jagdbruten, die fast das Dreifache an Einzelaugen aufwiesen.

Diese hohe Zahl an Augen klang zwar für den Außenstehenden nach einem besonderen Vorteil, aber das war ganz und gar nicht so. Komplexaugen hatten in der räumlichen Darstellung eine deutlich schwächere Leistung als die meisten bei anderen Völkern verbreiteten Augenkonstruktionen. Ein Linsenauge, wie es die Arkoniden hatten, konzentrierte einfallendes Licht auf wenige Sinneszellen und ermöglichte eine enorm hohe Auflösung.

Bei den Facettenaugen der Orgh traf das von einem Objektpunkt ausgehende Licht oft nur auf eine einzige der winzigen Linsenflächen und von dort auf eine Sinneszelle. Das Bild der Welt wurde infolge der zwangsläufig sehr begrenzten Zahl an Einzelaugen recht körnig – ein Nachteil, der durch zwei andere Eigenschaften der Augen allerdings ausgeglichen wurde: Zum einen sahen Orgh alles gleich scharf, während Linsenaugen nur die Bildmitte präzise wahrnahmen, zum anderen konnten sie Bewegungen unglaublich detailreich erfassen. Wo Arkoniden pro Sekunde etwa 60 Bilder verarbeiteten und zu Bewegungsabläufen zusammenfassten, betrug das Leistungsvermögen von Orghaugen das Dreifache. Die hohe *zeitliche* Auflösung führte dazu, dass sie schärfer sahen, je mehr Bewegung erfolgte. Zumindest behaupteten das die Wissenschaftler.

Am ergiebigsten war für Shaftgal-Cull im Augenblick Tiara da Efelith, die Hohe Inspekteurin, da sie sich bewegte und er sie dadurch gut wahrnehmen konnte. Die anderen beiden, die *Derengar,* verharrten auf der Stelle und waren schwerer zu fassen. Von ihnen konnte er sich kein richtiges Bild machen. Die Bewegungen da Efeliths verrieten ihre Unsicherheit. Woran lag das? Shaftgal-Cull wollte nicht voreilig sein, dafür stand zu viel auf dem Spiel. Aber sein Misstrauen stieg ...

Tatjana Michalowna
Kedhassan, Tag 3, morgens

Diesmal landeten sie in der Nähe eines einsam gelegenen, quaderförmigen Baus aus Beton, der nach nichts Besonderem aussah. Es gab keine Fenster, nur eine rechteckige, breite Tür und zahlreiche Aggregate, die sich auf der jenseitigen Längswand der Baracke befanden.

»Was soll das?«, fragte Tatjana Michalowna eisig. »Sie haben uns doch nicht den weiten Weg hierher gebracht, um uns *das* zu zeigen? Das hat nichts mit den Erbauern des Weltenspalters und der Glänzenden Stadt zu tun!«

»Die Aufstellung dieser Behauptung fand nie statt«, sagte Gal-Enn in seiner umständlichen Ausdrucksweise. »Die Bedeutsamkeit dieses Ortes findet ihre Erschließung in Kürze. Kommen Sie! Und lassen Sie Vorsicht walten.«

»Ich bin sehr gespannt, wie ein *Schuppen* dem Großen Imperium zum Sieg über die Methans verhelfen soll.«

»Im Kleinen gefundene Waffen sind zur Entfaltung tödlicher Energie ebenso in der Lage wie große Waffen«, orakelte Gal-Enn.

»Es wird alles gut«, sagte Oger-214 mehrdeutig und wies mit allen vier Armen zum Eingang.

Der kühle Wind trug einen merkwürdigen Geruch mit sich. Er brannte in der Nase wie Ammoniak und kratzte an den Lungen wie nasses Fell.

Wie auf einem Bauernhof, dachte Michalowna und folgte den Orgh. Als sie die dunkle Öffnung durchschritten hatte, stand sie in einem hell ausgeleuchteten Raum. Um sie erklangen schrille unverständliche Stimmen; anscheinend hatte ein Licht und Geräusche schluckendes, aber für materielle Körper durchlässiges Energiefeld den Eingang abgeschlossen.

Die Mutantin hatte Mühe, einen entsetzten Aufschrei zu unterdrücken. Im Innern des unscheinbaren Gebäudes erstreckten sich vier Längsreihen Käfige, jeder umgeben von Energiewänden und Stangen aus massivem Stahl – oder was immer die Orgh verwendeten –, jeder etwa einen Meter tief, eineinhalb Meter hoch und ebenso breit. Und in jedem von ihnen hockte, stand oder lag ... ein *Ilt.*

Ein Ilt wie Gucky.

Hunderte bettelnder, drohender, stöhnender oder schreiender Ilts, die ihre Blicke auf die Eintretenden gerichtet hielten.

»Was bedeutet das?«, fragte sie in so beiläufigem Ton wie möglich. »Bietet ihr dem Imperium etwa allen Ernstes eine barbarische Pelztierzucht an?«

Die etwa einen Meter großen Geschöpfe in den Käfigen waren eindeutig Ilts: die abgeplatteten Biberschwänze, der mit langem rotbraunem Pelz bedeckte, birnenförmige Körper, zwei stämmige, kurze Laufbeine und zwei schlanke Ärmchen, die in fünfgliedrige Hände mündeten. Der mausähnliche Kopf mit den beinah akkurat kreisrunden Ohren, den großen braunen Dackelaugen und dem einzelnen Schneidezahn ganz vorn an der Schnauze. Auf den ersten Blick mochten sie wie Tiere wirken und erst recht in diesen Käfigen. Wenn aber *Gucky* ein typischer Vertreter seines Volkes war, handelte es sich um intelligente Lebewesen. Ausgesprochen *niedliche* Lebewesen, wenn man sie sich in gepflegtem Zustand vorstellte. Und mit beeindruckenden Psi-Kräften ausgestattet.

»Ihre Ansicht ist jene eines organischen ... zzzhhh ... Waffensystems«, sagte Gal-Enn. Er wirkte in diesem Augenblick stolz. »Die Kundgebung von Detailwissen obliegt Matrim-306.«

Er winkte einen Orgh herbei, der im hinteren Teil der Baracke gerade Wasser in eine Rinne laufen ließ, die sich über die Vorderseite aller Käfige erstreckte.

Gerade als Matrim-306 losgehen wollte, bog sich die Rinne in stumpfem Winkel nach oben, sodass sie ihn in das mittlere Körpersegment traf. Der Orgh gab einen kurzen Schmerzenslaut von sich, aber Michalowna glaubte in seinen explosionsartig auf sie einhämmernden Gedanken eher Überraschung und Ärger zu lesen als echte Schmerzen.

Das war kein Unfall!, dachte sie. *Ich erkenne Telekinese, wenn ich sie sehe! Auch diese Ilts sind psi-begabt, genau wie Gucky. Aber offenbar nicht ganz so stark, sonst würden sie sich nicht so behandeln lassen! Wir müssen ihnen helfen!*

Matrim-306 zog an einem grünen Hebel, der in die Wand eingelassen war, und Sekundenbruchteile später quietschten die Ilts der ganzen Käfigreihe vor Schmerzen – bis auf drei: Zwei schwebten eine Handbreit über dem Boden, und einer stand aufrecht und kein bisschen possierlich wirkend in der Mitte seines Käfigs, wobei er einen giftigen, bösen Blick auf den Orgh richtete. Er zischte etwas, das kaum verständlich war, aber freundlich klang es nicht.

Wenn es sich bei dem, was wir zu hören bekommen, um eine

echte Sprache handelt, wird der Translator sie bestimmt bald entschlüsselt haben, und wir können uns verständigen. Arkonidisch ist es jedenfalls nicht.

Sie dachte an die winzigen Positroniken, die Julio entwickelt hatte und von denen sich eine der allerersten irgendwo in ihrem Körper verborgen hielt, gekoppelt an ihr Nervensystem. Diese »Translatoren« hörten mit, was ihr Träger hörte, und versuchten, aus dem Gesprochenen zu lernen. Sie schalteten sich automatisch dazwischen, wenn der Sprecher sich verständlich machen wollte oder er etwas Unverständliches hörte. Für den Träger war es, als höre er in einer ihm geläufigen Sprache, und für andere kamen die gewünschten Töne aus dem Mund des Trägers.

Wie genau das funktionierte, erschloss sich der Telepathin nicht. Ihr wurde nur schwindlig, wenn sie daran dachte, welche Kettenreaktion dies bedingen konnte: Angenommen, sie sagte etwas auf Russisch zu Crest, übernahm der Translator ihre Stimme und ließ sie die arkonidischen Worte formen anstelle der russischen. Für den ebenfalls zuhörenden Trker-Hon hingegen simulierte dessen eigener Translator, sie spräche Topsidisch, und wenn er dann mitredete, klang das je nach Adressat entweder nach Arkonidisch oder Russisch, aber sowohl Crest als auch sie hörten jeweils nur Worte in ihrer Muttersprache ...

»Sie setzen den Käfigboden unter Strom«, flüsterte Crest, der neben sie getreten war.

Trker-Hon blieb im Eingang stehen, als sei er geblendet worden. Wahrscheinlich wollte der alte Topsider vorsichtig sein und einen denkbaren Fluchtweg frei halten.

Indem er erst ein Bein vor die beiden anderen setzte und dann umgekehrt, kam Matrim-306 heran. Der Orgh trug eine Art Stirnband, das mit Kabeln an seiner Kopfantenne und an den Mandibeln befestigt war. Als er sprach, war seine Stimme klar zu verstehen, klang aber eindeutig künstlich.

»Ich unterbreite der Kommission meine ...« Er verstummte und schien irritiert in sich zu lauschen. »Mein Shaft wurde gezielt zur ... Wir betreuen Forschungsanlagen und pflegen Aufzeichnungen. Sie stehen vor dem großartigen Experiment, das von Gal-Enn erdacht wurde.«

Der Orgh versuchte so etwas wie eine Verbeugung, aber sein Körperbau war dafür nicht ausgelegt, sodass es bei einer unnatürlichen Bewegung blieb.

»Wie Sie sehen können, handelt es sich um eine kombinierte Zucht- und Forschungsstation der auf Kedhassan ansässigen Halbtierart. Wir versprechen uns einiges davon.«

»Die Ilts lebten schon hier, als Sie eintrafen?«, fragte Crest.

»Sie existierten, ja. Wir glauben nicht, dass sie mit den Ureinwohnern Kedhassans identisch sind. Mit Sicherheit handelt es sich nicht um die Erbauer der Glänzenden Stadt. Meine bevorzugte Hypothese ... man könnte sagen: Nachfahren von Haustieren, ja. Wir mussten sie förmlich aus der Stadt vertreiben, ehe wir sie besiedeln konnten.«

Matrim-306 klopfte sich auf den Brustpanzer. »Wir waren dabei, sie auszurotten, weil sie sich wie Schädlinge verhielten. Allerdings gelang es uns nicht, weil sie über erstaunliche Fähigkeiten verfügen. Nicht alle über die gleichen und schon gar nicht im gleichen Ausmaß – besonders Telepathie, Gedankenlesen, und Telekinese, Bewegung von Materie ohne physische Berührung, sowie Teleportation, die bewusste nullzeitliche räumliche Versetzung des eigenen Körpers: Paragaben demnach, die gezielt trainiert und gezüchtet werden können, ja.«

»Paragaben? So wie Ihre telepathischen Fähigkeiten?«

»Unsere Fähigkeit ist intraspeziär, während echte Parafähigkeiten zumindest *inter*speziär wirken sollten. Besonders wenn man sie als Waffe einsetzen will.«

»Waffe?«, echote Michalowna.

»Sicher. Telekinese ist unschlagbar für chirurgische Aktionen, Teleportation ermöglicht das Eindringen in ansonsten unzugängliche Bereiche ... Die Einsatzmöglichkeiten sind ...«

Michalownas Gedanken rasten. *Sie züchten lebende Waffen und benutzen dazu die Ilts! Wir müssen das verhindern. Aber wir sind nur zu dritt und waffenlos ... Was können wir tun, ohne in unseren Rollen unglaubwürdig zu werden?*

Crest trat näher an einen der Käfige heran. »Wie weit sind Ihre Experimente fortgeschritten?«

»Durch gezielte Selektion konnten wir bereits beachtliche Fortschritte verzeichnen«, verkündete Matrim-306.

»Ist das so?«, herrschte Michalowna ihn an. »Sie versuchen lediglich, Ihre Saumseligkeit im Hinblick auf den Weltenspalter zu vernebeln. Dieses Projekt verschlingt unnütze Ressourcen! Brechen Sie es ab und lassen Sie diese Tiere frei!«

»Zzzhhh ... Nein, Hohe Inspekteurin«, lehnte Gal-Enn ab. Er klang kein bisschen devot mehr. »Eine Vorführung wird die Zweckdienlichkeit zur Beweishaftigkeit erheben.« Er gestikulierte heftig und gab zugleich einen mentalen Befehl, wie sie bemerkte. Sofort kam Bewegung in die Orgh.

»Sie wollen mich nur wieder mit einer Simulation abspeisen«, lehnte sie ab. »Ich werde die Vergeudung wertvoller Ressourcen in meinem Bericht erwähnen.«

»Wir beweisen Ihnen, dass Sie falschliegen. Es liegt ganz und gar nicht in unserer Absicht, Sie ›abzuspeisen‹«, versicherte Matrim-306. »Kommen Sie, wir gehen nach draußen, solange die Vorbereitungen dauern. Haben Sie einen speziellen Wunsch? Wir können Ihnen unterschiedliche Parakämpfer vorführen.«

»Verfügen die Ilts nur jeweils über eine Parafähigkeit, oder kommen auch Mehrfachbegabungen vor?«, erkundigte sich Crest, während Michalowna, zitternd vor Wut und Ratlosigkeit, nichts sagte.

»Wir arbeiten an Multikämpfern, konnten die genetische Linie aber nie zuchtstabil halten«, gestand der Orgh. »Darf ich vorschlagen, einen Telekineten gegen einen Teleporter einzusetzen?«

»Wieso gerade diese Paarung?«

Matrim-306 wirkte ertappt. »Nun ... diese beiden Begabungen sind im Pool der Ilts stark vertreten.«

»Sie meinen: Teleporter und Telekineten sind entbehrlicher als andere?«, hakte Crest nach.

»Ihr Verlust bedeutet keine Primärkollision des Projekts ... zunächst.«

»Die Parakämpfer sind nicht serienreif?« Michalownas Stimme knallte wie eine Peitsche dazwischen. Vielleicht hatten sie noch eine Chance, die Ilts zu retten. »Ich warne Sie ...!«

»Es gibt ... Aber Disziplinprobleme sind ja nicht unüblich, nicht wahr? Wir experimentieren gegenwärtig mit einigen interessanten Ansätzen, um die Objekte kooperativ zu halten.«

Der Insektoide deutete auf einige Orgh, die einen Ilt betäubten und ihm etwas injizierten. »Objekt 751 aus Zuchtlinie 11 erhält soeben mikrominiaturisierte Kombinationssprengkapseln injiziert, die gemäß Programmierung selbsttätig zünden, sobald eine Rahmenbedingung verletzt wird.«

»Und welche ist das?«

»Zunächst: wenn das Objekt sich mehr als einen Kilometer von dem passenden Sender entfernt. 751 ist ein hervorragender Teleporter, und wir können es uns nicht leisten, es durch Unachtsamkeit zu verlieren. Falls Schutzschirme ausfallen.«

Die Orgh gingen nicht gerade zart mit dem bewusstlosen Ilt

um. Michalowna versuchte, sich auf Matrim-306 zu konzentrieren. »Und bei Telekineten oder anderen Parabegabten?«

»Diese Sprengkapseln sind differenziert programmierbar. Alle Zuschauer der Testläufe erhalten einen Minisender, der mit deren Vitalwerten gekoppelt wird. Eine gravierende Störung der Vitalwerte führt bei den Ilts zum gleichen Ergebnis wie ein zu weiter Teleportersprung, verstehen Sie? *Bumm!*«

Die Orgh hatten eine Art einfache Arena errichtet, etwa fünfhundert Meter von der Baracke entfernt: eine Grube von ovaler Grundfläche und leicht befestigten, etwa acht Meter hohen Rängen, die komplett von einem Energieschirm überwölbt wurde.

Außerhalb des Energieschirms schwebten mehrere Beobachterlogen, in denen die Orgh und ihre Besucher Platz nahmen.

Einfache Roboter schafften auf Antigravliegen zwei bewusstlose Mausbiber heran. Auf ihren Pelz waren in leuchtenden Farben die Zahlen »751/11« und »8/16« aufgebracht.

»Die Zuchtlinie 16 hat bisher die besten telekinetischen Ergebnisse hervorgebracht, besser sogar als die Fünf und die Sechs«, erläuterte Matrim-306. »Acht ist von allen bisher einsatzfähigen Sechzehnern eine der schwächeren Telekinetinnen. Gegen 751 wird sie Probleme haben. Wir zeichnen die Arenakämpfe selbstverständlich zu Schulungszwecken auf.«

Gal-Enn gab ein Geräusch von sich, das aus seinem Körper aufzusteigen schien, ein zufriedener, glucksender Laut. »Meine Erwartungshaltung ist, basierend auf Erfahrung, Begeisterung. Arkon wird die Benötigung einsehen.«

Es dauerte nicht lange, bis die beiden Ilts erwachten. Sie setzten sich auf, schüttelten den Pelz durch und starrten einander an.

»Nii'shi lira pakular?«

»Guu-she ke firi pakular!«

»Kämpft!«, donnerte eine drastisch verstärkte Stimme durch die Arena.

»Juklar Pakular pa!«, rief Acht.

751 lachte hell. »Pakular pa!«

»Sehen Sie?«, fragte Matrim-306. »Der Gehorsam ist noch nicht ausreichend genetisch implementiert. Ich werde den beiden nun einen kleinen Stimulus geben.«

Trker-Hon beugte sich herüber. »Wie darf ich denn das verstehen?«

Der Orgh gab ein knackendes Geräusch von sich. »Sehen Sie die Halsbänder unter dem Pelz? Ich kann damit einen Impuls auslösen, der wie ein EMP auf ausgewählte Bereiche des Ilt-Gehirns wirkt. Einfach ausgedrückt: Ich führe eine Schmerzüberladung durch, die temporär die Identität des Ilts löscht und ihn aggressiv macht. Das genügt für unsere Zwecke völlig.«

Der Topsider ließ sich nicht anmerken, was er davon hielt. »Ich verstehe«, sagte er langsam. Seine Schuppen am Hals stellten sich auf, und eine Hand griff nach Michalowna, um sie auf dem Sitz zu halten.

»Wir beginnen.« Matrim-306 holte ein kleines Signalgerät heraus und richtete es auf die beiden Ilts.

Die Ilts wirkten wie ausgewechselt. Von einem Augenblick auf den anderen. Sie blickten einander an und knurrten.

Dann teleportierte 751 überraschend direkt hinter Acht und hieb ihr beide Hände ins Genick. Acht reagierte blitzartig und tauchte unter der Bewegung weg, sodass der Hieb sie nur streifte. Sie wirbelte herum, die Hände zu Klauen gespreizt, aber da war 751 schon wieder weg. Er tauchte einige Meter entfernt auf und griff nach einer Eisenstange, die auf dem Boden lag.

Acht streckte die Arme aus, und die Eisenstange zitterte leicht in der Hand von 751, bewegte sich aber nicht. Die telekinetischen Kräfte von Acht waren offenbar wirklich nicht so stark, wie sich die Orgh dies wünschten. Acht ließ frustriert die Arme sinken, bereitete sich auf einen neuen Angriff vor. Der Teleporter konnte überall auftauchen und überraschend zuschlagen. Sein Erscheinen verursachte zwar ein leichtes Geräusch, doch wenn er schnell war, blieb Acht keine Zeit, rechtzeitig auszuweichen.

»Pakular shi ji!«, kreischte 751, verschwand und tauchte weit hinter Acht wieder auf.

Diese wirbelte, auf einen Angriff gefasst, herum, aber da verschwand 751 schon erneut, tauchte auf, verschwand, tauchte auf, bis sich Acht im Kreis drehte. Sie sah sich um, ob etwas da wäre, was sie als Waffe verwenden konnte, aber sie musste gleichzeitig immer auf ihren Gegner achten.

Armes Mädchen, dachte Michalowna. Nicht mehr lange, und sie würde zu erschöpft sein, um schnell genug zu reagieren, wenn 751 tatsächlich angriff. Der Teleporter-Ilt schien entweder über die größeren Kraftreserven oder das bessere Training zu verfügen. Aber die Pausen zwischen seinen Sprüngen wurden immer länger.

Wieder teleportierte er, und als er dieses Mal rematerialisierte, griff Acht an. Michalowna begriff erst nicht, wo sie ansetzte. Sie bemerkte nur, wie sich Achts Gesicht vor Konzentration verfinsterte. Als zögen dunkle Wolken auf.

Sie wird ihn töten, dachte sie. *Aber wie?*

751 keuchte plötzlich auf. Er röchelte.

Drückte sie ihm mit ihren telekinetischen Kräften die Luftröhre zu?

Nein. Dazu war sie zu schwach, die Luftröhre war zäh. Aber was war es dann?

»Es ist die Zunge«, sagte Matrim-306 neben ihr, als habe er ihre Gedanken gelesen. »Sie steckt ihm die eigene Zunge in den Hals, bis er erstickt. Sehr effizient, lautlos und unblutig. Wenn 751 nicht herumgespielt hätte, bliebe ihm genug Kraft, wegzuteleportieren und dadurch den Griff zu lösen.«

Michalowna hoffte, dass die Orgh die Fassungslosigkeit auf ihrem Gesicht nicht erkennen konnten. Sie war außerstande, ihre Gefühle zu verbergen. »Brechen Sie den Schaukampf ab. Wir haben genug gesehen.«

Das ist kein Spiel, kein Wettkampf. Wer verliert, stirbt. Aber sie erkannte auch, dass genau dieses Verhalten zum Weltbild der Orgh passte.

»Das kann ich nicht«, behauptete Matrim-306.

Einen Augenblick lang ließ Acht die Zunge ihres Gegners los. 751 zwitscherte etwas in der Sprache der Ilts, dann starb er.

Diesmal, zum ersten Mal, übersetzte ihr Translator und offenbar jene Crests und Trker-Hons ebenso, wenn sie nach deren Reaktionen ging.

»Ich glaube, das genügt«, sagte Michalowna und erhob sich ruckartig. Crest neben ihr zitterte. Nein, der Weltenspalter war beileibe nicht das einzig Furchtbare auf dieser Welt. Sie wünschte sich, Kedhassan würde mit all seinen grauenvollen Entdeckungen sterben und nichts würde überleben.

Wie konnten die Orgh nur denkende, fühlende Lebewesen zu Waffen machen? »Ihr Projekt könnte dem Imperium gefallen. Vorausgesetzt, Sie schaffen es, den Parakämpfern bedingungslosen Gehorsam beizubringen. Wir brauchen solche Supersoldaten nur, wenn wir sicher sein können, dass es nicht *unser* Schaden sein wird.«

»So wird es sein«, versicherte Matrim-306. »Wir dienen dem Großen Imperium!«

»Sie zeigen Zufriedenheit?«, erkundigte sich Gal-Enn, den der

Ausgang des Kampfes nicht zu stören schien. *Was stirbt, stirbt, und was lebt, lebt,* dachte Michalowna. Gal-Enn war ein typischer Orgh, so viel stand fest.

»Bringen Sie uns zurück. Wir werden später darüber sprechen!«, befahl sie und hoffte, dass sie den Kampf der Ilts irgendwann würde vergessen können. *Wann und wo und wie hätte ich eingreifen müssen, um das zu verhindern? Nein, wir sind bei unserer Prüfung gescheitert. Was wollen wir mit Unsterblichkeit, wenn wir anderen nicht einmal die normale Lebensspanne gönnen können?*

Die letzten Worte von 751 gingen ihr durch den Kopf. Sie verrieten, dass der Ilt im Augenblick seines Todes wieder zu seiner Identität zurückgefunden hatte. *Ich vergebe dir.*

»Es ist eine Ungeheuerlichkeit«, sagte Trker-Hon. »Das ist eine Verhöhnung des Dritten Satzes ... *Achte das Leben! Erhalte es, wo du kannst. Lösche es nur dort aus, wo es unumgänglich ist.* Wir dürfen nicht zulassen, dass ...«

»Das werden wir auch nicht!«, versprach Michalowna. *Ich vergebe dir ...* Sie zwang die Erinnerung fort, aber der letzte Blick des sterbenden Ilts ließ sie nicht los. Konnte sie zulassen, dass ein ganzes Volk derart manipuliert wurde? Manipuliert zum Töten und zum Sterben? »Wir müssen aufhalten, was hier geschieht.«

»Warten Sie!«, bat Crest. »Ich teile Ihre Ansichten und Werturteile, aber ungeachtet dieser Übereinstimmung sind wir nicht viel weiter, was unser Aktivwerden in der Vergangenheit betrifft.«

»Manchmal muss man etwas riskieren«, empfahl Trker-Hon. Der alte Topsider wirkte viel stärker betroffen als bei der Simulation des Weltenspalters.

»Verzeihen Sie mein Eindringen.« Plötzlich stand Oger-214 in der Tür. »Ich habe Hilfe für Sie. Ich führe Sie heute Nacht hin. Bis dahin ruhen Sie sich aus!«

»Moment! Wer ist es? Sie müssen uns mehr verraten!«, befahl Michalowna.

»Sie warten. So ist es am besten.« Mit diesen Worten verließ Oger-214 den Raum wieder.

Kapitel 9

Julian Tifflor
Ferronischer Frachter, 7. Oktober 2036

»Was gibt es Schöneres, als das Licht der Sterne zu genießen?«

Julian Tifflor war umgeben vom schwarzen Nichts, auf dem sich ferne Sterne wie Diamanten ausruhten. Er breitete die Arme aus und atmete tief ein, und obwohl es nur die steril schmeckende Luft aus den Vorräten seines Raumanzugs war, kam sie ihm ganz anders vor. War das die Ewigkeit? War es das, was Ernst Ellert und Timothy Harnahan fühlen durften?

»Sei bloß vorsichtig«, bat Mildred.

Er grinste jungenhaft. »Wovor hast du mehr Angst? Vor den Sternen, mir oder den Fantan?«

Mildred lächelte. »Angst habe ich eigentlich nicht. Nicht vor den Fantan.«

»Ich schon. Ich habe keine Lust, ihr Besun zu sein.«

»Kann es schlimmer kommen, als *Williams Sohn* zu sein?«, neckte sie ihn.

Er verzog das Gesicht. »Es ist nicht so sehr schlimm, sondern eher anstrengend. Er ist so ... groß. So unfehlbar.«

Die beiden hatten es sich in einer Vertiefung im Rumpf der RADESSORA, des riesigen alten Erztransporters der Ferronen, so gemütlich gemacht, wie das in geschlossenen Raumanzügen nur eben möglich war. Die RADESSORA gehörte der Minengesellschaft *Takmir-Warani,* die ihren Sitz auf Ferrol hatte.

Es war den Menschen nicht schwergefallen, den »Weltraumwal«, wie Julian das Schiff scherzhaft nannte, zu erstehen. Er hatte bereits ziemlich viele Jahre den Gefahren des Alls getrotzt, kleine Asteroiden hatten seine Hülle zerkratzt und zerbeult, die Triebwerksleitungen standen ständig kurz davor durchzubrennen, und die Reaktorsicherung im Innern des Kolosses hätte keiner technischen Prüfung mehr standgehalten. Die Rotationssegmente, die die Bordschwerkraft erzeugten, waren komplett ausgefallen.

Eine Reparatur und Modernisierung der RADESSORA hätte

Monate gedauert und mindestens so viel gekostet wie ein neues Schiff. Als Köder für die Fantan war sie gerade aufgrund ihres schlechten Zustands perfekt geeignet. Terranische Spezialisten hatten zur Sicherheit nochmals Hand angelegt, und so trieb der Erztransporter nun – luftleer und starr – in einem stillen Trudelflug durch die Randbezirke des Wega-Systems.

Dank der Spezialsohlen ihrer Raumanzüge hafteten Julian Tifflor und Mildred Orsons am zernarbten Rumpf und wurden von den Bewegungen des Schiffes nicht beeinträchtigt. Sie standen reglos in der Schwerelosigkeit und beobachteten die vorbeiziehende Sternenpracht.

Was anfangs wie eine besonders aufregende Idee geklungen hatte, war längst zu einem ermüdenden Auftrag geworden. Gemeinsam im Angesicht der Unendlichkeit auf plündernde Fantan zu warten. Sicherzustellen, dass Terra wenigstens einen einzigen Fantan schnappte, falls das dazugehörige Spindelschiff sich dem Zugriff der TOSOMA entzog. Aufzupassen, dass sie nicht selbst zu Besun gemacht und verschleppt wurden. Das heimische Solsystem zu verlassen und sich den Glanz ferner Sterne in die Augen zu holen.

Fernweh ist Sternweh, und alle Sterne verlöschen, wenn ich deine Nähe verlier, sang Tifflor in Gedanken einen Chartstürmer des vergangenen Jahres. *Mehr als eine Million Lichtjahre von hier wartet der Sternenpfad zu deiner Tür!* Zu diesem Text hatten Mildred und er sich zum ersten Mal nach einem ihrer Wutausbrüche versöhnt.

Er blickte sie an, das schmale, schöne Gesicht mit den dunklen Augen. Ihre schwarzen Haare klebten unter dem klobigen Raumhelm, dass sie aussahen wie ein Ebenholzrahmen um ihre gleichmäßigen Züge. Wie sollte ein Mann sich nicht in sie verlieben?

Mildred erwiderte seinen Blick. Ob sie seine Gedanken erriet? Ob sie ebenfalls an die sanften Berührungen, das Streicheln und Küssen dachte? Er schluckte schwer, als sich sein Körper bei diesen Erinnerungen regte. In der tödlichen, luftleeren Kälte des Alls in einem Raumanzug zu stecken war eine der sichersten Methoden, jeden Ansatz von Intimität im Keim zu ersticken.

»Tiff«, sagte sie mit diesem unnachahmlichen Grübchenlächeln. »Ich hoffe, du denkst nicht wieder an das, was ich vermute.«

»Tu ich nicht«, gab er zurück. Hoffentlich sah sie nicht, wie ihm das Blut ins Gesicht schoss. »Ich dachte nur daran, dass wir hier vielleicht umsonst sitzen. Wenn die Fantan nicht anbeißen ...?«

Sie legte einen dick gepolsterten Arm um ihn. Es fühlte sich unangenehm an, vielleicht in etwa so, wie man sich ein Sumo-Ballett vorstellte.

»Sie werden kommen. Die Frage ist, wie schnell. Unsere Freunde auf der Erde brauchen dringend Hilfe.«

Er nickte. »Im Idealfall schnappt sich die TOSOMA die Fantan bereits, ehe wir etwas tun müssen.«

»Ich dachte, du spielst gern den Helden für mich?«, neckte sie ihn. Ihre Stimme knisterte im Helmempfang.

»Timothy hat den Helden gespielt«, flüsterte er.

Sie schwieg, nur das Geräusch ihres Atems, wie er plötzlich erlosch und dann, heftig, wieder einsetzte. »Nicht ...«

Er streifte ihre Hand von der Schulter und drehte sich weg von ihr. »Ich bin nicht traurig«, versuchte er ihr zu erklären, was in ihm vorging. »Ich bin ... neidisch.«

Mildred starrte ihn ungläubig an.

»Was muss das für ein Gefühl sein, endlos durchs All streifen zu dürfen? Was Timothy alles erleben wird ...«

»Bist du sicher, dass er noch lebt?«

Wie konnte sie das nur fragen? Natürlich lebte Timothy Harnahan weiter. Er war in dem mysteriösen Kugelwesen Harno aufgegangen und zusammen mit diesem verschwunden.

»Wir werden Timothy wiedersehen«, behauptete Julian. »Denk nur an Ernst Ellert! Der galt sogar als tot und ist wieder aufgetaucht.«

»Ich glaube, du klammerst dich da an eine fixe Idee. Harno ist ein mit allen Wassern gewaschener Fabulierer. Ich glaube nicht automatisch alles, was er erzählt. Wer weiß schon, was er bezweckt?«

»Er *bezweckt* nichts, er ist ein Freund«, widersprach Julian.

»Ach ja? Und woher weißt du das? Weil er es *behauptet?* Wach auf, Tiff!«

Er sah, wie das Ortungsgerät ausschlug, das sie in der Mulde montiert hatten. »Augenblick mal!« Er flüsterte automatisch, obwohl das völlig sinnlos war. »Ich glaube, da kommt etwas.«

Mildred ließ sich tiefer in die Mulde gleiten. Sie wirkte wachsam und aufgekratzt. »Siebter Oktober 2036, sechzehn Uhr irgendwas Terrania-Zeit. Die Fantan kommen.«

»Wieso kommen die nicht näher?«, murmelte Tifflor.

Mildred zog eine Grimasse. »Ich sag dir, die Jungs sind nicht blöd. Die haben längst kapiert, dass sie's mit einem topsidischen

Hyperfunksender auf einem ferronischen Schiff zu tun haben. Man muss kein Genie sein, um darin eine Falle zu wittern.«

»Ich verlasse mich lieber auf ihre Neugierde als ihre Dummheit.«

Sie lachte. »Neugierde?«

»Die Fantan sind zumindest – Vertrag hin, Abkommen her – neugierig genug gewesen, sich in den letzten Wochen immer noch rund um die Wega herumzutreiben, wahrscheinlich, weil sie sich Hoffnung auf Besun machen. Wir hatten zwölf Sichtungen in den letzten drei Wochen.«

Träge drehte sich die RADESSORA weiter, sodass plötzlich der Stern Wega gemessen an der Entfernung riesig und blauweiß hinter dem Metallrumpf aufging.

Wunderschön, dachte Tifflor in diesem Moment. Ja, egal, was noch geschehen würde, allein für diesen Moment, in dem der Kosmos seine ganze strahlende Pracht tief und nur für ihn und Mildred ausatmete, hatte sich die Reise gelohnt. Er griff nach Mildreds Hand und drückte sie. So könnte es für immer ...

»Sie kommen!«, wisperte Mildred aufgeregt und deutete ins All, dorthin, wo sie das Spindelschiff der Fantan wussten.

Ein flunderförmiges Beiboot der Walzenwesen näherte sich in raschem Flug und dockte am Bug der RADESSORA an. Für das unbewehrte Auge waren die einzelnen Manöver des matt lackierten Beiboots vor dem lichtgesprenkelten schwarzen Hintergrund schwierig zu beobachten, und dort, wo die Wega flammte, verschluckte sie jede Silhouette.

»Schalte auf Internmonitoren um!«, befahl Tifflor. »Wir müssen beobachten, was sie tun.«

»Sollte nicht längst Pounder unterwegs sein, um das Schiff der Fantan aufzubringen?« Sie nahm die entsprechenden Schaltungen vor.

»Ich nehme an, er wollte warten, bis die Fantan an Bord sind, damit sich jede ihrer Reaktionen auf den Annäherungsalarm der TOSOMA verzögert.«

»Klingt vernünftig«, gab sie zu, »aber etwas unheimlich wird mir jetzt doch. Wir beide allein gegen jede Menge Fantan ...«

Er betrachtete die Aufnahme der Schleusenkammer. »Zwei«, sagte er. »Es sind nur zwei Fantan.«

Ihr Mund formte ein stummes »O«. So dicht ...

Sie sahen auf dem Überwachungsmonitor, wie sich zwei etwa menschengroße, zylindrische Lebewesen durch die Gänge der RADESSORA vorarbeiteten. Fantan ...

Die beiden Fremdwesen ließen sich auf Anhieb voneinander unterscheiden: Der eine verfügte über sechs Extremitäten, die vollkommen von Tätowierungen bedeckt waren, der andere nur über deren vier, die ohne jegliche Verzierung auskamen. Ansonsten sahen sie einander überaus ähnlich: Die fein geschuppten Zylinder mit den abgerundeten Ecken und die aussagelosen dunklen Öffnungen in der oberen Hälfte des Körpers, in denen sich Sinnesorgane verbargen, wiesen keine besonderen Kennzeichen auf.

Ob es sich bei der Anzahl an Gliedmaßen und den Tätowierungen um Geschlechtsmerkmale handelte? Waren Fantan überhaupt mehrgeschlechtlich? Oder waren sie Vertreter zweier unterschiedlicher Teilvölker, so wie Mitteleuropäer und Asiaten? Oder war der Sechser ein Mutant oder der Vierer durch einen Unfall verkrüppelt?

Die Fantan gingen vorsichtig, aber routiniert vor. Sie steuerten geradlinig auf die Zentrale zu; sie bewegten sich mit viel Geschick durch die luftleeren, schwerelosen Räume. Den Kameras an der Decke schenkten sie keine Beachtung, sie gingen wohl davon aus, dass sie tot waren und das Schiff leer. Schon bald kamen sie in der Zentrale an. Einer der beiden – der Sechser mit den tätowierten Gliedern – widmete sich sofort dem Hypersender, der auf den ersten Blick als Fremdkörper zu erkennen war. Topsidisches Design und ferronische Ästhetik waren so weit voneinander entfernt, dass es daran keinen Zweifel geben konnte.

Der andere stakste hektisch zur Schiffssteuerung und begutachtete die Bedienflächen und Anzeigen. Vorsichtig tippte er mal hierhin, mal dorthin und beugte sich tiefer über die Instrumente.

»Jetzt könnte die TOSOMA wirklich bald kommen«, sagte Mildred. »Wenn die Fantan den Braten riechen und abhauen, haben wir den Salat.«

Julian stimmte ihr innerlich zu, aber er sagte nichts; zu fasziniert war er von den Fremden und ihrer Art, das Schiff zu erkunden. *Ob sie da drin irgendein Besun finden?* Er hatte keine Vorstellung davon, nach welchen Kriterien die Fantan das entschieden.

Der Tätowierte kam zu seinem Begleiter an die Steuerungsinstrumente. Sie sprachen kurz und unverständlich miteinander, dann streckte er einen Arm aus und aktivierte testweise die Antriebsreaktoren. Signallichter gingen an.

Im Rumpf der RADESSORA regte sich etwas, Tiff konnte die Vibrationen im Boden spüren. Weit jenseits ihres Aufenthaltsorts aktivierten sich nacheinander drei, vier Triebwerksdüsen in einer

Reihe. Sieben weitere waren von den terranischen Technikern desaktiviert worden. Zwei weitere diesseits der beiden jungen Menschen würden hingegen wieder anspringen.

Zumindest sollten sie das tun.

Aber diese beiden reagierten vollkommen anders. Zuerst bemerkte Tiff nur, dass der Boden stärker vibrierte. *Merkwürdig,* dachte er.

Dann sprang das äußere Triebwerk an, mit schwacher rötlicher Flamme.

Als Julian gerade aufatmen wollte, geschah es: Die Antriebsdüse explodierte in einem gewaltigen weißgelben Feuerball.

Nur fünfzig Meter neben Julian und Mildred ...

Kapitel 10

Tatjana Michalowna
Kedhassan, Tag 3, abends

Oger-214 hielt Wort. Als die Sonne verschwunden war und die bunten Lichtbänder die nächtliche Dunkelheit aufhellten, holte er seine drei Meister ab.

»Folgen Sie mir! Wir gehen zu Fuß.«

»Ist es sehr weit?«, fragte Crest, der wieder sehr angestrengt aussah.

»Folgen Sie mir!«, wiederholte der Orgh einfach, drehte sich um und ging. Wohl oder übel folgten sie ihm. Konnte das eine Prüfung oder eine Falle sein? Oder verschenkten sie einfach nur wertvolle Zeit? Wenn die Arkoniden pünktlich waren – und nichts sprach dagegen –, würden sie es schon bald mit der echten Kommission zu tun bekommen.

Über ein Aufzugsystem, das aus gläsernen Kabinen bestand und an den Flanken der Pyramide verlief, verließen sie das Gebäude, das die Orgh mitten in die Glänzende Stadt gesetzt hatten.

Als sie das erste andere Gebäude der Stadt passierten, bemerkte Michalowna, wie grob die Orgh ihre Schlafpyramide errichtet hatten: In einem großzügig bemessenen Kreis um die quadratische Grundfläche war der Boden förmlich mit einer weißen Masse ausgespritzt worden.

Farblich unterschied sie sich tagsüber kaum vom restlichen Bodenbelag, aber in der Nacht sah man den Unterschied: Während überall sonst das Leuchten der Türme seinen Widerhall fand und selbst den Straßenbelag auf merkwürdige Weise *lebendig* wirken ließ, als wanderten Funken durch und über den alabasterfarbenen Kunststoff, blieb das gesamte betroffene Areal wie tot liegen.

Sie gingen schnell, aber Michalowna wurde den Verdacht nicht los, dass es Oger-214 noch immer zu langsam war. Nachdem sie vielleicht eine Viertelstunde schweigend gegangen waren, beschloss sie, eine Unterhaltung anzufangen.

»Diese Himmelslichter sind sehr beeindruckend.«

Oger-214 antwortete nicht. Sie begriff, dass der Orgh ihre Äußerung vielleicht nicht als Kommunikationsversuch, sondern nur als Aussage verstanden hatte.

»Was sind das für Lichter dort oben am Himmel?« Sie deutete nach oben.

»Viele nennen sie Geister«, antwortete Oger-214, machte aber keine Anstalten, stehen zu bleiben. »Sie kommen nachts. Nicht geklärt, was sie sind und wie sie entstehen. Man geht davon aus, dass es sich um Sekundäreffekte der Anlagen in der Stadt handelt.«

»Ah«, machte Michalowna und eilte an seine rechte Seite. Sie legte ihre linke Hand auf seinen unteren Arm. Halb hatte sie erwartet, dass er sie wegstieß, die Hand abstreifte oder wenigstens zusammenzuckte, aber er ließ es einfach so geschehen. Auch von seinen Gedanken ging keine Bedrohung aus. Momentan schienen ihm nur *fünftrangige* Fragen durch den Kopf zu gehen.

»Wieso tun Sie das? Wieso helfen Sie uns? Es verstößt doch gegen die Prinzipien Ihres Volkes.«

Nun blieb er stehen – so ruckartig, dass Crest und Trker-Hon gegen ihn gelaufen wären, wenn er sie nicht mit zwei seiner Arme aufgehalten hätte.

»Sie wollen Hilfe?« Seine gut zwei Meter hohe Gestalt schwankte, als sei er unschlüssig, was von ihm erwartet wurde. »Ich suche Hilfe.«

Quartärer Zugewinn könnte über eine quintäre Verbindung möglich sein, aber das verstehen Arkoniden nicht, selbst diese drei nicht, dachte er traurig. Seine Gedanken flossen klar lesbar in Michalownas Bewusstsein, auch wenn sie immer noch nicht alles begriff.

Nun gut. Ihr blieb wahrscheinlich nur eine Möglichkeit. Sie musste ihr Talent offenbaren. »Versuchen Sie es. Vielleicht verstehen wir ja doch.«

Oger-214 blieb ruckartig stehen. »Was meinen Sie?«

»Das wissen Sie.« Tatjana Michalowna hoffte, dass er begriff. Vielleicht konnte er ihre Gedanken lesen, wenn sie intensiv genug dachte: Es käme auf den Versuch an, ihrer beider Fähigkeiten gewissermaßen kurzzuschließen.

Ich ... möchte ... Sie ... verstehen!, dachte sie, so konzentriert und klar sie konnte.

Er reagierte nicht. »Was meinen Sie?«, wiederholte er.

Hören Sie mir zu!

Seine Gedanken flogen empor und zerstreuten sich wie ein Schwarm Sperlinge, die ein Knall aufscheuchte. Und dann spürte sie, wie etwas »einrastete«, als ob sich Nut und Feder ineinanderschöben. Von einem Herzschlag auf den anderen verstand sie seine Gedankenstimme klar und laut und deutlich. Es funktionierte!

Was ...?

Ich bin es. Sie kennen mich als Hohe Inspekteurin Tiara da Efelith. Lassen wir es dabei bewenden, dass ich ähnliche Talente habe wie die Orgh.

Oger-214 griff mit seinen restlichen drei Armen nach ihr und zog sie heran. Es geschah so schnell, dass sie nicht dazu kam, sich zu wehren. Unnachgiebig presste er sie an sich und neigte ihr den Kopf mit den klackenden Mandibeln entgegen.

Plötzlich ergriff sie Angst. *Hüten Sie sich, mir etwas anzutun!*

Oh. Nein. Verzeihen Sie. Ich ... Er ließ sie ruckartig los, stieß sie von sich.

Die mentale Verbindung gab einen misstönenden Nicht-Laut von sich wie zerspringende Klaviersaiten und riss.

Trker-Hon packte zu und verhinderte, dass Michalowna stürzte. Er zischte, duckte sich angriffsbereit und schob sich schützend vor sie.

Oger-214 ließ die beiden oberen Körperdrittel kreisen und verlagerte sein Gewicht abwechselnd auf seine drei Beine. *Das glaubt mir niemand. Sie ... sie sind anders. Ich wusste es. Aber ...*

Langsam wurde er kleiner. Tatjana Michalowna brauchte einige Atemzüge, bis sie erkannte, woran das lag: Seine Beine wurden kürzer, wie Teleskopstangen, die man einzog. Diese Orgh waren eine erstaunliche Spezies!

Als die Antennenspitze seines Kopfes gerade in ihrer Augenhöhe war, endete diese körperliche Veränderung. Oger-214 machte sich für sie kleiner – wenn sie richtig vermutete, wollte er sich ihr damit unterwerfen oder ihr klarmachen, dass er harmlos war und sie nichts zu fürchten hatte. Sie streckte ihm ihre rechte Hand entgegen.

Es dauerte einige bange Herzschläge, bis er sie seinerseits mit seiner rechten oberen Hand ergriff. Das Chitin fühlte sich merkwürdig warm und glatt und zugleich rau und kalt an.

Sanft legte er ihre Hand auf seine Kopfantenne. Beinah sofort kam ihre Verbindung wieder zustande.

Sie tastete sich mit ihren telepathischen Fühlern vorwärts, alarmiert und fluchtbereit. Sie konnte es sich nicht leisten, ihm vollkommen zu vertrauen, ehe sie nicht begriff, wie sein Volk dachte.

Sie sind ein merkwürdiges Volk, dachte Oger-214. *Ihr Verhalten ist für uns nur schwer nachvollziehbar, es folgt keinem Muster.*

Ich erkenne bei Ihrem Volk auch kein Muster. Ich sehe nur, wie mitleidlos ihr Orgh seid.

Oger-214 ließ sie einen Hauch Verärgerung spüren, umgehend gefolgt von Resignation. *Sie sind die Mitleidlosen.*

Erklären Sie es uns!

Es gibt unterschiedliche Zielebenen des Daseins. Primarius geht es um den Fortbestand des eigenen Volkes. Auf den drei nachfolgenden Ebenen stehen die Sicherheit, der Wohlstand und der Ruhm der direkten Bezugsgruppen, und erst dann, quintarius, folgt das persönliche Wohlergehen. Und wir richten unser Handeln streng an diesen Zielebenen aus. Wer krank ist, darf sein Volk damit nicht beeinträchtigen: Er muss sein Wissen weitergeben, er darf die anderen nicht noch mehr belasten als durch seinen eigenen Ausfall. Das ist wahres Mitleid. Was Sie tun, ist dagegen ... Verschwendung. Verstehen Sie das nicht?

Allmählich begriff Michalowna, wie die Orgh dachten. Wenn die Arkoniden tatsächlich ihre Königin bedrohten, war das Primärziel, die Erhaltung ihrer Art, fortwährend in Gefahr, und sie würden alles dem Ziel unterordnen, aus dieser Situation zu entkommen. Deswegen richteten sie den Weltenspalter wieder her, deswegen züchteten sie die Parakrieger – indem sie den Arkoniden ihren Wert und ihre Loyalität bewiesen, wirkten sie dem Untergang des eigenen Volkes entgegen.

Ich ... verstehe. Aber ich teile Ihre Weltsicht nicht. Für uns ist jedes Leben wertvoll. Wir wollen es nicht opfern.

Sie opfern sich lieber selbst? Oger-214 verstand nicht. Womöglich konnte er das nicht, jedenfalls nicht sofort. Für die Orgh, alle Kinder der gleichen Königin, bedeutete eine Krankheit wahrscheinlich sofort eine Seuche, weil sie einander so ähnlich waren. Eine solche Seuche konnte wahrscheinlich in kürzester Zeit einen ganzen Shaft ausrotten.

Wir sind anders als die Orgh.

Alles Leben ist eins. Der Gedanke des Orghs war so stark und unvermittelt und schien so gar nicht zu seiner sonstigen Einstellung zu passen, dass Michalowna für einen Moment nicht wusste, was sie sagen sollte.

Wenn ich Gefahr von meinem Volk abwenden kann, werde ich es tun, so wie jeder Orgh, argumentierte Oger-214. *Wir Orgh sind dem Ganzen verpflichtet. Die Arkoniden behaupten das auch von sich.*

Ich habe bereits mehreren Kommissionen gedient; alle glaubten, sie würden ganz dem Imperium dienen. Aber das war nicht die Wahrheit. Sie haben sich selbst gedient oder ihrem Geschlecht oder ihrem Planeten. Sie haben jede Ebene vor die wichtigste gestellt.

»Wieso helfen Sie uns dann, wenn wir so falsch leben?«, fragte sie und bemerkte erst da, dass sie ihre Gedanken laut ausgesprochen hatte.

Oger-214 schien das als Bitte zu verstehen, ebenfalls laut zu sprechen.

»Sie sind anders. Ich habe Sie beobachtet. Sie denken aneinander. Vielleicht sind Sie unsere Chance.«

Sie hoffen, dass wir Ihnen helfen?

Ich weiß, dass Sie es tun werden. Ich kenne Sie besser als Sie sich selbst.

Sie wartete, ob er noch etwas sagen würde, aber seine Gedankenstimme schwieg. Er löste sich von ihr und befahl laut: »Kommen Sie!«

Crest sah sie verwirrt an, aber sie nickte bloß. »Ich erkläre Ihnen alles später. Wir sollten Oger-214 vertrauen.«

»Nun gut. Für mich macht es wahrscheinlich keinen großen Unterschied.« Sie sah den Schmerz hinter seinen Augen und vernahm die Gedankenstimme, die um so vieles klarer und kräftiger war als das, was ihm sein sterbender Körper gestattete. *Versprechen Sie mir, mich nicht hierzulassen? Bringen Sie meine Überreste zu Thora. Sie weiß, was zu tun ist.*

Sie nickte stumm. Er wusste, dass dies ihre Antwort war, das sah sie an seinem Gesicht. Wie leicht fiel es doch, die Mimik eines Arkoniden zu lesen, verglichen mit dem ledernen, sparsamen Antlitz eines Topsiders oder gar den starren Köpfen der Orgh.

Oger-214 ging voran, als sei nichts gewesen, und wuchs dabei wieder in die Höhe, bis er seine Normalgröße erreicht hatte.

Es dauerte nur wenige Minuten, dann hielt er an und machte sich an einer leuchtenden Wand zu schaffen. Die auf- und absteigenden Funkenlichter tanzten rund um seine Bewegung, als würden sie davon angezogen, ein warmes, angenehmes Pulsieren. Eine Tür öffnete sich, hinter der es schräg abwärtsging.

»Da hinein?«, fragte Trker-Hon zweifelnd. Er schien sehr misstrauisch zu sein.

»Wir müssen in die Unterstadt«, antwortete Oger-214 ruhig. »Nur dort finden Sie Heilung.«

Der Topsider schnüffelte in den Eingang. »Na schön. Es ist dort so trocken wie überall hier. Also macht es für mich keinen Unterschied. Aber wenn Sie uns betrügen, werden Sie miterleben, dass selbst ein einäugiger Topsider Ihnen überlegen ist.«

»Ich werde Ihnen nichts tun«, versicherte der Orgh.

Sie stiegen in die Unterstadt hinab, die wohl ebenfalls von den ursprünglichen Erbauern errichtet worden war. Halbrunde Tunnel mit glatten weißen Wänden und in großem Abstand angebrachten Leuchtkörpern verliefen kreuz und quer durch den Untergrund der Glänzenden Stadt. Die lichte Höhe der Tunnel lag bei drei Metern, wobei der oberste Meter durch eine transparente, fugenlos glatte Scheibe vom Rest des Gangs abgetrennt war.

Sie gingen viel langsamer als an der Oberfläche. Oger-214 hatte seine Körperhöhe etwas verringert, damit er besser durch die Gänge passte.

»Dort fließt tagsüber die Energie.« Oger-214 klopfte gegen die durchsichtige Decke. »Hier unten sind wir sicher. Wartungsgänge vielleicht.«

Trker-Hon sah nach oben. In der Tunneldecke gab es einige kleinere Löcher, die senkrecht nach oben wegführten. »Interessant. Können Sie uns mehr darüber verraten?«

»Nein. Wir sind hier, um Hilfe zu finden. Dies ist keine Technologiefortbildung.« Der Orgh blieb stehen. Sie befanden sich auf einer Kreuzung von fünf Gängen.

»Wieso bleiben Sie stehen?« Trker-Hon sah sich misstrauisch um.

»Es ist ... nichts.«

»Sie wissen nicht, wie es weitergeht, oder?«

Hat mein Begleiter recht? Haben wir uns hier unten verlaufen?, dachte Michalowna an ihren insektoiden Führer gerichtet, während sie ihn am Arm packte.

Es ist egal, wohin wir gehen. Wir sind richtig. »Wir sind richtig«, wiederholte der Orgh seine Gedankenbotschaft laut und machte sich los, als sei ihm der direkte Kontakt zu ihr nun unangenehm geworden, als fühle er sich ertappt. »Dort entlang!«

Sie folgten ihm, aber es war unübersehbar, dass Oger-214 zunehmend hektischer wurde. Als suche er etwas, das er nicht finden konnte.

Die Minuten zogen sich in dem Gewirr aus vollkommen austauschbaren Gängen.

Plötzlich flammte grelles Licht auf und tauchte sie in gnadenlose Helligkeit, die alle Schatten verschlang.

»Stehen bleiben!« Eine unbekannte Stimme gellte durch den Tunnel, wahrscheinlich künstlich verstärkt und verzerrt. Wer immer da sprach, klang jedenfalls nicht wie ein Orgh, aber definitiv auch nicht wie ein Arkonide.

Unmittelbar vor Michalownas Füßen traf ein Energiestrahl den Boden und ließ glutflüssigen Kunststoff zurück. Die Hitze drang durch ihre Schuhe.

»Schießen Sie nicht!«, rief sie, vollkommen geblendet.

Im gleichen Augenblick traf sie ein harter Schlag in den Rücken. Sie spürte, wie etwas sie packte, zu Boden warf und dort festhielt. Es waren keine Hände, auch sonst nichts, was sie jemals angefasst hätte. Es fühlte sich an wie ein Druck, der durch ... *nichts* ausgeübt wurde.

Mühsam wandte sie den Kopf. Neben ihr lagen ihre drei Begleiter in offenkundig unbequemer Position am Boden, aber es war niemand zu sehen, der sie festhielt.

Sie kniff die Augen zusammen und warf ihre telepathische Fähigkeit wie ein Netz aus. Damit wollte sie einen Überblick über die Anzahl der Fremden gewinnen, die sich in der Nähe aufhielten. Die Kraft und vor allen Dingen die Zeit, gezielt Gedanken zu lesen, fehlten ihr im Moment.

Aber ihre geistigen Fühler griffen ... nun, nicht gerade ins Leere. Es war mehr, als rutschten sie ab oder, eine bessere Analogie, als würden sie weggestoßen, so schnell und hektisch, dass sie nicht einmal genug Zeit hatte, um zu begreifen, wer und wie viele es waren, die sie umgaben.

»Wir haben Ihnen nichts getan!«, rief sie und stemmte sich gegen den unsichtbaren Griff.

»So!«, erklang die unbekannte Stimme wieder. »Wir sehen das anders. Sie alle sind Gäste dieser üblen Käfer. Das sagt alles!«

Unversehens packte eine unsichtbare, riesige Hand Michalownas Kehle und drückte zu. Sie rang nach Luft. Würde sie jetzt sterben?

»Und Sie schleppen auch noch ein solches ungeheures Ungeziefer mit herein! Sie wissen doch, hat man sie einmal im Haus, wird man sie nicht mehr los!«

Oger-214 schnellte wie an Fäden gezogen in die Luft, drehte sich in der Waagerechten und blieb dort hängen, während sich seine Kopfantenne langsam verknotete. Er stöhnte vor Schmerz.

»Wer ... ist da?«, krächzte sie.

»Können Sie sich das nicht denken?« Ein schwarz bepelzter Ilt trat ins Licht. An den Unterarmen trug er Schienen, die aus den Panzern von Orgh geschnitten zu sein schienen. Er hielt eine stabförmige Strahlenwaffe geradewegs auf Oger-214 gerichtet. »Sie kommen mit dem Feind, also sind Sie der Feind.«

Ringsum klickte es, als würden Waffen entsichert. Weitere Ilts traten heran, alle schwer bewaffnet, die meisten mit rotbraunem Fell, einige aber auch in anderen Farbvarietäten. Blasses Braun, Kastanienbraun, Graubraun ... Der schwarze Ilt war der Einzige seiner Art. Er benahm sich wie der Anführer dieser Bande, und die anderen behandelten ihn auch so.

Merkwürdig: Noch vor wenigen Stunden hatte Tatjana Michalowna die Ilts für possierliche, niedliche Wesen gehalten, sogar während der Arenakämpfe. Aber in diesem Tunnel wirkte kein Einziger der Ilts putzig. Im Gegenteil: In ihren Augen schwelte ein gefährliches Feuer, der Pelz war glanzlos, die Finger krallenartig. Einem fehlte ein Stück des Ohres, bei einem anderen konnte man von beiden Ohren nur noch Stümpfe erkennen, ein Dritter trug eine Augenklappe, wieder ein anderer war von Narben entstellt, über die kein Pelz mehr wuchs – und sie *stanken.*

Diese Wesen waren verwahrlost und zum Töten bereit, mehr noch: Sie *wollten* töten.

»Was treiben Sie hier unten?«, herrschte der Anführer sie an. »Das ist unser Territorium!«

Der Griff um ihre Kehle lockerte sich. Sie schien als Wortführerin ihrer Gruppe akzeptiert zu sein. »Wir haben keinerlei feindliche Absichten. Wir suchen Hilfe.«

»Hilfe?«

Ein Chor hoher Kicherlaute antwortete. »Hilfe? Wir werden Ihnen helfen zu sterben, dann begreifen die Käfer vielleicht, was sie erwartet, wenn sie sich nicht zurückziehen!«, keckerte eine Stimme, die Michalowna unwillkürlich als weiblich einstufte. Sie kam von einem beigefarbenen Ilt, dem der Schneidezahn fehlte und dem eine gezackte Narbe quer durch das Gesicht lief. Ihr schauderte angesichts des kalten Blicks, den ihr dieser Ilt zuwarf.

Ich bin nicht »dieser Ilt«! Mein Name ist Morry!, pfiff eine dissonante Gedankenstimme in Michalownas Kopf. Sie konnte ihr förmlich anhören, dass sie vor einiger Zeit gebrochen und danach wieder auf verdrehte Weise zusammengesetzt worden war.

Denken Sie lieber an sich, Käferfreundin!, meldete sich Morry erneut. Mit welcher Leichtigkeit sie in Michalownas Gedanken stöberte, ohne dass diese etwas merkte ...

Raus aus meinem Kopf!, dachte sie und hoffte, dass alle Ilts den Gedanken auffingen.

Beinahe sofort drehte sich ein gutes halbes Dutzend Iltköpfe zu Morry um. Sie zuckte zusammen und sah Michalowna böse an. »Dummer Mensch! Sie hat mich missverstanden!«, schrillte sie und umklammerte die Strahlenwaffe in ihren Händen fester.

»Wir wollen euch helfen!«, rief Michalowna, erkannte aber augenblicklich, dass das der falsche Ansatz war.

»Ihr? Uns helfen? Ihr sucht keine Hilfe, sondern jemanden, dem ihr helfen könnt? Na, wir werden euch schon helfen, denn uns ist ja nicht mehr zu helfen! Hilft das?« Der Ilt mit der Augenklappe hatte gesprochen, und er erntete heftiges, zustimmendes Gemurmel.

Morry lachte grell und feuerte ihre Waffe ab. Ein Strahlschuss fuhr gegen die gläserne Decke, konnte sie aber nicht durchdringen, sondern wurde abgelenkt. Er traf den Boden direkt neben Trker-Hon.

Der Chor der Stimmen ringsum wurde leiser und zugleich böser, finsterer.

»Drei von Ihnen sind keine Orgh, und drei sind keine Arkoniden«, sagte der Anführer plötzlich nachdenklich. »Und zwei von Ihnen sind weder das eine noch das andere.«

Michalowna schöpfte Hoffnung. Vielleicht bot sich die Gelegenheit ...

Vergeblich. Die nächsten Worte des schwarz bepelzten Ilts machten ihr klar, dass sie nicht mehr lange zu leben haben würden. Keiner von ihnen.

»Mitgefangen, mitgehangen. Vielleicht lassen wir die beiden Vollfremden nicht so lange leiden, wie der Käfer und der Weißkopf es verdient haben. Hoch mit Ihnen!«

Michalowna wollte etwas sagen, aber die unsichtbare Hand hielt ihr den Mund zu. Dann fühlte sie sich emporgehoben, bis ihre Fußspitzen eine Handbreit über dem Boden schwebten.

Plötzlich sagte eine barsche Stimme: »Stopp! Lasst sie runter! Keiner rührt sie an! Sie zu töten wäre Verschwendung.«

Es war ein weiterer Mausbiber, der gesprochen hatte. Er gehörte offenkundig nicht zu der Truppe, die ihnen aufgelauert hatte; sein Pelz wirkte gepflegt und schimmerte leicht, seine Farben waren satt und strahlend. Er trug keine Waffe und auch sonst nichts, was ihn hätte gefährlicher wirken lassen als die Ilts, die ihm mit Waffen in der Hand gegenüberstanden. Im Gegenteil: Er wirkte ausgesprochen harmlos. Beinahe wie Gucky.

Doch harmlos war er sehr wahrscheinlich nicht, so wenig wie Gucky oder irgendein anderer der Ilts.

Der schwarze Ilt baute sich in eindeutiger Drohgebärde vor dem Neuankömmling auf. »Was du willst oder nicht, Nurghe, interessiert niemanden. Plofre vielleicht.«

Der Neuankömmling pfiff zwei, drei helle Töne. Dann sagte er: »Genau, General Dhargan. Und Plofre hat bestimmt, dass Wissen mehr zählt als tote Orgh.«

»Es ist nur *ein* Orgh«, beharrte Dhargan, machte aber zwei Schritte zurück. Der Schwarze *fürchtete* sich doch nicht etwa?

»Umso schlimmer und dümmer ist, was du vorhast!«, schrillte Nurghe. »Lebend kann er uns unendlich viel mehr nützen.«

»Er gehört uns!«, schrie Morry und lachte.

Nurghe machte eine schnelle Bewegung mit der Hand, und die Waffe wurde Morry aus der Hand gerissen und flog in hohem Bogen fort. »Er ist aus freien Stücken unter die Stadt gekommen. Ich frage mich, was Plofre mit euch anstellt, wenn er davon erfährt ...«

Dhargan trat einen weiteren Schritt zurück. Er zitterte, als dringe die Kälte ihm unter den Pelz. »Na gut. Sie gehören dir, Nurghe.«

»Dafür wirst du bezahlen!« Morrys Stimme klang allerdings weitaus leiser und viel kläffender als vorher.

Nurghe ignorierte die Drohung mit einer Gelassenheit, wie sie jemand aufbringen konnte, der sich seiner selbst absolut sicher war. Er wandte sich an die drei ungleichen Reisenden: »Was wollen Sie hier?«

»Wir ...«, begann Michalowna.

Crest unterbrach sie: »Nicht wir. *Ich*. Ich suche Hilfe. Ich sterbe.«

Kapitel 11

Gal-Enn
Kedhassan, Tag 3, abends

Hat sich Ihr Verdacht bestätigt, Shaftgal-Cull?

Gal-Enn stand, gemeinsam mit zwei Begleitern, auf einem Hügel außerhalb der Stadt, dem gleichen, der in der Nacht zuvor zum Treffpunkt mit den Shaftgals geworden war. Er benötigte dringend ein Gedankenterzett.

Wichtige Handlungen erforderten immer drei Orgh, so, wie man auf drei Beinen stand. Das war schon immer so gewesen und würde immer so sein. Nur zu diesem Zweck durften sie sich erlauben, einen einfachen Blickwinkel einzunehmen statt stets die obersten vier Ebenen, wie es auch die Augenzahl seines Volkes unveränderlich festschrieb. Dominant blieb die Sorge um den Fortbestand ihres gesamten Volkes, aber jeder der drei argumentierte auf einer anderen der drei nächsttiefen Ebenen und konnte seine Gedanken dadurch besser fokussieren.

Der Gal selbst war immer zuständig für die zweite Ebene: die körperliche, seelische und zukünftige Sicherheit aller Orgh im Kedhassansystem – das war sein Lebenszweck, dadurch diente er der Königin, diente er dem milliardenköpfigen Volk.

Die Königin selbst hatte ihn ausgewählt. Er wusste nicht, nach welchen Kriterien sie entschied, denn es gab keinen, der sie nicht liebte und ihr bedingungslos ergeben war, sie hätte *jeden* nehmen können. Kein Orgh tat weniger als sein Bestes im Interesse aller. Sie musste etwas in ihm gesehen haben, was er selbst nicht erkannte. Es war ungewöhnlich, dass ein Aktierier zum Gal erhoben wurde, Empironen oder Exekutale erhielten diesen Rang viel häufiger; seltener wurden nur noch Reflexonten erhoben.

Bisher hatte Gal-Enn den Eindruck gehabt, seiner Aufgabe gewachsen zu sein, die vor allem in logistischen und verwalterischen Tätigkeiten bestand. Aber der Druck nahm zu, schließlich lastete auf den Kedhassan-Shafts derzeit die Verantwortung für das gesamte Volk. Diplomatie und Strategie waren Eigenschaften, die er nie hatte zu schulen brauchen, bis die Arkoniden kamen.

Shaftgal-Cull hatte der Gal für das Terzett ausgewählt, weil der Exekutal oft bewiesen hatte, dass er es verstand, die richtigen Fragen zu stellen. Er erkannte Gefahren für die fünf Zielebenen, die andere erst später sehen konnten. Und er war derjenige, der sich am vergangenen Tag ausführlich mit ihnen befasst und sie beobachtet hatte. Im Rahmen des Terzetts fiel ihm die tertiäre Ebene zu, die Frage nach Chancen und Risiken für den Wohlstand der Orgh, für Nahrung, Besitz und Freizeit.

Ich habe Indizien, aber keine Beweise. Die drei Fremden verhalten sich irritierend. Ich vermag nicht zu erkennen, dass sie bewusst eine Kollision hervorrufen wollen. Andererseits zeigen sie abweichende Verhaltensweisen gegenüber früheren Kommissionen.

Shaftgal-Xarr schließlich, der andere seiner beiden Begleiter dieser Schicksalsnacht, entstammte einem Gelege, das viele brillante Empironen hervorgebracht hatte.

Die Entwicklung des neuronalen Verstärkers, der es hochrangigen Orgh kurzfristig erlaubte, ihre mentalen Sendungen über einen ganzen Planeten auszustrahlen, ging auf seinen Shaft Matrim zurück. Das Gerät ließ sich in vielen Details noch verbessern, vor allem im Energieverbrauch, aber die Grundlagenentwicklung war eindeutig das Verdienst von Shaftgal-Xarr. Daher verkörperte er die quartäre Ebene, den Ruhm durch technologischen oder philosophischen Fortschritt, aber auch die Anerkennung durch Nichtorgh.

Shaftgal-Xarr war bisher am wenigsten der drei mit den Fremden befasst gewesen und ließ sich zunächst innerhalb des Terzetts einen Bericht geben. Nachdem Gal-Enn und Shaftgal-Cull geendet hatten, sandte er einige unbestimmte Emotionen, vor allem aber Zweifel, in das Gedankenterzett.

Die Lage ist heikel. Quartär haben Sie richtig gehandelt, indem Sie den Fremden Ihr Projekt der Parakrieger gezeigt haben, egal, ob es sich um die echte Kommission handelt oder nicht. Sie werden wie jedes vernunftbegabte Wesen zu schätzen wissen, welche enorme Leistung wir erbracht haben. Das wird unserem Ruf zuträglich sein. Eine Kollision ist nur denkbar, wenn unsere gegenwärtigen Gäste bewusst der Kommission zu schaden versuchten. Um diese Möglichkeiten zu begrenzen, bieten sich vor allem zwei Alternativen an: die strikte Unterbindung jeglichen Informationsflusses zu einer etwaigen echten Kommission oder die zur Argumentation dienende, dokumentierte Liquidierung der gegenwärtigen Besucher.

Sie raten zur Liquidierung?, fragte Gal-Enn vorsichtig.

Quartär muss ich darauf hinweisen, dass diese Besucher womöglich dazu gebracht werden können, uns in der Transmittertechnologie zu informieren. Vergessen Sie nicht, dass sie dieses Transportsystem benutzt haben.

Die Orgh dachten nach.

Ein Fehler kann die letzte Primärkollision bedeuten, wiederholte Shaftgal-Cull den entscheidenden Umstand. *Oger-214 hat keinerlei Informationen von Wert geliefert. Die Frage ist so offen wie gestern.*

Gal-Enn, der Anführer der Orgh im Kedhassansystem, betrachtete die Lichtbänder am Himmel. Sie verrieten, dass alle Zeit dieser Welt endgültig ablief, und er bedauerte, dass diese zerstörerische Schönheit nur ihn selbst so tief berührte. Das aber waren subquintäre Gedanken.

Woran denken Sie?, fragte Shaftgal-Cull. *Haben Sie eine Entscheidung getroffen?*

Wir ... Gal-Enn verstummte. Das obere Armpaar wies zum Himmel. *Sehen Sie!*

Ein Ball aus weißgoldenem Feuer raste, aus der Himmelskuppe kommend, auf die Glänzende Stadt zu, begleitet vom Donnern verdrängter Luft. Sie kannten das Phänomen, aber normalerweise kam der Feuerball etwas langsamer und in glatterem Flug. Dank ihrer Komplexaugen konnten die Orgh die Flugbahnirritationen genau beobachten.

Ein Raumschiff, dachte Shaftgall-Xarr. *Ein Kugelraumer der Arkoniden. Aber beschädigt. Die Steuermanöver sind nicht präzise.*

Zumindest kommt das Raumschiff pünktlich, ergänzte Shaftgal-Cull. *Jedenfalls, wenn es die angekündigte Kommission bringen sollte.*

Gal-Enn beorderte einen Pfeilgleiter herbei. *Wir werden sie begrüßen, egal, wer sie sind. Kommen Sie. Keine vorschnellen Entscheidungen.*

»Sie kommen spät! Ich schätze Unpünktlichkeit nicht!«

Ein Mann in der Uniform eines arkonidischen Raumfahrers empfing die drei Orgh an der Bodenschleuse.

Der kugelrunde Rumpf des Raumschiffs ragte riesig und bedrohlich über ihnen auf. Dieses Sternengefährt durchmaß fünfhundert Meter und war weniger als Transporter denn als Schlachtschiff gebaut. Seine Vernichtungskraft war ... schwindelerregend.

Primärkollision!, dachten die drei Orgh.

»Ich bin Gal-Enn. Verzeihung für die Unhöflichkeit der ... zzzhhh ... Verspätung zu erbitten ist mein Ziel!«, begann Gal-Enn. »Hohe Kommission?«

»Bedaure«, sagte der Arkonide knapp. »Ich bin Kommandant Agidus da Andeck, dies mein Schiff, die PESKAR.«

»Ihr Wollen ist ...?«

»Verdammt, Orgh. Die Kommission ist tot. Wir wurden von den Methans überfallen und konnten nur mit knapper Not entkommen. Ich übernehme die Aufgabe der Kommission. Wir haben keine Zeit zu verlieren. Ich habe gehört, die Geheimwaffe sei fertiggestellt?«

»Ich signalisiere ... zzzhhh ... höchste Betrübnis«, sagte Gal-Enn. Er wusste, dass Nichtorgh viel zu oft das Leid der Überlebenden in den Vordergrund stellten. Warum freuten sie sich nicht, dass ihre obersten Zielebenen erfüllt wurden?

»Sie werden uns die Waffe übergeben?«

Gal-Enn machte ein bestätigendes Zeichen, obwohl ihm nicht ganz wohl dabei war. Er verständigte sich mit den beiden Shaftgals. Wenn die Arkoniden den Weltenspalter besaßen, würde sich das Schicksal der Orgh entscheiden.

»Wir müssen die Flut der Methans stoppen«, sagte da Andeck. »Um Ihret- und unseretwillen hoffe ich, dass dieser Weltenspalter all das wert ist. Zeigen Sie uns Ergebnisse!«

Wir brauchen etwas Zeit, dachte Shaftgal-Xarr. *Nur ein paar Stunden. Sagen Sie ihm das.*

Spüren Sie nicht, wie angestrengt dieser Mann versucht, seine Haltung zu bewahren? Das ist sogar für mich offensichtlich, hielt Shaftgal-Cull dagegen. *Seine quintären Bedürfnisse ringen mit der primären Ebene. Er verliert aus dem Blick, dass wir seinem Volk nur helfen wollen, und dazu dient eine perfekt funktionierende Waffe am besten. Er wird jedoch in seinem Zustand alles, was seinen Forderungen widerspricht, als Sabotage des Primärziels betrachten, ihres Siegs über die Methanatmer. Und er wird wie die meisten Arkoniden direkt alles auf seine quintäre Ebene beziehen und heftig reagieren.*

Shaftgal-Xarr wirkte verständnislos. *Wie kann man die quintäre mit der primären Ebene gleichsetzen?*

Gal-Enn rang sich zu einer Strategie durch, wie sie so ähnlich bereits bei der falschen Kommission gewirkt hatte. »Jederzzzhhheit! Aber vielleicht sollte die Verabschiedung der Toten dem Stellenwert gemäß eine Vorgezogenheit gegenüber der Besichtigung erfahren? Oder besteht keine Notwendigkeit einer Ehrung der Toten?«

Agidus da Andeck
Kedhassan, Tag 3, abends

Agidus da Andeck entstammte einer traditionsreichen Linie, die bereits viele hochrangige Offiziere gestellt hatte. Er war stolz auf seine eigene Leistung, aber ebenso auf die seiner Vorfahren, und am meisten Stolz empfand er, wenn er die Kriegsmaschinerie des Imperiums in Aktion erlebte.

Vor acht Jahren hatte er die PESKAR übernommen, und in all diesen Jahren hatte er jeden Auftrag ausgeführt, den er erhalten hatte. *Für Jamila!,* rief er immer, wenn es gegen die Methans ging, und in diesen Momenten lebte er, viel mehr als zu jedem anderen Zeitpunkt. Oft genug wirkte sein Blick verschattet und unstet, wenn es nichts zu tun gab, was seines Ehrgeizes wert gewesen wäre. Er war nicht unbedingt *beliebt,* aber ebenso wenig *gefürchtet.* Seine Leute achteten und respektierten ihn, weil er nie unterlag und gerecht gegen alle war, vom Maschinenwart bis zum Stellvertretenden Kommandanten.

Das mächtige Schlachtschiff hatte mitten im umkämpftesten Sektor Kurierdienste erledigt, es hatte Spionschiffe der Methans gejagt, in vorderster Kugelschale gegen den Feind gekämpft, Evakuierungen gedeckt und welche mitgemacht, und da Andeck hatte es verstanden, selbst in Zeiten der schlimmsten Engpässe die PESKAR allzeit im besten Zustand zu halten.

Für Jamila!

Und nun das! Die Kommission des Imperators hatte er nach Kedhassan bringen und einen neutralen Bericht über die Effizienz der neuen Waffe erstellen sollen. Er wusste nicht, wie es hatte geschehen können, dass er in die Falle geflogen war.

Das Schlimmste: Die Falle hatte eigentlich nicht ihm gegolten, sondern einem Geleitzug, der Entsatzmaterial für das umkämpfte Jarkodsystem bringen sollte. Als die PESKAR ihre Transition beendet hatte, war sie mitten in der Schlacht herausgekommen – oder besser gesagt: dem Gemetzel.

Die Kriegsschiffe der Methans standen sieben zu eins gegen die arkonidischen Raumer, von denen die acht Transporter nur schwach bewaffnet waren. Die PESKAR war das größte Schiff dieser Schlacht, an der da Andeck nur teilgenommen hatte, weil der Hohe Inspekteur nachdrücklich darauf bestand. Zumindest redete er sich das ein, selbst wenn er es besser wusste.

Da die Familie des Inspekteurs älter und angesehener war als seine, hatte da Andeck nachgegeben – formal. Der wirkliche Grund ging tiefer: Jamila war die Enkelin des Inspekteurs gewesen. Der Hass auf die Methans hatte sie beide geeint und verzehrt und hätte Agidus da Andeck beinahe sein Schiff und sein Leben gekostet.

Die PESKAR hatte sich in den Kampf geworfen und war sofort zum Hauptziel geworden. Sehr schnell – *viel* zu schnell – hatten sie allein gestanden. Vielleicht hatten dank ihres Eingreifens ein oder zwei Handelsraumer fliehen können, aber eigentlich durfte da Andeck nicht einmal das hoffen. Gerade hatte das Schiff seinen Kurs korrigiert und auf Sprunggeschwindigkeit beschleunigt, als ein schwerer Treffer zwei Antriebsdüsen vernichtete.

Die Innenverschalung – dreifach gesichert – hatte es dabei zerrissen, und ein Teil der Energie hatte roh und ungezügelt in die Zentralkugel durchgeschlagen. Damit des Unglücks nicht genug, hatte der Hitzeschock einige Leitungsverbindungen zerschmolzen und dadurch verhindert, dass sich ein Schirmfeld vor den Passagierräumen aufbaute. Die Energie hatte durchgeschlagen und hatte ausgerechnet die Räume zerstört, in denen die Kommission untergebracht war. Und einige Soldatenquartiere, aber das war für den Krieg und da Andecks Karriere weitaus weniger schlimm.

So etwas durfte eigentlich nicht geschehen, war eigentlich sogar ausgeschlossen. Die Konstrukteure und sämtliche Erfahrungen aller ihm bekannten Offiziere sprachen dagegen – so gut war ein Raumschiff gesichert. Aber offenbar hatte das in diesem Fall nicht gereicht.

Mit Mühe und Not sprang die PESKAR in den Hyperraum und entzog sich damit der Übermacht der Feinde, aber sie war stark in Mitleidenschaft gezogen.

Ein kurzes Funkgespräch mit dem regionalen Flottenkommando hatte genügt, um das Imperium von dem Vorfall zu unterrichten und weitere Unterstützung anzufordern. Admiral Goslo da Shavinos Anweisungen waren eindeutig: Agidus da Andeck hatte seinen ursprünglichen Auftrag umgehend zu erledigen, eine kleine Flotte an Kampfraumern würde ihm hinterhergeschickt werden, falls die Methans seine Spur aufgenommen haben sollten und Kedhassan entdeckten.

Wie sollte er später erklären, dass die Kommission getötet worden war? Er musste diese Waffe beschaffen, nur so konnte er den Makel abwaschen, der sonst an ihm haften würde. *Für Jamila.* Nur so konnte er verhindern, dass das, was sich wie ein Leichentuch über seine Seele gelegt hatte, von anderen bemerkt würde.

Hätte ich nur ... Aber Vergangenheit war Vergangenheit.

»Vielleicht sollte die Verabschiedung der Toten dem Stellenwert gemäß eine Vorgezogenheit gegenüber der Besichtigung erfahren?«, fragte der Anführer der Insekten. »Oder besteht keine Notwendigkeit einer Ehrung der Toten?«

Er hat recht, erkannte da Andeck. *Wie konnte ich das vergessen? Wir müssen unsere Gefallenen ehren, um unser aller Ehre willen. Es wäre der zweite unverzeihliche Fehler an einem Tag.*

»Wir werden zunächst die Toten bestatten«, antwortete er. »Aber Sie sollten die Gelegenheit nutzen, alle Vorbereitungen zu treffen, die notwendig sind. Sobald die Zeremonie beendet ist, will ich den Weltenspalter sehen.«

Die drei riesigen Insektoiden zuckten mit den tropfenförmigen Schädeln. »Selbstver... zzzhhh ...ständlich«, bestätigte der Mittlere der drei, der zuständige Gal dieser Welt.

Gal-Enn
Kedhassan, Tag 3, nachts

Der Gleiter mit den drei Orgh flog zur Glänzenden zurück.

Gal-Enn wartete, bis Shaftgal-Cull das Offensichtliche feststellte.

Was habe ich gesagt? Wir sind Betrügern aufgesessen. Dieser da Andeck ist zweifellos ein echter Arkonide.

Gal-Enn gab schweigend seine Zustimmung. Ach, wenn er doch endlos so in einem Gleiter dahinfliegen könnte und keine Entscheidungen zu treffen brauchte!

Arkoniden wie da Andeck kannten keine Zweifel. Sie unterschieden nur zwischen Freund und Feind, Arkonide und Werkzeug. Von ihm durften die Orgh keine Gnade erwarten, weder wenn der Weltenspalter nicht so funktionierte, wie sie es wollten, noch wenn er erfuhr, dass es eine *falsche* Kommission auf dieser Welt gab.

Eliminieren Sie die falsche Kommission!, befahl er endlich. *Da Andeck darf nichts von ihr erfahren.*

Shaftgal-Xarr meldete sich zu Wort. *Was ist mit Oger-214?*

Er arbeitet in meinem Auftrag dort, antwortete Gal-Enn.

Seine Existenz ist quintär.

Nein, Sie verstehen nicht. Oger-214 hatte noch keine Möglichkeit, sich mit mir in Verbindung zu setzen. Sein Kernauftrag bestand darin, herauszufinden, ob sich mithilfe der drei Fremden eine Möglichkeit ergibt, unser Volk von der Erpressung der Arkoniden zu befreien.

Er spürte Unbehagen bei seinen Begleitern, und dann widersprach ihm Shaftgal-Cull: *Ein guter Plan. Aber er ist obsolet geworden. Wer immer sie sind und was sie können, es ist zu spät. Die PESKAR könnte uns alle vernichten und zur Strafe für unseren Widerstandsgeist auch die Heimat, und das wäre die finale Primärkollision. Oger-214 ist zu einem Risiko geworden, wenn auch nur zu einem kleinen. Wenn ihn die Arkoniden befragen, wird er zu viel zu verraten haben.*

Gal-Enn gab sich geschlagen. *Eliminieren Sie Oger-214!*

Kapitel 12

Lesly K. Pounder
TOSOMA, 7. Oktober 2036

Lesly K. Pounder knurrte, was seinem Gesicht jenen charakteristischen Ausdruck gab, der ihm den Beinamen »Bulldogge« eingebracht hatte.

»Vorsicht jetzt!«, blaffte er den Fähnrich an, der ihm als Adjutant zugeteilt war. »Behandeln Sie dieses Schätzchen mit Ehrfurcht, es hat mehr Jahre auf dem Buckel als euer ganzer Stammbaum!« Er schob sich neben den Ersten Navigator und nahm die Steuerung selbst in die Hand.

»Schauen Sie hin und passen Sie gut auf, Junge. Wir bleiben im Schatten des Planeten, solange es geht. Nicht, dass die Fantan uns vorzeitig bemerken.«

Die achthundert Meter durchmessende Stahlkugel mit dem charakteristischen Ringwulst, der die TOSOMA als Arkonidenschiff auswies, stieg aus dem Meteoritenkrater auf, in dem sie sich verborgen gehalten hatte, und umrundete den Zwergplaneten Nyfalem, den 42. und damit äußersten des Wegasystems.

Die Distanz zur RADESSORA war gering, allerdings fielen Beschleunigungs- und Bremsphasen an, und die kosteten wertvolle Zeit. Pounder steuerte die TOSOMA mit äußerster Behutsamkeit und minimalem Energieaufwand. *Schleichen* nannte er das, und er wurde es nicht müde, das der Besatzung einzuhämmern. Mochten die Instrumente der modernen Raumfahrt noch so ausgereift sein, letztlich wurden sie von Menschen bedient, die alle Meldungen einschätzen mussten.

Pounder nutzte die natürlichen Gegebenheiten, insbesondere die Asteroiden in diesem Teil des Wegasystems.

Unentwegt liefen Meldungen ein, wurden die Ortungsdaten überarbeitet und aufbereitet. Er beobachtete, wie das Fantanbeiboot die Muttereinheit verließ und an der RADESSORA andockte. Bald würden sie in Waffenreichweite kommen, und dann würde er die überlegene Technik seines Schiffes voll ausspielen.

Das Fantanschiff hatte keine Chance gegen die TOSOMA. Plötzlich aktivierten sich die Triebwerke des ferronischen Frachters. Wie erwartet probierten die Fantan sie aus. Zunächst beobachtete Pounder zufrieden, wie genau jene Antriebsdüsen still blieben, die sie sabotiert hatten, damit die RADESSORA nicht manövrierfähig würde. Aber dann – eine Explosion unweit der Stelle, an der er Julian und Mildred wusste! *Wie konnte das geschehen?*

»Alarmstart!«, brüllte er und hämmerte auf das entsprechende Feld.

Die TOSOMA machte einen Satz nach vorn und raste mit steigender Geschwindigkeit los. *So viel also zu: »Behandelt sie mit Ehrfurcht«,* dachte Pounder grimmig. Aber dies war ein Notfall.

»Sofort aktive Tasterimpulse auf den Frachter! Suchen Sie nach Schutzschirmemissionen! Nach irgendwelchen Lebenszeichen!«, wies er den Mann an den Sensoren an. Er wirbelte herum. »Und die Feuerleitstände halten sich zurück, bis ich das Kommando gebe!« Er drehte sich wieder dem Ortungsoffizier zu. »Ergebnisse?«

Der Mann hob die Schultern. »Ich hatte für einen Moment die Energieimpulse zweier Schutzschirme, aber jetzt ist da nichts mehr.«

Pounder zog die Augenbrauen zusammen. »Und was bedeutet das Ihrer Meinung nach?«

»Das ist nicht eindeutig.« Der Angesprochene schwitzte. »Die Schutzschirme sind jedenfalls zum Zeitpunkt der Explosion aktiviert worden. Ich kann aber nicht sagen, ob sie durch die Explosion überlastet und vernichtet wurden oder ob sich die Schirme einfach abgeschaltet haben, nachdem die größte Gefahr vorüber war.« Er warf einen Blick auf die Anzeigen. »Das Fantanschiff fährt seine Triebwerksleistung rasch hoch! Die Kerle haben uns entdeckt und wollen fliehen!«

»Hinterher! Holen Sie alles aus den Maschinen raus!«

Mit Vollschub raste die TOSOMA in Richtung der RADESSORA. Kleine und kleinste Asteroiden vergingen in ihren aktivierten Schutzschirmen, sodass es beinahe so aussah, als pflüge sie durchs All. Zusehends verringerte sich die Distanz zum fliehenden Fantanraumer.

Aber die Menschen würden die Fantan niemals in Reichweite ihrer Traktorstrahlen bringen, ehe das Spindelschiff in den Hyperraum springen konnte.

»Wir könnten sie manövrierunfähig schießen«, schlug der Waffenleitoffizier vor, ein junger Sergeant namens Dhara, dem Aussehen nach mit indischen oder pakistanischen Wurzeln. Ein tüchtiger, ehrgeiziger Mann, wie Pounder bereits festgestellt hatte. »Ein chirurgischer Schuss gewissermaßen.«

Pounder schüttelte den Kopf. »Nein, lassen Sie das.«

»Aber ...«

»Kein Aber, verstanden?«

Er sah, wie das Spindelschiff schlagartig von den Holos verschwand. Die Sensoren zeichneten eine starke Transition auf. Die Fantan waren fort.

»Bei allem Respekt, Sir, Sie hätten uns schießen lassen sollen!«, beschwerte sich Sergeant Dhara.

Pounder wies den Navigator an, Kurs auf die RADESSORA zu nehmen, und drehte sich dann Dhara zu. »Ich habe Ihre Anregung zur Kenntnis genommen. Ich empfehle Ihnen dringend, sich die Aufnahmen von den jüngsten Raumschiffskämpfen anzusehen. Betrachten Sie die Wracks! Nur ein winziger Irrtum, eine winzige Zielabweichung – und der Fantanraumer wäre vernichtet worden. Und dann?«

Dhara rümpfte die Nase. »Meine Männer sind gut! Wir hätten niemals danebengeschossen! Denken Sie überhaupt nicht an Manoli und die anderen?«

Sämtliche Besatzungsmitglieder in der Zentralkugel der TOSOMA blickten die beiden Streitenden an.

»Sie können mir also garantieren, dass den Fantan nichts geschehen wäre?«, erkundigte sich Pounder.

»Ich ...«, begann Dhara.

»So, wie unsere Spezialisten mir garantiert haben, alle Systeme der RADESSORA seien perfekt getrimmt?«

»Nein, ich ...«

»Halten Sie unsere Techniker für Lügner oder inkompetent?«

Dhara hielt dem Blick weiterhin stand. »Bei allem Respekt, Sir ...« Er sah sich Hilfe suchend um. »Nein, Sir.«

Pounder nickte. »Eben. Unfälle geschehen. Und Sie erhalten Ihre Chance schon noch.«

»Wie meinen Sie das?«

Die Holos zeichneten ein friedliches, stilles Bild des umliegenden Weltraums. Nichts erinnerte mehr an den fliehenden Fantanraumer oder an die Explosion auf der RADESSORA. *Aus dem kleinen Tifflor könnte noch etwas werden. Ich werde ihn höchstpersönlich zum besten Piloten diesseits der Wega ausbilden, wenn er nur überlebt,* dachte der ehemalige Flight Director der NASA. Bis vor Kurzem hatte er nicht einmal davon zu träumen gewagt, in seinem Alter noch selbst in den Weltraum vorzustoßen, und jetzt war er Kommandant eines gigantischen Raumschiffs.

Die Erkrankung von Manoli, Gucky, Sid und Fulkar war gewiss schlimm, aber dafür trug er nicht die Verantwortung. Für den Unfall, der womöglich das Leben zweier junger Menschen gekostet hatte, hingegen sehr wohl.

Er merkte, wie ihn seine Leute ansahen, als warteten sie bereits zu lange auf die Antwort; dabei lag sie so nah. Er wusste, dass sie viel Zeit verloren hatten und durch den notwendigen Kurswechsel noch mehr verlieren würden, aber das durfte ihn nicht davon abhalten, etwas zu versuchen. Die RADESSORA musste er ohnehin ansteuern.

»Das Mutterschiff mag geflohen sein, aber das Beiboot ist vielleicht noch da ...«

Kapitel 13

Crest
Kedhassan, Tag 3, nachts

»Ich glaube Ihnen. Kommen Sie!« Nurghe hielt Crest eine Hand hin. »Und ihr behandelt sie gefälligst wie Gäste!«, schnauzte er die anderen Ilts an.

»Bis Plofre etwas anderes entscheidet«, schränkte Dhargan ein. Der schwarzpelzige Ilt blieb einige Schritt hinter den drei Fremden. »Ricle, Muroc, ihr nehmt die Eidechse und die Pseudoarkonidin an die Hand, damit ihnen nichts passiert. Soll niemand sagen, wir könnten nicht auf Gäste aufpassen. Ich kümmere mich um den Käfer.« Er klang eindeutig spöttisch.

Zwei Ilts näherten sich Trker-Hon und Tatjana Michalowna und hielten ihnen stumm die Hände hin. Sie wirkten trotz aller Schrammen und des Schmutzes wie Kinderhände, so klein und zierlich, wie sie waren.

»Kommen Sie«, bat der eine Ilt und schnappte sich Michalownas Hand, als diese zögerte. »Sie können uns vertrauen.«

»Bis Plofre etwas anderes entscheidet?«, fragte sie.

»Bis Plofre etwas anderes entscheidet«, gab der Ilt mit großer Ernsthaftigkeit zurück.

Sie gingen durch die Tunnel und Gänge, bestimmt eine halbe Stunde, immer weiter abwärts, und dann kamen sie in eine große Kaverne. Treppenstufen führten hinab auf den Grund der Höhle und an den Wänden entlang, in die überall Höhlen gegraben waren. Ilts schwebten zu diesen Höhlen empor, von ihren eigenen Geisteskräften getragen, oder teleportierten von Treppe zu Treppe. Es wirkte spielerisch, aber Crest ahnte, dass es alles andere als das war.

»Sie trainieren?«, erkundigte er sich bei Nurghe.

Dieser nickte grimmig. »Für den Krieg. Die Zeit des Spielens ist vorbei. Sehen Sie!« Er deutete auf eine Art Hindernisparcours auf dem Boden, der aus Felsspalten, Gesteinsbrocken, schmierig aussehenden Pfützen und anderem mehr bestand.

Primitiv, aber schwierig. Dort belauerten sich zwei Gruppen Ilts – mit leichten Handfeuerwaffen ausgestattet und einige auch mit natürlichen Paragaben: Mit leichten Handbewegungen warfen Telekineten Steine auf den jeweiligen Gegner, Teleporter brachten sich in eine bessere Schussposition oder aus der direkten Kampflinie ...

Die Besucher sahen sich noch einmal um. Alles, was die Ilts taten, diente auf irgendeine Weise dem Krieg. Jedes Spiel, jedes Training machte sie schneller, stärker oder gewandter.

»Uns bleibt keine Wahl«, beantwortete Nurghe die unausgesprochene Frage. »Die Orgh haben uns in den Untergrund vertrieben.«

Dhargan mischte sich ein, ohne Ogers-214 Hand loszulassen. »Ihre Freunde«, sagte er und warf dem Orgh einen bösen Blick zu, »haben uns erst aus unserer Stadt vertrieben. Wir haben es uns gefallen lassen. Dann haben sie uns ignoriert, und damit konnten wir leben, jedenfalls solange die Atmosphäre noch gut war. Aber als die Luft immer dünner wurde, mussten wir zurückkehren. Dann haben sie uns umgebracht, wenn wir ihnen zu nahe kamen. Auch das war für uns kein Grund, in den Krieg zu ziehen. Aber jetzt ...« Er verstummte.

Oger-214 zeigte mit keiner Regung, was in ihm angesichts der Beschuldigungen vorging, die der Ilt vorbrachte.

»Jetzt«, nahm Nurghe den Faden wieder auf, »jagen sie uns gezielt. Einige werden getötet, andere verschwinden. Die meisten finden wir eines Tages wieder. Hingeworfen, tot, wie ... Tiere. Wir wissen nicht, was mit ihnen geschehen ist. Und die, die es wissen, können nichts mehr berichten.«

»Keiner hat überlebt?«, fragte Crest. Das Atmen fiel ihm schwer, der Hals und die Brust schmerzten. Schmerzwellen umspülten seine Füße und schwappten höher.

»Nur eine«, sagte General Dhargan. Er deutete hinter sie. »Sie kennen Morry schon.«

»Mörder!«, schrillte Morrys Stimme aus dem Hintergrund.

»Ja«, sagte Nurghe traurig. »Morry hat als Einzige überlebt, aber sie erinnert sich an nichts. Ihr Geist ist verwirbelt.«

Sie ahnen nichts von Gal-Enns Projekt, resümierte der Extrasinn, unbeeindruckt vom Leid, das aus den Worten der Ilts spürbar wurde. *Willst du ihnen die Wahrheit sagen?*

Das würde ihren Schmerz nicht lindern.

»Wollen Sie es uns nicht verraten, Orgh?«, fragte Dhargan. Er stieß Oger-214 fest zwischen die beiden unteren Körperdrittel, wo der Körperpanzer dünn war.

Oger-214 blieb steif stehen. »Ihr Primärziel ist das Überleben?«

»So ist es.«

»Dann ist alles gesagt«, erläuterte der Orgh.

»Wie meinen Sie das?«, fragte Michalowna.

Oger-214 antwortete nicht, aber Crest ahnte die Wahrheit: Wenn Orgh und Arkoniden Kedhassan verließen, würden sie die Ilts auf dieser toten Welt zurücklassen. Es sei denn, sie versprachen sich einen Vorteil von ihnen.

So könnte es sein, stimmte der Extrasinn zu.

Trker-Hon räusperte sich. Er hielt den Ilt namens Ricle an der Hand. »Wieso sind Sie hier? Ziehen Sie weg von den Orgh, verlassen Sie die Stadt. Damit vermeiden Sie den Konflikt.«

»Das geht nicht«, sagte Nurghe. »Tramp ist lebensfeindlich. Von Jahr zu Jahr wird die Luft dünner, der Planet wird kühler, ohne technische Hilfsmittel können wir nicht überleben. Wir sind keine Tiere.«

»Tramp? So nennen Sie Ihre Welt? Nicht Kedhassan?«, fragte Crest überrascht. Auch Gucky hatte seine Heimatwelt *Tramp* genannt. Es bestanden also Zusammenhänge, selbst wenn er sie nicht fassen konnte. Welche Rolle spielte Gucky, spielten die Ilts für seine Suche?

»Kedhassan ist der Name, den die Arkoniden uns gebracht haben«, polterte Dhargan. »Wir werden unsere Welt niemals so nennen!«

»Vielleicht können Sie uns helfen, Ihre Welt zu verstehen?«, fragte Trker-Hon. »Wieso beispielsweise erleben wir hier Tag und Nacht, obwohl die Sonne während der Tagphase nie aus dem Zenit verschwindet? Das deutet eigentlich darauf hin, dass Tramp keine Eigenrotation aufweist.«

Dhargan sah ihn überrascht an und tauschte einen nachdenklichen Blick mit Nurghe. Die beiden schwiegen betreten.

»Habe ich etwas Falsches gesagt?«, fragte der Topsider.

»Nein«, antwortete Nurghe.

»Nein«, wiederholte Dhargan. »Ich glaube, ich habe mich geirrt. Nehmen Sie meine Entschuldigung an? Das gilt nicht für Sie, Käfer!«, knurrte er Oger-214 an.

Trker-Hon brummte eine Bestätigung. »Alle irren. Wir Topsider sagen: Suche stets die Wahrheit. Wenn Sie ihr begegnen, freuen Sie sich, solche Treffen sind selten, besonders im Krieg.«

»Was ist nun mit seiner Frage?«, erkundigte sich Michalowna.

Nurghe sah sie der Reihe nach an, nur Oger-214 nicht. »Sie haben keine Ahnung von dieser Welt. Ich werde es Ihnen später erklären. Obwohl ich bezweifle, dass Sie es glauben, ohne es zu sehen.«

Crest krampfte seine Hand um die des Ilts. »Hat mein Volk ein Verbrechen an dieser Welt begangen? Stirbt sie deswegen?«

»Es gibt Wichtigeres zu tun, als über einen längst beschlossenen Tod zu reden. Sie brauchen Hilfe, richtig? Kommen Sie, wir müssen durch diesen Gang dort.« Er deutete auf einen der Höhleneingänge auf der anderen Seite der Kaverne.

Tatjana Michalowna
Kedhassan, Tag 3, nachts

Während sie die Treppen hinabstiegen, den Kavernenboden überquerten und dann wieder hinaufkletterten, hatte Tatjana Michalowna Zeit, die gesamte Anlage zu betrachten. Vieles erinnerte an den Baustil der Glänzenden Stadt – da einige Rohre, selbstverständlich zu Dreierbündeln zusammengefasst, dort eine verkapselte Maschine in dem gleichen Mantel, wie er die Straße schützte –, aber es gab ebenso vieles, was nicht passte: Sie vermutete, dass diese Dinge auf die Ilts zurückgingen; sie erkannte es nicht nur am Material, sondern an roh und unfertig wirkenden Details und am vollkommen anderen Design und Technikverständnis.

Die Ilts verließen sich oft auf ihre Mentalkräfte, um sich das Leben angenehm zu machen, während die Erbauer der Stadt sich auf ihre Technologie und Kunstfertigkeit hatten stützen müssen.

Sie beobachtete die Ilts. Die meisten gaben vor, keine Notiz von ihnen zu nehmen, aber sie spürte die Neugierde. Versteckte Blicke, das Streifen eines Gedankens – mehr war es nicht, aber es genügte.

Sie streckte ihrerseits die Gedankenfühler aus. Es war schlimmer, als sie gedacht hatte: Diese Wesen trugen eine schreckliche Last mit sich, mindestens so schwer wie die Orgh. Sie *fürchteten* sich, sie empfanden nackte Angst um ihr Leben. Und zwar nicht so sehr um ihr eigenes Leben, sondern um das der anderen Ilts. Sie liebten einander wie eine große Familie, in der es zwar Reibereien geben mochte, in der aber einer für den anderen einstand.

Sie hatten, jedenfalls für Michalowna, das, was sie eine *russische Seele* nannte. Sie kannte diese Zerrissenheit zwischen Melancholie und dem gleichzeitigen Gefühl des Füreinanderdaseins aus ihrer Kindheit in Sankt Petersburg. Manchmal wünschte sie sich dorthin zurück.

»Ist Ihnen eigentlich bewusst, dass Sie und die Orgh vieles gemein haben?«, fragte sie den Ilt an ihrer Hand. Ricle starrte sie entsetzt aus seinen Dackelaugen an. Sie konnte ihn gut verstehen, allein optisch war es eine merkwürdige Vorstellung: die großen, dürren Insektoiden mit den eher untersetzten kleinen Pelzwesen zu vergleichen.

»Sie fürchten, von den Orgh ausgelöscht zu werden, so, wie diese das Gleiche von den Arkoniden fürchten.« Ihre Stimme klang lauter als beabsichtigt, und mehr als ein Ilt aus ihrer Begleitgruppe sah sie böse an. Was sie sagte, war wie ein Sakrileg. Schließlich kämpften die Ilts um ihr Leben.

»Dann sollten sie erst recht wissen, wie das ist, und damit aufhören«, flüsterte ein Ilt in ihrem Rücken. »Sie hassen uns.«

Zu Michalownas Überraschung sprach nun Oger-214. »Wir hassen Sie nicht. Hass ... lässt alles kollidieren.«

»Warum töten und verfolgen Sie uns dann?« Ricle ließ Michalownas Hand los. Er zitterte am ganzen Körper vor Empörung.

Oger-214 bewegte seinen Kopf so, dass es wie eine Verbeugung wirkte. »Wir suchen Rettung.«

Crest
Kedhassan, Tag 3, nachts

Sie betraten den von Nurghe bezeichneten Gang, der sich in nichts von all den anderen Höhlenöffnungen unterschied. Aber nach wenigen Schritten öffnete er sich in eine völlig andere Welt: Die Einrichtung schien mit der Ästhetik der Glänzenden Stadt übereinzustimmen. Der gut fünfzig Meter durchmessende Raum war kuppelförmig, mit Betten, die ringsum in drei Ebenen versetzt übereinander angelegt waren. In zwanzig der Betten lagen verwundete Ilts, von unterschiedlich gefärbten Energiefeldern gesichert.

In der Mitte des Raums erhob sich eine aus drei Strängen bestehende Zentralsäule, die wie gebürsteter Stahl wirkte. Um sie verliefen spiralförmig Glasschläuche, in denen blauweiße Lichtpunkte pulsierten wie kleine, schwache Herzen.

»Das hier ist unsere Klinik.« Nurghe bleckte seinen Nagezahn.

»Genau genommen ist es die der Stadterbauer, aber da sie sie schon lange nicht mehr aufsuchen, betrachten wir sie als unsere. Fragen Sie mich nicht, wie, aber sie funktioniert.« Er wies auf ein freies Bett. »Bitte, legen Sie sich dorthin.«

Crest tat wie ihm geheißen. Sollte es wirklich möglich sein? Bestand auf dieser seltsamen Welt, die so tot wirkte, die Chance, dass er ins Leben zurückkehrte?

Der Arkonide spürte eine sanfte Vibration, dann schob sich das Bett in die Höhe und auf die Mittelsäule zu. Als es noch drei Meter entfernt war, glitten plötzlich Tentakel aus der Säule und schlossen sich an die Frontseite des Bettes an. Weitere, viel dünnere, beinahe durchsichtige Kabel schossen aus Kopf- und Seitenteilen des Bettes und betasteten den alten Arkoniden; die Berührung war so leicht, dass er sie normalerweise kaum gespürt hätte. Der Krebsschmerz ließ ihn jedoch beinahe schreien.

Ich sterbe, dachte er, *aber ich will doch leben.*

Ein leises Summen lag in der Luft, es knisterte, als ob jemand eine Folie zerknüllte. Sonst war nichts zu hören, zu riechen oder zu sehen.

Schließlich verschwanden die dünnen Kabel wieder, die dicken Tentakel lösten sich vom Bett und verschwanden in der Säule, und auch das Bett selbst senkte sich auf seine alte Position. Der Schmerz aber blieb, diesmal wühlte er durch Crests Eingeweide. Der alte Mann stöhnte.

»Bleiben Sie liegen!«, empfahl Nurghe.

»Wann kann ich mit einer Untersuchung rechnen? Ich weiß nicht, wie lange mir noch bleibt.«

»Ist bereits geschehen. Geben Sie der Maschine nur noch ein bisschen Zeit, die Aufbereitung der Daten in für uns verständliche Form kann etwas dauern.« Der Ilt stutzte. »Wieso wussten Sie eigentlich, dass wir Ihnen helfen können?«

»Oger-214 hat es uns gesagt«, sprang Tatjana Michalowna ein.

»Der Käfer?«, fragte General Dhargan überrascht. »Woher sollte er wissen ...?«

»Wir wissen von solchen Anlagen«, sagte Oger-214 einfach. »Wir benötigen sie nicht. Daher bauten wir statt ihrer Schlafanlagen. Aber es musste weitere geben. Unterirdisch. Dort, wo Sie sich verstecken.«

Crest lehnte sich hoch, gestützt auf die Ellbogen. »Sie haben ... *geraten?«*

»Es war wahrscheinlich«, sagte Oger-214 ruhig.

Crest schickte seine Begleiter hinaus, als die Maschine durch einen Signalton ankündigte, dass die Ergebnisse vorlagen. Er wollte nicht, dass sie enttäuscht waren. Das, was ihn auffraß, würde sich nicht so leicht vertreiben lassen, dessen war er sich gewiss.

»Es tut mir leid«, sagte Nurghe, nachdem er die Holodarstellung von Crests Körper genauer betrachtet hatte. Er wies auf einige Markierungen, und der Arkonide erkannte sofort, was er meinte.

»Dieser Krebs ist weit fortgeschritten, weiter sogar, als selbst diese Wundermaschine ihn beseitigen kann. Sie sind zu spät zu uns gekommen, um Heilung zu finden.«

Ich wusste es. »Ich verstehe.« Er wollte noch mehr sagen, aber seine Stimme versagte. Er hatte es gewusst – wieso machte ihn die Nachricht dann so traurig? Wenn nur die Schmerzen verschwänden! »Wie ... wie lange bleibt mir?«

Nurghe sah ihn prüfend an. »Sie wollen das doch gar nicht wissen.«

Crest senkte den Kopf und schloss die Augen. Der Schmerz wurde nicht weniger, er kroch zwischen die Fingerknochen. »Ich werde der Erste sein, der es erfährt, so viel ist sicher.«

»Es wird immer schneller gehen«, sagte Nurghe. »Wenn die Metastasen in Ihren inneren Organen ...« Er verstummte.

»Trotzdem: vielen Dank.« Crest nahm den Ilt an beiden Händen. »Ich werde versuchen, Ihr Volk zu retten. Ihres und das der Orgh.«

Nurghe verbeugte sich. »Ich danke Ihnen. Aber ich war noch nicht fertig.« Er atmete tief durch und winkte in Richtung der Zentralsäule. Ein Fach klappte auf, und eine Art Armband flog in seine ausgestreckte Hand. »Die Maschine kann Sie nicht heilen, aber sie hat zumindest eine medikamentöse Schmerztherapie auf Ihren Körper abgestimmt. Hier, sehen Sie: zehn Ampullen. Sie brauchen nur eine gegen Ihren Unterarm zu drücken, sie injiziert sich dann selbst. Der Inhalt sollte reichen, Ihnen für eine ganze Weile Kraft zu geben und die Schmerzen zu lindern. Wenn Sie sorgfältig damit umgehen und sich nicht überanstrengen, reichen sie bis zu Ihrer letzten Minute.«

Crest seufzte leise. Das war viel mehr, als er hatte erwarten dürfen. »Ich weiß nicht, wie ich Ihnen danken soll ...«

»Ach«, sagte der Ilt. »Das war doch gar nichts. Die Maschine steht sowieso nur hier herum und muss bloß ab und zu ein paar Körperteile nachwachsen lassen. Aber dieser Käfer ... raffiniert, das muss ich zugeben. Wenn ich das Plofre erzähle ...« Er lachte leise.

»Schicken Sie mir bitte meine Begleiter?«

»Natürlich.« Nurghe winkte einem Ilt, und wenige Augenblicke später kamen Trker-Hon, Tatjana Michalowna und Oger-214 herein.

Crest berichtete ihnen von dem Ergebnis der Untersuchung und dem Schmerzmittel, das die Maschine für ihn hergestellt hatte. Sie reagierten zurückhaltend, aber erfreut. Wahrscheinlich hatten sie mehr erwartet.

»Danke, dass Sie uns hierher geführt haben«, sagte er zu Oger-214, der allen Erläuterungen stumm zugehört hatte.

»Was lebt, das lebt. Was stirbt, das stirbt. Daran hat sich nichts geändert.«

»Na, da haben Sie ja einen wahren Sonnenschein als Begleiter«, sagte Nurghe, der den Orgh betrachtete. »Käferlogik.«

Crest verzog den Mund. Mit den Orgh war es wirklich nicht einfach. Dann wandte er sich an Nurghe. »Ich weiß, dass wir nur wenige und noch dazu fremd auf dieser Welt sind. Aber ich werde versuchen, Ihnen so gut zu helfen, wie ich kann.«

»Ich glaube nicht, dass Sie weit kommen. Oder können Sie uns eine militärische Spezialausbildung angedeihen lassen? Sie sind kein Soldat.«

Crest lächelte. »Nein, das bin ich nicht. Nicht so, wie Sie es verstehen. Aber eines weiß ich: Die Orgh sind nicht Ihre Feinde, sie wurden nur dazu gemacht. *Mein* Volk ist Ihr wahrer Feind und weiß es nicht einmal.«

Aus den Reihen der Ilts, die sich in der Tür versammelt hatten, kam ein missbilligendes Quietschen. »Alles nur Gerede! Wer verfolgt uns denn? Die Orgh! Und was können wir tun? Wir jagen sie!«

Trker-Hon stellte sich neben Crest. »Er hat recht, sehen Sie das nicht? Wenn es uns gelingt, die Ursache für das Handeln der Orgh zu beseitigen, können Sie in Ruhe leben, und keiner muss mehr sterben.«

Die Ilts murmelten unruhig. Sie spürten wahrscheinlich, dass die beiden Männer die Wahrheit sagten oder jedenfalls das, was sie dafür hielten. Nur: Was brachte das?

»Sie irren sich«, sagte in diesem Moment Oger-214. »Es gibt Kollisionen, die sich nicht einfach aufheben lassen. Selbst wenn Sie uns retten. Selbst wenn wir die Ilts in Ruhe lassen. Sie werden sterben. Schon bald. Diese Welt geht unter.«

Tatjana Michalowna
Kedhassan, Tag 3, nachts

Nurghe drehte sich um, sein breiter Biberschwanz platschte auf den Boden. »Ah, endlich reden Sie die Wahrheit.«

Weiter draußen schrie jemand. Es klang wie Morry. »Mörder!«

»Moment!« Tatjana Michalowna wandte sich an den Orgh. »Wenn diese Welt untergeht, werden Sie sich mit Ihren Raumschiffen retten können. Was spricht dagegen, die Ilts mitzunehmen?«

»Der Gal wird sie nur mitnehmen, wenn er einen Nutzen in ihnen sieht.«

»Dann werden wir ihn überzeugen müssen, dass es nützlich ist, Leben zu retten!«

»Was lebt, das lebt. Was stirbt ...«

»Ach, hören Sie schon auf!«, rief sie. »Wir müssen es wenigstens versuchen.«

»Das geht nicht«, sagte General Dhargan. Der schwarze Mausbiber wirkte, als täten ihm die eigenen Worte leid. »Wir können Sie nicht gehen lassen. Sie kennen unser Versteck.«

»Er hat recht«, sagte Nurghe.

»Wir verraten Sie nicht«, versprach Crest. »Keiner von uns. Auch nicht Oger-214.«

»Ich trage nicht zur Primärkollision bei«, sagte der Orgh. »Ich verrate Sie nicht.«

Nurghe schüttelte den Kopf. »Tut mir leid. Es geht nicht.«

Hören Sie mir zu!, gellte Morrys Stimme durch Tatjana Michalownas Stimme.

Wollen Sie mich wieder beschimpfen?

Ich weiß, was Sie gesehen haben. Ich erinnere mich. Plötzlich wurde Morrys Stimme ganz weich. *Mein Kind ist noch dort, wissen Sie? Mein Kind, das mir aufgezwungen wurde. Das ich so geliebt habe, dass ... Nein, verzeihen Sie mir. Danke, dass Sie mein Gedächtnis wieder geweckt haben. Es tut so sehr weh ... Ich ...* Ihre Gedankenstimme verlor sich in einem Murmeln.

Was wollten Sie mir sagen?, fragte Michalowna.

Fragt Plofre! Plofre muss entscheiden! Niemand widerspricht Plofre!

Michalowna nickte. *Danke!*

Morrys Gedankenstimme wurde schwächer. *Ich kann Sie immer noch nicht leiden!*

Laut sagte Tatjana Michalowna: »Glauben Sie nicht, Sie sollten dazu besser Plofre fragen, ehe Sie einen Fehler begehen?«

General Dhargan nickte. »Ja. Plofre soll entscheiden.«

Nurghe zeigte den Nagezahn. »Vorzügliche Idee. Könnte von mir sein. Warten Sie, ich bin gleich zurück!«

Er verschwand, und es dauerte nicht lange, bis er zurückkam. »Plofre ist einverstanden. Ich bin sicher, General Dhargan eskortiert Sie mit seinen Leuten gern zurück an die Oberfläche.«

»Wir müssen uns beeilen«, sagte Oger-214. »Bei Tage werden Sie bestimmt vermisst.«

»Es gibt Abkürzungen«, versicherte der schwarze Ilt. »Sogar für Ihresgleichen.«

Die Ilts hielten Wort: Nurghe, Dhargan, Morry und die anderen eskortierten ihre zunächst so unwillkommenen Gäste höflich zurück bis an die Grenzen der Unterstadt.

Oger-214 wollte gerade die Tür öffnen, als ihm jemand telekinetisch sanft den Arm wegzog. »Gibt es ein Problem?«

»Wir dachten, es interessiert Sie, dass vor Kurzem ein großes Raumschiff der Arkoniden gelandet ist.«

Die Kommission!, dachte Michalowna.

»Das begrenzt unsere Möglichkeiten«, sagte Crest nachdenklich.

»Begrenzt?«, fragte Michalowna. »Sie sind ein Meister der Untertreibung.«

»Heißt das, Sie geben auf?« Nurghe blinzelte zu dem Arkoniden hoch.

»Ein da Zoltral gibt nicht auf.« Crest tauschte einen raschen Blick mit Trker-Hon und Michalowna. »Gehen wir zurück? Vielleicht können wir mit der eingetroffenen Kommission zu einer Übereinkunft kommen.«

»Einer Übereinkunft?« Oger-214 und Dhargan sprachen es gleichzeitig aus.

»Ich empfehle Ihnen hierzubleiben. Mein Volk wird Jagd auf Sie machen. Sie werden verhindern, dass die Arkoniden von ihrem Fehler erfahren.«

»Sie werden uns nicht töten«, versprach Crest. »Wenn ihre Angst vor meinem Volk so groß ist, wie Sie sagen, werden sie das nicht wagen.«

»Sie fürchten nicht Ihr Volk. Sie fürchten *um* ihr eigenes Volk. Mein Volk.«

Tatjana Michalowna stieß die Tür auf. »Wir müssen es versuchen. Je schneller, desto besser.«

Vorsichtig betrat sie die Straße. »Nichts zu sehen. Kommen Sie!« Sie winkte Crest und Trker-Hon.

Im gleichen Moment sah sie die Schatten: Schwebeplattformen mit schwer bewaffneten Orgh an Bord stiegen hinter den Gebäuden auf. Die Orgh sprachen zwar lautlos miteinander, aber die Telepathin wusste dennoch sofort, was die Stunde geschlagen hatte.

»Rückzug!«, rief sie und hechtete zurück in die Unterstadt.

Dann schlugen erste Strahlenwaffen ihre Feuerschneisen durch die Glänzende Stadt.

Kapitel 14

Skelir
Ferronischer Frachter, 7. Oktober 2036

»Ich war das nicht!«, schrie Jenves.

Skelir sah, wie zuerst ein Triebwerk explodierte, dann ein Aggregat bei den Schirmgeneratoren, ein weiteres, dann noch eines, wieder ein Triebwerk ... »Und wie du das warst«, zischte er. »Sieh dir nur diese Kettenreaktion an! Überall explodiert etwas oder geht kaputt!«

»Haben wir ein Glück, dass nicht auch noch unsere Anzüge ...«

Ein unheilvolles Knarren unterbrach ihn, und dann wurde die RADESSORA zur Seite geworfen, taumelte und drehte sich mehrfach um die eigene Achse.

»Unser Besun!«, heulte Jenves.

Skelir versetzte ihm einen Schlag gegen die Körpermitte. »Konzentrier dich lieber auf die Anzeigen! Das war eine Falle, und du bist prompt darauf hereingefallen!«

»Ich?« Jenves schrie empört auf. »Du warst es doch, der ...«

»Hier!« Skelir deutete auf ein Holo. Es zeigte ein arkonidisches Schlachtschiff, das mit hoher Geschwindigkeit hinter dem äußersten Planeten des Systems auftauchte und direkten Kurs auf die SREGAR-NAKUT nahm.

»Das Große Imperium«, flüsterte Jenves. »Jetzt sind wir verloren.«

»Nein! Sieh doch genau hin. Das ist ein uraltes Modell. Die TOSOMA. Die Menschen sind hinter uns her.«

»Die Menschen wollen uns als Besun! Wir müssen weg!«

»Unsere Besatzung sieht das wohl genauso.« Skelir deutete auf den Monitor. »Unfassbar.«

Jenves kräuselte sich vor Überraschung. »Die lassen uns hier zurück?«

»Ganz offensichtlich.«

»Ich hoffe, die Menschen schießen sie ab!«

Skelir lachte. »Die gute alte SREGAR-NAKUT? Dazu ist sie zu schnell. Schau, und weg ist sie.«

Jenves stöhnte. »Na toll. Dann kommt die TOSOMA garantiert als Nächstes hierher. Los, wir müssen weg!«

Sie rannten los, nutzten alle Möglichkeiten, rasch voranzukommen. Doch die Trudelbewegungen des luftleeren Schiffes erschwerten ihnen die Flucht. Loses Gerät flog umher, und sie mussten aufpassen, dass die Anzüge dadurch nicht beschädigt wurden. Auf den Einsatz von Flugaggregaten verzichteten sie. Dank des taumelnden, sich drehenden Schiffes wären sie einer Umgebung ausgeliefert worden, die sich ständig geändert hätte. Die Haftsohlen ihrer Anzüge sorgten hingegen dafür, dass sie die Bewegungen des Schiffes ignorieren konnten.

Schließlich erreichten die beiden Fantan die gleiche Schleuse, durch die sie die RADESSORA vor Kurzem betreten hatten. Dahinter wartete ihr Beiboot. Selbst wenn es nicht überlichttauglich war, konnten sie sich damit im Wegasystem verstecken und Hilfe rufen.

Sie stürmten nach draußen. Vor ihnen stand ihr Schiff, ordnungsgemäß abgeschlossen und gesichert. Skelir richtete seinen Kodegeber auf die Bodenschleuse. Unendlich langsam öffnete diese sich.

»Wohin sollen wir fliegen?« Jenves wurde von Moment zu Moment panischer.

»Ich schlage vor, Sie lassen Ihr UFO stehen und warten auf das bestellte Taxi«, sagte eine Stimme, die er nicht kannte. Er spürte einen Druck auf seinen Körper. »Was gibt es Schöneres, als das Licht der Sterne zu genießen?«

Jenves sah an sich hinab und erkannte die Mündung einer Strahlenwaffe, die auf ihn gerichtet war. Sie lag in der Hand eines Menschen. »Skelir?«, fragte er jammervoll.

»Oh, reiß dich zusammen«, antwortete der Angesprochene. Jenves sah, dass auch er von einem Menschen mit einer Waffe in Schach gehalten wurde.

Schicksalsergeben sah er in die Sterne.

Kapitel 15

Gal-Enn
Kedhassan, Tag 4, morgens

Die rote Sonne blickte von einem Augenblick auf den anderen wieder auf Kedhassan. Sie befand sich exakt da, wo sie sich immer befand. Es wurde Zeit für das Ritual zum Gedenken der Toten.

Auf einem Hügel in Sichtweite der Stadt standen da Andeck, seine führenden Offiziere und eine Reihe Orgh, die Gal-Enn begleiteten, alles Shaftgals.

Da Andeck hielt die Zeremonie so schlicht und militärisch wie möglich. Nach reiflicher Überlegung hatte er beschlossen, die Leichen in Kryostase zurück nach Arkon zu bringen. Statt einer Beerdigung ließ er von Bordrobotern eine Gedenkstele errichten, ein Kern aus Arkonstahl, ummantelt von einer bronzierten Hülle , in die man die Namen der Toten eingraviert hatte. Die Stele sah aus wie ein Obelisk, an dessen Fuß bronzene Blumen wuchsen.

»Wir leben für einen Krieg, den wir nicht wollten. Wir sterben in einem Krieg, der uns aufgezwungen wurde. Wir werden siegen, damit es keine solchen Kriege mehr geben muss.« Da Andeck rang um persönliche Worte, aber es wollten keine kommen. Es gab zu viele Opfer. Nicht nur die fünfköpfige Kommission, auch einige Soldaten waren gestorben.

»Wir stehen zwischen dem Licht und der Dunkelheit. Wir stehen zwischen dem Nichts und den Sternen. Wir kämpfen für Arkons Ruhm und Ehre!«

Die Offiziere neigten die Köpfe, und eine leise Melodie erklang, eine alte Weise, die traditionell bei Soldatenbegräbnissen gespielt wurde. *Blut im Schnee.*

Ehe die Melodie verklungen war, erscholl aus der Glänzenden Stadt ein Laut wie Donner. Schwarzer Rauch stieg empor und verteilte sich unter dem Energieschirm. »Was ist das?«, herrschte da Andeck Gal-Enn an. »Kennen Sie keinen Respekt vor den Toten?«

Gal-Enn spürte, wie ihm die Ereignisse entglitten. Er sank etwas tiefer in die Beine, um dem Arkoniden nicht mehr zu reizen als nötig.

»Verzeihung ist eine Bitte, Hoher Inspekteur«, sagte Gal-Enn hilflos. Er verstand nicht, wieso der Arkonide so reagierte. Seine Mitbürger waren schließlich tot, die Feierlichkeit abgeschlossen, und ihm selbst drohte keine Gefahr.

Er darf nicht erfahren, dass wir ... die falsche Kommission jagen.

Es sind nicht nur diese drei. Sie haben jede Menge Ilts dabei.

Ilts?

Shaftgal-Cull sprang ihm zur Seite. »Es sind Ilts in der Stadt aufgetaucht. Gelegentlich kommen sie aus ihren Löchern. Es besteht kein Grund zur Beunruhigung. Die Angelegenheit hat sich gleich erledigt.«

Als wäre es eine Reaktion darauf, nahm der Kampflärm aus der Glänzenden Stadt zu. Feuerblitze zuckten unter dem Energieschirm. Gal-Enn sendete sofort an die Orgh in der Stadt. Sie würden ihn hören – und gehorchen. Schließlich ging es um mehr als nur die Bewohner Kedhassans.

Der Inspekteur ist ungehalten! Die Gefahr der Primärkollision steigt. Löscht diese Brut aus, ehe er das Todesurteil über uns alle spricht!

Es sind zu viele!, kam die prompte Antwort von Shaftgall-Vall. *Und sie haben neben Waffen auch ihre besonderen Fähigkeiten! Wir brauchen Zeit!*

Findet ihr Nest und räuchert sie aus! Zeit ist das Einzige, über das wir nicht verfügen.

»Die Vernichtung der Ilts ist eher eine Zeitfrage als eine Vermögensfrage«, versuchte Gal-Enn mögliche Bedenken Agidus da Andecks zu zerstreuen.

»Kommen Sie mir nicht mit solchen Phrasen, wie höchstens Hofschranzen sie benutzen«, sagte da Andeck. »Von erledigt kann offenbar keine Rede sein. Sie sind zu selbstsicher. Ich habe in den Berichten von diesen Ilts gelesen. Wieso wurden sie nicht längst beseitigt?«

»Es hätte einen hohen Aufwand bedeutet. Wir benötigen alle Ressourcen für die kriegswichtigen Projekte. Die Ilts sind lediglich lästig.«

Der Boden erbebte, ein Dreierturm der Glänzenden Stadt brach wie in Zeitlupe zusammen, und die Trümmer flogen durch die ganze Stadt, als würden sie von unsichtbaren Händen geführt. Mehrere Orgh-Gleiter wurden davon zerschmettert.

»Ihr Versagen wird nicht mein Versagen sein. Diese Ilts sind äußerst lästig. Sie behindern die Kriegsanstrengung. Wir werden sie eliminieren!«

»Eine Hilfestellung entbehrt der Notwendigkeit!«, rief Gal-Enn hastig.

Agidus da Andeck lachte hart. »Es wird meinen Leuten Mut machen. Ein Sieg ist immer gut für die Moral. Unser wahrer Feind wartet dort oben.«

Er hob seinen Armbandkommunikator an die Lippen. »Da Andeck an die Besatzung der PESKAR. Sie haben Feuerbefehl auf alle Ilts, die Sie ausfindig machen können. Landurlaub für die Jagd erteilt.«

»Bestätige«, kam eine Frauenstimme von der PESKAR. »Eine gute Idee, Kommandant. Wir greifen sofort ein.«

»Und jetzt«, wandte sich der Arkonide wieder an Gal-Enn, »bringen Sie mich zum Weltenspalter. Ich habe keine Zeit mehr zu verlieren!«

Kapitel 16

Skelir
Berenger IV, 7. Oktober 2036

»Schön stillhalten!« Dr. Haggard zog eine große Spritze auf und strahlte sie an. »Ihre Haut ist ein bisschen zu widerstandsfähig für unsere normalen Instrumente. Leider benötige ich eine Blutprobe von Ihnen.«

Skelir und Jenves beobachteten den hünenhaften Menschen misstrauisch.

»Sie könnten uns gehen lassen«, schlug Skelir vor.

»Es gibt ein Abkommen«, ergänzte Jenves. »Sie dürfen uns gar nicht hierbehalten.«

»Nicht wir haben den Vertrag gebrochen«, belehrte sie Haggard und stach die Spritze in Jenves' Körper. »Ihr Tun, Ihre Verantwortung. So einfach ist das.«

»Ich bin nicht einmal sicher, wohin Sie uns gebracht haben.«

Haggard legte die Spritze weg und wiederholte die Prozedur mit einer anderen Spritze an Skelir. »Sie befinden sich in meinem behelfsmäßigen kleinen Hospital auf dem vierten Mond von Berenger.« Er nahm die beiden Blutproben und steckte sie in eine Analyseeinheit. »Es wird ein wenig dauern. Falls Sie sich fragen, warum wir uns hier aufhalten: Die fehlende Atmosphäre könnte dazu beitragen, die Seuche einzudämmen.«

»Seuche?«, fragte Skelir. »Was für eine Seuche?«

»Die Seuche, die Sie auf der Erde eingeschleppt haben«, behauptete Haggard.

Jenves polterte los. »Wir waren noch nicht auf der Erde!«, widersprach er.

»Nicht Sie persönlich«, beschwichtigte Haggard. »Aber es waren Fantan. Wir haben Sie hierher gebeten, damit Sie uns helfen können, der Seuche Herr zu werden.«

»Wir haben keine Seuche im Gepäck, wenn wir fremde Welten bereisen«, argumentierte Skelir. »Wir Fantan sind eine erfahrene raumfahrende Zivilisation und treffen jegliche erdenkliche Sicherheitsvorkehrung, in unserem Interesse wie in dem jener, die wir besuchen.«

»So?« Haggard schnaufte. »Dann erklären Sie mir, wieso wir hier vier Patienten haben, die im Sterben liegen – nachdem sie mit *Ihnen* Kontakt hatten! Kommen Sie mit, ich zeige sie Ihnen!«

Nur zwanzig Meter trennten das Labor, in dem Haggard an den beiden Fantan »Versuche durchgeführt« hatte, wie Jenves es nannte, von der Medoabteilung, in der vier den beiden Fantan nur allzu bekannte Lebewesen lagen. Vier ehemalige Besun.

»Ui«, machte Jenves. »Ui.«

Skelir sagte gar nichts, aber er war ebenso geschockt.

Im gleichen Moment bäumten sich die vier Kranken in ihren Betten auf. Sie rissen an den Gurten, die sie festhielten. Und sie schrien. Es waren wortlose, leere Schreie, aber es war sofort klar, wem sie galten.

Haggard reagierte schnell und instinktiv richtig. »Raus mit Ihnen!« Er schlug von innen die Tür zu.

Sie hörten noch seine Stimme: »Ich will eine Erklärung! Sobald ich das hier im Griff habe!«

Dann tauchten Sicherheitsleute auf und eskortierten die beiden Fantan in einen kleinen, fensterlosen Raum, mindestens hundert Meter von der Krankenstation entfernt.

»Ui«, machte Jenves. »Ui.«

Kapitel 17

Crest
Kedhassan, Tag 4, morgens

Die Glänzende Stadt war zum Hexenkessel geworden: Der Feuerschlag, der eigentlich Tatjana Michalowna, Crest und Trker-Hon gegolten hatte, hatte nicht nur einen Dreierkomplex der Türme zum Einsturz gebracht, sondern auch die Wut der Ilts angestachelt. Die Glänzende Stadt war ihr *Zuhause.* Sie hatten sich daraus vertreiben lassen, aber sie würden nicht zulassen, dass die Orgh sie zerstörten.

In Windeseile waren immer mehr Ilts aufgetaucht und nach draußen gestürmt, hatten die Orgh in Kämpfe verwickelt – und die Orgh ihrerseits hatten weitere Unterstützung angefordert.

Dhargans Truppe blieb bei den drei Fremden. Das erwies sich als Glück: Die Orgh drangen nun auf der Jagd nach ihren Opfern in die Unterstadt vor. Ohne die Ortskenntnis und das militärische Training der Ilts wäre die Flucht längst zu Ende gewesen.

Schließlich führte Dhargan sie zu einem weiteren Gang, der direkt an die Oberfläche führte, wenn auch etwas außerhalb der Glänzenden Stadt.

Was sie sahen, brachte Crest beinah an den Rand der Verzweiflung: Über der Stadt kreisten arkonidische Gleiter und sogar Beiboote, die aufseiten der Orgh in die Kämpfe eingriffen.

»Das ... kann nicht sein. Das ist nicht die Art des Imperiums. Das ist barbarisch.«

Trker-Hon stützte ihn mit einer Hand. »Wir befinden uns in einer barbarischen Zeit. Ihr Volk ist nicht besser und nicht schlechter als andere. Kommen Sie, wir gehen wieder in den Untergrund.«

Sie wandten sich um und kletterten in den Gang zurück, in dem sie Nurghe mit einer schlechten Nachricht empfing. »Einer Gruppe Orgh ist es gelungen, in die Gänge einzudringen. Sie sind knapp hinter uns.«

»Es hat keinen Sinn mehr! Wir können nicht hinaus, aber hier unten sitzen wir auch in der Falle!« Trker-Hon klang verbittert. »Es war nie vorgesehen, dass ich so sterbe.«

»Sie könnten sich ergeben«, schlug Michalowna vor.

Nurghe lachte grimmig auf. »Für uns gibt es keine Gnade. Uns bleibt nur eine Chance: Plofres Langzeitplan!«

Michalowna ballte die Hände. »Das muss ja ein Wunderplan sein. Haben Sie Details für uns?«

Der Ilt verneinte. »Es gibt keine Alternative. Wir müssen an Plofre glauben.«

»Es gibt nichts, was Sie tun können. Sie werden sterben«, sagte Oger-214 fest. »Was stirbt, das stirbt.«

»Und was lebt, das lebt!«, widersprach Michalowna zornig. »Wie wäre es, wenn Sie nach draußen gingen und Ihr Volk zur Waffenruhe überreden? Haben Sie daran schon einmal gedacht?«

»Es würde nichts ändern. Ich habe Sie zu den Ilts gebracht. Ich bin so schuldig wie Sie. Ich nehme den Tod an. Mein Tod rettet die anderen.«

Nurghe lachte schrill. »Sie sind ein Spinner, mein Freund! Aber wahrscheinlich haben Sie recht. Die da draußen werden Sie nicht anhören, sondern sofort erschießen.«

Nun erhob sich Crest. Seine Miene war steinern. »Uns bleibt noch eine andere Chance: Ich gehe nach oben und ergebe mich den Arkoniden.«

»Das werden Sie nicht tun!«, protestierte Michalowna. »Sie opfern nur sinnlos Ihr Leben!«

Trker-Hon hob eine Hand. Er keuchte von den heftigen Anstrengungen der Flucht. »Warten Sie. Der ehrenwerte Crest hat sicherlich einen Plan.«

Crest lächelte schmal. »Arkoniden kennen Gnade durchaus, und wenn auch nur, um einen Gefangenen verhören zu können. Niemand von der Besatzung des Schlachtkreuzers weiß von meiner Anwesenheit. Die Soldaten werden einen Arkoniden, der plötzlich auftaucht, nicht erschießen. Zumindest nicht auf der Stelle.«

»Das ist viel zu gefährlich«, protestierte Michalowna.

»Ich neige dazu, Ihnen zuzustimmen«, sagte Trker-Hon. »Das klingt nicht wie ein gut überlegtes Vorgehen.«

»Das ist es auch nicht. Aber betrachten Sie es einmal so: Ich bin ein todkranker Mann. Was habe ich zu verlieren? Außerdem habe ich nie behauptet, dass das alles wäre ...«

Kapitel 18

Skelir
Berenger IV, 7.Oktober 2036

»Er wollte uns provozieren!« Jenves war empört. »Nicht genug damit, dass sie uns wie Besun behandeln, sie weiden sich auch daran, dass wir unsere ehemaligen Besun sehen!«

Skelir gestikulierte mit zwei Armen. »Kein Wort mehr!«

Mühsam trippelte er auf den beiden oft als Beinelemente verwendeten Extremitäten durch den quaderförmigen, kahlen Raum. Er suchte angestrengt nach verräterischen Kameraaugen oder Mikrofonohren. Es war kaum vorstellbar, dass es so etwas *nicht* gab.

Die Begegnung mit den vier ehemaligen Besun hatte ihn stärker getroffen, als er zugeben wollte. Seine Gedanken rasten, während er unaufhörlich nach Spionsonden suchte. Vier Besun. *Vier.* Nicht *fünf.* Nicht *sechs.*

Sein fein geschuppter Zylinderleib bog sich bis an die Grenzen der Belastbarkeit. Er schnaufte. Hämmerte gegen die Wände, kratzte am Boden, spähte empor zur Decke.

Sie wissen es nicht. Sie wissen nichts. Wenn wir schweigen, sind wir sicher. Sie können höchstens etwas ahnen, aber das genügt nicht. Wir brauchen nur zu schweigen.

Schließlich gab er auf. »Der Raum ist sauber.«

»Selbstverständlich ist er das«, sagte Jenves. »Und er hat auch keine Spionageeinrichtungen. Wir können frei reden.«

Skelir ließ sich an der kahlen Wand hinab zu Boden sinken. »Dann rede!«

Der andere Fantan wirkte erstaunt, dass er zuerst sprechen sollte. »Danke!« Er kam dichter an Skelir heran und musterte ihn mit allen Sinnen. »Du hast sie auch erkannt, oder?«

»Wie sollte ich nicht?«

Jenves seufzte. »Dann habe ich mich nicht getäuscht. Der Ara und der Ilt zählten zu den wertvollsten Besun unseres Volkes. Und erinnere dich daran, wie wir die beiden anderen ...«

»Sie sind von Myranar geflohen«, erinnerte Skelir. »Wieso haben sie das getan? Was ist falsch für sie, Besun zu sein? Kann es überhaupt Besseres für sie geben?«

»Da fragst du den Falschen. Besun sind manchmal undankbar. Wie der Fisch von Khal, den ich einmal mitgebracht hatte. Der ist auch gestorben.«

»Weil du ihn ins falsche Wasser gesteckt hast. «

»Richtig. Du hättest auch nicht an den speziellen Salzgehalt gedacht! Aber bei den Menschen ist uns das nicht passiert.«

»Nein«, pflichtete Skelir ihm bei. »Wir haben gut für sie gesorgt.«

Ich habe alles getan, was möglich war. Ob sie *noch lebt?*

»Und jetzt sterben sie.« Jenves klang nicht besonders sorgenvoll.

»Sollen wir ihnen helfen?«

»Wie willst du das tun, ohne ihnen zu verraten, wer wir sind?«

Skelir dachte kurz nach. »Ich sage es ihnen.«

»Das darfst du nicht! Die Menschen dürfen auf keinen Fall erfahren, wer wir sind! Sonst bringen sie uns um!«

»Das werden sie nicht. Wenn wir uns nicht zu erkennen geben, stirbt unser ehemaliges Besun.«

Jenves ließ sich auf die Seite fallen und lag nun da wie eine übergroße, zum Bersten gefüllte Wurst. Seine Schuppen gaben leise, klingelnde Geräusche auf dem glatten Fliesenboden von sich, sobald er sich bewegte.

»Schade für das Besun. Gut für uns. Es kann uns dann nicht mehr verraten.«

Skelir begriff nicht, wie Jenves so ... traditionell bleiben konnte. Hatte er nicht das Gleiche mit dem Besun erlebt wie er? »Ich will nicht, dass sie sterben!«, rief er heftig.

Jenves setzte sich auf. Er sprach jetzt langsam und beruhigend wie zu einem ... nun ja: wie zu einem Krüppel. Der er schließlich war. Skelir mit Zweidrittelarmen. Skelir, der Außenseiter.

»Wäre das Besun bei uns geblieben, wäre ihm nichts geschehen. Es ist nicht unsere Schuld, was mit ihnen passiert. Und wir finden bestimmt gleichwertiges Besun.«

Skelir schwieg, seine Gedanken verfingen sich in der Vergangenheit, als das Besun noch da gewesen war. Er dachte nicht so sehr an die beiden exotischen Wesen, sondern an die Gewöhnlichen, die so ... Besun gewesen waren, dass ihm sämtliche Blutklappen wie im Rausch raschelten.

Er dachte nur einen Namen: *Sue. Sue Mirafiore.* So ein kleines Geschöpf, so unverhältnismäßig in allem, was sie war: Viel zu dünn, viel zu zäh, viel zu Besun. Sie war ein bisschen wie er gewesen: ein Menschenkind mit weniger Extremitäten als die anderen.

Aber die Menschen schienen sie nicht als Aussätzige zu behandeln. Nicht wie die Fantan. Vielleicht fehlten ihm auch lediglich die Rezeptoren für dieses fremde Volk.

Er wusste noch genau, wie er sich in dem Augenblick gefühlt hatte, als er begriff, dass ihr der fehlende Arm nachgewachsen war. Das Gefühl war eine Mischung aus Trauer und Triumph, aus Hoffnung und Verzagen gewesen.

Und dann war sie geflohen, genau wie die anderen.

Nur: Die anderen lagen in einem Raum, ganz in der Nähe. Vier von sechs. Wie seine Extremitäten. War das ein Zeichen?

»Wieso sagst du nichts?« Jenves stieß ihn an. »Denkst du etwa tatsächlich darüber nach, den Menschen unser Geheimnis zu verraten? Bist du lebensmüde?«

Skelir schwieg. Was hätte Sue an seiner Stelle getan? Wieso war es so schwierig, das zu verstehen?

Sie hätte geholfen, dachte er. *Sie und die übrigen Menschen haben in der Besunschaft alles füreinander getan. Deswegen ist ihnen die Flucht gelungen.*

Er grübelte weiter, ließ Jenves reden und reden ... Dieser Arzt, Haggard, schien wie Sue zu sein, wie diese anderen. Er würde alles tun, um das ehemalige Besun zu retten ... Er würde vor allen Dingen auch *sie* retten.

Skelir erhob sich. Er trat an die Tür und hämmerte dagegen. »Haggard! Haggard, ich muss Sie sprechen!«

Kapitel 19

Gal-Enn
Kedhassan, Tag 4, vormittags

Die Präsentation endete.

Die Lichter in der Zentrale des Weltenspalters gingen wieder an.

»Das also ist unsere Geheimwaffe.« Agidus da Andeck schien unschlüssig zu sein, was er davon halten sollte. Er saß ruhig und ohne erkennbare Regung im Kommandantensessel. »Und Sie sind sicher, dass alles genauso funktioniert wie in Ihrer Präsentation?«

Er misstraut uns, dachte Shaftgal-Xarr. *Primärkollision droht weiterhin.*

Nur ein Narr glaubt einer Theorie. Und da Andeck scheint mir kein Narr zu sein, gab Gal-Enn zurück. *Er hat ein Recht auf Zweifel. Wenn wir ihn überzeugen können, wird unsere Heimat sicher sein.*

»Der Weltenspalter steht zu Ihrer Verfügung«, sagte Shaftgal-Cull. »Die Station ist ausreichend mit geschultem Personal besetzt.«

»Alles Orgh, oder?« Der Arkonide strich sich ein paar Strähnen seines weißen Haares aus der Stirn.

»So ist es. Wir haben diese Station schließlich wieder hergerichtet.«

Da Andeck winkte ab. »Ich weiß. Bei unserem zweiten Testflug werden Arkoniden an Ihrer Seite stehen. Aber fürs Erste reicht es mir, wenn Sie mir beweisen, dass dieses Ding auch funktioniert. Bereiten Sie alles vor. Ziel: der äußerste Planet dieses Systems, Suleys. Ich werde mich in der Zwischenzeit über den Stand der Dinge hinsichtlich des Kampfes gegen die aufständischen Ilts informieren.«

»Die Vorbereitung erlebt ihren Start«, sagte Gal-Enn.

»Beeilen Sie sich. Wir haben nicht viel Zeit.«

»Wenn wir zu hastig vorgehen ...«, warnte Shaftgal-Cull.

»Ich will nichts von Problemen hören. Geben Sie mir Lösungen!

Und wenn Ihnen nicht sofort eine einfällt, denken Sie einfach an Ihren Heimatplaneten!«

Haben wir Nachrichten von dem Kampf in der Glänzenden Stadt?, fragte Gal-Enn.

Es ist ein Massaker, sendete Shaftgal-Xarr zurück. *Verstehen Sie die Arkoniden? Die Ilts bedeuten keine Primärkollision, und sie zu beseitigen bringt weder auf sekundärer, tertiärer noch quartärer Ebene Vorteile.*

Ich nehme an, dachte Gal-Enn, *dass ihre Beweggründe quintärer Natur sind.* Er überlegte einen Moment. *Sie wissen, dass uns das gleiche Schicksal droht? Selbst wenn es uns gelingt, den Weltenspalter einsatzbereit zu übergeben – die Arkoniden werden sich damit nicht zufriedengeben. Sie werden weitere Forderungen an uns stellen. Und uns ausrotten wie die Ilts, wenn wir ihnen lästig werden oder keine neuen Fortschritte zu bieten haben ...*

Er spürte das Zögern der beiden anderen. *Es ist denkbar,* gab Shaftgal-Xarr zu.

Es ist sogar wahrscheinlich, sagte Shaftgal-Cull. *Was können wir tun?*

Gal-Enn beobachtete, wie Agidus da Andeck die Berichte der Arkoniden entgegennahm. Er freute sich nicht, er genoss es nicht einmal. Dieser Mann ging über Leichen, um sein Ziel zu erreichen.

Lassen Sie die Parakrieger frei, löschen Sie alle Programmierungen der Sprengkapseln und sorgen Sie dafür, dass Gleiter für sie bereitstehen. Sie werden in der Glänzenden Stadt gebraucht.

Shaftgal-Cull zuckte zusammen. *Die Parakrieger sind nicht konditioniert! Wir können sie nicht kontrollieren!*

Gal-Enn versuchte, den beiden Shaftgals Zuversicht zu vermitteln. *Vertrauen Sie mir. Ein kleiner Verlust kann einen großen Gewinn bedeuten ...*

Eine koordinierte Salve aus drei Strahlengeschützen tötete eine Gruppe Ilts sowie zwei Orgh und fügte einer Turmanlage der Glänzenden Stadt schwere Schäden zu.

»Treffer«, kommentierte Ralmanin, der Navigator, und zog die PESKAR-XXV hoch, um einen besseren Überblick zu bekommen. Er stammte von Arkon, allerdings aus keiner der einflussreichen Familien.

»Sehen Sie dort!« Beibootkommandant Falinas da Andeck, dessen Urgroßvater bereits Admiral der Flotte gewesen war, deutete nach unten. Er war trotz seiner Jugend bereits auf dem besten Weg, dieser Familientradition zu folgen, und lernte bei seinem Onkel einiges. Leider gehörte er nicht der Hauptlinie des Hauses an wie Agidus, aber sein Talent hatte sich bereits herumgesprochen. »Ist das einer von unseren Männern?«

»Er trägt jedenfalls die Kleidung des Forscherkorps. Was macht er da?«, entgegnete der Navigator.

Die beiden waren zusammen zur Sternenakademie gegangen. Während Falinas die Offizierslaufbahn eingeschlagen hatte, war Ralmanin bei den Navigatoren geblieben – eine hervorragende Ausbildung, die aber bei Weitem nicht so teuer war wie die zum Offizier. An Bord der PESKAR hatten sie einander vor drei Jahren wiedergetroffen und waren seitdem ein hervorragendes Team. Keine Mannschaft hatte sich bisher über diese Kombination aus Kommandant und Steuermann des Beiboots beschwert. Die beiden verstanden sich ohne viele Worte.

Die PESKAR-XXV jagte durch die Straßenschluchten der Glänzenden Stadt, die auch bei Tageslicht einen gewissen Reiz hatte, aber bei Weitem nicht so schön war wie in der Nacht. Ralmanin ließ das sechzig Meter durchmessende Beiboot in der Luft stehen. »Sollen wir ihn an Bord nehmen?«

Falinas nickte. »In jedem Fall. Entweder retten wir ihn und bekommen eine Auszeichnung dafür, oder …«

»Oder?«

»Ich glaube, da gibt es kein Oder. Wir sind die einzigen Arkoniden auf dieser Welt.«

Ralmanin bestätigte. Falinas hatte wie so oft recht. Kedhassan wurde nur von großen sprechenden Insekten und merkwürdigen Riesenratten bewohnt.

»Wir gehen runter«, verkündete Ralmanin.

»Drei Mann in die Bodenschleuse!«, befahl Falinas. »Passagier aufnehmen. Vorsichtig bitte, es ist ein alter Mann, wahrscheinlich vom Forscherkorps, von der letzten Kommission hier vergessen.«

Leises Lachen ertönte, dann die Klarmeldung.

»Es funktioniert!«, flüsterte Dhargan und nickte grimmig. »Keine Falle?«

Tatjana Michalowna schüttelte den Kopf. »Sie ahnen nichts.«

Mit einem irren Schrei hüpfte Morry los und sprang aus der

Deckung, die sie zwischen einigen Trümmern gefunden hatten. In dieser Hinsicht war der rücksichtslose Vernichtungsfeldzug der Arkoniden ein Vorteil gewesen. Die anderen Ilts erhoben sich ebenfalls und rannten los – oder teleportierten.

Crest duckte sich zur Seite weg, als Morry sich an ihm vorbei mitten in die Schleuse katapultierte und sofort mit beiden Waffen feuerte. Schreie ertönten, dann war Stille.

»Kommt!«, kreischte Morry. »Kommt!«

»Einsatzkräfte runter in die Bodenschleuse!«, rief Beibootkommandant Falinas. »Nadlerpistolen und Thermostrahler! Nehmen Sie Kampfroboter zu Hilfe!« Seine Stimme erklang überall in der PESKAR-XXV. Er sah mit schreckgeweiteten Augen die Aufnahmen aus dem Schleusenraum und daneben ein Bild der Umgebung. »Diese Biester versuchen zu entern! Schutzschirme!«

»Sie befinden sich bereits innerhalb der kleinsten Schirmgrenze«, kam die Meldung von Kala, die als Erster Offizier des Beiboots fungierte. Der Flug nach Kedhassan war ihr erster Einsatz gewesen, reine Routine angeblich, und dann war alles schiefgegangen. »Wenn wir die Schirme herunterfahren, können weitere nachkommen. Wir müssen sie auf herkömmliche Weise bekämpfen.«

»Wir müssen hochziehen!«, empfahl Ralmanin.

»Wir werden wohl mit ein paar Riesenratten fertig werden!«, widersprach Falinas. »Und ich will diesen alten Mann in die Finger bekommen. Wenn er mit den Viechern gemeinsame Sache macht, wird er das zu bereuen haben.«

»Bist du dir sicher?«, fragte Ralmanin, der für den Moment alle Distanz vergaß, die zwischen ihren Diensträngen herrschen musste. »Ich soll nicht hochziehen?«

»Nicht, solange noch eines dieser Biester an Bord ist!«

Die kleine Bucht hinter der Schleuse füllte sich rasch mit arkonidischen Soldaten und Kampfrobotern.

»Wie viele Mann hat so ein Beiboot eigentlich an Bord?«, fragte Michalowna, die sich mit einem Thermostrahler der gefallenen Arkoniden ausgerüstet hatte.

Der Thermostrahler war eine Waffe, die sich mit einem Laser entfernt vergleichen ließ, arbeitete jedoch nicht mit Lichtstrahlen des sichtbaren Spektrums, sondern mit Infrarotstrahlen, die als ultraheißes Bündel den Lauf verließen. Dabei wurde gleichzeitig ein wenig Normallicht abgestrahlt, gewissermaßen als Leuchtspurmunition, um die Strahlschüsse für den Beobachter sichtbar zu machen.

Auch im Dauerfeuermodus wurde allerdings kein kontinuierlicher Strahl abgegeben, sondern die Schüsse kamen schnell gepulst, vergleichbar einer Maschinengewehrsalve. Da dies sehr viel Energie verschlang und die Hitzeentwicklung enorm war, nutzte fast niemand diese Einstellung.

»Ich schätze, wenn sich nicht allzu viel geändert hat, etwa dreißig Soldaten, dazu zehn Besatzungsmitglieder«, antwortete Crest, der sich von Oger-214 in die Schleuse ziehen ließ. Er wirkte entspannter als in den Tagen zuvor, das Schmerzmittel schien ihm tatsächlich Kraft zu geben. »Dazu ein paar kampffähige Mehrzweckroboter.«

»Lasst sie nur kommen!«, rief General Dhargan. »Ilts – Feuerbefehl!«

Nurghe strich sich den Pelz glatt. Er trug keine Waffe. »Ich überlasse das ganz Ihren fähigen Händen, General.«

Es war entsetzlich.

Binnen kürzester Zeit stieg die Temperatur dank der Thermostrahlschüsse im Schleusenraum dramatisch an: Viele Fehlschüsse wurden von Metallflächen reflektiert und sausten als Querschläger durch den Raum. Das war bei allen negativen Auswirkungen aber auch das Glück der Ilts: Die Arkoniden konnten nicht bedenkenlos Streufeuer geben, weil sie dadurch sich selbst und die Raumflugtauglichkeit des Beibootes gefährdet hätten.

Die Ilts kämpften wie wahnsinnig, aber ihre Waffen waren gegen die hinter Schutzschirmen kämpfenden Arkoniden nur wirksam, wenn zwei oder drei gleichzeitig Punktfeuer gaben. Damit konnten sie so viel Energie erzeugen, dass die Gegenkräfte des Schirms nicht mehr ausreichten, dies zu neutralisieren.

In der Schleusenbucht wurde es immer heißer, da keiner der Kämpfenden daran dachte, sparsam mit seinen Waffen umzugehen. Beide Parteien kämpften mit verzweifeltem Mut, denn sie spürten, dass sie keine Gnade zu erwarten hatten.

Zwischen den Thermostrahlen surrten zudem Stahlhohlnadeln, die mit allerlei betäubenden oder tödlichen Erzeugnissen moderner Pharmazie gefüllt waren.

Zuerst starben die Ilts, aber dann auch ein Arkonide nach dem anderen, und je mehr von ihnen fielen, desto besser waren die Ilts ausgerüstet, weil sie sich sofort die Waffen nahmen und gegen ihre schwachen Handstrahler austauschten.

Ricle starb als einer der Ersten an einem reflektierten Thermoschuss.

»Wir schaffen es nicht!«, flüsterte Dhargan Nurghe zu. Die Luft brannte ihm im Mund, erreichte kaum noch die Lunge, so heiß war es geworden. »Helfen Sie uns!«

»Ich werde keine Waffe anrühren«, entgegnete Nurghe. »Ich vertraue Plofre.«

Dhargan starrte ihn böse an. »Sie sind ein Idiot.«

Nurghe sah Crest aus seinen großen braunen Augen an. »Ich werde nicht töten. Das sollten Sie eigentlich verstehen. Kein Ilt sollte töten.«

»Kein Ilt sollte *sterben!«*, brüllte Dhargan.

»Ja«, sagte Oger-214. »Es ist genug.«

Er packte den General und schob ihn schnell hinter sich. Im gleichen Moment brannte sich ein Thermostrahl durch seinen Thorax.

Der Orgh war tot, ehe er auf dem Boden aufschlug.

»Ha! Acht Ilts und ein Orgh!«, triumphierte Falinas. »Und nur vier eigene Opfer. Alles im direkten Kampf.«

»Es bleiben acht weitere Ilts, ein Arkonide, eine Arkonidenähnliche und die Echse«, erinnerte Kala.

»Den Arkoniden nehmen wir gefangen.«

»Lassen Sie uns hochziehen«, bat Ralmanin.

»Abwarten!« Falinas stellte eine Verbindung zum Kommandeur der Soldaten her. »Lenken Sie die Biester ab, lassen Sie sie vordringen. Und dann löschen Sie sie mit ein paar Granaten aus. Das geht am schnellsten.«

Kala lächelte ihn an. Ihr schien sein Plan zu gefallen.

Der schwarze Ilt knurrte und stieß mit dem Fuß gegen den toten Körper des Orghs.

»Acht gegen fünfzehn«, flüsterte Dhargan. »Nicht gut.«

»Sechzehn. Ich zähle zehn Soldaten und sechs Roboter«, verbesserte Nurghe.

»Fünfzehn«, knurrte Dhargan und schoss dem Arkoniden, der Oger-214 getötet hatte, in den Kopf.

Seine überschwere Waffe knackte den leichten Schutzschirm spielend und tötete den Mann sofort. Leider verfügten die Ilts nur über diese eine Waffe, einen Prototyp der Orgh, den sie irgendwann entwendet hatten. Und bedauerlicherweise kostete ein Schuss so viel Energie, dass die Waffe einige Minuten brauchte, um sich wieder aufzuladen.

»Die Arkoniden sind sehr siegessicher«, flüsterte Michalowna.

»Aber wir werden gewinnen«, sagte Dhargan. »Für uns und für die Käfer, auch wenn sie's nicht verdient haben.«

Er streifte mit einem Gesichtsausdruck, den die Telepathin nie vergessen würde, seine beiden Armschienen ab. Die Arkoniden hatten sich einen Feind gemacht, den sie nicht unterschätzen durften.

»Ich wünschte, über einen gültigen Hochrangbefehlskode zu verfügen«, flüsterte Crest. »Vielleicht könnte ich die Arkoniden dann dazu bewegen, die Kämpfe einzustellen. Sehen Sie sich nur diese entsetzlichen Opfer an ... Sie ahnen ja gar nicht, dass sie ein intelligentes Volk auslöschen! Wenn der Imperator das wüsste ...«

Trker-Hon lachte bellend. »Skrupel sind fehl am Platz. Was geschieht, muss geschehen. Unterdrückung wendet sich letztlich immer gegen die Unterdrücker. Lernen Sie aus der Geschichte, Crest! Sie sind unmittelbar dabei.«

Tatjana Michalowna schoss auf einen Kampfroboter, der sofort zurückwich. »Gehen Sie beide ein Stück zurück!«, empfahl sie. »Wir können nicht kämpfen und gleichzeitig Sie beschützen. Stellen Sie sich dort hinten hin, zu Nurghe.«

Der Mausbiber, der zum Rand der Schleuse gegangen war und das Gelände draußen scharf im Blick behielt, pfiff freundlich. »Ja, kommen Sie zu mir. Ich verspreche Ihnen, dass Sie bald etwas zu sehen bekommen. Wenn Plofre recht behält ...«

Dhargan und Morry schoben sich Seite an Seite vorwärts, ihre Seiten von Limben und Cerly gedeckt. Hinter ihnen kamen Noru und Krume mit weiteren Waffen. Drei, vier Kampfroboter platzten unter dem Dauerbeschuss der Ilts, und dank der bescheidenen telekinetischen Kräfte von Noru und Krume vermochten die Arkoniden in der Halle die Auslöser ihrer Waffen nicht zu betätigen oder verrissen die Schüsse.

Aber die beiden Ilts keuchten bereits vor Erschöpfung, ihre Gaben waren nie für den Kampf gedacht gewesen. Wenn sie nicht bald einen entscheidenden Erfolg erzielten, würde es schlecht ausgehen.

Plötzlich blieb Morry stehen und witterte. »Nein«, flüsterte sie. »Nein.«

Tränen stiegen ihr in die Augen. »Nein!« Sie drehte sich um. »Nein!«

Dhargan versuchte noch entsetzt, sie aufzuhalten, aber die Ilt brach aus ihrer kleinen Formation aus. Wieder rief sie: »Nein!«

Voller Schrecken sah Dhargan, wie einer der Arkoniden mit einem einzigen Wurf fünf eigroße Explosivkörper zu ihnen herüberschleuderte. *Thermogranaten!*

Das war das Ende.

Morry hatte ihn gespürt, lange bevor sie ihn sehen konnte. Er war es, daran gab es keinen Zweifel.

»Nein!«, flüsterte sie und senkte die Waffen.

Seine Stimme kam aus dem Nichts und streichelte sanft ihre Gedanken. *Du bist es,* flüsterte er zärtlich. *Ich habe dich vermisst, Mutter.*

Sie sah in die Richtung, aus der er kommen würde, Ewigkeiten, wie es ihr vorkam. »Nein!« *Orn ... Du lebst ... Ich habe es fast nicht mehr geglaubt.*

Du lebst auch, flüsterte seine körperlose Stimme zurück. *Ich würde dich überall wiedererkennen.*

Und dann gab es einen leisen Knall, und er erschien mitten aus der leeren Luft. Er trug eine Nummer im Fell, aber sie hatte keine Augen dafür. Er war ihr Sohn!

»Wie bist du entkommen?«

»Die Käfer haben uns freigelassen«, sagte er. Er winkte mit einer Hand, und die Thermogranaten flogen zurück zu den Arkoniden, wo sie sofort explodierten. »Und jetzt holen wir uns dieses Boot. Meine Freunde sind überall. Wir werden siegen.« Er streckte ihr seine Hand hin. »Kommst du, Mutter?«

Falinas sah, wie seine eigenen Leute im Feuer der Thermogranaten vergingen. »Wir müssen wieder in die Luft!«, schrie er.

»Jawohl.« Ralmanin keuchte und fasste sich an die Kehle. »Was bei allen ...«

»Ral!« Der Beibootkommandant begriff nicht, was er sah. Sein Navigator und bester Freund stand auf, würgte, taumelte – und brach tot zusammen. Was war da los?

»Kommandant!«, rief Kala. »Deckung!«

Er schaute zu ihr hinüber und gewahrte gerade noch, wie sie umfiel. Zwei dieser übergroßen Ratten hatten es irgendwie in die Zentrale geschafft und sie umgebracht, auch wenn er sich nicht erklären konnte, wie. Er zog seine Waffe aus dem Holster, legte an, zielte und schoss in einer tausendfach geübten, flüssigen Bewegung.

Er traf eines der Biester direkt in die Brust. Eigentlich hatte er auf das andere, größere gezielt, aber das kleine lief ihm praktisch direkt in den Schuss. Ehe er den Abzug ein zweites Mal durchziehen konnte, spürte er, wie sich plötzlich seine Zunge selbstständig machte und in seinen Hals glitt. Entsetzt griff er sich an den Mund, aber es war zu spät.

Er ...

... bekam ...

... keine ...

... Luft.

Der Ilt mit der Nummer 8/7 und den traurigen Augen teleportierte sie in die Zentrale. »Das Schiff ist in unserer Hand«, meldete er.

Crest sah die Leichen der drei Arkoniden und schluckte schwer. Keiner hatte äußerliche Verletzungen, aber alle waren bläulich angelaufen, als seien sie erstickt.

Nurghe betrachtete Morrys Leichnam lange und nachdenklich, dann sah er 8/7 an und blickte schließlich weg, als wolle er jedes Gespräch vermeiden.

Michalowna schubste ihn in Gedanken an, aber Nurghe blockte ab. *Lassen Sie mich. Das geht Sie nichts an.*

»Sie wissen, was Ihre Mutter geleistet hat?«, fragte General Dhargan und watschelte durch die Zentrale mit einem Blick, der zu sagen schien: *Wer braucht all so was?*

8/7 schaute ihn nicht an. »Wenn das alles wäre ...?«

Nurghe wandte sich an Crest. »Sie wissen, wie ein solches Schiff geflogen wird?«

Der Arkonide nickte verwirrt. »Ja, sicher, aber ...«

»Wir werden Sie jetzt verlassen«, sagte Nurghe. »Gute Reise, wohin immer Sie Ihr Weg führt. Und wenn Sie Tramp verlassen, *schauen Sie zurück!*«

»Wir alle werden gehen«, bekräftigte General Dhargan.

»Sie können nicht auf Tramp bleiben«, sagte Crest nachdrücklich. »Dann werden Sie sterben. Kommen Sie mit uns!«

»Wir sterben nicht«, kam es von 8/7, der den Leichnam seiner Mutter aufgehoben hatte und nun auf beiden Armen trug.

»Plofre hat uns gerufen«, erläuterte Nurghe. »Wir werden gebraucht.«

Damit verschwanden die Ilts.

»Auch wir sollten uns aus dem Staub machen«, empfahl Trker-Hon. »Was immer wir hier erledigen sollten, hat sich mittlerweile erübrigt.«

»Ich übernehme die Steuerung«, sagte Crest. »Oder möchte einer von Ihnen das erledigen?«

Kapitel 20

Skelir
Berenger IV, 7. Oktober 2036

Was gibt es schon Schöneres, als das Licht der Sterne zu genießen?

Skelir dachte unwillkürlich an die Worte des jungen Menschen, der Jenves und ihn festgenommen hatte, und musste ihm recht geben. Auch ein Augenblick konnte Besun sein.

Die Fantanflunder schwebte über der Oberfläche von Berenger IV, dem größten Mond der vierzigsten Welt der Wega. Der namenlose Ort des größten, geheimsten Besun.

Ohne eine störende Atmosphäre war der Blick ins All atemberaubend. Auf Gebirgszügen malten dicke, weiche weiße Sonnenstrahlen Konturen, die wie Silberflüsse vor dem klaren, unendlichen Schwarz dahineilten. Wenn sie über den Boden glitten, wuchsen sie zu Pfützen, Seen und Meeren an, und wo ein Fuß sie traf, stob feiner Staub empor, leuchtete im fernen Wegalicht und senkte sich dann in einer unendlich langsamen Bewegung wieder herab, bis er mit den Schatten verschmolz.

Im Nachhinein schien es Skelir wie ein Wunder, dass er und Haggard sich so schnell hatten einigen können.

Nachdem Skelir gerufen hatte, war Haggard zu ihnen gekommen. »Ja? Fassen Sie sich bitte kurz. Die Patienten sind seit Ihrem Besuch in einen kritischen Zustand gerutscht.«

Skelir hatte versucht, so zu reden, wie ein Mensch reden würde, und versprochen, den vier Patienten zu helfen – unter einer Bedingung: »Ich muss dazu absolut ungestört sein und brauche mein Beiboot.«

Haggard hatte ihn lange betrachtet. Zunächst benötigte er Bedenkzeit, und er wolle sich mit einem Kollegen beraten, einem Marshall. Skelir, der nichts anderes versprach, als das, was er tatsächlich meinte, hatte nichts dagegen gehabt.

Und keine Stunde später saß er nun in seiner Flunder, die vier ehemaligen Besun an Bord. Wie konnte Haggard ihm bloß so leicht vertrauen? Er wirkte nicht wie ein Dummkopf. Ahnte er denn überhaupt nichts von der Wahrheit?

Nun gut, so sollte es schließlich sein. Jedes Volk hatte seine Geheimnisse, und solange die der Fantan gewahrt blieben, würde Skelir beruhigt schlafen können. Was wusste Jenves schon? Dessen Abschiedsworte hörte er immer noch, weil sie ihn so verletzt hatten: »Du verrätst unsere gesamte Kultur! Du bist ein Verräter!«

»Ich rette«, murmelte Skelir. »Wenn es nicht schon zu spät ist.«

Er landete die Flunder auf einem Plateau, das genau im Licht der Wega lag. Fliehen würde er nicht, dazu war die Flunder nicht ausgerichtet. Und er würde auch Jenves nicht im Stich lassen, wie dieser befürchtet hatte.

»BesunMed freisetzen!«, befahl er der kleinen Bordpositronik.

Umgehend schälte sich ein Teil der Cockpitverkleidung ab, und dahinter kam ein kapselförmiger Roboter zum Vorschein, die eine Hälfte des Gehäuses leuchtend orange, die andere hellgrün. Die Oberfläche war vollkommen glatt, nur an den beiden schmalen Enden gab es jeweils eine ringförmige Vertiefung, aus der ein Kranz feiner Fadententakel ausgefahren werden konnte.

Jedes Schiff der Fantan verfügte über einen solchen Roboter, der eigentlich keine echte Medoeinheit war: Dazu war er viel zu klein und mit zu begrenzter Rechen- und Speicherkapazität ausgestattet. Er konnte Wundplasma und Sprühpflaster aufbringen, auch desinfizieren und kauterisieren. Krankheitsdiagnosen, die Herstellung von Medikamenten und vieles andere vermochte er nicht zu vollbringen. Dazu war er aber eigentlich gar nicht gebaut. Im Grunde war es eine hoch spezialisierte Einheit, die primär Nanomaschinen programmierte und injizierte.

Den Fantan bedeutete Besun alles. Daher sicherten sie lebendes Besun mittels geschickt programmierter Nanomaschinen gegen Fremd- oder Selbstdiebstahl, Entführung oder Flucht. Wenn Besun entkam, lösten die Nanomaschinen einen überwältigenden Fluchtimpuls aus, der das Besun zurück zu den Fantan treiben würde. Und im Falle der vier Patienten hatte das, so vermutete Skelir jedenfalls, nicht richtig funktioniert. Falls er sich irrte, waren die vier so gut wie tot.

Skelir dirigierte den stumpfsinnigen kleinen BesunMed zu den vier Liegen, die im hinteren Teil der Flunder festgemacht waren. »Nano-Diagnose!«

Die Kapsel summte und stieg auf einem Antigravfeld so hoch,

dass sie alle vier Liegen erfassen konnte. Ein orangefarbener Lichtstrahl tastete die Köpfe der Patienten ab, ein grüner folgte.

»Besunschaft programmiert. Fehlerhaft.« Mehr gab der Besun-Med nicht von sich; seine Kapazität reichte nicht aus, um detaillierte Diagnosen zu stellen.

Aber immerhin stand nun fest, dass Skelir recht hatte: Die »Krankheit« der Patienten ergab sich aus der Besunsicherung.

Skelir betrachtete sie nacheinander. Vielleicht überlebten es nicht alle. Der ältere Mensch, dieser Manoli, hatte keine guten Überlebenschancen. Der Jugendliche hingegen schon. Auch der Ara. Aber was den Ilt anging ... Skelir hatte immer gefürchtet, dass ein so fremder Metabolismus sogar für die avancierten Nanomaschinen der Fantan zu verwirrend sein könnte.

»Befreie sie von der Besunschaft!«, befahl er.

Die Kapsel gehorchte umgehend. Sie schwebte von Patient zu Patient und streichelte deren Hälse mit dem grünen Tentakelkranz. In Wirklichkeit wurden durch diese Bewegung neue Nanomaschinen injiziert, wunderbar programmierte Jäger, die sich in den Blutbahnen zum Gehirn transportieren lassen würden, um alle anderen Nanomaschinen mit Fantansignatur zu zerstören, ehe sie sich selbst allmählich im Blut zu harmlosen organischen Reststoffen zersetzten.

Danach hieß es nur noch abzuwarten. Skelir hatte nicht viele Erfahrungen mit dieser Prozedur. Theoretisch war sie ihm bekannt, aber praktisch war er nie in die Verlegenheit gekommen, ein Besun wieder von den Maschinen zu befreien.

Es dauerte länger als gehofft, aber wesentlich schneller als befürchtet zeigten sich Erfolge. Zuerst schlug ausgerechnet der Patient die Augen auf, den er für am wenigsten widerstandsfähig gehalten hatte.

Eric Manoli setzte sich auf. »Wo bin ich?« Er sah den Fantan und fügte hinzu: *»Porca miseria!* Nicht schon wieder!«

Skelir wünschte sich eine Mimik wie die der Menschen, um besser mit ihm kommunizieren zu können.

»Seien Sie unbesorgt, Mensch Manoli. Die Zeit Ihrer Besunschaft ist vorbei, Sie selbst haben sie beendet. Aber Sie waren sehr krank. Eine Infektion, die Sie sich auf Myranar zugezogen haben müssen. Ich bedaure das sehr. Aber wie Sie sehen: Ich konnte Sie heilen.«

»Ich glaube, ich erinnere mich. Es ... kam ganz plötzlich. Gucky war bei mir.«

»Auch er befindet sich auf dem Weg der Besserung. Ebenso wie die anderen.«

Manoli setzte sich aufrecht hin, drückte den Rücken durch und sah sich um. Er musterte den schweißgebadeten Sid. »Sie sind sicher, dass es ihnen besser gehen wird?«

»Es gibt keine gegenteiligen Anzeichen. Allerdings ...«

»Ja?« Plötzlich war Manoli alarmiert. Misstrauisch.

»Allerdings muss ich annehmen, dass Sie *alle* infiziert wurden. Auch die anderen beiden ... Dieses Mädchen ... Sue hieß sie, richtig? Und Reginald, der etwas Kompaktere? Wir müssen ihnen ebenfalls helfen.«

»Das wird schwer möglich sein.« Manoli schloss die Augen. »Sie sind nicht hier.«

Skelir gab sich Mühe, sein Entsetzen nicht zu zeigen. *Ich habe euch um Sues willen geholfen. Weil ich ihr helfen will. Weil sie es verdient hat.*

»Wir müssen sie benachrichtigen.«

»Ich fürchte, das steht nicht in unserer Macht. Sie sind vor ... drei Wochen, glaube ich ... durch einen Transmitter gegangen und seitdem nicht zurückgekehrt.«

»Sie könnten Ihnen folgen«, schlug Skelir vor.

»Wenn es so einfach wäre! Das Ziel, auf das der Transmitter programmiert war, reagiert nicht mehr. Und kein anderer Transmitter, den wir kennen, führt das Ziel auf. Perry und seine Kameraden sind verschollen. Wir sind vollkommen hilflos.«

Skelir hörte, wie seine Blutklappen flatterten. *Nein! Sue verschollen, Sue tot, Besun zerstört, Besun verraten, Besun vernichtet ... Nein, das darf nicht sein!*

Laut sagte er: »Das mag für Sie gelten, Mensch. Bitte, teilen Sie Haggard mit, dass alles in Ordnung ist. Das sollte ihn beruhigen.«

Manoli starrte ihn verwirrt an. Diese gallertigen Menschenaugen, so abscheulich sie auf den ersten Blick waren, hatten etwas seltsam Fesselndes an sich. »Aber ... wenn Sue und Reg zum Tod verurteilt sind, ist definitiv nicht alles in Ordnung. Sie können nicht von mir verlangen, in einer so wichtigen Frage zu lügen!«

Skelir schüttelte sich. »Ich verlange das nicht. Ich glaube, ich kann Ihnen helfen. Mein Besun kann Ihnen helfen. Vertrauen Sie mir, ja?«

»Wieso sollte ich das tun?«

»Weil ich Sie gerettet habe?«, fragte Skelir zurück. Er rief eine Stellarkarte des Wegasystems auf und zoomte Berenger heran.

Eric Manoli schüttelte den Kopf. »Nennen Sie mir einen besseren Grund. Einen, den ich glauben kann.«

Stures Besun! Zum Glück wussten die Menschen nicht, wie Fantan seufzten. *Also schön ... ich bin weit gegangen, aber nicht weit genug. Geheimnisse werden aufgedeckt.*

»Weil es um Sue geht.«

Der Mensch zögerte. Dann nickte er. »Wissen Sie was? *Das* glaube ich Ihnen. Wohin fliegen wir?«

»Ich sagte doch schon: Vertrauen Sie mir. Bleiben Sie bitte bei den anderen und achten Sie darauf, wann sie erwachen. Es sollte bald so weit sein.«

Skelirs Flunderschiff hob von der Mondoberfläche ab und nahm Kurs auf einen anderen der sechs Trabanten des Riesenplaneten Berenger.

Dort wartete das Besun, das Sues Leben retten konnte.

Gemeinsam betraten der Fantan und der Arzt die riesige Höhle.

»Danke!«, sagte Eric Manoli. »Danke für alles. Ich glaube, ich weiß, was Sie das gekostet hat.«

Skelir drehte seinen Zylinderleib einmal hin und einmal her. »Sind Sie sicher, dass Sie es allein schaffen werden? Wollen Sie nicht auf Gucky warten? Oder wenigstens Sid?«

»Vollkommen.«

»Sie werden Sue finden? Sie retten?«

Manoli nickte. »Vertrauen Sie mir, ja?«, wiederholte er Skelirs Frage, was dieser sofort erkannte. Der Mensch schien zumindest ansatzweise den Humor der Fantan nachzuvollziehen. Er war ein gutes Besun gewesen, so viel stand fest. Dank des Translators, den er sich injiziert hatte, klang der Satz für den Fantan nur allzu vertraut.

Manoli schien auf etwas zu warten. »Ich werde tun, was ich kann.« Er überprüfte die Systeme seines Kampfanzugs. »Sie haben da unter der Nase der Ferronen ein wirklich außergewöhnliches Besun versteckt, nicht wahr? Was werden die anderen sagen, wenn sie erfahren, dass Sie mich an diesen Platz gebracht haben? Zu Ihrem wertvollsten Besun überhaupt?«

»Vertrauen Sie mir. Die anderen lassen Sie meine Sorge sein.« Der Fantan schnaubte. »Retten Sie Sue. Los doch, gehen Sie schon!«

Vertrauen ... so simpel wie schwierig. Und dennoch eine Urkraft des Kosmos, die alles durchdringen muss, was zusammenhalten soll, der Entropie zum Trotz. Skelir schmunzelte auf fantantypische Weise. *Auch wir mussten das lernen und lernen immer noch. Vertrau dem Richtigen, und du gewinnst viel. Vertrau dem Falschen, und du verlierst alles, während er alles gewinnt. Misstraue jemandem, und du kannst alles haben. Oder alles verlieren.*

»Mensch?«, fragte er.

Manoli drehte sich um. »Doktor Manoli.«

»Doktor Manoli, meinte ich«, korrigierte sich Skelir. *Ein gutes Besun, fürwahr.* »Ich vertraue Ihnen.«

Manoli verneigte sich knapp vor dem Fremden, und dann trat er durch den kathedralentorförmigen mattweißen Bogen des Transmitters ...

Kapitel 21

Agidus da Andeck
Kedhassan, Tag 4, Mittag

Langsam erhob sich die riesige Metallscheibe aus den Dünen Kedhassans. Machtvolle Gravitationsneutralisatoren ermöglichten die Bewegung. Der abgelagerte rote Sand geriet ins Rutschen und rieselte an der stählernen Haut herab wie getrocknetes Blut.

Agidus da Andeck thronte gleichmütig lächelnd auf dem Kommandantensessel; er genoss es, als Erster die kriegsentscheidende Waffe in Aktion zu sehen. Vielleicht würde sie ihm dann vergeben. Vielleicht würde er sich *selbst* vergeben.

Manchmal wachte er nachts auf, einfach so, und sah sie neben sich liegen. *Jamila.*

Seine Hand tastete nach ihrem schönen weißen Körper, den sie selbst gering schätzte, weil er nicht perfekt war. Aber was war schon perfekt?

Anfangs hatte er gedacht, ihre Liebe sei es. Doch er hatte sich getäuscht.

Die Tage waren vergangen, hatten sich zu Monaten verknotet und waren dann zu Jahren geronnen, die an ihm klebten wie blättrige Firnis. Er hatte versucht, ihr alles zu geben, aber nie sich selbst. Er war sich selbst stets zu wertvoll gewesen, um sich unterzuordnen.

Oh ja, er hatte geliebt. Sie, sich selbst, seinen Posten, seine Karriere. Jamila hatte irgendwann aufgehört, ihm zu glauben.

Er wusste noch genau, wie es geschehen war. Jamila war mit den Zofen und den Kindern auf Maras gewesen, und er hatte sie besuchen wollen. Sie musste gespürt haben, wie ernst es ihm war, und sie musste gewusst haben, dass wieder einmal etwas dazwischenkommen würde. Wie immer.

Tatsächlich war ihm etwas dazwischengekommen: sein Kommando über die PESKAR. Er wollte es Jamila mitteilen, aber sie hatte schon nach dem ersten Satz den Kopf zurückgeworfen in dieser herrischen, unnachahmlichen Bewegung, für die er sie so oft gehasst wie geliebt hatte, und die Verbindung unterbrochen.

Agidus da Andeck hatte die PESKAR übernommen, der Jungfernflug des neuen Kommandanten sollte direkt nach Maras führen.

Nur: Als er die Welt erreichte, gab es Maras bereits nicht mehr. Im Orbit hingen fünfzig Schiffe der Methans und spien die Feuer der Vernichtung über den paradiesischen Urlaubsplaneten, mit dem sie selbst gar nichts anfangen konnten. Niemand hatte geahnt, dass sie einen Vorstoß in diese Richtung unternehmen würden; alle hoch bezahlten Strategen des Imperiums hatten diese Option übersehen.

Niemand hatte überlebt, der sich zum Zeitpunkt des Überfalls auf Maras aufgehalten hatte, die Oberfläche war vollkommen zerstört, Wirbelstürme und Erdbeben veränderten das Gesicht der einst so wunderschönen Welt noch lange, nachdem die Methans vertrieben worden waren.

Seitdem hatte sich auch Agidus da Andeck verändert.

Alle glaubten, dass Jamilas Tod ihren Mann geprägt hatte und er deswegen so unnachgiebig geworden war, wenn es um den Krieg ging.

Aber sie wussten *nichts.*

Es war nicht Jamilas Tod, der ihn verfolgte. Es war nicht einmal der Umstand, dass sie nicht mehr miteinander gesprochen hatten, wie liebende Eheleute das sollten. Selbst das wog leichter als sein eigentliches Gefühl der Schuld.

Denn er war nicht Jamilas wegen so begierig gewesen, nach Maras zu gelangen. Nein: Er hatte sich auf Utuna gefreut. Auf Jamilas Zofe.

Ich werde dich rächen, dachte er. Er würde es sein, der die Waffe nach Arkon brachte, mit der die Methans vernichtet und in die Knie gezwungen werden konnten.

Und seine Gespenster würden ihm vergeben.

Lange Reihen farbiger Lichter verrieten die eingeschalteten Systeme: Blau stand für die Aggregate, die den Weltenspalter mit starken Energieschirmen schützten, da seine materielle Panzerung beinahe lächerlich dünn war. Türkis symbolisierte den offensiven Teil des Waffensystems und beanspruchte die größte Zahl an Kontrollleuchten, während Weiß die verfügbare Leistung des Konservierungsschirms angab; beide Werte mussten gleich sein, damit das zerteilte Objekt nicht vollkommen zerstört wurde. Grün stand für Lebenserhaltung, Orange für Sensoren, Gelb für Kommunikation, Rot für den Antigravantrieb, Purpur für die Feldtriebwerke des Unterlichtantriebs und Violett für den Überlichtantrieb.

»Es ist erstaunlich, dass eine solche Waffe mit so wenig Personal auskommt«, sinnierte da Andeck. »Wenn man auch mehr als zwei Arme dafür benötigt. Nehmen Sie Kurs auf Suleys, Orgh!«

»Bestätigung der Befehlsausführung.« Gal-Enn verschob einige Regler, bis mehr purpurne als rote Lichter zu sehen waren. Er griff nach einer frei in der Luft schwebenden Kugel mit zahlreichen Griffmulden, als sei sie für eine vielfingrige Hand vorgesehen. Als der Weltenspalter den Energieschirm, der Kedhassans Atmosphäre bislang noch hielt, durchdrungen hatte, bildete sich um die Schwebekugel ein Holokubus, in dem als Miniaturabbildung das Kedsystem erschien. Ein pulsierender orangefarbener Punkt markierte ihre gegenwärtige Position. Fremde Schriftzeichen tauchten auf.

»Eine Automatiktranskription fand bislang keinerlei Basis für eine störungsfreie Applikation, allerdings habe ich eine niederrangige Prioritätseinstufung vorgenommen.« Gal-Enn tippte mit einer freien Hand auf einen stilisierten weißen Planeten, der sofort von einem orangefarbenen Kreis umgeben wurde. »Die relative Unnötigkeit basiert auf dem hohen Grad an Intuitivsteuerung.«

»Langweilen Sie mich nicht mit einem Katalog Ihrer Beschränktheiten, aus denen Sie Tugenden zu machen versuchen, sondern befolgen Sie meine Befehle! Es steht viel auf dem Spiel – für Sie *und* das Imperium.«

Wie hätte ein Orgh das jemals vergessen können!

»Zeigen Sie mir ein Echtzeitholo unserer Zielwelt!«

Gal-Enn
Kedhassan, Tag 4, Mittag

Gal-Enn steuerte den Weltenspalter mittels Berührung der Schwebekugel durch das Kedsystem, während Shaftgal-Xarr die Sensordaten in das Hauptholo einspeiste. Die Orgh fühlten sich mehr denn je als Sklaven des Imperiums.

Ja, Gal-Enn verstand, dass die Arkoniden aus einer absoluten Notlage heraus handelten. Ihr ganzes Volk würde untergehen, falls sie den Krieg verlören. Es war eine vollwertige Primärkollision, und *jedes* Vorgehen, das den Konflikt auf eine niederrangige Ebene schaffte, war legitim. Die Orgh würden genauso handeln.

Es fehlte ihnen lediglich eine Möglichkeit, dieser Kollision auszuweichen. Die Existenz ihres Volkes musste gesichert werden – und wenn sie dazu eine planetenvernichtende Superwaffe zusammenbauen mussten, sollte es so sein. Nichts war so wichtig wie der Bestand der Orgh-Zivilisation.

Sie dürfen sich nicht ablenken lassen, sendete Shaftgal-Cull, der die Triebwerksenergie regelte.

Verzeihen Sie mir. Wenn wir versagen, enden wir wie die Ilts als nutzlos gewordene Instrumente der Arkoniden.

Dann dürfen wir eben nicht versagen. Nicht noch einmal. Nicht wie bei der falschen Kommission.

Ich fürchte, das ist septär, sagte Shaftgal-Xarr.

Sie glauben nicht mehr an die Gnade der Arkoniden?, spöttelte Shaftfal-Cull.

Haben Sie nicht aufgepasst, was auf Kedhassan geschieht?, fragte Gal-Enn empört zurück. *Ohne eigene Primär- oder wenigstens Sekundärkollision haben die Arkoniden entschieden, eine Primärkollision bei den Ilts herbeizuführen. Sie sind zu fremd für uns, wir können sie nicht verstehen!*

Suleys zeigte sich im Hauptholo: eine von Gletschern bedeckte Welt, auf der jedes Leben, falls es jemals existiert haben sollte, längst erfroren war und unter kilometertiefem Eis begraben liegen musste. Für Gal-Enn war es nur eine Welt wie viele andere.

»Die Ankunft im Orbit von Suleys erfolgt in wenigen Minuten«, verkündete er. Vom gegenwärtigen Aufenthaltsort Kedhassans war die Eiswelt nur einen winzigen Schritt durch den Weltraum getrennt.

»Geben Sie mir einen Statusbericht!«, verlangte da Andeck.

Gal-Enn zeigte ihm, wie immer mehr türkisfarbene Lichter auftauchten. Es wäre weitaus schneller gegangen, wenn nicht zeitgleich die Menge der weißen Lichter hätte erhöht werden müssen. Dieser Gleichschritt war unbedingt nötig.

»Ist die Produktion der Anlagen zur Aufrechterhaltung des Konservierungsschirms angelaufen?«

»Die Abgeschlossenheit des Produktionsprozesses für die suleysrelevanten Anlagen fand bereits Dokumentation«, antwortete Gal-Enn.

Der Weltenspalter konnte nur für kurze Zeit den Energieschirm erzeugen, der den Zusammenhalt der beiden planetaren Halbkugeln und den Bestand der Atmosphäre gewährleistete. So schnell wie möglich mussten die Generatoren auf den Weltenhälften verankert werden, die die einmal geschaffene und vom Weltenspalter justierte Energieglocke aufrechterhielten.

Glauben Sie, die Arkoniden würden Methanwelten konservieren?, fragte Shaftgal-Cull.

Ich glaube, was das Imperium betrifft, nichts mehr, antwortete Gal-Enn. *Ich vermag keine qualifizierte Wahrscheinlichkeitseinstufung vorzunehmen.*

Sie brauchen mich nicht zu täuschen. Sie gehen von der vollständigen Vernichtung unseres Volkes aus.

Wie sollen wir entkommen? Wie die Königin retten, die so weit entfernt von uns ist?

Shaftgal-Cull schwieg. Alles wurde immer schlimmer für die Orgh, und jeder Schritt, der sie retten sollte, brachte sie der Vernichtung näher.

»Sie erhalten Nachrichten von Kedhassan«, sagte Shaftgal-Cull laut und fügte etwas verspätet die Anrede an. »Hoher Inspekteur.«

Agidus da Andeck schien den kleinen Fehler nicht zu bemerken. »Ich will um der Karriere des Anrufers willen hoffen, dass es relevant genug ist, diesen Moment zu stören. Wir stehen an einem Scheideweg der Geschichte! Stellen Sie den Anruf durch!«

»Kommandant da Andeck, endlich«, sagte eine helle Stimme. Gal-Enn identifizierte die Arkonidin sofort: Es war die Erste Offizierin der PESKAR, Auriga da Kamar.

»Ich hoffe, Sie haben einen guten Grund, mich zu stören!« Da Andecks Stimme grollte.

Die Arkonidin gab ein Geräusch von sich, das der Orgh als *Lachen* einstufte – eine merkwürdig unpassende Reaktion. »Es ist sogar mehr als einer. Es geht um die Ilts.«

»Deswegen stören Sie mich? Hat etwa eines der Biester unsere Säuberung überlebt?«

»Eines? Hunderte!« Auriga da Kamars Stimme klang schrill.

Agidus da Andeck beugte sich im Kommandantensessel vor. »Hatte ich keine klaren Anweisungen hinterlassen? Der Imperator wird nicht amüsiert sein! Sie, die Kampfroboter und die Orgh sind mehr als genug, um ein paar Ilts zu beseitigen!«

»Sir, es sind keine Tiere. Oder jedenfalls die raffiniertesten, die mir je untergekommen sind.«

»Kommen Sie zum Punkt!«

Die Erste Offizierin gab wieder dieses *Lachen* von sich, diesmal höher, schriller als zuvor. »Die Ilts setzen sich zur Wehr, Kommandant! Und ... sie sind ausgebrochen und greifen nun ihrerseits an.«

Da Andeck atmete tief aus. »Überlassen Sie die Ausbrecher den Orgh. Ziehen Sie sich auf das Schiff zurück.«

»Sir, Sie *verstehen* nicht. Die Ilts *greifen die PESKAR an!*«

Der Kommandant schlug mit der flachen Hand auf eine Sessellehne. »Jetzt ist es aber genug! Sie sind eine Repräsentantin des Großen Imperiums von Arkon, verhalten Sie sich gefälligst auch so! Sie verfügen über einen Schlachtkreuzer – setzen Sie ihn ein, statt sich vor ein paar Halbtieren zu ängstigen! Das sind keine Methanatmer!«

Die Offizierin schluckte schwer. »Na... natürlich. Entschuldigen Sie. Die Ereignisse der letzten Tage ...«

»Wir sprechen später darüber. Tun Sie Ihre Pflicht!« Er lehnte sich in seinem Sessel zurück, zögerte kurz. »Ich vertraue Ihnen«, schob er nach, ehe er die Verbindung beendete.

»Sind sämtliche Systeme betriebsbereit?«

Gal-Enn suchte fieberhaft nach einer Ausrede. »Ja«, sagte er dann.

Gleißende Funken rasten um den Rand des Weltenspalters, berstend vor Energie, und es wurden immer mehr. Alles war wie in der Simulation und doch vollkommen anders.

Keine Simulation hatte Gal-Enn und Shaftgal-Cull darauf vorbereiten können. Diese enormen Geschwindigkeiten, diese unglaublichen Messwerte! Ihre hoch entwickelten Komplexaugen nahmen die Ereignisse in einer Detailschärfe wahr, die einem Humanoiden nicht ansatzweise gegeben war.

Agidus da Andeck konnte die gefährliche, zerstörerische Schönheit des Weltenspalters nicht einmal annähernd erfassen. Die Wände der Zentrale knisterten, als stünden sie unter enormem Druck, als spürten sie, was in der Luft lag.

Ein blauweißer, blendender, rotierender Ring umgab den Weltenspalter nun für den Blick des Arkoniden. Die Orgh sahen deutlich die nur durch Bruchteile von Millimetern voneinander getrennten Energiekugeln, die in jeder Sekunde schneller wurden.

Gal-Enn zoomte in dem Steuerholo den Planeten dichter heran und drückte einige der Griffmulden seiner Schwebekugel. Linien erschienen auf der Simulation. Der Gal justierte ein wenig nach, dann betätigte er die entscheidende Schaltung.

Und Suleys zerfiel in zwei Halbkugeln, getrennt durch diese eine gewaltige Energieklinge, die weniger als einen Atemzug existiert hatte.

»Stoppen Sie die Netzbildung!«, befahl da Andeck.

»Der Zusammenhalt der planetaren Hälften ist dann nicht zu gewährleisten«, wagte Gal-Enn einzuwenden.

»Tatsächlich? Ist das so?« Der Arkonide stand auf. »Lassen Sie uns sehen, was nun geschieht.«

»Bestätigung der Befehlsdurchführung.«

Gal-Enn blieb kühl. Suleys' Bedeutung war weniger als septär.

Das ist unnötig, meldete sich Shaftgal-Cull.

Unnötig? Nicht, wenn es nach den Arkoniden geht.

Er beobachtete die Anzeigen. Dort draußen floss die letzte, scheinbar unlöschbare Hitze des vereisten Planeten aus dem gespaltenen Kern. Es war ein Farbwechsel, der beinah an Kedhassan erinnerte: Das Rot glutflüssigen Magmas wurde schwarz, der zähflüssige Strom erstarrte und zerbröckelte. Kein Energieschirm hielt und schützte das planetare Innere, packte auch nicht die Atmosphäre und fesselte sie an die Welt, der sie entstammte.

Der Orgh glaubte beinah die Töne zu hören, als der Weltraum die Gase verschluckte, wie das Eis von Suleys konfrontiert wurde mit der absoluten Kälte des Alls und knallend zerbarst, wie die Berge zerfielen und zermalmt wurden. Suleys starb einen schnellen, derben Tod; diese Welt musste nicht so lange leiden wie Kedhassan, dessen Energieschirm immer schwächer wurde. Nicht lange, und Kedhassan würde sein endgültiges Ende finden.

Agidus da Andeck schluckte schwer. »Beeindruckend«, sagte er, aber seine Stimme klang dünn und falsch.

Begriff er, was er da unter seinem Kommando hatte? Welche Macht er einsetzen konnte?

»Die Methans wissen noch gar nicht, was auf sie zukommt ...« Der Arkonide klang triumphierend.

»Verzeihung, aber das sollten Sie sich anhören«, meldete Shaftgal-Xarr.

»Was?«

»...ruf. Wiederhole: PESKAR benötigt Hilfe. Sie kommen. Die letzte Schleuse ...«

»Spielen Sie die gesamte Nachricht ab!«, forderte der Arkonide.

»Es tut mir leid. Das *ist* die gesamte Nachricht«, beschied ihm Shaftgal-Xarr.

»Das gibt es nicht! Wir kehren sofort nach Kedhassan zurück.

Orgh, machen Sie den Weltenspalter bereit. Volle Energie auf alle Systeme. Schutzschirme, Antrieb, Waffensystem!«

»Bestätigung der Befehlsdurchführung«, sagte Gal-Enn ruhig und griff nach der Schwebekugel, um die gewaltige Scheibe zum Planeten der Ilts zurückzufliegen.

»Das ist interessant. Wir brauchen uns nicht mehr zu beeilen«, sagte Shaftgal-Xarr. »Die PESKAR ist gestartet und fliegt uns entgegen.«

»Zeigen Sie mir die Aufnahmen!«, forderte da Andeck.

Wortlos projizierte der Orgh die Ortungsdaten als dreidimensionale Schemazeichnung.

»Funkverbindung herstellen!«, befahl der Arkonide.

Shaftgal-Xarr betätigte einige Schaltungen. »Die PESKAR antwortet nicht«, meldete er dann.

Da Andeck schlug mit einer Faust auf die Sessellehne. »Das sind nicht meine Leute«, behauptete er. »Sie würden keine Sekunde zögern, mir zu antworten. Es sind diese verdammten Ilts!«

Gal-Enn federte ungläubig in den Beinen. »Eine Bemannung eines Kreuzers durch diese Tiere ... erscheint mir eine Unmöglichkeit.«

»Das ist mindestens so unmöglich wie der Umstand, dass sie die PESKAR offensichtlich fliegen können. Und doch ist es so. Dass sie auf uns zusteuern, kann nur einen Grund haben: Sie wollen den Weltenspalter vernichten.«

»Das ist eine Sache der Unmöglichkeit«, entfuhr es Gal-Enn. »Unsere Schutzschirme ...«

Da Andeck nickte und stand auf. »Ganz recht. Was für ein erbärmlicher Versuch! Diese Halbtiere werden sterben. Lassen Sie die PESKAR herankommen! Und dann: *Vernichten* Sie sie. Setzen Sie den Weltenspalter ein! Was für einen Planeten gut genug war, wird auch für ein Kriegsschiff reichen!«

Gal-Enn nahm einige Schaltungen vor. Lichter erloschen. »Bestätige Befehlserhalt.«

Hört mich, Gelegegeschwister, Kinder der Großen Mutter. Ich ordne die quintäre Ebene dem Primärziel unter. Mein Leben für die Orgh.

Wir verstehen dich, sagten Tausende Stimmen, die trotz der Entfernung zu Kedhassan so nah waren, als trennte kein Abgrund schwarzer Kälte die Orgh voneinander. *Du warst ein großer Gal, die Königin wird davon hören, selbst wenn wir sterben. Wir erhöhen deinen persönlichen Ruhm, deine quintäre Ebene wird nicht vergehen.*

Ich danke euch.

Und ich danke euch, Shaftgal-Xarr und Shaftgal-Cull. Er drehte sich langsam zu Agidus da Andeck um, bis er dem Arkoniden die Brust zuwandte.

Dieser wandte langsam den Kopf. »Ja? Was ist denn noch?«

Die PESKAR raste heran.

Eines nach dem anderen erloschen die Rubinlichter, die für die Stärke des Schutzschirms standen, die blaue Energieanzeige für den Weltenspalter sank ebenfalls.

»Du nutzloses kurzsichtiges Insekt! Du sollst *feuern!«,* brüllte da Andeck und machte einen Satz auf die Regelungsstation zu.

Vier Chitinarme schossen schneller vor, als der Arkonide reagieren konnte.

Ja, unsere Bewegungswahrnehmung übertrifft eure bei Weitem, dachte Gal-Enn zufrieden, während Shaftgar-Cull den Arkoniden wegzerrte. *Und das ist es, was jetzt – zuletzt – zählt.*

Die PESKAR flog über den Weltenspalter hinweg, der nackt und schutzschirmlos durch den Weltraum driftete. Ihre Energiestrahlen und Plasmageschosse ließen nichts von der unheimlichen Waffe eines vergessenen Volkes übrig.

Die Zeit der Erpressung war vorüber. Die Orgh waren frei.

Kapitel 22

Crest
Kedhassan, Tag 4, Mittag

Tatjana Michalowna krümmte sich zusammen. Sie keuchte vor Schmerz.

Trker-Hon packte sie an den Schultern, ehe sie umfallen konnte. »Was haben Sie?«

Crest, der an den Kontrollen der PESKAR-XXV saß, drehte den Kopf. Auf seiner Miene zeichnete sich Besorgnis ab.

»Es ... Ich hatte gerade ... einen mentalen Kontakt. Eine Gedankenbotschaft der Orgh, die so stark war, dass sie mich mit sich fortriss! Gal-Enn ... steht im Begriff ...«

»Beruhigen Sie sich!«, forderte Trker-Hon und drückte sie in einen Sitz. »Ich hole Ihnen etwas Wasser. – So etwas werden historische arkonidische Getränkespender sicherlich zuwege bringen«, setzte er murmelnd hinzu.

»Wir haben keine Zeit. Ich muss ...«

»Gal-Enn befindet sich an Bord des Weltenspalters, nicht wahr?«

»Er soll die PESKAR vernichten«, flüsterte Michalowna. »Die PESKAR mit all diesen Ilts an Bord. Der Plan dieses Plofre muss aufgegangen sein. Hätten Sie geglaubt, dass eine Horde Pelztiere einen Schlachtkreuzer des Großen Imperiums erobern könnte?«

»Ich hätte nicht einmal geglaubt, dass ich eines Tages gegen mein eigenes Volk würde handeln müssen«, sagte Crest. »Können Sie sich mit den Ilts in telepathische Verbindung setzen? Auf mein Sendesignal reagieren sie nicht.«

»Ich weiß nicht, ob die Zeit reicht und ob ich die Entfernung überbrücken kann.«

Crest betätigte einige Schaltungen. Auf einer milchweißen Wandverkleidung erschien darauf ein zweidimensionales Bild, das die furchterregende Waffe zeigte, wie sie geradewegs auf die PESKAR zukam.

»Soll es so enden?«, fragte Trker-Hon. »Mit der Vernichtung eines ganzen Volkes?«

»Nein«, sagte Michalowna. »Es endet ... gleich.«

»Das gibt es nicht!«, entfuhr es Crest. Er verfolgte anhand der Instrumente, wie sich plötzlich der Energieschirm des Weltenspalters abbaute. »Was geschieht dort?«

»Gal-Enn«, flüsterte Tatjana Michalowna.

Dort, wo bis vor Sekunden noch der Weltenspalter gewesen war, breitete sich eine Wolke glühender Gase aus.

Die PESKAR raste hindurch, drehte und flog zurück Richtung Tramp. Ein Holo leuchtete auf, und Nurghe blickte die drei Zeitreisenden an.

»Danke für Ihre Vermittlung«, sagte er. »Auch im Namen Plofres. Wir kehren jetzt zurück und säubern das System von anderen arkonidischen Beibooten. Wenn wir das erledigt haben, werden wir Verhandlungen mit den Orgh beginnen. Ihnen aber wünschen wir eine gute Weiterreise. Vielleicht führen uns die Sternenwinde eines Tages wieder zusammen.«

Er wandte sich ab, als wolle er die Verbindung unterbrechen. In letzter Sekunde verharrte er. »Ehe Sie unser System verlassen – und ich bin sicher, Sie werden es verlassen wollen –, sollten Sie meinen Rat von vorhin beherzigen und sich unseren Planeten ansehen. Es lohnt sich. Vielleicht verstehen Sie dann ...« Mit diesen Worten erlosch die Verbindung.

»Crest? Können Sie ein Realbild des Planeten erzeugen?«

Crests Finger wanderten geschickt über das Bedienfeld. »Ich muss nur einige Ortungsergebnisse einspeisen. Dann sollte ... Moment. Da liegt wahrscheinlich ein Fehler vor.«

Der Arkonide beugte sich vor, schüttelte den Kopf. Wieder glitten seine Finger über das Bedienfeld, hektischer diesmal. Und wieder schüttelte er den Kopf.

»Was ist?«, erkundigte sich Trker-Hon.

»Ich zeige es Ihnen.« Crests Stimme war beherrscht.

Aus dem Weltraum begriffen sie nun, welches Geheimnis Kedhassan – oder Tramp – die ganze Zeit vor ihnen verborgen gehalten hatte.

»Wir haben es nicht begriffen, obwohl es Hinweise gab«, flüsterte Crest.

Die Sonne, die stationär wirkte, die plötzlichen Tag-Nacht-Wechsel, die flackernden Himmelslichter – sie hatten zwar vermutet, dass Tramp keine Eigenrotation aufwies, aber das Entscheidende hatten sie übersehen, so unübersehbar es eigentlich war: den Weltenspalter.

Sie hatten sich nicht gefragt, wieso er ausgerechnet auf Tramp gefunden worden war.

Und nun sahen sie es: Tramp war kein Planet im strengen Sinne mehr.

Er wurde von einer Energiehülle umgeben, ohne die diese Welt schon lange ihren Tod hätte akzeptieren müssen. Die Heimat der Ilts war nur noch eine Halbkugel! Der Planet war in der Mitte durchgeschnitten und mittels eines Energieschirms stabilisiert worden, der seine tektonische Struktur erhielt und die Atmosphäre am Entweichen hinderte.

»Ich fürchte, wir sehen das vorletzte Experiment des Weltenspalters vor uns«, sagte Crest. »Danach müssen die unbekannten Erbauer – oder ihre Gegner – diese Waffe auf Tramp als Ort des letzten Einsatzes gelassen oder dort versteckt haben. Bis die Orgh und die Arkoniden sie wiederfanden.«

»Was für eine faszinierende Technologie«, sagte Trker-Hon versonnen. »Sehen Sie nur, die Struktur des Schutzschirms. Wer weiß, wie viele Jahrhunderte er Kedhassan ... Tramp schon stabilisiert?«

»Es würde sich gewiss lohnen, die entsprechenden Anlagen zu untersuchen.« Crests Augen leuchteten. »Ein faszinierendes Forschungsprojekt.«

Aber wo war die zweite Hälfte dieser Welt geblieben?

Michalowna klatschte in die Hände, um die Aufmerksamkeit der beiden alten Gelehrten auf sich zu ziehen. Sie deutete auf einen Monitor, der sich mit allerlei Schriftzeichen füllte.

»Wir werden all diese Rätsel erst einmal hinter uns zurücklassen müssen. Wir bekommen Besuch.«

»Ich verstehe«, sagte Crest nach einem raschen Blick darauf.

Im nächsten Moment schlugen die Strukturtaster aus. Im gleichen Augenblick kamen wie Geister aus dem leeren Weltraum sechs gewaltige kugelförmige Schlachtschiffe herangeflogen, aus allen Himmeln gestürzt. Arkon hatte dem unglücklichen da Andeck Unterstützung geschickt! Zu spät für den Kommandanten und zu spät für den Weltenspalter ...

Fünf der stählernen Giganten setzten sofort Kurs auf Tramp und die PESKAR, deren Besatzung die Gefahr noch nicht bemerkt zu haben schien, weil sie gerade vollauf damit beschäftigt war, Beiboote zu jagen.

»Senden Sie sofort eine Warnung an die Ilts!«, rief Michalowna.

»Dazu bleibt keine Zeit«, sagte Trker-Hon. »Crest hat genug damit zu tun, uns sicher von hier fortzubringen.«

Sie blickte auf die Ortungsanzeigen. Das sechste Schlachtschiff näherte sich ihnen. Jemand versuchte, Funkkontakt aufzunehmen.

»Weg hier!«, flüsterte sie. »Wir können unmöglich antworten.«

Crests Hände fuhren über die Steuerung. »Sie haben recht. Wir können das, was hier geschah, nicht erklären. Maximale Beschleunigung, alle weitere Energie in die Schutzschirme. Blindtransition vorbereiten.«

Die PESKAR-XXV bekam einen heftigen Schlag ab, sodass Trker-Hon und Michalowna sich festhalten mussten.

»Was war das?«, fragte die Telepathin.

»Sie haben das Feuer auf uns eröffnet«, gab Crest zur Antwort. »Wir brauchen noch ein paar Sekunden.«

»Vielleicht bleiben die uns nicht einmal!« Trker-Hon zischte. »Arkonidische Schlachtschiffe sind für ihre Feuerkraft und Zielgenauigkeit bekannt.«

»Ich setze all meine Hoffnung darauf, dass die Besatzung des Kriegsraumers versuchen wird, uns lahm zu schießen und uns zu verhören«, gestand Crest. Er gab ein paar andere Daten in die Steuerung ein, und plötzlich flog die PESKAR-XXV einige unvorhersehbare Schlenker.

Meterdicke Strahlbahnen zischten an ihr vorbei, manche so dicht, dass die Hitze bereits an der Hülle knabberte und die Beschichtung Blasen schlagen ließ.

»Crest!«, rief Michalowna.

Der alte Arkonide schloss die Augen. Er sah aus wie ein Mann, der Frieden mit sich selbst gefunden hatte.

Das Schlachtschiff kam immer näher.

»Transition – *jetzt!*«

Admiral Goslo da Shavinos schäumte vor Wut. Er war zu spät gekommen, weil er dem Mann, der einmal sein Schwiegersohn gewesen war, mehr zugetraut hatte.

Wer immer das Desaster von Kedhassan zu verantworten hatte, war verschwunden.

Der Hohe Kommissar Harlan da Shavinos – sein Vater – war tot. Wie Jamila. Wie Agidus da Andeck. Wie zahlreiche Karrieren. Wie die Siegchance, die der Weltenspalter verheißen hatte.

Die PESKAR war fort. Die einzige Spur führte über das Beiboot, das offenkundig nicht länger mit Arkoniden besetzt war.

Die Feuerfinger des Kriegsschiffes fassten ins Nichts. Dort, wo eben noch das Beiboot geflogen war, herrschte nun gähnende Leere.

Die PESKAR-XXV war entkommen – aber wohin?

Wim Vandemaan

Zisternen der Zeit

Kapitel 1

Rhodans Abstieg

Perry Rhodan trat aus dem Transmitter. Er machte ein paar Schritte in die vage Dunkelheit des Raums und blieb dann stehen. Für einen flüchtigen Augenblick erlebte er etwas wie ein Nachbild: Er sah die Reste der zerstörten Insel Rey; den Katamaran, mit dem sie von der Insel geflohen waren; die Oberin Alrad; den fremden Kundschafter; schließlich den Torbogentransmitter, den dieser Kundschafter auf seine Bitte hin zum Deck des Katamarans beordert hatte.

Und durch den Rhodan eben getreten war.

Langsam verblassten die Szenen von Reyan. Seine Augen gewöhnten sich an die diffuse Düsternis. Einige Kontrollanzeigen am Transmitter leuchteten bernsteinfarben. Sie waren die einzige Lichtquelle im Raum und verbreiteten nur einen schwachen Schimmer. Wenige Meter vom Transmitter entfernt war es dunkel. Ihn fröstelte. Die Luft war kalt; sie schmeckte leer und dünn. Das Atmen fiel ihm schwer.

Der Transmitter hatte die eine Wirklichkeit gegen eine andere vertauscht. Vom herben Aroma des Ozeans war nichts mehr zu spüren.

Zögernd flackerte Licht auf.

»Wir sind in einer Höhle«, hörte er Chaktors Stimme hinter sich.

Rhodan nickte und drehte sich um. Der Ferrone war mit ihm zusammen durch den Transmitter gegangen. Er stand noch in der Nähe des Torbogens.

Im Bogen glänzte es auf, ein dunkles Gold oder Schlagmetall wie auf dem Hintergrund alter russischer Ikonen. Nur dass dieser Glanz gegenstandslos war und die Figuren, die aus ihm hervortraten, keine Heiligen: Thora und Ras Tschubai erschienen – die Arkonidin weiß wie Schnee, gespannt, aufmerksam; Ras dunkelhäutig, athletisch und sofort präsent.

Unmittelbar nach ihnen tauchten Reginald Bull und Sue Mirafiore im Transmitter auf. Bulls Hand lag leicht auf Sues Schulter. »Ich hasse solche Verschwindekabinette«, sagte Bull und schüttelte sich. »Mit den Leuten, die derartige Trickkisten bauen, würde ich gerne mal ein Wörtchen wechseln.«

»Ich auch«, sagte Rhodan.

Sie warteten, aber es kam niemand mehr.

Der Transmitter schaltete sich aus.

»Wo bleibt Lossoshér?« Bull schaute Chaktor verwundert an.

Der kleine, kompakt gebaute Ferrone lachte wie so oft, dröhnend und ohne jeden für Menschen ersichtlichen Grund. »Ich bin Lossoshérs Hüter nicht«, sagte er, dann, etwas begütigend: »Ich weiß nicht, wo er bleibt.«

»Wo sind wir?«, fragte Sue. Sie atmete auffallend rasch wie die anderen mittlerweile auch.

»Keine Ahnung«, sagte Chaktor.

Rhodan und Bull verständigten sich mit einem Nicken und begannen, die Wand der Höhle systematisch nach einem Ausgang abzusuchen. Sie bewegten sich langsam im Uhrzeigersinn, tasteten vorsichtig herum.

»Perfekt«, sagte Bull nach einer Weile. »Im Sinne von: perfekt abgeschlossen.«

»Irgendwie muss der Transmitter hier hineingekommen sein«, vermutete Tschubai.

»Weder eine Tür noch eine Luftzufuhr«, sagte Rhodan. »Der Raum ist nicht groß. Die Luft wird nicht besser.«

Sie versuchten, den Transmitter in Betrieb zu nehmen und neu zu justieren. Beides misslang. Lossoshér, der alte ferronische Transmitterwächter, war der Einzige unter ihnen, der diese Geräte zumindest in Ansätzen beherrschte. Aber Lossoshér war nicht erschienen.

Wieso?, fragte sich Rhodan. *Ein Gerätedefekt? Oder hat der Kundschafter ihn zurückbehalten?*

Er wandte sich von der Maschine ab und warf Tschubai einen Blick zu. »Versuchen wir es?«

Der große Mann nickte. »Ich probiere es erst allein und schaue mich um.«

Rhodan widersprach: »Verschwenden wir keine Kräfte.« Er streckte dem Teleporter die Hand hin.

Tschubai griff zu. Sein dunkles Gesicht glänzte schon jetzt vor Anstrengung. Er atmete einige Male rasch hintereinander ein, dann sprang er.

Bereits der erste Blick enthüllte, dass sie sich nicht mehr auf Reyan befanden, der Wasserwelt. Rhodan stand im schattenlosen Glast der Wega wie entrückt, Teil eines überbelichteten Hologramms.

Tschubai hatte seine Hand noch immer nicht losgelassen. Schon die ersten Atemzüge zeigten, dass die Luft an diesem Ort nicht sauerstoffhaltiger und dichter war als in der Höhle.

»Zurück?«, krächzte Tschubai.

»Ja«, sagte Rhodan. »Spring zurück! Hol die anderen!«

»Wir werden hier ersticken«, wandte Tschubai ein.

»Hier vielleicht. In der Höhle aber auf jeden Fall«, gab Rhodan zurück. »Wenn es so weit ist, wirst du nicht mehr in der Lage sein, mit ihnen ins Freie zu springen. Und von außen kommt keine Hilfe.«

»Der Transmitterberg scheint nicht der Mittelpunkt der hiesigen Tourismusindustrie zu sein.«

Tschubai ließ Rhodan los und sprang.

Rhodan atmete ein, so tief es eben möglich war. Er kniff die Augen eng zusammen. Sie befanden sich hoch an einem steilen, steinernen Hang. Das flachere Land, das sich tief unter ihnen am Fuß des Hangs scheinbar endlos ausbreitete, war felsig, steinig, voller Geröll. Aber Rhodan meinte, in einiger Ferne einen eng begrenzten Flecken Grün zu sehen und darin, noch verheißungsvoller, einen Tupfer spiegelndes Blau.

Wasser.

Wenn er den Schattenwurf in dieser fernen grünen Oase richtig deutete, dann lag sie in einer Caldera, einem Landschaftskessel, wie sie durch vulkanische Aktivitäten entstanden. Die Größe der Caldera war kaum zu schätzen; sie mochte zehn, vielleicht zwanzig Kilometer durchmessen und, wenn sie Glück hatten, noch einmal tiefer liegen als das Umland.

Und ihre Luft deswegen atembarer sein.

Der Weg dorthin war allerdings weit, der Abstieg alles andere als ungefährlich. Rhodan entdeckte einige ausgedehnte Schnee- oder Eisfelder, die sie zu durchqueren haben würden, und kaum eine Möglichkeit, sie zu umgehen. Gab es Risse im Eis, Spalten unter der Schneedecke? Vielleicht. Jedenfalls war keiner von ihnen für eine solche Kletterei ausgerüstet. Und Tschubai? Wo blieb er?

In diesem Moment kehrte der Teleporter aus der Höhle zurück, mit Bull und Mirafiore an der Hand. Rhodan registrierte mit Erschrecken, wie der athletische Mann bereits jetzt abgeschlagen wirkte, obwohl Sue sich wahrscheinlich mit ihrer paramentalen Kraft am Sprung beteiligt hatte.

»Nun?«, fragte Bull.

Rhodan wies auf den Kessel. »Wir haben ein Ziel. Unser nächstes Problem wird das Wasser sein. Dort ist Wasser.«

Bull schirmte die Augen mit der Hand ab. »Wenn das da unten wirklich ein See ist, dann liegt er nicht ganz nah.«

»Leider«, sagte Rhodan.

Tschubai hatte die Lippen gespitzt und saugte die Luft hörbar ein. Er brauchte fast fünf Minuten, dann erst sprang er.

Als er beinahe eine Viertelstunde später wieder erschien und Thora und Chaktor mitbrachte, sank er stumm erst in die Hocke und rollte sich dann auf den Rücken. Sein Atem klang pfeifend.

Auch Bulls Atem ging inzwischen schnell und immer schneller. »Wo sind wir hingeraten?« Er warf Chaktor einen Blick zu.

Der Ferrone schlug ratlos die beiden Daumen gegeneinander. »Die Wega erscheint kleiner als von Reyan aus. Aber wir sind nicht auf Ablon: Das Gestein dort ist eisenrot und …« Er betrachtete zweifelnd das Firmament. »Der Himmel ist grünblau. Es ist auch nicht Carpa. Und auf einer der weiter außen liegenden Welten wären wir längst erstickt.«

»Kommt noch«, ächzte Bull.

»Sind wir noch im Wegasystem? Ist das die Wega?«, erkundigte sich Rhodan.

»Natürlich«, sagte Chaktor, aber seine Stimme klang verunsichert.

Wenn sie doch wieder durch die Zeit geschleudert worden waren, vielleicht auf ein Pigell oder ein Reyan der fernen Zukunft, in der diese wie die anderen Planeten verödet, entvölkert waren?

Natürlich gab es noch eine Möglichkeit: Hatte nicht Kerlon auf Lannol von einem zehnten Planeten der Wega gesprochen, und hatte nicht die Positronik der Bastion Kerlons Aussagen bestätigt? Einer Welt, die ursprünglich auf einer Bahn zwischen Rofus und Ablon um die Wega gekreist war?

Rhodan sagte: »Dann denke ich, wir sind auf Wega X, dem verloren gegangenen Planeten.«

Bull hielt Sue am Armgelenk und zog sie hinter sich her. Er fing sie auf, wenn sie stolperte. Sie stolperte immer öfter.

Tschubai hatte sich von der Sprungfolge noch nicht erholt, und die Umweltbedingungen verschlechterten seinen Gesamtzustand weiter. Chaktor stöhnte. Thora schwieg. Rhodan und Bull kamen als trainierte und an Unterdruck gewöhnte Raumfahrer mit der äußerst dünnen Luft noch am besten zurecht. Die Atmosphäre war so dünn, wie sie auf der Erde ab etwa siebentausend Meter wurde, in der Todeszone der Hochgebirge. Menschen konnten in diesen Regionen nur für kurze Zeit überleben und nur nach vorheriger sorgfältiger Akklimatisierung.

Sie waren dagegen übergangslos in eine solche Zone versetzt worden. Es würde nicht mehr lange dauern, bis sich ernstere Folgen zeigten. Völlige Erschöpfung. Wahnvorstellungen.

Sue brauchte eine Pause; Bull hatte versucht, die noch fast kindliche Gestalt des Mädchens zu tragen, es aber nach einigen Schritten aufgegeben.

Nun saß sie da, die Arme nach hinten gestreckt, den Kopf mit weit geöffnetem Mund nach oben. Ihre Lippen waren blau.

Thora stolperte noch einige Schritte und willigte dann mit einem stummen Nicken in die Rast ein. Sie ging in die Hocke. Rhodan setzte sich neben sie. »Wie geht es Ihnen?«

»Bestens. Wie lange brauchen wir, bis wir eine bessere Umgebung erreicht haben?«

Rhodan blickte an ihr vorbei auf den grünblauen Flecken tief unter ihnen. »Ich weiß es nicht.«

»Schätzen Sie.«

»Drei Stunden.«

Ihr Lächeln sollte wohl spöttisch wirken. »Sie sollen schätzen. Nicht trösten.« Sie schnappte nach Luft. »Wie lange wirklich?«

»Sieben Stunden. Vielleicht acht. Oder zehn.«

»Zu lange«, sagte sie.

Er nickte. Täuschte er sich, oder begann ihre unter dieser Sonne viel zu helle Haut sich bereits zu röten? Er streifte seine Jacke ab, zog das Hemd aus und reichte es ihr.

Sie nahm es kommentarlos, senkte den Kopf und legte sich das Hemd so darüber, dass es zugleich ihren Nacken bedeckte und wie ein Vorhang über ihrem Gesicht hing.

Seine Jacke streifte Rhodan wieder über. »Ras?«

Tschubai reagierte nicht. Er hatte die Stirn auf die angezogenen Knie gelegt und schien zu schlafen. Seine Wangen bebten kaum merklich.

»Ich habe Kopfweh«, jammerte Sue. »Es klopft, es klopft mich entzwei.«

Bull legte ihr die Hand in den Nacken und massierte behutsam. Mit der anderen Hand fuhr er sich über die Brust, immer in Herznähe. Er sah blass aus und ausgelaugt. »Ich hole Hilfe«, sagte er. »Ich ruhe ein wenig aus, und dann gehe ich.«

»Nein«, sagte Sue, »nein, nein.«

Rhodan erhob sich. Er musste einen Schwindelanfall niederkämpfen. Es blitzte und funkelte vor seinen Augen. Dann stand er sicher. Er starrte mit zusammengekniffenen Augen in die Ferne. »Ich werde gehen«, entschied er.

Thora imitierte ein Lachen. »Von wo denn?«

»Dort unten ist nicht nur Wasser. Ich glaube, ich sehe Gebäude. Straßen. Eine Siedlung.«

»Natürlich«, sagte Thora. »Eine herbeigezauberte Siedlung.« Sie griff nach Rhodans Unterarm. Ihre Fingernägel gruben sich durch den Stoff in sein Fleisch.

»Es ist eine Siedlung«, wiederholte er. »Ferronen. Sie werden uns helfen.«

Thora krallte noch fester zu, dann löste sie den Griff. Sie leckte sich die Lippen, sagte aber nichts.

Rhodan brach auf.

Eine halbe Stunde später ging es nicht mehr. Er keuchte, stützte die Arme auf die Knie und zitterte am ganzen Leib. Die dünne Luft kostete ihn viel Flüssigkeit, die er durch den Mund verlor. Er wusste, dass sein Blut sich allmählich verdickte. Das sirupartige Blut würde die feinen Blutgefäße bald nicht mehr versorgen können. Taubheit in den Fingerspitzen, in den Zehen wäre die Folge. Ohne Zehen war nicht gut laufen.

Er richtete sich auf und machte den nächsten Schritt.

Seine Füße wurden immer schwerer. Er war keine dreißig Schritte gegangen, da musste er ausruhen. »Einunddreißig«, nahm er sich laut vor. Er zählte die Schritte. Bis fünfundzwanzig kam er voran. Danach musste er sich zu jedem Schritt zwingen. Schritt um Schritt. »Dreiunddreißig!«, rief er. Mehr, als er mit sich vereinbart hatte. Er überlegte, ob er sich erlauben sollte, die gewonnenen Schritte beim nächsten Durchgang einzusparen.

Dann aber verwarf er die Idee.

So portionierte er sich den Abstieg. Hin und wieder musste er ein Schneefeld durchstapfen. Der Schnee war selten mehr als knöcheltief, aber schon das war anstrengend. Rhodan war bewusst, dass er viel trinken musste; er ließ den Schnee in der Hand schmelzen und schlürfte.

Englische Luft, fiel ihm ein. *Englische Luft.* Er summte es und machte ein Lied daraus. Englische Luft – so hatten die Sherpas die Sauerstoffflaschen genannt, die die Engländer bei der Erstbesteigung des Mount Irgendwas bei sich getragen hatten. Er hatte den Namen der Engländer und den des Berges vergessen, sehr ärgerlich, aber noch ärgerlicher war er auf die Engländer selbst und ihren blanken Egoismus, die Flaschen für sich zu behalten, statt sie mit ihm zu teilen.

Aus Protest ging er nur noch jeweils fünfundzwanzig Schritte weit.

Damals hatte man wenigstens gut isolierte Kleidung besessen, leichte Sachen, seidene Unterwäsche, einen Daunenanzug und doppelte Plastikstiefel.

Modegecken. Nichts als Dandys.

»Englische Luft, englische Luft«, sang er vor sich hin.

»Amerikaner dagegen verzichten ja gerne auf zweckdienliche Ausrüstung, nicht wahr? Ihr seid eben Naturburschen. Sehr sportlich!«

»Das hat mit Sport nichts zu tun«, verteidigte sich Rhodan.

»Wo doch die Amerikaner so herausragende Sportler sind. Zumal in Sportarten, die außer ihnen niemand betreibt: Baseball. Football.«

»Sagt jemand, der seine Jugend wahrscheinlich mit Cricket verbracht hat. Oder mit Crocket.«

»Fachleute wissen da zu unterscheiden. – Der Name ist übrigens Sandy Irvine.«

Sandy Irvine, Sandy Irvine, dachte Rhodan. Es fügte sich wunderbar in die Zwanzig-Schritte-Melodie.

Rhodan musste ein weiteres Schneefeld durchqueren. Das Feld war merkwürdigerweise mit Eistürmen bestückt wie ein Schachbrett mit Figuren. Einer der Türme begann zu knirschen, während Rhodan an ihm vorüberstapfte. Dann fiel er in eine Masse aus Eisfragmenten in sich zusammen.

Rhodan rastete kurz, ließ Schnee auf seiner Hand schmelzen und leckte das Wasser auf.

Auf das Geplärr Irvines hörte er nicht mehr. Rhodans Vorhaltungen, dass er gar nicht existieren könne, dass Irvines Mount-Everest-Expedition tödlich gescheitert war und – selbst wenn nicht – nichts und niemand, schon gar nicht die Leiche eines verunglückten Bergsteigers, zu Fuß ins Wegasystem vordringen könnte, hatte dieser mit ein paar höhnischen Bemerkungen quittiert und Rhodan geraten: »Wenn du meinst, ich bin ein böser Geist: Exorziere mich doch!«

»Du bist nur ein Produkt des Sauerstoffmangels«, hatte Rhodan unwirsch geantwortet.

»Hört, hört!«

Endlich lagen die Schneefelder hinter ihm. Die Wega machte noch immer keine Anstalten unterzugehen. Rhodan war sich nicht sicher, ob er fror oder schwitzte. Die Hand an die Stirn zu legen hätte ihn zu viel Kraft gekostet.

Inzwischen rastete er nach jedem fünfzehnten Schritt. Bei einer der länger werdenden Pausen machte er eine Entdeckung. Dort, wo sich bereits ein Hauch von blassem Grün in die granitene Landschaft mischte, lag ein unnatürlich regelmäßiger Klotz, ein steinernes Geviert mit dunklen Öffnungen und einer dunkleren, merkwürdig aufgewölbten Schicht – einem Dach? – obenauf.

Ein Gebäude. Eine Kate.

Also ein von der Sonne geschützter Innenraum. Vielleicht gab es darin verwahrtes Wasser, Nahrung. Er ging weiter, kam sogar ins Laufen, aber nur für eine kurze Weile. Etwas stimmte mit seinen Augen nicht. Wahrscheinlich waren allerlei Äderchen geplatzt. Er blieb stehen, ruhte, ging dann langsamer weiter.

Äderchen, die im Auge platzten, das war nur körperlich. Schlimmer wäre es, wenn Gedächtnisausfälle einsetzten. Litt er bereits unter Gedächtnisausfällen? Das war leicht festzustellen. Wer war noch mit ihm aus dem Transmitter gekommen? »Reg«, sagte er. »Reg und Thora. Reg, Thora und Sue. Und Ras. Und ...« Noch ein Mann, da war er sich sicher. Irvine?

Nein. Irvine war tot und unsichtbar, was ihn unbedingt disqualifizierte. Außerdem mochte Rhodan ihn nicht. Er dachte nach. Ein Mann, der laut und ohne jeden Anlass lachte. Ein blauer Mann. Ja, so blau wie dieses Gesicht, das ihn neugierig, beinahe besorgt anschaute.

Rhodan versuchte, mit den Fingern in den Fugen der Mauern Halt zu finden, in den Moosballen, die dort siedelten. Das Fenster bildete einen Rahmen für dieses Gesicht, das unter einer transparenten Atemmaske lag. Im Hintergrund des Gesichts schimmerte etwas Metallisches, blinkten Lichter, leuchteten Flächen rhythmisch auf, lag etwas Fremd-Vertrautes.

Das Gesicht rückte noch näher ans Fensterglas. Es war blau, bingo, aber nicht sehr männlich. Es war weiblich. Die Lippen bewegten sich, die Augenbrauen waren angehoben. Die Stimme sagte etwas, doch das war schwer zu verstehen. Irgendetwas mit I, irgendetwas mit O. Wer sollte damit etwas anfangen? I und O. Cricket und Crocket.

»Ich bedauere sehr«, brachte er mühsam hervor. »Ich spiele leider kein Cricket.«

Kapitel 2

Garrean und die Zisternen der Zeit

Von allen Lohen der Welt loderte die Wega am hellsten. Ihr Licht war die Erleuchtung von allem.

In seiner Kindheit hatte Garrean mit seinen Eltern am Rand der Grafschaft Kush gelebt, in einem Bungalow hoch über dem Bytonsee. Den Tag über schien der See in Flammen zu stehen; die steinernen Mulden an seinem Ufer glühten vor Hitze, sodass man sie mit einer Streu aus Bourincborke bedecken musste, wenn man darin liegen wollte.

In den Nächten, wenn er vom Schwimmen im See und von der Hitze erschöpft im Bett gelegen und seine Mutter ihm von den bodenlosen Zisternen der Zeit erzählt hatte, hatte er gedacht: *So bodenlos und schwarz sie auch sind – dem Licht der Wega haben sie nichts entgegenzusetzen.*

Sein Vater war Raumsoldat gewesen. Manchmal hatte seine Mutter mit der Mutter seines Vaters televidiert. Während sie sprachen, strich Garreans Mutter gedankenverloren über ihren kupferfarbenen Zopf, der ihr bis zur Hüfte reichte.

Sie sprachen über allerlei, nur nie über Garreans Vater.

Als würde mit dem ersten Wort, das eine von beiden über ihn sprach, der Bann brechen, der ihn am Leben hielt dort draußen, auf den Schlachtfeldern im Orbit von Rofus oder Reyan.

Wenn seine Mutter sein Zimmer verlassen hatte, lag er immer noch eine Weile wach und sann über ihre Geschichten nach. Er hörte die Chaklan in den Tiefen ihres Hauses die Litanei des Götzenbeieinanders psalmodieren; manche Verse konnte er schon mitsingen.

Eines Tages, er war noch immer sehr jung, war die Stille in ihr Haus über dem See eingezogen wie ein giftiger Nebel. Es war die Stunde, in der die Chaklan hätte singen sollen, aber sie sang nicht. Leise, leise, um die Bestie der Stille nicht zu reizen, war Garrean in das Zimmer seiner Eltern geschlichen. Er hatte seine Mutter gesehen; sie hatte allein an der Bettkante gesessen, steinern wie erstarrte Lava. Den schönen Zopf hatte sie abgeschnitten und auf den Boden geworfen. Dort lag er wie ein totes Tier.

Garrean war in der Tür stehen geblieben. Durch das Fenster hatte er den See gesehen, seinen blendend weißen Spiegel. Seine Mutter hatte ihn nicht angeblickt, aber sie hatte seine Anwesenheit bemerkt. »Yrapad«, hatte sie gesagt, »dein Vater. Er ist in die tiefste der bodenlosen Zisternen getaucht.«

Kalt, kalt war ihm geworden. Zugleich so heiß wie Nacktheit im Zenit des Sommers.

»Er ist tot«, hatte seine Mutter übersetzt, als hätte er noch immer nicht begriffen.

Garrean hatte sich umgedreht, zornig, und war in sein Zimmer gelaufen. Er hatte sich auf den Boden gelegt und gedacht: *Vater ist nicht tot. Wie soll man tot sein, wenn man in die Zisterne der Zeit taucht. Man kann ihn nur nicht mehr sehen, seine ruhigen Augen, seine großen, großen Hände. Das ist alles. Aber wenn am Fernsten Tag die Wega im Zenit über der Zisterne steht, dann werde ich ihn wiedersehen. Dann wird er auftauchen. Dem Licht der Wega kann nichts widerstehen.*

So weit außerhalb des Planeten hatte die Sonne alles Vertraute eingebüßt. Wie ein Geheimnis, in das niemand eingeweiht war, lag ihr Glanz im All. Das Knistern und Knacken im Lautsprecher verstärkte sich. Garrean hörte über Funk ein geplagtes Atmen, dann die Stimme seines Sekretärs. Shim sagte: »Mir wird heiß.«

»Hm«, machte Garrean.

»Elend heiß sogar.«

»Was macht denn die Kühlung deines Raumanzugs?«

»Sie kühlt«, sagte Shim. »Sonst wäre ich längst gekocht. Das Problem: Sie kühlt bei Weitem nicht genug.«

Garrean spürte am eigenen Leib, dass sein Sekretär recht hatte. Die Kühlsysteme waren längst überfordert. Die unteren Schichten des Anzugs, die auf der Haut auflagen, wurden von einem ausgeklügelten Geflecht winziger Kanäle durchzogen, in denen eisgekühltes Wasser zirkulierte. Garrean meinte zu spüren, wie das Wasser im Lamellensystem förmlich pulsierte, wie auch die Klimaanlage tat, was sie konnte, um zu verhindern, dass das Wasser aufbrodelte und verdampfte. Und wie das Kühlaggregat im Begriff war, den Kampf gegen die elektromagnetischen Fluten der Wega zu verlieren.

»Ich war dagegen, das Shuttle zu verlassen«, erinnerte ihn Shim. »Ich war ganz und gar dagegen.«

»Hm«, machte Garrean wieder. »Geschehen ist geschehen.«

»Falsch ist falsch«, ergänzte Shim. »Tot ist tot.«

»Warum bist du dann mitgekommen?«

»Ja, warum bin ich mitgekommen? Weil Sie es mir befohlen haben?«

»Befohlen«, echote Garrean skeptisch. »Warum folgst du meiner freundlichen Empfehlung, mich nach draußen zu begleiten, wenn du Angst davor hast?«

Die Wega erfüllte den Raum, eine unerschöpfliche, immerwährende, lautlose Lichtexplosion, die jeder kreatürlichen Angst einen guten Grund gab.

»Weil ich vor Ihnen noch mehr Angst habe«, bekannte Shim.

Garrean lachte lautlos. Für einen Moment war nichts zu hören als das an- und abschwellende Knistern und Knacken im Lautsprecher. »Du bist eben ein Feigling«, stellte Garrean ohne jeden Vorwurf fest. Das Visier seines Helmes war derart abgedunkelt, dass er nichts außer der Wega selbst sehen konnte – keinen Planeten, noch nicht einmal Ambur.

Geschweige denn die Umrisse von Shim.

Garrean und Shim hatten das Shuttle vor etwa drei Minuten verlassen. Es konnte nicht mehr lange dauern, bis Ambur sich vor die Sonne schieben würde. Garrean blieb ruhig.

»Im Schatten wären wir sicher gewesen«, sagte Shim. »Das ist eine völlig überflüssige Aktion, Gouverneur.«

»Dass deine Mutter mit deinem Vater die Vergnügen nächster Nähe gesucht hat, war auch keine *notwendige* Aktion«, erklärte Garrean.

Er hörte Shim ächzen. »Sie sind eine Plage«, sagte sein Sekretär. »Oder Sie suchen den Tod.«

Wieder lachte der Gouverneur lautlos.

Als ehemaliger Raumfahrer empfand Garrean durchaus Ehrfurcht vor dem All, ja er fürchtete diesen ungeheuerlichen Raum, wie ein Mann eine Frau fürchtete, die zu schön war, um außer Acht gelassen zu werden. So wie eine Frau erfüllte auch der Weltraum das Leben mit Risiken; er warf jedermann aus den Bahnen des Alltags, erschloss einen neuen Blick auf alle Dinge.

Das All machte alles neu.

Shim verstand nichts von Frauen. Er verstand folglich auch nichts vom All.

»Ich sterbe dann jetzt«, kündigte Shim an.

»Hm«, grummelte Garrean. »Warte bitte noch einen Moment.«

Ambur schob sich vor das Lichtmeer der Wega. Die Hitze wurde von ihnen gehoben wie eine Stahlplatte. Nach und nach hellte das Visier des Raumanzugs auf. Garrean sah die PACVASS III über sich hängen, ihr Shuttle. Die PACVASS III war ein älteres, aber immer noch elegantes Raumschiff. Am deltaförmigen Boden des Nurflüglers entdeckte er zwei Eiserne Hände. Die Maschinen glichen tatsächlich einer überlebensgroßen ferronischen Hand, wobei der abgewinkelte Daumen als kleines Luftdrucktriebwerk diente. Die vier Finger der Eisernen Hände behoben Schäden an den Hitzekacheln des Shuttles. Garrean machte sich darum keine Sorgen. Die Eisernen Hände waren verlässliche Maschinen. Nach getaner Arbeit würden sie sich wieder in ihre Nischen zurückziehen.

Er widmete sich dem größeren Problem: Der unter seiner Ägide in der Umlaufbahn assemblierte riesige Orbitalspiegel wurde in Position gebracht und ausgerichtet.

Die robotischen Sammler hatten monatelang den Orbit abgeerntet. Sie hatten Weltraumschrott gesichtet, auf seine Eignung überprüft und zur Baustelle geschafft.

Schrott gab es im Wegasystem zuhauf. Der große Krieg des Dunklen Zeitalters, vom Thort, den manche allsehend, allwissend und allgegenwärtig nannten, erst vor wenigen Jahren zu einem Ende gebracht, hatte seine Spuren hinterlassen. Natürlich taugten nicht alle herumirrenden Trümmerteile als Bausteine für den Orbitalspiegel; einiges musste gründlich bearbeitet und umgeformt werden, bis es ein passgenaues Teil abgab.

Außerdem war es Garrean gelungen, aus offiziellen wie inoffiziellen Quellen ein wenig Material abzuzweigen und in den Orbit von Ambur zu schicken – ein paar zehntausend Tonnen.

Nun näherte sich die Arbeit vieler Monate ihrem Abschluss.

Garrean hatte an den Polregionen Ruß verstreuen lassen. Auf sein Geheiß hatten die Bioarchitekten von Karbush ferronische und amburische Bakterien modifiziert; sie hatten den Mikroben dunkel pigmentierte Zellhäute angezüchtet. Dann waren diese neuartigen Geschöpfe in den Polregionen ausgesetzt worden.

Die Verdunkelung der Eisflächen durch die Kleinstlebewesen und den Ruß würde einen allmählichen Temperaturanstieg bewirken; in der größeren Wärme würde das Eis allmählich schmelzen, und ganz allmählich würde sich dadurch eine dichtere, besser atembare Atmosphäre herausbilden.

Garrean war allerdings kein großer Freund des Allmählichen. Er war ins rasche Gelingen verliebt.

Der Orbitalspiegel spielte in Garreans Plänen eine Schlüsselrolle. Er würde schneller Fakten schaffen und beweisen, dass man aus Ambur mehr machen konnte.

Vorausgesetzt, man war Garrean, hatte seine Visionen und einen Blick für Möglichkeiten, der über den Tellerrand der Bürokraten auf Ferrol hinausschaute.

Der Orbitalspiegel würde Garreans bislang eher unscheinbarem Projekt, Ambur zu ferrolformen, ein entscheidendes Momentum verleihen, einen Schwung, der sich weit über seine Amtszeit als Gouverneur fortsetzen sollte.

»Alles verläuft nach Plan«, hörte er Shim sagen. Der Jammer war aus der Stimme seines Sekretärs gewichen.

»Gut«, sagte Garrean beschwörend. »Gut so. Sehr gut.«

Der Orbitalspiegel war ein beeindruckendes Gebilde. Seine Oberfläche bestand aus polymerverstärkter Alufolie. Diese Fläche würde die Strahlen der Wega bündeln und auf die nördliche Polkappe Amburs leiten. So würde sich die Temperatur der Polregion in den nächsten Jahrzehnten um bis zu sechs Grad erhöhen lassen. Das Eis würde schmelzen; Bäche, Flüsse und Seen würden sich bilden, und ferronisches Leben wäre nicht mehr nur in den Senken, Niederungen und Tälern möglich.

Der Spiegel war gewaltig. Der Durchmesser der Folie betrug 220 Kilometer. Dutzende von Fängersatelliten beschützten die hauchdünne Folie schon jetzt vor herumtreibendem Weltraumschrott.

Eine raumfeste Autokamera trudelte vorbei, korrigierte ihren Kurs leicht und richtete ihr Objektiv auf Garrean. Der Gouverneur war sich nicht sicher, ob die Kamera irgendetwas von seinem Gesicht würde aufzeichnen können oder nur sich selbst in der Verspiegelung filmte.

Wie auch immer: Er setzte ein zuversichtliches Lächeln auf und nickte ernst in Richtung der Aufnahmeoptik.

Die Autokamera übertrug nicht live; eine Livesendung hätte auf Ferrol zu Reaktionen führen können, die Garrean – nun ja: wenig wünschenswert erschienen.

Man würde die Heimat aller Ferronen später mit einem Zusammenschnitt der Operation beglücken.

Einen Wimpernschlag bevor Shim »Achtung!« schrie, hatte Garrean es entdeckt. Das Steuertriebwerk eines Teilaggregates versagte. Statt mit sanftem Gegenschub zu bremsen und das Segment an vorgesehener Stelle einzusetzen, schaltete es auf Dauerschub.

»Ich sehe es«, murmelte er.

Garrean sah, was sich tat und welche Auswirkungen es haben würde. Das Segment würde durch die Folie schießen und auf die Zentralsektion des Spiegels treffen, auf das Gehäuse mit dem Rechner und dem Selbststeuersystem. Der Spiegel würde ins Taumeln geraten, zerreißen, schlimmstenfalls abstürzen.

Garrean versuchte, das zum Geschoss gewordene Segment über Funk zu erreichen und dessen Redundanzsystem zu aktivieren. Aber das Triebwerk reagierte nicht und hielt seinen katastrophalen Kurs.

Also reagierte Garrean.

»Was tun Sie da?« Shims Stimme gellte aus dem Lautsprecher.

»Shim«, sagte Garrean leise, aber im Ton eines Befehls. »Sei so gut und füge meinem Gehör keine irreparablen Schäden zu.«

»Was tun Sie?«, wiederholte Shim.

»Das siehst du doch«, sagte Garrean. »Ich beschleunige.«

»Lassen Sie das!«, rief Shim. »Wahrscheinlich hat das Triebwerk seine Fehlfunktion längst diagnostiziert und eine Selbstzerstörungssequenz eingeleitet.«

»Mag sein«, gab Garrean ungerührt zu.

»Sie werden sterben«, prophezeite Shim.

Die Düsen seines Raumanzugs katapultierten Garrean förmlich zum Spiegel. Kurz darauf war er auf gleicher Höhe mit dem Segment, das auf die Zentralsektion des Spiegels zustürzte. Dann hatte er es überholt. Garrean zog beide Beine an und versetzte dem Ding einen gewaltigen Tritt. Das Segment schoss am Spiegel vorbei. Garrean überschlug sich einige Male, bis er seinen Flug über die Düsen wieder unter Kontrolle hatte.

»Siehst du«, sagte er. »Keine Gefahr.«

In diesem Moment explodierte das Segment lautlos. Einige der Trümmer durchschlugen die Folie, ohne allzu großen Schaden anzurichten. Ein scharfkantiges Stück torkelte auf Garrean zu. Der Gouverneur riss die Arme vor das Visier. Das Fragment zerfetzte in Höhe seines Ellenbogens einen Teil des linken Ärmels. Garrean spürte den Druckabfall und hörte Sekundenbruchteile später das Zischen der winzigen Düsen, die eine Abdichtmasse in das Loch spritzten. Aber das Zischen verstummte, und mehr und mehr Luft entwich. Garrean versuchte, die Stelle mit dem rechten Handschuh abzudecken, doch ohne großen Erfolg.

Plötzlich war ein anderer Körper bei ihm, Shim, und barg die aufgerissene Stelle an seinem Bauch.

Erst in diesem Moment spürte Garrean den Schmerz und schrie auf.

»Alles in Ordnung?«, fragte Shim mitleidlos.

»Natürlich«, grummelte Garrean. »Was dachtest du denn?«

»Sie wissen, was ich dachte.«

»Wenn wir an Bord der PACVASS III geblieben wären, wäre unser Projekt jetzt am Ende«, sagte Garrean.

»Wenn ich an Bord der PACVASS III geblieben wäre, wären Sie jetzt tot. Ein Held, aber tot.«

Garrean grinste. »Was für ein herrlicher Tag.«

Sie waren zurück im Cockpit der PACVASS III. Das Funkgerät zeigte an, dass Vela Waygen mehrfach versucht hatte, sie über Funk zu erreichen.

»Frag, was sie wollte«, sagte Garrean, während er den verletzten Arm aus dem Raumanzug schälte.

Shim setzte sich an das Funkgerät und stellte die Verbindung her. Irgendetwas störte den Empfang. Waygens kantiges und etwas asymmetrisches Gesicht wechselte in schnellen Takten von Schwarzweiß zu Farbig und zurück.

»Wir dachten schon, ihr wärt tot«, murrte Waygen.

Shim bedachte Garrean mit einem vorwurfsvollen Blick, kommentierte die Äußerung von Garreans Stellvertreterin aber nicht.

Garrean fluchte, um nicht vor Schmerzen aufzuschreien, bis er sich endlich aus dem Ärmel befreit hatte. »Es geht uns gut!«, brüllte er in Richtung des Mikrofons.

»Ich höre es«, sagte Waygen trocken. »Kann ich dem Thort einen Hinweis darauf geben, wann er euch von der kleinen Expedition in den Orbit zurückerwarten darf?«

Garrean schob sich vor Shim und betrachtete die Aufnahmeoptik des Funkgerätes. »Wieso der Thort?«

»Weil er hier ist«, gab Waygen mit sichtlichem Vergnügen zurück.

»In Karbush?«, fragte Garrean.

Waygen verdrehte die Augen. »In Karbush. Wo denn sonst?«

»Und was will er?«

»Mit dem Gouverneur sprechen. Persönlich. Und unverzüglich.«

»Sag ihm: Ich bin auf dem Weg«, sagte Garrean und unterbrach die Verbindung.

Kapitel 3

Rhodan im Gelobten Land

Perry Rhodan fühlte sich gepackt, hochgehoben, wieder abgelegt. Er wehrte sich, sosehr es seine geschwundenen Kräfte zuließen, und zeigte nach hinten, hoch, ins Gebirge. »Noch fünf draußen!« Seine Stimme klang brüchig. Man hielt seine Arme fest, drückte sie ihm an den Körper. Etwas wurde über ihn gezogen oder gestülpt. Kurzfristig wurde es dunkel. Dann fiel wieder Licht auf ihn. Er hörte Stimmen, Geräusche. Irgendetwas wurde verschlossen, es klickte hell und metallisch, wie wenn Magnete aufeinanderstießen.

Er tastete mit den Händen seine Umgebung ab. Alles war glatt, scheinbar textil. Wenn er gegen das Gewebe drückte, ließ es sich ein wenig hin und her verschieben, und es fühlte sich an, als ob dieser Stoff an einem anderen vorbeiglitt, an einer Schicht, mit der er nicht vernäht oder verklebt war.

Wenn er den Kopf drehte, konnte er durch eine handflächengroße, ovale Folie nach draußen sehen, allerdings nicht ganz klar. Vielleicht trübte etwas seinen Blick, oder die Folie war leicht milchig.

Etwas zischte leise. Es war ein angenehmes Geräusch. Nach und nach fiel ihm das Atmen leichter. Er spürte, wie sich der textile Stoff unter dem zunehmenden Druck der Luft spannte. Er atmete tief und dankbar. Es wurde warm.

Er dachte, dass er sich in einem hyperbarischen Raum befinden musste, in einem aufblasbaren Rettungssack oder einer anderen Art transportabler Überdruckkammer.

Umrisshaft erschien ein blaues Gesicht im linken Fenster, von einer transparenten Atemmaske geschützt; die Stimme sagte etwas auf Ferronisch, was Rhodan wieder nicht verstand. Er war unsäglich müde, nickte schwach, um seine Dankbarkeit zu zeigen, und schloss die Augen.

Dann zuckte er zusammen, wie in panischem Schrecken. Er schlug so heftig wie möglich gegen die rechte Wand, bis das blaue

Gesicht wieder erschien. »Es sind noch fünf. Fünf sind noch draußen«, rief er. Er presste die Hand gegen das Fenster und spreizte alle Finger. »Fünf«, rief er. »Verstehen Sie? Noch fünf andere! Fünf!«

Das Gesicht auf der anderen Seite bewegte sich näher zum Oval. Rhodan glaubte die Augen zu sehen und in den Augen ein Verstehen. »Noch fünf«, hörte er die Stimme wiederholen. Sie klang spröde, rauchig, aber dennoch unverkennbar weiblich.

»Fünf«, sagte er.

»Fünf«, bestätigte die Stimme. »Wir holen sie. Alle fünf.«

Dann fühlte er, wie sein freundliches, ballonähnliches Behältnis angehoben und gleich darauf wieder auf einem flachen, harten Boden abgesetzt wurde. Kurze Zeit später setzte nach einem Ruck ein Schaukeln und Wiegen ein, dem er in seiner Erschöpfung nachgab.

Er schlief ein.

Die Kopfschmerzen waren das Erste, was ihm bewusst wurde. Als Rhodan sich mühselig aufrichtete, kam auch noch Übelkeit dazu.

Er ließ sich Zeit, atmete mehrere Male tief durch. Dann schwenkte er mit geschlossenen Augen die Beine aus dem Bett, berührte barfuß den kalten Boden und gab sich mit diesem Triumph fürs Erste zufrieden.

Dann öffnete er die Augen.

Es war ein bemerkenswert kahles Zimmer ohne Fenster. Die Tür war aus Metall; eine Klinke hatte sie nicht. Die Wände waren weiß getüncht und schmucklos.

Die goldfarbene Decke, die ihm auf die Oberschenkel gerutscht war, wog fast nichts, hatte aber viel von seiner Körperwärme gespeichert. Es gab weder Stühle noch Tische; eine Kamera hing in einem Drahtgestell hoch in der gegenüberliegenden Ecke.

Er versuchte, sich aufzurichten, aber das Schwindelgefühl war noch zu stark. Immerhin gelang es ihm, die ins Rutschen geratene Decke festzuhalten; offenbar hatte man ihn vollständig entkleidet.

Allmählich ließ der Schwindel nach. Die Kopfschmerzen nicht; sie pochten unermüdlich.

Mit einem leisen Quietschen öffnete sich die Tür. Herein trat eine Ferronin, die Rhodan bekannt vorkam: das Gesicht im Oval, nur ohne Atemmaske. Der Mund, der »Fünf« gesagt hatte.

Er musterte sie. Sie mochte 1,60 Meter groß sein, für eine Ferronin durchaus beachtlich. Ihre Schultern waren breit; die Hände auffällig klein. Ihr Gesicht war mehr rundlich als oval; die kupferfarbenen Brauen lagen wie schmale Metallbögen über ihren dunklen Augen und schimmerten wie frisch geprägte Münzen. Die Nase gerade und schmal, nicht sehr erhaben; ein großer Mund, der Amorbogen der Oberlippe nur schwach geschwungen; die Rinne darüber bis zum Nasensteg kaum ausgebildet. Insgesamt wirkte das Gesicht flach, fast zweidimensional, und war von einer eigenartigen, unaufdringlichen Schönheit. Die Haare, wieder dieses ferronische Kupfer, waren nach hinten, auch aus der Stirn, gekämmt und wurden von diversen Spangen zurückgehalten.

Sie schloss die Tür hinter sich; Rhodan hob fragend die Brauen. Sie trat näher, blieb aber in einem deutlichen Abstand vor dem Bett stehen. »Sie und Ihre Kameraden haben Glück gehabt«, sagte sie. Die Stimme war so rauchig, wie er sie in Erinnerung hatte. »Wenn ich nicht zufällig eine Erkundung unternommen hätte, wären Sie jetzt tot.«

»Danke! Geht es den anderen gut?«

»Den fünfen?« Zum ersten Mal deutete sich ein Lächeln an. »Ja. Noch nicht so gut wie Ihnen, aber gut. Ich bin Medikerin«, sagte sie, als müsste ihn das beruhigen.

Oder beunruhigen? Schließlich sahen sie – Chaktor einmal außer Acht gelassen – anders aus als die meisten Ferronen: schlanker, größer und die Haut anders gefärbt. Einem Mediker würden noch mehr Unterschiede auffallen.

Sie fragte: »Mit welchem Raumschiff sind Sie gekommen?«

Er fuhr sich über die Stirn. Was sollte er sagen? Was hatten Bull und die anderen möglicherweise inzwischen gesagt? »Tut mir leid. Ich weiß es nicht.«

Nichts in ihrem Gesicht zeigte, ob sie ihm glaubte oder ob sie spürte, dass er log.

Sie sagte: »Wir können dieses Thema ausklammern. Wenn Sie – wie ich vermute – ein illegaler Einwanderer sind und weder das Schiff noch den Spediteur benennen wollen, der Sie nach Ambur gebracht hat, spielt das für mich keine Rolle.«

»Danke!« Er musste verhindern, dass sie ihr Verhör fortsetzte. Er musste die Initiative ergreifen. »Ich heiße Rhodan. Und ich fände es angemessen, wenn ich Ihnen bekleidet gegenübertreten dürfte.« Er tippte mit der Fingerspitze auf die Folie.

»Natürlich. Ich lasse Ihnen Kleidung bringen. Wie werden Sie bezahlen?«

»Nehmen Sie American Express?« Darauf reagierte sie natürlich nicht. »Ich weiß nicht, wie wir Sie bezahlen sollen. Sie meinen: bezahlen für die Kleidung?«

»Ich meine: für die Kleidung, für die Behandlung, für den Transport aus der atemlosen Zone nach Ganashar und insgesamt für Ihre Dummheit.«

Ganashar, dachte Rhodan. *So heißt diese Stadt.*

»Für die Dummheit auch?« Rhodan lächelte. »Das klingt, als müsste ich mit einer horrenden Summe rechnen. Mir war nicht bekannt, dass Dummheit auf Ambur kostenpflichtig ist. Obwohl« – er lachte trotz der Kopfschmerzen – »obwohl das nach einem ziemlich ökonomischen Einfall klingt.«

»Sie werden also Ihre Schuld durch Arbeit abtragen müssen.«

Rhodan schwieg.

»Mein Name ist übrigens Eneida.« Sie kreuzte die Arme vor der Brust und betrachtete Rhodan. »Diese Hautpigmentierungen in Ihrer Gruppe sind ungewöhnlich.«

»Wir sind ungewöhnlich«, sagte Rhodan und lächelte vorsichtig.

»Die Haut eines Ihrer Gefährten ist extrem eumelaninhaltig. Die eines anderen Gruppenmitglieds ist beinahe melaninfrei. Sind das Mutationen – oder die Folgen eines gezielten gentechnischen Eingriffs?«

»Warum wollen Sie das wissen?«, gab Rhodan zurück. »Spielen Pigmentierungen in Ihrem Gemeinwesen eine Rolle?«

»Nein«, sagte Eneida nach kurzem Zögern. »Es spielt für Sie eine Rolle. Für Ihren Arbeitseinsatz beispielsweise. Ich werde empfehlen, die sehr hellhäutige Frau nicht oder nur zeitlich beschränkt zu Außeneinsätzen zu beordern. Die Gefahr, der sie im Freien durch die UV-B-Strahlung ausgesetzt wäre, ist zu groß. Schon jetzt sind Teile ihrer Gesichtshaut verbrannt.«

»Wie geht es ihr?«

»Wir behandeln sie. Kein Grund zur Sorge.«

»Danke!«, sagte Rhodan. »Wem gegenüber werden Sie übrigens diese Empfehlungen aussprechen?«

Eneida lächelte.

»Ich überlege: Wenn Sie und Ihre Begleiter Spione sind, dann gehen Sie ziemlich dilettantisch vor. Aber vielleicht ist Ihr Dilettantismus geschickt antrainiert, und die auffällige Färbung Ihrer Haut soll Sie harmlos erscheinen lassen.«

Rhodan seufzte. »Warum haben Sie uns dann gerettet, wenn Sie uns fürchten?«

»Vielleicht werde ich das auch gefragt?« Sie wandte sich von ihm ab, ging zur Tür und klopfte dagegen. Von außen wurde geöffnet.

»Sie denken an die Kleidung für mich?«

Sie drehte sich noch einmal um und lächelte. »Das ist meine erste Sorge.«

Etwa eine halbe Stunde später brachte eine junge Ferronin ihm eine fein gerippte Strumpfhose, eine Hose aus gröberem Stoff, Hemden, einen Poncho, einen breitkrempigen, aus einer Art Stroh geflochtenen Hut, leichte Stiefel. Sie stellte sich nicht vor, sagte nichts und machte keine Anstalten, den Raum wieder zu verlassen. In einer Hand hielt sie eine Art Wanderstab.

Also kleidete er sich vor ihren Augen an. Als er fertig war, fragte sie: »Passt alles?«

»Alles bestens.«

»Eneida hat Ihre Größe geschätzt«, verriet die Ferronin. »Ich bin Yinye.«

»Rhodan.«

»Sie sind mir zugeteilt«, teilte Yinye eher beiläufig mit.

»Ein kostenloser Service?«

Yinye gab ein leise glucksendes Lachen von sich. »Wir gehen essen«, verkündete sie.

»Fein«, sagte Rhodan und setzte den Sombrero auf. »Ich hoffe, ich bin für diese Gelegenheit angemessen gekleidet?«

»Warum nicht?« Yinye schaute ihn verwundert an. »Essen ist ein natürlicher Vorgang. Wie könnte man dazu nicht richtig angezogen sein? Sie könnten auch nackt essen.«

»Nein«, sagte Rhodan. »Bekleidet ist ganz okay.«

Yinye drehte sich um. Sie hob ihren Wanderstab und klopfte damit gegen die Tür. Es war eine ältere Ferronin, die die Tür bediente; sie trug eine verschlissene Uniform oder Livree, Grundfarbe Grau. Ihr rechtes Auge war von einem trüben Grün; vor ihrem linken, klaren Auge hatte sie ein Monokel eingekniffen.

Sie traten aus dem Raum. Yinye grüßte die Alte knapp, aber respektvoll und führte Rhodan durch mehrere Korridore bis zum Ausgang und vor das Haus. Die Wega musste vor wenigen Minuten untergegangen sein. Das Licht war nicht mehr so grell, aber alles andere als dämmerig. Rhodan warf einen kurzen Blick über die Siedlung, über die sichtbaren Grünflächen und auf die steil ansteigenden Felswände, die den Ort von allen Seiten umgaben. Er glaubte, das Wasser zu riechen, das sich in der tiefsten Stelle der Caldera zu einem See gesammelt hatte.

Yinye war, ohne zu zögern, auf die Straße getreten und losmarschiert. Mit einigen raschen Schritten schloss er zu ihr auf. Hin und wieder ging sie ein wenig langsamer, einmal blieb sie stehen. Dann sog sie die Luft durch die Nase ein, schien sie zu prüfen und setzte schließlich, wohl erleichtert, ihren Weg fort.

Zwei- oder dreimal begegneten ihnen einige junge Ferronen. Sie klatschten, offenbar zum Gruß, Yinye entgegen; Yinye klatschte zurück und warf ihnen eine gutmütig-spöttische Bemerkung zu.

Die Straße war eng, fast eine Gasse. In regelmäßigen Abständen standen Laternenmasten; die Laternen leuchteten noch nicht. Rhodan sah längliche, birnenförmige Stoffbeutel darin hängen. Hier und da waren Leinen von Haus zu Haus und quer über die Straßen gespannt, an denen Wäschestücke sich im leichten Wind ein wenig bauschten. Die Häuser waren drei- oder viergeschossig; ihre Oberfläche wirkte wie Sandstein. Die Fenster ähnelten Schiffsluken; sie waren rund und klein. Über den Fenstern ragten Vorsprünge schräg aus der Wand, aus denen manchmal Tücher hingen, die das Fenster bedeckten. Immer wieder sah er Wände, die mit Porträts von Gesichtern großflächig bemalt waren; wie bei Comic-Bildern waren den Gesichtern in Sprechblasen Sprüche zugeordnet. Rhodan konnte die Schriftzeichen nicht entziffern.

Yinye hatte Rhodans Blicke bemerkt. »Das Gelobte Land!«, sagte sie. »Ganashar.« Sie war jung, apart, und der Enthusiasmus, mit der sie auf die Umgebung wies, kleidete sie gut.

»So nennen Sie das Land?«, fragte er.

»Gewiss«, sagte sie, und das Staunen kehrte zurück in ihr Gesicht. »Wie sonst?« Ihm war, als ob ein kleiner Verweis in dieser Frage steckte.

»Wo werden wir essen?«, fragte er.

»Hedpous Magendarmvergnügen.« Yinye warf ihm von der Seite einen misstrauischen Blick zu. »Warum?«

»Hedpous Magendarmvergnügen also«, sagte er und grinste. »Man hört nur Gutes darüber.«

Kapitel 4

Guall am Balken

Vergangenheit ...

Er hing, das Seil zwei- oder dreimal um Handgelenk und Unterarm geschlungen, in der Luft. Mit der Faust verschaffte er sich zusätzlichen Halt. Er spürte sein eigenes Gewicht, das an seinem ausgestreckten Arm zog. Das Seil hing an einem Balken. Sein Körper drehte sich langsam. Er bemühte sich, nicht mit den Beinen zu strampeln. Mit dem freien Arm ruderte er ein wenig. Seine Augen waren verbunden – zwei seiner Augen jedenfalls.

Das nutzlose dritte Auge hatten sie nicht angefasst.

Der Stock traf ihn auf die Oberschenkel. Er legte den freien linken Arm quer über die Schenkel. Der nächste Schlag traf ihn an die ungeschützte Hüfte. Er hob den Arm dorthin.

Dann wieder ein Hieb auf die Oberschenkel. Er senkte nun den Arm.

»Fast schon dressiert«, sagte Shenidin. »Hoch den Arm, runter mit dem Arm. Immerhin. Nicht schlecht für eine Missgeburt.«

Er ließ den linken Arm seitlich am Körper hängen.

»Oho«, machte Shenidin.

Der nächste Schlag, heftiger als alle zuvor, traf seinen Rücken. Ihm stockte der Atem. Hilflos wischte er mit dem linken Arm nach hinten; wieder ein Schlag, diesmal auf den linken Unterarm.

Jetzt erst schrie er gepeinigt auf.

»Du musst nur loslassen«, sagte Shenidin. »Liegt der Gegner am Boden, wird er nicht mehr geschlagen. Nur loslassen.«

Warum ließ er übrigens nicht endlich los? Irgendwann würde er loslassen; warum nicht jetzt? Scham? Ehrgefühl? Scham und Ehrgefühl hatte er hinter sich gelassen wie quälende Kinderkrankheiten. Was also war das Unheilbare in ihm, das ihn zwang, auch jetzt noch festzuhalten?

Der nächste Schlag traf ihn zwischen die Schultern. Er biss sich vor Schmerz auf die Unterlippe. Gleich darauf schmeckte er sein Blut, und er roch es. Das leicht bittere Aroma überdeckte für einen kurzen Moment den Gestank der Fäkalien, der aus der Grube aufstieg, über die sie ihn gehängt hatten.

»Ein Jammer, wenn man der Augen nicht nur zwei hat, wie es sich gehört, sondern ihrer drei – und doch nicht sehen kann!«, sinnierte Shenidin.

Er hörte die anderen lachen. Denn sie waren hier als Diener ihrer Schönheit. Und auch, natürlich, um ihn zu quälen.

Er stellte sie sich vor: die schöne Shenidin. Ihre Augen waren ebenso kupferfarben wie ihr Haar. Ihre Wangenknochen setzten hoch an; auf ihren Lippen glitzerten winzige Messingpartikel. Die tiefdunkle Schmucknarbe auf ihrer linken Wange stellte ein uraltes Symbol dar, eine Hieroglyphe: den Ehernen Stab der Unbeugsamkeit.

»Willst du mich immer noch küssen?«, fragte sie.

»Das wäre im Augenblick schwierig«, sagte er. Er holte Luft. Das Atmen schmerzte ihn. »Du müsstest dazu durch die Jauche waten. Aber was mich betrifft: Ich hab im Augenblick nichts anderes vor und wäre dabei. Also komm.«

Er hörte ihren Schrei, dann traf ihn der Schlag direkt am Kinn. Gegen seinen Willen löste sich seine Hand vom Seil. Sein Arm wickelte sich ab; er klatschte in die Fäkalien, sank auf die Knie und stützte sich mit beiden Händen auf dem glitschigen Boden ab.

Gelächter.

Langsam richtete er sich auf und streifte die Augenbinde ab. Er schaute sich um. Die fröhliche Runde betrachtete ihn mit Spott und Ekel.

»Guall könnte ein wenig durch die Scheiße schwimmen«, schlug Fethaym mit seinem gutmütigen Bass vor. Fethaym war einer von Shenidins derzeitigen drei oder vier Favoriten. »Vielleicht macht er sich und wird zum besten Scheißeschwimmer weit und breit.«

Höhnischer Applaus.

Fethaym warf Shenidin einen Blick zu, um zu sehen, ob sie seinen Witz zu würdigen wusste. Aber ihr Blick blieb unverwandt auf Guall gerichtet. Guall, der ihr beinahe neugierig in die Augen sah.

Er richtete sich langsam auf und versuchte unterdessen, sich die Hände an der Hose abzuwischen. Aber die Hose hatte sich mit der Jauche vollgesogen, triefte und war nicht bereit, noch mehr Exkremente und stinkenden Sud aufzunehmen.

»Du siehst gut aus«, sagte Rennark, ein anderer Liebling aus ihrem Harem. »Kot kleidet dich bestens. Der kotierte Guall gibt sich die Ehre.« Er verneigte sich theatralisch.

»Einem schönen Mann steht alles«, setzte Fethaym hinzu. Fethaym und Rennark lachten um die Wette.

Shenidin ließ Guall nicht aus den Augen. Sie studierte ihn wie ein fremdartiges Tier oder wie eine Maschine, deren Mechanismen und Funktionsweisen sie nicht ganz begriff.

Guall kletterte aus dem Becken. Seine Schuhe quietschten leise und hinterließen feuchte Spuren auf dem Boden. Fethaym und Rennark hatten sich links und rechts eng neben Shenidin postiert, testosterongefüllte Pralinen für Shenidins Appetit auf Nacht und Übertretung. Sie lehnte den Kopf mal an die eine, dann an die andere Schulter und umschlang die Hüften der beiden Männer.

Guall stapfte langsam auf sie zu.

Shenidin und ihre beiden Favoriten drehten ab, Komplizen im Glück. Für sie ging ein wunderbarer Tag zur Neige. Guall hörte Shenidins Lachen.

Guall, wie immer, blieb zurück. Er war gut im Zurückbleiben, gut im Zurückgelassenwerden.

Plötzlich aber und im Schutzmantel ihres Gelächters schaute Shenidin über die Schulter zu ihm zurück, und er erkannte, was sie und ihre Freunde wirklich taten: Sie flohen vor ihm.

Viele Jahre später hatte er gehört, dass die drei zusammengeblieben waren, auch, als Rennark zum Kommandanten eines Raumschiffs aufgestiegen war. Sie waren ebenfalls zusammen gewesen, als ihr Schiff über Ambur abgeschossen worden war, und sie waren zusammen gestorben.

Später, als man begonnen hatte, Guall, dem Thort, Frauen zuzuführen, hatte er, wenn sie blieben und ihm ihren Schlaf anvertrauten, den Schlafenden sacht, um sie nicht zu wecken, mit dem Zeigefinger ein uraltes Piktogramm auf die Wange gezeichnet.

Nur einmal war eine aufgewacht; ihren Namen hatte er vergessen. Sie hatte ihre Lider schlaftrunken aufgeschlagen, und er hatte mehr gespürt als gesehen, dass sie ihn in der Dunkelheit anstarrte. »Was tun Sie dort? Beschriften Sie mich?«

»Ich weiß es nicht«, hatte er gesagt, ohne zu begreifen, warum er log.

Es war die Hieroglyphe des Ehernen Stabes der Unbeugsamkeit.

Keine der Frauen war je schwanger geworden von ihm. Thort Guall war unfruchtbar.

Merkwürdig, was einem alles nicht mehr aus dem Kopf geht, dachte der Thort, der Herrscher des Wegasystems und damit über Abermilliarden Ferronen, und kehrte zurück in die Gegenwart.

Kapitel 5

Rhodan und die Frau mit dem Monokel

Hedpous Magendarmvergnügen war, was man auf der Erde ein Verzehrtheater genannt hätte – oder eine Karaoke-Bar. Man saß an winzigen, runden Tischen und blickte auf das leicht erhöhte Zentrum des Saales, auf das nach Regeln, die Rhodan nicht durchschaute, Ferronen traten, um ein Lied zu singen, ein akrobatisches Kunststück vorzuführen oder ein Spottgedicht auf irgendwen aufzusagen. Den meisten Beifall erhielt ein Ferrone, der, drei dürre, rüstige Damen im Arm, diesen den Hof machte und mit ihnen, da sie sich willig zeigten, zur Tat schritt – wenn auch nur in einer vielsagenden Pantomime. Die drei älteren Damen quietschten und juchzten vor wirklichem oder gespieltem Vergnügen und schritten, indem sie mit den Händen unter dem ausgebeulten Hemd eine Schwangerschaft andeuteten, von der Bühne.

Der Held breitete seine Arme aus und verkündete mit tiefer, weithin hallender Stimme: »Geschehen ist geschehen!«, offenbar mit sich, den Damen und dem Lauf der Welt zufrieden.

»Geschehen ist geschehen!«, brüllte es im Chor zurück.

Yinye rief lautstark »Oh-ho!« in den Saal, wandte sich Rhodan zu und fragte: »Gut, was?«

»Unvergleichlich«, sagte Rhodan, der mit großem Appetit aß. Die Küche war tatsächlich ausgezeichnet. Der Kellner hatte ihnen zum Essen eine Schüssel auf den Tisch gestellt, dazu zwei bauchige Gläser, mit denen sie aus einer Schüssel das Getränk schöpfen konnten: eine Art leichten Fruchtwein, der andeutungsweise nach vergorenem Apfel und Ananas schmeckte.

Yinye schöpfte mehr, als dass sie aß, und der Fruchtwein tat seine Wirkung. »Es ist schön hier!«, rief sie in den Saal. Dann fuhr sie herum, beugte sich weit über den Tisch und war mit ihrem Gesicht plötzlich ganz nah bei seinem. Sie schien etwas sagen zu wollen, verschluckte sich, hustete, gluckste über sich selbst und fragte dann: »Wie ist das Essen?«

»Ausgezeichnet.« Er lächelte ihr verschwörerisch zu. »Ich kann es nur nicht bezahlen.«

»Machen Sie sich nichts draus«, tröstete sie ihn. Ihre Augen glänzten. »Werden Sie Ihren Beitrag leisten?«

»Natürlich«, versprach er. »Aber ich bin müde. Ich hatte einen schweren Tag.«

»Ja«, sagte sie leise.

»Ich wüsste gerne, wie es meinen Begleitern geht. Wo finde ich sie?«

»In der Klinik, vermute ich. Dort, wo ich Sie abgeholt habe. Und bekleidet.«

»Sicher«, sagte er. »Gehen wir zurück?«

»Nein. Sie gehen nicht dorthin zurück. Sie bekommen jetzt ein eigenes Zimmer. Ich bringe Sie hin.«

Sie standen auf. Yinye schwankte leicht; er stützte sie; sie legte einen Arm um seine Hüfte. So verließen sie den Saal. Es war deutlich kühler geworden, aber nicht kalt. In den Laternen leuchtete ein schönes, messingfarbenes Licht.

»Diese Klinik, in der ich gelegen habe – wie war gleich ihre Bezeichnung?«, fragte er wie in Gedanken versunken.

»Das Heilhaus der gerechten Hand«, sagte Yinye. »Eneidas Heilhaus.«

»Richtig«, sagte er.

Yinye hatte sich noch nicht von ihm gelöst und führte ihn. Es war ihm recht. Die Straße, auf die sie zuliefen, wirkte wie eine gemauerte Welle, sie führte auf und ab und wieder auf; die beiden Ränder von einer transparenten Brüstung begrenzt. Zu seiner Überraschung nahm sie ihn, bevor die Straße anstieg, zur Seite. Dort, wo die Straße sich zu einer ersten Welle aufwölbte, befand sich ein winziges Haus, nirgends mehr als drei Meter hoch.

Die Tür, die sie aufdrückte, war so schmal, dass er die Schultern beim Hineingehen seitlich stellen musste. Ein Zimmer links, ein Zimmer rechts; geradeaus die Toilette. Sie öffnete die linke Tür. Die Decke senkte sich in einem Bogen wie in einem Mansardenraum bis zum Boden. Dort, wo Decke und Boden sich trafen, stand eine Liege, am Kopfende ein Beistellschränkchen, darauf eine Waschschüssel. In der vorderen Wand gab es ein schartenförmiges Fenster; unter dem Fenster sah er ein quadratisches Schränkchen, in dem es leise summte. Yinye trat an das Schränkchen und öffnete es. Rhodan spürte die Kälte darin, er sah einige Wasserflaschen und etwas, das er für Konservendosen hielt.

»Nun?«, fragte sie keck, und er verstand sofort, dass sie gelobt werden wollte.

»Das ist alles sehr schön. Danke!« Er ließ sich auf das Bett sinken.

»Eneida sagt, Sie haben Glück gehabt, dass Sie leben«, sagte sie leise.

»Ja«, sagte er. »Glück.«

Rhodan wartete über eine Stunde. Aus Yinyes Zimmer klang kein Geräusch mehr. So leise wie möglich stand er auf und verließ das Haus unter der welligen Straße. Den Sombrero hatte er tief ins Gesicht gezogen, die Arme unter dem Poncho um den Leib geschlungen.

Er prägte sich das eine oder andere Gebäude oder eine andere Wegmarke ein. Bei der groben Richtung war er sich sicher. Aber dann kam eine Weggabelung, da wusste er nicht, ob nach er nach links oder rechts gehen sollte. Er blieb stehen.

Zwei junge Ferroninnen, lauthals lachend, näherten sich. Er zog die Schultern zusammen, verbeugte sich tief und fragte, ohne sie anzusehen, mit einer Stimme, die leidend klingen sollte: »Entschuldigung! Wo finde ich das Heilhaus der gerechten Hand?«

Eine der beiden Frauen gab ihm im Vorübergehen knappe Auskunft, ohne ihren Schritt zu verlangsamen. Die Klinik lag näher, als Rhodan befürchtet hatte.

Rhodan konnte ungehindert eintreten; das Gebäude machte einen übersichtlichen Eindruck. Bald hatte er den Gang gefunden, den er vor einigen Stunden mit der neuen Kleidung am Leib und im Gefolge Yinyes betreten hatte.

Die alte Ferronin mit dem Monokel saß zu seiner Verwunderung noch dort. Ob sie Wache hielt? Oder den Dienst einer Krankenpflegerin versah? Ob sie ihm würde sagen können, wo Thora, Reg und die anderen waren?

Sie sah ihn an. Ihr Hocker rutschte mit einem leichten Quietschen ein Stück über den Boden. »Ich bin zurück«, sagte er. »Ich komme nachsehen, wie es meinen Gefährten geht.«

»Ich rieche die Sharsharym«, sagte sie. »Ich rieche, ob sie kommen, um zu laichen, oder zum Fraß.«

Rhodan schwieg.

»Wie Yinye. Nur bin ich alt. Aber ich rieche noch. Und du riechst andersartig. Die Kleidung überdeckt es nicht.«

»Das tut mir leid.«

Sie rückte ihr Monokel zurecht und kniff es fest ein. »Warum sollte es dir leidtun?«

»Wie finde ich sie?«

Die Alte räusperte sich ausdauernd. »Die Frauen sind im Blauen Trakt. Die Männer im Trakt Fhernoy.« Sie begleitete ihre Worte mit Hinweisen ihrer Hand.

Er bedankte sich und ging an ihr vorbei. Sie rief ihm nach: »Seid ihr Züchtungen?«

Er blieb stehen und sah sich um. »Wegen unserer Hautfarbe?«

»Wegen eurer Hautfarbe. Wegen eurer Ausdünstungen.«

»Nein«, stellte Rhodan klar. »Man hat uns nicht gezüchtet. Aber unsere Vorfahren haben sich im Laufe der Zeit an ihre Umwelt angepasst.«

Er überlegte kurz, dann nahm er den breiten Hut ab, ging zu ihr zurück und hockte sich neben sie. Ihre Augenpaare waren auf gleicher Höhe. Er sagte: »Ich bin neu in Ganashar. Sicher mache ich Fehler.«

»Du bist neu in Ganashar?« Sie lachte ein brüchiges, pfeifendes Lachen.

Er beugte sich ein wenig vor und flüsterte: »Ich weiß nicht einmal sicher, auf welchem Planeten ich bin.«

»Dann hast du dich wahrlich verirrt«, sagte sie.

»Es ist der zehnte Planet der Wega, nicht wahr?«

»Ambur«, sagte sie. »Wo sonst könntest du sein. Du bist auf Ambur.«

»Gut.« Er lächelte.

»Ich weiß nicht, wie lange es noch gut sein wird, auf Ambur zu sein. Es gibt Gerüchte.«

Rhodan wartete, aber die Alte sagte nichts mehr. Er richtete sich wieder auf. »Ich gehe zu den Frauen.«

»Das ist der Weg der Männer«, sagte sie.

Thoras Augen waren offen und schauten ihm so wach entgegen, als hätte sie auf ihn gewartet. Ihr Gesicht war mit einer Heilpaste bestrichen, einem klaren Gel, das ein herbes Aroma verströmte, irgendwo zwischen Zwiebel und Aloe und, im Nachklang, sogar leicht nach Schwefel.

Der Sonnenbrand hatte Blasen geworfen, eine Verbrennung zweiten Grades.

»Haben Sie etwas in Erfahrung gebracht?«, fragte Thora anstelle einer Begrüßung.

»Wir sind tatsächlich auf Ambur«, sagte Rhodan. »Der ursprünglichen Nummer zehn. Auf dem verschwundenen zehnten Planeten der Wega.«

»Bevor er verschwunden ist. Wollen wir nicht hoffen, dass es in diesen Tagen ans Verschwinden geht.«

»So viel Pech kann man nicht haben.« Rhodan setzte sich auf die Bettkante.

»Das habe ich auch gedacht, bevor ich Sie kennengelernt habe.«

Er grinste. »Sie sollten mich nicht mit Komplimenten verwöhnen. – Wie geht es den anderen?«

»Chaktor ist wieder wohlauf, gibt aber noch den zu Tode Erschöpften. Er weiß, dass Sie entlassen worden sind, und will verhindern, dass die Gruppe weiter zersplittert. Tschubai geht es ebenfalls wieder gut. Bull und das Mädchen ...«

Rhodan hob die Augenbrauen.

Sie sagte: »Die ferronischen Mediker haben uns behandelt, die Folgen der Höhenkrankheit kuriert und gegen die Verbrennungen getan, was sie konnten. Bei den beiden scheint es aber Komplikationen zu geben.«

»Ich werde nachsehen«, sagte er besorgt. Er machte Anstalten aufzustehen, sie hielt ihn am Poncho fest.

»Bevor Sie gehen: Es war knapp. Wenn Sie nicht auf die Ferronen gestoßen wären, wenn Sie ihnen nicht den Hinweis auf uns gegeben hätten ...«

Er winkte ab. »Wenn Sie nicht die Güte gehabt hätten, auf dem Mond notzulanden, müsste ich jetzt als gefeierter Astronaut mein Leben fristen, hoch bezahlte Vorträge halten, in Talkshows gastieren, abends heim zu Frau und Kindern gehen – Sie wissen ja, wie einem Helden Frauenherzen zufliegen.«

»Wie Mönche dem Licht.«

»Motten«, verbesserte Rhodan. »Motten fliegen ins Licht, nicht Mönche.«

Sie ließ seinen Poncho los und schubste ihn von der Bettkante. »Was sind Sie doch für ein widerlicher Besserwisser.«

Auch vor Sue Mirafiores Zimmer stand keine Wache, saß keine Pflegerin. Er klopfte leise und öffnete die Tür. Ras Tschubai saß bei Sue. Er drehte sich zu Rhodan um und legte den Finger auf die Lippen.

Rhodan hörte die junge Mutantin leise wimmern.

Tschubai stand auf und kam Rhodan einige Schritte entgegen.

»Was ist mit ihr?«, fragte Rhodan.

»Wir wissen es nicht. Sie scheint Schmerzen zu leiden. Oder sie träumt von Schmerzen. Manchmal spricht sie wie im Delirium.«

»Was sagt sie?«

»Wirres Zeug«, sagte Tschubai mit einem Achselzucken. »Sie verarbeitet wohl, was sie in den letzten Tagen erlebt hat.«

»Was meint Eneida?«

»Die ferronische Ärztin? Sie hat Sue in etwas versetzt, was sie eine *leichte Narkose* nennt. Sie beobachtet das Mädchen und kümmert sich. Aber sie macht offen gestanden einen etwas hilflosen Eindruck. Sie meint, dass wir sonderbar sind. Andersartig.«

»Und Reg?«

Tschubai zuckte wieder die Achseln. »Ist auch noch nicht bei Bewusstsein.«

»Warst du bei ihm?«

»Kurz.«

Rhodan ließ sich den Weg zu Bulls Zimmer beschreiben.

Tschubai sagte: »Wir sollen morgen arbeiten – Chaktor, ich, wahrscheinlich auch Thora.« Er zeigte mit einem offenen Lächeln seine weißen Zähne. »Wahrscheinlich braucht diese Siedlung schlicht Arbeitskräfte.«

»Mag sein. Ich habe allerdings eher den Eindruck, man verzichtet hier bewusst auf technisches Gerät.« Er erzählte Tschubai von seinem Ausflug in die Stadt, von den Gaslaternen.

»Du meinst, Ganashar ist so etwas wie ein ferronischer Garten Eden? Eine Heimstatt für Asketen, Kulturflüchtlinge und Endzeitler?«

Rhodan dachte an *Hedpous Magendarmvergnügen* und schüttelte den Kopf. »Asketen wohl kaum. Endzeitler oder Weltuntergangspropheten – ich weiß nicht.« Er legte die Stirn in Falten. »Wir sind übrigens auf Ambur.«

»Auf der verlorenen Welt?« Tschubai überlegte. »Vielleicht sind wir ja – oder werden wir der Grund dafür sein, dass der Planet verschwindet.«

»Nein«, sagte Rhodan. »So wichtig sind wir nicht. – Ich gehe jetzt zu Reg. Wie sieht es aus: Kannst du springen?«

Tschubai kniff die Lippen zusammen und nickte. Dann trennten sie sich; Rhodan ging zu Bull, Tschubai blieb bei Sue.

Auch Bulls Zimmer war frei zugänglich. Man hatte ihn mit Ledergurten auf die Liege geschnallt. Die Riemen banden Hand-

und Fußgelenke. Bull hatte die Augen weit geöffnet. Er bewegte die Brust, den Kopf, das Becken in quälend langsamen, kreisenden, sich immer wiederholenden Bewegungen, so als mahlte sein Körper irgendeine unsichtbare Substanz. Rings um ihn aufgebaut standen einige medizinische Überwachungs- und Versorgungsgeräte. Die ferronischen Skalen waren Rhodan fremd. Immerhin war nichts dabei, was ihn intuitiv alarmiert hätte.

»Reg?«, fragte Rhodan leise.

Er trat näher und legte seine Hand auf Bulls Stirn. Sie war kalt und feucht. »Reg«, sagte er noch einmal und beugte sich über ihn. Er fand seinen Puls und zählte; ein Ruhepuls von fünfundsiebzig war nicht wenig, aber auch nicht bedrohlich viel. Das Herz schlug, wie er feststellte, gut spürbar und gleichmäßig.

Bull reagierte auf keine von Rhodans Berührungen. Obwohl er seinen Kopf rollte, fixierten Bulls weit offene Augen einen Punkt irgendwo jenseits des Raums.

»Reg?«

Besorgt, wie er gekommen war, verließ er das Zimmer. Er überlegte, ob er noch mit Chaktor sprechen sollte, wollte seinen Aufenthalt in der Klinik aber auch nicht zu sehr ausdehnen.

Tschubai hielt sich nach wie vor bei Sue auf.

Rhodan beschrieb ihm den Weg zum Haus unter der gemauerten Welle. Tschubai hörte konzentriert und mit geschlossenen Augen zu, seine Hand an Rhodans Schulter; dann teleportierte er.

Es war finster im Zimmer. Tschubai tastete sich voran und setzte sich auf das Bett. Rhodan öffnete den Kühlschrank und reichte Tschubai eine Flasche Wasser. Tschubai trank. Sie sprachen nicht. Endlich stand der Teleporter auf und nickte Rhodan kurz zu.

Im selben Moment, in dem Tschubai sprang, wurde die Tür aufgerissen, und Licht flackerte auf. Rhodan drehte sich um. Yinye stand in der Tür. Sie trug eine Art Badetuch oder kurze Toga; knapp unter ihrem Schoß waren die Beine unbedeckt, auch ihre Arme waren nackt. »Was ...?«, fragte sie.

»Es ist nichts«, sagte Rhodan, setzte sich auf das Bett und griff nach der Flasche, die Tschubai zurückgelassen hatte. Er nahm einen Schluck. »Ich bin müde.«

Die junge Ferronin musterte ihn kurz und verließ den Raum.

Kurz darauf lag Rhodan da, die Hände im Nacken verschränkt. Das Gefühl, irgendetwas übersehen zu haben, quälte ihn und hielt ihn wach. Er dachte an die Frau mit dem Monokel.

Er konzentrierte sich, rief sich ihr Gesicht in Erinnerung, kreiste das, was ihm zu denken gab, ein.

Es lag an den Augen, ging ihm endlich auf. Eines war trüb. Das andere – plötzlich begriff er: Es war das Monokel. Was war ein Monokel? Eine Sehhilfe; und rund.

Vor dem blauen Gesicht. Das blaue Gesicht hinter Glas. Die runde Sehhilfe.

Er lachte leise, als ihm die Verbindung aufging.

Als er das Gebäude am Rand der Todeszone erreicht hatte, war ihm das Gesicht – Ennias Gesicht – im Fenster erschienen. Aber bevor sie näher ans Glas getreten war, hatte er auch einige Dinge im Raum gesehen: leuchtende Anzeigen an Armaturen, technische Gerätschaften, eine metallene Schüssel.

Plötzlich begriff er die Zusammenhänge. Die ferronischen Apparaturen wichen nur in Details von ihren irdischen Entsprechungen ab: der periodisch aufleuchtende Schirm, die Schüssel, die Umwandler, die Energiespeicher, um die Induktionsspulen zu betreiben. Die Kate beherbergte eine wenn auch schlichte Radarstation.

Eine getarnte Radarstation offenbar. Das leicht aufgewölbte Dach war zwar keine ausgesprochene Kuppel, diente aber wohl als Schutzhülle.

Was die Frage aufwarf: Vor wem tarnten die Bewohner Ganashars ihre Radaranlagen? Wen wollten sie beobachten? Und: Was genau hatte eine Medikerin in dieser Station in der Todeszone zu erledigen?

Kapitel 6

Garreans Audienz beim Thort

Ambur war ein vergleichsweise kleiner Planet, sein Umfang betrug dreiundzwanzigtausend Kilometer; seine Schwerkraft war mit 0,89 Gravos gering.

Die Luft war dünn und nur in den Niederungen für Ferronen atembar. Bis in eine Höhe von etwa sechshundert Metern reichte die Lebenszone, darüber hinaus wurde Atmen ohne Hilfsmittel mühselig. Spätestens bei neunhundert Metern begann die Todeszone, in der kein Ferrone ungeschützt überleben konnte.

Verglichen mit den Lebensbedingungen auf Ferrol und den anderen bequem bewohnbaren Welten wie Rofus, Reyan, Ablon und Pigell war Ambur ein karges und hartes Land; zu hart, als dass sich Ströme von Siedlern hierhin auf den Weg gemacht hätten.

Ambur entfachte keine Träume von einem besseren Leben, Ambur versprach keine großzügige Freiheit, keine farbenprächtigen Abenteuer. Nur Atemnot.

Die ferronischen Militärs hatten Ambur als Übungs- und Testgelände benutzt. Auf Ambur durften sich die Vernichtungskräfte ihrer Waffen in aller Pracht und Herrlichkeit entfalten; hier durften die Bioingenieure an einheimischen oder von anderen Wegaplaneten eingeführten Arten experimentieren und die Schöpfung durch neue Geschöpfe bereichern.

Erst gegen Ende des Krieges und danach hatte der Planet begonnen, Flüchtlinge anzuziehen: solche, die sich am straffen, autoritären Regime störten, das der Thort etabliert hatte; alte Krieger, die sich nicht in einen friedlichen Alltag einzuleben vermochten; Kriegsverbrecher auf der Flucht oder Verurteilte, die sich einen Straferlass verdienen wollten.

Dazu das übliche Gemenge aus Glücksrittern, jenseitig Begeisterten und Utopisten, wie sie in der Caldera von Ganashar ihr Paradies gefunden zu haben glaubten.

Aber auch Wissenschaftler und Ingenieure waren gekommen,

Liebhaber großer Herausforderungen, die von der Größe der Aufgabe begeistert waren.

Der Großteil dieser vielleicht dreihunderttausend Ferronen hatte sich in der einzigen Großstadt Amburs ansässig gemacht: in Karbush.

Dort, auf der größten Ebene des Planeten, auf dem schmalen Streifen fruchtbaren Landes am Äquator, befand sich auch der einzige Raumhafen, auf den die PACVASS III momentan zuhielt.

Der Nurflügler lag ruhig in Flugrichtung. Garrean bediente den Steuerstick mit der rechten Hand.

Der linke Arm lag, von Shim sorgfältig verbunden, reglos auf der Lehne.

»Der Thort also«, sagte Garrean kurz vor dem Aufsetzen.

Aber da es keine Frage war, gab Shim auch keine Antwort.

Shim beobachtete den Gouverneur. Garrean schälte eine Phaun-Praline aus dem Zellophan, stopfte sie sich in den Mund, kaute, feuchtete gleichzeitig eine Fingerspitze an, fuhr damit ins Gewürztöpfchen, nahm einige Salzkristalle auf, leckte sie ab und griff zur nächsten Praline.

»Nervös?«, fragte Shim.

»Hm«, machte Garrean. Das war Eingeständnis genug.

Der Gouverneur hatte im Krieg aufseiten des Thort gekämpft, aber er war dem Herrscher der Ferronen nie von Angesicht zu Angesicht begegnet.

Manche Ferronen – zumindest die, die wie Garrean für ihn Partei ergriffen hatten – verehrten den Thort wie ein höheres Wesen.

»Es heißt, dem Thort entgehe nichts, was im Wegasystem geschieht«, sagte Shim. »Er sei allsehend und könne jederzeit an jedem Ort des Systems auftauchen.«

»So heißt es«, murmelte Garrean. »Aber das ist nicht, was du glaubst, oder?«

»Ich glaube gar nichts«, sagte Shim kalt. »Man müsste es überprüfen.«

»Wie?«

»Sie könnten den Thort fragen, was ich vorgestern zu Mittag gegessen habe«, schlug Shim vor.

Für einen Moment musterte Garrean seinen Sekretär verblüfft. »Eine wunderbare Idee. Man fragt sich, warum nicht du der Gouverneur bist, sondern meine Bedeutungslosigkeit.«

Shim nickte ernst. »Ich vermute, weil ich niemals Ihre Leutseligkeit erreichen werde. Außerdem trage ich eine Brille.«

»Tatsächlich?«, fragte Garrean mit grenzenloser Verblüffung. »Das wird es sein.«

Shim lenkte den Sechsräder aus der südlichen Pforte der Stadt ins freie Gelände. Das Prunkzelt des Thort war in der Ferne bereits sichtbar; die Zeltbahnen aus scharlachrotem Tuch leuchteten förmlich im Licht der Wega.

»Wozu kommt der Thort nach Ambur? Auf die vielleicht unwichtigste der besiedelten Welten des Systems?«, fragte sich Garrean laut.

»Und was will er vom Gouverneur?«, ergänzte Shim.

Ihr Wagen wurde von zwei Wächtern angehalten. Sie stiegen aus. Einer der beiden Ferronen tastete erst Garrean, dann Shim knapp und geübt ab; der andere strich mit einem Metalldetektor über ihre Körper. Sie ließen die Prozedur schweigend über sich ergehen, und auch die Wächter schwiegen.

Vor dem Zelt stand ein Ferrone in einer schlichten Uniform der Raumflotte ohne jedes Rangabzeichen. Er trug ein zeremonielles Kurzschwert an der Seite; eine Maschinenpistole hing ihm griffbereit quer über die Brust. Dabei erweckte er den Eindruck, dass er im Zweifelsfall keine andere Waffe benötigen würde als seinen trainierten Leib.

Man ließ sie endlich passieren.

Sie traten ins Zelt.

Audienz beim Thort, dachte Garrean.

Es war deutlich wärmer als draußen. Ein angenehmes Aroma hing im Raum; es strömte von den aufgebrochenen Früchten aus, die in den Essigschalen lagen.

Der Thort saß auf einem Stuhl aus Aluminium mit hohem, rundem Rücken. Seine Arme ruhten auf zwei Lehnen. Die Haut auf den Händen wirkte papieren. Der Thort war uralt.

Dennoch sah Garrean ihn geradezu vor Vitalität strahlen.

Der Thort bedeutete dem Gouverneur, näher zu treten. Garrean machte zwei, drei weitere Schritte und blieb wieder stehen. Der Thort besaß tatsächlich das dritte Auge. Es befand sich auf seiner Stirn. Garrean meinte, von diesem Stirnauge durchleuchtet zu werden. Als richtete sich ein Scheinwerfer aus reiner, mentaler Kraft auf ihn.

Eine Ferronin stand beim Thort, vom Thron weitgehend verborgen. Ihr Blick erfasste erst Garrean, dann Shim, dann wieder Garrean.

Der Thort sprach leise zu der Ferronin, aber Garrean konnte ihn noch verstehen: »Bitte lassen Sie uns für einen Augenblick allein, Ministerin Demeris.«

Die Ministerin grüßte weder den Thort noch im Vorübergehen die beiden Besucher. Sie bedachte Garrean allerdings mit einem prüfenden und eher skeptischen denn zugeneigten Blick.

Nachdem sie das Zelt verlassen hatte, waren sie mit dem Thort allein. Garrean zwang sich, nicht nach versteckten Sicherheitssystemen Ausschau zu halten, die es im Zelt zweifellos gab.

»Ich danke für Ihr schnelles Kommen«, sagte der Thort. »Ich hoffe, mein unangekündigtes Eintreffen ist Ihnen keine zu große Last.«

Die Worte klangen zeremoniell, aber Garrean glaubte, auch etwas wie eine echte Anteilnahme herauszuhören, und erklärte seine Freude über den Besuch. Der Thort fragte, ob sie hungrig oder durstig wären, und wies auf einen Pflock, an dem Reinwasser- und Perlwasserflaschen hingen, und einige getrocknete Bhisbin-Reben. Garrean hörte das winzige Knistern der leeren Zellophanverpackungen in seiner Hosentasche.

Beide lehnten bescheiden ab.

Der Thort bot ihnen einen Stuhl an, und sie setzten sich. Garrean genoss das Sitzen. Der Einsatz im Orbit hatte ihn mehr erschöpft, als er sich selbst gegenüber eingestehen wollte; im linken Ellenbogen pochte der Schmerz. Garrean ärgerte sich, dass er kein Schmerzmittel genommen hatte. Aber die Vorstellung, dem Thort pharmazeutisch beeinflusst gegenüberzutreten, war ihm peinlich gewesen.

Der Thort stellte einige Fragen. Sie betrafen die Funde von immer noch gefährlichem Militärschrott, den Bau eines neuen, revolutionär effektiven Wärmepumpenkraftwerks in Karbush, die Ausbreitung einer genetisch optimierten Art von Wanderpilzen, die als Nahrungsmittel für Ferronen taugte.

Garrean staunte. Der Thort mochte nicht allwissend sein – auch wenn populäre Legenden das ehrerbietig behaupteten. Aber es konnte keinen Zweifel daran geben, dass er außerordentlich gut unterrichtet war.

Für einen flüchtigen Moment überlegte Garrean, ob der Thort dank seiner Mutation, des dritten Auges, über telepathische Fähigkeiten verfügte und die Informationen aus ihren Köpfen las.

Der Gedanke beschämte ihn. Warum sollte der Thort zu so einem Trick greifen? Nur, um dem Gouverneur der provinziellsten aller Wegawelten zu imponieren? Oder seinem Sekretär?

»Ich verstehe Ihren Stolz auf das, was Sie hier geleistet haben«, sagte der Thort. »Auch wenn ich nicht ganz begreife, warum der Ferrone, der all das erreicht hat, sein Leben leichtfertig aufs Spiel setzt, um Schaden von einem Orbitalspiegel abzuwenden«, tadelte er mit einem verständnisvollen Lächeln.

Auch davon weiß er also, dachte Garrean. Durchaus befriedigt, denn das Lächeln bewies ihm wie der Tonfall, in dem der Thort ihm den Tadel erteilt hatte, dass ihm der Wagemut des Gouverneurs zusagte.

Garrean begann, über das Projekt der Ferrolformung zu reden. Er stellte dem Thort das Bild eines erblühenden Planeten vor Augen, gehegt und behütet von Ferronen.

Der Thort lauschte ihm, anscheinend weniger erstaunt über die Vision selbst als über die Begeisterung, mit der Garrean sie ihm vortrug. Und während er die Utopie des künftigen Planeten Ambur entwickelte, begriff er, dass der Thort ihn reden ließ, weil alles Reden nur ein Vorspiel war zu dem, was der Thort zu sagen hatte.

»Hm«, unterbrach sich Garrean. »Ich fürchte, ich langweile Sie.«

»Das tun Sie nicht«, sagte der Thort. Aber er forderte ihn auch nicht auf weiterzusprechen.

»Sie heißen Shim?«, wandte sich der Thort an Garreans Sekretär.

Shim verneigte sich zur Bestätigung.

»Shim. Ich bitte Sie, Gouverneur Garrean und mich für einen Moment allein zu lassen.«

»Nein«, hörte Garrean sich zu seiner eigenen Verblüffung sagen.

»Nein?«, wandte sich der Thort an Garrean. Er betrachtete den Gouverneur voller Neugier.

Garrean räusperte sich und sagte: »Mein Sekretär ist mit allen Aspekten meiner Amtsgeschäfte bis ins Detail vertraut.« Und als spürte er, dass dies nicht genügte, fügte er an: »Ich würde mit ihm in die bodenlose Zisterne der Zeit steigen.«

Garrean brauchte nicht zu seinem Sekretär hinüberzusehen, um zu wissen, dass er die Augen hinter seinen Brillengläsern verdrehte. Shim hatte sich immer wieder zu einer technischen Sicht auf die Welt bekannt, was seiner Meinung nach jede Zuflucht zu den *Alten Noten* ausschloss. Mythen waren Shim zuwider, die Bautasteine der Schwarzen Bestien, der Hort der Vorkommnisse, natürlich auch die Legenden von den bodenlosen Zisternen der Zeit.

Der Thort zögerte. Es hätte ihn einen Wink gekostet, und die

Wächter wären ins Zelt gestürmt, um seinen Wunsch in die Tat umzusetzen. Aber niemand war von seiner Weigerung dem Thort gegenüber mehr überrascht als Garrean selbst.

Der Thort, auf dessen Gesicht sich ein Hauch von Erstaunen abgezeichnet hatte, lächelte, und es war ein erschreckend müdes Lächeln. »Bevor wir Sie darüber in den Zisternen verlieren, mag er bleiben«, teilte er seine Entscheidung mit.

Garrean leckte sich kurz über die trockenen Lippen. Ihm war bewusst, dass das eigentliche Gespräch erst jetzt beginnen würde.

Der Thort sagte: »Wir werden Ambur räumen.«

Garrean lachte leise.

Der Thort fragte: »Sie haben mich verstanden?«

»Ich glaube kaum. Sie wollen Ambur räumen? Wozu? Für welchen Zeitraum?«

»Für immer. Der zehnte Planet ist nur äußerst bedingt tauglich für ferronische Besiedlung. Unsere Aktivitäten hier binden unverhältnismäßig hohe Ressourcen, die beim Wiederaufbau der Hauptwelten dringend benötigt werden.«

»Thort!«, rief Garrean.

»Es wäre besser gewesen, wir hätten Ambur niemals besiedelt.«

»Besser?«, fragte Garrean verständnislos. »Besser als was? Besser für wen?« Er überlegte, ob der Thort vielleicht plante, all diejenigen, die sich auf Ambur der Justiz von Ferrol entzogen, in den Geltungsbereich der Gesetze heimzuholen.

Aber diese Gruppe stellte alles andere als die Mehrheit der amburischen Bevölkerung. Und ihre Strafverfolgung hätte der Thort mit weit geringerem Aufwand inszenieren können.

Und vor allem: ohne sich persönlich herzubemühen.

Der Thort sagte: »Ambur wird binnen der nächsten zwei Wochen evakuiert.«

»Evakuiert?«, setzte Garrean nach. »Besteht eine Gefahr? Einer Gefahr könnte man begegnen.«

Der Thort reagierte nicht. Er schien nachzudenken. Garrean sah das als eine Chance. Vielleicht wollte der Thort ja nur die Standfestigkeit der Siedler prüfen, ob und inwieweit sie für Karbush, für ihre Existenz auf dem zehnten Planeten kämpfen würden. Diesen Kampf konnte der Thort haben.

Garrean sagte: »Wir Amburer benötigen minimale Ressourcen, so gut wie keine Einfuhren von den anderen Welten, und auch auf das wenige können wir bald verzichten – wenn nötig sogar sofort.«

Der Thort hörte zu.

»Ambur ist längst unsere Heimat«, sagte Garrean. »Viel mehr als ein Auffangbecken für alle, die sich auf Ferrol oder den anderen Welten nicht mehr integrieren können. Wir nehmen weitere Siedler auf – wir sind ein Ventil für die ferronische Gesellschaft.« Er redete und redete. Ihm war, als müsste er den ganzen Planeten aus der Gefahrenzone reden, in die der Thort ihn mit seiner Anweisung versetzt hatte.

Endlich verstummte er.

Der Thort sagte: »Sie haben viel von Ambur gesprochen, viel von den Amburern, aber wenig von sich, Garrean. Als ich Sie zum Gouverneur für Ambur bestimmt habe, bin ich mir sicher gewesen, den besten Ferronen dafür gewählt zu haben. Sie haben meine Erwartungen erfüllt und noch weit übertroffen, Garrean. Ich wünsche mir Männer Ihrer Art in meiner Nähe, auf Ferrol. Wenn Sie schon aus dieser kargen Welt so viel Gutem ans Licht verholfen haben, was könnten Sie erst auf Ferrol tun? Vielleicht in der Grafschaft Kush, wenn Sie mögen?«

»Nein«, sagte Garrean leise. Er würde nicht zurückkehren in das Land seiner Kindheit, nie mehr auf den weißen Spiegel des Bytonsees schauen. Nicht nur, weil er als junger Raumfahrer auf dem Byton gelandet war und wusste, dass der wahre Byton nichts mit dem nächtlichen, viel verheißenden Spiegelbild im Wasser des Sees zu tun hatte.

Garrean öffnete den Mund, um weitere gute Gründe für Ambur vorzutragen, für seinen Verbleib und den Verbleib der ferronischen Zivilisation auf dem zehnten Planeten. Aber der Thort kam ihm mit einer müden Handbewegung zuvor. »Es ist entschieden«, sagte er leise.

Warum sagt er nicht wenigstens: Ich habe entschieden?, wunderte sich Garrean. Schämte er sich seiner Entscheidung? Was war das für ein Gebaren, sich hinter einem ominösen *Es* zu verbergen?

»Sie haben meinen Beschluss gehört, Gouverneur«, sagte der Thort mit wieder festerer Stimme. »Sie werden ihn umsetzen?«

Für einen Moment wurde es still im Zelt. Das Aroma der Früchte mischte sich mit dem Geruch des Farblacks. Das dritte Auge des Thort betrachtete Garrean; es schien tiefer und tiefer in den Gouverneur einzudringen und die letzten Winkel seiner Seele auszuleuchten. Was aber in diesen letzten, verschwiegensten Winkeln hauste, war die Angst. Die unbezähmbare Angst davor, es möchte der Krieg im Wegasystem noch einmal beginnen und die Welten fluten mit ferronischem Blut.

Es gab am Ende nur einen, der davor war, der in seiner Gestalt der vielfältig-reichen und in vielem widersprüchlichen Kultur der Ferronen die Einheit stiftete und so den Frieden erhielt: den Thort.

»Ja«, brach Garrean schließlich das Schweigen. »Aber es wird eine Rebellion geben! Ich garantiere für nichts.« *Absurd,* dachte er, noch während er das sagte. *Was rede ich denn da? Er ist der Thort.*

»Sie müssen für nichts garantieren. *Ich* garantiere«, entgegnete der Thort. »Ich werde auf Ambur bleiben, bis der letzte Siedler die Welt verlassen hat!«

Kapitel 7

Rhodans Ernteeinsatz

»Aufwachen, aufwachen!«

Jemand rüttelte ihn an den Schultern; jemandes Atem roch süß und frisch. »Oder sind Sie tot?«

»Ich bin tot«, antwortete er und drehte sich unwillig brummend Richtung Schräge.

Als ihm nichts als Stille antwortete, drehte er sich um und schaute Yinye an. »Guten Morgen«, sagte er.

»Wir essen«, sagte sie. »Dann gehen wir auf die Mouyfelder.«

»Klingt prima«, sagte er. Er hoffte, über die Mouyfelder auch an andere Ziele zu kommen: an eine Mediathek von Ganashar, einen Bahnhof, Flug- oder Raumhafen. Sie durften an diesem Ort, in dieser Zeit nicht zurückbleiben. Sie waren aufgebrochen, um Thoras Ziehvater Crest da Zoltral zu finden, den ein unheilbarer Krebs von innen auffraß und der sich mit Tatjana Michalowna und Trker-Hon auf die Suche nach der legendären Welt des Ewigen Lebens gemacht hatte. Sie mussten Crest finden. Und sie mussten es rasch tun. Doch das Fernziel blieb, die temporale Kluft zu überbrücken, zurück in ihre Zeit, zur Erde. Nötigenfalls würden sie ein ferronisches Schiff stehlen und in einem Dilatationsflug die Jahre oder Jahrzehnte zu Jahrtausenden dehnen.

Wie schnell würden sie fliegen müssen? Wie lange?

Und was, wenn sie ein wenig zu früh im Wegasystem eintrafen – einige Wochen, bevor er selbst dort auftauchte, herbeigerufen durch den Notruf der Ferronen? Würde er sich verdoppelt haben, vervielfacht? Würde das Universum in ein Googol von Möglichkeiten explodieren, implodieren?

Für einen Moment fühlte sich Rhodan wie in eine alte Verfilmung der Iain-Banks-Romane versetzt: Alles war möglich. Vielleicht würde er sogar das Wesen treffen, das auf Gol in seinen Gedanken gesprochen hatte. *Komm, Perry Rhodan!,* hatte es geflüstert. *Ich brauche dich!* Es wunderte ihn selbst, wie sehr ihn diese Einsicht in Hochstimmung versetzte. Er fühlte sich unternehmungslustig; im selben Moment holte ihn die Sorge ein: »Werde ich meine Reisegefährten auf den Feldern treffen?«

»Möglich«, sagte Yinye.

Nach Sue und Reg konnte er kaum direkt fragen; die junge Feronin wusste nichts von seinem nächtlichen Ausflug. »Kann ich Eneida sprechen?«

»Fühlen Sie sich nicht wohl?«

Er machte eine unbestimmte Geste.

»Ich sehe, was ich tun kann«, sagte Yinye förmlich.

Er nickte. Wenn er sich damit Yinyes Wohlwollen erwerben konnte, würde er ihr auf die Felder folgen.

Sie frühstückten und verließen das Haus; Yinye brachte ihn zu einer Bushaltestelle; ein Elektrobus hielt kurz darauf, und sie stiegen ein zu den zehn oder zwölf anderen Passagieren.

Rhodan betrachtete Ganashar. Der Bus fuhr glatt und lautlos durch eine Allee aus zwanzig, dreißig Meter hohen Pflanzen, halb Zypresse, halb Riesenfarn. Die meisten Häuser waren in dem gedrechselten Stil gehalten, steinern, nicht höher als drei, maximal vier Stockwerke.

Ihr Weg führte an dem Kratersee vorbei. Auf dem See sah er einige Boote, von einem wurde ein Netz ausgeworfen. Bald dünnte die Bebauung aus, ein Streifen Wald folgte. Dann fuhren sie eine Straße entlang, die durch Felder und Weiden führte. Auf den Weiden grasten schwarze, borstige, tonnenförmige Wesen mit mächtigen, tief herabgezogenen Nacken. Sie fraßen geduldig und schweigsam.

Ringsum ragten in der Ferne die Steilwände der Caldera auf; Rhodan sah keinen Weg, der ins Gestein führte, keinen Tunnel. Er fragte sich, wie Eneida ihn und die anderen nach Ganashar gebracht haben mochte. »Gibt es eine Straße nach draußen?«, fragte er Yinye.

»Sicher«, sagte sie, drehte ihr Gesicht zum Fenster und starrte angestrengt nach draußen.

»Das Gelobte Land«, sagte er. »Wer hat es wem versprochen?«

»Wenn Sie das nicht wissen: Warum sind Sie dann hier?«

»Ist es ein Geheimnis?«

»Nein.« Noch immer sah sie ihn nicht an. »Nach Ambur kommen alle, die auf den alten Welten keinen Ort haben. Keinen Rücken, kein Sonstwas, kein Nichts eben.« Sie gluckste mit einem boshaften Unterton. »Für die goldene Jugend ist diese Welt kein Spielplatz. Sie könnten sich die Fingernägel abbrechen oder die Frisur zerrütten.«

»Oder sie könnten in der Todeszone ersticken.«

Sie machte eine wegwerfende Handbewegung.

»Und Ganashar?«, fragte er.

»Nach Ganashar kommen alle, die in Karbush keinen Platz finden. Die einzige Oase in der Todeszone. Das Gelobte Land eben.«

»Karbush?«

Sie verdrehte die Augen. »Die Stadt. Was wissen Sie eigentlich?«

»Nichts, was mir hier sehr nütze wäre.«

Das Eingeständnis beschwichtigte sie. »In Ganashar leistet jeder seinen Beitrag«, erklärte sie ihm. »Niemand entzieht sich. Der Omenvater hilft allem ins Gleichgewicht.«

Der Bus hielt. Sie stiegen aus. Vor ihnen breiteten sich ein paar Quadratkilometer Felder aus. Auf dem Parkplatz parkten noch andere Busse. Etliche Ferronen traten ins Freie; manche klatschten, als sie Yinye sahen, in die Hände; die junge Ferronin klatschte zurück. Rhodan warf man den einen oder anderen offen neugierigen Blick zu, näherte sich ihm aber nicht.

Zwischen den Bussen und den grünen Feldern standen einige große Maschinen, wuchtige Fahrzeuge; manche erinnerten Rhodan an klobige Traktoren mit Anhängern, manche an flach gedrückte Mähdrescher – landwirtschaftliches Gerät jedenfalls.

Ein ältlicher, unglaublich kleiner Ferrone kam auf sie zu. Seine Hüfte stand an einer Seite aus. Sein Gesicht war von Furchen und Runzeln wie in winzige Parzellen zerlegt. »Yinye?«, fragte er. »Wer ist das?«

»Er heißt Rhodan«, sagte sie. »Ein Zugelaufener. Er soll seinen Beitrag leisten.«

»Er soll seinen Beitrag leisten«, sagte der Verwachsene. »Zu Bukk mit euch.« Es klang gutmütig. Er wies auf eines der Fahrzeuge. Yinye ging darauf zu und winkte Rhodan, ihr zu folgen.

Es war ein Gespann; vorn ein sichtbar in die Jahre gekommener Traktor, der, rostzerfressen, wie er war, Rhodan vor Augen führte, was *Materialermüdung* bedeutete. Über eine Deichsel hing eine Pflanzmaschine am Traktor. Aus der offenen Kabine der Zugmaschine klatschte ein spindeliger junger Ferrone mit entblößtem Oberkörper Yinye eifrig entgegen.

Sie winkte desinteressiert zurück. »Oh-ho, Bukk!«, rief sie immerhin. »Langsam, langsam!«

»Werd dich schon schaukeln, dich und deinen Prinzen«, rief Bukk zurück.

Sie gluckste geschmeichelt.

Am vorderen Teil der Maschine sah Rhodan acht nebeneinander angebrachte Pflugscharen, eng dahinter dieselbe Zahl von Pflanzscheiben mit Schnappgreifmechanismen. Sie umrundeten die Maschine und stiegen hinten über die Andruckrollen auf, die nach getaner Arbeit die Furchen wieder schließen sollten.

Und einen nicht unerheblichen Teil dieser Arbeit würden sie, Rhodan und Yinye, leisten müssen. Yinye griff in Säcke, die – zwischen zwei Wasserkübeln – auf der Lade warteten, und füllte eine Vertiefung auf der Ladefläche mit Setzlingen. Rhodan tat es ihr nach. Dann legten sie sich beide so auf die ledernen Pritschen, dass sie sich einerseits aus dem Vorrat an Jungpflanzen bedienen konnten, die Setzlinge andererseits halbwegs bequem in die Einlegevorrichtung der Pflanzscheiben befördern konnten.

Bukk brüllte: »Fertig, Prinzenpaar?«

»Oh-ho!«, rief Yinye zurück.

Die Maschine ruckte an; der Traktor fuhr lautlos – offenbar mit einem Elektromotor. Die Maschine bewegte sich im Kriechgang, aber für Rhodan immer noch zu schnell. Er kam mit dem Einlegen der Setzlinge kaum nach. Bukk hatte zu singen begonnen, und sein Gesang stand, was die Wirkung auf Rhodans Gemüt betraf, einem Pestausbruch oder einem mittelschweren Weltuntergang nicht nach.

Er hob kurz den Kopf, als müsste ihm ein Fluchtweg über die Felsenwände der Caldera in die Augen springen, möglichst mit direktem Anschluss nach Karbush. Aber was das anging, geizte das Universum mit Wundern.

»Alles bestens, Prinzenpaar?«, kreischte Bukk.

»Es ist herrlich!« Yinye schaute zu Rhodan hinüber. »Oder?«

»Mindestens«, sagte er und bemühte sich, im engen Takt der Schnappgreifer zu bleiben.

Keine zwei Stunden später begannen Rhodan die hängenden Arme zu schmerzen. »Ich brauche eine Pause«, sagte er.

Der Traktor hielt an; sie setzten sich auf. Bukk blieb in der Kabine, ließ die nackten Beine aus der Kabine baumeln, jauchzte und jodelte, anscheinend sich selbst genug. Yinye schöpfte Wasser aus dem Bottich und reichte es Rhodan in einer Schale aus Ton. Dann legte sie sich auf den Bauch, zog die Beine an und wippte mit den Füßen.

Rhodan saß am Rand der Ladefläche und betrachtete seine Finger. Immer wieder war er an die rotierenden Pflanzscheiben geraten; die Haut war an einigen Stellen abgeschabt.

Er schaute auf das Feld. Zwei Gestalten kamen herüber, die Strohhüte tief in die Stirn gezogen, die Arme unter den Ponchos.

Rhodan erkannte sie am Gang: Thora und Tschubai. Eneida hatte Thora also doch für arbeitsfähig erklärt. Oder man hatte ihren anderslautenden Rat missachtet.

Kurze Zeit später waren die beiden bei ihnen.

Er begrüßte sie auf Ferronisch. Thoras Gesicht lag unter einer dicken Gelschicht, von der spürbar Kühle ausging.

»Bull und Sue sind noch nicht bei Bewusstsein«, sagte Tschubai. »Eneida war heute Morgen bei ihnen.«

»Chaktor macht sich auf einem der Felder verdient«, ergänzte Thora.

Yinye setzte sich auf und schaute Thora herausfordernd an.

Rhodan stellte sie einander vor. »Und auf dem Traktor sitzt Bukk«, sagte er. »Unser Unterhaltungsprogramm.«

»Wie ich sehe, genießen Sie die pastoralen Freuden«, höhnte Thora mit einem Blick auf die Ferronin.

»Ihr Wortschatz wird immer beängstigender«, staunte Rhodan.

»Wir würden gerne nach Karbush«, wandte sich Thora an Yinye. »Gibt es eine Möglichkeit?«

»Bukk fährt Sie sicher gern«, sagte Yinye. »Sobald er tot ist.« Worauf sie und Bukk lauthals in Gelächter ausbrachen.

Die nächste Pause folgte erst Stunden später. Die ungewohnte Arbeit erschöpfte Rhodan in einem geradezu erschreckenden Maß; Yinye sah es, wie er meinte, mit Sorge. Sicher trug auch die immer noch vergleichsweise mangelhafte Sauerstoffversorgung zu seinem Allgemeinzustand bei.

Immerhin konnten Rhodan und die anderen ungehindert zusammenkommen; diesmal war auch Chaktor dabei. Der Ferrone brannte förmlich darauf, alles zu berichten, was er in Erfahrung gebracht hatte.

Yinye zog sich zurück. Offenbar besaß sie Gespür und Taktgefühl. Bukk stieg vom Traktor und gesellte sich zu der jungen Ferronin, die, wenn man ihrem lauten Lachen glauben durfte, in seiner Gegenwart geradezu demonstrativ Vergnügen fand.

Sie saßen auf dem Boden im Schatten der Zugmaschine, tranken kühles Wasser aus dem Krug und aßen Früchte, die Bukk ihnen zugeworfen hatte.

»Ich verstehe das System«, verkündete Chaktor. »Ganashar ist ein isolierter Ort, begreift sich aber als autonom, als komplettes Universum.«

Rhodan nickte. »Warum auch nicht. Der Kratersee liefert Wasser; die niedrige Lage lässt die Siedler atmen. Ihre Nahrungsmittel stellen sie selbst her.« Über die Radarstation am Rand der Todeszone schwieg er. Immerhin waren sie noch in Hörweite der beiden jungen Ferronen, und dieses Thema konnte Verdacht erregen.

»Geleitet oder regiert wird dieser Miniaturstaat vom sogenannten Omenvater«, fuhr Chaktor fort. »Er hat der Sage nach diese Caldera entdeckt und für die Besiedlung vorbereitet, die ersten Gebäude selbst gebaut, für einen Maschinenpark gesorgt und so weiter.«

»Welche Rolle spielt er für uns?«, fragte Rhodan.

»Eine etwas heikle Rolle«, sagte Chaktor. »Die Gemeinschaft von Ganashar lebt für sich und aus sich. Gäste und Touristen sind eigentlich nicht vorgesehen. Nur solche, die bleiben.«

»Immerhin leisten wir unseren Beitrag«, sagte Tschubai und wies mit der Hand auf das Feld. »Wir arbeiten, was das Zeug hält, und pflanzen – was eigentlich an? Wegagurken?«

»Nein. Mouy«, antwortete Chaktor. »Die Gemeinschaft von Ganashar hat euer Leben gerettet. Sie erwartet als Gegenleistung etwas anderes als das Anpflanzen von ...«

»... Wegagurken«, half Thora aus. »Nämlich?«

»Leben«, sagte Chaktor.

»Will man uns irgendeinem ferronischen Moloch opfern?«, fragte Tschubai entgeistert.

Chaktor brach in Gelächter aus. »Im Gegenteil. Ihr sollt leben und euren Beitrag leisten zum Leben der Gemeinschaft.«

»Wie?«, fragte Rhodan.

»Liegt das nicht auf der Hand?«, fragte Thora. »Ganashar ist isoliert. Auch in genetischer Hinsicht. Wir sollen den Genpool der Bewohner bereichern.«

»Oh«, sagte Tschubai. »Da staunt der Landmann.«

Chaktor fragte ihn: »Oder sind Sie etwa nicht bei einer jungen Ferronin untergebracht?«

»Doch.«

Chaktor sah Rhodan an; der nickte. Chaktor fragte Thora: »Sie haben einen männlichen Gastgeber?«

»Ja. Und Sie natürlich eine Gastgeberin?«

»Ja«, antwortete Chaktor.

»Wann wurden wir von unseren Partnern ausgewählt?«, wunderte sich Rhodan.

»Die Dame meines Hauses hat mir erzählt, dass wir nicht so

sehr von ihnen ausgewählt als vielmehr ihnen zugeordnet wurden«, sagte Chaktor.

»Vom Omenvater«, erriet Rhodan.

Chaktor bestätigte. »Ich denke, das ist ein Preis, den wir für unseren Aufenthalt entrichten sollten.« Er warf erst Rhodan, dann Tschubai, schließlich Thora einen Blick zu. »Oder?«

»Wir sollten es hinauszögern«, sagte Thora. »Vielleicht verlieren wir, wenn wir diesen Beitrag erst einmal geleistet haben, an Wert für die Gemeinschaft.«

»Zumindest sollten wir diese Gemeinschaft näher kennenlernen«, sagte Rhodan. »Immerhin sind wir von den Leuten aus Ganashar gerettet worden. Vielleicht brauchen wir ihre Hilfe wieder – zum Beispiel um nach Karbush zu gelangen oder für die Behandlung von Sue und Reg. Ohne die beiden brechen wir nicht auf.«

Thora betrachtete Rhodan eine Weile. Dann sagte sie: »Wir sollten diesen Omenvater kennenlernen. Wer so tief in elementare Lebensvollzüge eingreifen kann, muss über eine erhebliche Autorität gebieten.«

Plötzlich reckte Tschubai sich, legte eine Hand schützend über die Augen und schaute in die Ferne. Rhodan folgte seinem Blick. Ein Fahrzeug näherte sich ihnen, rasch, knapp über dem Boden, merkwürdig wippend. »Ein Luftkissenboot«, sagte Tschubai.

»Nein. Ein Bodeneffektgerät«, verbesserte Thora. »Es benutzt den Auftrieb in Bodennähe und bewegt sich auf der Luftrolle unter dem Flügelprofil.«

»Jetzt, da Sie es sagen«, sagte Tschubai mit sanftem Spott.

Das silbrige Fahrzeug glitt auf sie zu. Es wirkte wie ein Boot aus Aluminium, das man auf einen nicht sehr breiten Deltaflügel gesetzt hatte. Am Heckflügel wirbelte ein Propeller.

Das Bodeneffektgerät bremste und landete keine zwanzig Meter von ihnen entfernt. Der Propeller drehte sich langsamer, wurde aber nicht ganz abgestellt. Zwei Ferronen waren an Bord. Die Kanzel war verglast und schwang nach hinten auf. Einer der beiden Ferronen erhob sich.

Es war Eneida. Sie winkte Rhodan zu. »Rhodan. Sie müssen kommen«, rief sie. »Sofort.«

Rhodan sprang auf und warf Tschubai einen Blick zu. »Wir springen«, sagte er.

»Nein«, widersprach Thora. »Sie sind kein Arzt. Alles Medizinische könnte Eneida besser erledigen als Sie. Sie braucht Ihre Hilfe aus einem anderen Grund. Nichts Lebensbedrohliches.«

»Sie hat vermutlich recht«, sagte Tschubai.

Rhodan nickte. Er rannte auf das Fluggerät zu. Er hörte Yinye spitz aufschreien. Aber da stieg er bereits auf den Deltaflügel und kletterte ins Cockpit.

Die Kanzel schloss sich über ihm. Der Propeller erhöhte seine Drehzahl. Das Gerät flog los.

Sie standen an Bulls Bett. Rhodan betrachtete die tiefen Einkerbungen an den Handgelenken. Bull musste mit aller Gewalt an den Fesseln gezerrt haben. In seinem Mund steckte ein Tubus.

»Weder hat er sich beruhigt, noch ist er zu Bewusstsein gekommen. Wir haben ihn medikamentös ruhiggestellt«, erläuterte Eneida. »Allerdings brauchten wir mehr als Muskelrelaxanzien.«

Rhodan wies auf die Sensoren, die auf Bulls Brust befestigt waren, und den Tubus in seinem Mund.

»Oh, das«, sagte Eneida und winkte ab. »Nebensächlichkeiten. Wir arbeiten mit Steroiden. Die Atemfrequenz steigt und muss unter Beobachtung gehalten werden. Sicherheitshalber assistieren wir seiner Atmung maschinell.«

»Und das sind für Sie *Nebensächlichkeiten?«*

Ein mattes Lächeln. »Vergleichsweise«, sagte sie leise. »Alarmierender finde ich, dass keines unserer Antibiotika anschlägt, keines der antiviralen Mittel wirkt. Sein Zustand verbessert sich einfach nicht.«

»Welche Erklärung haben Sie dafür?«

»Keine«, sagte die Medikerin. »Außer, dass wir es weder mit einem Bakterium zu tun haben noch mit einem Virus – auch wenn das bei der unvorstellbaren Zahl von Viren eine etwas bodenlose Spekulation ist.«

»Die Sie nicht anstellen würden, wenn Sie nicht einen bestimmten Verdacht hätten.«

»Ja«, sagte sie. »Wir haben das Blut untersucht, Lymphe, Speichel, Augenflüssigkeit, natürlich auch den Hirn-Rückenmarkssaft. Keine Spur von Bakterien. Keine Spur von Viren. Nur ...«

»Ja?«

»Wo kommen Sie her, Rhodan?« Sie sah ihm länger in die Augen.

»Brauchen Sie diese Antwort für die Diagnose?«, fragte er.

Sie zeigte auf Bull. »Er ist kein Ferrone«, sagte Eneida. »Seine Augen sind nicht an das Licht der Wega angepasst. Er stammt nicht einmal aus diesem Sonnensystem. Und Sie sind wie er.«

»Ich bin wie er«, bestätigte Rhodan.
»Also?«
»Was haben Sie gefunden?«
Sie seufzte. »Ich kann Sie nicht zwingen. Der Omenvater – er weiß übrigens noch nichts.«
Rhodan nickte langsam. »Danke«, sagte er.
»Was wir da wirklich gefunden haben, weiß ich nicht. Wenn es nicht zu verrückt wäre, würde ich sagen: Trümmer. Unvorstellbar winzige Bruchstücke unvorstellbar winziger Maschinen.«
»Ich verstehe.«
Sie lachte. »Das glaube ich gerne. Dass solcherart Maschinen möglich sein könnten, behaupten einige unserer Wissenschaftler seit Jahren. Aber von der Behauptung bis zur Betriebsfähigkeit ist es ein weiter Weg. Können Sie solche Maschinen herstellen, die das Gehirn infiltrieren und das Bewusstsein steuern?«
»Nein«, sagte Rhodan. »Das können wir nicht.« Er dachte: *Aber wir sind auf dem besten Weg, es zu können. Und Reg und Sue hatten Kontakt mit Wesen, deren Technologie weit genug fortgeschritten sein dürfte: mit den Fantan.*
»Jetzt sehen Sie klarer?«, fragte Eneida.
»Ja.«
»Aber Sie wollen mir Ihre Vermutung nicht mitteilen.«
Er holte tief Luft. »Eneida. Sie haben mich gerettet und meine Freunde. Ich fühle mich Ihnen unendlich verpflichtet. Dankbar. Können Sie sich vorstellen, dass ich nicht nur egoistisch bin, wenn ich Ihnen keine eindeutige Antwort gebe, sondern dass ich Sie damit in Schutz nehme?« Er dachte einen Moment nach. »Sie. Ihre Kinder. Ihre Enkel. Und die Urenkel Ihrer Urenkel ... weil schon ein paar Wörter, ein paar Andeutungen mehr gefährden, als ich unter Kontrolle halten könnte. Weil ich vielleicht jetzt schon zu viel gesagt habe.«
Sie schluckte. Dann betrachteten beide eine Weile lang Bull. Eneida sagte: »Wenn ich eine etwas lebhaftere Phantasie hätte, würde ich jetzt auf ganz lächerliche Ideen kommen, vielleicht dass Sie ein Zeitreisender wären, der in seiner Vergangenheit so behutsam operieren muss wie ein Hirnchirurg.« Sie sah ihn prüfend an. »Aber die Einbildungskraft gehört nicht zu meinen Stärken. Also gehe ich davon aus, dass Sie ein bornierter, selbstgefälliger Geheimniskrämer sind, der gerne viel Getue um nichts macht. Der aber, das wäre schon interessant zu erfahren, nicht auf einer Mission gegen Ganashar unterwegs ist?«
»Ich bin in keiner solchen Mission unterwegs«, sagte Rhodan

leise und eindringlich. »Und ich werde weder Sie noch Ganashar gefährden.«

»Gut«, sagte sie. »Dann gehen wir zu dem Mädchen.«

Auch Sue Mirafiore war nicht ansprechbar. Eine Kanüle führte in ihren Arm; eine andere aus ihrem Schoß.

Eneida trat an ihr Bett und strich ihr über die Stirn. »Ihre Stirn ist feucht«, sagte sie. »Sie transportiert auf diese Weise Wärme. Aber wir haben ja bereits festgestellt, dass wir es mit Gästen aus weiter Ferne zu tun haben.« Sie warf Rhodan ein kurzes Lächeln zu. »Sie strengt sich an. Ich habe keine Ahnung, wie sie es tut. Aber sie kämpft, vielleicht sogar gegen den unfassbaren Maschinenpark, den sie in sich trägt. Wir geben ihr Nahrung, Wasser, Stärkungsmittel. Das ist alles. Anders können wir ihr nicht helfen.«

»Es ist gut«, sagte Rhodan.

»Kommen Sie. Der Luftschwimmer wartet auf Sie.«

Als sie auf dem Weg nach draußen waren, kam ihnen die Frau mit dem Monokel entgegen. Sie schien Rhodan nicht zu bemerken.

Eneida sagte: »Firzay ist so etwas wie das gute Herz des Heilhauses. Sie sieht nicht mehr gut. Schon gar nicht nachts. Und sie redet sehr, sehr wenig.«

Rhodan lachte leise. Sehr wenig? Besonders gut schien Eneida die Alte nicht zu kennen.

Der Pilot des Bodeneffektgeräts – beziehungsweise des Luftschwimmers – lehnte am Flügel und rauchte aus einer unglaublich langen weißen Pfeife mit schmalem Kopf. Der Rauch roch andeutungsweise nach Pfeffer und Schokolade.

»Ich bringe Sie zurück auf die Felder«, sagte der Pilot. »Sicher wollen Sie Ihren Beitrag leisten.«

»Ich kenne meine Pflichten«, sagte Rhodan und stieg ein.

Während der Luftschwimmer über den Boden sauste, dachte Rhodan nach. In Eneida hatten sie eine Verbündete, auch wenn er sich noch nicht zusammenreimen konnte, warum eigentlich. Aber diese Verbündete hatte ihm deutlich genug gemacht, dass sie Sue und Reg nicht effektiv helfen konnte. Gab es bessere Kliniken in Ganashar? Hatte es Sinn, sich in dieser Sache an den Omenvater zu wenden? Würden sie Hilfe auf Ferrol finden? Dann müssten sie über Karbush gehen. Wie? Zurück in den Transmitterberg? Rhodan hatte Zweifel.

Als sie das Feld erreichten, senkte sich die Wega langsam hinter die Felsenwand der Caldera. Weder Thora noch Tschubai oder Chaktor waren zu sehen. Yinye dagegen hatte ihn bereits entdeckt. Sie sprang von der Pflanzmaschine, lief ihm entgegen und klatschte ihn zur Begrüßung an. Ihr Gesicht glühte. »Alles bereit?«

»Aber sicher«, sagte er.

»Er ist bereit!«, rief sie zum Traktor. Und Bukk hub an zu singen.

Der Einsatz endete keine zwei Stunden später. Rhodan bat darum, noch einmal mit Tschubai, Chaktor und Thora sprechen zu können.

»Wozu?«, fragte Yinye.

»Weil ich es will«, sagte Rhodan unwirsch.

»Dann finden Sie ja allein den Weg nach Hause «, sagte Yinye und zog mit Bukk los Richtung Busbahnhof.

Aber einige Schritte später kehrte sie um. Bukk folgte unwillig, blieb stehen; die beiden stritten. Yinye wandte sich ab, ging zum Traktor und stieg in die Kabine. Bukk rief etwas, das Rhodan nicht verstand. Yinye sprang heraus, einen Stock oder Stecken in der Hand, der ihrem eigenen Wanderstab ähnelte, und lief damit auf Rhodan zu. Sie blieb vor ihm stehen, streckte den Arm aus und klopfte ihm mit dem Stock, immer noch wütend, gegen die Schulter. Das eine Ende des Holzes war stumpf; das andere gabelte sich.

»Das ist Bukks Sharctash«, sagte sie. Sie sog die Luft durch die Nase ein. »Sie werden ihn wahrscheinlich nicht brauchen. Falls doch: Mit der Gabel können Sie die Sharsharym fixieren. Das ist ehrenwert. Für Sie besser« – sie wies auf das stumpfe Ende –, »Sie stampfen sie.«

Er sah sie an, ihre vor Zorn sprühenden Augen. »Das weiß ich zu schätzen«, sagte er und nahm den Stock entgegen. »Die Sharsharym sind sicher gefährliche Tiere.«

»Sie sind der Preis, wenn man in Ganashar leben will.«

»Und Sie können sie riechen«, stellte Rhodan fest.

Sie sog wie zur Antwort noch einmal die Luft ein und lächelte dann. »Kommen Sie nicht zu spät nach Hause.«

Dann lief sie zu Bukk, der auf sie wartete.

Rhodan brauchte eine Weile, bis er die drei anderen gefunden hatte. Auch deren Betreuer zeigten sich von dem Wunsch der Gruppe nicht eben erbaut, akzeptierten ihn aber schließlich.

»Mächtig viel Sozialkontrolle«, bemerkte Tschubai.

Rhodan setzte sie ins Bild über die Lage im Heilhaus und über seine Vermutung. Tschubai nickte. »Die Fantan also. Sie haben eine Sicherung in ihr Besun eingebaut. Eine Art Flügelstutzen.«

»Was können wir tun?«, fragte Chaktor.

»Wir können sie jedenfalls nicht operieren«, sagte Thora. »Und wenn das Personal in der Klinik dazu auch nicht in der Lage ist, gibt es nur zwei Möglichkeiten: Wir geben sie auf, oder wir suchen technisch fortgeschrittenen Beistand.«

»Den wir in Ganashar nicht finden werden«, sagte Tschubai. »Und vielleicht nicht einmal irgendwo anders in dieser Zeit.«

»In dieser Zeit gibt es Transmitter«, widersprach Rhodan. »Wer über solche Technologie verfügt, ist auch in der Lage, eine nanotechnische Manipulation zu bekämpfen.«

»Wir müssen also nur den Kundschafter kontaktieren und ihn dazu bewegen, seine Mittel einzusetzen«, sagte Thora. Rhodan horchte dem Klang ihrer Stimme nach, ob sie möglicherweise sarkastisch gesprochen hatte. Aber sie meinte es ernst.

Er sagte: »Wir müssen den Kundschafter auch kontaktieren, um einen Rückweg in unsere Zeit zu finden.«

»In die Zukunft führen auch andere Wege«, sagte Thora.

»Ein Dilatationsflug«, sagte Rhodan. »Aber dazu brauchen wir ein Raumschiff. Ein Luftschwimmer wird es nicht tun.« Und als er Tschubais fragenden Blick bemerkte: »Ein Bodeneffektgerät.«

»Vor allem müssen wir zusammenbleiben«, sagte Chaktor.

Rhodan nickte. »Wir fahren in die Siedlung. Wir schauen uns an, wo Ras wohnt, Chaktor, Thora und ich. Dann weiß Ras, wo er uns zur Not findet. Sollten wir morgen nicht alle auf dieses Feld gebracht werden, treffen wir uns morgen Abend am Heilhaus. Soweit nicht unbedingt nötig, verderben wir es uns nicht mit unseren Gastgebern. Vielleicht brauchen wir sie noch oder wenigstens die Hilfe einiger von ihnen. Es drängt uns ja nichts. Wir können gründlich planen, gründlich vorgehen.«

»Sue und Reginald«, mahnte Tschubai.

»Vorläufig sind sie bei Eneida in den besten Händen«, sagte Rhodan.

»Es wäre noch besser, sie müssten in niemandes Händen sein«, wandte Thora ein.

Kapitel 8

Garrean und die Shoumarkrise

Einige Tage nachdem Garrean über sämtliche Medien den Beschluss des Thort verkündet hatte, eskalierte die Lage in Karbush.

Seit Wochenbeginn starteten und landeten die Orbitalshuttles fast im Stundentakt, alle voll besetzt mit den eher auswanderungswilligen Ferronen. Oder wenigstens mit denen, für die jedes Wort des Thort Gesetz war, wenn nicht sogar heilige Weisung.

Garrean sah den Trecks zum Raumhafen mit gemischten Gefühlen zu. Einerseits nahm er wohlwollend zur Kenntnis, wie reibungslos die Bürokratie und ihre Logistik funktionierten; andererseits hätte er es durchaus lieber gesehen, wenn die Emigranten mit sichtbarerer Trauer ihrer – und seiner – Welt den Rücken gekehrt hätten.

Im Jargon des Informationsministeriums wurden die Auswanderer als *Heimkehrer* bezeichnet. Schließlich stamme ja alles ferronische Leben von Ferrol.

Natürlich war es bei den Abfertigungen am Raumhafen immer wieder zu Auseinandersetzungen gekommen. Die Orbitalfähren fassten in der Regel hundert, die größten unter ihnen dreihundert Passagiere. Der Einsatz von Militärtransportern war also unumgänglich, wenn die Evakuierung des Planeten kein Unternehmen für die nächsten Jahre, sondern binnen weniger Wochen vollzogen sein sollte. Zehntausend Passagiere pro Tag stellten das Maximum dar – aber was war mit dem Grundeigentum der Amburer, was mit ihren beweglichen Gütern, mit ihren Haustieren?

Garrean wurde gegen Abend zum Raumhafen gerufen. Der Hafenkommandant hatte gesagt: »Es wäre besser, Sie kämen selbst.«

Garrean war bei der Bevölkerung des Planeten beliebt. Die Amburer sahen ihn als einen der Ihren, unermüdlich unterwegs, sich um ihre Belange zu kümmern, vertraut mit ihren Problemen, jederzeit ansprechbar.

Für ihn war Ambur, wie man so sagt, zur zweiten Wiege geworden. Sein Lebensraum waren nicht die Verwaltungstrakte –

obwohl auch sie es waren; Garrean konnte sich, wenn nötig, in einen Aktenfresser verwandeln. Aber seine eigentliche Liebe galt der Stadt und dem Erdkreis des Planeten, Karbush und dem grenzenlosen Land. Ozeane gab es keine auf Ambur. Außerhalb der Stadt und der Caldera von Ganashar sollte es einige hundert Wanderer geben, Amburer, die, mit wenigen technischen Hilfsmitteln versehen, über den Planeten streiften. Und zwar über den ganzen Planeten, nicht nur über die Länder des Äquators. Die Wanderer stießen bis in die Höhen der Gebirgszüge vor, die Todeszonen, einige sogar bis in die Polarregionen.

Pilger ohne Ziel. Eremiten. Schatzsucher und ... auch Gespenstерseher.

Garrean ließ sie gewähren; mit einigen von ihnen stand er sogar – und um alter Zeiten willen – in gelegentlichem Kontakt.

All dies half ihm nun, als er auf die Menge am Raumhafen zutrat. Er konnte auf Leibwächter verzichten.

Die Gereiztheit war beinahe mit den Fingern zu greifen, eine Mischung aus Elektrizität und Speichelschweiß. Aufgeregter Lärm lag wie eine Glocke über den Leuten; Garrean konnte nicht sortieren, wer was schrie.

Aber dass es der blanke Hass war, der sich in diesem Geschrei mit wachsender Wucht seinen Weg bahnte, war unverkennbar.

Langsam teilte sich die Menge vor dem Gouverneur. Garrean sah, dass im Mittelpunkt aller Aufregung ein junges Shoumar stand. Sein Stützschwanz wischte unruhig über den Boden; es gab melancholisch klingende Flötentöne von sich, als wäre es ihm peinlich, im Zentrum von so viel Aufmerksamkeit zu stehen.

Garrean bemerkte, dass dem Shoumar kein Giftdorn aus dem Rücken seiner Pfoten gewachsen war. Es war offenbar zahm. Seine Besitzer hatten dem Tier beizeiten die Dornkapsel entfernt, sodass es weder den Dorn selbst ausgebildet noch, wie Garrean annahm, die räuberische Lebensweise eines ausgewachsenen Shoumar angenommen hatte.

Hinter dem Panoramafenster der Anflughalle ragte eine Orbitalfähre in den Himmel, die TAKTROL IX.

Alles wurde still. Niemand bewegte sich mehr. Die Figuren standen regungslos wie eine Skulptur.

Hinter dem Shoumar, eine Hand in sein Fell gekrallt, stand eine junge Ferronin, vielleicht zwölf, vielleicht vierzehn Jahre alt. Sie hielt sich mit ihrer anderen Hand eine Projektilpistole an die Schläfe. Zwei Raumsoldaten hatten ihre Waffen auf das Shoumar angelegt. Hinter einem der Raumsoldaten stand ein Zivilist, der seinen Krummdolch gezückt und einem der Soldaten von hinten an die Kehle gelegt hatte. Eine korpulente Ferronin mit weichem Gesicht hielt zwei Kinder, beide höchstens fünf Jahre alt, beide mit auffallend hübschen Gesichtern, an sich gepresst, beschützte sie und versuchte, ihnen mit der Hand die Augen zu bedecken. Die beiden Kinder aber wehrten die Beschirmung ab und starrten auf das Shoumar. Eines der Kinder hielt eine Plastikpuppe in der ausgestreckten Hand.

Garrean erkannte in der Puppe Zuya, die Unbeugsame Schwester. *Als könnte Zuya hier die Situation mit einem ihrer Bannworte retten, wie sie es jeden Abend in den Fortsetzungsabenteuern tut.*

In der Menge und von den Amburern bedrängt hielten sich noch einige andere Raumsoldaten auf.

Für Garrean stellte sich die Situation so dar: Wenn die beiden Raumsoldaten auf das Shoumar schossen, würde der Zivilist einem von ihnen die Kehle durchschneiden, und die junge Ferronin würde sich töten. »Nämlich?«, fragte er in die Runde.

Schweigen.

»Wer führt das Kommando?«, erkundigte er sich.

»Ich«, sagte einer der Raumsoldaten – der, der nicht von dem Zivilisten bedroht wurde.

Der Mann war kein Amburer. Er gehörte zu den Soldaten, die der Thort mitgebracht hatte. *Eingeschleppt,* verbesserte sich Garrean. »Wie heißen Sie?«

»Ras-Bachtav.«

»Ein Rasbol«, sagte Garrean. »Einer aus dem Stamm der Heldenlieddichter also.«

Einige der Umstehenden lachten höhnisch.

»Welches Lied soll die Nachwelt auf Sie dichten, Ras-Bachtav?«, wollte Garrean wissen.

»Das Lied der Pflicht«, krächzte der Raumsoldat. Er versuchte, sich die Kehle frei zu räuspern; es misslang.

»Und die Pflicht verlangt was?«

»Keine der amburischen Bestien nach Ferrol zu importieren«, entgegnete Ras-Bachtav. »Kein Shoumar.«

»Hm«, machte Garrean und trat auf das Shoumar zu. Das Tier flötete ängstlich und drückte seinen Kopf an die Schulter des Mädchens. Sein Stützschwanz klopfte zwei-, dreimal auf den Boden. »Mit dieser Bestie pocht natürlich der Untergang an die Pforten Ferrols.«

Das Gelächter der Umstehenden klang feindlich und verächtlich; aber es war immerhin Gelächter.

»Es trägt das Genom des Bestialischen in sich«, verteidigte sich der Raumsoldat.

»Während wir Ferronen doch so friedliebende Kreaturen sind«, sagte Garrean und tippte behutsam an den Lauf der Waffe, die der Rasbol noch immer auf das Shoumar gerichtet hielt.

Der Raumsoldat senkte erst die Waffe, dann den Kopf. »Ich habe meine Befehle«, sagte er.

»Oh ja«, sagte Garrean. »Wer hat die nicht. Und Ihre Befehle verlangen, ein Blutbad anzurichten, nur weil ein paar Kinder ihr Haustier nicht auf Ambur zurücklassen wollen?«

»Hier würde es sterben!«, rief das Mädchen. »Es kann sich nicht verteidigen. Es findet nichts zu fressen. Ihm fehlt der Dorn.«

»Warum hast du das Tier auch verstümmelt!«, sagte Ras-Bachtav.

»Warum verstümmelt ihr jetzt den Planeten?«, rief jemand aus der Menge. »Er wird verstümmelt, indem ihr uns deportiert.«

»Wird Karbush jetzt wieder ein Übungsgelände für das Militär? Werden unsere Häuser ...«

»Unsere Häuser!«, riefen andere Stimmen. »Unsere Gärten!«

»Und daraufhin haben Sie ihnen *was* versprochen?«, fragte Shim den Gouverneur einige Stunden später in dessen Büro. Er rückte seine Brille zurecht.

Garrean strich sich über die kupferfarbene Borstenfrisur. »Dass ihre Gärten, ihre Häuser, ihre Stadt, dass ganz Karbush auf einem der anderen Planeten wieder aufgebaut wird. Stein für Stein. Und dass sie mitnehmen dürfen, was immer sie wollen. Selbst das Shoumar, wenn es denn zur Familie gehört. – Was sollte ich denn sonst tun? Warten, dass wegen der Shoumaraffäre Blut fließt? Dass es Tote gibt? Eine Revolte?«

»Und Sie haben behauptet, dass der Thort dafür garantiert?«

»Hm«, machte Garrean und grinste. »Ich meine mich zu erinnern, er hätte etwas in Sachen Garantie erwähnt.«

Shim sah ihn ungläubig an. »Das kann nicht Ihr Ernst sein. Warum haben Sie das getan?«, fragte er. »Um dieses Shoumar zu retten?«

»Das Shoumar und seine Familie«, sagte Garrean.

»Der Thort wird bestreiten, eine solche Garantie je auch nur angedeutet zu haben. Sie haben ihm damit einen Hebel in die Hand gegeben, Sie aus dem Amt zu entfernen. Er wird freie Bahn haben, einen Gouverneur einzusetzen, der willfähriger ist als Sie.«

»Und der keinerlei Rückhalt bei der Bevölkerung hat. Er würde das Chaos auslösen, vielleicht bewaffneten Widerstand. Massenflucht aus Karbush in unzugänglichere Gebiete. Einen nachhaltigen Boykott der Evakuierung.« Er winkte ab. »Geschehen ist geschehen. Ich habe es versprochen. Er wird sich daran halten. Müssen.«

»Guall wird müssen«, echote Shim.

Guall – es klang merkwürdig, den Eigennamen des Thort zu hören. Der Name rief die Person in Erinnerung. Garrean sah den hageren, vernarbten Veteranen des Krieges förmlich vor sich, den Krieger, der in dem Greis verschlossen lag wie in einer Gruft.

Aber so, wie Shim den Namen aussprach, war es keine ehrfürchtige Erinnerung an die Person, eher eine Demaskierung.

»Ja. Er wird müssen. Eine solche Garantie zu bestreiten wäre kein kluger Zug«, fasste Garrean seine Hoffnung zusammen.

Shim nahm die Brille ab und reinigte sie, obwohl kein Stäubchen auf den Gläsern lag. »Sie wollen ihn zwingen, Gouverneur?«

Garrean dachte lange nach. Dann sagte er: »Ja. Wenn es sein muss.« In dem Moment, in dem er die Amburer und die Raumsoldaten gesehen hatte, wie sie einander in Waffen gegenübergestanden hatten, bereit zu töten und, schlimmer noch, bereit zu sterben, hatte er dort, in dieser Abflughalle, den Keim eines neuen Krieges gesehen, verheerender und endgültiger als der erste. Diesen Krieg wollte er nicht, und er konnte sich bei allem Zweifel am Ratschluss des Thort nicht vorstellen, dass er und seine Regierung es wollten.

Shim setzte die Brille wieder auf und schaute Garrean an. »Und wenn Ihnen jemand zuvorgekommen wäre?«

»Womit?«

»Damit, den Thort zu etwas zu zwingen.«

Garrean stand auf und ging zum Fenster. Er sah in die Straßen von Karbush. Er sah die großen und die kleinen Möbelwagen, die voll besetzten Busse, die Militärpatrouillen.

»Sie meinen, es zwingt jemand den Thort, Ambur zu räumen?«, fragte er. »Wer sollte den Thort zwingen?«

Shim hatte ihm den Rücken zugewandt und schwieg. Der junge Ferrone war dünn, geradezu kümmerlich gebaut. Er überragte Garrean um mehr als Haupteslänge. Ein Faden. Garreans Aussage, er wäre bereit, mit Shim in die bodenlose Zisterne zu steigen, war keine leere Behauptung gewesen. Der Gouverneur hatte Shims Klugheit, mehr noch seine Verschlossenheit immer geschätzt. Er hatte sie immer für ein Zeichen der Loyalität gehalten. Vielleicht, überlegte er nun, war das leichtsinnig gewesen. Vielleicht lag in Shim noch etwas ganz anderes verschlossen. Verschlossen und verborgen auch vor ihm, Garrean.

Aber die Zeit für Geheimnisse lief ab.

»Es wäre Zeit, zu reden«, sagte er leise.

Shim wandte sich langsam zu ihm um.

Kapitel 9

Rhodans Beitrag

Im Licht der Gaslaternen standen Rhodan und Tschubai noch zusammen. »Schaffst du es?«, fragte Rhodan.

»Hin auf jeden Fall. Und dich zurückbringen kann ich auch. Mein Haus erreiche ich zu Fuß«, sagte Tschubai.

»Wo du erwartet wirst?«

»Ja. Eine junge Ferronin. Nett. Apart.«

»Das ist Yinye auch«, sagte Rhodan. »Das sind sie alle. Und es widert mich an, wie über sie verfügt wird. Denn darum geht es doch: dass da jemand in das Intimste eingreifen kann und dadurch Macht ausübt.«

»Im Namen einer genetischen Optimierung.«

»In wessen Namen auch immer. Wir sollten uns diesen Omenvater einmal ansehen.«

Tschubai nickte.

»Aber nicht mehr heute Abend«, sagte Rhodan und hielt Tschubai die Hand hin. Tschubai griff zu und sprang mit ihm in das Zimmer von Sue Mirafiore.

Als hätten sie sich verabredet, trat kurz nach ihrem Eintreffen Eneida ins Zimmer. In den letzten Stunden hatte sich die Situation von Sue und Bull nicht verändert. Seine Hilflosigkeit quälte Rhodan, und auf verwirrende Weise entlastete es ihn, dass auch die Medikerin Eneida nicht viel weiterwusste.

»Die Situation ist also stabil«, versicherte er sich.

»Stabil auf dem bekannten Niveau«, sagte Eneida. »Sie können hier nichts tun. Gehen Sie, schlafen Sie.« Sie löschte demonstrativ das Licht. Im selben Moment wurde der reich bestirnte Nachthimmel im Fenster sichtbar.

Es war Nacht, und er war müde. Aber Rhodan musste lachen, als er an seine Schlafkammer dachte. Und an das Zimmer, das seiner Schlafkammer gegenüberlag.

»Ist es wegen Yinye?«, fragte Eneida.
»Ja.«
»Sie sollten überlegen, ob Sie sich ihr gegenüber wirklich ablehnend verhalten müssen.«
»Ablehnend? Ich weiß nicht, was sie will. Vielleicht schwärmt sie für mich, aber sie ist so jung – das ist doch nur eine Laune!«
»*Schwärmen?*« Eneida klang amüsiert. »Ich glaube nicht, dass es etwas so tief greifend Emotionales ist.«
»Sondern?«
»Yinye hat immer mit offenem Rücken gelebt. Und jetzt stellen Sie sie frei.«
Rhodan verstand die einzelnen Worte, begriff aber nicht, was die Ferronin sagen wollte. »Was meinen Sie?«
Sie spreizte voller Erstaunen die Finger. »Was verstehen Sie eigentlich?«
»Erklären Sie es mir«, sagte Rhodan. »Bitte.«
»Ferronen haben in der Regel Vater, Mutter, Großeltern, oft Urgroßeltern, nicht zuletzt den Stamm, der ihnen den Rücken deckt«, sagte sie. »Zeit um Zeit rücken sie nach hinten: Die Urgroßeltern sterben, die Großeltern, die Eltern. Dann steht man selbst mit ungedecktem Rücken zwar, aber als einer – oder eine –, als jemand, der einem anderen den Rücken freihält. Yinye hatte all das nicht. Sie ist eine Waise. Und jetzt ...«
Rhodan schüttelte ärgerlich den Kopf. »Aber dazu braucht sie mich doch nicht! Sie ist eine kluge, schöne junge Frau. Sie sollte keine Schwierigkeiten haben, einen Freund ...«
»Derlei Schwierigkeiten plagen sie nicht«, unterbrach ihn Eneida. »Aber der Omenvater hat bestimmt, dass sie, Yinye, es ist, der gegenüber Sie Ihren Beitrag zu leisten haben. Und jetzt sind Sie sich – ja, was? Zu feinstofflich für sie?«
»Absurd«, entfuhr es ihm.
Er konnte ihr das Misstrauen förmlich aus den Augen lesen. Er seufzte und schaute aus dem Fenster in den Nachthimmel über Ganashar. Ein Haufen Sterne. Einer davon war die Heimatsonne. Sie war Lichtjahre entfernt und nicht nur das. Er befand sich in tiefster Vergangenheit, Jahrtausende vor seiner Geburt. Was erwartete er? Dass hier und heute oder dort und damals in Sachen Sitte und Zusammensein dieselben Regeln galten wie im kleinstädtischen Nordamerika des frühen 21. Jahrhunderts? Was war er nur für ein Snob! Ein Moraltrompeter auf Missionsreise?

»Es ist Ihre Entscheidung«, sagte Eneida. Sie wandte sich brüsk ab und verließ das Zimmer.

»Diese Frauen!«, sagte Tschubai, der dem Gespräch stumm gefolgt war. Er griff nach Rhodans Schulter und brachte ihn nach Hause. Kurz darauf lag Rhodan auf dem Bett. Er dachte nach.

Etwas scharrte an seiner Tür. Rhodan stand auf, griff zu Bukks Sharctash, der an der Wand lehnte, und öffnete. Es war Yinye. Sie saß barfuß auf einem Hocker und hatte die Tür offenbar mit ihren Zehen bearbeitet.

»Ich habe Sie nicht kommen hören«, sagte sie.

»Ich schleiche gerne.«

Sie stand auf. »Haben Sie den Sharctash gebraucht?«, fragte sie und wies auf den Stock.

»Nein.«

»Brauchen Sie ihn jetzt?«

»Jetzt sind Sie ja da und riechen die Gefahr, Yinye.«

»Genau«, sagte sie. »Wissen Sie, was mein Name bedeutet?«

»Nein.«

»Dann müssen Sie mich jetzt hineinlassen.«

Wehrlos gegen diese unbezwingbare Logik, trat er zur Seite. Sie blieb in der Mitte des Zimmers stehen und schaute sich um, als befände sie sich zum ersten Mal in diesem Raum. Viel zu sehen gab es nicht, also setzte sie sich auf sein Bett. »Yinye ist pajonferronisch und bedeutet: *Die an einem heiligen Ort geboren ist.*«

»Interessant«, sagte er.

»Ja, sehr. Besonders wenn man sich für das Pajonferronische interessiert. Aber das ist kaum Ihr Hauptforschungsgebiet.«

»Bislang nicht«, gab er zu.

Sie seufzte. »Sie machen es einem schwer.«

»Liegt nicht in meiner Absicht.«

»Von woher kommen Sie? Wo sind Sie aufgewachsen? Was ist Ihr Beruf?«

»Ich bin Pilot.«

»Pilot also. Für Flugzeuge? Luftschwimmer? Raumschiffe?«

»Von allem ein wenig«, sagte er.

Sie schien zufrieden.

Er stand noch immer im Raum, den Sharctash in der Hand. Sie gluckste leise. »Oh! Wollen Sie mich bei dieser Gelegenheit totschlagen?«

Er lehnte den Sharctash wieder an die Wand.

»Jetzt sind Sie also unbewaffnet«, stellte sie fest. Sie kniff die Augen zusammen. »Haben Sie keine Angst?«

»Ich mache mir nicht viel aus Angst«, sagte er.

»Sie hätten also keine Angst vor Frauen?«

Er lachte. »Das habe ich nicht behauptet.«

Sie betrachtete ihre nackten Füße, spreizte die Zehen, bog sie ein. Alles funktionierte offenbar zu ihrer Zufriedenheit. »Warum wollen Sie Ihren Beitrag nicht leisten?«, fragte sie.

Er ging vor ihr in die Hocke und begann: »Wissen Sie, da, wo ich herkomme ...«

»... mag es ganz anders sein als hier«, unterbrach sie ihn. »Aber Sie sind jetzt nicht dort, wo Sie herkommen, sondern hier, wo Sie hingekommen sind. Verstehen Sie den Unterschied?«

»Ich verstehe.

»Gut.« Sie rollte sich auf den Rücken und streifte in ein und derselben Bewegung die Hose ab; dann saß sie wieder und zog sich das Hemd über den Kopf. Sie saß vor ihm, nur noch mit einem blassblauen Slip bekleidet. »Sehen Sie noch etwas, das Ihrer Pflicht, einen Beitrag zu leisten, im Wege steht?«

»Wenig«, gab er zu.

Da legte sie auch dieses wenige noch ab.

»Sie wirken ein wenig verbraucht«, spottete Thora bei der kleinen Mahlzeit, die sie zwei Stunden nach Beginn ihres Arbeitseinsatzes gemeinsam einnahmen. Thora hantierte mit einer Art Thermosflasche und schüttete sich ein dampfendes Getränk in einen Becher, der sonst als Verschluss für die Flasche diente.

»Danke der Nachfrage.« Rhodan biss in die Frucht, die Yinye ihm geschenkt hatte. Mit gedämpfter Stimme sagte er: »Keine wesentlichen Änderungen bei Sue und Bull. Keine Besserung. Keine Krise.« Er nahm wieder einen Bissen. Das Fruchtfleisch war tief violett und verströmte das Aroma einer Pampelmuse; der Saft war seimig und tropfte ihm in den Bart.

»Sie legen sich einen Vorrat an?«, fragte sie verdächtig gut gelaunt.

»Ich arbeite noch daran, mir gutes Rasierzeug zu beschaffen«, sagte Rhodan. Er fuhr sich mit den Fingernägeln über das Kinn, dass es knisterte.

Thora musterte ihn. »Sie haben also Ihren Beitrag geleistet?«

Rhodan nahm den Becher, den Thora ihm hinhielt, und trank einige Schlucke. Dann nickte er. »Und Sie?«

»Bisher nicht«, sagte Thora. »Ich habe meinem Anwärter erklärt, dass ich noch nicht entschieden habe, ob ich in Ganashar bleiben werde. Eine genetische Erfrischung der Kolonie steht in meinem Fall nicht unbedingt zu hoffen.«

»So?« Rhodan rang sich ein säuerliches Lächeln ab.

»So«, bestätigte Thora. »Sie waren übrigens leichtsinnig. Es war natürlich – wenn ich so neugierig sein darf ...« Sie wies mit dem Kinn auf Yinye, die neben Bukk stand und ihn behutsam und schäkernd mit dem Sharctash herumschubste. »Wie heißt sie gleich, die zurzeit bei Ihnen das Amt der Dorfschönheit versieht?«

»Yinye. Bedeutet so viel wie: Die an einem heiligen Ort geboren ist.«

»Das klingt ja lebensbedrohlich romantisch.«

»Ich würde es eher eine sachliche Romanze nennen«, erklärte er.

Thora nippte von ihrem Getränk. »Ich fürchte, die an einem heiligen Ort Geborene wird demnächst bestätigt haben wollen, ob sie den Profit tatsächlich erfährt, den sie sich von Ihrem Beitrag versprochen hat – eine Befruchtung.«

»Ja«, sagte Rhodan.

»Vieles spricht dafür, dass ihr eine Enttäuschung bevorsteht. Sie wird ja wahrscheinlich nicht schwanger werden. Und bei der folgenden medizinischen Betrachtung des von Ihnen zur Verfügung gestellten Erbgutes wird man auf gewisse unerklärliche Diskrepanzen zum ferronischen Genom stoßen.«

»Wahrscheinlich«, sagte Rhodan. Er überlegte, ob er Thora darüber unterrichten sollte, dass mindestens Eneida dank ihrer Analysen längst im Bild war.

»Also?«, fragte Thora.

»Also sollten wir Ganashar und das Gelobte Land so schnell wie möglich verlassen.«

»Nach Karbush.«

»Eine große Auswahl haben wir ja nicht. Karbush ist der einzige Ort, an dem es einen Raumhafen gibt.«

»Erarbeiten wir uns die Mittel für die Passage wohin auch immer redlich, oder kapern wir ein Fahrzeug?«

»Kapern?« Er lachte leise. »Ich sollte mir über Ihre sittliche Reife in Sachen Eigentum ernste Sorgen machen.«

Sie nahm wieder einen Schluck ihres Heißgetränks. »Sie sollten vor allem keine allzu hohen Erwartungen daran knüpfen. Schließlich werde ich erst in einigen Jahrtausenden geboren, da hat das mit dem Reifungsprozess noch Weile.« Sie stellte die Tasse ab, gähnte und reckte sich ungeniert. »Übrigens werden spätestens mit meiner Geburt alle bisherigen Schandtaten verjährt sein, eingeschlossen die Liederlichkeiten, die ich in nächster Zukunft zu begehen gedenke.«

»So betrachtet sind alle Sünden lässlich«, sagte er.

Sie zeigte ein für die Tageszeit unglaublich bezauberndes Lächeln. »Wem sagen Sie das?« Übergangslos wurde sie ernst. »Wahrscheinlich hatten Sie dazu keine Möglichkeit, aber ich habe mich ein wenig umgehört, ein wenig unterhalten. Es herrscht eine gewisse Unruhe in der Siedlung. Es gibt Gerüchte. Befürchtungen. Nichts Genaues, nichts, worüber man offen mit mir sprechen möchte.«

»Und wovon sprechen die Gerüchte?«

»Vom Ende der Welt natürlich.«

Bukk schlenderte betont desinteressiert heran, seinen Sharctash, den Yinye ihm am Morgen zurückgegeben hatte, lässig quer über den Nacken gelegt. Sie standen auf. Yinye winkte ihm von der Pritsche der Pflanzmaschine. Chaktor und Tschubai, die ein wenig abseits gesessen hatten, erhoben sich ebenfalls und gingen zurück an die Arbeit. Der Teleporter würde Chaktor über den Zustand der beiden anderen informiert haben.

Die Wega berührte den Horizont bereits, als Rhodan spürte, wie Yinye sich verspannte. Sie sog die Luft durch die Nase ein und schrie dann spitz auf. Einen Augenblick später stand sie auf der Pritsche und hielt den Sharctash in der Hand. Rhodan stellte sich neben sie. Links und rechts, jeweils etwa fünfzig Meter entfernt, stoppten zwei andere Zugmaschinen den Kriechgang. Auf den Ladeflächen standen drei oder vier Ferronen und starrten zu ihnen herüber.

Bukk hatte den Traktor angehalten und sprang über die Deichsel zu ihnen auf die Pritsche. In seiner Hand hielt er eine Art Revolver, in der Trommel allerdings zwölf oder mehr Projektile.

»Sharsharym«, flüsterte Yinye. »Fressbereit.«

Ein Wind war aufgekommen und wirbelte von den fernen Rändern der Felder dunklen blauen Staub heran. In der Staubwalze bewegte sich etwas, rollte und hüpfte und federte.

Yinye rückte näher an Rhodan. Dann überrollte sie auch schon die Staubwolke.

Rhodan kniff die Augen zusammen. Der wirbelnde Staub prasselte auf seine Haut. Aus dem Staub schälten sich leichte, bleiche Gebilde, die einer Kralle oder Faust aus bloßen Knochen glichen. Sie rollten über die Pritsche und wurden vom Wind weitergetrieben.

Nur eine verfing sich in einer Ecke der Pritsche und verhakte sich dort. Bukk feuerte, ohne zu zögern, auf die Knochenkralle.

Als die Kugeln in das Gerippe einschlugen, lösten sich daraus zwei schlangenartige Gestalten. Sie waren smaragdgrün und glitten über den Boden wie Wesen aus Quecksilber. Bukk schoss auf die Schlangenartigen. Sie wichen fast spielerisch aus. Yinye stand ganz still.

Ein leichter Hauch von Pfefferminz verbreitete sich.

Die Trommel von Bukks Revolver war leer. Er drehte sich um und schaute Yinye an, das Gesicht vor Entsetzen starr. Yinye machte zwei, drei elegante, fast tänzerische Schritte nach vorn und wirbelte den Sharctash über dem Kopf. Die Schlangenähnlichen bewegten sich zugleich rasend schnell und in ihren Bewegungen völlig unvorhersehbar. Yinye schlug mit dem klobigen Ende zu. Die dumpfen Schläge erschütterten den Wagen. Die Sharsharym wichen so geschwind aus, dass ihnen kaum mit den Augen zu folgen war.

Yinye traf einen von ihnen in der Mitte. Dunkelrotes Blut spritzte auf. Das Tier stieß einen fürchterlich klirrenden Laut aus. Yinye drehte den Sharctash, erfasste mit der Gabel den Kopf und fegte das schwer verletzte Tier von der Pritsche.

Rhodan sah den zweiten Sharsharym auf sich zuhuschen. Er floh, aber er wusste sofort, dass er keine Chance hatte. Da krachte der Sharctash auf den Boden, wo eben noch das Tier gewesen war.

Keinen Lidschlag später schrie Bukk auf. Der Sharsharym hatte sich an seinem Bein hochgewunden und biss ihm in die Leiste. Schon war Yinye mit dem Sharctash da, packte den Kopf des Tieres mit der Gabel und riss es von Bukk los. Das Biest wand sich; Yinye presste seinen Kopf auf den Boden und trat wieder und wieder mit dem Schuh zu. Die Bewegungen des Sharsharym wurden langsamer und hörten auf.

Rhodan sah, wie das Tier förmlich erlosch. Das Smaragdgrün verblasste zu einem eitrigen Grauweiß. Yinye schleuderte den Kadaver vom Wagen.

Bukk stand, die Hand in die Hüfte gepresst, und lächelte Yinye verzerrt zu. Dann brach er auf der verletzten Seite ins Knie.

»Hilf mir«, sagte Yinye ruhig zu Rhodan. Sie trat an Bukk heran, fasste ihn an der Schulter und legte ihn auf den Rücken. Bukk verdrehte die Augen. Rhodan sah nur noch das Weiß der Augäpfel. Yinye sagte: »Nimm seine Hand weg.«

Woher hatte sie das Messer?, wunderte sich Rhodan und griff nach Bukks Handgelenk. Es war kalt. Er löste Bukks Hand vom Leib.

Yinye legte mit drei, vier raschen Schnitten die Wunde frei. Rhodan sah, dass das Fleisch sich schwarz verfärbt hatte und kristallin glitzerte. *Kohle und Kohlenstaub,* dachte er.

Mit einem wütenden Schrei stach Yinye in die Wunde. »Blut!«, rief sie. »Du sollst bluten!«

Aber wo sie einstach, zerbrach die schwarze Substanz und löste sich in glitzernden schwarzen Staub auf.

Bukks Kopf kippte zur Seite.

Eine der beiden anderen Pflanzmaschinen hatte zwei Ferronen verloren, die dritte hatten die Sharsharym nicht angegriffen.

Rhodan saß neben Yinye im Traktor. Er lenkte die Zugmaschine. Yinye hatte ihre Jacke über Bukks Leiche geworfen, die auf der Pritsche lag.

»Passiert das oft?«, fragte er irgendwann, um das Schweigen zu brechen.

»Es geschieht«, sagte sie. Sie tippte sich leicht gegen die Nase. »Solche wie ich sollten es verhindern.«

»Du hast es ja verhindert«, sagte Rhodan. »Bei mir.«

»Zu wenig«, sagte sie.

Er schwieg.

Sie erreichten den Busbahnhof. Yinye erstattete einem älteren Ferronen Bericht. Der machte sich einige Notizen. Jemand kam und brachte den Leichnam fort. Yinye und Rhodan stiegen in den Bus. Sie warteten eine Weile. Die Kabine füllte sich. Thora und Tschubai kamen, schließlich Chaktor. Der Bus fuhr los.

Rhodan dachte nach. Was hatte es zu bedeuten, dass sie auf den Feldern eingesetzt waren? Dass Yinye ihm zugeteilt war? Hatte es überhaupt etwas zu bedeuten? Ihr Sturz in die Vergangenheit. Ihre Ankunft auf dem verlorenen Planeten. Sues und Reginalds Zustand. Seine gesamte Wirklichkeit verkehrte sich in etwas, das Bukks grauenvoller Wunde ähnlich war: eine schwarze, amorphe Masse, die sich, wenn man sie berührte, in Staub auflöste.

In diesem Moment spürte er Yinyes Kopf an seiner Schulter. Er spürte das Zittern der Muskeln in ihrem Oberarm. Behutsam legte er seinen Arm um ihre Schultern und seine Hand in das weiche Kupfer ihres Haars.

Kapitel 10

Gualls Nachtflug

Als er aufwachte, lag die Nacht noch tief über seinem Zelt und über der Ebene von Karbush, aber er hatte den Schlaf satt. Ursprünglich hatte er geplant, erst kurz vor Sonnenaufgang aufzubrechen. Dazu hätte er noch drei Stunden verbringen müssen. Nur womit?

Er bemühte sich aus dem Bett – das und nichts anderes war es: eine Mühe ohnegleichen, ein quälerisches Zusammen- und Zurechtrücken seines morschen Leibes. Wie ein widerspenstiges Vieh sträubte sich dieser Leib gegen seinen Willen. Dann endlich hatte Guall den hinfälligen Körper ins Joch seines Geistes gezwungen und stand aufrecht neben dem Bett.

Er hatte ihn nicht geweckt, doch plötzlich spürte er Vocotósh neben sich. »Es ist früh«, sagte sein Kammerdiener leise.

»Es ist spät«, murmelte der Thort, hob seine Arme so weit wie möglich und streckte sie seitlich von sich. Vocotósh schob ihm die Stützen unter die Ellenbogen, bückte sich, zog ihm die alte Windel aus und mit der nächsten fließenden Bewegung die neue Windel an. Dann wusch der Steward den Oberkörper Gualls mit einem erhitzten Huzcapilz, dem man eine leicht desinfizierende Wirkung nachsagte. Danach legte er dem Thort die übrigen Kleidungsstücke an, eines nach dem anderen, wie einer Puppe.

Zuletzt zog er dem Thort den Thermoponcho über und aktivierte ihn. »Sie wollen ja in die Nacht«, sagte Vocotósh.

Guall griff nach der Kapuze des Ponchos und zog sie über den Kopf. Die Wärme war erquicklich und tat seinen Gelenken wohl. Es war gewissermaßen ein Anfall von Unternehmungslust und Reisefieber. Die Atemmaske saß der Kapuze auf wie ein verrückter Schmuck.

»Ich brauche einen Polykopter«, verlangte der Thort.

Vocotósh fragte: »Soll ich ein Pilotenteam zusammenstellen und die Sicherheitskräfte einteilen?«

»Nein. Ich ziehe nicht in den Krieg«, sagte Guall. »Ich möchte einen halbautomatischen Kopter zu meiner alleinigen Verfügung. Keine weitere Besatzung.«

Vocotósh nahm die Anweisung mit dem gewohnten Gleichmut zur Kenntnis. Er aktivierte seinen Kommunikator und redete diskret, gerade so, als ginge es um intime Vertraulichkeiten.

»Es ist eine Tekpash-Maschine«, verkündete Vocotósh. »Sie wird aus der CARESC CAO ausgeschleust und fliegt autonom. Sie sollte in einer halben Stunde hier sein.«

Guall nutzte die Zeit, um etwas zu essen und zu trinken.

Guall hörte das Motorengeräusch, kurz darauf flammten Scheinwerfer auf. Der Autopilot der Tekpash hätte das Licht nicht gebraucht, seine hochgezüchtete Navigationsautomatik war auf Nachtflug auch im schwierigsten Gelände spezialisiert.

Vocotósh war es, der das Licht brauchte. Er hatte darauf bestanden, den Polykopter in Augenschein zu nehmen.

Die Tekpash landete keine zwanzig Meter vor dem Zelt. Vocotósh begleitete den Thort bis zur Maschine und checkte sie. Die beiden gegenläufigen Koaxialrotoren liefen langsam aus; jeder der beiden übereinander stehenden Rotoren hatte drei Blätter. Die Kabine war luftdicht verschließbar; die Tekpash hatte genug Sauerstoffreserven an Bord, um einen einzelnen Passagier zehn Tage lang großzügig zu versorgen.

Der Kompressor arbeitete tadellos; gut zwei Drittel des Heliums lagerten in einer Flasche aus Leichtmetall. Die länglichen Heliumblasen an der Längsseite des ovalen Flugkörpers flappten ein bisschen im kühlen Nachtwind.

Vocotósh winkte den Thort in die Kabine. Guall setzte sich. »Wann werden Sie zurück sein?«, fragte Vocotósh, wieder so leise, als könnte ein einziges lautes Wort die schlafende Welt wecken.

»Wir bleiben in Funkkontakt«, sagte der Thort anstelle einer Antwort.

»Sie wünschen ausdrücklich keine militärische Eskorte?«

Wünschen, dachte der Thort. Das war eine Kunst, die er, wenn je beherrscht, lange schon verlernt hatte.

»Machen Sie sich keine Sorgen«, sagte der Thort. »Ich sagte Ihnen doch: Ich ziehe nicht in den Krieg.«

»Sie sagten es«, bestätigte Vocotósh.

Der Thort berührte eine Taste; das transparente Kanzeldach schloss sich. Mit einem leisen Zischen strömte sauerstoffreiche Luft zu. Dann flutete Guall die Flugblasen mit Helium und startete die Rotoren.

»Zieleingabe«, forderte der Autopilot.

Der Thort gab Koordinaten ein, die den Polykopter nach Süden führen würden. Es waren nicht die endgültigen Daten. Das eigentliche Ziel – der Ort ihrer Verabredung – würde der Thort erst unterwegs erfahren.

Vielleicht würde er es auch gar nicht erfahren. Möglich, dass man den Polykopter in Fernsteuerung nahm und so auf Kurs brachte. Die Wohltäter hatten viele Möglichkeiten.

»Lehnen Sie sich zurück und genießen Sie den Flug«, sagte der Autopilot.

Guall lächelte und schloss die Augen.

Sie waren in der Luft. *Wieder hänge ich am Balken,* dachte der Thort. Und er wollte nicht daran denken, was diesmal unter ihm lag.

Seine Route führte den Thort über die Stadt Karbush. Die Tekpash war bei Weitem nicht das einzige Flugzeug in der Luft. Im Radarschirm entdeckte Guall etliche kleinere und einige schwere Lastenhelikopter auf dem Weg zum Raumhafen; von dessen Fläche, die er in einiger Entfernung passierte, startete soeben die nächste Raumfähre.

Guall schaute aus seinem Polykopter auf das Panorama der Evakuierung in den hell erleuchteten Straßen der Stadt. Ganze Trecks von Siedlern bewegten sich aus allen Richtungen auf den Raumhafen zu, in Bussen, auf Lastwagen, in kleineren Automobilen, sogar auf Reittieren, auf Karren, die von plumpen, dunklen Kreaturen gezogen wurden, oder zu Fuß.

Viele Bewohner Amburs waren ihm blind ergeben und folgten seiner Weisung. Viele andere würden nur unter Zwang gehen, sich vielleicht mit Waffengewalt gegen die Evakuierung wehren. Dem Thort war nicht wohl bei dem Gedanken, doch ihm blieb keine Wahl.

Guall schloss kurz sein Augenpaar und konzentrierte sich auf sein Stirnauge. Er gewahrte den Aufruhr der Emotionen in der Stadt: die Verzweiflung und den Abschiedsschmerz, vermischt und vermengt mit Euphorie, einer Aufbruchsstimmung, einem entzündeten Reisefieber, dazwischen immer wieder das fanatische Verlangen, den eigenen Willen dem des Thort zu unterwerfen. Stolz auf die Wunden, wie sie nur die Treue schlug.

So voll die Straßen auch waren, die meisten Amburer schliefen zu dieser Zeit. Vielleicht hatten sie sich in der Hoffnung niedergelegt, am nächsten Tag in einer heileren Welt aufzuwachen, in der Gualls Räumungsbefehl sich als nächtlicher Alb entpuppte.

Der Thort wandte sich von den Amburern ab und öffnete die anderen Augen wieder. *Ist es das wert?*, überlegte er. Ohne die Wohltäter hätte es im Wegasystem anders ausgesehen, keine Frage. Das Transmitternetzwerk würde nicht existieren, und infolgedessen hätte der Thort sich auch nicht seiner Allgegenwart rühmen können, die so viel zu seinem Nimbus beitrug.

Merkwürdig übrigens, dass selbst in einer technisch so weit fortgeschrittenen Zivilisation so wenige auf die Idee kamen, Gualls scheinbar gleichzeitige Präsenz an diesem wie an jenem Ort könnte sich einem technischen Kniff verdanken. Einer Maschine, die, wenn auch Ferronen weit davon entfernt waren, sie anfertigen und beherrschen zu können, doch alles andere als undenkbar war.

Und von diesem Gedanken an eine andere, eher universale Technologie wäre es nur ein kleiner, logischer Schritt zu den Produzenten einer solchen Technologie.

Zum Gedanken an ein anderes Volk, das außerhalb des Wegasystems existierte.

Aber solche Ideen waren den meisten Ferronen fremd, gerade so, als wären ihre Vorstellungen über die Galaxis immer noch in den Schranken der alten Mythen gefangen, in Schriften wie dem Götzenbeieinander, in dem die Sternenwelt jenseits der Wega als endlose Wüstenei besungen wurde.

Eigentlich abstrus – denn wer sollte die Macht haben, eine komplette Sterneninsel zu verheeren und in tote Ödnis zu verwandeln?

Guall war sich immer sicher gewesen, dass auch unter den anderen Sternen Leben möglich, ja wahrscheinlich sein musste. Guall hatte es gewusst, bevor es ihm von den Wohltätern bewiesen worden war.

»Autorisieren Sie den neuen Kurs?«, erkundigte sich der Autopilot in diesem Moment.

»Ja«, sagte Guall. Er dachte darüber nach, ob er den Piloten fragen sollte, wer die neuen Koordinaten übermittelt hatte und wohin dieser Kurs ihn führen würde.

Aber wozu? Er würde es ja erleben.

Seit Stunden hatte der Polykopter die große Ebene hinter sich gelassen. Hin und wieder hatte Guall mittels Bordradar überprüft, ob niemand der Tekpash folgte. Die Atmosphäre wurde schon in geringer Höhe dünn. Der Autopilot half, möglichst niedrige Pässe zu finden; nötigenfalls flog er Umwege.

Natürlich wäre es unerhört gewesen, sich der ausdrücklichen Anweisung des Thort zu widersetzen und ihn – und sei es zu seinem Besten – unter Bewachung zu stellen.

Dennoch war er sich sicher, dass es solche Bestrebungen gab, gerade im Militär. Und es war kein erwachender Verfolgungswahn, der Guall zu dieser Überzeugung brachte.

Jedenfalls nicht nur.

Guall schaltete die Scheinwerfer des Polykopters ein. Das starke Licht riss Einzelheiten aus der Finsternis. Das Land unter ihm war felsiger geworden, schroffer. Eine Weile lang folgte der Thort dem Lichtfinger. Keine Straße war zu sehen, keine Siedlung.

Guall hörte, wie mehr Helium in die Flugblasen an der Längsseite des Polykopters gepumpt wurde. Er richtete den Scheinwerfer in Flugrichtung. Die Flanke eines Gebirgszuges ragte steil vor ihm auf. Knochenbleicher Felsen. Kein Licht darin. Auch im Gebirge kein Hinweis auf ferronisches Leben.

Ambur, dachte Guall. *Ambur. Ambur.* Wenn man Worte oft genug sagte, verloren sie ihre Selbstverständlichkeit. Sie wurden zu rätselhaften Chiffren oder lösten sich in reiner Bedeutungslosigkeit auf. Was für eine eigenartige Welt der zehnte Planet war. Ein karger Ort, ohne jede Anziehungskraft auf die meisten Ferronen. Wertlos, wenigstens auf den ersten und auch auf den zweiten Blick. Natürlich gab es hier Bodenschätze, aber bei Weitem nicht so viel wie auf den üppiger damit ausgestatteten Himmelskörpern. Wenig Wasser; keine Meere. Leben war nur in den Niederungen möglich, in den tiefsten Canyons des Gebirges oder auf der Ebene von Karbush, der einzigen Region, die tief genug gelegen, flach und ausreichend groß für eine bevölkerungsreiche Stadt war.

Ganz so, als hätte ein hilfreicher Geist und Baumeister diese Ebene angelegt, um dort eine Stadt zu gründen, dachte Guall.

Der Polykopter stieg und stieg. Das Felsmassiv lag mit der Nacht verschmolzen; Guall verließ sich auf die Navigationsautomatiken der Tekpash.

Schließlich hatte die Maschine den Grat überwunden. Unter ihnen öffnete sich ein Hochtal. Guall wusste nicht, ob vor ihm jemals Ferronen an diesem Ort gewesen waren. Er bemerkte, wie der Polykopter tiefer ging. Sie mussten dem Ziel nah sein.

Wenige Minuten später setzte die Tekpash auf. Die Rotoren liefen aus. Die Sauger leerten die Heliumblasen; die Kompressoren arbeiteten noch eine Weile.

Dann kam die Stille über den Thort. Er war erschöpft, wollte aber nicht schlafen. Er dachte über nichts Besonderes nach, und ungehindert von Überlegungen zur gegenwärtigen Lage kamen ihm Erinnerungen in den Sinn, Bilder seiner ersten Jahre, seines Lebens als Missgeburt, Bilder von Shenidin, dann anderer, die seinem Leben eine neue Richtung oder einen entscheidenden Impuls gegeben hatten: Er sah den Zeitreisenden vor sich, Rhodan, und dessen junge Begleiterin, die ihm das dritte Auge geöffnet hatte; er hörte Lossoshér sagen, er, Guall, werde dem Wegasystem Einheit und Frieden bringen, sein erster Thort sein.

Wie Lossoshér vorausgesagt hatte, war er Thort geworden. Er dachte an all die frühen Kämpfe, die nur neue Kämpfe geboren hatten, als wollte es nie ein Ende nehmen, als hätten sich die Zerstörungswut und eine berauschende Lust an der Vernichtung in das Gehirn sämtlicher Ferronen gefressen. Er dachte an seine Begegnung mit Ke-Lon und mit dem uralten Crest, den nur ein eherner Wille noch am Leben erhalten hatte, eine lichte Flamme Geist in einem ausgebrannten Leib.

War Guall nicht wie Crest geworden? Was hielt ihn am Leben?

Der allsehende Thort hatte das Dunkle Zeitalter beendet; er hatte Einheit und Frieden gebracht.

Oder doch den Vorschein von Einheit und Frieden, denn die Einheit der Ferronen lag im Thort, und kein anderer als der Thort besiegelte den Frieden. Ohne Thort drohten die alten Wunden von Neuem aufzubrechen.

Vielleicht würde das Wegasystem eines Tages auf Guall verzichten können. Aber nicht auf den Thort.

Guall aber hatte keinen Nachfolger. Natürlich waren unter seinen Mitarbeitern einige, die er für hochbegabt hielt, für charismatische Führerfiguren sogar oder verlässliche Verwalter.

Aber niemand außer ihm besaß das dritte Auge. Niemand wäre unumstritten.

Guall musste weiterleben, so oder so.

Man ließ ihn gnadenlos warten. Guall nickte einige Male ein und wachte jedes Mal müder auf, als er eingeschlafen war.

Es war kurz vor Sonnenaufgang, als er endlich spürte, dass sich etwas verändert hatte. Er gähnte, reckte seine knacksenden Knochen und schaute in den Himmel von Ambur. Es war ein fahles Blau, glanzlos und bleich, viel weniger intensiv als über Ferrol.

Guall schien es, als hätten die Demiurgen, von denen das Götzenbeieinander sang, dieses Firmament eben erst skizziert und wären noch lange nicht mit ihm fertig.

»Warum Ambur?«, fragte er sich halblaut.

Ohne sein Zutun lösten sich die Verschlüsse des Kanzeldaches. In einer fast instinktiven Bewegung zog Guall die Atemmaske von der Kapuze über sein Gesicht. Das Dach schwang auf. Guall stieg aus. Er spürte die Kälte des amburischen Morgens an den ungeschützten Händen. Der Thermoponcho hielt seinen Leib warm.

»Sie haben die Weisung gegeben?«, fragte eine Stimme.

Guall lauschte dem melodischen Klang für einen Moment nach. Seltsam. Alle Eile, alle Zeitnot war ihm abgenommen wie eine bleierne Rüstung. Die Stimme drängte ihn nicht.

Langsam, mit einer beinahe tänzerischen Bewegung wandte Guall sich um.

Der Kundschafter war deutlich größer als er. Sein Körperbau wirkte durchaus ferronisch, das Gesicht dagegen strahlte vor Fremdartigkeit. Es wurde von den beiden Augen dominiert, die tiefblauen Glasblasen glichen und weiter nicht strukturiert schienen. Guall konnte ihn nicht fixieren. Der Mund war lippenlos; anstelle der Nase besaß er eine Atemöffnung, die von einer dünnen, fast durchscheinenden Membran bedeckt war, einem organischen Filter vermutlich. Wenn er atmete, hörte es sich an, als zerriebe jemand behutsam welke Blätter. Die Haut war sichtbar geschuppt, hell wie Sand.

Carfesch trug keinen Schutzanzug. Auch die Hände mit ihren sieben Fingern waren unbedeckt.

»Ich habe die Weisung erteilt«, sagte Guall und lächelte. »Weisungsgemäß.«

»Danke!«, sagte Carfesch.

»Aber es wird einige Zeit dauern, bis wir Ambur geräumt haben. Es wird Widerstand geben. Und mein Gouverneur, der diesem Widerstand begegnen sollte, leistet selbst eine Form von Widerstand.«

Carfesch schien keineswegs beunruhigt. »Die Zeit ist von nachrangiger Bedeutung«, sagte er. »Von Bedeutung ist, dass diese Welt von Bewohnern geklärt wird.«

Geklärt?, hallte es in Gualls Bewusstsein wider. *Trübten* denn die Ferronen diese Welt mit ihrer schieren Anwesenheit? Er fragte: »Weshalb eigentlich?«

Carfesch schaute ihn mit seinen Glasblasen an. »Ambur ist der Preis für die Transmitter. Die Transmitter haben Sie befähigt, der Thort zu sein, der seinem Volk den Frieden gebracht hat.«

»Natürlich«, sagte Guall. »Ich weiß das. Und ich bin nach wie vor bereit, den Preis zu bezahlen. Das dürfen Sie den Wohltätern jederzeit ausrichten.«

»Danke!«, sagte Carfesch.

»Allerdings ist der Friede brüchig«, sagte Guall. »Es liegt zu viel an mir, am Thort. Der Thort darf nicht sterben.«

Einen Moment lang hatte Guall das Gefühl, als ob der Blick der Glasblasen sich von ihm abkehrte, um sich dem Inneren des Kundschafters selbst zuzuwenden. Dann sagte Carfesch: »Der Thort wird leben. Sie haben mein Wort.«

Guall seufzte und schloss die Augen. Als er sie wieder öffnete, war der Kundschafter verschwunden. Guall sah zu, wie die Wega aufging. Das viele Licht erweiterte den Himmel. Der Thort hatte sich schon oft die Frage gestellt, woher der Kundschafter gekommen sein mochte und in wessen Auftrag er seine Erkundigungen einzog. Hatte er überhaupt Auftraggeber? Oder handelte er in eigenem Auftrag, Kundschafter in eigener Sache, und die Wohltäter, über die er hin und wieder Andeutungen gemacht hatte, waren bloße Tarnexistenzen, Machwerk aus Binsen und Gedankenschaum.

Warum verhandelte Carfesch überhaupt mit einem wie ihm? Wer Fähigkeit besaß, Maschinen wie die Transmitter zu bauen, der konnte sich nehmen, was er wollte.

Oder war das zu kriegerisch gedacht? Gehörte Carfesch einer Kultur an, für die Gewalt zu den Altertümern gehörte wie der Glaube an Dämonen oder an die Demiurgen aus dem Götzenbeieinander? Hatte Carfesch irgendwann den Glauben an die Gewalt verloren?

Guall setzte sich wieder in den Polykopter und schloss das Kanzeldach. »Wir fliegen zurück nach Karbush«, wies er den Autopiloten an. Kurz darauf erklang das Zischen, mit dem das Helium wieder in die Blasen strömte; die Rotoren flappten; die Tekpash erhob sich in die dünne Luft, schwenkte um und nahm Kurs auf die große äquatoriale Ebene.

Kurz darauf empfing er einen Funkspruch. Es war Demeris, seine Erste Ministerin. »Sie denken an unsere Sitzung, Thort?«, fragte sie ihn. Die Stimme war von einem leisen Knistern überlagert.

»Ich denke an nichts anderes«, sagte er fröhlich.

Kapitel 11

Rhodan und der Omenvater

Der nächste Tag verlief weitgehend ereignislos. Sie fuhren zwar mit dem Bus zu den Feldern, aber niemand wurde eingesetzt. Einzig Yinye hatte zu tun. Sie bewegte sich scheinbar ohne jedes feste Ziel mal in diese, dann in jene Richtung über die leeren Felder, hielt inne, orientierte sich, ging weiter, den Sharctash immer in der Hand, manchmal über der Schulter.

Rhodans Angebot, sie zu begleiten, hatte sie mit blankem Unverständnis quittiert.

Tschubai nutzte zwischendurch eine Gelegenheit, nach den beiden Kranken zu sehen. Er fand sie unverändert. Rhodan dachte viel über die Nanoapparatur in ihrem Körper – in ihrem Gehirn – nach. Wie auch immer die Sicherung im Detail funktionierte: Auf irgendeine Art und Weise musste sie Kenntnis über die Außenwelt haben, um festzustellen, ob sich ihre Opfer – ihr Besun – noch im Hoheitsgebiet der Fantan aufhielten oder nicht. Wie stellten sie das an? Gab es im Reich der Fantan, auf ihren Schiffen und Raumstationen bestimmte Sender, die unaufhörlich Kennungsimpulse ausstrahlten, auf die die Sicherung reagierte? Das schien ihm wahrscheinlicher als die Annahme, die Sicherung könnte Raum und Zeit vermessen und eigenständig darüber befinden, ob Handlungsbedarf gegeben war.

Nun wären diese Impulse nicht mehr zu empfangen – schließlich existierte die dazugehörige Fantantechnologie zu diesem Zeitpunkt in der Vergangenheit mit großer Wahrscheinlichkeit noch gar nicht.

Warum wäre die Sicherung dann erst so spät aktiv geworden? Und welche Möglichkeit besaßen sie gegebenenfalls, das Muster dieser Kennungsimpulse zu erkennen und zu imitieren, um die Sicherung abzuschalten?

Wega hatte den Zenit bereits überschritten, als Yinye zu ihnen stieß.

Ein älterer Ferrone kam und fragte, wie sie die Lage beurteilte.

Yinye erklärte: »Verschleiert. Die Duftmarken der Sharsharym klingen ab. Aber es ist ihnen ein eigenartiges Aroma beigemischt. So als ob das *Abklingen* gefälscht würde.«

Der Ferrone seufzte. »Du unterstellst ihnen zu viel Intelligenz und Strategie, Bürgerin«, sagte er. »Das ist der Aberglaube der Riecherinnen.«

»Sie sind klug«, sagte Yinye. »Klüger, als uns lieb ist. Und sie werden immer klüger. Denn sie lernen.«

»Vielleicht willst du die Scham über dein gestriges Versagen in Lobhudelei für die Kreaturen kleiden«, sagte der Ferrone gespreizt.

»Sie hat mir das Leben gerettet«, sagte Rhodan, indem er sich demonstrativ neben sie stellte.

»Ja«, sagte der Alte gedehnt. »Dir.«

»Ist dagegen etwas einzuwenden?«, fragte Rhodan mit einem kalten Lächeln.

Der Alte wandte sich an die Gruppe und rief: »Auf Geheiß der Riecherin bleibt das Feld heute gesperrt. Wir werden unsere Arbeit in den kommenden Tagen verdoppeln müssen.«

Sie warteten schweigend ab, bis der Alte sich entfernt hatte.

»Ein freier Tag.« Tschubai reckte und dehnte sich. »Gehen wir schwimmen im See?«

»Ich würde gerne mit dem Omenvater reden«, schlug Rhodan vor. Er sah Yinye an. »Ist das möglich? Gibt er Audienzen oder etwas in der Art?«

Sie sah ihn an, nicht im Mindesten überrascht. »Woher weißt du es?«

»Was?«

»Dass der Omenvater heute Abend auf dem Ganarzynes-Platz eine Rede halten will.«

Rhodan legte seinen Mund an ihr Ohr. »Manche reden im Schlaf.«

Der Ganarzynes-Platz befand sich nicht im Zentrum der Stadt, sondern in einem kaum bebauten Außenbezirk. Wohnhäuser waren keine zu sehen; die umstehenden Gebäude mochten Lagerhallen sein oder Scheunen. Mit ihren geriffelten, metallenen Außenwänden und den flachen Dächern glichen sie überdimensionierten Containern.

Rhodan und die anderen versuchten, nicht als Gruppe zu erscheinen. Rhodan stand bei Yinye; Tschubai ein wenig entfernt mit Chaktor zusammen, Thora allein. Rhodan überschlug die Zahl der Anwesenden, die in kleineren oder größeren Gesellschaften herumstanden oder mit Essen und Getränken auf einer ausgebreiteten Folie auf dem Boden saßen wie zu einem Picknick. Es mussten viele hundert sein, vielleicht sogar über tausend.

Sie warteten. Nach etwa einer Stunde teilte sich die inzwischen noch deutlich gewachsene Menge langsam. Ein Elektrolastwagen rollte auf den Platz und kam in der Mitte zum Stehen; die acht Räder des Fahrzeugs waren fast mannsgroß und wirkten viel zu wuchtig für die Ladung: ein Haufen von Aluminiumstangen, die nun, von vielen Händen geworfen, auf den Boden klirrten.

Ein Team Ferronen baute das Gestänge zusammen. Die Arbeiter waren sichtlich gut aufeinander eingespielt. Nach wenigen Minuten bereits waren alle Stangen in einer Konstruktion verbaut, die nun, gestemmt und an Seilen gezogen, vorsichtig aufgerichtet wurde. Es war ein Hochsitz ähnlich dem, auf dem Schiedsrichter am Tennisplatz saßen oder der wachhabende Rettungsschwimmer am Strand.

Eine der beiden Armlehnen des Sitzes war schwenkbar und breiter als die andere. Rhodan sah, dass ein Mikrofon an dieser Stelle befestigt war. Links und rechts an der Rückenlehne steckten handtellergroße Lautsprecher.

Der Elektrolastwagen verließ den Platz wieder.

Die Menge wirkte gespannt, aufgekratzt. Man berührte und schüttelte einander an den Oberarmen, stand Schulter an Schulter und schwankte – oder schunkelte – langsam und zeremoniell hin und her.

Eine Welle von Schweigen breitete sich aus. Alles schaute zum Hochsitz. Ein Mann kletterte zügig die Leiter zum Sitz hoch und zeigte sich von dort oben – fünf oder sechs Meter über den Köpfen aller – für einen Moment aufrecht der Menge. Dann nahm er Platz.

Der Begriff *Omenvater* hatte Rhodan einen älteren Mann erwarten lassen, jemanden mit langen, offenen Haaren, Bart, einer Toga, einem Wanderstab, vielleicht barfuß, Fürsprecher einer landwirtschaftlichen wie politischen Utopie, eine Symbiose aus indischem Guru und alttestamentarischem Propheten.

Der Mann auf dem Gestell trug etwas, das man auf der Erde als Mao-Anzug bezeichnet hätte: eine schwarze Hose, eine schwarze Jacke mit außen aufgenähten Brusttaschen und einem schmalen

Rundkranz als Kragen. Die Knöpfe schimmerten schwach rötlich, als wären sie von innen beleuchtet. Sie waren bis zum Kragen geschlossen. Die Stiefel glänzten schwarz; die Schäfte reichten bis dicht unters Knie.

Rhodan kniff die Augen unwillkürlich zusammen. Waren die Hacken dieser Stiefel nicht ungewöhnlich hoch? Und die Gestalt dagegen ungewöhnlich klein, selbst für einen Ferronen? Der Schädel wirkte allerdings übergroß, dabei in sich wohlproportioniert mit seinem eher langen als breiten Gesicht, seinem kantigen Kinn, den schmalen Augen mit dem breiten Kupferbogen der Brauen darüber. Der Kopf war kahl, aber es war ein Kopf, den die Kahlheit gut kleidete.

Der Omenvater – denn um wen anders sollte es sich handeln? – schwenkte die bewegliche Armlehne zu sich heran und richtete mit einem geübten Griff das Mikrofon ein. Ohne sich zu räuspern oder noch sonstige Vorbereitungen zu treffen, sagte er mit einer nicht sehr tiefen, nicht sehr volltönenden, etwas rauen, aber durchaus angenehmen Stimme:

»Der Tag, den wir alle befürchtet haben, ist gekommen.«

Rhodan versuchte die anderen während der Rede des Omenvaters im Blick zu behalten: Thora hörte konzentriert zu. Tschubai, einige Meter weiter rechts, hatte die Schultern eingezogen und den Sombrero tief im Gesicht; daneben reckte Chaktor den Hals.

Obwohl er immer wieder nach links und rechts schaute, hatte Rhodan keine Schwierigkeiten, dem Omenvater zu folgen. Der Ferrone sprach klar, fast gläsern. Rhodan vermochte nicht ganz zu erkennen, woher die Wirkung rührte, die der Omenvater auf seine Zuhörer ausübte. Dennoch konnte auch er sich dem Charisma des Redners nicht ganz entziehen.

»Es ist der Thort selbst, der alle Bewohner Amburs anweist, diesen Planeten zu verlassen. Nicht binnen Jahresfrist, nicht nach reiflichem Gespräch, sondern unverzüglich, ohne Weiteres, sofort. Der Thort selbst befiehlt es. Denn wer, wenn nicht der Thort, dieses Siegel des Friedens, hätte das Recht, da er so viele Leben gerettet hat, über so viele Leben zu bestimmen?«

So, wie er es sagte, klangen die Wörter *Frieden, Rettung* und *Leben* unlauter und verdächtig.

Ein leises Gemurmel ging durch die Menge; freundschaftlich klang es nicht.

»Ganashar«, sagte der Omenvater und ließ das Wort im Raum schweben wie eine leuchtende Verheißung. »Ambur ist, gedemütigt und vergewaltigt vom Militär, die Welt gewesen, die niemand wollte, die Abraumhalde für biologische und mechanische Exkremente, die Kloake der ferronischen Kultur. Ambur – der Friedhof der zerbrochenen Dinge. Deshalb galt: Wer kein Daheim findet in der heilen Welt des Thort, komme nach Ambur. Wer den Weg aus der finsteren Epoche ins Licht der neuen Zeit nicht finde, dem bleibe immer noch Karbush. Wer aber auch in Karbush nicht sesshaft werde, dem stehe zuletzt Ganashar frei.«

Zustimmendes Gemurmel.

»Es ist wahr: Ganashar steht einem jeden frei. Warum? Weil Ganashar frei ist. Jedoch: So viel Freiheit verträgt sich neuerdings nicht mehr mit dem Frieden, den der Thort besiegelt. Jener Thort, den niemand von uns zum Bestimmer über uns bestimmt hat. Jener Thort,« – der Omenvater tat, als wollte er sich mit der rechten Hand, die er zu einer Kralle geformt hatte, an die Stirn greifen, um von dort etwas herauszureißen – »jene mit ihrem unsäglichen dritten Auge alles sehende Majestät, die über das System gekommen ist, unberufen und unabänderlich wie eine Sonnenfinsternis.«

Gelächter. Einige spöttische Bemerkungen.

Der Omenvater fuhr fort: »Dass wir um Hilfe von Ferrol niemals nachgesucht haben, zählt nichts auf der Rechnung des Thort. Dass wir nicht auf Kredit leben, sondern einander unseren Beitrag leisten zum Ganzen, zählt nicht. Dass wir den prachtvollen Banken Ferrols nicht zur Last fallen, nicht den Behörden und amtlichen Apparaten, die in Thorta wuchern, dass wir uns gegen die Ohrenbläserei betäuben, die aus dem Roten Palast schallt, zählt nicht. Oder irre ich? Zählt es doch? Zählt es sogar viel? Ist unsere Freiheit längst zu viel, unerträglich für den Roten Palast? Weil Ganashar den Kriechern und Windmachern beweist: Es geht auch ohne euch! Es geht auch ohne all die Ämter und Dienststellen, Palastwachen und Palasthuren, Kommandanturen und Banken? Sagt Ganashar nicht zum Entsetzen aller Kommandeure, Bänker und Minister so leise wie unüberhörbar: Es geht auch ohne euch!«

»Es geht auch ohne euch!«, schallte es vom Platz zurück. »Es geht auch ohne euch!«

»Lasst es hören, lasst es alle Funktionäre, Kriegsgewinnler, Profiteure hören und lasst es ihre Statthalter und Fürsprecher hören, ruft es ihnen über die Abgründe zwischen den Welten zu, bis nach Rofus, Reyan und Ferrol!«

»Es geht auch ohne euch!«, schrie die Menge. »Es geht auch ohne euch!«

Die Atmosphäre war durch den Zorn der Zuhörer nicht gereinigt worden, sondern nur unter Druck gesetzt, zum Zerreißen gespannt.

Rhodan bezweifelte nicht, dass der Omenvater in vielen Einzelheiten recht hatte: Zweifellos musste man den Thort nicht zu einer Person verklären, die demokratisch in die Pflicht genommen worden war.

Aber was war denn mit dem Omenvater? Dass der Charismatiker auf dem Sprechsitz das Gemeinwesen als mehrheitlich gewählter Bürgermeister regierte, bezweifelte Rhodan stark.

Jemand berührte Rhodan an der Schulter. Thora war unbemerkt an ihn herangetreten. »Eine interessante Stimmung, finden Sie nicht auch?«, fragte sie.

Er nickte bedächtig. »Ein interessanter Mann.«

»Begreifen Sie, was Sinn und Zweck dieser Übung sind?«

»Das liegt doch auf der Hand«, sagte Rhodan. »Er ruft zum Krieg auf gegen den Thort.«

Kapitel 12

Garrean, frisches Gemüse und Ballaststoffe

Sie nahmen Shims Auto und fuhren zu ihm nach Hause. Garrean hatte seiner Stellvertreterin eine ebenso kurze wie vage Nachricht hinterlassen, dass seine Anwesenheit in dem einen oder anderen Bezirk von Karbush notwendig wäre, besonders in Partupan und Diphilettu.

Falls Vela Waygen ein Interesse daran hatte, das zu überprüfen, würde sie feststellen, dass er sich tatsächlich Richtung Diphilettu auf den Weg gemacht hatte. Sobald sie sich das bestätigt hatte, würde ihr Interesse erlöschen. Im Gegensatz zu den meisten Bewohnern von Karbush hielt sie Garrean für alles andere als geeignet, den Gouverneursposten auszufüllen. Sie nutzte jede freie Hand, die Garrean ihr ließ, sich selbst ins Licht zu rücken.

Shim wohnte im Schwarzen Würfel, einem Hochhaus am Rande des Bezirks Diphilettu. Nicht das allererste Viertel von Karbush, aber auch keine pikante Gegend.

Die Einrichtung von Shims Wohnung war schlicht: ein langer, hölzerner Tisch, darum einige Stühle, die Shim offenbar auch als Garderobe für seine Unterwäsche und andere Kleidung diente; ein gläserner Krug, in dem er seine Datenkristalle verwahrte; eine Truhe aus Plastik, beklebt mit Bildern vom Tapferen Täc, von Ghaspas, dem Augenlosen Seher, von Zuya, der Unbeugsamen Schwester, und von ein paar anderen populären Heroen der Unterhaltungsindustrie; schließlich ein Kühlschrank, der, kurz nachdem sie eingetreten waren, meldete: »Die Besorgung von frischem Gemüse und Ballaststoffen wird empfohlen.«

»Ja, ja«, murmelte Shim.

Sie setzten sich. Die Oberfläche des Tisches fühlte sich glatt an, wie von unzähligen Ärmeln über Generationen poliert.

»Ich kann mir nicht vorstellen, dass ich in meinem Büro abgehört werde«, sagte Garrean. »Absurd. Wir sind doch nicht im Krieg.«

»Wer weiß«, unkte Shim. »Immerhin sind wir nun hier. Wir können frei reden.«

»Gesetzt, der böse Feind hat nicht auch dein Daheim nachrichtendienstlich vermint.«

»Geringeres Risiko«, sagte Shim.

Garrean atmete tief aus. »Du meinst also, der Thort handle unter Zwang. Wer soll ihn zwingen? Wer wäre mächtig genug? Vom Militär einmal abgesehen?«

»Warum sollten wir gerade vom Militär absehen?«, fragte Shim zurück.

Garrean schüttelte abwehrend beide Hände. »Wozu der Aufwand? Um aus Ambur wieder ein Übungsgelände zu machen? Das könnten sie ohne dies haben, irgendwo in den Todeszonen.« Man sah Shim an, dass auch er nicht an das Militär dachte. »Wer, wenn nicht das Militär?«

Shim stand auf und ging zu seiner Heroen-Truhe. Für einen Moment überfiel Garrean die groteske Vorstellung, Shim würde einige der Heldenfiguren aus der Truhe holen und damit spielen wollen. Aber es waren keine Figuren, es war ein Tablet, das Shim herausnahm. Noch auf dem Weg zum Tisch aktivierte er das Gerät. Er klickte ein paar Dateien auf und hielt Garrean den Bildschirm hin.

Garrean nahm ihm das Tablet aus der Hand und studierte das Bild. »Im Grund der Zisterne«, sagte er leise. »Was ist das?«

»Wenn Sie es nicht wissen ...«

»Ich weiß es nicht«, sagte Garrean leise. »Woher hast du das Bild?«

»Einer unserer Satelliten hat es aufgenommen, einer der alten, umprogrammierten Militärsatelliten, die jetzt die Oberfläche nach Senken absuchen, nach Bodenschätzen und nach Niederungen, in denen die Luft dicht genug wäre zum Atmen«, sagte Shim. »Der Satellit hat das Bild vor einigen Tagen übermittelt. Ich habe ihn gestern angewiesen, mir das Bild noch einmal zu senden. Der Satellit bestreitet, ein solches Bild je aufgenommen und/oder gesendet zu haben: Es liege ihm keine Aufzeichnung vor. Kein Protokoll.«

»Hm«, machte Garrean.

Auf dem Bild war eine felsig-zerklüftete Landschaft zu sehen. Die Vegetation war spärlich: einige violette Flechtenfelder; ein Wald von Stoucpilzen. Ansonsten nacktes Gestein.

Über der Landschaft hing eine kobaltblaue Walze. Obwohl die Aufnahme des Gebildes unscharf war, als hätte jemand über ein noch frisches Wasserfarbenbild gewischt, hatte Garrean keinerlei

Zweifel daran, dass diese Walze künstlichen Ursprungs war, ein technisches Produkt.

Garrean konnte nichts sehen, was ihn an einen Antrieb erinnert hätte. Was hielt dieses Gebilde in der Luft? Welche unvorstellbaren Kräfte? Wenn er nämlich den eingeblendeten Daten trauen durfte, dann war diese Walze riesenhaft.

Ein Geheimprojekt des ferronischen Militärs? Garrean war lange genug selbst Teil dieses Militärs gewesen, um sicher zu sein, dass die Produktion eines solchen Fluggerätes weit außerhalb der Möglichkeiten der ferronischen Wissenschaft und Technik lag.

Die Schlussfolgerung war ebenso naheliegend wie erschreckend: Was dort über der Todeszone von Ambur hing, kam von außerhalb des Wegasystems.

Und falls Shim recht hatte, machte der Thort – wenn auch gezwungenermaßen – gemeinsame Sache mit demjenigen, der die Walze ausgedacht, gebaut und zur Wega geflogen hatte.

»Was sollen wir tun?«, überlegte Garrean laut.

»Die Besorgung von frischem Gemüse und Ballaststoffen wird empfohlen«, erinnerte der Kühlschrank in diesem Augenblick.

»Ich werde mit dem Thort sprechen.«

»Sie gehen also zum Thort«, sagte Shim. Er nahm die Brille ab, rieb sich die Nasenwurzel und legte den Kopf kurz in den Nacken. Dann setzte er die Brille wieder auf. »Spielen wir es durch. Sie sind Garrean, ich bin der Thort.«

Garrean lachte kurz auf, dann richtete er sich in seinem Stuhl auf. »Thort«, sagte er. »Thort Guall. Was ist das für eine kobaltblaue Walze, die über dem Boden von Ambur hängt?«

»Ich weiß von keiner kobaltblauen Walze.«

»Ich habe ein Bild.«

»Zeigen Sie mir das Bild. Hm. Eine Fälschung und eine schlecht gemachte dazu. Sehen Sie – hier und da und dann diese verwaschene Kontur ... dilettantisch!«

»Ich werde alle Satelliten, alle Aufklärungsflugzeuge, die ich habe, in Marsch setzen und ...«

»Ertappt. Ja, es gibt diese Walze. Sie ist ein Wetterballon.«

»Ziemlich groß für einen Wetterballon.«

»Ein neuartiger Wetterballon. Für neuartige wissenschaftliche Experimente.«

»Nun, dann werde ich mal losfliegen und mir diesen Wetterballon ansehen.«

»Ertappt. Es ist gar kein Wetterballon. Es ist ein militärisches Geheimprojekt.«

»Das welchem Zweck dient?«

»Einem geheimen.«

»Es ist keine ferronische Technologie!«, rief Garrean. »Was ist da in unserem System?«

Shim beugte sich weit nach vorn und lächelte. »Garrean, mein Guter. Sie scheinen mir etwas überarbeitet. Ich verstehe das. Der Stress der Evakuierung. Der anstehende Verlust Ihrer Funktion. Die Aufregung um Ihre Rückkehr nach Ferrol. Das ist alles etwas zu viel geworden. Ich werde Sie – zu Ihrem eigenen Besten – in die Obhut meiner besten Mediker geben. Sie werden ausruhen, Sie werden sich erholen, und schon bald – das verspreche ich Ihnen – werden Sie keine kobaltblauen Walzen mehr sehen.«

»Hm«, machte Garrean. »Vielleicht. Vielleicht wird er aber auch ganz offen sein. Ich werde jedenfalls mit dem Thort sprechen.«

»Der Thort wird Sie belügen«, sagte Shim kalt.

»Warum sollte der Thort mich belügen?«

»Weil die Lüge das Fundament seiner Herrschaft ist.«

Garrean schaute ihn ungläubig an. »Shim«, sagte er. »Entlarvst du dich als Revolutionär?«

Shim schüttelte abwehrend die Hände. »An mir ist nichts Revolutionäres«, sagte er.

»Was ist dann an dir?«

Shim zögerte. »Sie haben mich nie gefragt, warum ich nach Ambur gekommen bin.«

»Ich habe niemanden je gefragt, warum er nach Ambur gekommen ist. Ich habe auch nie jemanden gefragt, warum er geboren wurde.«

Shim lächelte. »Haben Sie sich je gefragt, wie der Thort so unmittelbar an den entferntesten Orten erscheinen kann? Warum er so allgegenwärtig ist?«

»Natürlich«, sagte Garrean.

»Und was haben Sie sich geantwortet?«

Garrean lachte. »Ach Shim. Allgegenwärtigkeit ist ein wenig aufwendig, aber technisch nicht sehr schwierig durchzuführen: ein oder zwei Doppelgänger hier, ein etwas zeitverzögerter Livebericht dort, ein aus der Ferne in die Menge winkender, ein wenig auf alt geschminkter, in die passende Uniform gesteckter

Ferrone dort – und schon ist man allgegenwärtig. Den Rest erledigt der Gerüchtekoch.«

»Nein«, sagte Shim. Und dann erzählte er dem Gouverneur von dem Transmitternetz, das die Planeten der Wega miteinander verband und von dem die Öffentlichkeit keine Kenntnis hatte.

Garrean schwieg.

Shim stand auf. Er legte ein Fertiggericht in die Mikrowelle, ließ einen Schlauch Wein in die Schütthalterung gleiten, biss die Verschlusskappe ab und schenkte Garrean und sich etwas in die halbkugeligen Weingläser.

Sie tranken, dann aßen sie schweigend.

»Und du?«, fragte Garrean später. »Woher weißt du es?«

Auch das erzählte ihm Shim. In dieser Geschichte spielten eine junge Ferronin eine Rolle und ein junger Ferrone, der sich wie Shim in diese Frau verliebt hatte. Der andere Ferrone kämpfte mit allen Mitteln. Eines Tages war sie fort, kam zurück, erzählte, Shims Rivale habe sie über eine Maschine mitgenommen auf einen anderen Planeten – einfach so, ohne Raumflug, ohne Zeitverlust, magisch. Sie war im Zweifel, sie blieb die Nacht bei ihm, er tat vieles, Gutes und Schönes, aber am Morgen wachte ihr Zweifel wieder auf. Eine Sorge war in ihr. Noch aus seiner, Shims, Wohnung auf dem Gelände der Bodunach-Universität versuchte sie, den anderen anzurufen. Der meldete sich nicht, auch eine Stunde später nicht. Da lief sie los.

Shim sah sie nie wieder. Aus einem Gefühl heraus verließ er seine Wohnung. Von unterwegs rief er seine Eltern an. Die fremdartige Stimme seiner Mutter. Ihre Frage: »Smichec – wann kommst du nach Hause?« Aus der Betonung folgerte er, dass man im Haus seiner Eltern auf ihn wartete.

»Smichec?«, fragte Garrean.

»Den Namen Shim habe ich – nun ja: erworben, kurz bevor ich die Passage nach Ambur gebucht habe.« Er setzte die Brille ab, hielt sie eine Handspanne von den Augen ab und schaute hindurch ins Leere. »Sie verstehen, dass ich nicht zurückkann nach Ferrol.«

Merkwürdigerweise hatte Garrean keinerlei Zweifel – weder an Shims – oder Smichecs – Geschichte noch an der Realität des Transmitternetzes.

Das ganze Wegasystem ist eine Attrappe, dachte Garrean. *Ein mechanisches Schauspiel. In Wirklichkeit ist alles ganz anders. Unter der Oberfläche des Staates, vielleicht der ganzen ferronischen Geschichte, arbeitet ein ganz anderes, fremdes Triebwerk.*

Garrean dachte lange nach. Er rieb sich das Kinn, er strich sich über das Haar, dass es knisterte. Er trank von Shims Wein und hörte gelegentlich den Kühlschrank seine mahnende Stimme erheben, die nach frischem Gemüse und Ballaststoffen verlangte.

Schließlich kamen sie überein, sofort aufzubrechen, und zwar noch von Shims Wohnung aus.

Die ausschlaggebende Idee war Garrean gekommen. »Wenn du recht hast und dieses Ding in der Lage ist, Satelliten und Datenbanken zu manipulieren, hat es keinen Sinn, Zeit für die Auswertung von Fotos zu verschwenden. Aber möglicherweise besteht die Chance, etwas über eine private Quelle zu erfahren. Eine Quelle, die mir vor Kurzem etwas über ein Gespenst geschrieben hat. Und der ich natürlich nicht geglaubt habe.«

Garreans private Quelle hieß Okpata. Der Ferrone lebte im Meyktalar Baylor, einem Hochtal am Rand der Äquatorzone, dort, wo das Land schon höher lag, die Luft ausdünnte, aber für den Angepassten noch ohne Hilfsmittel atembar war.

Shim bestellte auf Bitte Garreans ein autonomes, geländegängiges Taxi. Während sie auf das Fahrzeug warteten, fragte Garrean, ob Shim einen Werkzeugkoffer im Haus habe.

»Ja«, sagte Shim. »Für alle Fälle.«

Garrean öffnete den Koffer. Bislang war offenbar kein einziger dieser Fälle eingetreten; die meisten Werkzeuge lagen noch unberührt und sogar verpackt. Garrean suchte sich ein kleines Sortiment zusammen, dann verließen sie die Wohnung. Kurze Zeit später rollte das Taxi an. Es war ein älteres, aber solides Modell; die Reifen zeigten Stadtvolumen; der Stimmenmodulator hatte seine Eigenarten entwickelt, blieb aber verständlich.

Garrean befahl dem Autopiloten, den Wagen zum südlichen Stadtrand vom Karbush zu steuern. Nach den letzten Gebäuden der Stadt rollte der Wagen aus. »Weiterfahrt nur mit dem Freigabesiegel des Gouverneurs gestattet«, informierte sie der Autopilot.

Die einfache Maschine war nicht in der Lage, Garrean als Gouverneur zu identifizieren; Garrean dachte nicht daran, sein Büro zu kontaktieren und die Funkübertragung des nötigen Siegels zu befehlen. Im Palast tummelten sich längst die Männer des Thort.

Stattdessen machte sich Garrean mit Shims Werkzeugen an der Abdeckung des Autopiloten zu schaffen. Den Protest der Maschine überhörte er beflissen. Keine zwei Minuten später hatte Garrean die Kontrolle über den Wagen. »Die Batterie ist beinahe voll«, teilte er Shim mit. »Das wird reichen für die Fahrt zur Farm.«

Garrean ließ mit einem Knopfdruck Pressluft in die vier Reifen zischen. Dann schaltete er den Elektromotor ein, entfaltete die Sonnensegel des Autos, verließ die Leitspur der Straße und fuhr hinaus ins offene Land.

Unterwegs ließ Garrean sich nur wenig über Okpata entlocken. Der Ferrone betrieb demnach die Farm Fanshyc weitgehend allein. Maschinen wachten über seine Jinwarherden, melkten die Jinwarkühe und transportierten die fetthaltige Milch zur Farm.

Die Farm warf wenig Gewinn ab. Wenn Shim Garrean recht verstanden hatte, störte diese mangelhafte ökonomische Effizienz den Jinwarfarmer Okpata nicht. Überhaupt schien die Farm eine bloße Tarnung zu sein. Okpatas Leidenschaft galt nicht den Jinwar, sondern dem Palladium, das er aus den Flussseifen des Meyktalar wusch, des Flusses, der durch das Baylor mäanderte.

Sie mussten bis zum Abend fahren. Die Fahrt hoch in die ersten Ausläufer des Baylor bereitete dem Auto kein großes Problem. Dann folgte eine steilere, felsige Wegstrecke. Garrean suchte und fand einen Pass. Shim erkannte, dass Garrean nicht zum ersten Mal diesen Weg fuhr; allerdings mochte er längere Zeit nicht hier gewesen sein.

Die Abfahrt vom Grat ins Tal des Meyktalar erschien Shim halsbrecherisch. Der jenseitige Höhenzug schimmerte weißblau im späten Licht der Wega; ein paar dünne Wolken verwirbelten an den Gipfeln. Der Fluss zeichnete seine Schlaufen in das erstaunlich breite Tal. Auf den dunkelgrünen Weiden entdeckte Shim eine Jinwarherde. Bis in die Kabine ihres Wagens hinein war das energische Brüllen der Leitkühe zu hören, begleitet von dem jämmerlichen Trompeten der Jungbullen, die wussten, dass sie auch in dieser Nacht nicht in den warmen Kreis aus Leibern würden vorgelassen werden.

Plötzlich hatten sie wieder eine befestigte Straße unter den Rädern. Das Auto rollte fast antriebslos. Der Höhenmesser am Armaturenbrett zeigte Shim, dass sie bis auf sechshundertfünfzig Meter hinabfuhren. Die Luft im Hochtal wäre für sie nur mit Mühe atembar gewesen.

Das Hauptgebäude der Farm kam in Sicht. Es wirkte asymmetrisch wie ein schiefer Turm aus stumpfem Metall. Während der Wagen näher rollte, erkannte Shim, dass es sich um eine alte, havarierte Megadrohne handelte. Wahrscheinlich war das unbemannte Fluggerät im Lauf einer Militärübung abgestürzt oder abgeschossen worden, und niemand hatte es für nötig befunden, das Wrack zu bergen.

Östlich der Drohne reihten sich einige Prallfeldzelte auf. Die matt-durchsichtige Folie der Kuppeln wurde durch den höheren Innendruck stabilisiert. Hinter der Folie sah Shim die ungefügen Konturen von Jinwarkühen, die, ihren wiegenden Bewegungen nach, in gesegneten Umständen waren und kurz vor dem Kalben standen. Shim glaubte sich zu erinnern, dass Jinwarmütter vor der Geburt tiefer gelegene Senken aufsuchten, weil die Kälber an sauerstoffreicherer Luft größere Chancen hatten, die kritischen ersten Tage zu überstehen.

Der Wagen fuhr an einigen Becken vorüber, die mit einer farblosen Flüssigkeit gefüllt waren, von der Shim intuitiv wusste, dass es kein Wasser war.

Garrean stellte den Motor ab; der Wagen rollte aus.

Vor dem Haus stand ein Ferrone, breitbeinig, die Arme hinter dem Rücken verschränkt, ganz so, als hätte er auf sie gewartet.

Das Taxi machte sie darauf aufmerksam, dass es in dieser Höhe ratsam sei, eine Atemhilfe aufzusetzen. Garrean ignorierte den Hinweis und öffnete die Tür. Shim spürte den Zug, mit dem die Luft aus der Kabine nach außen entwich. Er atmete tief ein und stieg aus.

Von den Becken schlug ein fauliger Geruch herüber.

Okpata kam einige Schritte auf sie zu. Sein Körper sah aus, als wäre er von einer Presse erst seitlich zusammengedrückt worden, dann von Kopf bis zu den Füßen gestaucht: eine quadratische Figur aus einer Ferronenpresse

Sein Gang war sonderbar, schräg und irgendwie so, als müsste er sich durch den Widerstand der bloßen Luft kämpfen wie durch einen Sirup.

Sein kupferfarbenes Haar stand in unbändigen Strähnen ab.

»Kommandant«, sagte Okpata und deutete eine knappe Verbeugung an. Dann warf er einen fragenden Blick auf Shim. Garrean stellte seinen Sekretär vor. »Man wird immer jünger«, sagte Okpata, und es klang wie ein Tadel.

Beim Eintreten klopfte Garrean an das Metall der Drohne. »Schönes Stück«, lobte er.

Okpata kicherte geschmeichelt.

Die Schlichtheit der Einrichtung war kaum zu überbieten. Eine Liege, ein Bottich mit Wasser, ein Tisch. Ein großer Freund von

Stühlen oder anderen Sitzgelegenheiten schien Okpata nicht zu sein.

Auf dem Tisch standen etliche kleine Schachteln aus Plexiglas. Die meisten von ihnen waren mit silbrig weißen Körnern gefüllt; manche Nuggets groß wie Shims Fingernagel. Wenn das Palladium war – und Shim hatte keinen Zweifel daran –, dann sah er dort ein Vermögen.

Shim und Garrean setzten sich auf das Bett, Okpata auf eine Matte, die er auf dem Boden ausrollte.

»Du bist nicht wegen einer Bonanza hier, Kommandant«, vermutete Okpata. Er schmunzelte. »Viel würdest du am Ufer des Meyktalar auch nicht mehr finden.«

»Nein«, sagte Garrean und betrachtete die Schachteln. »Du bist fleißig gewesen.«

»Und du?«

»Der Thort hat Befehl gegeben, Ambur zu räumen«, sagte Garrean.

»Hat man das?«, fragte Okpata gleichmütig. Weder der Thort noch dessen Geheiß beeindruckten ihn irgendwie. »Kommst du mich holen, oder willst du dich bei mir verstecken?«, wollte Okpata wissen.

»Weder noch.«

»Dann bist du wegen der Gespensterwalze hier«, schloss Okpata und grinste Shim offen ins Gesicht.

»Ja«, sagte Garrean. »Was weißt du über sie?«

»Nichts.« Okpata winkte abfällig. »Sie erscheint, sie verschwindet, aber sie ist weder am Palladium interessiert noch an meinen edlen Jinwar, noch am Gewürm.«

»Gewürm?«, fragte Shim.

»Hat man es nicht gesehen bei seiner Anreise?«, fragte Okpata. »Das Gewürm, das ich in den Becken züchte? Es ist meine Entdeckung! Ein Wurm, der sich von Schwefelwasserstoff und Kohlenmonoxid ernährt – oder besser: Besondere Bakterien, die unter seiner Haut leben, ernähren ihn. Er selbst kann sich deswegen einen Mund und einen Verdauungstrakt sparen.«

»Hm«, machte Garrean. »Wenn die Walze sich nicht einmal für deine formidable Würmerzucht interessiert – was tut sie deiner Meinung nach hier?«

»Ich weiß es nicht.«

»Haben Sie Kontakt mit der kobaltblauen Walze?«, fragte Shim.

»Natürlich nicht«, sagte Okpata.

»Ist es eine, oder sind es mehrere?«, bohrte Shim weiter.

»Ich weiß es nicht. Wenn ich darüber nachdenke: mehrere, glaube ich. Ich weiß es nicht.«

»Wie bist du auf sie aufmerksam geworden?«, fragte Garrean.

»Durch meine Prospektoren.«

Es stellte sich heraus, dass Okpata über eine Handvoll robotischer Helfer verfügte, über schlichte, spinnenbeinige Maschinen, die das nähere und fernere Land erkundeten, nicht nur das Baylor. Sie suchten nach Palladium. Hin und wieder meldeten sie Okpata kleinere Funde. Der Ferrone ließ sich außerdem in regelmäßigen Abständen Aufnahmen des Landes zufunken. Okpata meinte, anders als die Maschinen Fundorte erahnen zu können, Orte, die die Maschinen mit ihren plumpen Organen übersehen hatten.

Auf einigen dieser Bilder war die kobaltblaue Walze aufgetaucht. *Oder eine der Walzen.*

Garrean und Shim ließen sich die Aufzeichnungen zeigen; Shim kopierte die Bilder auf sein Tablet, ergänzt um die Koordinaten der Sichtungen.

»Es ist ein Muster da«, sagte Shim nach einer Weile. »Ich könnte versuchen, einen nächsten Erscheinungsort zu prognostizieren.«

»Tu das«, sagte Garrean.

Das Tablet rechnete lange. Schließlich lagen drei Ergebnisse vor. Zwei Lokalisationen betrafen Regionen, die für ihr Fahrzeug außer Reichweite lagen. Auch den dritten Ort würden sie mit dem Taxi nicht erreichen. Er lag hoch über dem Baylor. Aber die Walze würde dort, wenn das Tablet nicht irrte, in fünfzehn Stunden erscheinen – kurz vor Mittag des kommenden Tages. »Wir könnten klettern«, sagte Garrean und warf Okpata einen fragenden Blick zu.

»Ich besitze die Bergsteigerausrüstung immer noch. Meinst du das?«, fragte Okpata.

Es war tatsächlich das, was Garrean gemeint hatte.

»Waygen wird Sie als vermisst melden«, sagte Shim.

»Hm. Das glaube ich nicht«, sagte Garrean. »Sie wird die Gelegenheit nutzen und dem Thort zeigen, was für eine übernatürlich glorreiche Organisatorin sie ist. Eine bessere Gelegenheit, sich für höhere Weihen auf Ferrol zu empfehlen, kann sie sich nicht wünschen.«

Shim betrachtete ihn. »Sie sind wütend auf sie?«

»Nein«, sagte er. »Sie hat mir immer leidgetan.«

Kapitel 13

Rhodans Streit mit Eneida

Sie saßen in Thoras Zimmer. Der Raum war groß und luftig; feinmaschige Gitterwerke bedeckten anstelle gläserner Scheiben die Fenster. In der Raummitte plätscherte und blubberte ein elektrisch betriebener Zimmerbrunnen.

Rae-Edzo, der Hausherr – ein dürrer, knöcherner Ferrone von unbestimmtem Alter und zaghaftem, kleinem Gesicht –, hatte ihnen eine Nachtspeise angeboten, die Thora im Namen aller höflich abgelehnt hatte. Rae-Edzo hatte sich mit einer verzweifelt-servilen Verbeugung zur Nacht verabschiedet.

»Ich begreife nicht, was diese Ferronen in Ganashar hält«, sagte Chaktor. »Sie leben in Angst vor Gewürm und bevormundet von diesem Aufwiegler. Alles ist unklar.«

»Knechtschaft kann etwas Magnetisches haben«, sagte Tschubai.

»Chaktor hat recht«, sagte Rhodan. »Wir brauchen dringend Klarheit.« Er rieb sich die Nasenwurzel. Dann erzählte er von seiner Beobachtung am Tag ihrer Rettung und von seiner Vermutung, dass Eneida eine getarnte Radarstation betrieb, auswertete oder wartete.

»Dann sollten wir sie fragen«, schlug Thora vor.

Rhodan sah in die Runde. Tschubai nickte; Chaktor stimmte zu. »Ich habe ihre Privatadresse nicht«, sagte Rhodan. »Wir könnten in der Klinik nachsehen. Vielleicht ist sie da; vielleicht weiß man dort andernfalls wenigstens, wo wir sie finden.«

»Wir alle?«, fragte Thora. »Wir sind ja fast eine Armee.«

Sie einigten sich auf Rhodan und Tschubai. »Wegen unseres friedfertigen Aussehens.« Tschubai grinste.

Rhodan und Tschubai gingen zu Fuß. Die abendliche Kühle war angenehm; die Tageswärme, die aus den Mauern stieg, milderte sie noch. Rhodan ertappte sich immer wieder dabei, wie er die

Luft aufmerksam durch die Nase einzog und prüfte, ob sie nach Pfefferminz roch.

Niemand hielt sie am Eingang auf. Firzay, die Frau mit dem Monokel, saß auf ihrem Hocker. Sie trug nach wie vor die fadenscheinige graue Livree. Mit einem Zucken ihres Gesichts klemmte sie das Monokel fester ein.

Sie trafen Eneida in Bulls Zimmer. Die Medikerin reagierte nicht überrascht und sah nur kurz von den Kontrollen auf.

»Wie geht es ihm?«, fragte Rhodan.

»Schlechter«, sagte sie. »Wir beatmen ihn künstlich. Sein Herz schlägt zu schnell und braucht Unterstützung. Es leistet nur noch 83 Prozent der Arbeit.«

»Was schlagen Sie vor?«

»Ich weiß nicht«, sagte Eneida leise. »Sein gesamtes Drüsensystem ist aus den Fugen geraten. Er ist extrem alarmiert, geradezu in Panik, er will mit aller Kraft – aber ich weiß nicht, was. Wenn wir ihn zu Bewusstsein kommen ließen, wenn wir die Wirkstoffe absetzen ...« Sie machte eine ratlose Geste.

Sie kann ihm nicht helfen, erkannte Rhodan. *Also gibt es nur noch einen Weg.* »Ist es Ihnen möglich, Sue zu wecken?«

»Das Mädchen?« Sie überlegte. »Der Mann ist robust und, wenn ich mich nicht täusche, körperlich trainiert. Beides gilt für das Mädchen nicht. Ihre Widerstandskräfte sind weit geringer.«

»Wecken Sie sie auf«, sagte Rhodan.

»Ich nehme von Ihnen keine Befehle an«, sagte die Ferronin. »Ich nehme von niemandem mehr Befehle an.«

»Die Arbeit hier und in der geheimen Radarstation versehen Sie also ehrenamtlich«, sagte Rhodan.

»Die Radarstation also«, sagte sie. »Mit der Radarstation, glauben Sie, haben Sie mich in der Hand?«

Rhodan schwieg.

Sie sagte: »Die Radarstation ist nicht geheim. Sie ist nur getarnt.«

»Um sie vor möglichen Angreifern zu verbergen?«, fragte Rhodan. »Angreifern aus Karbush?«

»Ganashar ist keine Insel der Seligen«, sagte Eneida. »Vielleicht ist sie von den vielen elenden Orten nur der am wenigsten elende.« Sie schloss kurz die Augen. »In den dunklen Tagen, als ich jung war, habe ich elende Orte gesehen. Ruinierte Städte. Wracks. Schlachtfelder. Und an diesen elenden Orten die Schwer- und Schwerstverletzten. Wünschen Sie Einzelheiten zu hören?«

»Nein.«

»Ich war eine von denen, die die Leute wieder zusammengeflickt haben. Teil der organischen Reparaturkommandos, die die Soldaten wieder betriebsfähig machen sollten. Eine Amputation hier, eine Prothese da, ein paar Transplantationen – mach aus drei zerschlagenen Ferronen zwei, die wieder funktionieren. Hier hast du den Stoff, der ihre Erinnerungen trübt, da eine Prise von Botenstoffen, die angriffslustig machen und alle Skrupel verblassen lassen, und was die Schmerzen angeht – die Nerven sind ein leicht zu übertölpelndes Geflecht.«

»Ich verstehe«, sagte Rhodan.

»Wohl kaum«, sagte Eneida. »Oder haben Sie erlebt, wie rapide das Leben in jenen Tagen an Wert verloren hat? Wie billig es zu haben war? Wie aus Ferronen biogener Ramsch wurde? Wissen Sie, warum ich hier lebe und nicht auf Ferrol oder einer anderen friedsamen Welt?«

»Sagen Sie es mir.«

»Weil ich ein zu gutes Gedächtnis habe. Weil ich auf den gereinigten, polierten Straßen von Thorta immer noch die Schatten der entsorgten Leichen sehen würde. Weil ...«

Sie schwieg, und Rhodan ließ sie schweigen.

»Ich nehme keine Befehle mehr an.«

»Und der Omenvater?«

»Der Omenvater? Ich werde Ihnen jetzt keine Lektion in Soziologie des Gemeinwesens von Ganashar geben«, sagte sie. »Sie würden sie eh nicht verstehen.« Sie holte tief Luft. »Sie sind keine Ferronen.«

»Ich dachte immer, Verstehen hätte mit Verstand zu tun, nicht mit der Farbe von Haut und Haar. Oder mit der Struktur der Erbsubstanz.«

»Wie man sich täuschen kann«, sagte Eneida.

»Sie nehmen also keine Befehle an, die ich Ihnen sowieso nicht erteilen könnte«, sagte Rhodan. »Sie wollen niemanden mehr sterben sehen. Sie hüten und beschützen die Schläfer. Und am liebsten wäre es Ihnen, wenn man nach und nach sämtliche Einwohner von Ganashar – ach was: von ganz Ambur, aus dem gesamten Wegasystem ins Heilhaus liefern könnte. Dann könnten Sie sie alle in einen Heilschlaf versetzen, und sie könnten schlafen, ihr Leben verschlafen, wohl behütet und beschützt von Omenmutter Eneida, Herrin über Leben und Tod.«

»Das ist nicht fair«, sagte sie bitter.

»Das war nicht fair«, gab er zu. »Aber die Tatenlosigkeit, die Sie mir zumuten, ist auch nicht fair.«

Er hörte, wie ihre Zähne mahlten. »Sie haben einen Grund, warum ich das Mädchen wecken soll, nicht den Mann?«

»Ja«, sagte Rhodan und fügte nach kurzem Zögern hinzu: »Sue ist eine parapsychisch begabte junge Frau. Wenn überhaupt jemandem, dann traue ich ihr zu, sich gegen das zu wehren, was sie quält. Wenn sie denn eine Vorstellung davon entwickelt, was es ist.«

»Diese Vorstellung wollen Sie ihr geben?«

»Ich versuche es.«

»Gut«, lenkte Eneida ein. »Dann hat sie eine Chance.«

»Ja«, sagte Rhodan und legte so viel Überzeugung in seine Worte, wie er aufbringen konnte.

»Ich verabreiche ihr einen Cocktail aus Ephedrinderivaten und anderen Sympathomimetika«, erläuterte die Medikerin keine Viertelstunde später im Zimmer von Sue Mirafiore. »Die Mittel imitieren Adrenalin und Noradrenalin. Dazu einige Morphine gegen den Schmerz und einige – besondere Zusatzstoffe.« Sie lächelte abwesend. »Es ist kein reguläres Medikament. Eher eine Eigenkomposition. Von der ich gehofft hatte, sie nie mehr anwenden zu müssen.«

»Sue wird wach und ist dann bei klarem Bewusstsein?«, wollte sich Rhodan versichern.

Eneida antwortete nicht. Sie setzte die Injektionspistole an Sues Oberarm an und drückte ab. Ein kaum hörbares Zischen erklang.

Eneida trat einen Schritt von Sues Bett zurück und stieß beinahe mit Tschubai zusammen. Tschubai murmelte eine Entschuldigung.

Zunächst tat sich nichts. Das Mädchen lag reglos. Dann schlug Sue die Augen auf, langsam und ohne dabei den Kopf zu bewegen.

»Hallo, Sue«, sagte Rhodan freundlich. »Kannst du mich hören?«

»Sicher«, sagte sie.

»Wie geht es dir?«

»Nicht gut. Ich mag nicht denken. Es kratzt. Wenn ich denke, denke ich mich wund. Es reibt wie Sand in meinem Denken. Ich muss fort. Zurück. Ganz schnell zurück. In Sicherheit.«

»Hör mir zu«, sagte Rhodan. »Die Fantan haben eine Sicherung in dich und Reginald eingesetzt, die verhindern soll, dass ihr flieht. Das ist der Grund, warum du *zurück*willst. Versteht du?«

»Ja.«

»Es ist eine Maschine aus winzigen Bausteinen. Diese Maschine löst den Schmerz aus und das Unwohlsein.«

»Was soll ich tun?«

»Versuch, diese Maschine zu spüren. Sie ist unvorstellbar klein, und nichts an ihr lebt. Sie ist nicht einmal ein Virus.«

»Ich soll etwas Totes in mir suchen«, sagte Sue. »Und dann?«

»Zerstöre es«, sagte Rhodan. »Mach es unschädlich.«

»Ich gehe es suchen«, sagte Sue und schloss die Augen wieder.

Rhodan konnte zusehen, wie ihr die Schweißperlen auf die Stirn traten und wie sich die Tröpfchen zu einem Film verbanden. Er bemerkte Eneidas faszinierten Blick – Ferronen vermochten nicht zu schwitzen.

Sues Leib spannte sich an. Sie begann sich aufzubäumen. Ihre Hände verkrallten sich. Rhodan nahm ihre linke Hand, öffnete die Finger vorsichtig, legte seine Hand hinein und ließ dann zu, dass sich ihre Fingernägel in seine Haut gruben.

Er nickte Tschubai zu. Der Teleporter stellte sich so ans Bett, dass er seine Hand unter Sues Nacken schieben konnte – im Bemühen, ihr seine paramentalen Kräfte zur Verfügung zu stellen.

Zeit verging.

»Hab sie«, murmelte Sue irgendwann. »Hab sie, aber nicht alle. Krieg sie.«

Eneida behielt die verschiedenen Monitoren im Auge. Sie las Atemfrequenz und Tiefe ab, welche Arbeit das Herz leistete, welche die Nieren.

Es ging noch über eine Stunde. Sues Schweiß sammelte sich auch an Rhodans Hand. Das Zimmer roch feucht, nach Anstrengung und Salz. Eneida fuhr mit einem Tuch kühler Gaze über Sues Stirn.

Unvermutet richtete sich Sue auf, hustete und würgte, dann brach es aus ihr heraus. Sie spie etwas auf den Boden, eine kleine Handvoll einer gallertigen Masse, die von einem Gespinst sehr feiner grauschwarzer Fäden durchzogen war.

Ein eigentümlicher Geruch stieg aus der Masse auf, wie nach verbranntem Haar und heißem Eisen. Rhodan wurde für einen Moment übel, aber der Geruch war flüchtig und hatte sich gleich darauf verzogen.

»Noch nicht vorbei«, sagte Sue. »Es wehrt sich noch. Es kämpft.

Wenn ich nicht so müde wäre.« Sie lächelte Tschubai zu. »Danke übrigens.«

Rhodan sah Eneida auffordernd an. Die Ferronin seufzte und bereitete eine zweite, nicht kleinere Dosis vor. »Ich habe Zweifel«, sagte sie.

Rhodan wies auf Sue. »Die Maschinerie in ihr darf sich nicht regenerieren. Oder reparieren. Beeilen Sie sich.«

Eneida bedachte ihn mit einem zornigen Blick, setzte aber die Injektionspistole an. Es zischte leise. Sue seufzte abgrundtief. Sie ließ sich auf Tschubais Hand sinken. Dann flammte der Kampf wieder auf.

Es dauerte Stunden. Sue spie noch dreimal die fremdartige Masse aus. Eneida nahm die Schleimbatzen mit einem Löffel auf und deponierte die vollen Löffel anschließend in durchsichtigen Kästen. Rhodan riet ihr, die Gallerte so gründlich wie möglich zu vernichten.

Schließlich murmelte das Mädchen: »Sue gegen Fantan: eins zu null.«

Ihr Körper lag ruhig. Sie atmete tief und erlöst. Nach einer Weile fragte sie: »Und Reginald?«

Rhodan schaute kurz zu Eneida. Die Medikerin machte eine heftig abwehrende Geste und sagte dann mit einer Stimme, die förmlich um Erbarmen flehte: »Sie ist erschöpft. Viel zu erschöpft.«

Mühsam richtete sich Sue auf, erst auf den einen, dann den anderen Ellenbogen. »Helft mir«, sagte sie. »Wir wollen gehen.«

Rhodan griff ihr um die Schultern und unter die Kniekehlen und hob sie hoch. Er roch ihr klammes Haar an seinem Kinn und trug sie in Bulls Zimmer. Tschubai folgte. Sue bedeutete ihm, er möge einen Stuhl an Bulls Bett ziehen. Er tat es. Rhodan setzte sie ab. Sie beugte sich nach vorn und legte ihren Kopf auf Bulls Brust.

»Ras?«, bat sie.

Tschubai nahm den Körperkontakt auf. Sie konzentrierte sich. »Es ist schwer«, murmelte sie nach einer Weile.

Rhodan schaute Eneida an, die ihnen stumm gefolgt war. »Geben Sie ihr etwas.«

»Nein«, sagte sie scharf.

»Geben Sie ihr etwas!«, wiederholte Rhodan, überrascht von seiner Kälte und Bestimmtheit.

Eneida verließ das Zimmer. Als Rhodan die Hoffnung schon aufgeben wollte, kam sie mit zwei Injektionspistolen zurück. Sie drückte die eine gegen Bulls Halsvene. Dann erklang das leise

Zischen. Die zweite Pistole hielt sie auffordernd Rhodan hin. »Das ist nicht mehr meine Sache«, sagte sie. »Allein Ihre Entscheidung.«

Rhodan nahm das Instrument, setzte es Sue an den Oberarm und betätigte es. Eneida sah zu. Er reichte ihr die Pistole zurück.

Eneida nahm sie. »Sie würden einen vollkommenen Omenvater abgeben«, sagte sie.

Rhodan wandte sich ab und schaute Sue fragend an.

»Ich fange an«, flüsterte das Mädchen.

Die Wega hatte eben begonnen, ihr frühes blauweißes Gewitterlicht über den Horizont auszugießen, als Sue ihren Kopf um einige Millimeter von Bulls Brustkorb hob. Sue hatte die grauschwarze Nanosubstanz durch Bulls Augenhöhle geführt und mit der Tränenflüssigkeit ausgeleitet. Über Bulls Wangenknochen lagen wässrige Schatten, als wäre ihm dort Kajal verlaufen.

»Okay«, sagte sie. »Erledigt.«

Tschubai sah übernächtigt aus. Rhodan und Eneida hatten sich in den letzten Stunden nur sporadisch unterhalten. Sie hatten ein paar Worte über die isolierte Lage der Siedlung gewechselt, über die Radarstation, über den Einsatz auf den Feldern.

Alles, um nicht immerzu schweigen zu müssen.

Sues *Okay* war eine Erlösung.

Rhodan schob seine Hand unter ihr Gesicht und stützte es. Es fühlte sich kühl an. Sie versuchte zu lächeln. »Wenn wir die Fantan wiedersehen ...« Sie überlegte. »Nehmen wir sie, immer drei oder vier, und schließen sie mit einem Fahrradschloss zusammen.« Endlich kam das Lächeln auf ihrem Gesicht an. »Wie ein Bündel Möhren. Das wird sie lehren.«

»Würdest du nicht tun«, widersprach er. »Du hast ein viel zu gutes Herz.«

»Bull«, sagte sie. »Reg macht es. Er hat kein Herz. Er ist böse. Er macht das mit dem Schloss. Und dann gibt er mir den Schlüssel.« Sie machte eine matte Handbewegung.

»Und du wirfst ihn weg?«

»Nein«, sagte sie und schaute ihn tragisch an. »Viel besser. Ebay.«

»Sie schlafen nun«, sagte Eneida. Sie saßen zu dritt in einem kleinen Raum, einer Mischung aus Büro, Behandlungszimmer und

Medikamentenlager. »Sie werden lange schlafen. Ich habe beiden eine Infusion gelegt. Zwei Tage. Mindestens.«

»Aye«, sagte Rhodan.

Eneida lachte. Das Lachen veränderte ihr Gesicht fast ganz. Sonst beinahe flächig und eben, gewann es nun eigentümliche Tiefe. Sie zog sich die beiden Spangen aus dem Haar, die es bis jetzt aus der Stirn gehalten hatten, und schüttelte es. Ihre dunklen Augen. Die metallischen Bögen ihrer Brauen.

Rhodan lachte auch. Wie vertraut ihm mittlerweile die ferronischen Gesichter waren. Dabei ging er mit Toten um, Geschöpfen, die vor Jahrtausenden gestorben waren, und er wandelte unter ihnen wie ein Tiefseetaucher in seinem Skaphander auf dem Grund des Meeres.

Nur dass die lebendige Welt diesen Anzug nicht wahrnahm.

Und hin und wieder vergaß er ihn ja selbst.

Eneida wurde schnell wieder ernst. »Lassen wir es dabei. Ich vermute, Sie wollen zur Arbeit.«

Rhodan nickte. »Sicher.« Er gab Tschubai einen Wink. Der athletische Mann stand auf. Rhodan spürte einen Anflug von Lust, sich – und vor allem die Fähigkeit Tschubais – der Ferronin zu offenbaren. Aber er gab diesen Gedanken rasch wieder auf.

Sie verabschiedeten sich von Eneida und traten auf den Korridor. Die Monokelträgerin hatte, wie es schien, die Nacht auf dem Gang durchwacht. Sie hob schläfrig den Kopf. Rhodan grüßte sie mit einem Kopfnicken.

Die Gassen waren noch weitgehend unbelebt; einmal begegneten sie einer gedrungenen Ferronin in einem Kettenhemd, die betont langsam und mit halb geschlossenen Augen über die Straße ging, die morgenkühle Luft durch die Nase inhalierte und einen Sharctash wie eine Balancierstange mit beiden Händen vor dem Leib hielt.

Rhodan und Tschubai trennten sich in der Erwartung, einander in kurzer Zeit auf den Feldern wiederzusehen.

Yinye kam ihm entgegen. Zur Begrüßung legte sie kurz ihren Kopf gegen seine Brust. Sie fragte, wo er gewesen wäre, und er erzählte es ihr. Allerdings spielte in seiner Version Sue nur eine geringe Rolle; Eneida machte er zur eigentlichen Heldin. Das Gefühl, sie damit zu hintergehen, war von einer beharrlichen Bitterkeit, als ob die Dinge zwischen ihnen mehr und mehr aus der Balance gerieten: Er hatte zwei Leben gewonnen; sie hatte Bukk verloren. Er räusperte sich kurz und fragte: »Und bei dir? Gibt es etwas Neues?«

»Nichts Gutes«, sagte sie. »Du wirst davon gehört haben, dass der Gouverneur uns droht. Oder wenigstens Vela Waygen, seine Stellvertreterin; Gouverneur Garrean selbst scheint untergetaucht zu sein.«

Er nickte. »Ist das ernst zu nehmen?«

»Ja«, sagte sie. Sie stiegen in den Bus.

Kapitel 14

Gualls Tagesgeschäfte

In seinem Zelt vor Karbush widmete der Thort sich dem Tagesgeschäft. Demeris, seine Erste Ministerin, ging mit ihm die Punkte der Agenda durch.

Auf Ferrol hatte es in der Stadt Troghin einen Aufstand zorniger junger Männer gegeben, den der militärische Stadtkommandant geglaubt hatte, mit großer Härte niederschlagen zu müssen. Einige Mitglieder der örtlichen Polizeieinheiten hatten sich im Lauf der Eskalation auf die Seite der Aufständischen geschlagen. Es gab mehrere Verletzte zu beklagen; einer der Aufständischen schwebte noch in Lebensgefahr.

»Eine Bagatelle«, resümierte Demeris, die nicht ganz verstand, warum der Thort diesen Punkt zu besprechen wünschte.

»Aus der Ferne betrachtet«, gab Guall ihr recht. »Aus der Nähe, für die Eltern der Verletzten, ihre Kinder oder Lebenspartner, kann das ganz anders aussehen.«

Demeris blies den Atem hörbar durch die Nase aus. »Wollen Sie eines Tages an jedem Krankenbett sitzen, Thort? Jedermanns Amme, jedermanns Heil? Solche Figuren kennen wir bislang nur aus der Litanei des Götzenbeieinanders.« Ihre Stimme klang amüsiert und milde tadelnd, aber Guall erkannte den lauernden Unterton.

Demeris überlegte offenbar: Gerieten ihm die Proportionen aus den Augen? Verlor er, der das Ganze sehen und steuern sollte, sich im Irrgarten der Einzelheiten? Taugte er noch zum Thort?

Oder wäre es an der Zeit, eine Thorta einzusetzen, eine Frau wie Demeris?

Sollte er erwidern, dass alle Dinge, so universal und erhaben sie sich auch gaben, aus unscheinbaren Bagatellen zusammengefügt waren?

Er schloss die Augen. Es dauerte nicht lang, da sah er den jungen Ferronen von Troghin vor sich, seine Verletzungen am Hals wie am Brustkorb. Er betrachtete die Maschinen, die ihn beatmeten und sein Herz unterstützten. Er roch das Aseptische, klinisch Reine des Zimmers, und – viel bedeutsamer – er roch den ganz vagen, bittersüßen Duft des Verheißungskrauts, das eine junge Ferronin, zu einer handspannengroßen Garbe gebündelt, in ihrem Schoß hielt. Die Ärzte hatten sie nicht zu dem Verletzten vorgelassen. Der Thort sah in ihr blühendes Gesicht, das, obwohl kaum bewegt, zwischen Hoffnung und Verzweiflung schwankte. Er spürte, vom Verheißungskraut beinahe überlagert, das unendlich feine Aroma ihres Körpers, der sich hormonell auf die Schwangerschaft eingerichtet hatte. Wusste sie bereits von ihrer Schwangerschaft? Der Thort war sich nicht sicher.

Sicher war er sich nur, dass der Zorn im Gesicht des Vaters, der eben die Klinik betrat, der Zorn des Onkels, eines Veteranen der Schlacht um Rofus, dass all dieser Zorn Folgen haben würde.

Folgen für die Familien, für Troghin, und schließlich für ganz Ferrol.

Gesetzt, er griff nicht ein.

Also sagte er: »Ich möchte, dass der zuständige Militärbefehlshaber zur Pflege des Schwerverletzten abkommandiert wird. Unmittelbar nach unserem Gespräch. Die medizinischen Bemühungen um den Schwerverletzten sind zu verdoppeln. Seiner Familie ist unverzüglich über einen meiner Sprecher mitzuteilen, dass der Thort keine Ungerechtigkeit übersieht und keine duldet.«

Sie redeten über Budgetfragen, über die Vereinfachung von Gesetzgebungsverfahren auf kommunaler Ebene, über die Evaluation der Effizienz von Selbstwirksamkeitsstrukturen und andere staunenswerte Früchte einer erblühenden Verwaltung.

Und da all dies dem Aufbau einer friedlichen Welt diente, Frieden voraussetzte und Frieden schuf, genoss Guall das Gespräch über diese Gegenstände sehr.

Die Tagesordnung schloss mit einer Personalie, die Demeris wie eine Nebensache behandelte: An der militärtechnischen Hochschule von Bhangis war die Position eines Direktors zu besetzen. Zwei Kandidaten waren von der zuständigen Kommission in die engere Auswahl genommen worden; sie hießen Tagusec und Shebter. Tagusec war, wie der Thort spürte, der Mann, den Demeris favorisierte.

Die Hochschule von Bhangis hatte sich auf die Entwicklung neuer Waffensysteme spezialisiert. Wer immer zum Direktor bestimmt würde, er konnte der Entwicklung in diesem Bereich die Richtung geben.

Zeit, sich die beiden einmal näher anzusehen.

»Wir machen eine kleine Pause«, sagte der Thort und lächelte. »Mögen Sie etwas trinken?«

Vocotósh brachte einen Krug Wasser für die Ministerin und einen Schlauch Dämmerwein für den Thort.

Der Thort trat mit dem Pokal in der Hand vor das Zelt. Vocotósh trug ihm einen schlichten Klappstuhl nach. Der Thort setzte sich, nippte am Pokal und schloss die beiden Augen.

Er brauchte nicht lang, dann hatte er Shebter gefunden. Der Ferrone saß in einem Dachgarten; vor ihm stand ein niedriger Holzbottich, der eine Handspanne tief mit Wasser gefüllt war. Er sah einem Kind zu, vier oder fünf Jahre alt, das einige Cevcesblätter mit kleinen Stäben bestückt hatte, die als Masten dienten. An den Stäben steckten Stofffetzen als Segel. Der Junge blies pausbäckig und trieb seine Flotte über die winzige See. Hin und wieder drohte eines der Schiffchen im Sturm zu kentern.

Shebter gab keinen Rat, schaute nur zu, leicht vornübergebeugt.

Guall spürte, dass Shebter kein Genie war. Die Möglichkeit, zum Direktor der Hochschule von Bhangis bestellt zu werden, reizte und erschreckte ihn gleichermaßen.

Der Thort zog sich zurück und suchte Tagusec. Der Ferrone war beleibt und schob seinen Bauch wie eine gemütliche Kugel vor sich her. Er summte eine Melodie, während er seinen Rechner einschaltete. Der Bildschirm erhellte sich. Tagusec nahm Platz, reckte sich wohlig und rief einige Dateien auf. Ideennotizen, Blaupausen, Risszeichnungen.

Der Glanz von Tagusecs Erfindungen und Visionen blendete Guall geradezu. Während der Wissenschaftler mit der einen Hand den Cursor bewegte, Dateien aufrief, öffnete, verschob, schlug er mit der anderen ein altes Buch aus Faserfolien auf. Es war eine altehrwürdige Abschrift der Litanei des Götzenbeieinanders. Die Weise, die Tagusec summte, wurde beschwingter. Er fand die gesuchte Stelle in der Litanei, pochte fröhlich mit den Fingerknöcheln darauf und rezitierte sie nach seiner eigenen Melodie:

»Geworden bin der Lautere; heilig und dem Leid entrückt,
Hebe ich meine gewaltige Hand, sie schlägt in Scherben
Die Welt, und die Scherbe voll vom duftenden Blut
Hebe ich an meinen ehernen Mund und trinke.«

Tagusec schloss das Buch, schlug munter mit der Hand auf den Rücken und schallerte: »An meinen, meinen ehernen Mund und trinke, trinke, trinke.«

Guall öffnete die beiden anderen Augen, blinzelte, nahm noch einen Schluck vom Dämmerwein, richtete sich ächzend auf und ging ins Zelt zurück.

Demeris sah ihn erwartungsvoll an. Guall sagte: »Shebter wird der neue Direktor.«

»Bei allem Respekt«, sagte Demeris. »Ich halte Tagusec für den geeigneteren Kandidaten. Er ist ein begnadeter Waffenbaumeister, ein Mann mit Visionen.«

»Ja«, stimmte Guall zu. »Das ist er allerdings. Aber ich glaube, dass Shebter ein besserer Verwalter ist.«

»Das wird sehr inspirierend sein für die Hochschule«, sagte Demeris voller Sarkasmus.

Guall lächelte Demeris freundlich zu. »Es ist beschlossen«, sagte er.

Nachdem Demeris gegangen war, musste Guall ruhen. Sitzungen wie diese gehörten seit Ende des Krieges zu den Routinen des Thort. Natürlich waren auch Konferenzen in größerem Rahmen, mit mehr Ministern, Staatssekretären und Fachberatern an der Tagesordnung.

Wenn immer möglich, zog Guall jedoch den kleinen Kreis vor. Dort fiel es ihm leichter, eine gewisse Privatheit zu simulieren, einen Rahmen zu setzen, der es ihm erlaubte, sich zurückzulehnen oder zurückzuziehen und die Augen wie in müder Selbstversunkenheit zu schließen.

Manchmal stellte er sich vor, wie seine Mitarbeiter reagieren würden, wenn sie gewusst hätten, dass der Thort, sobald er die Augen schloss, auf eine Expedition ganz eigener Art ging und noch weniger bei sich war, als diejenigen unterstellten, die ihn für erschöpft, abgewirtschaftet und altersbedingt geistesabwesend hielten.

Dabei war der Thort in diesen Situationen geistesanwesend wie niemand sonst im Wegasystem. Wenn er das Augenpaar schloss, sah er mit dem dritten Auge. Wenn sich das dritte Auge öffnete, verwandelte sich Gualls Geist in eine Camera obscura, in der sich der ganze Kosmos der Wega abbildete. Alle Distanzen waren aufgehoben. Der Thort sah, was sich an den entlegensten Orten des Sonnensystems tat; und was immer er sah, das hörte er auch, das roch er und das fühlte er.

Ein Leitfaden, dessen Art und Beschaffenheit Guall immer

noch unbegreiflich waren, führte ihn dorthin, wo die Geschehnisse zukunftsträchtiger waren als anderswo: Eine visuell nicht erfassbare Erschütterung ging von diesen Ereignissen aus, von den Personen, die sich in diesen Zonen erhöhter Bedeutsamkeit bewegten. Manch zukünftiges Unheil, das sich im Kokon der Gegenwart verpuppte, zeichnete sich derart deutlich ab, dass Guall nicht verstehen konnte, mit welcher Blindheit die anderen Ferronen geschlagen waren. Kaum zu glauben, wie Demeris hatte übersehen können, welches Unheil mit Tagusec drohte.

Oder waren ihr diese Risiken bewusst? War ihr bekannt, dass Tagusecs Überlegungen zu neuronalen Waffen, zu den Schmerzeffektoren, die Welt entsichert und in letzter Konsequenz ein Desaster ohne Beispiel über das System gebracht hätten?

Guall wusste seit Langem, dass die Erste Ministerin Ambitionen auf seine Nachfolge hatte. Sie war klug; ihre Fähigkeit zur Antizipation grenzte an Prophetie.

Noch beruhigte sie sich selbst mit ihrer Geduld; sie glaubte, Gualls Tod abwarten und danach die Dinge auf sich zulaufen lassen zu können.

Sie wusste nicht, wie viel von ihrer Geduld schon zur Neige gegangen war, wie nah sie der Panik war, es könnte bereits zu spät, sie könnte bereits zu alt sein. Nur selten, in tiefen Träumen, spürte sie den Zorn, der unaufhaltsam in ihr wuchs und der eines nahen Tages jeden Skrupel fortspülen würde.

Sie wusste jedoch auch nichts von den Prionen, die sich in ihrem Gehirn tummelten und vermehrten, von diesen fleißigen, unentwegten und wesenlosen Strukturen, die frei waren von allem Begehr und aller Furcht, die nichts wollten, nichts wussten, nichts waren außer einer Wolke von Proteinen.

Noch wunderte sie sich nur über ihr abnehmendes Schlafbedürfnis, ja, sie glaubte darin ein Anzeichen wachender Vitalität zu sehen. Bald aber würde ihr Gang sich ändern, ins Stocken geraten, und sie würde mitten am Tag und im hellen Wachen zu träumen beginnen, sich unwiderruflich zurückziehen in ihre schimmernde Traumwelt und sich dort gebärden, als wäre sie heimgekehrt in die schiere Realität. Dann würde es nicht mehr lang dauern.

In welch gespenstischen Kostümierungen doch der Tod ins Leben tritt, dachte Guall.

Als Demeris sich an diesem Abend von ihm verabschiedet, ihn wie so oft umarmt und freigebig die Wärme ihres Körpers mitgeteilt hatte, hatte er sein Augenpaar geschlossen und ihr mit dem dritten Auge durch die Schädelknochen gesehen, hatte den mikroskopisch gewaltigen Aufruhr in ihrem neuronalen Gewebe betrachtet, den längst unheilbar ruinierten Kern ihres Selbst.

Was hatte sie geflüstert? »Schlafen Sie wohl, Thort. Sie müssen sich schonen. Machen Sie mir bitte keinen Kummer.«

Er hatte sie angelächelt und gesagt: »Bald werden Sie allen Kummer um mich vergessen haben.«

Vocotósh kam und wechselte Guall die Windel. Der Thort war körperlich erschöpft. Er würde schlafen. Während er schlief, würde sein Geist durch das Wegasystem patrouillieren, wachsam die Vorzeichen aus dem Gewebe der Gegenwart lesen.

Aber irgendwann, wenn endlich auch sein Geist ermattet war, würde er zu träumen beginnen wie jeder sterbliche Ferrone.

Er fürchtete diesen immer gleichen Traum ebenso, wie er ihn ersehnte. In diesem Traum würde er wieder am Balken hängen, das Seil um den Arm geschlungen, und wie seit einer Ewigkeit würde er auf Shenidins Frage, ob er sie immer noch küssen wollte, antworten: *Ja.*

Kapitel 15

Rhodans nächtliche Gespräche

Es war ein merkwürdig lauer Tag. Die Arbeit ging zäh voran; die Ferronen schienen nicht bei der Sache. Yinye stand aufrecht und gespannt auf der Ladefläche und überließ die eigentliche Arbeit Rhodan. Hin und wieder hörte er, wie sie in einem nervösen Takt mit dem Sharctash auf die Pritsche klopfte.

Alles war wie in Erwartung. Tatsächlich aber verstrich der Tag weitgehend ereignislos, wenn man von einem Regenschauer absah, der auf die Felder niederging und für eine Weile über der Siedlung hing wie ein leise wehender Schleier, und von dem silbrigen Punkt, der, kurz nachdem das Gewölk sich verzogen hatte, in einer Höhe von zehn oder zwölf Kilometern über den Himmel zog und – seiner Einschätzung nach – die Caldera genau überquerte. Eine Aufklärungsrakete aus Karbush? Er bemerkte, wie Yinye kurz zu dem Punkt hochblickte und zwei-, dreimal dröhnend mit dem Sharctash auf die Ladefläche stampfte.

Aber sie sagte nichts, und er fragte sie nicht nach der Erscheinung.

Auf dem Rückweg verabredeten sie, dass Tschubai allein nach Sue und Bull sehen sollte.

Thora würde mit Rae-Edzo, ihrem Gastgeber, einige Spaziergänge durch das abendliche und nächtliche Ganashar unternehmen. Sie wollte dabei in Erfahrung bringen, welche Fluchtmöglichkeiten die Siedlung bot – Fahrzeuge oder besser noch Flugzeuge mit einer Luftdruckkabine. An einen Fußmarsch nach Karbush war nicht zu denken. Dazu hätte es einer besonderen Ausrüstung für alle Beteiligten bedurft.

Nötigenfalls würde Tschubai sie transportieren müssen. Aber in einer echten und lebensbedrohlichen Not sah Rhodan ihre Gruppe zurzeit nicht.

Chaktor schwieg sich aus über die Verhältnisse in dem Haus, in dem er untergebracht war. Rhodan wollte nicht in ihn dringen.

Als Rhodan und Yinye ihre Wohnung erreicht hatten, zog sich

die Ferronin nach einem einsilbigen Abschied auf ihr Zimmer zurück. Rhodan legte sich auf sein Bett und schloss die Augen. Er dachte an die Erde, an Homer G. Adams, dann – warum auch immer – an ein Ärgernis aus seinen frühen Schülertagen: Er hatte als Kind nicht begreifen können, dass Alaska zu den USA gehörte, obwohl es so sichtbar weit entfernt an Kanada klebte, und er hatte sich in der Erdkundestunde über diese Zumutung immer mehr empört. »Man kann die Welt nicht zuschneiden wie ein Schneider!«, hatte er irgendwann gerufen, dann die Arme über der Brust verschränkt und den Kopf gesenkt.

Wie zur Strafe war ihm in jener Nacht in einem abwegigen Traum eine konturlose, weiße, fadenartige Kreatur erschienen, die mit einer monströsen Schere die Welt aufschnitt wie einen Globus und danach neu zusammennähte. Er selbst hatte im Irgendwo außerhalb des Geschehens gesessen, einem Ort, der teils einer Felsennadel glich, teils dem Baumhaus, das sein Vater für ihn gezimmert hatte. Und er hatte gedacht: *Das ist also mein Platz. So weit abseits.* Im Traum hatte ihn diese Einsicht zugleich gequält und erhoben.

Und als ginge von diesem jahrzehntealten Traum immer noch eine eigentümliche Schwerkraft aus, zog es ihn in den Schlaf.

Er hatte kein Gefühl, wie lange er geschlafen hatte, als ihn etwas weckte. Jemand klopfte hartnäckig an die Tür. *Yinye,* dachte er. Er stand auf, ging schlaftrunken zur Tür und öffnete sie. In der Tür standen Tschubai und Sue.

Rhodan umarmte das Mädchen stumm. Sie setzten sich zu dritt aufs Bett und unterhielten sich mit gedämpfter Stimme. Rhodan fragte nach Bull. Sue sagte: »Es geht ihm großartig. Er wird gelegentlich vorbeikommen und ein paar Bäume ausreißen. Vorher macht er Eneida einen Heiratsantrag. Er findet sie süß und nennt sie Zuckerschlumpf.«

»Das sind die Nachwirkungen des Medikaments«, sagte Tschubai und fuhr dem Mädchen durch die Haare. »Tatsächlich hat er versucht aufzustehen und ist darüber in ein Handgemenge mit unserer Medikerin geraten. Sie hat ihm noch einen Tag Bettruhe verordnet, und er hat sie darüber ins Bild gesetzt, was er vom hiesigen Gesundheitssystem hält.«

»Einen Tag also noch«, sagte Rhodan. Tschubai wollte etwas sagen, aber Rhodan hob die Hand. Vor dem Haus gab es Geräusche, wie wenn irgendwer versuchte, Geräusche zu vermeiden. Dann trat jemand ins Haus. Gleich darauf klopfte es herrisch an die Tür.

Tschubai nahm Sue am Arm und zog sie zur Wand, wo sie von der Tür aus nicht ohne Weiteres zu sehen waren. Rhodan ging zur Tür und öffnete sie. Draußen standen drei Ferronen. Sie waren bewaffnet. Zwei von ihnen, die ein paar Schritte zurückstanden, hielten Projektilwaffen in den Händen, eine Mischung aus Revolver und kurzläufigem Gewehr.

Der Anführer der drei trug seine Waffe im Holster. Er musterte Rhodan geduldig und neugierig. Dann sagte er: »Kommen Sie mit. Der Omenvater will mit Ihnen sprechen.«

Das Fahrzeug, das in einer Seitenstraße stand, wirkte wie aus einem Märchen entführt: Es ähnelte einer weißen Kutsche auf vier hohen, spiraligen Rädern. Das Material, aus dem es gefertigt war, war ihm fremd. Wenn aber eine Mischung aus Perlmutt und Aluminium denkbar war, musste sie so aussehen. Fenster entdeckte er nicht, auch keine Zugtiere. Rhodan tippte auf einen Elektromotor.

Der Verschlag öffnete sich. Die Ferronen, die hinter ihm standen, bedeuteten ihm einzusteigen.

Ein Gefängniswagen, dachte Rhodan verärgert. Er hielt sich mit beiden Händen an den Türrahmen fest und zog sich hinein.

Eine Sitzbank links, eine Sitzbank rechts. Die rechte Bank war frei. Auf der linken saß der Omenvater.

»Setzen Sie sich, Bürger«, sagte der kahlköpfige Ferrone.

Rhodan nahm Platz. Er lehnte sich an und betrachtete den Omenvater eingehend. Sein Gegenüber war tatsächlich klein gewachsen, sodass der ohnedies große Schädel noch gewaltiger schien. Der Omenvater trug den schwarzen Zweiteiler hochgeschlossen. Die Knöpfe, die bei seinem öffentlichen Auftritt auf dem Ganarzynes-Platz rot geglüht zu haben schienen, waren erloschen, die Leiste aber war bis zum obersten zugeknöpft.

Der Omenvater ließ Rhodans Musterung stumm und ein wenig amüsiert über sich ergehen. Dann fragte er: »Auf welcher Seite stehen Sie, Bürger?«

»Welche habe ich zur Auswahl?«

»Die Seite des Thort und seines Regimes. Die Seite von Gouverneur Garrean. Meine Seite – die Seite Ganashars.«

»Vier Seiten also«, sagte Rhodan.

»Drei«, verbesserte der Omenvater. »Meine Seite und die Seite Ganashars sind identisch. Oder sollten noch andere Seiten im Spiel sein, von denen ich nichts wüsste?«

»Am liebsten wäre mir, Sie würden mich und meine Begleiter als bloße Passanten sehen. Wir sind nicht hier, um zu bleiben. Wir werden keine Position beziehen.«

Der Omenvater lächelte dünn. »Eine bequeme Haltung für jemanden, der, hätte nicht eine unserer Medikerinnen Position bezogen, längst nicht mehr am Leben wäre.«

»Wir haben uns bedankt, wir haben klaglos und selbstverständlich gearbeitet, um eine mögliche Schuld zu begleichen.«

»Kennen Sie den Thort?«

Rhodan überlegte. »Sagen wir: Ich habe ihn einmal gekannt.«

»Er ist alt wie ein Pilz«, sagte der Omenvater. »Und wie ein Pilz steht er gebeugt und reglos. Dabei wühlt sein Hyphengeflecht sich tiefer und tiefer in die Erde und breitet sich endlos aus.«

»Manche sagen: Er hat den Frieden ins Wegasystem gebracht.«

»So?«, wunderte sich der Omenvater. »Ein Held demnach.« Er fuhr sich nachdenklich über den blanken Schädel. »Was würden Sie sagen, Bürger Rhodan, wenn ich Sie für einen Spion des Friedensfürsten hielte?«

»Ich würde sagen, dass ich keiner bin.«

»Ich bin nicht allsehend, allhörend, allschmeckend wie der Sage nach der Thort. Aber man trägt mir Dinge zu. Nächtliche Besuche in einem Heilhaus. Konspirative Treffen in Häusern unbescholtener, friedfertiger Ganasharer. Spaziergänge, die merkwürdigerweise nicht an die Gestade des Sees dieser Caldera führen, sondern zu den Fuhrparks und zum Flughafen der Siedlung.«

Thora, dachte Rhodan. *Die Leute des Omenvaters observieren uns. Oder Rae-Edzo und andere bespitzeln uns.* Er sagte: »Wir wollen nach Karbush. Aber nicht, um dort Informationen über Ganashar zu verbreiten, sondern um von dort Ambur zu verlassen.«

Der Ausdruck auf dem Gesicht des Ferronen wechselte und zeigte rasch hintereinander Überraschung, Abscheu, Unglauben und schieren Hohn. »Ich frage mich, ob Sie wissen, was Sie sagen, Bürger Rhodan.«

»Die Wahrheit. Das strengt mich weniger an als eine verwickelte Lüge.«

»Wir haben einige Gönner in Karbush: Ferronen, die mit dem alles bestimmenden Friedensregime Gualls nicht einverstanden sind. Ich deute die Omen nicht erst seit wenigen Jahren. Ich habe keinen Zweifel, dass der Thort Mächten und Gewalten gestattet, in das Wegasystem einzusickern, ja dass er, ich weiß nicht, für welches Honorar, die gesamte ferronische Zivilisation diesen Fremden auszuliefern bereit ist. Er wird dafür seine guten Gründe haben, zweifellos. Und er wird seine Gründe haben, der simplen Allgemeinheit diese guten Gründe zu verhehlen. Widersprechen Sie mir, wenn Sie können, Bürger.«

Rhodan schwieg. Es hätte ihn interessiert, von welchen *Omen* der Ferrone sprach.

Der Omenvater sagte: »Sie werden mir morgen vor dem Gesicht ganz Ganashars Auskunft geben, Bürger. Morgen, denn morgen ist ein entscheidender Tag. Unsere Gönner in Karbush haben uns unterrichtet, dass die Regierung Amburs in den nächsten Tagen gegen uns vorgehen wird.« Er beugte sich noch weiter vor, berührte fast Rhodans Ohr mit seinem Mund. »Aber wir werden unsererseits etwas unternehmen.«

Der Krieg beginnt, dachte Rhodan.

Kapitel 16

Garreans Weg ins Gebirge

Sie wollten noch vor Sonnenaufgang aufbrechen. Garrean und Shim schliefen tief und gut.

Okpatas Gerätekammer bot einen anderen Anblick als sein asketisch karger Wohnraum. Vier oder fünf mechanische Prospektoren lagen, die spinnenartig dürren Beine unheilbar ineinander verhakt, auf einem Haufen; überall Kisten, Kästen, Fässer.

Okpata überließ ihnen zwei Atemmasken, seidig glatte Unterwäsche, daunengefüllte Jacken und Hosen, tastsensibles und trittsicheres Schuhwerk mit einer halb automatischen Steighilfe. Was Garrean anbetraf, griff Okpata einfach ins Regal und zog ein passendes Paar heraus. Shim musste verschiedene Paare anprobieren, bis er etwas Rechtes gefunden hatte. Er legte die Klammern der Steighilfen an und machte sich mit der Bedienleiste vertraut, die knapp unter seinem Knie lag. Er musste sich ein wenig beugen, aber das war in Ordnung. Probehalber ließ er die Stahlzunge aus der Sohle ausfahren und sah zu, wie die Zungenspitze sich teilte und spreizte. Alles funktionierte tadellos.

Okpata packte ihnen ein Seil ein, Karabiner, Klemmkeile, Schleifanker, schließlich eine schmale Armbrust aus Leichtmetall, mit der sich feste und selbst spreizende Wurfanker samt Kletterseidenschnur verschießen ließen.

Dann verabschiedeten sie sich.

So weit wie eben möglich fuhren Garrean und Shim noch mit dem Auto. Als sie eine Jinwarweide überquerten, glotzten die Tiere ihnen ohne viel Beifall nach.

Nach einer fast zweistündigen Fahrt mussten sie das Auto stehen lassen. Sie stiegen aus, kleideten sich an, setzten den Rucksack mit ihrem Proviant und die Atemmasken auf, schlossen die Sauerstoffflaschen an und begannen mit dem Aufstieg.

Die Wega ging auf. Die Sonne schleuderte ihr Licht wie Edelsteine in die Luft und setzte den ganzen Himmel über Ambur in Brand.

Sie hielten inne. Garrean betrachtete das Schauspiel mit Andacht und angehaltenem Atem. Shim staunte über die verschwenderische Schönheit der Welt. Für einen Moment nahm er die Atemmaske ab und seine Brille. Wenn die Wega sich so unverhüllt zeigte, wollte er sie unmittelbar sehen.

Aber die Luft war kalt und schon sehr dünn, und so setzte er die Brille und die Maske wieder auf.

Dann stiegen sie weiter.

Drei Stunden später rasteten sie auf einem balkonähnlichen Felsvorsprung mit handgroßen Schneemulden. Sie schauten hinab. Sie konnten die Farm Fanshyc tief unten sehen, das gewundene Band des Meyktalar glänzte so silbrig im Licht der Wega, als wäre es aus Palladium gegossen, die wahre, unüberbietbare Bonanza des Baylor. In weiter Ferne entdeckte Shim eine Rotte Shoumar, die ein verirrtes Jinwarkalb jagte und binnen weniger Minuten zur Strecke brachte.

Sie tranken. Garrean füllte eine Aufbereitungsflasche mit Schnee, entsorgte anschließend die Filtermembran und setzte eine neue ein. Dann gingen sie weiter.

Garreans Höhenmesser arbeitete barometrisch; Shims Tablet benutzte die Impulse geostationärer Navigationssatelliten. Beide Geräte zeigten einhellig eine Höhe von 965 Metern. Sie befanden sich längst in der Todeszone.

Eine Stunde später kam die nächste Rast. Sie tranken wieder, und diesmal musste Garrean Shim zum Trinken anhalten.

»Ich habe keinen Durst«, beklagte sich Shim.

»Aber du weißt, was geschieht, wenn du nicht ausreichend trinkst?«

»Ja«, sagte Shim. »Ja, ja, ja.« Er trank.

Es bewölkte sich. Die Wolken, erst fadenartig fein, verdickten sich zu bleiernen Schlieren aus Dampf. Shim rief im Tablet den Wetterbericht auf. »Es wird regnen«, sagte er.

Garrean schaute nach oben. Über ihnen türmten sich die Felswände des Gaungashmassivs auf. Wenn Shims Tablet richtig gerechnet hatte, würde die Walze deutlich unterhalb der Gipfelzeile erscheinen, nämlich in etwa zwölfhundert Metern Höhe. Der Kamm des Massivs aber reckte sich dreitausendfünfhundert Meter hoch – ein Hindernis, das die trächtigen Wolken nicht würden übersteigen können.

Garrean und Shim arbeiteten sich hinauf. Ein steiles, fast senkrechtes Wegstück lag über ihnen. Garrean setzte die Klemmkeile in winzige Felsspalten. Die Keile spreizten sich.

Shim staunte über Garreans Sicherheit. Es war, als hätte der Gouverneur in seinem Leben nichts anderes getan, als ins Gebirge zu steigen.

Einmal rutschte Shim ab und hing am Seil. Er schwang hin und her wie das Pendel einer archaischen Uhr. Garrean hielt ihn mühelos, ließ ihn auspendeln und wieder Tritt und Zugriff finden im Gestein.

Am Abschluss der Wand befand sich ein Überhang. Das Dach war nicht breit, einen Meter vielleicht, aber auf Shim wirkte es unüberwindlich. Garrean griff zur Armbrust und lud sie mit einem Wurfanker. Dann stemmte er sich mit den Füßen gegen den Granit, fuhr die Stahlzungen aus und wartete, bis sie im Felsen Halt gefunden hatten. Er hielt das im Felsen befestigte Seil mit der linken Hand und seilte sich nach hinten ab; zentimeterweise, bis er schließlich fast waagerecht in der Luft lag, die Beine dank der Stahlzunge unnatürlich gespannt. Er zielte mit der Armbrust, die er mit der Rechten hielt, und schoss den Anker in die Luft. Der Anker verschwand samt der Fiberschnur hinter dem Überhang. Shim hörte ein leises Klirren, als das Metall auf dem Stein landete, ein schleifendes Geräusch, dann Stille. Die Schnur straffte sich mit einem Knall. Garrean befestigte die Armbrust auf dem Rücken und zog sich, Hand über Hand, die Schnur hinauf und außer Sicht. Dann hievte er Shim hoch.

Obwohl Shim kaum etwas zu der Überwindung des Vorsprungs beigetragen hatte, war er außer Atem. An das Dach schloss sich eine fast zehn Meter breite, fast waagerechte Fläche an, ein Ort zum Ausruhen. Sie legten sich auf den Rücken. Dann tranken sie. Garrean kratzte aus einigen Spalten Schnee zusammen und füllte ihn in die Aufbereitungsflasche. Shim lauschte auf das Geräusch der Pumpen, die Luft ansaugten und komprimierten. Es tat gut, das Geräusch von Maschinen zu hören, die für sein Überleben sorgten.

»Weiter?«, fragte Garrean.

Shim stand auf.

Eine gute Stunde später hatten sie den Punkt erreicht, den Shims Tablet errechnet hatte. Die Wolken hatten sich noch mehr verdichtet. In der Ferne sahen sie die dunkle Schleppe der Regenfahnen über dem Baylor. Die Wolkenbank wurde immer dunkler, schwarz, und wenige Minuten später hatte sie ihnen die Sicht genommen.

Das Wasser klatschte ihnen ins Gesicht. Sie pressten sich dicht an die Felswand. Ferner Donner rollte heran, zwei-, dreimal blitzte es.

Dann war das Gewitter vorbei. Das Gewölk lichtete sich allmählich. Aus den dampfenden Schwaden schälte sich ein unüberschaubar großer Körper, der lautlos und unbewegt in der Luft hing, kobaltblau. Das Material wirkte wie eine Glasur, vielleicht wie Glas, nur dass es nicht durchsichtig war.

Shim war, als müsste er nur die Hand ausstrecken, um die Hülle zu berühren, von der der Regen in Sturzbächen rann.

»Fünfzig Meter«, hörte er Garrean flüstern. »Vielleicht auch sechzig Meter. Weiter ist sie nicht entfernt.«

Sie mussten sich der Mitte des Phänomens gegenüber befinden; nach links und rechts verschwand die Walze im Wolkenrauch.

»Wie ist es hierhin gekommen?«, fragte Shim. »Ich habe nichts gehört. Keinen Laut.«

»Keinen Laut«, bestätigte Garrean, als wäre dieser Satz eine Beschwörungsformel.

Aber wozu noch einen Dämon beschwören, der einem schon vor Augen schwebt?

Shim versuchte, analytisch zu denken. Offenbar schauten sie auf den oberen Teil der Walze. Nicht ausgeschlossen also, dass sich Antriebsaggregate, Schotten, Schleusen, Antennen und was auch immer einfach außerhalb ihrer Sicht befanden – technische Strukturen, die ihnen verdeutlichen würden, dass sie es nicht mit einer Erscheinung, sondern mit einer Maschine zu tun hatten.

Die Walze mochte alles überbieten, was ferronische Technologie erzeugen konnte. Gut. Dann waren ihre Produzenten den Ferronen eben technisch voraus. Kein Grund, diesem Objekt mit archaischer Ehrfurcht zu begegnen.

Nach und nach lösten sich die Wolkenschleier auf.

Garrean machte einige Schritte auf das Dach zu, ging dann in die Hocke, legte sich auf den Boden und schob sich an die Kante heran. Da lag er. Shim war stehen geblieben.

»Komm und sieh dir das an!«, forderte Garrean ihn nach einer Weile auf.

Kurz darauf lag Shim Schulter an Schulter neben Garrean und blickte nach unten.

Die Walze hing nicht untätig im Raum. In ihrer Hülle hatten sich ovale Öffnungen aufgetan. Wozu? Sollte etwas ausgeschleust werden? Oder war es bereits ausgeschleust worden? Aber was? Und wozu?

Dann spürten sie es beide. Ein unendlich feines Beben durchlief den Felsen, den Berg, das ganze Massiv, eine kaum spürbare Erschütterung.

Das Zentrum des Bebens lag anscheinend direkt unter ihnen.

»Ich sehe nach«, sagte Garrean. »Du hältst mich an den Beinen fest, ich schau über die Kante.«

»Das halte ich für keine brillante Idee«, sagte Shim. »Ich weiß nicht, ob ich Sie halten kann.«

»Hm. Hast du eine bessere Idee?«

»Ich sehe nach«, schlug Shim vor. »Sie halten mich an den Beinen fest.«

Shim wartete, bis die Stahlzungen von Garreans Schuhwerk Halt im Felsen gefunden und sich verankert hatten. Er spürte Garreans festen Griff an den Fußknöcheln.

Gleich darauf schwang er kopfunter über dem Abgrund und verfluchte seinen Mut.

»Siehst du etwas?«, rief Garrean.

»Ja«, rief Shim.

Etwas geschah. Shim spürte, wie sein Körper hochgerissen wurde. Etwas riss ihn aus Garreans Griff, schleuderte ihn hoch über den Gouverneur weg auf die Felswand zu. Er versuchte, die Arme vor sein Gesicht zu bekommen, aber es ging alles zu schnell.

Und schmetterte ihn gegen den Stein.

Langsam kam Shim wieder zu Bewusstsein. Garreans Augen waren nah bei seinem Gesicht. »Hallo«, hörte er Garrean sagen. »Erschrick jetzt nicht. Ich nehme dir die Atemmaske kurz ab.«

Shim wolle sich wehren, fand aber nicht die Kraft.

Dann war die Maske fort. Shim sah, wie Garrean sich die Maske ans Gesicht presste und tief und gierig einatmete. Shim begriff, dass dies die Maske des Gouverneurs war.

Seine eigene musste beim Aufprall beschädigt worden sein. Oder zerstört. *Dann werde ich also sterben,* stellte er sachlich fest.

Garrean nahm die Maske ab und stülpte sie ihm wieder über den Mund. Shim atmete tief und bewusst. »Sie höhlen den Berg aus«, erzählte er. »Ich weiß nicht, wie, aber sie höhlen ihn aus. Und während sie ihn aushöhlen, füllen sie ihn neu. Es ist, als ob sie den Berg operieren. Sie ziehen ihm die Haut ab – also den Felsen – und ersetzen sie sofort wieder durch ... etwas anderes, was sich aber nicht unterscheidet. Ich ...«

»Ruh dich aus«, sagte Garrean. Es klang besorgter, als Shim lieb war. Wahrscheinlich dachte der Gouverneur, er rede irre, habe vielleicht vom Aufprall eine Verstörung davongetragen. Oder durch den Sauerstoffmangel.

»Es ist, wie ich sage«, flüsterte er. »Es ist die Wahrheit. Es fehlen nur die richtigen Worte dafür.«

»Ich verstehe«, sagte Garrean matt. »Ich glaube dir ja.«

Gegen Garreans Widerstand hob Shim die Atemmaske und reichte sie dem Gouverneur.

Garrean nahm sie und holte Luft. »Das hat so keinen Sinn«, sagte er. »Das alles hat überhaupt keinen Sinn.«

Shim legte den Kopf in den Nacken. Über ihm ragten die Felswände des Gaungashmassivs auf wie ein Fingerzeig ins Unendliche. Merkwürdigerweise musste er an Okpatas Gewürm denken, diese völlig bedürfnislosen Kreaturen ohne Mund und Verdauungsapparat. Vielleicht musste man einfach nur frei von allen Bedürfnissen sein, dann konnte man an jedem Ort überleben.

Garrean drückte ihm die Maske wieder auf. »Steh auf!«, sagte er. »Ich will etwas ausprobieren.«

Shim atmete, stand auf; jede Faser seines Körpers war schmerzgetränkt. Garrean legte sich Shims Arm über die Schulter und schleppte ihn zum Rand des Daches. Dort setzte er ihn ab und übernahm die Maske wieder.

Dann griff er nach der Armbrust, lud sie mit einem Wurfanker und zielte auf die kobaltblaue Walze.

Er ist verrückt geworden, dachte Shim. *Er will sie abschießen.*

Garrean löste die Armbrust aus. Der Pfeil mit dem Wurfanker raste auf die Walze zu und zog das fast unsichtbare Fiberseil hinter sich her. Shim hörte ein helles Sirren in der Luft, das rasch leiser wurde.

Endlich erkannte Shim, worauf Garrean gezielt hatte: Der Pfeil verschwand in einer der ovalen Öffnungen.

»Sie sind verrückt«, sagte Shim.

Irgendwo musste der Anker Halt gefunden haben, denn die Schnur spannte sich.

Garrean hantierte mit der Armbrust. Der Kolben entfaltete sich zu einem metallenen Dreifuß, den der Gouverneur nach kurzer Zeit im Felsen fixiert hatte. Garrean verband seinen Gurt über einen Karabinerhaken mit der straffen Schnur, die in einem flachen Winkel hinunter- und in den Hangar der Walze führte.

»Worauf wartest du?«, rief er Shim zu.

Shim sagte: »Das ist nicht Ihr Ernst.«

»Wir schaffen es nicht zurück in die Ebene«, sagte Garrean. »Wir sterben hier, oder wir wechseln hinüber.«

»Wer sagt, dass die Luft drüben atembar ist?«

»Niemand«, sagte Garrean. »Aber die Luft hier ist es auf gar keinen Fall.«

Er ließ Shim den Vortritt und half ihm, sich einzuklinken. Dann versorgte er ihn noch einmal mit Sauerstoff. Es war Shim noch nie aufgefallen, wie süß Sauerstoff schmeckte, wie angenehm und erfüllend. Er hätte sich vorstellen können, den Rest seines Lebens nichts anderes mehr zu tun, als irgendwo in Karbush zu sitzen und zu atmen.

Garrean gab ihm einen Stoß.

Shim verlor den Boden unter seinen Füßen und glitt auf die Walze zu.

Shim saß da und atmete tief ein und aus. Die Atmosphäre war offenbar sauerstoffgesättigt. Er sah Garrean zu. Der Gouverneur hatte die Atemmaske abgesetzt und löste eben die Haftplatten des Ankers vom Schleusenboden und berührte die Sensortaste am Kolben der Armbrust. Das Fiberseil rollte sich mit leisem Surren ein. Der Hangar war ein Mittelding zwischen Kubus und Kugel: Die vier Wände – jede vielleicht dreißig, vierzig Schritt lang – wiesen nur eine sanfte Wölbung nach außen auf; erst dort, wo sie Ecken hätten bilden können, bogen sie sich stark aufeinander zu. »Als hätte der Konstrukteur die Quadratur des Kreises versucht«, sagte Shim und rückte seine Brille zurecht.

»Es ist ihm misslungen«, sagte Garrean.

»Wie tröstlich.«

Die inneren Wände hatten keine Türen. Sie waren von einem nicht ganz einheitlichen, leicht verwaschenen Blau, fast hautfarben. Etwa in Hüfthöhe ragten halb ovale Becken aus den Wänden. Manche waren mit Wasser gefüllt, manche nicht.

Garrean schöpfte mit der hohlen Hand etwas Wasser aus einem der Becken.

»Ich würde nicht daraus trinken«, sagte Shim.

»Gute Idee. Dann tu es auch nicht«, riet Garrean und schlürfte.

»Und? Wie schmeckt es?«

»Nach Wasser.«

»Interessant.«

Die Ausgänge befanden sich in der Decke und im Boden. Eine durchgehende Spirale aus Edelstahl wand sich durch den Raum, zum Inneren hin mit gläsernen Stufenscheiben besetzt.

»Erinnert mich ein wenig an das Modell eines DNS-Moleküls«, sagte Shim.

»Schön für dich«, sagte Garrean.

»Gehen wir hinauf oder hinunter?«

»Immer hinauf.« Garrean ging vorweg. Er testete die erste Glasfläche an. Sie war ohne scharfe Kanten, ein wenig trüb, fast wie Eis, aber ganz anders als Eis erlaubte sie einen festen Stand und federte ein bisschen nach, durchaus nicht unangenehm.

Garreans Gewicht trug sie mühelos.

Er nahm drei, vier Stufen, hielt kurz inne und blickte nach unten. Der Trübung wegen, die ins Bläuliche spielte, konnte er nicht erkennen, wie tief die Wendeltreppe hinabführte. Aber es hätte ihn nicht überrascht, wenn es zehn, zwölf Etagen gewesen wären.

Er nahm Stufe um Stufe. Shim folgte ihm.

Sie gelangten in den oberen Raum. Er war kreisrund. In einer Höhe von etwa drei Metern ging die bläuliche Wand allmählich in eine transparente Kuppel über, die den Raum überwölbte. Sie sahen einen Zug von hohen Wolken.

»Wieso sehen wir dort die Wolken?«, wunderte sich Shim. »Die Kuppel befindet sich doch kaum auf dem höchsten Punkt der Walze, sondern irgendwo seitlich.«

»Wollen wir mal sehen, was wir sonst so sehen«, sagte Garrean und bedeutete Shim, ihm behilflich zu sein. Shim seufzte. Er stellte sich mit dem Rücken an die Wand und verschränkte die Hände so ineinander, dass Garrean seinen Fuß hineinsetzen und von dort auf Shims Schulter steigen konnte.

»Sie sind schwer«, klagte Shim.

»Dafür bin ich klein«, tröstete Garrean. Er stand nun auf Shims Schultern, aber es genügte noch nicht. »Nimm die Brille ab!«

Shim seufzte wieder, nahm die Brille ab und verstaute sie. Dann half er Garrean, ihm auf den Kopf zu steigen. Garrean balancierte auf einem Fuß. Shim umfasste den Fußknöchel und versuchte ihn zu stabilisieren.

»Was sehen Sie?«

Garrean antwortete nicht. Shim seufzte. »Halt mich nur fest«, sagte Garrean leise. Shim hielt ihn fest.

So standen sie zwei Minuten oder drei.

»Lass mich herunter«, bat Garrean endlich. Beim Herunterklettern schaffte es Garrean irgendwie, Shim zweimal gegen die Nase zu treten, erst mit dem einen Knie, dann mit dem anderen.

»Was haben Sie gesehen?«

Statt einer Antwort begab sich Garrean zu der Wendeltreppe und schaute hinunter. »Die Schleuse ist geschlossen«, verkündete er.

Shim trat neben ihn. Tatsächlich war vom Schleusentor keine Spur mehr zu sehen. Auch aus der jetzt fugenlosen Außenwand stülpten sich in regelmäßigem Abstand Becken in den Raum.

Sie stiegen wieder hinab.

»Was haben Sie gesehen? Oder ist das ein großes Geheimnis?«

Garrean spitzte kurz die Lippen. »Es ist nur ein Hologramm«, sagte er. »Eine Planetenlandschaft. Eine Holografie. Das hätten wir uns übrigens denken können. Schließlich befindet sich der Raum nicht im oberen Segment der Walze.«

»Ja«, sagte Shim.

Sie untersuchten die rückwärtige Wand, durch die sie eingetreten waren, fanden von der Schleuse aber keine Spur mehr.

»Gefangen«, sagte Shim.

»In einem Gefängnis mit zwei Ausgängen«, sagte Garrean und wies mit dem Daumen die Wendeltreppe einmal nach oben, einmal nach unten.

»Von denen einer zu einem holografischen Planeten führt«, sagte Shim.

»Dann nehmen wir eben den anderen.«

Sie stiegen die Wendeltreppe immer weiter hinunter. Das Licht blieb gleich, auch als sie Wendung um Wendung die getönten Stufen über sich zurückließen. Die Treppe verlief durch einen kreisrunden Schacht. Ein Geländer gab es nicht. Garrean ließ die Fingerspitzen der linken Hand über die Wand gleiten. Sie war glatt und kühl und roch ganz schwach nach Wasser.

»Wie lange gehen wir jetzt schon?«, fragte Shim.

Garrean blieb stehen. Er zog die Kette mit der Uhr aus dem Hemd und schaute nach. »Eine Viertelstunde.«

Shim sah ihn erstaunt an. Er suchte nach der eigenen Uhr, hielt sie Garrean vor das Gesicht. »Eine Stunde zehn Minuten.«

»Du bist deiner Zeit voraus«, witzelte Garrean. »Brauchst du eine Rast?«

»Ich frage mich, wohin die Treppe führt.«

»Nach unten«, antwortete Garrean.

»Hätten wir nicht längst die Basis der Walze erreichen müssen?«

Garrean dachte nach. »Was, wenn die Walze eine künstliche Schwerkraft besitzt? Die uns immer nach unten zieht, auch wenn der Schacht tatsächlich gekrümmt verläuft, zum Beispiel rings um die Wandung des Schiffes?«

»Wozu?«

»Wozu was?«

»Wozu sollte er das tun? Es gibt ja keinen Ausgang.«

»Der Ausgang wird unten sein.«

»Und was, wenn nicht?«, fragte Shim.

»Dann kehren wir um.«

»Und wann merken wir, ob wir umkehren müssen oder nicht?«

»Wir setzen uns eine Frist. Noch eine Viertelstunde.«

»Nach meiner Uhr oder nach Ihrer?«

Garrean lachte. »Wir behalten die Uhren einfach im Blick. Sag mir an, wenn fünf Minuten vergangen sind.«

Sie setzten ihren Abstieg fort.

»Fünf Minuten«, sagte Shim nach einer Weile.

Garrean warf einen Blick auf seine Uhr. *Fünf Minuten.*

So Schritt für Schritt zu gehen und im Gleichmaß der Stufen hatte etwas Beschwingt-Hypnotisches. Garrean summte leise vor sich hin.

»Fünfzehn Minuten«, sagte Shim.

»Du hast die Zehnminutenmarke überschlagen«, tadelte Garrean.

»Habe ich nicht«, sagte Shim. »Ich habe sie laut und deutlich angesagt.«

Garrean blickte auf die Uhr. Seit ihrem zweiten Aufbruch waren demnach vierzig Minuten vergangen. »Irgendetwas manipuliert unsere Uhren«, sagte Garrean. »Sie sind wertlos. Zählen wir stattdessen die Stufen.«

»Bis wohin?«

»Einhundert?«, schlug Garrean vor.

»Gut«, stimmte Shim zu.

Garrean nahm die erste Stufe. Stufe Nummer zwei. Drei. Vier. Fünf ...

»Hundert«, sagte er nach einer Weile und hielt an.

»Sicher?«, fragte Shim.

»Solltest du erst bei neunundneunzig sein?«

»Bei siebenunddreißig«, sagte Shim.

»Hm«, machte Garrean. Er schaute nach unten. Das Licht war unverändert. Ein Schachtboden war nicht zu sehen. »Wir kehren um«, entschied er.

Der Aufstieg fiel schwerer. Garrean zählte in Gedanken mit. Einhundert. Zweihundert. Dreihundert.

»Ich brauche eine Pause«, sagte Shim. »Bitte.«

Shim setzte sich und nahm die Brille ab. Garrean sah, dass die Hand seines Assistenten leicht zitterte. Er nahm seine Wasserflasche und trank einige Schlucke. Er blickte nach oben. Dasselbe Bild wie beim Blick hinab: leicht blau getönte Stufen, so weit er sehen konnte.

»Hätten wir nicht längst wieder oben sein sollen?«

»Ach was«, sagte Garrean.

»Das ist eine Falle«, sagte Shim.

»Was für eine Falle sollte das sein?«

»Die beste aller Fallen. Die, aus der wir nicht mehr entkommen.«

»Unsinn. Wir gehen zurück. Wir suchen die Schleuse. Und diesmal finden wir sie.«

»Gut«, sagte Shim und setzte die Brille wieder auf. »Gehen wir also weiter.«

Nach fünf weiteren Pausen und einem schier endlosen Aufstieg gaben sie es auf. Garreans Uhr zufolge waren sie seit fünf Stunden unterwegs; laut Shims Uhr waren es elf Stunden.

Garrean war erschöpft. Die Muskulatur in seinen Beinen fühlte sich an wie ausgehärteter Gips. Er sagte: »Wir legen eine echte Rast ein. Glaubst du, du kannst auf den Stufen schlafen?«

»Ich könnte jetzt überall schlafen.«

Garrean nahm noch einen Schluck Wasser. Das Wasser konnte noch zum Problem werden. Shim legte die Brille einige Stufen über sich ab. Er fand überraschend schnell eine Position, in der er einschlafen konnte. Garrean hörte die tiefen, regelmäßigen Atemzüge seines Sekretärs. Er schloss die Augen. Er lauschte auf Shims Atem. Einmal war ihm, als ob er Stimmen vernahm, weit entfernt und zu leise, um verständlich zu sein.

Kapitel 17

Rhodan trifft seine Wahl

Rhodan hatte die Nacht gut bewacht in einer Gefängniszelle verbracht. Der Raum hatte kein Fenster; die Tür hatte keine Klinke. An der Zimmerdecke hing eine kleine Halbkugel, wahrscheinlich mit einer Videokamera bestückt oder anderem Überwachungsgerät. Aus der Toilette roch es chemisch; eine Wasserspülung besaß sie nicht. Trinkwasser gab es in einem handlichen Tonkrug; es war frisch und aromatisch.

So weit machte die Zelle einen modernen Eindruck und hätte sich in einem irdischen Gefängnis befinden können. Wie in archaischen Zeiten aber hatten sich vor der Zellentür anscheinend zwei Wächter postiert, die mal lauthals miteinander stritten, mal einträchtig sangen. Die Lieder, die die beiden grölten, waren meist schiere Nonsense-Texte, durchsetzt mit den schamlosesten Obszönitäten, die Rhodan je zu Ohren gekommen waren.

Seine Wächter, von denen er in die Zelle gebracht worden war, hatten das Gebäude als *Zitadelle* bezeichnet. Von außen betrachtet war das Bauwerk nicht höher als drei Stockwerke. Im Inneren aber war er mit einem Aufzug in ein tiefer gelegenes Untergeschoss gefahren worden. Die Korridore waren eng, immer wieder versperrten Türen aus Panzerglas den Weg. Aber es war nicht die Sicherheitsarchitektur, die Rhodan beunruhigte. Seine Sorge galt eher der Tatsache, dass Tschubai nicht wissen konnte, wo er ihn suchen sollte.

Andererseits hielt er es nicht für unmöglich, dass der Omenvater auch die anderen hatte verhaften lassen – und dass Tschubai sich gegen eine solche Inhaftierung nicht gewehrt haben würde. Er schöpfte tief Atem und schrie: »Ras! Thora! Chaktor!«

Niemand antwortete. Seine Wächter kümmerten sich nicht um die Rufe.

Sie verkürzten sich unverdrossen weiter die Zeit mit Gesang, so lauthals, als gäbe es kein Morgen.

Endlich kapitulierte Rhodan. Auf der Pritsche, die in die Wand eingelassen war, lag ein verschweißter Plastikbeutel. Er riss ihn auf und fand darin zwei papierdünne Thermodecken. Die eine breitete er über die Pritsche aus, in die andere wickelte er sich. Das Licht konnte er nicht löschen, also barg er den Kopf in seinem Arm.

So schlief er ein.

Er schlief erstaunlich gut. Als er erwachte, konnte er hören, dass auf dem Gang immer noch gesungen wurde. »Bravo!«, sagte er. »Ich habe die Meistersinger von Ambur als Wächter.«

Anschließend stritten sich die beiden. Dann sangen sie wieder. Rhodan stand auf und klopfte mit einer Faust gegen die Tür. »Frühstück!«, rief er. »Ich habe Hunger.« Statt einer Antwort folgte eine weitere Strophe.

Irgendwann öffnete sich die Tür. Zwei Bewaffnete traten ein und forderten ihn auf, ihnen zu folgen. Im Gang klang noch der Gesang, der ihn die Nacht über begleitet hatte. Aber es waren keine Sänger, sondern nur ein Lautsprechersystem auf einem Ständer.

Der Korridor verlief in einem Bogen. Hinter der Biegung erschien ein weiterer Trupp Ferronen, fünf oder sechs Mann. Zwischen ihnen entdeckte Rhodan Thora, dann Chaktor. Erleichtert stellte Rhodan fest, dass Tschubai fehlte.

Zweimal mussten sie auf ihrem Weg bis zu ihm anhalten und warten, bis sich die gläsernen Panzertüren geöffnet und hinter ihnen wieder geschlossen hatten.

Thora strahlte ihn an. »Ein herrlicher Tag für eine Exekution«, sagte sie.

Chaktor prustete los. Galgenhumor war den Ferronen also nicht fremd.

Die Wächter brachten sie auf den Hof der Zitadelle, wo die weiße Kutsche auf sie wartete. Rhodan blinzelte ins grelle Licht der Wega; es war früher Vormittag. Der Verschlag stand offen. Sie stiegen ein. Die Wächter schlossen die Tür hinter ihnen. Die Kutsche rollte lautlos an.

Thora sagte: »Sie haben mich gestern mitten im Ort verhaftet. Dass man auch Sie und Chaktor geholt hat, wusste ich jedoch nicht.«

»Wo sind die anderen?«, fragte Rhodan.

Weder Thora noch Chaktor wussten etwas über Sue, Bull und Tschubai.

»Fliehen wir?«, fragte Chaktor.

»Nein«, sagte Rhodan. Er konnte sich nicht denken, dass die Kutsche sie unbewacht durch Ganashar transportierte. Die Wächter waren bewaffnet; sie nicht. Eine Flucht würde außerdem die Trennung von der anderen Hälfte ihrer Gruppe auf unabsehbare Zeit verlängern.

Sie verbrachten die Fahrt schweigend. Schließlich hielt die Kutsche. Das Gemurmel einer großen Menge brandete förmlich gegen die Wandung. Die Tür wurde von außen geöffnet.

Sie traten hinaus auf den Ganarzynes-Platz.

Die Ganasharer standen dicht gedrängt. Der Omenvater hatte seinen Platz noch nicht eingenommen, der Hochsitz stand bereit. Rhodan bemerkte die Veränderung beim Aufbau sofort. Links und rechts neben dem Hochsitz befanden sich zwei gleich große hölzerne Gestelle, die beide einen umfangreichen Rundkolben trugen. Der enge Hals des kugelförmigen Behältnisses war zugepfropft. Offenbar waren die beiden Kolben aus einem feuerfesten Gebrauchsglas gefertigt, denn unter ihnen kreiste in geringem Abstand ein entflammter Bunsenbrenner.

Der Brenner musste auf einem Motor sitzen; seine Kreise waren eng, aber doch weit genug, um zu verhindern, dass sich eine Stelle des Glases so stark erhitzte, dass es schmolz oder gar zersprang.

Dennoch musste die Hitze im Gefäß höllisch sein.

In beiden Kolben wanden und verdrehten sich in ihrer Qual ganze Bündel von Sharsharym. Wie konnten sie bei dieser Temperatur – achthundert Grad? Tausend? – überhaupt noch leben? Ein leises, aber durchdringendes Geräusch drang aus den Glasgefäßen, eine Mischung aus Pfeifen, Trillern und Klirren.

Rhodan vermochte diesen Kreaturen keinerlei Sympathie entgegenzubringen, aber zugleich entsetzte ihn der Ausdruck tiefer Genugtuung, der auf den Gesichtern der meisten Zuschauer lag.

Die Menge teilte sich wie nach einer geheimen Choreografie. Der Omenvater strebte auf den Hochsitz zu. In seinem Gefolge entdeckte Rhodan Sue und Ras Tschubai. Sie gingen nebeneinander. Eine eiserne, etwa drei Meter lange Stange hielt sie zueinander auf Abstand. An den beiden Enden des Eisens waren Lederschlaufen befestigt, die Schlaufen hatte man ihnen um den Hals gelegt. Ras konnte mithin keinen Körperkontakt zu dem Mädchen herstellen. Wussten die Ganasharer von seinen Parafähigkeiten? Warum wurden die beiden auf solche Weise vorgeführt, während er und die anderen sich unter Aufsicht der Wachen frei bewegen durften?

Und wo war Bull?

Der Omenvater kletterte behände auf den Hochsitz und richtete sein Mikrofon ein.

Erst als der Omenvater Platz genommen hatte und Rhodan über die Köpfe der Menge sah, bemerkte er die Veränderung auf den Dächern der umliegenden Gebäude. Die Ganasharer hatten dort Geschütze installiert, mannsgroße Raketenwerfer und andere, vergleichsweise leicht zu transportierende militärische Ausrüstung.

Thora nickte ihm zu. »Endspiel.«

Der Omenvater begann zu sprechen.

Erneut fühlte sich Rhodan von der Rede des Ferronen in den Bann gezogen. Er entnahm seinen Worten, dass der Omenvater im Zweifel war, wen er in ihnen – den Fremden – vor sich hatte. Eine andere Erklärung als die, dass sie Spione vielleicht Garreans, vielleicht Gualls waren, mochte nicht ausgeschlossen sein. Was aber nicht hieß, dass eine andere Erklärung geeignet wäre, die Sorgen der Bürger Ganashars und seine Sorgen auszuräumen: »Sie wurden im Heilhaus untersucht, und dieser Untersuchung zufolge müssen wir damit rechnen, genetisch manipulierte Geschöpfe vor uns zu haben, Kreaturen der militärischen Gen-Industrien. Ihre besonderen Fähigkeiten haben sie uns, wie ich annehme, noch nicht demonstriert. Wir müssen fürchten, dass ihre Befehlshaber sie instruiert haben, diese Begabungen erst dann einzusetzen, wenn Ganashar am verwundbarsten ist.«

Rhodan schüttelte nachdrücklich den Kopf. Er überlegte, wie er zu Wort kommen könnte. Schließlich hatte der Omenvater ihm gestern noch angedeutet, er würde sich vor den Einwohnern Ganashars erklären dürfen.

»Ich habe Bürger Rhodan gestern vor die Wahl gestellt«, sagte der Omenvater in diesem Augenblick. »Er war es, der den Kontakt zu uns hergestellt hat. Aber er hat sich geweigert, Position zu beziehen. Wir werden ihn heute noch einmal befragen.«

Der Omenvater verstummte; es wurde sehr still. Plötzlich standen zwei Ferroninnen in einem weißen Schutzanzug am Fuß des Hochsitzes. Jede von ihnen trug einen Sharctash. Ihre Hände steckten in metallenen Handschuhen. Helfer setzten den beiden eine Art Taucherhelm mit ovalem Sichtfenster auf und befestigten ihn am Anzug. Rhodan sah zu, wie die beiden Frauen zu den Gestellen mit den Glastuben gingen und dann, sehr langsam und im selben Takt, die Sprossen nach oben nahmen.

»Bürger Rhodan«, sagte der Omenvater. »Wenn wer auch immer das Leben Ihrer Reisegefährten gefährden würde, zugleich mit dem Leben der Gemeinschaft von Ganashar – welche Seite würden Sie wählen?«

»Die Seite Ganashars«, sagte Rhodan. Die Formulierung des Ferronen ließ ihm schließlich keine andere Wahl.

»Sie würden also Ihren Beitrag leisten«, sagte der Omenvater.

Es wurde Rhodan nicht ganz deutlich, ob es eine Frage sein sollte oder eine Feststellung. Er bemerkte, wie Thora ihm einen warnenden Blick zuwarf.

»Ja«, sagte er.

Die beiden Ferroninnen im Schutzanzug hantierten im Augenblick am Pfropfen der Glastuben. Keiner der Verschlüsse wurde ganz abgehoben, sondern nur behutsam gelöst und gedreht. Dennoch gelang es den beiden Frauen, ihren Sharctash in das Gefäß zu schieben. Ein Hauch von Pfefferminz erfüllte die Luft. Mit einigen raschen Bewegungen hatte jede der beiden Ferroninnen einen Sharsharym gepackt und nach draußen gezogen. Während sie die Leiter herunterstiegen, hielten sie den Stock am ausgestreckten Arm von sich. Die Sharsharym drehten und wanden sich wie Gespenster aus flüssigem Smaragd. Sie versuchten, ihren Entführern ins Handgelenk oder in den Arm zu beißen.

Rhodan betrachtete das Schauspiel ebenso fasziniert wie bestürzt.

Der Omenvater sagte: »Wir haben ihn in der Nähe der Radarstation gestellt. Wir halten es nicht mehr für einen Zufall, dass wir Sie und Ihre Begleiter dort aufgegriffen haben.«

Von wem redet er?, fragte sich Rhodan. Irgendwo in der Menge erhob sich ein Tumult, empörte Rufe wurden laut. Rhodan bemerkte, dass die Wachleute des Omenvaters ihre Waffen auf ihn richteten. Andere ergriffen Thora und Chaktor bei den Armen. Die beiden Ferroninnen im Schutzanzug standen unmittelbar hinter Sue und Tschubai. Sie hielten ihre Sharctash über die Köpfe der beiden, die Schlangenähnlichen schimmerten im Licht der Wega wie Laternen. Die Menge wich zurück. Ein Trupp Bewaffneter schleppte eine Gestalt auf den Platz und warf ihn Rhodan vor die Füße.

Es war Reginald Bull.

Auf eine Handbewegung des Omenvaters hin wurde alles ruhig. Nur der pfeifende Atem Bulls war zu hören. Bull sah elend aus. Er bemühte sich, sich wenigstens auf die Ellenbogen zu stützen oder den Kopf zu heben, aber wieder und wieder sank er zurück. Plötzlich war Eneida neben Bull, auch sie eine erschöpfte Person. Zwei Wächter hatten sich bei ihr untergehakt und hielten sie aufrecht. Die Uniform der beiden Männer erinnerte Rhodan an die Livree der Monokelträgerin.

In diesem Moment ließen die Wächter Eneida los; sie sank auf die Knie. Sie war offenkundig nicht ganz so schwach wie Bull, machte aber keine Anstalten, wieder auf die Füße zu kommen. Einer ihrer Wächter trat mit gezogener Projektilwaffe von hinten an sie heran und zielte auf ihren Hinterkopf, keine drei Fingerbreit von ihrem Schädel entfernt.

»Wir tun, was wir tun, für Ganashar«, sagte der Omenvater. »Wir leisten unseren Beitrag, auch den bittersten.«

Er gab dem Wächter ein kleines Zeichen mit der Hand; der Wächter schoss. Eneida kippte lautlos vornüber.

Die Stille über dem Platz hatte etwas Wattiges, Betäubendes. Wieso schrie niemand? Rhodan gewahrte eine Bewegung im Hintergrund der Menge. Er sah sich um und meinte für einen Augenblick Yinye zu sehen, die sich mit ihrem Sharctash gegen die Stirn klopfte.

Der Omenvater gab den beiden Ferroninnen, die hinter Sue und Tschubai standen, einen Wink. Sie senkten den Sharctash mit den Schlangenartigen noch weiter. Rhodan sah, wie sich die Augen der beiden Menschen weiteten. Tschubai starrte Rhodan mit gerunzelter Stirn an.

»Jetzt stehen Sie vor der Wahl. Wie werden Sie wählen?«, fragte der Omenvater. Es klang beinahe freundlich. Er lächelte Rhodan zu und betrachtete ihn neugierig. »Wollen Sie mit dem Verräter büßen: Sie und die Frau und das Kind und die beiden Männer? Oder treten Sie ganz auf die Seite Ganashars und bestrafen den Verräter?«

Rhodans Gedanken wirbelten. Was war nur geschehen? Hatte Bull zu fliehen versucht? Warum? Weil man ihm zugetragen hatte, dass er, Rhodan, verhaftet worden war? Oder war das Ganze nur eine dramatische Inszenierung des Omenvaters? Und welche Rolle hatte der Omenvater ihm zugedacht? Wie sollte er Bull *bestrafen?*

Einer der beiden Wächter überreichte Rhodan die Waffe. »Es ist nur eine Patrone darin«, sagte der Ferrone leise. »Zielen Sie gut.« Er trat einen Schritt zurück und wies auf Bull. Jetzt erst gelang es Bull, den Kopf ein wenig zu heben und dabei zur Seite zu wenden. Er starrte Rhodan an, schien aber nicht ganz zu verstehen, was vor sich ging. Endlich kam ihm ein unartikulierter Laut über die Lippen.

Der Omenvater sagte: »Leisten Sie Ihren Beitrag, Bürger Rhodan. Erschießen Sie den Verräter.«

Kapitel 18

Gualls letzte Reise

Die Evakuierung kam nunmehr zügig voran. Die Starts und Landungen der Raumfähren gaben dem Tag den Takt. Der Thort hatte sich wie alle anderen auch an den periodisch an- und abschwellenden Lärm vom Raumhafen gewöhnt. Den Kontakt zur Exekutive Amburs hatte er weitgehend seinen Beamten überlassen. Nur drei- oder viermal hatte er über Bildfunk mit einer gewissen Vela Waygen gesprochen. Sie war Garreans Stellvertreterin; ihr leicht schief gestelltes Gesicht war dem Thort sofort sympathisch. Erst am Vortag hatte Guall – und zwar eher beiläufig – von Waygen erfahren, dass der Gouverneur zurzeit unauffindbar war – wahrscheinlich im Hinterland der Stadt unterwegs, möglicherweise, um dort versteckte Gruppen von Bleibewilligen aufzuspüren.

Sie hatte die Befürchtung geäußert, dass nicht wenige Amburer in den unwirtlichen Regionen jenseits der Ebene Zuflucht suchten. Andere würden sich in ihren Häusern verschanzen.

»Ja«, hatte Guall gesagt. »Natürlich. Und zu gegebener Zeit werden wir uns darum kümmern.«

Gualls Unbekümmertheit hatte sie wohl beruhigt.

Zu gegebener Zeit. Der Kundschafter hatte ihnen diese Zeit eingeräumt, von der sie nichts wussten und die doch endlich sein würde. Wie viele Ferronen würden es am Ende sein, die sich an Ambur klammerten, verborgen in einem Wrack auf einem der Autofriedhöfe der Stadt, in einem verlassenen Haus, in einem Sauerstoffzelt im Gebirge? Er meinte sich an eine Meldung zu erinnern, der zufolge eine ganze Ortschaft Widerstand leistete, eine utopisch-anarchistische Siedlung irgendwo im Outback, deren Name ihm entfallen war.

Guall spürte keinen Zorn gegen diese Widerständler. Waren sie nicht geradezu liebenswürdig in ihrem Kampf um Ambur, wo sie das Gefühl hatten, intensiver Atem zu schöpfen, mehr riskieren zu müssen als auf Ferrol, Rofus oder Pigell und dafür leuchtkräftiger leben zu können?

Nur dass sich das große Provisorium Ambur bald verflüchtigen würde.

In diesen Gedanken versunken, behielt Guall das Wegasystem im Auge.

Deswegen erblickte er es sofort, nachdem es aufgetaucht war – ohne jeden Hinweis darauf, wie und von wo es gekommen war.

Die Kontur des Gebildes erschien ihm wie seine Einzelheiten ein wenig unscharf. Aber es war zweifellos da, und es schwebte grandios und immun gegen alle Naturgesetze an der Flanke des Berges: ein gerade in der Luft liegender Zylinder mit kreisrunder Grundfläche – kobaltblau.

Jede Reise barg ein Geheimnis. Manche dieser Geheimnisse offenbarten sich unterwegs, manche erst lange, nachdem man das Ziel erreicht hatte oder wieder zurückgekehrt war nach daheim. Manche gar nicht.

Oft waren es die Reisen mit den klarsten, nächstliegenden Bestimmungsorten, die sich als die rätselhaftesten entpuppten.

Guall fragte sich, welches Geheimnis ihm diese Reise offenbaren würde oder ob sie ihr Mysterium vor ihm verborgen halten würde. Der Thort hatte in seinem langen Leben viel verloren, Weggefährten, ergebene Soldaten, kluge Beischläferinnen, darunter sogar einige, denen er hätte sagen können, dass er sie liebte, ohne sehr dabei zu lügen.

Eine Weile lang hatte er geglaubt, die Geheimnisse könnten ihm diese Verluste ausgleichen, sie vermöchten sein Leben zu bereichern und wertvoller zu machen.

Eine Weile lang hatte ihn diese Hoffnung am Balken gehalten, dann hatte er, er wusste nicht mehr, unter welchen Schlägen, aufgegeben und losgelassen. Er war gefallen und hatte gemeint, aus einer beinahe unendlichen Ferne ein Gelächter zu hören, das, so leise es war, alle Geräusche seiner Sorgen für einen Moment übertönte.

Die Rotoren des Polykopters kämpften sich durch die dünne Luft voran; die prall gefüllten Heliumblasen an ihren Seiten ließen die Maschine sanft schaukeln. Vocotósh hatte sichergestellt, dass es wieder die bekannte Tekpash aus der CARESC CAO war.

Kurz vor dem Start hatte sein Steward noch einen Frischhaltekoffer mit Proviant in die Kanzel gereicht. Guall hatte kurz hineingeschaut, geschmunzelt und gesagt: »Das müsste für mein Picknick reichen.«

»Soll ich mitkommen?«

So viel Fürsorge hatte Guall lachen lassen. »Ach, mein Alter. Lass gut sein. Wenn ich zurück bin, essen wir gemeinsam. Man ist ja nicht aus der Welt.«

»Die Welt ist ein schmaler Steg«, hatte Guall einen Vers aus dem Götzenbeieinander zitiert. Guall hatte ihm aus einer Eingebung heraus über die Schläfe gestrichen. Dann hatte er das Kanzeldach geschlossen und den Polykopter gestartet.

Nun flog er schon seit fast drei Stunden. Noch immer hatte er keinen Funkspruch empfangen, der ihn offiziell über die Anwesenheit der kobaltblauen Walze im Wegasystem oder auf Ambur informiert hätte.

Es war nicht das erste Mal gewesen, dass er dieses Flugzeug – oder ein Fluggerät wie dieses – vor seinem dritten Auge gesehen hatte.

In diesem Moment aber sah er es mit dem Augenpaar. Der Polykopter hielt auf die Walze zu. Aus der Ferne hatte es noch so ausgesehen, als würde sich an dieser Stelle nur das Blau des Himmels verdicken und verwirbeln. Nun hatte die Vision eine unbestreitbare Körperlichkeit angenommen.

Er flog die Tekpash nah an die Walze heran. Die Walze hielt einen Abstand von deutlich unter einhundert Metern zum nackten Granit der aufragenden Gebirgswand. In der kobaltblauen Hülle entstanden Öffnungen, als ob sich Pupillen erweiterten. Zahllose Objekte, die Guall intuitiv für Maschinen hielt, schwebten aus den Schleusen den Gipfeln entgegen und verrichteten dort eine Arbeit, die Guall nicht begriff. Einige von ihnen tauchten in den Stein, als wäre er eine zähe Flüssigkeit; andere hoben diffuse, bloß zweidimensionale Flächen vom Felsen ab, als würden sie Schatten ernten.

Der Vorgang dauerte nur wenige Minuten, dann lösten sich die Maschinen und kehrten ins Schiff zurück. Die Öffnungen hatten sich geschlossen, ohne dass Guall bemerkte hätte, wie.

Übergangslos beschleunigte die Walze, stieg in den Himmel und verschwand außer Sicht.

Der Polykopter schwankte ein wenig, geriet aber nicht in ernste Turbulenzen.

Guall steuerte den Polykopter von dem Felsmassiv fort und lenkte ihn in Richtung Karbush. Nach einigen Minuten aber verlangsamte er den Flug und ging niedriger. Vielleicht sollte er landen. Er musste nachdenken. Wohin mochte die Walze geflogen sein? Auf eine diesbezügliche Nachricht der Armee oder der

Raumflotte brauchte er nicht zu warten. Zweifellos besaß die Walze technische Möglichkeiten, sich der Ortung durch die ferronischen Kräfte zu entziehen.

Ebenso zweifellos stand sie mit dem Kundschafter in Verbindung. Nicht auszuschließen also, dass einige der mysteriösen Wohltäter sich an Bord befanden.

Er wendete den Polykopter erneut und flog, wenn auch langsamer und niedriger, Richtung Felsmassiv. Vielleicht war er dort am besten in der Lage, die Spur der Walze aufzunehmen.

Es war ein irrwitziger Plan, aber Carfesch und er hatten ja keine Vereinbarung getroffen, nach der er, der Thort, sich mit den Wohltätern nicht in Verbindung setzen durfte.

Er tat also nichts Unrechtes, wenn er versuchte, der Walze zu folgen.

Und wer, wenn nicht er, wäre dazu in der Lage, das kobaltblaue Schiff aufzuspüren?

»Halte Kurs!«, wies er den Autopiloten an. Er schloss das Augenpaar und öffnete sein drittes Auge.

Aber es war nicht das Bild der Walze, das sich ihm vor das besondere Auge schob.

Thort Guall erkannte ihn sofort. Der Mann, der seine Waffe auf einen anderen gerichtet hatte, war der Zeitreisende: Perry Rhodan. Der Mann, der am Boden lag, war Reginald Bull. Er wirkte benommen, verstört. Aber nicht gealtert.

Beide hatten sich trotz der vielen Jahrzehnte nicht verändert. Warum nicht? Waren sie alterslos? Oder waren sie wieder auf Zeitreise gegangen, diesmal in Richtung Zukunft, und hatten die Jahrzehnte übersprungen?

Guall spürte, wie sein Herz schneller und heftiger schlug. Seit Jahrzehnten hatte er darauf gehofft, dass Rhodan wieder erscheinen könnte. Jetzt war er da. Und er war nicht auf Rofus. Er war auf Ambur. Zum Greifen nah.

Guall konzentrierte sich, um Rhodans genaue Position zu erspähen. Er sah etwas zersplittern, eine Konfusion um Leben und Tod. Rhodan drohte ihm zu entgleiten, in der Menge unterzugehen. Guall schrie enttäuscht auf, sondierte, ahnte ihn.

»Kollisionswarnung«, meldete der Autopilot. »Ich drehe ab.«

»Nein!«, rief Guall erschrocken. »Ich hab ihn doch ...!«

Ein Ruck, ein knallendes und krachendes Geräusch, ein wildes

Heulen. Guall öffnete alle Augen. Der Polykopter war mit dem vorderen Rotor an den Felsen geraten, die verdrehten Blätter schlugen gegen den rückwärtigen Rotor. Die Tekpash legte sich auf die eine Seite, dann auf die andere. Die Kanzel hob sich, der Polykopter sackte nach hinten weg.

Die Heliumblasen milderten den Aufprall, der dennoch fürchterlich genug war. Guall spürte, wie etwas in seinem Körper zerbrach, zerplatzte.

Er saß ganz still.

»Ich habe einen Notruf gesendet«, sagte der Autopilot. »Raumlandeeinheiten sind mit einem Rettungstrupp unterwegs.«

Guall schwieg.

»Das Muster der Sterne ist gefrorene Musik«, sagte der Thort statt einer Begrüßung. »So sagt man unter Ferronen – wie sagt man bei Ihnen?«

Carfesch hatte die Kanzel geöffnet und betrachtete Guall. Seine Hände mit den sieben Fingern glitten über Gualls Gesicht, über seine Glieder, unter seinen Thermoponcho. Guall ließ es geschehen. Er schaute ihm in die blicklosen blauen Augen und überlegte, wie der Kundschafter hierhergekommen sein mochte. War er kurzfristig bewusstlos geworden und hatte deshalb Carfeschs Ankunft nicht bemerkt?

»Bei uns«, entgegnete Carfesch endlich, »sagt man wenig.«

»Wie ist es bei Ihnen?«, fragte Guall.

»Anders als hier.«

Guall versuchte ein Lächeln, aber Lächeln war ein so anstrengendes Vorhaben, so kräftezehrend, zumal, wenn man noch so viel zu sagen hatte. »Ambur«, sagte er.

Carfesch zog seine Hände zurück. »Bald wird der Planet geräumt sein«, sagte er. »Ich habe Grund, Ihnen dankbar zu sein.«

Guall ersparte sich jede Erwiderung.

Auch Carfesch schwieg.

Guall spürte, wie er schwächer wurde. Das tat gut. So viel war plötzlich in so weite Ferne gerückt. Das Leben entließ ihn aus seiner Gewalt. Er hätte den Verlockungen der neuen Freiheit gerne nachgegeben. Allerdings gab es das Wegasystem, das musste er, wie es schien, dem Kundschafter in Erinnerung rufen. Der Thort, das einzige Siegel des Friedens, durfte nicht gebrochen werden. »Thort«, brachte er kaum hörbar hervor.

»Der Thort lebt«, sagte Carfesch. »Und er wird leben.«

Guall spürte, wie die Schmerzwellen über ihn hinwegrollten, eine nach der anderen, aber seltsam: Sie berührten ihn nicht mehr. Als läge er am Grund eines tiefen, glasklaren Ozeans und betrachtete das Wüten eines Sturms an der Oberfläche, so war der Schmerz, fern und belanglos.

»Ich schließe jetzt Ihre Augen«, kündigte Carfesch an. »Blicken Sie mit Ihrem dritten Auge. Es ist alles bereit.«

Es wurde dunkel, und es wurde hell. Das Zimmer wäre vom Licht durchflutet gewesen, hätten es die Vorhänge nicht abgehalten und gemildert. Es war still im Raum und auch wieder nicht. Man atmete, man bewegte sich, Schritte.

Auf dem Tisch stand ein kleiner Brunnen mit einer Statue. Die Statue stellte eine unverhüllte, schöne Ferronin dar, die aus einem Krug Wasser in eine Schale goss. Der Krug schien unerschöpflich, denn er war der Krug des Lebens, von dem das Götzenbeieinander sang, und die idealisierte Ferronin stand für die Allgebende Ve, von der das Götzenbeieinander sang. Guall hörte das leise Plätschern.

Auf dem Bett lag eine wirkliche, junge Ferronin. Ihre Züge waren weniger ebenmäßig als die der Ve; sie war von der Anstrengung und den Schmerzen erschöpft, verwirrt, zufrieden, ratlos. Eine andere, ältere Ferronin hatte die Hand voll von blutigen Laken. Sie schaute von der Frau im Bett zu dem Mann, der, das neugeborene Kind im Arm, regungslos dastand, den kleinen Leib im linken Arm, die rechte Hand schützend um den weichen Hinterkopf gelegt. Auch auf seinem Gesicht zeichnete sich der Schatten einer gewissen Besorgnis ab, obwohl das Leben in seinen Armen längst Macht über ihn gewonnen hatte.

Das Augenpaar im winzigen Gesicht des Neugeborenen war geschlossen; es atmete gleichmäßig. Wie Guall es ansah, schlug es für einen Moment sein drittes Auge auf, sah ihn an und – da hatte Guall keinen Zweifel – erkannte ihn.

Guall begriff: Der Thort lebte. Und er würde leben.

Dann ließ er das wenige los, das noch loszulassen war.

Carfesch wartete, bis Guall tot war. Aus dem fahlen Himmel senkten sich mit Getöse drei ferronische Raumfahrzeuge.

Das Schiff meldete sich und informierte ihn, dass es zwei Eindringlinge, Ferronen, in Verschränkung genommen hatte. Carfesch fragte, ob es noch möglich wäre, ihre Erinnerungen umzugestalten und sie auszusetzen.

Das Schiff, patzig und selbstgefällig wie eh, erwiderte, dass die Verschränkung schon zu weit fortgeschritten und eine Freisetzung mit größeren Risiken verbunden sei.

Carfesch ließ sich die Daten übermitteln, wertete sie aus und musste dem Schiff recht geben.

Als die Ferronen, ausgerüstet mit allerlei medizinischem Gerät, auf den Polykopter zugeeilt kamen, entfernte Carfesch sich unauffällig.

»Übrigens«, teilte er eine Weile später dem Schiff mit, »erwarte ich, dass bald weitere ungebetene Gäste an Bord kommen.«

»Ich werde sie in Verschränkung nehmen«, kündigte das Schiff an.

»Nein«, widersprach Carfesch. »Lass sie gewähren. Man will in diesem Fall beobachten, was sie tun.«

Kapitel 19

Rhodan in Aufruhr

Rhodan war sich bewusst, dass etliche Wächter ihn im Visier hatten. Er streckte den Arm aus und zielte auf Bull. Allmählich trat Verständnis in Bulls Augen. Rhodan wog die Waffe in der Hand, studierte den Lauf, versuchte, das Kaliber zu schätzen.

»Was genau hat er verraten?«, rief er dem Omenvater zu. »Die Lage der Siedlung? Die ist den Ferronen in Karbush doch seit Langem bekannt.«

Rhodan spürte, wie sich die versammelten Ferronen dem Omenvater zuwandten, durchaus in Erwartung einer Antwort. Rhodan setzte nach: »Auch was die Medikerin verraten haben soll, ist mir unbegreiflich.«

»Er hat versucht, sich ein Fluchtfahrzeug zu beschaffen«, sagte der Omenvater. »Und sie war leichtfertig.«

»Freilich ein todeswürdiges Verbrechen«, höhnte Rhodan. »Und ein großes Spektakel. Warum haben Sie das nötig?«

»Weil wir entschlossen sind.«

»Einander zu töten? Und ein Wink von Ihnen genügt?«

»Wir haben ein Recht, uns selbst zu verteidigen.«

»Natürlich«, sagte Rhodan. »Falls Sie angegriffen werden.« Er hob den Arm und schwenkte die Waffe sehr langsam in Richtung Omenvater.

Der Ferrone verzog keine Miene. »Bevor die Waffe ganz auf mich gerichtet ist, sind Sie tot«, sagte er ruhig ins Mikrofon.

Rhodan stoppte die Bewegung. Der Arm war immer noch ausgestreckt, die Waffe wies aber noch nicht auf den Omenvater. Er nickte Tschubai unmerklich zu.

»Sehr vernünftig«, sagte der Ferrone. »Und nun ...«

Nun schoss Rhodan. Es gab einen lauten Knall, sofort darauf einen zweiten. Einer der beiden Glastuben war zersprungen. Die Sharsharym fielen zur Erde wie Blitze. Es roch nach Pfefferminz.

Rhodan schleuderte die nutzlose Waffe einem der Wächter ins Gesicht. Die Menge geriet in Panik. Rhodan sah eben noch, wie

Tschubai aus der Eisenstange verschwand, sofort neben Sue wiederauftauchte, sie berührte und erneut verschwand.

Rhodan bückte sich zu Bull, griff ihm unter den Arm und zerrte ihn mit sich. Die Menge hatte jeden Zusammenhalt verloren, wie ein Puzzle, das jemand in die Luft geworfen hatte. Plötzlich war Chaktor an Bulls anderer Seite, packte ihn und zog ihn mit sich. Aber wohin?

Thora tauchte kurz im Gewühl auf und machte eine herrische Bewegung in die Richtung, in die der Ferrone Bull zog und zerrte. Rhodan zögerte nicht länger.

Wir werden es nicht schaffen, dachte Rhodan ohne jede Verzweiflung. Immerhin waren Sue und Tschubai in Sicherheit. Ein hoher Pfeifton erklang, wurde lauter, leiser, pulsierte. *Etwas spät reagiert, Freund,* dachte Rhodan amüsiert.

Die Alarmpfeifen und das hundertkehlige Geschrei der Menge wurden von einem infernalischen Heulen übertönt. Der Boden vibrierte. Thora krallte sich in den Stoff seines Ärmels, um nicht fortgerissen zu werden.

Es geht gar nicht mehr um uns, erkannte Rhodan. Das waren Raketen, die starteten, vermutlich Flugabwehrraketen. Das Militär von Karbush holte zum Schlag gegen Ganashar aus. Ganashar wehrte sich. Bull, Thora, Chaktor und er selbst waren nichts als Profiteure dieser Manöver.

Kalte Wut überkam ihn. Warum hatte Karbush nicht einige Minuten früher zugeschlagen? Eneida hätte noch leben können.

Sie hatten sich in ein Gewirr von Gassen und Stiegen geflüchtet, das wie aus einer mittelalterlichen europäischen Stadt ausgeschnitten wirkte. So hätte er sich die Altstadt von Prag vorgestellt. *Die Heimat des Golem.*

Von fern hörten sie Schüsse, Explosionen, den technischen Donner einer Schlacht. Einige Ferronen drängten sich an ihnen vorbei und flüchteten in ein Haus; Rhodan hörte ihre Rufe: »Das Dunkle Zeitalter, das Dunkle Zeitalter!«

Würde das die Erklärung sein für das Verschwinden des zehnten Planeten? Würde auf dieser Welt das Dunkle Zeitalter von Neuem beginnen, würde der Planet im Zuge dieser Auseinandersetzungen vernichtet werden?

Unwahrscheinlich. So groß das Debakel für die Bewohner von Ganashar sein mochte: Es war nicht das Ende der Welt.

Aber hatte nicht Thora Gerüchte erwähnt, die vom Ende der Welt fabulierten?

Bull hustete und richtete sich keuchend auf. »Danke übrigens«, sagte er, hustete wieder, »dass du mich nicht erschossen hast.«

Rhodan grinste: »Immer großzügig sein in Dingen, die nichts kosten«, sagte er.

»Wohin?«, fragte Thora.

»Wohin wird Tschubai sein?«, fragte Rhodan zurück.

Bull fluchte leise vor sich hin, immer wieder von Husten unterbrochen. Das Getöse der Kämpfe wogte auf und ab. Rhodan überlegte: Konnte Tschubai ins Heilhaus teleportiert sein? Wohl kaum. Das war kein Ort, an den Bull oder Sue bevorzugt zurückkehren würden. Thoras Haus? Tschubais Haus?

Plötzlich stürmten etliche Ferronen in die Gasse. »Sharsharym!«, schrie eine Frau im Vorüberlaufen. Rhodan packte Bull und wollte ihn mit sich ziehen.

Da glitt ein smaragdgrünes Etwas in die Gasse und wand sich in kaum begreiflicher Eile auf ihre Gruppe zu. Wie eine Erscheinung stand plötzlich Yinye zwischen ihnen und dem Tier, ließ ihren Sharctash wirbeln und wischte den smaragdenen Schemen gegen die Mauer. Für einen Moment haftete das Tier dort, dann glitt es nach oben und außer Sicht.

»Was tust du hier?«, fragte Rhodan.

Der Blick der jungen Ferronin wanderte aufmerksam über sein Gesicht. »Sie sind bei mir«, sagte sie endlich. »Die anderen von euch sind bei mir.«

Rhodan starrte sie ungläubig an. Woher wollte sie das wissen? Eben noch hatte sie auf dem Platz gestanden. Sie streckte den Arm aus, als wollte sie über die Mauer auf die andere Seite zeigen. »Dort ist mein Haus. Erkennst du es nicht?« Er schluckte. War er etwa instinktiv in diese Richtung gelaufen? Oder war es eine Falle?

»Ich habe den Sharsharym gerochen«, sagte sie. »Und dich.«

»Mich?«

Sie drehte sich wortlos um. Sie versicherte sich nicht, ob Rhodan und die anderen ihr folgten. Keine zwei Minuten später standen sie in Rhodans Unterkunft. Sue und Tschubai begrüßten sie.

»Ich weiß, wo wir ein Fahrzeug bekommen«, sagte Bull. Seine Stimme klang rau. »Eine Art Luftkissenauto.«

»Ein Bodeneffektgerät«, sagte Thora.

Bull warf Rhodan einen komisch-verzweifelten Blick zu.

»Wo wollen wir hin?«, fragte Tschubai.

Thora blickte demonstrativ in Yinyes Richtung. Rhodan wandte sich an die Ferronin. »Es ist vielleicht besser, wenn du nicht weißt, wohin wir wollen.«

»Der Omenvater wird mir nichts tun«, sagte sie. »Ich bin für alles eingestanden. Ich werde eine Mauer sein.«

Rhodan sah sie an. »Du bist schwanger?«

Eine Folge von Detonationen rollte über die Siedlung. Aus vielen Richtungen war immer noch das pulsierende Geräusch der Alarmpfeifen zu hören.

Rhodan schaute die Ferronin an. Das kupferfarbene Haar hatte Rhodan immer an eine Rüstung erinnert, eine metallene Haube. Noch nie war eine Ferronin ihm so verletzlich erschienen wie Yinye. »Du kannst nicht hierbleiben«, entschied er. »Du kommst mit uns.«

Yinye lächelte matt. »Wenn du wüsstest, wie satt ich diesen Ton habe. Diesen Ton der Omenväter aller Welten.«

Rhodan wollte etwas sagen, aber Thora kam ihm zuvor. Sie fragte Bull: »Ich weiß eine Stelle, wo Autos sein könnten. Aber die ist weit weg von hier. Kennen Sie einen näheren Ort, an dem Fahrzeuge stehen?«

Bull schüttelte den Kopf.

»Ich kenne ihn«, sagte Yinye. »Kommt mit.«

Kapitel 20

Garrean in der Zisterne der Zeit

»Wach auf! – Wach auf!«

Garrean schüttelte unwillig den Kopf und tastete nach der Hand, die ihn an der Schulter rüttelte. »Lass mich. Wir haben keine Eile.«

»Wach auf!« Jetzt klang die Stimme beinahe erschrocken.

Er seufzte tief und ergeben, rieb sich die geschlossenen Augen und setzte sich auf. »Es ist ja gut«, sagte er.

Er wandte sich Shim zu, um zu fragen, warum er ihn geweckt hatte. Shim tat, als ob er schliefe. »Lass das«, sagte Garrean. Shim reagierte nicht. Garrean griff ihm an die Schulter und schüttelte ihn. Shim reagierte immer noch nicht. »Wach auf!«, sagte Garrean. »Wach auf!« Shim brummelte etwas.

»Wach auf!«, schrie Garrean und erschrak über den Klang seiner Stimme. War das Panik?

»Es ist ja gut«, sagte Shim, rieb sich die geschlossenen Augen und setzte sich auf. »Habe ich etwas verpasst?«

»Nein«, sagte Garrean und fuhr sich über das Stoppelhaar. »Es ist alles in Ordnung.« Er überlegte. »Hast du versucht, mich zu wecken?«

Shim sah ihn erstaunt an. »Sie haben mich geweckt.«

»Ich habe geträumt.«

Shim zögerte. »Ich auch.«

Garrean überlegte, ob er seinen Sekretär fragen sollte, was er geträumt hatte. Eltern durften ihren Kindern bis zu einem gewissen Alter diese Frage stellen; Paare nach der ersten gemeinsamen Nacht; aber kein Gouverneur seinen Sekretär. Dabei war seine Neugier kaum zu ertragen.

Sie aßen ein wenig von ihrem Proviant und tranken.

Shim neigte den Kopf und berührte mit einer schamvollen Geste die Stirn mit den Kuppen der drei mittleren Finger. »Ich müsste mich ... Ich würde mich gerne erleichtern«, sagte er.

»Oh, natürlich«, sagte Garrean. »Tu das. Ich werde einige Wendungen vorgehen und auf dich warten.«

Er spürte, wie Shim zögerte.
»Du hast doch keine Bange, dass ich dir davonlaufe?«
»Nein«, sagte Shim. »Ich möchte nur nicht, dass wir uns verlieren.«
Garrean lag eine humorvolle Bemerkung auf der Zunge, aber er verkniff sie sich. »Ich werde reden«, sagte er. »Ich werde langsam gehen und dabei reden.«
»Danke!«, sagte Shim leise und legte noch einmal die drei Finger an die Stirn.
Garrean ging los. Was sollte er reden? Ein paar Verse aus der Litanei des Götzenbeieinanders kamen ihm in den Sinn, und er sagte sie auf. Den einen oder anderen Vers sprach er mehrfach; dann kam er im Text voran.
»Ich bin da«, klang kurz darauf Shims Stimme hinter ihm auf. »Danke!«
Sie widerstanden beide der Versuchung, auf die Uhr zu schauen. Garrean zählte sporadisch die Stufen, setzte immer wieder einmal aus, hörte bei viertausend ganz auf zu zählen.
Im Schacht änderte sich nichts.
Irgendwann konnte auch er sein Wasser nicht mehr halten. Sie tauschten die Position. Shim ging voran. Zu seiner Verwunderung hörte Garrean, dass auch Shim Sätze aus der Litanei rezitierte, allerdings in einer fremdartigen Melodie. Nicht so schön, wie eine geweihte Chaklan die Litanei sang, aber schön. Garrean summte mit, ließ Wasser und sah zu, wie sein Urin Stufe um Stufe bedeckte und hinabfloss. Als er fertig war und weiterging, bemühte er sich, in keine der Lachen zu treten.
Sie pausierten. Sie aßen und tranken. Sie gingen weiter. Irgendwann waren sie müde und beschlossen zu schlafen.
»Meine Flasche ist leer«, sagte Shim.
Garrean bot ihm von seiner an. Shim wehrte ab.
»Lass das«, sagte Garrean. »Dass ich dich immer zwingen muss. Red nicht, trink einfach.«
Shim setzte an, nahm kleine Schlucke und trank dann mit einer Gier, die Garrean wütend machte. Er riss sie seinem Sekretär aus den Händen.
»Verzeihen Sie«, bat Shim.
Garrean biss sich auf die Lippen, bereits zorniger auf sich selbst als auf seinen Sekretär. Garrean schloss die Flasche, rührte sie aber nicht an.
Er tastete in seinen Taschen und fand eine letzte Phaun-Praline.

Er überlegte, ob er sie essen sollte, vielleicht mit Shim teilen. Aber die Praline würde ihn durstig machen.

Er schlief unruhig, wachte mehrere Male auf, hörte Shims Atem, der mal langsam und tief war, dann rasch und keuchend, als liefe sein Sekretär im Traum einen steilen Hügel bergan.

Nach ihrem Morgenritual – Erleichterung, während der andere mit ein paar Abschnitten der Litanei des Götzenbeieinanders voranging – stiegen sie die Treppe weiter gemeinsam hinab.

Garrean bestand darauf, dass Shim den Rest Wasser trank.

Der Durst wurde stark. Der Mund trocknete aus. Sie vermieden zu sprechen. Was sollten sie auch sagen?

Garrean sah es zuerst, und sein erster Gedanke war, er würde halluzinieren. Tief unter ihnen war irgendetwas anders, unterbrach das Gleichmaß der gläsernen Stufen wie ein Schatten, der aus der Wand trat. Sie gingen langsamer, und Garrean redete sich ein, das geschähe aus Vorsicht, nicht aus Schwäche.

Dann hatten sie es erreicht. Aus der Wand wölbte sich ein Becken voller Wasser. »Du zuerst!«, befahl er Shim. Shim wehrte ab und trat eine Stufe zurück nach oben.

Garrean schöpfte das Wasser mit der Hand, trank. Dann füllte er seine Flasche. Der Pegel des Wassers im Becken war nicht gesunken.

Shim trat an das Becken und tauchte sein Gesicht ein.

»Wie schmeckt es?«, fragte Garrean.

»Nach Wasser«, antwortete Shim.

Sie lachten, bis ihnen die Seiten schmerzten.

»Vielleicht sollten wir hierbleiben«, sagte Shim. »Hier hätten wir Wasser.«

»Irgendwann brauchen wir mehr als Wasser«, sagte Garrean. »Eiweiß. Kohlenhydrate. Fette.«

Das sah Shim ein.

Dennoch fiel es beiden so schwer, das Becken hinter sich zu lassen, dass sie einander überredeten, dort zu übernachten. Garrean holte die Praline hervor, wickelte sie aus dem Zellophan und brach sie umständlich in zwei Teile. Er gab Shim den etwas größeren. Das war ihr Abendbrot.

Am anderen Morgen tranken sie sich satt.

»Es muss eine Leitung geben, die das Wasser ins Becken transportiert«, überlegte Shim.

»Und?«, fragte Garrean.

Sie untersuchten das Becken. Einen sichtbaren Zufluss entdeckten sie nicht. Gemeinsam rissen sie an dem Becken, konnten es aber nicht aus der Wand lösen.

»Gehen wir«, sagte Garrean.

Sie hatten drei weitere Male geschlafen. Ihr Ritual – der eine urinierte, der andere sagte die Litanei auf – hatte sich eingespielt. Der Hunger machte sich schwächer bemerkbar, als Garrean erwartet hatte.

»Vielleicht nehmen wir mit dem Wasser andere Nährstoffe auf«, vermutete Shim.

»Möglich«, sagte Garrean.

Shim entwickelte noch einige Theorien, in denen komprimierte Wurmlöcher ebenso eine Rolle spielten wie parareale Simulationen oder ein komplexer Drogenrausch.

»Du glaubst, wir erleben beide exakt dieselbe Halluzination?«

»Nicht notwendig. Wer sagt mir, dass Sie real sind?«

»Ich«, sagte Garrean.

»Behauptet die Halluzination.«

Garrean blieb so plötzlich stehen, dass Shim gegen ihn stieß.

»Was haben Sie?« Shim schaute ihm über die Schulter. Dann sah er es auch. »Oh!«

Einige Stufen unter ihnen lagen zwei Bälle.

Die Bälle waren durchsichtig und deswegen auf der gläsernen Stufe nicht ohne Weiteres zu sehen. Garrean und Shim machten einen weiten Schritt auf die übernächste Stufe, hockten sich hin und betrachteten die Fundstücke.

»Vollendete Kugel«, sagte Shim. »Völlig makellos.«

Endlich streckte Garrean die Hand aus und berührte einen der Bälle. Der Ball war zu groß, um ihn ganz mit der Hand umfassen zu können; und er war viel leichter, als Garrean bei dieser Größe vermutet hätte.

Eigentlich wog er nichts.

Garrean hielt die Kugel in Augenhöhe und ließ sie los. Für einen Moment sah es so aus, als ob der Ball einfach in der Luft stehen bliebe. Dann sah Garrean, dass die Kugel sank – wenn auch sehr langsam.

»Interessant«, sagte Shim.

»Was sollte daran interessant sein?«, fragte Garrean.

Garrean griff nach der Kugel. Sie ließ sich ohne jeden Widerstand, ohne jede Fluchtbewegung einfangen. Er presste sie ein wenig, und – siehe da – sie gab nach, allerdings nur bis zu einem gewissen Punkt. Als er den Druck von ihr nahm, nahm sie ihre ursprüngliche Form wieder an.

»Spielzeug für Kinder«, sagte Shim. »Vielleicht will man uns bei Laune halten.« Er berührte *seine* Kugel mit dem Zeigefinger und rollte sie ein wenig hin und her. »Macht Spaß«, sagte er.

Für einen Moment hatte Garrean die Vision, wie sie beide, er und sein Sekretär, hier alt wurden, Jahre und Jahrzehnte nebeneinandersaßen und mit den durchsichtigen Bällen spielten.

Nach einer Weile sagte Shim: »Vielleicht ist es ein Test. Man will wissen, wie wir mit den Kugeln umgehen, und man wird seine Schlüsse daraus ziehen.«

»Und wie sollen wir mit ihnen umgehen?«

»Ich weiß es nicht.«

Garrean betrachtete die Kugel nachdenklich. Dann warf er sie die Stufen hinunter. Der Ball fiel unnatürlich langsam, schlug unnatürlich weich auf, sprang unnatürlich weit. Allerdings berührte er die Wand nicht, sondern folgte in seinem Fall der Wendung der Treppe.

Shim steckte seine Kugel in die Umhängetasche, in der er auch das Tablet verstaut hatte.

»Was zeigt das Tablet eigentlich?«

»Nichts«, sagte Shim. »Es hat keinen Empfang. Es funktioniert überhaupt nicht mehr. Das habe ich Ihnen doch gesagt.«

Garrean konnte sich nicht erinnern, sagte aber nichts.

Sie machten sich wieder an den Abstieg.

Garrean wachte auf und hörte, dass Shim noch schlief. Er ließ ihn schlafen. Er dachte an seine Zeit beim Militär, bei der Raumflotte. Die Erinnerung bereitete ihm Mühe, nur hin und wieder stach eine einzelne Szene aus der amorphen Masse Vergangenheit hervor, nicht einmal besonders spektakuläre Erinnerungen, bedeutungslose Kleinigkeiten: eine Feier mit Kameraden; ein Anflug auf Ambur; eine Frau – Vion? Smaay? –, die sich, mit einem Rock bekleidet, vor ihn auf den Schreibtisch setzte und das eine Bein so und so über das andere schlug; ein Wintergewitter, das ihm den Atem verschlug.

Ihm war, als hätte sich eine Membran über dieses frühere Leben gelegt, eine leicht blau getönte Membran, die ihn von allem abschloss, was er getan hatte, bevor er mit Shim in die Walze gestiegen war.

In die Zisterne der Zeit, dachte er – oder dachte es in ihm. Manche seiner Gedanken kamen ihm neuerdings fremd vor.

Shim erwachte und reckte sich. Er tastete nach seiner Brille und setzte sie auf.

»Gehen wir weiter?«, fragte Garrean unternehmungslustig.

»Dies«, sagte Shim bedächtig, »ist nicht meine Brille.«

Er reichte die Brille wie zum Beweis an Garrean. Garrean nahm sie in die Hand. Er hatte sich nie näher mit Shims Brille befasst und konnte nicht sagen, ob es Shims Brille war oder nicht.

Nach der übernächsten Schlafphase fand Garrean seinen Sekretär übernächtigt und sehr blass. Seine Unterlippe war zerbissen. »Die Brille?«, fragte Garrean besorgt.

»Nein«, sagte Shim tonlos. »Mein rechtes Auge. Es ist nicht mehr mein Auge.«

»Kannst du nichts mehr sehen?«

»Doch«, sagte Shim. »Nur, dass es nicht mehr mein Auge ist, das sieht.«

»Verstehe«, sagte Garrean leise.

»Es ist nicht mehr mein Auge.«

Es brauchte Zeit, bis Shim sich beruhigt hatte. Garrean war geduldig. Er hatte lange nicht mehr auf die Uhr geschaut, war aber sicher, dass alles, was sich in diesem Treppenhaus tat, außerhalb aller Zeit abspielte. Eile war durchaus nicht geboten.

Als sie das nächste Mal ein Wasserbecken erreichten, beobachtete Garrean, wie Shim mal das eine, mal das andere Auge zukniff. »Ich trinke das nicht«, sagte Shim.

»Warum nicht?«

»Ich trinke nichts, in dem *so etwas* herumschwimmt.«

»Ich sehe nichts«, sagte Garrean.

»Sie können es auch nicht sehen. Ich sehe es auch nur mit dem anderen Auge«, sagte Shim. Es klang ein wenig überheblich.

»Du musst trinken«, sagte Garrean eindringlich.

Shim weigerte sich.

Garrean wollte wissen, *was* Shim in dem Wasser sah.

Shim verweigerte eine Antwort. Garrean erfuhr nur, dass es nichts Ekliges war, nichts Erschreckendes. Warum er es dann nicht trinken wollte? »Es geht nicht. Ich kann das nicht.«

Garrean bestand darauf, dass Shim trinken musste. Shim weigerte sich. Es wurde zu einer furchtbaren Machtprobe. Garrean bat, befahl, drohte am Ende: »Trink, oder ich gehe ohne dich weiter.«

Endlich trank Shim. Er trank, wischte sich den Mund ab und grummelte etwas vor sich hin. Garrean konnte nicht verstehen, ob Shim ihn beschimpfte oder etwas aus der Litanei des Götzenbeieinanders rezitierte.

Garrean mochte das Gebrummel mit der Zeit nicht mehr leiden. Er ging schneller und schneller, um es nicht mehr so laut hören zu müssen; Shim blieb zurück.

Voller Ärger legte Garrean sich diesmal zum Schlafen auf die Stufen. Sollte Shim kommen und über ihn hinwegsteigen. Er schlief unruhig. Als er erwachte, hörte er Shim in der Ferne grummeln, noch weit über ihm. Garrean wartete. Warum kam Shim nicht näher? Traute er sich nicht? Garreans Ärger war längst verflogen. »Shim!«, rief er. »Komm schon, Shim!«

Shim kam nicht. Garrean wartete. Irgendwann machte er sich seufzend an den Aufstieg, Shim entgegen.

Später und außer Atem rief er: »Shim! Nun komm schon!«

Das Grummeln war weder lauter noch leiser geworden, schon gar nicht verständlicher. »Antworte mir wenigstens!«, schrie Garrean. Außer sich begann er die Wendeltreppe hinaufzuhetzen, nahm zwei Stufen auf einmal, bis er atemlos zusammensackte. Er versuchte zu rufen, aber es gelang nicht.

Er schloss die Augen und schlief ein.

Alles war still. Garrean rief einige Male nach Shim, aber schon ohne jede Hoffnung. Er richtete sich auf und ging nach unten. Bald erreichte er ein Wasserbecken und trank sich satt.

Er ging die Stufen langsamer als sonst.

Er stieg weiter hinab. Es gab keinen anderen Weg.

Ich bin in die Zisterne der Zeit gestürzt, dachte er. *Und ich habe den Punkt überschritten, in dem sich die Zeit in Ewigkeit wandelt.*

Garrean lächelte, als er sah, dass er nicht allein war. »Shim«, sagte er. Er stutzte. War das tatsächlich seine Stimme? Seine Stimme war so lange außer Gebrauch gewesen. Wie viele hundert, wie viele tausend Schlafperioden hatte er nicht mehr gesprochen? Er kniff die Augen zusammen, um die Gestalt ein wenig schärfer zu sehen.

War das Shim?

Aber wer sollte es sonst sein?

Sein Gegenüber war groß und sehr schlank. War Shim je so groß und so schlank gewesen?

Wie groß und wie unvorstellbar blau seine Augen waren. Und wo war seine Brille? War Shim im Laufe der Jahre hellsichtig geworden?

»Bist du es, Shim?«, fragte er. Das ungewohnte Sprechen strengte ihn an. Seine Worte klangen sonderbar im Raum.

Sein Gegenüber schwieg und schaute ihn aus den unwirklich großen und blauen Augen an.

»Sag doch etwas. Sprich mit mir«, bat Garrean.

»Ich bin nicht Shim«, erklang eine sanfte Stimme, so melodisch, als rezitierte eine Chaklan aus der Litanei des Götzenbeieinanders.

Garrean nickte. »Ich weiß ja.« Die Knochen in seinem Nacken knackten, und es fiel ihm schwer, sich zu konzentrieren. Er fragte: »Habe ich das Ende der Treppe erreicht?«

»Sag du es mir«, schlug die angenehme Stimme vor.

»Woher soll ich es wissen?«

»Weil niemand außer dir es wissen kann«, sagte die Stimme.

»Ich sollte es wissen?«, amüsierte sich Garrean. Er hob seine beiden Hände, die Arme. Er präsentierte der Stimme seine altersblasse, runzlige Haut. »Ich weiß nicht einmal, ob ich lebe oder tot bin.«

»Das eine muss das andere nicht ausschließen.«

»Das dürften manche anders sehen.«

»Wie siehst du es?«

Garrean dachte nach. »Sehen – das kann ich lang schon nicht mehr klar.«

Er spürte, wie sein Gegenüber eine Hand ausstreckte. Die verhornte Hand wirkte krallenartig, und es waren zu viele Finger daran. Sieben?

»Hm«, machte Garrean, aber er hielt still, als die beiden äußeren Finger seine Augen berührten. Würde es schmerzen? Nein. Die Berührung war eine Wohltat. Garrean seufzte auf.

Die Finger lösten sich von seinen Iriden. Er konnte wieder sehen.

Sehen wie nie zuvor. Er sah die Wendeltreppe, die in eine bodenlose Tiefe führte und weiter hinauf, als er es für möglich gehalten hatte. Allerdings hatten sich alle Wände aufgelöst. Er betrachtete die Landschaft, die sich um ihn ausbreitete. Er hatte sie schon einmal gesehen, vor Ewigkeiten, als er, auf dem Kopf seines Sekretärs balancierend, aus der gläsernen Kuppel geschaut hatte.

Das war die Grafschaft Kush; dort stand ein Bungalow hoch über dem Bytonsee. Im Licht der Wega schien der See in Flammen zu stehen; die steinernen Mulden an seinem Ufer glühten, aber jemand hatte sie mit einer Streu aus Bourincborke gefüllt. Es war ein Mann. Ein Raumsoldat. Seine Augen waren ruhig, seine Hände groß, so groß, als müssten sie die ganze Welt beschirmen. Neben ihm eine Frau. Sie strich gedankenverloren über ihren kupferfarbenen Zopf. Die beiden sahen ihn an, lächelten und winkten ihm zu.

»Darf ich zu ihnen hinaus?«, fragte Garrean.

»Es steht dir frei.«

»Werde ich auch Shim wiedersehen?«

»Warum nicht?«, fragte sein Gegenüber in seinem wunderlichen Singsang.

»Hier also endet die Treppe«, bestimmte Garrean.

»Nichts endet jemals«, widersprach die Stimme. »Alles ist Anfang.«

Garrean betrachtete ihn. Im Gesicht seines Gegenübers gab es keine Nase. Dort, wo die Nase hätte sein sollen, bebte ein dünnes Hautsegel über einer ovalen Öffnung und knisterte kaum hörbar.

Erst in diesem Moment fiel Garrean auf, dass der andere ihm keinen Namen genannt hatte.

Nun waren sie natürlich längst über den Punkt hinaus, bis zu dem Namen irgendeine Rolle spielten.

Die Gestalt streckte einen Arm aus. Sie hielt eine Kugel in der Hand, so makellos transparent, dass Garrean sie, obwohl vor Augen, aus dem Blick zu verlieren fürchtete.

»Was ist das?«, fragte Garrean.

»Es ist für dich«, sagte sein Gegenüber.

Garrean hielt ihm die offene Hand hin, und der andere legte ihm die Kugel hinein. Sie war unvorstellbar leicht. Behutsam schloss er seine uralten Hände darum. Er spürte, wie die Leichtigkeit der Kugel auf ihn überging, wie auch er alle Schwere verlor, alle Beharrung und wie er erst angehoben und dann hinausgetragen wurde, heim in die eben beginnende Welt.

Kapitel 21

Rhodan und das kobaltblaue Schiff

Bull setzte sich ungefragt ans Steuer des Bodeneffektgeräts und betrachtete die Armaturen. »Wie starte ich das Ding?«

Yinye wies mit ausgestrecktem Arm von außen auf einen weißen Knopf, in den ein nach oben weisender Pfeil eingraviert war.

Thora, Chaktor und Tschubai hatten im Fond der Kabine Platz genommen. Sue saß im vorderen Teil, eng gegen Bull gedrängt. Neben dem Mädchen blieb Platz für Rhodan.

»Ich sollte steuern«, sagte Rhodan.

»Solltest du«, sagte Bull. »Aber dafür musst du einsteigen.«

»Ja.«

Yinye starrte ihn an. »Du bist nichts als eine Plage«, sagte sie.

Er lächelte etwas schief.

Sie sagte: »Geh jetzt! Es muss ja kein Abschied für immer sein.«

»Muss es nicht«, sagte Rhodan und stieg ein.

Yinye drehte sich um und ging davon, erst langsam, dann begann sie zu rennen.

Bull grummelte etwas, schloss dann die Kanzel und startete die Maschine. Dann tippte er mit dem Zeigefinger auf den Steuerstick. Rhodan nickte und griff zu. Das Gerät glitt vom Hof. Sie sahen einige brennende Gebäude; Ferronen bargen Verletzte von den Straßen und aus zerstörten Häusern. Die Alarmpfeifen waren verstummt.

Thora sagte: »Wahrscheinlich hat das Mädchen gelogen, als es sagte, es sei schwanger. Zumindest glaube ich nicht, dass sie von Ihnen schwanger sein kann.«

Rhodan nickte langsam.

Aber was, wenn doch? Wenn die Ähnlichkeit zwischen Ferronen und Menschen keine bloße biologische Analogie war? Er blickte in das glasähnliche Material der Kanzel, in dem sich Thoras Gesicht spiegelte. Thora, die Frau, die unter einem unfassbar weit entfernten Stern geboren worden war. Yinye und Eneida und Chaktor von der Wega. Er, der Mann von der Erde – warum glichen sie einander so sehr? Warum waren ihm viele Verhaltensweisen, viele soziale Muster auf dem zehnten Planeten der Wega so vertraut?

Rhodan schüttelte den Gedanken ab und versuchte, sich auf näherliegende Fragen zu konzentrieren. Wo mochten der Omenvater und seine Truppen sein? Wie stand es zwischen den Ganasharern und den Ferronen aus Karbush?

Bald hatten sie das dicht besiedelte Gebiet verlassen und glitten zwischen den Mouyfeldern dahin. Auf einem der Felder waren drei schwere ferronische Militärhubschrauber gelandet. Sie waren nicht baugleich. An der größten und anscheinend am besten ausgerüsteten Flugmaschine prangte das Emblem des Thort.

Die Soldaten, die aus den Helikoptern gestiegen waren, schienen zu streiten.

Von dem Bodeneffektgerät nahmen sie keine Notiz.

Rhodan steuerte ihr Flugzeug auf eine Straße, die in einen Tunnel mündete, der sie aus der Caldera führen sollte.

»Wo fliegen wir hin?«, fragte Tschubai.

Wohin flog man auf einem Planeten, der der Wirklichkeit abhandenkam?

»Würdest du in den Berg zurückfinden? Zum Transmitter?«, fragte Rhodan.

»Nein«, sagte Tschubai.

»Dann bleibt tatsächlich nur Karbush«, sagte Rhodan.

Sie fuhren seit Stunden. Hin und wieder flog eine Formation von Helikoptern über sie weg, manchmal eine einzelne Flugmaschine.

Aber sie blieben unbehelligt.

Sues Kopf lehnte an Bulls Schulter. Ihre Augen waren geschlossen. Dennoch machte sie einen hoch konzentrierten Eindruck. Rhodan nahm an, dass Sue seinen Freund mit ihren Paragaben behandelte, um seinen Heilungsprozess voranzutreiben. Wie es schien, hatte man Bull mit Drogen vollgepumpt. Wer? Mit welcher Absicht? Bull wusste es nicht; seine Erinnerung war lückenhaft und entstellt.

Sie waren zusammen; sie lebten; das war schon viel. Aber die Sorgen wogen stark. Rhodan hatte Angst um Bull, Angst auch um Sue und um Tschubai. Mit Thora hatte es noch eine besondere Bewandtnis. Sie war ihm nahe, keine Frage. Aber es war eine gläserne Nähe, so als wäre die Arkonidin noch mit einer zweiten Haut überzogen, einem unsichtbaren Film aus Drachenblut.

Die Selbstverständlichkeit, mit der Chaktor bei ihnen war, nahm Rhodan wie ein fortgesetztes Wunder. Der Ferrone hatte sein Familienalbum auf den Schoß gelegt und behütete es mit beiden Händen. Rhodan stellte sich vor, wie Chaktor eines fernen Tages seinen Urenkeln Seite um Seite aufschlagen und mit dem Finger auf die Porträtierten zeigen würde. *Reginald Bull. Ras Tschubai. Sue Mirafiore.* Wie mochten sie in den Augen eines Ferronen aussehen?

Wie mochte er in Chaktors Augen aussehen?

Perry Rhodan. Ein Pilot von der Erde.

Wieso war er jetzt nicht auf der Erde? Wieso hatte er das Amt des Administrators abgelehnt? Wieso hatte er sich auf diese verrückte Expedition eingelassen, Crest zu finden und das ewige Leben? Wieso war er der Geisterstimme von Gol gefolgt? Ließen sich nicht alle Expeditionen nach irgendwo auch als Flucht von irgendwo lesen? War es am Ende nicht ein bitterer Scherz, dass die Suche nach dem ewigen Leben ihn in die Todeszone geführt hatte?

Vor ihnen türmte sich ein Höhenzug auf. Dünne Wolkenschwaden zerfaserten an den blauen Gipfeln. Die Felswände konnten das Ende ihres Weges markieren. Rhodan bezweifelte, dass er einen Pass finden würde, über den er das Bodeneffektgerät fliegen könnte.

»Oh-oh«, sagte Bull.

Der Tonfall ließ Rhodan zusammenzucken.

Bull hob den Daumen über die Schulter nach oben. Rhodan folgte dem Fingerzeig.

Eine kobaltblaue Walze schob sich lautlos über den Himmel und glitt Richtung Gebirge.

»Keine gute Idee«, sagte Bull, nachdem Rhodan vorgeschlagen hatte, der Walze zu folgen. »Wie es scheint, haben wir ja denselben Weg«, hatte er Bull erklärt.

Die blaue Walze flog erheblich schneller als sie. Für einen Moment fürchtete Rhodan bereits, was Bull hoffen mochte: dass die Walze über das Gebirge hinwegfliegen würde, außer Sicht und Reichweite.

Aber seine Intuition hatte ihn nicht getäuscht.

Die Walze bremste ab und kam hoch oben an der Felsenwand zum Stehen.

»Hast du das gewusst?« Bull warf Rhodan einen misstrauischen Blick zu.

»Nein«, sagte er. »Schließlich kenne ich die Fahrpläne der Walzen nicht.«

»Schade eigentlich«, sagte Bull. »Sonst wüssten wir, ob das Schiff uns vielleicht eine Mitfahrgelegenheit nach Karbush geben könnte.«

Rhodan nickte.

»Das ist jetzt nicht dein Ernst«, sagte Bull. »Du willst nicht wirklich an Bord dieser Walze gehen.«

»Warum nicht?«, fragte Rhodan.

»Weil wir dort erschossen werden?«, fragte Bull zurück. »Wie beim ersten Mal?«

Rhodan grinste. »Ich kann mich nicht daran erinnern, erschossen worden zu sein.«

»Weil wir geflohen sind«, erklärte Bull. »Vielleicht sparen wir uns diesmal die Flucht und gehen gar nicht erst an Bord?«

»Vielleicht ist der Kundschafter an Bord«, dachte Rhodan laut nach.

»Das ist ein ziemlich riskantes *Vielleicht«,* mischte sich Thora ein. »Vielleicht ist er an Bord, kann uns vielleicht aber gar nicht beistehen.«

Rhodan griff den Steuerstick fester. Seine Knöchel traten hell hervor.

»Okay«, sagte er. »Dann machen wir stattdessen was? Fliegen wir zurück nach Ganashar? Warten wir darauf, dass sich das Gebirge auftut und uns einen Weg nach Karbush eröffnet? Oder dass uns der Treibstoff ausgeht? Oder die Luft?«

Chaktor lachte laut auf. »Wenn der Kundschafter an Bord ist, spricht man dort Ferronisch.«

»Großartiges Argument«, lobte Bull. »Dann haben wir ja die besten Aussichten, dass wir unser Todesurteil verstehen.«

»Was versprechen Sie sich davon?«, fragte Thora.

»Es ist ein Raumschiff«, sagte Rhodan. »Das Schiff einer Technologie, die über Transmitter verfügt. Dieses Schiff ist wahrscheinlich die einzige Maschine weit und breit, die uns nach Hause bringen könnte. Zurück in unsere Zeit.«

Sie schwiegen eine Weile. Niemand protestierte noch, dass Rhodan weiterhin in Richtung der Walze flog.

Je näher sie der Walze kamen, desto deutlicher wurde, dass das Schiff etwas mit dem Gebirge *tat.* Allerdings verstand niemand von ihnen die Natur dieser Manipulation.

»Was meinen Sie?«, wandte Rhodan sich an Thora.
»Eine Menge neuer Vielleichts«, sagte sie.
»Vielleicht ...?«
»... emittiert es Gase, um eine Evolution der Atmosphäre in Gang zu setzen. Es könnte die Luft mit Sauerstoff anreichern.«
»Hm«, machte Bull. »Glauben Sie?«
»Nein«, sagte Thora. »Vielleicht ist die Walze ein gigantisches Triebwerk, das – zusammen mit etlichen anderen – den zehnten Planeten aus der Bahn treiben soll. Das aus Ambur ein Raumschiff machen soll.«
Rhodan nickte, aber ohne Überzeugung.
»Vielleicht gräbt es eine Zisterne«, sagte Chaktor.
»Eine Regentraufe?«, fragte Bull ungläubig.
»Eine Zisterne für die Zeit«, sagte der Ferrone. Nur einen Augenblick später lachte er wieder. »Verzeihung. Es gibt da eine uralte ferronische Legende.«
»Nur eine?«, grummelte Bull.
»Erzählen Sie«, bat Rhodan.
Chaktor machte eine abwehrende Geste. »Eine Erzählung aus dem Totenreich: Demnach gibt es im Universum eine Zisterne – oder mehrere Zisternen – der Zeit. In dieser Zisterne verläuft die Zeit nicht mehr, sondern – nun ja: Sie wird gespeichert. Oder gespart.«
»Für schlechte Zeiten.« Bull lachte.
»Wie gesagt, nur eine Legende«, entschuldigte sich Chaktor.
»Zurück zur Realität«, sagte Tschubai. »Was sollen wir tun?«
»Was meinst du, Sue?«, fragte Rhodan.
Das Mädchen schien nicht im Mindesten überrascht von der Frage. »Wechseln wir auf die Walze.«
Es war, als ob mit Sues Äußerung ein Damm gebrochen wäre. »Ja«, stimmte Tschubai zu. »Versuchen wir es. Schlimmstenfalls kehren wir um.«
»Ja«, sagte auch Chaktor.
Thora nickte.
»Nichts ist hinreißender als kollektiver Selbstmord«, bemerkte Bull. Er legte seine Hand kurz auf Rhodans Hand am Steuerstick und sagte: »Wir gehören dort nicht hin, Perry.«
Rhodan lachte. »Wohin gehören wir schon?«
Bull lachte zurück. »Okay«, sagte er. »Also fürs Protokoll: Mister Rhodans lebensmüder Vorschlag wird mit sechs gegen eine Stimme angenommen.«
»Du meinst: fünf zu eins, oder?«

»Sechs zu eins. Ich habe mich ja von eurem Optimismus blenden lassen und stimme auch dafür.«

»Und von wem ist dann die Gegenstimme?«

»Das ist die Stimme der Vernunft«, erklärte Bull. »Wie immer verhallt sie ungehört.«

Rhodan stoppte das Bodeneffektgerät am Fuß der Berge, nahezu im Schatten der Walze. Rhodan und Chaktor desaktivierten sämtliche Maschinen des Flugzeugs.

Sue und Tschubai bildeten einen Parablock und schlossen die anderen an.

Sie sprangen.

Übergangslos standen sie in einem blauen Saal. Sie ließen einander los und schauten sich um. Bull machte einige Schritte. Thora stand still, drehte nur den Kopf. Rhodan konnte in den sanft geschwungenen Wänden keine Tür entdecken. Aber eine Wendeltreppe durchbrach Boden wie Decke.

Sie hatten keine Mühe zu atmen. Rhodan schloss die Augen und holte tief Luft. Bei geschlossenen Lidern war ihm, als würde er etwas hören, was aus großer Distanz zu ihm klang: das Murmeln einer Wasserquelle vielleicht, entfernte Stimmen.

Er öffnete die Augen wieder.

Sue und Tschubai standen wie in Trance. Chaktor drückte das Familienalbum an seine Brust.

»Sieh dir das an«, sagte Bull. Er kniete am Boden und beugte sich mal nach links, dann nach rechts, als wollte er etwas, das dort lag, aus verschiedenen Winkeln in den Blick nehmen.

Rhodan trat an ihn heran. »Was denn?«, fragte er.

»Siehst du das nicht?« Bull wies mit ausgestrecktem Zeigefinger auf einen Punkt am Boden. Jetzt bemerkte auch Rhodan etwas, einen kaum sichtbaren Flecken.

»Hier hat etwas gehaftet«, sagte Bull.

»Was?«

»Das weiß ich nicht.« Bull erhob sich wieder, offenbar unzufrieden mit dem Ergebnis.

Aus den Wänden ragten Becken voller Flüssigkeit. Bull ging zu einem der Becken, stippte den Finger hinein und leckte ihn ab. »Wasser«, verkündete er.

Perry Rhodan ging zu der Wendeltreppe und warf einen Blick erst hinauf, dann hinab. Ein kreisrunder Schacht. Die Stufen waren durchsichtig, aber leicht getönt; je tiefer sie führten, desto mehr verhüllten sie.

Das Gemurmel klang von dort unten herauf.

»Da unten geht jemand«, sagte Bull, der unbemerkt neben ihn getreten war.

Rhodan konzentrierte sich. Er meinte zwei Stimmen unterscheiden zu können, zwei Personen. Ohne ein Wort zu verstehen, hörte er aus dem, was dort unten gemurmelt wurde, etwas Menschliches. Oder Ferronisches. Oder Arkonidisches.

»Hallo!«, rief Rhodan. Keine Reaktion. Er versuchte es noch einmal und schrie, so laut er konnte. Wieder erhielt er keine Antwort.

»Sollen wir ihnen nachgehen?«, fragte Thora, die mittlerweile ebenfalls bei Rhodan stand. »Vielleicht können sie uns Informationen geben.«

Bull starrte Perry Rhodan an. Auf seinem Gesicht lag etwas wie der Schatten eines Albtraums, ein vages, grundloses Grauen. Rhodan spürte, wie sich ihm die Nackenhaare aufstellten.

»Nein«, entschied er. »Wir steigen dort nicht hinab.«

Thora trat einen Schritt zurück. Sie schluckte.

Sue und Tschubai standen immer noch an ihrer Stelle. Sue hatte die Arme in Richtung Treppe von sich gestreckt, die Finger gespreizt. Tschubai schüttelte kaum merklich den Kopf.

Perry Rhodan räusperte sich und fragte: »Und jetzt?«

Christian Montillon

Zuflucht Atlantis

»Sechsmal gibt es Vergebung. Dies ist das siebte Mal.«
Feltif de Khemrol

Früher:
Das Zeichen der Sterne

D'ihras Blick hob sich zum Himmel: leuchtende Punkte im ewigen Schwarz. »Siehst du sie?«

»Wen?«

»Die Sterne. Ich sehe mich selbst dort oben.«

»Du bist der hellste von allen.« In seiner Stimme lag unendliche Traurigkeit.

Sie verneinte. »Ich gehöre nicht zu den Himmelslichtern. Ich bin das Schwarz, das zwischen ihnen wogt.«

Godwarn wollte etwas sagen, sie sah es ihm an. Aber er fand keine Worte. Er war wütend, sogar jetzt noch. Und doch beugte er sich zu ihr. Er senkte den Blick, dorthin, wo das Kind, das D'ihras Leib verlassen musste, sich sperrte.

»Wieso hast du es nicht vorhergesehen?«, fragte er.

Dieser Narr verstand immer noch nicht, dass eine Seherin der Zukunft nicht jegliche Geheimnisse entriss; manchmal schenkten die Götter einen Blick in das, was kommen würde, doch meistens verwehrten sie ihn.

Wieder kam eine Wehe, schlimmer als zuvor. Sie fühlte nicht nur, wie etwas in ihr zerriss, sie hörte es sogar. Schmerz und Übelkeit spülten ihre klaren Gedanken hinweg. Blut floss.

Als es vorbei war, sackte D'ihra in sich zusammen. Ihr Hinterkopf schlug auf. Sie spürte es kaum; die nächste Wehe jagte bereits heran. D'ihra wusste, dass sie es nicht mehr lange überleben konnte. Bald würde es vorüber sein. Die Hebamme hielt schon das Messer in der Hand, um das Kind aus ihr herauszuschneiden, damit wenigstens es am Leben blieb, wenn die Mutter schon sterben musste.

D'ihra lächelte. Das Kind durfte das Licht der Sterne sehen und mehr noch, sogar das der nächsten Sonne.

Plötzlich: Eine Gestalt stand bei ihnen. Der Fremde mit den roten Augen und der toten, kahlen Haut.

»Feltif!«, rief Godwarn. »Was willst du hier?«

Während die untere Hälfte ihres Körpers in Flammen loderte und sich das erlösende Messer senkte, schrie der Neuankömmling nur ein Wort: »Nein!«

Die Hebamme stockte kurz. »Wenn ich nicht sofort handle, stirbt das Kind im Bauch der Mutter mit ...« Ein Lichtblitz fauchte, und sie erstarrte mitten im Satz und kippte zur Seite.

Der Schmerz fraß D'ihras Verstand. Sie *sah* die Götter mit offenen Armen, *sah* sie weinen. Das Kind wollte geboren werden. Es drängte. Ein weiteres Reißen. Die Welt verschwamm. Nun, ohne das dankbar erwartete Messer der Hebamme, würde sie noch mehr leiden müssen. Feltif hatte ihr einen bösen Dienst erwiesen.

Die graue Narbenhand des Fremden presste sich auf ihre Wange, während sich der gesunde Arm auf dem Boden abstützte. »Ich bin gekommen, um dich zu retten.« Seine roten Augen waren dicht vor ihr. Sie tränten. Die Finger umklammerten ein blitzendes, unwirkliches Ding. Er wandte sich ab und beugte sich tiefer. Das Ohr war ein verschrumpeltes Etwas, der Schädel kahl.

Im nächsten Augenblick verschwand der Schmerz, als wäre er nie da gewesen. *Ich bin tot,* dachte D'ihra. *Endlich.* Sie bedauerte nur, dass sie das Kind nie zu Gesicht bekommen würde.

Aber sie lebte.

Sie wusste nicht, wie es geschah, aber plötzlich hielt Feltif das Kind in der Hand, einen Jungen. Das Gesichtchen war zerknittert, faltig und weich. Aus dem winzigen Mund tropfte ein wenig Flüssigkeit. Klare, dunkle Augen schauten sie wach und verwundert an. Mutterschmiere rann über die grau vernarbte Hand des Fremden.

»Wieso lebe ich noch?«, fragte sie. »Was hast du getan?«

Feltifs Atem ging schwer. »Etwas, das ich nie hätte tun dürfen. Vergiss es!« Er legte den Jungen auf ihre Brust. Der kleine Körper war warm, und das Herz schlug rasend. »Ich gehe nun.«

»Wohin?«

»Dorthin, wo du mir nicht folgen kannst.«

»Lass mich zu dir kommen und dir danken, wenn der Junge erst einmal ...«

»Nein!« Er wandte sich ab.

Sie sah ihm hinterher, während Godwarn noch immer starr stand und schwieg. Das Kind weinte. Sie drückte es enger an ihre Brüste, die kleinen Finger tasteten, der Mund fand sein Ziel und saugte.

Der Fremde drehte sich noch einmal um. »Denk daran, dass dies nie geschehen ist.«

D'ihras Gedanken waren völlig klar, und sie *sah,* wohin Feltif gehen würde.

Zur ... Stadt.

Da erkannte sie, dass er kein Mensch war – wie alle, die dort wohnten. Nur dass keines der Wesen, die in der Bastion an der Spitze der großen Insel lebten, diese jemals verließen. Außer Feltif, den alle seit Tagen nur für einen Reisenden aus einem fernen Dorf gehalten hatten. Plötzlich wusste sie es besser.

»Komm zurück!«, rief sie, Befehl und Bitte zugleich. »Ich muss dir etwas sagen!«

Zu ihrer Überraschung gehorchte Feltif. Während der Junge trank und die noch blutigen Beinchen strampelten, verstand der Fremde sie ohne weitere Worte und brachte sein Ohr dicht vor ihren Mund.

»Ich weiß, wo du wohnst.« Sie sprach so leise, dass es nicht einmal Godwarn hören konnte. »Aber ich werde es niemals jemandem sagen. Nur eins erbitte ich von dir: Sag mir den Namen der Stadt und von wo ihr einst gekommen seid.«

Er nahm den Kopf langsam zurück, und seine linke Hand streichelte über den Haarflaum des Neugeborenen. Im nächsten Moment spürte sie seinen Atem an ihrer Schläfe. »Mein voller Name lautet Feltif de Khemrol«, flüsterte er. »Ich bin von den Sternen gekommen. Sie hinterließen ihr Zeichen auf mir.« Er strich über seine verbrannte, vernarbte Gesichtshaut, und seine graue Hand ballte sich zur Faust. »Die Stadt, die dir und deinesgleichen verboten ist, trägt den Namen Atlantis.«

»Du bist ein Gott«, sagte sie.

»Nein«, log er.

Sie wusste es besser.

Kapitel 1

Was man nur zu gerne vergisst
Crest da Zoltral

Das Chaos blieb zurück, und zum ersten Mal seit einer Ewigkeit fand Crest Zeit, sich um mit etwas zu befassen, was er lieber vergessen hätte:

Seine Schmerzen.

Tramp lag hinter ihnen; der Krieg, das Leid und die überraschende Erkenntnis über das Volk und den Planeten der Ilts schienen in weite Ferne gerückt zu sein. Die PESKAR XXV, das Beiboot der drei zeitreisenden Flüchtlinge, befand sich nun ...

... irgendwo.

Der Überlichtflug hatte sie ins Blinde geführt, einfach ziellos irgendwohin; die einzige Möglichkeit zu entkommen. Der Arkonide wusste, dass er sich eigentlich darum kümmern musste, ob ihnen wieder Gefahr drohte, ob sie inzwischen mitten in einem der zahlreichen anderen Schlachtfelder dieses Krieges trieben. *Eigentlich.* Aber er konnte nicht. Sein Körper verlangte nach seinem Recht.

Er war viel zu krank, um in einem gestohlenen Beiboot durch Kriegsgebiet zu hetzen und zu versuchen, den Methans zu entkommen. Sie breiteten sich einfach überall aus in dieser Zeit, in der Endphase des Großen Krieges zehntausend Jahre in der Vergangenheit. Oder sie hatten dies getan.

Verwirrend, nicht wahr?, fragte die Stimme seines Extrasinns, irgendwo mitten aus den quälenden Schmerzen heraus. *Sind die Methans überall, oder waren sie es vor einer schieren Ewigkeit?*

Was spielt das für eine Rolle?, antwortete Crest in lautlosem Gedankendialog. *Wir sitzen in der Vergangenheit fest, und daran ändern auch spitzfindige semantische Feinheiten nichts. Und das ewige Leben ist genauso fern, wie es immer schon gewesen war. Wenn nicht noch weiter entfernt als je zuvor.*

Es half keinem von ihnen, ob irgendjemand irgendetwas korrekt formulierte oder nicht – der Krieg drohte sie alle zwischen den Fronten zu zermahlen, falls die Krebsgeschwüre, die seinen Körper von innen zerfraßen, Crest nicht vorher in den Tod rissen.

Von seinem Nacken ging ein dumpfes Gefühl der Taubheit aus. Er tastete über die Halswirbel und bereute es noch im selben Augenblick. Schon der leichte Druck war zu viel. Er hörte etwas knacken, ihm wurde schwindlig, und Übelkeit wühlte durch seine Gedärme.

Die Zentrale des Beiboots drehte sich, der Boden vor ihm ragte steil in die Höhe, die Decke kippte als Seitenwand herunter. Crest suchte nach irgendetwas, an dem er sich festhalten konnte, weil sich natürlich nicht die Bedingungen in der PESKAR XXV veränderten, sondern er selbst das Gleichgewicht verloren hatte. *Reiß dich zusammen!*

Erst als Tatjana Michalowna schrie und Trker-Hon in einer bizarren Bewegung, mit rudernden Armen und baumelndem Echsenschwanz, quer durch den Raum fiel, begriff Crest, dass er sich in diesem Fall irrte. Seine Umgebung kippte tatsächlich. Der Lärm einer Detonation erstickte Tatjanas Schrei, und die Druckwelle schmetterte in den Rücken des Arkoniden. Hilflos taumelte er nach vorne und schlug auf.

Instinktiv hob er die Arme und schützte den Kopf. Hitze raste in einer sengenden Welle über ihn hinweg. Die Luft waberte, und als er unter dem Ellenbogen hervorlinste, sah er, dass Trker-Hon inzwischen auf dem Boden lag – oder auf dem, was vor Kurzem noch eine Seitenwand gewesen war. Eine Feuerlohe verpuffte im Rücken des Topsiders.

Crest vernahm nur noch ein dumpfes Dröhnen, in das sich mehr und mehr ein Rauschen mischte; vielleicht sein eigenes Blut, angetrieben vom schwächer werdenden Herzschlag. Das Universum kippte in sich zusammen, und das Zentrum, das die ganze Last aufnahm, war allein er, Crest, der alte, sterbende Arkonide. Seine närrische Suche nach Heilung im ewigen Leben war zu Ende. Er bekam fast keine Luft mehr, obwohl er den Mund weit aufriss. Seine Lungen wollten den rettenden Sauerstoff nicht aufnehmen. Tatjana tauchte in seinem Blickfeld auf. Ihr Mund bewegte sich, sie rief etwas – doch er hörte nichts.

Einen Augenblick fragte er sich noch, ob der Lärm der Explosion ihn taub gemacht hatte, dann gellte ein hohes Sirren. Der metallische Boden riss auf, ein zerfetztes Versorgungskabel schnellte in die Höhe, als wäre es ein angreifendes, wütendes Reptil. Blaue Funken stoben aus seinem Ende und tanzten wie schwerelos in der Luft, ehe sie verglühten. Überschlagblitze zuckten, und ein statisches Summen dröhnte.

Crest wollte sich auf die Füße stemmen, doch die Beine gaben unter ihm nach. Diese Schmerzen. Es war zu viel. Alles war viel zu viel. Die Pein in seinem Körper zog ihn auf einen Abgrund zu, in dem das Vergessen fröhlich lockte.

Jemand packte ihn. Er sah Tatjanas Gesicht über sich.

»Das Schiff geht vor die Hunde!« Der Arkonide hörte es wie ein fernes Flüstern, obwohl sie die Worte ihrem verzerrten Gesichtsausdruck nach zweifellos schrie. »Was sollen wir tun?«

Etwas rann feucht über seine Oberlippe. *Blut aus der Nase.* Der Hinweis seines Extrasinns wäre nicht nötig gewesen, ebenso wenig die nüchterne, glasklare Feststellung: *Es geht zu Ende mit dir.*

»Hilferuf«, sagte er. Er konnte sich selbst nicht hören. Danach schloss er die Augen und nahm die Ohnmacht und den herannahenden Tod an.

Wasser tropft aus dem Ende eines Rohrs.

Grüne Pflanzenblätter bewegen sich leicht in einem kaum fühlbaren Wind.

Ein irdisches Tier kriecht unendlich langsam über eine Mauer; eine Schnecke.

Auf einem verlassenen Tisch steht ein Glas mit klarer Flüssigkeit.

Ein metallisches Windspiel dreht sich träge, mit einer Glaskugel im Zentrum.

In einem Schwimmbecken treibt ein bloßes Auge, bis es im Überlauf weggesaugt wird.

Und all das in monotoner Farblosigkeit und gespenstischer Lautlosigkeit.

Es sind wirre Bilder, bedeutungslose Details aus seiner Vergangenheit, die in der Dunkelheit entstehen und ebenso schnell wieder vergehen, während er auf einen kleinen Lichtpunkt zuschwimmt. Augen blicken ihn daraus an, und von irgendwoher kommt eine Stimme:

C...

Ein arkonidischer Wohntrichter, das Haus, in dem er aufwuchs, wenn er sich nicht gerade in einem Raumschiff befand. Das Gesicht seiner Mutter.

...r...

Die Erkenntnis: Das ewige Leben ist der Traum eines Narren, die Legenden lügen, auch wenn sie über die gesamte bekannte Galaxis verbreitet sein mögen.

...e...

Das Wissen zu vergehen bringt Trauer mit sich.

...s...

Trauer darüber, dass er Thora nicht wiedersehen wird, die er wie eine Tochter angenommen hat und die ihm Trost gewesen ist.

...t.

Der Name dehnt sich ein Jahrhundert und eine Sekunde lang, und etwas klatscht auf seine Wange. Ein leichter Schmerz, bis ...

»Crest!«

Der Arkonide versuchte sofort zu antworten, aber es gelang nicht.

»Ich habe Ihnen eine Ampulle verabreicht.«

Was sollte das bedeuten? Er konnte keinen klaren Gedanken fassen. *Kein Wunder.*

»Wachen Sie auf, Crest! Wir brauchen Sie!«

Woher der kleine Lichtpunkt irgendwo weit vor ihm kam, wusste er nicht, aber die Augen, die ihn daraus anschauten, waren die von Tatjana Michalowna. Er hob die Augenlider, blinzelte, und aus einem Tränenschleier heraus schälte sich die Gestalt der Russin.

»Es war die letzte Ampulle, Crest, aber ich ...«

»Die letzte?«, fragte er, als er sich erinnerte. Die schmerzlindernden Ampullen, die ihm der Ilt Nurghe gegeben hatte ... sein Rettungsanker. Aber es waren doch noch viel mehr gewesen.

Sie verstand auch ohne weitere Erklärungen, worauf er hinauswollte. »Die anderen sind zerstört. Die Explosionen im Schiff, wissen Sie?«

Wusste er nicht. »Was ist passiert?«

»Zu viele Treffer, ehe wir aus der Gegend um Tramp flüchten konnten. Unser Beiboot ist ein Wrack, das sich momentan noch beharrlich weigert auseinanderzubrechen. Lange kann es allerdings nicht mehr dauern.« Sie formulierte es mit klaren, nüchternen Worten und einer Menge Bitterkeit in der Stimme. »Wir haben einen Hilferuf abgeschickt, genau, wie Sie befohlen haben.«

Ich kann Ihnen nichts befehlen, dachte er, sprach es aber nicht aus. Es wäre Zeitverschwendung. »Gibt es schon ... eine Reaktion?«, fragte er stattdessen. Es fiel ihm unendlich schwer zu sprechen; jedes Wort war eine Qual. Die Kehle war trocken. Am Rand seiner Gedanken wuchs das Entsetzen darüber, dass die schmerzlindernden Ampullen zerstört worden waren; einfach so, beiläufig, als bedeutete es nicht viel. Doch wenn die Wirkung der aktuellen Dosis nachließ und ein neuer Schmerzschub kam, gab es keine medikamentöse Hilfe mehr. Nicht ohne ein Wunder.

Und Wunder gab es nicht.

Oder doch?

Weil Tatjana schwieg, wiederholte er: »Gibt es eine Reaktion auf den Hilferuf?«

Sie schüttelte den Kopf.

»Sind Methans in der Nähe?«, fragte er. In dieser Phase des Krieges waren sie überall. Sie *verseuchten* den Raum wie eine Plage, führten einen gnadenlosen Vernichtungskrieg gegen die Arkoniden.

Ein erneutes Kopfschütteln; wenigstens das.

Das meiste Wissen über diesen Krieg verschwand im Dunkel der Vergangenheit; immerhin lag er zehntausend Jahre zurück, und die Geschichtsschreibung musste viel zu vieles interpretieren, als dass man von Fakten sprechen könnte. Die Historie war in diesem Fall die Lüge, auf die sich die meisten Forscher geeinigt hatten.

»Was wissen Sie über die Methans, Crest?«, fragte Trker-Hon. Die Schuppenhaut um seine vorgewölbte Echsenschnauze glänzte. Der Schwanz schleifte über ein Stück aufgerissenen Bodens. Kurz war die Zunge zu sehen; sie blutete ein wenig.

Crest zögerte. »Kaum etwas – außer, dass sie sich selbst als Maahks bezeichnen und keinen Sauerstoff atmen«, sagte er schließlich. »Dieser Krieg liegt zu weit zurück. Die Forscher sind sich allerdings in einem Punkt einig.«

»Und der wäre?«, fragte Michalowna ungeduldig.

»Die Methans waren den Arkoniden waffentechnisch unterlegen. Im direkten Kampf hätte ein Raumer meines Volkes immer gewonnen.«

»Aber?«

»Aber sie haben diesen Nachteil durch eine gewaltige zahlenmäßige Überlegenheit ausgeglichen. Wie Heuschrecken haben sie sich millionenfach in den umkämpften Gebieten breitgemacht und sind unaufhaltsam Stück für Stück vorgedrungen.«

»So wie im Fall von Tramp?«

»Dennoch haben die Arkoniden diesen Krieg letztlich gewonnen,« bestätigte Crest.

»Wie?«, fragte die Russin.

Darauf konnte er nur eine enttäuschende Antwort geben. »Wenn wir das nur wüssten ... Angeblich gab es eine Wunderwaffe.«

Sie schwiegen, und Crest fiel nun erst auf, wie gut er sich fühlte. Der Inhalt der Ampulle – der *letzten* Ampulle – hatte Wunder gewirkt. Er stand auf, und es gelang ihm ohne große Mühe. An das, was kommen mochte, verschwendete er keinen Gedanken mehr. Der Untergang der PESKAR XXV drohte ihn ohnehin mit ins Verderben zu reißen.

»Gibt es Zugriff auf die ...«

Autoreparaturmechanismen, hatte er sagen wollen. Etwas riss ihm das Wort förmlich von den Lippen; doch nicht etwa eine weitere Explosion, sondern ein Alarmsignal und ein sich trotz aller Schäden entfaltendes Notfallhologramm.

Es zeigte drei Raumer der Methans.

Ihr Notruf war also empfangen worden.

Allerdings nicht von denen, die ihn hätten hören sollen.

Demeira on Thanos

»Demeira! Vergiss nicht deine Pflicht!«

Es gab diese Stimme nicht, doch das änderte nichts an der Tatsache, dass Demeira on Thanos – Flottenkommandantin des Schlachtkreuzers EKTEM und damit momentan Anführerin des Geleitzugs aus zwei Leichten und zwei Schweren Kreuzern sowie der fünfzehn zugehörigen Transporter – die Worte ebenso gut hören konnte, als wären sie direkt neben ihr gesprochen worden.

»Demeira! Vergiss nicht deine Pflicht!«

Oder: »Demeira! Du bist eine Soldatin der Raumakademie!«

Oder, schlimmer als all dies: »Demeira! *Ich* erwarte es von dir!«

Und immer hatte ihr Vater ihren Namen ausgesprochen, wie nur er es tat, von Anfang an, solange sie zurückdenken konnte; mit der exzentrisch-überzogenen Silbentrennung Dem-e-i-ra, als wären es vier Worte, und der letzte Buchstabe klang fast wie ein »or«. Das würde er nie zugeben, und sie musste ihm zugutehalten, dass er es nie ausgesprochen hatte, aber sie hatte es tausendmal in seinen Augen gelesen, dass er sich einen Sohn gewünscht hatte und keine Tochter. Sein ganzes Leben war daran letztlich zerbrochen, und sie, Demeira, hatte sich jahrelang die Schuld dafür gegeben, weil sie in dieser Hinsicht nicht die Stärke ihrer Mutter besaß, die mit herrischer Arroganz darüber hinwegsah und sich weiter dem Wein der süßen Raitschanhänge widmete.

Pflicht war für ihn alles gewesen; und so ging es ihr mittlerweile auch. Meistens. Offiziell. Als hochrangige Militärangehörige, als Kommandantin eines Schlachtschiffs und des dazugehörigen Geleitzugs mitten im Krieg mit den Methans blieb ihr nichts anderes übrig. Aber es gab noch ein bisschen mehr in ihrem Leben. Eine kleine Stimme in ihrem Hinterkopf, die sich zu derjenigen ihres vor exakt zehn Jahren aktivierten Extrasinnes gesellte und die ihr sagte, dass sie den Notruf eines arkonidischen Schiffes hören und ihm folgen musste.

Befehle und Strukturen waren eines – das Leben etwas völlig anderes. Dieser Zusammenhang entsprach in etwa dem Verhältnis zwischen Militärstrategie und den Kämpfen eines Soldaten draußen an der Front; es gab eine Menge Berührungspunkte, aber auch gewaltige Unterschiede.

Als ihr Entschluss feststand, musste sie plötzlich lachen, mitten in der Zentrale der EKTEM, auf ihrem Kommandantenplatz, umgeben von flirrenden Holografien: *Vergiss deine Pflicht nicht!* Diesmal war es nicht die Stimme der Erinnerung, die zu ihr sprach, sondern diejenige ihres Extrasinnes, der zur Ordnung mahnte. Da konnte sie das Lachen nicht zurückhalten, auch wenn es nach sich zog, dass die Mannschaft ihr verwunderte Blicke zuwarf. Tödlich für die Disziplin an Bord – gut für sie, denn es wischte die letzten Bedenken fort. *Jetzt erst recht!* Ihre Entscheidung war gefallen, und wozu stand sie im Rang der Kommandantin, wenn nicht, um selbst zu entscheiden, was nötig und angemessen erschien?

Also beschloss sie, ihre Pflicht zu vergessen und ihrem Gefühl zu folgen. Ob es wirklich nur ein Zufall war, dass sie während ihrer Wartezeit im Normalraum zwischen zwei Transitionssprüngen, bis die Triebwerke wieder volle Einsatzfähigkeit meldeten, einen arkonidischen Notruf aufgefangen hatten? Oder steckte mehr dahinter? Das Schicksal? Die Hand der Sternengötter?

»Plan- und Kursänderung«, sagte sie. »Wir fliegen die Quelle dieses Notrufs an.« Gleichzeitig huschten ihre Finger wie beiläufig über eine holografische Schaltfläche und sandten damit den entsprechenden Datensatz an den Platz des Piloten.

Dieser zögerte. »K... Kommandantin?«

»Was ist an diesem Befehl nicht verständlich?«, fragte sie. »Oder wollen Sie mir sagen, dass ich die Steuerung persönlich übernehmen muss?«

Der Pilot versteifte sich. »Selbstverständlich nicht. Ich berechne den Kurs.«

Demeira fühlte sich gut; besser als in jedem Moment, seit sie über einen Mittelsmann den Befehl des Imperators – *Seine millionenäugige Erhabenheit, lang möge er Hof halten, lang möge er Licht scheißen, bis er eines Tages daran verglühte* – entgegengenommen hatte. Sie tat das Richtige. Der Imperator mochte alles planen, und er mochte sogar recht haben dank seiner Hundertschaft an Beratern ... aber er war nicht hier draußen und erlebte den Krieg nicht mit.

Es ist ein Elend, deine Gedanken mit anhören zu müssen, meldete sich der Extrasinn zu Wort.

Wieso? Schämst du dich für mich? Dabei vergisst du wohl, dass du ohne mich nicht existieren könntest. Wir sind eins. Du bist ich.

Glaubst du wirklich, ich hätte es nötig, dass du mich darauf hinweist? Aber eins noch, Demeira, meine Beste: Umgekehrt gilt dasselbe. Du bist auch ich. Und ohne mich wärst du niemals so weit gekommen. Kommandantin mit einem Geheimauftrag des Imperators? Das ist nur möglich, wenn eine Arkonidin über einen aktivierten Extrasinn verfügt.

Weiter?, dachte sie. *Worauf willst du hinaus?*

Auf gar nichts. Ich wollte dir nur sagen, was du ...

... was ich ohnehin schon weiß. Also, hast du etwas Sinnvolles zur aktuellen Lage beizutragen, Extrasinn?

Sie genoss jede Sekunde dieses inneren Geplänkels. Sie fühlte sich frei. Frei von den Zwängen ihrer Mission. Frei von der übermächtigen Hand ihres Vaters und des ganzen arkonidischen Reiches. Frei von den Millionen Augen des Imperators, der in Wahrheit auch nur zwei in seinem Gesicht trug – die anderen 999.998, die ihm nachgesagt wurden, trugen seine 499.999 willfährigen Helfer in allen Bereichen des Imperiums, die ihm in seinen großartigen Hintern krochen.

Ketzerische Gedanken, fürwahr; Überlegungen, die sie so niemals laut aussprechen durfte. Der Imperator mochte ein guter Herrscher sein – besser als viele vor ihm zumindest, aber das hieß für Demeira nicht, dass sie ihn wie einen Sternengott verehrte. Sie bevorzugte es, für sich selbst zu denken. Und wenn das bedeutete, dass sie einem Hilferuf folgte, um Arkoniden in Raumnot zu retten, dann war es eben so.

Ja, sie fühlte sich so gut, dass sie sogar fast die verfluchten Methans hätte vergessen können, die an jedem einzelnen Tag noch mehr Schiffe aufzubringen schienen. Die verdammte Brut der Giftgasatmer war überall.

Demeira, Demeira, tadelte der Extrasinn, *ich erkenne dich kaum wieder.*

War das so? Sie grinste. *Dann auf in eine glorreiche Zukunft! Schauen wir, was uns erwartet!*

Wie auf ein Stichwort hin gab der Pilot in genau diesem Moment bekannt, dass er den Kurs berechnet hatte und die EKTEM samt den Einheiten des ganzen Geleitzuges kurz vor dem Aufbruch stand. »Die Triebwerke sind in wenigen Augenblicken zum Start bereit, Ihrem Befehl zu folgen.«

Die Art, wie er es betonte, ließ keinen Zweifel daran, dass er sich vor dem automatischen Aufzeichnungsprotokoll von jeder Schuld freisprechen wollte. Er befolgte einen Befehl, nicht mehr, genau wie es von ihm erwartet wurde. Die Verantwortung trug Kommandantin Demeira on Thanos, die in diesen Sekunden die eherne Regel des Krieges brach: Rettungsmissionen gab es angesichts der zahlenmäßigen Übermacht der Methans nicht – wer zurückblieb, blieb zurück. Nichts und niemand konnte daran etwas ändern.

Außer dem Willen desjenigen, der ein Raumschiff kommandierte.

Hoffen wir, dachte Demeira, *dass es sich lohnt.*

Der Geleitzug ging in Transition.

Crest da Zoltral

Eine Explosion, viel zu nahe, riss Tatjana Michalowna von den Füßen. Einen Augenblick schwankte sie in einer bizarren Haltung, viel zu weit nach hinten gewandt, ehe sie aufschlug. Crest versuchte noch, sie zu greifen und ihr Halt zu geben, doch er hatte Mühe, selbst stehen zu bleiben.

Eine erst farblose, dann grellweiß lodernde Flammenzunge schoss von der Decke. Sie verpuffte binnen eines Lidschlags. Zurück blieb der Gestank von Stickoxiden. Crest war klar, wie knapp sie soeben dem Tod entronnen waren.

Ein hochenergetischer Ausbruch, analysierte der Extrasinn auf seine typisch nüchterne Art binnen einer Millisekunde. *Plasmati-*

sches Gas aus den Versorgungsleitungen ist frei geworden. Die Energie hat die Moleküle der Luft entzündet. Eine Kettenreaktion wäre leicht möglich gewesen.

Wieso sind wir davon verschont geblieben?

Der Extrasinn zögerte nur eine Sekunde lang; für seine Verhältnisse eine halbe Ewigkeit. *Glück,* lautete danach seine ebenso unpräzise wie unlogische Analyse.

Etwas hämmerte von hinten gegen Crests Kniekehlen. Mit einem Aufschrei knickte er ein und fiel hin.

Er drehte sich im Sturz, um zu sehen, wer ihn angegriffen hatte, hob dabei instinktiv die Arme zur Abwehr.

Tatjanas Bein war noch ausgestreckt. Crests Blick wandte sich in die Höhe. Wo eben sein Kopf gewesen war, flimmerte ein energetisches Trenn- und Isolierfeld. Dahinter waberte es hell wie das Innere einer Sonne.

»Was *ist* das?«, fragte Tatjana. Sie hatte ihn natürlich nicht angegriffen, sondern ihn gerettet – und das, ohne zu begreifen, was überhaupt vor sich ging.

»Eine leicht verzögerte Kettenreaktion«, antwortete er. »Vereinfacht gesagt: Dort oben brennt die Luft. Die Schiffspositronik hat ein automatisches Schutz- und Isolierfeld aufgebaut, das den energetischen Ausbruch eindämmt. Dahinter herrschen Temperaturen jenseits unserer Vorstellungskraft. Wenn das Feld nicht zugleich einen optischen Dämpfer eingebaut hätte, könnten wir keinen Blick darauf werfen, ohne zu erblinden.«

»Diese Energiewand hätte Sie um ein Haar zerschnitten!«

Crest atmete tief ein. *Mitten durch den Hals,* dachte er. »Rücksicht auf mich konnte das Notfallsystem dabei nicht nehmen.«

»Radikale Methode«, sagte die Russin mit ätzender Stimme.

»Die sowohl das Schiff als auch Sie und Trker-Hon gerettet hat. Ohne das Schutzfeld wäre von uns allen nicht einmal Asche geblieben.« Trotz seiner nüchternen Analyse zitterten seine Finger. Auch im Nachhinein schnürte ihm die Angst die Kehle zu. Dennoch konnte er die Empfindung nicht verdrängen, dass es ein gnädiger Tod gewesen wäre – rasch und ohne einen Gedanken, um sich auch nur bewusst zu werden, was überhaupt geschah. In der einen Sekunde noch am Leben, in der nächsten in seine Atome zerblasen.

»Und jetzt?«, fragte Trker-Hon. Er kroch auf die beiden zu, warf dabei immer wieder einen Blick nach oben zu der flirrenden Energiewand. »Nun werden wir noch schlechter Gewalt über das Beiboot bekommen als vorher! Sämtliche Hologramme der Außenbeobachtung sind ausgefallen! Zuletzt haben wir gesehen, dass Schiffe der Methans angeflogen sind. Sollen wir einfach hier sitzen und warten, bis sie unserem ... Wrack mit ein paar gezielten Schüssen den Rest geben?«

Crest zögerte.

Darauf gibt es nur eine Antwort, kommentierte der Extrasinn.

Doch diese wollte der Arkonide nicht aussprechen. Sie klang zu endgültig. Zu ernüchternd. Zu grausam.

»Crest!«, drängte der Topsider.

Also sagte er es doch. »Ja.« Er schloss die Augen. »Warten wir gemeinsam auf den Tod.«

Plötzlich fühlte er eine Berührung. Er sah hin. Tatjanas Finger legten sich um seine. Sie nickte kaum merklich. *Ein letzter Trost,* dachte er. *Wir sterben nicht allein.*

Kapitel 2

Dem Krieg und dem Schicksal entfliehen
D'ihra

D'ihra blickte besorgt zum Himmel. Nicht nur, dass eine der blitzenden Sternentränen über das leuchtende Blau hinwegzog, es braute sich auch ein Unwetter zusammen. Wenn sie sich auf das Meer wagten, bestand die Gefahr, dass sie der kommende Sturm das Leben kostete. Noch länger untätig abzuwarten und den Aufbruch hinauszuzögern konnte sich allerdings als ebenso tödlich erweisen.

Sie wandte sich an ihren Bruder. »Was soll ich tun?«, fragte sie so leise, dass niemand außer ihm es hörte. Die drei anderen waren weit genug entfernt. »Uns bleibt nicht mehr viel Zeit.«

Egmogast kicherte kaum hörbar, ehe er ihr antwortete. Sie verstand ihn zweifellos als Einzige ihrer kleinen Flüchtlingsgruppe, weil sie seine schwerfällige Sprache seit inzwischen achtzehn Jahren ertragen musste; seit seiner Geburt, als sie selbst noch ein Kleinkind von nur einem guten Dutzend Monden gewesen war. Er war mit einer winzigen Zunge geboren worden, viel zu klein für seinen breiten Mund. Für die meisten bildeten deshalb seine Worte nur die unverständlichen Laute eines Schwachsinnigen.

»Seit der Krieg tobt, ist jeder Sonnenaufgang eine Gnade. Sag selbst, wie viele, mit denen wir einst unser Leben teilten, sind gestorben? Uns allen bleibt nur noch wenig Zeit, auf die eine oder andere Weise.«

Das war nicht die Wortwahl eines geistig Zurückgebliebenen, sondern des Menschen mit dem schärfsten Verstand, den D'ihra kannte. Obwohl es auf den ersten Blick nicht so aussah, so war er von den Göttern gesegnet, ebenso wie sie, wenn auch auf andere Weise.

Selbstverständlich hatte Egmogast recht. Doch seine Worte lieferten keine Antwort auf die Frage, die sie umtrieb. Sollten sie aufbrechen oder bis zum nächsten Tag abwarten, bis das Unwetter vorübergezogen war?

Als Seherin vertrauten ihr die anderen; sie musste für die paar Flüchtlinge, die im Chaos dieser Tage losgezogen waren, um Zuflucht in der geheimnisvollen Stadt an der Küste jenseits des Meeres zu suchen, die Entscheidung treffen ... in *Atlantis,* wie sie seit jener Nacht wusste. Sie hatte Wort gehalten und die fremdartige Bezeichnung niemals ausgesprochen, genau wie sie es nach der Geburt ihres Sohnes dem Gott namens Feltif de Khemrol versprochen hatte.

»Du entscheidest«, sagte ihr Bruder: *Denschesst,* hörten die anderen, nicht mehr. Er gab sich erst gar nicht die Mühe zu flüstern.

Sie nickte. Wenn es noch eine Rettung gab für die, die ihr vertrauten, lag diese an ihrem Ziel, in der Stadt der Götter. Oder derjenigen, die von den Sternen gekommen waren, wie Feltif behauptet hatte. Doch dieses Ziel musste warten, wenigstens noch einen Tag. Sich in den Sturm zu wagen wäre bloße Narretei gewesen. »Wir brechen erst morgen auf!«, befahl sie, diesmal laut genug, dass alle es hören konnten.

Danach blickte sie über das Ufer und die Weiten des Meeres.

Dort hinten, irgendwo, wartete Atlantis.

Und in der geheimnisvollen Stadt würde sie hoffentlich auch den seltsamen Fremden treffen, der ihr in der Nacht, als ihr Sohn geboren worden war, das Leben gerettet hatte. Sie hütete seinen Namen wie einen Schatz. Feltif war der Einzige, der ihr die Frage beantworten konnte, die ihre Gedanken bestimmte:

Wieso war es so weit gekommen?

Warum nur war ein Gott vom Himmel gestiegen und hatte in seiner Menschengestalt ihr und ihrem Sohn geholfen, wenn der Kleine zwei Sonnenumläufe danach doch sterben musste?

Und weshalb war D'ihra dazu verdammt, weiterzuleben und den Schmerz zu fühlen, nicht nur keine Mutter mehr zu sein, sondern auch Witwe?

Sie starrte immer noch hinaus aufs Meer, in die ewigen Fragen versunken, die all ihre Gedanken vereinnahmten, als Marokars Warnruf sie und ihre Gefährten aufschreckte.

Ihr war sofort klar, was das bedeutete. Späher der Feinde hatten sie aufgespürt und griffen an. Wenn es sich nicht um einen kleinen Trupp handelte, waren sie alle schon so gut wie tot.

Ihr Götter, was habe ich getan?

Hätte sie sie doch in das Boot geführt, hinaus aufs Meer, in das

Unwetter. Nichts konnte schlimmer sein als die Wut und der Blutdurst ihrer Gegner. Seit einigen Monden fielen sie über ein Dorf nach dem anderen her. Sie brandschatzten, sie mordeten, und wenn die Frauen und Mädchen nicht rechtzeitig flohen, erwartete sie ein entsetzliches Dasein in der Sklaverei dieser Wilden, als Gespielinnen für die Krieger.

Was die Horden zum Angriff trieb, wusste D'ihra nicht; niemand konnte es sagen. Seit der Zeit ihrer Großväter hatten sie sich nicht mehr über die Berge gewagt, doch plötzlich waren sie da gewesen, ohne ein Vorzeichen, wie die Dämonen aus der Unterwelt; mit leuchtend rot bemalten Gesichtern und mörderischen Äxten. Auch die Götter hatten geschwiegen und D'ihra, ihrer Seherin, kein Zeichen geschickt – nicht einmal böse Träume voller Dunkelheit und Blut.

Egmogast stand wie aus dem Nichts neben ihr, ein Wurfmesser in der Hand. Er legte ihr einen Augenblick lang beruhigend die Linke auf die Schulter. »Komm!«, flüsterte er. *»Chonn.«* Er zog sie mit sich, den Strand entlang. In der Ferne erhob sich über dem Meer die graue Wolkenwand. Ihr Ziel lag bei dem Gebüsch, dessen Ausläufer hinein ins Wasser ragten; dorthin, wo ihr Boot vor Anker lag.

Sie hatten vereinbart, sich dort im Notfall zu treffen. D'ihra nannte es Sternenbarke, weil es sie zur Stadt derjenigen bringen sollte, die laut Feltif von den Sternen gekommen waren. An die Spitze, geformt aus Schilf und Papyrus wie das gesamte Boot, hatte sie deshalb eins der nächtlichen Sternzeichen geritzt, auf dass es sie geleitete.

Dann der Lärm eines Kampfes, schätzungsweise zehn, höchstens zwanzig Meter entfernt. Marokar und die anderen setzten sich zur Wehr.

Waffen klirrten aneinander. Erneut ein Schrei, und plötzlich brach Marokar aus dem Gebüsch. Er hielt ein Schwert, doch er griff nicht etwa an, sondern wankte rückwärts. Er floh, wie er es D'ihras Wissen nach nie zuvor in seinem Leben getan hatte. Seine linke Gesichtshälfte, der Hals und die Schulter darunter waren blutüberströmt. Ein Stück Stoff baumelte vor einem fahlen Knochenstück.

Einer ihrer Gegner folgte. Er trug einen Helm mit vier hornartigen Spitzen auf dem kantigen Schädel. Schwarze Linien zogen sich über den breiten Oberkörper. Um den Hals hing eine Kette, deren Details D'ihra mit raschem Blick aufnehmen konnte, weil sie es bereits viel zu oft gesehen hatte und die widerwärtigen Gebräuche ihrer Feinde nur zu gut kannte, seit sie zum Angriff übergegangen waren. Eine Unzahl kleiner, weißer Fingerknochen baumelte daran – von jedem getöteten Widersacher ein einziger.

Gerade als der Angreifer mit der Axt ausholte, um erneut auf Marokar einzuschlagen, schoss Egmogasts Arm an D'ihras Seite blitzschnell vor. Das Wurfmesser löste sich flirrend, überschlug sich mehrfach und fand sein Ziel mit tödlicher Genauigkeit. Die junge Seherin glaubte das krachende Geräusch sogar zu hören, mit dem die Klinge den Schädelknochen durchdrang. Ein gurgelnder Laut folgte und noch drei Schritte, dann fiel zuerst die Axt und sofort danach der Feind.

Marokar kam auf sie zu. »Noch drei andere«, brachte er heraus, während er stark blutete.

»Du bist ...«, begann D'ihra.

Er schnitt ihr das Wort ab. »Nicht so schlimm, wie es aussieht.«

Das konnte sie sich nicht vorstellen. Eher schien es ihr ein Wunder, dass Marokar überhaupt noch lebte. »Es sind noch mindestens drei Gegner«, wiederholte er.

Da stand Egmogast schon bei der Leiche und hielt im nächsten Augenblick das Wurfmesser wieder in der Hand. Mit der anderen hob er die Axt des Feindes auf. Das Messer reichte er wortlos D'ihra.

Sie ergriff die Klinge, ohne zu zögern. Sie verabscheute es, Waffen zu benutzen, um sich zu verteidigen. Doch das Schicksal war nicht so gnädig, ihr die Wahl zu lassen.

Die Geschwister stellten sich Rücken an Rücken, schauten sich um, lauerten auf den Angriff der übrigen Gegner. D'ihra stand so nah, dass sie den schweren Atem des verletzten Marokar hören konnte. Sie warf ihm einen Blick zu. Er war totenbleich, und seine Augen glänzten wie im Fieber.

Feltif de Khemrol

Die Bewohner dieser Welt waren störrisch, eigensinnig und hochmütig.

Genau wie die besten Arkoniden.

Feltif de Khemrol mochte sie. Sie waren Barbaren, aber er hatte sein Herz an sie verloren.

Niemand konnte die Befehle und Richtlinien für das Leben in

Atlantis missverstehen. Für sämtliche Arkoniden, die das Schicksal – oder der Wille des Imperators – in diese entlegene Kolonie des Großen Imperiums geführt hatte, galt: kein Kontakt zu den Einheimischen, keine Einmischung in deren Kultur und schon gar keine Vermischung. Fraternisierung war aufs Strengste verboten

Wie jeder andere Arkonide auf diesem Planeten wusste das auch Feltif de Khemrol. Aber er hielt sich nicht daran, und obwohl es dafür keineswegs eine Rechtfertigung gab, linderte etwas sein schlechtes Gewissen – Atlan, der oberste Kommandant von Atlantis, persönlich kannte die Eskapaden seines Tato und deckte sie.

Seit mehr als zwei Planetenjahren floh Feltif immer wieder für Stunden oder Tage aus der Stadt, hinein in die Welt der *Wilden,* wie die anderen Arkoniden sie nannten. Für ihn waren sie weit mehr als das; Wesen voller Naivität und Tatendrang, ebenso erfinderisch und einfühlsam wie primitiv und brutal. Ein in sich widersprüchliches Volk mit gewaltigem Potenzial, das Feltif im Innersten anrührte und faszinierte. Er bezeichnete sie für sich selbst als ein Volk voller Möglichkeiten, die noch tief in ihnen verborgen lagen, aber schon manches Mal hervorblitzten, wenn man ganz genau hinsah.

Außerdem, das konnte der Tato nicht leugnen, war er müde vom ewigen Kampf der Arkoniden gegen die Methans. Er hatte genügend Schlachten zwischen den Sternen geschlagen, hatte Siege errungen und eines Tages im gegnerischen Feuer im wahrsten Sinne des Wortes gebrannt. Das Große Imperium lag im Krieg, die Methans bluteten es aus, indem sie immer wieder mit Hunderten von Schiffen zuschlugen.

Die Menschen dieses Planeten kannten zwar auch den Krieg, aber sie kämpften um das nackte Überleben. Der Krieg, den die Methans führten, war ihm dagegen unverständlich – die Arkoniden besaßen nichts, was die Methans gebrauchen konnten. Und wenn es auf Larsaf III Auseinandersetzungen gab, so wurden sie mit primitiven Mitteln geführt. Äxte, Schwerter, Schleudern, Speere – sie vermochten im Einzelfall brutale Wunden zu reißen, aber was waren sämtliche Waffen dieser Welt schon im Vergleich mit einem einzigen Schuss aus der Thermowaffe eines arkonidischen Schlachtschiffes? Wie schwer wogen ein Dutzend Tote, wenn zwei Dörfer gegeneinander zogen, im Verhältnis zur Explosion eines Schweren Kreuzers, bei der eine Tausendschaft von Besatzung und Passagieren zwischen den Sternen im ewigen Nichts des Weltraums verwehte?

Und mitten in einem solchen Larsaf-Kleinkrieg fand sich Feltif in diesen Stunden sehr zu seinem Missfallen wieder. Eigentlich suchte er Frieden in den kühlen, steinernen Gebäuden, durch deren raue Fensternischen der Blick oft weit über die Wälder der Ebenen und sanften Hügel reichte. Er liebte das *Leben* dieser Menschen, ihr Lachen an ihren Lagerfeuern zum Geruch von Rauch und brutzelndem Fleisch, die Geschichten, die sie sich erzählten.

Während er am Ufer des großen Meeres östlich von Atlantis entlangmarschierte und das drohende Unwetter über den Fluten betrachtete, hörte er jedoch die Geräusche einer Schlacht; Schreie, das Klirren von Waffen. Nach einigem Nachdenken beschloss er, sich nicht einzumischen; doch gerade als er diese Entscheidung fällte, ärgerte er sich über sich selbst.

Nicht einmischen.

Das war exakt das, was ihm befohlen worden war. Das Gebot, gegen das er ohnehin verstieß, allein durch seine Anwesenheit in dieser Gegend an der Westküste des großen Kontinents in Nachbarschaft der arkonidischen Kolonie; dadurch, dass er Atlantis überhaupt erst verlassen hatte. Trotzdem saß der militärische Drill so tief in ihm, dass er geradezu reflexartig Zurückhaltung üben wollte.

»Jetzt erst recht«, sagte er zu sich selbst und zu den Weiten des Meeres.

Mit einem raschen Blick prüfte er, ob seine bioplastische Maske korrekt saß. Perfekt. Niemand würde ihn als einen Arkoniden erkennen – seine Augen waren dunkel wie die der Bewohner dieser Gegend, seine Haare nicht weiß, sondern von einem tiefen Braun, und die Verbrennungen seines Gesichts ließen sich nicht einmal erahnen. Selbst wer ihn kannte, würde ihn nicht erkennen.

Er hatte schon mehrere kleine Gefechte dieser Art aus der Ferne beobachtet. Die Rollenverteilung war klar – die Bewohner dieser Gegend nahmen die Rolle der Opfer ein. Bei den Aggressoren handelte es sich um muskulöse Krieger mit bemalten Gesichtern und minimalistischen Rüstungen aus Leder und einfachen Metallschienen; wahre Kampfkolosse, Gladiatoren ähnlich. Dennoch war ein Mann wie Feltif ihnen weit überlegen. Selbst ohne Handfeuerwaffe wäre er das gewesen. Der eleganten, arkonidischen Dagor-Nahkampftechnik hatte rohe Gewalt nichts entgegenzusetzen.

Er folgte dem Lärm und den Schreien, immer am Ufer entlang. Wellen rollten vom Meer, vom nahenden Unwetter inzwischen leicht aufgewühlt, und umspülten seine Füße.

Feltif de Khemrol war bereit.

D'ihra

D'ihra roch den Gestank von Schweiß und Blut, und sie glaubte mittlerweile, dass es das Letzte sein würde, was sie aus diesem Leben mitnahm.

Warum griffen die Feinde nicht an?

»Es lauern drei weitere auf uns?«, fragte Harufont, der vor wenigen Monden das geerntete Getreide des Dorfes gemahlen und mit Wasser und Gewürzen vermengt zu Fladen gebacken hatte; er hatte noch nie jemandem ein Leid angetan. Als die Angreifer ihr Dorf überrannten, hatte er einem von ihnen mit einem Mühlstein den Schädel zerschmettert. Seitdem ruckten seine Augen ständig hin und her, wann immer D'ihra ihn sah, und er wirkte, als habe er seit dieser Zeit nie länger als den Bruchteil einer Nacht geschlafen.

Marokar hob den blutüberströmten Arm. »Mindestens. Drei habe ich gesehen. Vielleicht sind es aber mehr?«

D'ihras Finger klammerten sich um den Griff des Wurfmessers.

»Dort!«, sagte Egmogast, so klar er konnte. Dieses eine Wort verstanden wohl auch die anderen, zumal die Hand ihres Bruders in eine bestimmte Richtung wies.

Auch D'ihra erkannte eine Bewegung im Gebüsch. Sie spannte sich an.

Doch nicht die wütenden Feinde stürzten hervor, sondern ein einzelner Mann trat langsam heraus. Braune Haare, dunkle Augen, einfache, aber robuste Kleidung ... und vor allem eine völlig ruhige, gelassene Körperhaltung. Er hob beide waffenlosen Hände und streckte sie ihnen entgegen. »Euch droht keine Gefahr mehr.«

Niemand erwiderte etwas oder bewegte sich auch nur. D'ihra begriff, dass sie wieder einmal die Rolle der Anführerin übernehmen musste. »Was hast du getan?« Das war wichtiger als irgendwelche Höflichkeiten oder die Frage, wer der Fremde überhaupt war. Dennoch blieb sie misstrauisch. Was, wenn es sich um eine Falle der Feinde handelte?

»Eure Feinde sind tot.« Der Neuankömmling sprach mit eigenartiger Betonung, als habe er ihre Sprache erst vor Kurzem gelernt.

»Du hast sie alle ...«

»Ich hatte Glück«, unterbrach er sie; offenbar verstand er genau, worauf sie hinauswollte. »Ich konnte mich anschleichen und sie hinterrücks überwältigen. Kein gerechter Kampf, aber das haben diese ... Bestien auch nicht verdient.«

»Ganz meiner Meinung!«, sagte Harufont. Es klang in D'ihras Ohren weniger entschlossen und radikal, als er es sich wohl wünschte.

Der Fremde senkte die Arme. »Darf ich näher kommen?«

D'ihra machte eine einladende Handbewegung. »Wir verdanken dir unser Leben.«

»Sei nicht zu voreilig« Ihr Bruder redete nun wieder so schnell, dass sicher keiner außer ihr seine schwerfälligen Laute verstehen konnte. »Vielleicht verstecken sich noch andere Feinde in der Nähe? Wir müssen vorsichtig sein. Und wer weiß, ob dieser Fremde nicht zu ihnen gehört und uns eine Falle stellt?«

Egmogast hatte recht. Trotz des Glücks, einem mörderischen Nahkampf entgangen zu sein, durften sie nicht leichtsinnig werden. »Bist du dir sicher, alle getötet zu haben?«, fragte sie den Neuankömmling. Erst jetzt, da er nur noch wenige Schritte entfernt stand, entdeckte sie die dunklen Flecke auf seiner Kleidung; das Blut ihrer Feinde. Aber etwas schien dabei nicht richtig zu sein, ohne dass sie es in Worte fassen konnte. Mit einem Mal wuchs ihr Misstrauen. Wer war dieser Fremde, der wie aus dem Nichts auftauchte und sie rettete?

Genau wie damals.

Kaum kam ihr dieser Gedanke, glaubte sie, etwas an ihm wiederzuerkennen; die Art, wie er sich bewegte, weckte Erinnerungen. Sein Gesicht sah völlig anders aus, und ohne dass ihre Lage auf derart verblüffende Weise jener Nacht vor zwei Sonnenumläufen so sehr glich, hätte sie die Verbindung nie so rasch ziehen können.

Er ist es. Wieder ist er wie aus dem Nichts aufgetaucht und hat mich aus höchster Not gerettet.

Sie sah ihn an, und er wandte sich ab, schaute nacheinander auf die vier Männer – Egmogast, Harufont, Komelur und zuletzt Marokar. Auf ihm verweilte sein Blick. »Lass mich deine Wunde ansehen«, bat er.

»Was glaubst du, tun zu können?«, herrschte dieser ihn an.

»Ich verstehe mich darauf, Verletzungen zu behandeln.«

Oh ja, dachte D'ihra. *Du verstehst dich auf einige Dinge, Feltif de Khemrol, Gott, der du von den Sternen herabgestiegen bist.* Sie legte Marokar die Hand auf die unverletzte Schulter. »Lass ihn. Ich ... sehe, dass er dir helfen wird.«

»So?«, fragte der Fremde.

Sie hatte das Gefühl, dass er ihrem Blick auswich. »Die Götter haben es mir offenbart. Sie schenken mir manches Mal Eindrücke aus der Zukunft.«

»Aus der Zukunft«, wiederholte der andere nachdenklich.

»Wir versuchen, mit unserem Boot die seltsame Stadt jenseits des Meeres zu erreichen. Hast du von ihr gehört?«

Er schwieg einige Augenblicke lang. »Die Stadt?«, fragte er dann.

Sie lächelte. »Wir suchen dort Zuflucht vor den Wirren des Krieges und den Angreifern aus dem Osten. Wir hoffen, die Raker werden uns dorthin nicht folgen. Willst du uns begleiten?«

Nun schaute er sie doch an. Er erkannte sie, zweifellos. Die Frage war nur, ob er es für möglich hielt, dass sie ihn trotz seiner perfekten Verkleidung ebenfalls erkannte. Er deutete auf die Sternenbarke, die auf den leichten Wellen des Ufers trieb. »Auf diesem Boot?«

D'ihra nickte.

»Ich begleite euch«, sagte er schließlich.

Kapitel 3

Ein Kriegsschiff ohne Schlachten
Tarts de Telomar

Das disharmonische, stete Summen änderte alle paar Atemzüge seine Frequenz. Mal klang es lauter, mal leiser, dann höher oder tiefer, aber nie verschwand es völlig.

Es war nervtötend wie so manches andere, jedoch konnte es Tarts de Telomars Laune kaum noch weiter in den Keller treiben. Der Kommandant der TOSOMA lag mit seinem Schlachtschiff im Ortungsschatten einer Sonne unweit von Larsafs Stern ...

... und wartete.

Seit viel zu langer Zeit. Er lauerte wie eine Raubspinne in ihrer Erdhöhle – nur dass dieses stumpfsinnige Tier nichts Besseres zu tun hatte, als diesen primitiven Lebenszweck zu erfüllen, während er sich fragte, warum er seine wertvolle Zeit verschwendete. Aber er tat es auf höchsten Befehl hin. Atlan hatte ihn geschickt, der Herr der Kolonie auf Larsaf III, der Tarts selbst in Anspielung auf dessen Namen die Bezeichnung *Atlantis* verliehen hatte; sehr zum Missfallen seines alten Vertrauten und Schülers. Doch Atlan hatte sich nicht dagegen gewehrt, sondern seinen Lehrmeister und Begleiter von Kindesbeinen an gewähren lassen. Tarts war auf seine Wortschöpfung stolz; sie war spielerisch und trotzdem aussagekräftig.

Atlantis ... ein guter Klang für eine schlechte, schäbige Kolonie, die nie hätte entstehen dürfen. Doch soweit sein Einfluss am Hof des Imperators auch reichte, in dieser Hinsicht waren Tarts die Hände gebunden gewesen, und sie blieben es noch immer. So sehr, dass er mit all der Macht seiner TOSOMA auf irgendwelche umherstreunenden Köter warten musste – auf Methans, die *vielleicht irgendwann einmal* mit ihren Schiffen in dieser verlassenen Gegend der Galaxis materialisierten. Eine Aufgabe für einen Kadetten in den frühen Jahren auf der Raumakademie.

»Kommandant?« Die Frage kam von Cunor ter Pelgan, einem der Offiziere, deren Namen die Vorgesetzten von Anfang an kannten; sei es im Guten oder im Schlechten. Leute wie er fielen sofort auf.

Tarts überlegte, ob er die Funkanfrage ignorieren sollte, die Cunor ter Pelgan mit der Kennung *niedrige Priorität* versehen hatte. Doch er wusste auch, dass der Waffenoffizier keine Ruhe geben würde, bis das Gespräch schließlich zustande kam. Und einen Zeitpunkt, in dem Tarts *noch weniger* zu tun hatte als in diesen Momenten, konnte er sich kaum denken. Langeweile war ein schlechter Ratgeber. »Ja?«, gab er resignierend zurück.

»Darf ich offen sprechen?«

Wenn nicht, hätte ich dich schon längst aus der Zentrale meines Schiffes befördert und würde dich die Müllroboter überwachen lassen. »Im Besprechungsraum.«

Tarts übergab das Kommando für die Dauer seiner Abwesenheit in der Zentrale an seinen Stellvertreter und erhob sich. Er passierte die projizierten Holo-Steuerelemente, ohne sie zu durchqueren, wie es bei manchen Offizieren Unsitte geworden war, wenn sie sich unbeobachtet glaubten. Im desaktivierten Zustand richtete es zwar keinerlei Schaden an, aber es erschien ihm ... unpassend. Ein Schiff wie die TOSOMA forderte einen gewissen Respekt.

Er erreichte den Eingang zum kleinen Besprechungsraum vor Cunor ter Pelgan, genau wie es die militärische Rangfolge gebot; wenigstens war der andere schlau genug, sich an die einfachsten Regeln zu halten.

Tarts trat ein, blieb vor dem im Boden verankerten Tisch stehen und beobachtete, wie sein Gesprächspartner ebenfalls den Raum betrat. Tarts kannte seine Akte genau.

Cunor ter Pelgan war ebenso schlank wie hochgewachsen; man sah ihm die enorme Zähigkeit und Widerstandskraft nicht an, die ihn allen Berichten nach auszeichnete. Er galt als der beste Nahkämpfer seines Jahrgangs der Raumakademie auf Arkon, der eine wahre Meisterschaft im Dagor erlangt hatte – in manch anderem Fach konnte er allerdings keine Bestnoten aufweisen. So bescheinigten ihm die Lehrer in Diplomatie und Militärstrategie zwar innovative Ideen und kreative Ansätze bei Problemlösungsstrategien, wiesen aber auch darauf hin, dass er nicht weit genug dachte und seine Fähigkeit, eigene Fehler zu erkennen, faktisch kaum vorhanden war. In einem Wort, ein *Draufgänger,* wie er in vielen jungen Adelsfamilien vorkam. Das Leben hielt für ihn zweifellos noch einige Überraschungen bereit, um ihn zu einem *wirklich* guten Offizier zu formen.

Eine Servoeinheit glitt heran. »Erfrischung?«, fragte sie mit einer perfekt modulierten Stimme, unpassend für eine schlichte, kegelförmige Maschine. Statt zu einem einfachen, metallisch glänzenden Etwas hätte sie einer teuer gekleideten Arkonidin edler Herkunft gehören müssen.

Tarts ließ sich ein Wasser servieren, geschmacksfrei und von allen Spurenelementen durch einen komplizierten mehrfachen Filterungsprozess befreit. Nur so war es nach der monatelangen Einlagerung in Kriegsschiffen noch zu ertragen. Viele lachten ihn wegen dieser Eigenart hinter vorgehaltener Hand aus, bestritten, dass es einen Unterschied gab, aber Tarts wusste, was ihm schmeckte, ohne dass man es auf den Altersstarrsinn schieben konnte.

Cunor hingegen orderte einen dunklen Wein; während der Dienstzeit selbstverständlich von sämtlichem Alkohol befreit und an Bord der TOSOMA künstlich hergestellt. Ein widerwärtiges Gesöff, Tarts' Meinung nach, das mit einem Wein von Arkons Hängen in etwa so viel zu tun hatte wie ein hauchzartes Steak mit einem Haufen Rinderdung – aber jedem das Seine. Es gab Wichtigeres.

Hoffentlich.

»Nun?«, fragte er und sah seinen Waffenoffizier auffordernd an.

»Da Sie mir bereits erlaubt haben, offen zu sprechen, Kommandant ...«

»Geschenkt!«

Cunor legte einen Moment lang deutliche Unsicherheit an den Tag; gut so. »Es steht mit der Moral der Besatzung nicht zum Besten. Wir liegen schon zu lange untätig im Ortungsschatten dieser Sonne.«

Unwillkürlich wanderte Tarts' Blick zu dem in allen Räumen gegenwärtigen Außenholo, das er bereits tausendmal gemustert hatte. Es zeigte den roten Zwergstern, um den drei leblose Welten zogen – ein dunkler Gesteinsklumpen; eine Höllenwelt mit Temperaturen, die jedes Leben unmöglich machten; ein Gasriese, der aus dem aktuellen Blickwinkel heraus fast von den Protuberanzen der Sonne erreicht zu werden schien.

Der Anblick dieser Welten war ebenso trostlos wie ihre gesamte Situation.

Der Servoroboter kehrte zurück und reichte mit einem seiner Tentakelarme das gewünschte Getränk. Tarts nahm den unterbrochenen Gesprächsfaden wieder auf. »Sie erzählen mir nichts Neues.«

»Wir sind Teil des 132. Einsatzgeschwaders«, setzte Cunor neu an. »Während nahe beim Zentrum des Imperiums wichtige Schlachten gegen die Methans geschlagen werden, versauern wir in der tiefsten Provinz.«

Du sprichst meine Gedanken aus, Junge. »Nicht gerade eine überwältigende Erkenntnis, Offizier! Und Sie sollten froh sein, dass dieser Raum keine Ohren hat, die das weitergeben, was sie hier hören. *Versauern* ist nicht das Wort, das der Imperator gerne vernehmen würde. Wir schützen die Kolonie auf Larsaf III, die sein Sohn Atlan höchstpersönlich führt. Eine wichtige Aufgabe.« Die letzten drei Worte klangen sogar in seinen eigenen Ohren völlig hohl.

Cunor ter Pelgans Lippen zuckten. Er wollte mehr sagen, wahrscheinlich genau dieselben Fragen stellen, die auch Tarts de Telomar umtrieben: Warum in aller Welt hatte der Imperator seinen Sohn in die bedeutungsloseste Ecke der Galaxis geschickt, um auf einem noch bedeutungsloseren, von primitiven Einheimischen bewohnten Planeten eine arkonidische Kolonie zu gründen? Wollte Seine Millionenäugigkeit Mascaren da Gonozal etwa Atlan bestrafen? Oder wollte er ihn vor dem Krieg schützen? Ein absurder Gedanke! Und hatte der Imperator seinen Sohn danach einfach vergessen, oder warum waren die dringend benötigten Versorgungsgüter seit Monaten überfällig?

Aber Cunor war klug genug, um nun zu schweigen. Zu weit durfte man nicht gehen; nicht, wenn man sich seines Gesprächspartners nicht absolut sicher war.

Tarts nippte an seinem Glas; das Wasser schmeckte schal und war zu kalt, aber es vertrieb wenigstens die Trockenheit des Gaumens.

Cunor hingegen ließ seinen Wein unangerührt, fuhr lediglich mit dem Zeigefinger rund um den oberen Rand des Glases, wieder und wieder, wobei manchmal ein singender Ton entstand. »Sie sind ein Veteran, Kommandant«, sagte er schließlich. »Sie haben Ihr Leben lang gegen die Methans gekämpft.«

»Erzählen Sie mir Dinge, die ich nicht schon längst weiß.«

»Sie haben einen sechsten Sinn für Gefahren entwickelt, der weitaus stärker ausgeprägt ist als der meine.«

Schmeichler.

»Glauben Sie nicht«, fuhr ter Pelgan fort, »dass die Ruhe trügerisch ist? Es gibt ... Gerüchte.«

Aha. Nun kommst du also endlich zum Punkt. Tarts trank wieder.

»Sie wissen, dass Gerüchte per se von spekulativer Natur sind. Schneidend und gefährlich.«

»Und doch süß«, sagte sein Gegenüber. »Es heißt, dass Kerlon da Hozarius nach seiner Rückkehr von seiner letzten Erkundung ein ... seltsames Gerät nach Atlantis mitgebracht hat.«

Aus einem Impuls heraus wollte Tarts das Gespräch sofort beenden und seinen Waffenoffizier des Raums verweisen. Doch es galt, klug zu sein. Es würde die Gerüchte nur noch verstärken und der gesamten Mannschaft beweisen, dass er mehr darüber wusste – mehr, als ihm lieb war.

Also zeigte er mit keiner Miene, dass ihn dieses Thema durchaus interessierte. Ein Thema, über das kaum jemandem *wirklich* etwas bekannt war, außer Kerlon, Atlan und ihm selbst.

Ein seltsames Gerät. Der Transmitter ... Tarts unterdrückte mühsam ein Tränen der Augen, als er daran dachte. Dieser Technologie war eine unfassbare Aura eigen, als hätte kein sterbliches Volk sie entwickelt.

»Kommandant, eine Frage.« Cunor ter Pelgan richtete den Blick wie zufällig auf den Servoroboter; in Wahrheit ein Zeichen für seine Unsicherheit. Er fragte sich offenbar, ob er sich zu weit vorwagte. »Was hat es mit diesem Gerät auf sich? Was hat Kerlon da Hozarius entdeckt?«

Tarts konnte seine Wut nur mühsam unterdrücken. *Mit welchem Recht nimmst du dir heraus, mir diese Frage auch nur zu stellen?* Er glaubte nicht, dass der andere tatsächlich eine Antwort erwartete; vielmehr *spielte* er. Der Waffenoffizier wollte die Reaktion seines Kommandanten austesten.

Doch da war er an den Falschen geraten. Mit Politik, Intrigen und Ränken kannte sich kaum jemand besser aus als ausgerechnet Tarts. Er begleitete Atlan, den Sohn des Imperators, bereits sein ganzes Leben lang; er ging am Hof der Mächtigen auf Arkon ein und aus – zumindest hatte er das getan, ehe es sie beide in diesen entlegenen Teil der Galaxis geführt hatte. So war er schon lange ein Teil der allgegenwärtigen Machtspiele im Herzen des Imperiums, ob es ihm nun gefiel oder nicht.

Gerade deshalb besann sich Tarts immer wieder auf seine militärische Laufbahn, zog gerne hinaus in den Krieg – denn alles war besser als ... Politik, selbst die Methans. Nur bei tagelangem, sinnlosem Lauern und Verstecken war er sich nicht ganz so sicher.

»Es sind ... Gerüchte«, erwiderte Tarts in einem Tonfall, als wäre er selbst brennend daran interessiert, mehr zu erfahren. Was teilweise sogar stimmte, allerdings auf einem völlig anderen Niveau, als Cunor glauben mochte; ihn beschäftigten in diesem Zusammenhang Fragestellungen, die jemand wie dieser Waffenoffizier nicht einmal kannte. »Fakt hingegen ist, dass Atlan Kerlon zum Ort seiner Reise zurückgeschickt hat, in ein nahe gelegenes Sonnensystem.«

Ter Pelgan wartete ab, nahm jedes Wort begierig auf – und bekam doch nur das zu hören, was er ohnehin schon wusste. Tarts signalisierte auf diese Weise Gesprächsbereitschaft, ohne auch nur ein Quäntchen an echten Neuigkeiten weiterzugeben. Eine Fertigkeit, in der er es am Hof des Imperators zu wahrer Meisterschaft gebracht hatte.

»Nicht nur das«, fuhr er fort. »Etliche Kolonisten aus Atlantis begleiten Kerlon diesmal auf seinem Flug, und ihnen wurde ein Beiboot der TOSOMA zur Verfügung gestellt.«

Weitere Scheininformationen, die Cunor zweifellos längst kannte; und wenn nicht, konnte er sie auch auf anderen Wegen in Erfahrung bringen. Doch das musste nun genügen. »Ich weiß, dass ich mich auf Sie verlassen kann, Cunor ter Pelgan.« Das bedeutete so viel wie: *Wenn Sie etwas herausfinden, teilen Sie es mir mit.* Nur dass das niemals geschehen würde. Aber es gab Cunor Stoff zum Nachdenken.

Der Waffenoffizier reagierte wie erwartet und begriff, dass das Gespräch hiermit an sein Ende gelangt war. Er deutete eine Verbeugung an. »Kommandant.«

Beide tranken aus, woraufhin der Servoroboter die Gläser wieder an sich nahm.

Politik und die Führung der Mannschaft eines Kriegsschiffs in kampflosen Zeiten, dachte Tarts, *sind gleichermaßen ermüdend.* In diesen Momenten wünschte er sich endgültig einige Methans herbei.

Kapitel 4

Die Spur zum Mythos
Crest da Zoltral

Obwohl eine spärliche Beleuchtung herrschte, fühlte sich Crest, als säße er in völliger Dunkelheit.

Die PESKAR XXV bäumte sich auf, ruckte wie ein störrisches Pferd; plötzlich sackte der Boden unter ihnen ab, als wäre das Beiboot mit einem Mal mörderischer Belastung ausgesetzt und würde ohne künstliche Schwerkraft durchs All rasen. Um sie herum knackte und krachte es; die Metallhülle kreischte protestierend.

Die drei Flüchtlinge wussten nicht, was draußen im Weltraum geschah. Es gab weder Informationen über Hologramme noch irgendwelche Werte der Ortung. Ihre kleine Welt bestand aus der Zentrale des Beiboots, und sie konnten nicht über ihren Rand hinausschauen. Umso bedrohlicher wirkten das Knacken in Wänden und Böden und der Widerhall ferner Explosionen.

»Genau genommen«, fasste Tatjana Michalowna ihre Situation zusammen, »sitzen wir hier in einem Sarg, der durch den Kosmos treibt, und warten darauf, dass wir endlich sterben. Und zu allem Überfluss schlagen irgendwelche Verrückten auf den Sarg ein.«

Trker-Hon kroch in Richtung Ausgang der Zentrale – aufstehen konnten sie noch immer nicht, weil nach wie vor in Kopfhöhe das energetische Feld waberte.

Crest hatte die anderen mehrfach davor gewarnt, es zu berühren. »Wo wollen Sie hin?«, fragte er.

Der Topsider drehte sich um. Sein intaktes Auge verengte sich und schien mit den Gesichtsschuppen zu verschmelzen, als die Nickhaute zuschnappte. »Raus – dann sehe ich weiter. Hier sitze ich nicht mehr länger und warte wie ein stumpfsinniger Rrakass darauf, geschlachtet zu werden! *Irgendjemand* stellt *irgendetwas* mit diesem Schiff an, und wenn es die Methans sind, will ich es wenigstens wissen.«

»Wer sollte es sonst sein?«, fragte Tatjana.

»Es sind nicht die Methans«, gab sich Crest überzeugt. »Nach allem, was ich über diesen Krieg weiß, wäre ein solches Verhalten absolut untypisch. Wenn sie es wären, hätten sie das Beiboot längst abgeschossen und sich ...«

»... eine Kerbe in ihren persönlichen Ruhmesstock geschnitzt?«, beendete die Russin den Satz. »Crest – noch einmal: Wer sollte es sonst sein?«

»Sie haben einen Hilferuf abgesetzt«, erinnerte der Arkonide. »Ist es denn so unwahrscheinlich, dass ihn jemand abgefangen und darauf reagiert hat?«

Die Telepathin öffnete schon den Mund, wohl um erneut zu widersprechen, schwieg aber. »Sie haben Hoffnung, Crest? Die Vorstellung gefällt mir.«

Crest wandte sich an die Russin. »Hören Sie mir gut zu, Tatjana! Wenn wir das tatsächlich überleben und dort draußen Arkoniden auf uns warten, werde ich Ihre Hilfe brauchen.«

»Inwiefern?«

»Ihre telepathische Gabe«, erklärte Crest knapp. »Wir müssen ...«

»Folgen Sie mir!«, unterbrach Trker-Hon, als sich vor ihm die Tür zur Seite schob. »Sehen wir nach, ob unsere Retter oder unsere Henker auf uns warten.«

Demeira on Thanos

Ein paar Schüsse, mehr kostete es nicht.

Von zwei Schiffen der Methans blieben nur Trümmerwolken, deren Glühen im ewigen Schwarz des Alls bald erlosch. Die dritte feindliche Einheit versuchte zu fliehen. Einer der Schweren Kreuzer ihres Geleitzugs setzte dieser aussichtslosen Idee ein rasches Ende. Es hätte der Erfolgsmeldung des dortigen Kommandanten nicht bedurft; selbstverständlich verfolgte Demeira on Thanos es in der Zentrale ihrer EKTEM auf einem strategischen Umgebungshologramm.

Insgesamt hatte es weniger als drei Minuten gedauert, seit sie nach ihrem Überlichtflug im Normalraum rematerialisiert waren. Drei Minuten, in denen sie der Besatzung dieses Wracks von Beiboot das Leben gerettet hatten, und das ohne große Mühen. Manchmal, dachte Demeira, lohnte es sich eben, generelle Richtlinien zu ignorieren und Befehle Befehle sein zu lassen.

Wobei sie noch nicht wusste, ob es sich *tatsächlich* gelohnt hatte.

Der allgemeinen Kennung nach stellte das Wrack ein Beiboot des Schiffes PESKAR dar; eine Einheit, von der die Kommandantin noch nie gehört hatte. Was nicht verwunderlich war bei der Vielzahl der Kriegsschiffe des Großen Imperiums.

Die Ortung ergab einen erbarmungswürdigen Zustand des Beiboots. Wenn sie sich nicht beeilten, starb die Besatzung auch ohne *Mithilfe* der Methans, weil der Rumpf schlicht und einfach auseinanderbrach oder sämtliche Technologie versagte und die künstliche Atmosphäre durch Hüllenbrüche entwich.

Demeira erteilte den Befehl, die Geretteten samt dem Wrack unter Zuhilfenahme von Traktorstrahlen einzuschleusen. Der Hangar der EKTEM konnte das Beiboot leicht aufnehmen. Danach musste man weitersehen. Sie hoffte nur, dass mittlerweile nicht die ganze Besatzung gestorben war; irgendwelche Lebenszeichen gab es momentan nicht mehr, der Notruf wurde nicht einmal mehr automatisch gesendet. Keine guten Anzeichen.

»Zustand der Transitionstriebwerke?«, fragte sie knapp.

»Die EKTEM ist einsatzbereit«, antwortete ein Techniker via Funk erwartungsgemäß. Die Überlichtetappe war kurz gewesen, nicht etwa an der Grenze der Reichweite für ein Schlachtschiff. »Ebenso die beiden Schweren und die Leichten Kreuzer. Die Transportschiffe werden hingegen einige Zeit benötigen, um sich auf eine erneute Etappe vorzubereiten. Ich sende die aktuellen Hochrechnungen.«

Demeira überflog die Diagramme nur; bloße Routine, nicht mehr. Selbstverständlich waren die Transitionstriebwerke der zivilen Einheiten schwächer und schneller erschöpft als die der militärischen Schiffe – eine Notwendigkeit in Kriegszeiten. Ein Geleitzug jedoch wies besondere Bedingungen auf: Niemand konnte auf Dauer ohne den anderen bestehen, man war gegenseitig aufeinander angewiesen.

Die Methans lauerten *überall* auf versprengte Arkonideneinheiten, um sie zu vernichten. Ungeschützte Transportschiffe waren ihnen während der Regenerationsphasen der Triebwerke hilflos ausgeliefert, weshalb man schon vor Langem begonnen hatte, die Idee der gegenseitigen Begleitung in die Tat umzusetzen. Kriegsschiffe konnten kleine Gruppen der Methans mit Leichtigkeit zerstören; ohne die zivilen Transporter wiederum wären die Besatzungen der verschiedenen Kolonien verloren, weil sie Nachschubgüter benötigten. So sorgten die einen fürs Überleben von Zivilisten und auch Militärs; die anderen für einen sicheren Flug der Versorgungseinheiten.

Eine Rechnung, die klar aufging. Deshalb hatten die Kommandanten strengste Order, niemals auf Hilferufe einzugehen – eine einzelne versprengte Einheit war entbehrlich, ein Geleitzug als Ganzes nicht.

Und schon gar nicht derjenige, den Demeira on Thanos anführte und der auf höchste Anweisung hin unterwegs war, um einer scheinbar bedeutungslosen Kolonie die dringend benötigten Güter und Ersatzteile zu liefern ... und nebenbei einen Geheimauftrag zu erfüllen.

Und doch bereute Demeira nicht, was sie getan hatte.

Sie verließ ihren Platz als Kommandantin und verlangte, sofort informiert zu werden, sollten die Orter weitere feindliche Einheiten sichten. Die Erfahrung lehrte jedoch, dass es meistens einige Zeit dauerte, bis Verstärkung für Schiffe der Methans in Not eintraf – falls sie überhaupt vor ihrer Vernichtung ihrerseits Notrufe abgeschickt hatten. Wahrscheinlich war ihnen keine Zeit dazu geblieben.

Demeira machte sich auf den Weg zum Haupthangar, um zu sehen, *wen* sie gerettet hatte. Bis auch der letzte zivile Transporter ihres Geleitzugs wieder flugbereit war, blieb fast eine Stunde Zeit, die sie zu nutzen gedachte.

Erst auf Laufbändern und bald in einem kleinen Einpersonenrobotschweber raste sie den Hauptkorridor entlang, der sie von der gut geschützten Zentrale nach außen durch die inneren Kugelschalen Richtung Hangar brachte.

Dort angekommen, betrat sie die erhöhte Ringempore kurz unterhalb der Decke und beobachtete die Einschleusung des Beibootwracks. Der Rumpf war an mehreren Stellen gebrochen, dem Aussehen nach offenbar aufgrund von Explosionen im Inneren des Schiffs. Zusätzlich entdeckte sie typische Schäden infolge von Beschuss der Methans – die Kommandantin hatte derlei schon dutzendfach gesehen: die punktuellen schwarzen Verfärbungen des Arkonstahls durch die extremen Hitzebelastungen; den beschädigten Ringwulst; die geschmolzenen Geschützöffnungen.

Nichts Neues unter Arkons Sonne.

Das Hangarschott schloss sich wieder, die Zugstrahlen setzten das Beiboot unsanft ab. Das Krachen von Metall auf Metall dröhnte bis zu Demeira, die hinter einem extra für sie projizierten Energiefeld stand, das sie in Grenzen auch akustisch abschirmte, indem es den Umgebungslärm massiv dämpfte. Mit einer barschen Handbewegung und einem herrischen Befehl schaltete sie es ab, trat in den Antigravaufzug und glitt abwärts.

Noch ehe sie den Boden erreichte, beobachtete sie, wie Kampfroboter den Zugang zum Beiboot über eine Schleuse öffneten und in das Schiff einströmten. Man musste vorsichtig sein in diesen Zeiten. Es bestand die wenngleich geringe Gefahr, dass die Methans die kleine Einheit vor dem Auftauchen des Geleitzugs erobert hatten.

Und das alles, dachte sie, *wahrscheinlich für nichts. Wenn darin noch Arkoniden am Leben wären, hätten sie sich längst bemerkbar gemacht.*

Crest da Zoltral

Crest hörte das Wummern von schweren, stampfenden Schritten. Er hatte Angst – sie wurden geentert.

Die Tür zur Zentrale wurde aufgebrochen, und Kampfroboter stürmten herein. Drei große, klobige Maschinen.

Arkonidische Einheiten.

Gab es Wunder?

Offenbar schon.

Dennoch blieb die Angst und hielt ihn fest im Griff. Die Roboter packten ihn und seine beiden Begleiter, schleiften sie mit sich aus der Zentrale, quer durch das Beiboot bis in den Hangar eines fremden Schiffes, das die PESKAR XXV offensichtlich eingeschleust hatte.

Niemand wartete auf ihn, niemand erklärte ihm, was geschah. Stattdessen packten Zugstrahlen das Beiboot, das weiterhin von Explosionen erschüttert wurde, und stießen es aus dem Hangar, hinaus ins All, wo es in einer Unzahl kleinerer Explosionen endgültig verging.

Die Wahrscheinlichkeit für das, was geschehen war, betitelte der Logiksektor süffisant als *gering; du willst gar nicht wissen, wie gering.*

Womit du recht hast, antwortete Crest gedanklich. Eine genaue Berechnung interessierte ihn tatsächlich nicht, denn sie spielte keine Rolle. Es war geschehen, und nur das zählte, ob es unwahrscheinlich war oder nicht. Damit gab sich der Logiksektor jedoch nicht zufrieden. *Gewiss, es gab einen Notruf, aber ...*

Diesmal unterbrach Crest den Gedankenfluss: *Kein Aber. Wir leben noch, und nun sollten wir uns darauf konzentrieren, dass es auch so bleibt. Wir mögen nun unter Arkoniden sein, aber dies sind unsere Vorfahren vor einer Unzahl von Generationen! Es kann gut sein, dass die Schwierigkeiten gerade erst beginnen.*

Es galt, einer Menge von ... Fettnäpfchen, in die sie treten konnten, aus dem Weg zu gehen. So hatte es Reginald Bull auf der Erde einmal genannt; ein sehr eingängiges geflügeltes Wort, wie Crest fand. Er kannte im Arkonidischen keine vergleichbar einfache und treffende Formulierung.

Es gab zu viele Fragen, die ihre Retter stellen würden und die Crest und seine Begleiter nicht beantworten durften. Ihre wahre Herkunft musste im Dunkeln bleiben und ebenso, dass sie den Ausgang dieses Krieges mit den Methans kannten. Ja, die Arkoniden hatten letztlich den Sieg davongetragen; aber Crest hatte nicht die geringste Ahnung, *wie* das vor zehntausend Jahren und zugleich irgendwann in der Zukunft gelungen war. Oder *wann* die ständigen Schlachten endeten. Schon in Wochen oder Monaten oder erst in einigen Generationen? Zu vieles lag im Dunkeln ...

Wissenschaftliche Neugierde regte sich in dem alten Arkoniden. Dabei war es nicht von Bedeutung, dass er im Sterben lag und ihre Situation guten Gewissens als verzweifelt bezeichnet werden konnte – er vermochte die Wahrheit über eine längst vergangene Epoche der Historie seines Volkes herauszufinden. Ein faszinierender Gedanke.

Nur, wie willst du Entdeckungen machen?, fragte der Logiksektor. *Indem du beobachtest? Oder planst du, aktiv einzugreifen und das zu verändern, was bereits geschehen ist?*

Die Warnung, die eindeutig zwischen diesen Worten herausklang, wäre nicht notwendig gewesen. Crest wusste auch so, dass er vorsichtig sein musste. Sie alle konnten durch scheinbar unbedeutende Handlungen die Geschichte des Imperiums, vielleicht der gesamten Galaxis, ändern – zum Guten oder zum Schlechten.

Und er machte sich keine Illusionen; die Chance, dass sich alles im negativen Sinn wandelte, war größer. Was, wenn es ihre Gegenwart, in die sie zurückkehren wollten, wegen ihrer Handlungen in der Vergangenheit bereits nicht mehr gab? Wenn vielleicht das Schicksal des Planeten Tramp und seiner Bewohner ein anderes gewesen wäre ohne ihr Eingreifen? Wenn sich diese Ilts nun zu einem wichtigen Machtfaktor entwickelten – oder eben gerade nicht?

Es gab viele Optionen, und es war schlicht unmöglich, sie alle zu bedenken. Wie er es drehte und wendete, für ihn gab es nur eins: Er musste nach bestem Wissen und Gewissen handeln und ... abwarten, was geschah.

Und diejenige, die für ihn und seine Gefährten die Fäden der Zukunft dieser Vergangenheit fest in der Hand hielt, war zweifellos die Arkonidin, die den Hangar betrat und ihnen mit starrem Blick und voller Verachtung entgegenschaute.

»Mein Name lautet Demeira on Thanos.«

Die Stimme spiegelte perfekt Crests ersten Eindruck wider: herrisch, selbstbewusst und ... herablassend? Nein, sie klang enttäuscht, versuchte es aber zu verbergen. Ein feiner, aber wichtiger Unterschied. Der Arkonide achtete auf jede Nuance. Je exakter er sein Gegenüber einzuschätzen vermochte, umso besser standen die Chancen, mit der in aller Hektik vorbereiteten Tarngeschichte durchzukommen.

Er warf einen Blick zu Tatjana Michalowna; als Telepathin konnte sie die Gedanken der Arkonidin lesen. Nach dem nicht minder rasch besprochenen System gab sie ihm Zeichen. *Enttäuscht, in der Tat,* dachte Crest. *Wahrscheinlich hat sie sich erhofft, nicht nur drei abgerissene Gestalten am Ende ihrer Kräfte zu retten.*

»Ich bin Crest da Zoltral«, sagte er. Es war ein arkonidischer Name und in dieser Zeitepoche so gut wie jeder andere. Crest konnte sich ohnehin in keiner Form ausweisen. Als einziger Arkonide der Gruppe musste er selbstverständlich die Rolle des Sprechers übernehmen. »Dies sind meine Begleiter Tatjana on Michalo« – ein arkonidischer Klang mochte hilfreich sein – »und Trker-Hon.«

»Crest da Zoltral«, wiederholte sie. Ihre Gesichtshaut war vornehm bleich, das weiße Haar berührte mit den Spitzen soeben noch die Schultern. Unter der Uniform zeichnete sich eine fast knabenhafte Gestalt ab, die Brüste klein wie Kinderfäuste. Sie wirkte zerbrechlich, aber aller Wahrscheinlichkeit nach war sie das gerade nicht. Kommandantin in Kriegszeiten zu sein legte etwas anderes nahe. »Ein Name, den ich noch nie vernommen habe.«

Er dachte kurz nach. »Es freut mich, das zu hören.« Eine Aussage, die womöglich ihre Neugierde weckte. Wenn das gelang, war er bereits einen kleinen Schritt weiter.

»So?«

Crest unterdrückte ein zufriedenes Lächeln. Es war gelungen. Er schwieg einen Moment, wartete ab.

»Ich kommandiere die EKTEM und damit den Geleitzug, den mein Schlachtschiff anführt«, fuhr Demeira on Thanos fort. »Sie können sich sicher vorstellen, dass ich Wichtigeres im Sinn habe, als darauf zu warten, dass Sie sich bequemen, mit weiteren Informationen zu glänzen.«

Ihre süffisante Wortwahl konnte nicht über ihren Ärger hinwegtäuschen. Crest entschloss sich, das Spiel nicht länger hinauszuzögern und rasch zu handeln. »Ich bedanke mich für die Rettung, auch im Namen meiner beiden Begleiter. Ich habe als Wissenschaftler an einem kriegswichtigen Forschungsprojekt gearbeitet. Die PESKAR unter dem Kommando von Agidus da Andeck diente zum Schutz des Projekts. Methans haben uns überrascht, nur unser Beiboot konnte mit knapper Not entkommen. Weitere Einzelheiten ...«

»Ich habe verstanden«, unterbrach die Kommandantin. »Weitere Einzelheiten werden Sie nicht nennen können, weil sie geheim sind. Korrekt?«

Crest deutete ein anerkennendes Nicken an. Er blinzelte eine Träne der Erregung aus dem Augenwinkel hinweg. Dabei warf er einen raschen Blick zu Tatjana. Die Russin legte kurz die Fingerspitzen beider Hände zusammen – das Zeichen dafür, dass Demeira on Thanos der Tarngeschichte offenbar Glauben schenkte.

Schließlich wandte sich die Kommandantin kommentarlos ab und drehte sich noch einmal, scheinbar beiläufig, um. »Man wird Ihnen Kabinen zuweisen. Eine Anfrage geht nach Arkon. Sobald ich Antwort per Hyperfunk erhalte, werden Sie davon erfahren.«

Crest überschlug die Fakten – Arkon war weit entfernt, die Funkanfrage musste sicher über etliche Relaisstationen laufen, die wiederum zweifellos bevorzugte Angriffsziele der Methans bildeten. Eine Antwort konnte durchaus einige Tage auf sich warten lassen. »Und bis dahin?«, fragte er.

»Sie werden an Bord meines Schiffes den Geleitzug zu seinem Ziel begleiten.« Wieder wandte sie sich ab.

»Das wo liegt?«

On Thanos antwortete, ohne sich noch einmal umzudrehen: »Eine unbedeutende Kolonie in einem Seitenarm der Galaxis. Larsaf III.«

Der Arkonide starrte ihr hinterher.

Ein weiterer Beweis dafür, dass es tatsächlich Wunder gibt, ließ sich der Logiksektor vernehmen. *Oder nur ein neuer, erstaunlicher Zufall?*

Viel mehr als das, davon war Crest überzeugt. Nur konnte er es nicht in Worte fassen. Ihm kamen nur abgedroschene Phrasen in den Sinn. Glück. Karma. Die Hand der Sternengötter. Ordnung in der Entropie. Vorhersehung.

Noch einmal, dachte er gezielt für den Extrasinn. *Es spielt keine Rolle. Wir müssen es so annehmen, wie es geschieht.*

Larsaf III – der arkonidische Name für den Planeten, den seine Bewohner später Erde und neuerdings zunehmend Terra nennen sollten. Von dort waren sie durch einen Transmittersprung ins Unbekannte aufgebrochen, von dort hatte es sie in die tiefe Vergangenheit verschlagen – und nun führte sie ihre chaotische, gefahrvolle Odyssee, die in der Unterwasserkuppel vor den Azoren ihren Anfang genommen hatte, an denselben Ort zurück.

Es ist nicht derselbe Ort, korrigierte der Logiksektor nüchtern. *Wie könnte er das sein, zehntausend Jahre in der Vergangenheit?*

Ausnahmsweise widersprach Crest nicht, und das nicht nur deswegen, weil er keine Lust auf eine fruchtlose Diskussion verspürte. Ihm gingen weitaus wichtigere Dinge durch den Kopf.

Allen vorliegenden Fakten zufolge war Crest in der Unterwasserkuppel davon ausgegangen, dass der ihm unbekannte Kommandant ebendieser Kolonie unsterblich gewesen war ... oder noch immer war. Ein erster, sehr konkreter Hinweis auf das Ziel seiner Suche – die Welt der Unsterblichkeit.

Der Mythos dieser Welt war in der ganzen Galaxis verbreitet, wenn man nur wusste, wo man hinhören musste und welche Fragen man zu stellen hatte.

Ewiges Leben, weder Zellalterung noch Krankheit. Womöglich Immunität gegen alle Arten von Verletzungen.

Ein Ort, an dem sich das erfüllte, wonach Lebewesen aller Welten schon immer strebten; seit dem Moment, in dem ein denkendes Wesen zum ersten Mal begriffen hatte, dass es mehr gab als sich selbst oder dass sein Leben eines Tages enden würde. Aus dieser Erkenntnis entstanden Fragen, auf die es bislang keine Antwort gab, zumindest keine, die Crest bereit gewesen wäre zu akzeptieren. Der Tod war allgegenwärtig in jeder Existenz, war das Ziel und das Ende ...

... oder eben doch nicht. Es gab Narren, die ewiges Leben aus den fadenscheinigsten Quellen suchten, mit Methoden, die von vornherein zum Scheitern verurteilt waren. Kein Volk kannte dieses letzte, ultimative Geheimnis. Religion, Medizin, Wissenschaft im Allgemeinen, Spiritualität, Ethik, Regeln und Gesetze einer geordneten Zivilisation – all das bot keine Lösung.

Nicht für Crest.

Nicht für einen Arkoniden, dessen Körper von einer Krankheit zerfressen wurde, die ihn schon bald ins ewige Nichts zu reißen drohte.

Kein Priester vermochte ihm mehr zu helfen, kein Heilsbringer, kein Mediker mit aller fortgeschrittenen Medotechnologie der Galaxis. Aras konnten vielleicht einen gebrochenen Knochen binnen Sekunden richten und heilen, einen Arm nachwachsen lassen, ja sogar ein schadhaftes Organ neu züchten, um das zerstörte Original zu ersetzen ... aber an seinem Zustand würde nur noch etwas ändern, was größer war als alles, was *bekannt* war.

Ein Geheimnis.

Ein Mythos.

Eine Begegnung mit der Unsterblichkeit.

Die Welt des Ewigen Lebens.

»Crest?«, fragte Trker-Hon später. Sie saßen zu dritt in dem Quartier, das ihnen von der arkonidischen Kommandantin zugewiesen worden war. Ihre Bewegungsfreiheit war auf dieses Quartier beschränkt; vor der Tür hielt sich eine Wache auf. Demeira on Thanos zeigte nur sehr wenig Misstrauen – damit war Crest mehr als zufrieden, denn es hätte weitaus schlimmer kommen können. Offenbar wurden sie nicht abgehört; Tatjanas telepathisches Sondieren der Verantwortlichen hatte dasselbe Ergebnis erbracht wie eine Untersuchung des Raumes. On Thanos glaubte ihre Tarngeschichte weitgehend, schenkte ihnen Vertrauen und behandelte sie – von geringen Einschränkungen abgesehen – wie Gäste, nicht wie Gefangene.

Der Raum war matt erleuchtet, es gab nur einen einzigen Stuhl, auf dem Crest Platz genommen hatte. Der Topsider lehnte mit dem Rücken gegen die Wand neben der engen Schlafkoje, Tatjana saß vor dem Durchgang in die kleine Hygienezelle auf dem Boden, die Beine in einer verwirrenden Haltung ineinander verschachtelt, die sie *Schneidersitz* nannte. Crest entdeckte immer wieder bizarre Details bei den Menschen. Ein wahrhaft interessantes Volk, auch in zahllosen Kleinigkeiten. Wie gerne würde er ihren weiteren Weg verfolgen – den von Tatjana und anderen Mutanten, den von Perry Rhodan, dem etwas Besonderes innewohnte, das er nicht näher bezeichnen konnte.

Offenbar blieb er zu lange in seinen Gedanken versunken. Trker-Hon sprach ihn erneut an, diesmal mit erhobener Schnauze. »Ist es Zufall?«

Worauf er sich bezog, war vollkommen klar. »Was denken Sie?«, fragte Crest.

Trker-Hon schwieg, mit der Weisheit, die ihm schon von Amts wegen als *Weiser* der Topsider zugeschrieben wurde, offenbar am Ende.

Stattdessen gab Michalowna eine Antwort. »Viele in meinem Volk glauben nicht, dass es so etwas wie Zufall gibt.«

»Sondern?«

»Dass alles gelenkt wird von einer höheren Macht, wie immer sie diese auch nennen. Oder dass jede Entscheidung, jeder bedeutende Augenblick vorherbestimmt ist durch Selektion. Wenn es nicht auf eine bestimmte Weise geschieht, wird es in den Untergang führen oder hätte längst dort geendet.« Sie lachte. »Unfug, wenn Sie mich fragen.«

Crest schaute die Russin an. »Tatjana, was glauben Sie?«

»Glauben?« Sie winkte ab. »Damit hat es nichts zu tun. Ich weiß, dass ich einen freien Willen habe. Ich entscheide mich, wie ich es will. Dass ich mit Ihnen durch den Transmitter gegangen bin, war mein Entschluss. Ob er nun klug war oder nicht. Wenn ich einen Fehler begehe, werde ich die Folgen tragen müssen. Erlange ich einen Erfolg, ist es mein Verdienst. Also ist es auch ein Zufall, dass wir zurück zur Erde fliegen. Niemand hat uns ausgerechnet in die Nähe der EKTEM gelenkt oder dafür gesorgt, dass Demeira on Thanos unseren Notruf empfängt.« Sie redete sich fast in Rage, zog in ihrer sitzenden Haltung die Beine an, legte die Hände auf die Knie und schaute abwartend in die Runde.

»Dieser freie Wille, von dem Sie reden«, warf Trker-Hon schließlich ein. »Von wem wurde er Ihnen verliehen?«

Sie wirkte irritiert. »Ich besitze ihn, weil ich ein Mensch bin. Ein Individuum. Niemand musste mir das Recht zu eigenen Entscheidungen ... verleihen. Eine absonderliche Vorstellung.«

»So?« Der Topsider rieb mit dem Rücken über die Wand. Seine Schuppen kratzten schabend über das Metall.

Dieses eine Wort bewirkte mehr als eine lange philosophische Abhandlung. Tatjana Michalowna wirkte verunsichert, kaute auf ihrer Unterlippe.

»Nehmen wir es, wie es ist«, schlug Crest vor, den der intellektuelle Reiz dieser Diskussion zwar faszinierte – was aber nichts daran änderte, dass es sich um ein fruchtloses Gespräch handelte. Mit Theorie konnten sie sich später noch beschäftigen, falls es ein *Später* gab. »Was tun wir, wenn wir Larsaf III erreichen?«

Natürlich gab keiner seiner beiden Begleiter eine Antwort. Was hätten sie auch sagen sollen?

Sie mussten abwarten. Standen sie kurz davor, das Ziel ihrer Suche zu erreichen? Würden sie bald den Weg zur Welt des Ewigen Lebens finden?

Oder – der Gedanke elektrisierte Crest – stellte etwa die Erde der Vergangenheit diese Welt dar? War sie deshalb zum Mythos geworden, weil sie ihre spezielle Funktion längst verloren hatte? Und lag der eigentliche Zufall darin, dass es Crest und die AETRON zehntausend Jahre später ausgerechnet auf den atmosphärelosen Mond der Erde verschlagen hatte?

Er konnte es drehen und wenden, wie er wollte. Jede Überlegung führte nur zu neuen Fragen, mochten sie nun philosophischer oder eher *direkter* Natur sein.

Sie mussten abwarten.

Abwarten, bis sie wieder die Erde erreichten – oder Larsaf III und die arkonidische Kolonie auf dieser Welt samt dem geheimnisvollen, unsterblichen Kommandanten.

Kapitel 5

Terra incognita
Feltif de Khemrol

Sternenbarke.

Feltif de Khemrol dachte über den Namen für dieses Schiff nach, das komplett aus Papyrus und Schilf gebaut worden war. Er klang, als hätte ihn D'ihra aus purer Hybris gewählt, aufgrund von grenzenloser Selbstüberschätzung. Es passte zu ihr, zu fast allen diesen Menschen, die ihn gerade deswegen so sehr faszinierten.

Dieses Boot würde die Sterne nie erreichen können, ja keinen einzigen Zentimeter von den ewigen Fluten des Meeres abheben. Aber es erfüllte den Zweck, zu dem es erbaut worden war, bislang perfekt – obwohl Feltif das nicht für möglich gehalten hätte. Nicht bei dem primitiven Entwicklungsstand der Bewohner von Larsaf III. Doch sie brachten es in speziellen Handwerkskünsten bereits zu hoher Fertigkeit.

Ein Boot aus Schilf, um über die Weiten des Meeres zu fahren, dachte er. *Wenn ihnen erst einmal der Gedanke kommt, werden sie versuchen, mit einer lächerlich baufälligen Konstruktion ihren Planeten zu verlassen und vielleicht Segel spannen, um Sonnenwinde einzufangen.*

Der arkonidische Tato stand in seiner Maske, die ihn äußerlich in einen der Planetenbewohner verwandelte, auf dem Deck der Sternenbarke. Er fühlte den Wind im Gesicht. Er fuhr ihm durch die Haare und ließ sie wehen. Eine Fackel war am Mast befestigt, der das Segel trug; ihr flackerndes Licht reichte kaum aus, das Deck zu erhellen, geschweige denn in die Dunkelheit der Nacht vor ihnen zu blicken. Das Meer rund um das Boot versank in tiefer Schwärze, Feltif konnte nur das Rauschen der Wellen hören und das Klatschen, mit dem sie gegen die Bootswände schlugen.

Es würde gut gehen, solange es kein Unwetter gab; einen echten Sturm jedoch, fürchtete er, vermochte die Sternenbarke nicht zu überstehen.

Inzwischen kannte er alle Menschen dieser kleinen Flüchtlingsgruppe, die D'ihra anführte – ausgerechnet sie. Feltif dachte immer wieder darüber nach, ob es ein Zufall gewesen war, der ihn erneut auf diese Menschenfrau hatte treffen lassen.

Er hatte sie sofort wiedererkannt und in seiner grenzenlosen Überraschung geglaubt, auch in ihren Augen und in ihrem Verhalten zu sehen, dass sie wusste, wer er war. Doch er musste sich getäuscht haben; seine Verkleidung war zu perfekt und unterschied sich stark von derjenigen, in der er sich vor zwei Jahren unter die Menschen gemischt hatte.

Sie konnte ihn nicht erkannt haben.

Es war unmöglich.

Undenkbar.

Und wenn er noch weitere Variationen fand, diese angebliche Tatsache auszudrücken, würde er vielleicht selbst daran glauben.

Ein ganzer Tag auf See brachte sie zielstrebig Atlantis näher, jener Kolonie, die für D'ihra und die anderen eine Stadt der Götter war und für ihn das Zuhause weitab von der Heimat Arkon. Auch in der Nacht gelang es Egmogast, D'ihras Bruder mit der schweren Zunge, perfekt, Kurs zu halten. Sie navigierten anhand der Sternkonstellationen – weshalb das Boot auch seinen Namen trug, behauptete die Seherin.

Eine durchaus logische Begründung – aber ihm kam etwas ganz anderes in den Sinn, eine Szene, die sich nie hätte ereignen dürfen. *Mein voller Name lautet Feltif de Khemrol,* hatte er gesagt, damals, nachdem er D'ihra und ihrem ungeborenen Kind das Leben gerettet hatte. *Ich bin von den Sternen gekommen.*

Seitdem, davon war er überzeugt, trug sie die Sehnsucht nach dem Weltall in sich.

Nach Atlantis.

Nach ihm.

Sie hielt ihn für einen Gott, und wenn er versuchte, sich in sie hineinzuversetzen, konnte er es durchaus nachvollziehen. Ihr blieb gar keine Möglichkeit, zu einem anderen Ergebnis zu kommen. Er hatte ihr Kind mit der Hilfe einer Technologie entbunden, die für sie pure Magie sein musste; unendlich weit vom Messer der Hebamme entfernt, das ihr Leben beendet hätte. Der Alltag eines Arkoniden stellte sich für einen Menschen von Larsaf III wie das Werk der Götter dar. Einst, in grauer Vorzeit, war es für Arkoniden wohl nicht anders gewesen, auch wenn sein selbstherrliches Volk das gerne vergaß und seine Angehörigen sich für die Krone aller Schöpfung hielten.

In die erhabene Stille, bislang nur unterbrochen von den Lauten der Natur, mischten sich die Geräusche von Schritten. Er konnte sie am Klang von allen anderen unterscheiden. »D'ihra«, sagte er, ohne sich nach ihr umzudrehen.

Sie wunderte sich nicht. »Du schläfst nicht?«

Er lachte. »Da weiß ich mich in guter Gesellschaft.«

D'ihra legte beide Hände auf das fest gebundene Schilfbündel, das als Sicherung am Schiffsrand diente, hinter dem es nur Dunkelheit, einen kurzen Sturz und ewige Fluten gab. »Ich habe bereits geschlafen.«

»Aber?«

»Aber nun denke ich nach. Werden wir die Stadt erreichen? Und was wird uns dort erwarten?«

»Ich weiß es nicht«, log er. Die Worte kamen glatt und schmeichlerisch über seine Lippen. In dieser Hinsicht hatte er sich längst daran gewöhnt zu lügen; er tat es seit vielen Jahren, wann immer er Atlantis verließ. Nur ein einziges Mal hatte es eine Ausnahme dieser Regel gegeben. Auch damals war D'ihra in seiner Nähe gewesen, blutend, erschöpft und unendlich verwundert.

Sie schwieg.

»Woher kennst du den Weg zu der Stadt so genau?«, fragte er. »Ich habe zwar auch Gerüchte gehört, aber ...« Er brach vielsagend ab. Mochte sie es interpretieren, wie immer sie wollte.

»Man kann die Stadt auch auf dem Landweg erreichen«, ergänzte D'ihra. »Zumindest bis man aus der Ferne die phantastischen Bauten sieht. Näher lassen die ... Bewohner keine Besucher heran. Sie scheinen ihre Augen überall zu haben.«

»Du hast gezögert?«

»Die Bewohner. Die Götter. Wie auch immer.«

Er schloss die Hände nun ebenfalls um das Schilfbündel, seine Linke kam dabei ihrer Rechten sehr nahe. »Du klingst, als hättest du diesen Blick, von dem du gesprochen hast, selbst bereits erlebt.«

»Mehr als einmal.«

»Aber wenn der Weg über das Meer zwei Tage und eine Nacht dauert, so ist derjenige über das Festland ...«

»Um ein Dreifaches länger, ja. Ich habe diese Reise mehrfach auf mich genommen, um aus der Ferne die Stadt zu betrachten. Nun, da die Feinde überall lauern, ist dieser Weg zu gefährlich. Uns bleibt nur der Versuch, mit dem Boot zu fahren, um dort Zuflucht vor unseren Gegnern zu finden. Und um den Turm zu sehen und die Himmelstränen, die dort niedergehen.«

Himmelstränen? Feltif wunderte sich einen Augenblick, ehe ihm klar wurde, was sie auf diese blumige Weise bezeichnete. Gleiter. Kleine Versorgungsbeiboote, die zu den Schiffen flogen, die im All warteten. »Den Turm?«, fragte er, um irgendetwas zu sagen. Natürlich wusste er genau, was sie meinte. Auch aus der Ferne musste Atlans Wohnbereich beeindruckend wirken.

»Er überragt alles«, sagte D'ihra. »In unglaubliche Höhen ragt er auf, und er glänzt, wenn das Licht der Sonne auf ihn fällt. Er ist gewaltiger als die höchsten Berge und glatt wie ... wie ein See, wenn nicht das kleinste Lüftchen weht. Und auf dem Gipfel steht eine durchsichtige Pyramide, die sich mit nichts vergleichen lässt, was ich jemals gesehen habe.«

Während er lauschte, stellte sich Feltif vor, wie er D'ihra an der Hand nahm, mit ihr im Antigravlift bis zur Spitze aus Cyriiglas schwebte und ihr Atlantis zeigte.

Ein frevlerischer Gedanke. Er wusste ohnehin noch nicht, wie das alles enden konnte. Was sollte aus diesem Boot werden, wenn die fünf Flüchtlinge in ihm tatsächlich das Ufer von Atlantis erreichten? Die Kolonie war für alle Menschen dieses Planeten tabu, und auch er, Feltif, durfte niemanden ins Innere führen.

Und schon gar nicht war ihm erlaubt, Gefühle zuzulassen, die ihn mit einer Primitiven verbanden.

Dennoch hatte er zugesagt, diese Gruppe auf ihrem Boot zu begleiten. Seinen Gleiter, mit dessen Hilfe er binnen weniger Minuten Atlantis hätte erreichen können, hatte er per Fernfunkimpuls und Autopilot zurück in die Stadt geschickt. Im Notfall konnte er ihn innerhalb ebenso kurzer Zeit wieder zu sich rufen.

Nun stand er auf dem Boot, roch das feuchte Schilf und fragte sich, was er überhaupt tat.

Hatte er den Verstand verloren?

Die Technologie seines Volkes, das Reisen in Raumschiffen, der Krieg gegen die Methans ... all das schien ihm unendlich fern. Das Leben unter den Menschen, der Duft dieser Frau namens D'ihra waren viel wirklicher.

Womöglich die einzige Wirklichkeit, die es gab.

Das war der Moment, in dem vor ihnen ein Blitz vom Himmel zuckte und sich tausendfach verästelte.

Ein erhebender Anblick, doch es blieb keine Zeit, sich daran zu ergötzen. Denn im selben Augenblick krachte der Donner.

D'ihra

Regen prasselte auf sie herab. Die Sternenbarke befand sich mitten im Herzen des Gewitters.

Das Unwetter brach von einem Atemzug auf den nächsten los. Es war, als wolle sich der Zorn des Himmels über ihnen entladen. Plötzlich hob sich der Bug des Bootes, sodass D'ihra mit dem Körper gegen das Schilfbündel prallte und daran entlangschlitterte. Irgendwo krachte es gefährlich in der Konstruktion. *Ich stürze über Bord,* dachte sie noch, dann umklammerte etwas hart ihren Oberarm und riss sie zurück.

Feltif zerrte sie zu sich, in Sicherheit.

Nur dass es keine Sicherheit mehr gab. Das Boot klatschte wieder auf, Wasser schwappte über Deck, gegen ihre Beine.

Egmogast, der das Schiff steuerte, schrie. Aus dem kleinen Aufbau in der Mitte des Bootes hastete Marokar heraus, der sich nach Feltifs Behandlung erstaunlich rasch von seiner schlimmen Verletzung erholt hatte. Harufont und Komelur folgten nur Sekunden später.

Ein weiterer Blitz zuckte über den Himmel und tauchte für einen Moment alles in grelle, unwirkliche Helligkeit. So konnte D'ihra genau sehen, wie sich das Segel im losbrechenden Sturm zu weit zur Seite bog und in Komelurs Rücken schlug. Alles ging viel zu schnell, als dass irgendjemand etwas hätte tun können. Komelur ging über Bord, ein ruderndes Bündel aus Armen und Beinen, ein vor Schmerz und Schreck erstarrtes Gesicht, das erst in der Dunkelheit und dann in den Fluten verschwand.

Regenmassen stürzten herab wie ein Wasserfall in einen See. Die Laterne zerbrach, das Licht erlosch.

Wir werden Atlantis nicht erreichen, dachte D'ihra, und einen Moment lang glaubte sie, Komelur noch einmal schreien zu hören. Harufont sprang zum Rand des Bootes, als wollte er in einem wahnwitzigen Versuch den Freund retten. Egmogast riss ihn zurück, ehe er wieder das Ruder packte. Doch der Sturm wütete zu plötzlich und zu stark, als dass er die Sternenbarke hätte auf Kurs halten können. Er vermochte nicht einmal zu verhindern, dass sie in wenigen Augenblicken kentern würden. Das Boot bäumte sich auf, etwas im Mast knirschte und knackte.

Warum hatten die Götter D'ihra nicht gezeigt, was ihrer kleinen Gruppe bevorstand? Wieso hatte sie den Sturm nicht im Voraus *gesehen?*

Die Antworten kannte sie selbst. Weil ein Blick in das, was kommen würde, auch für eine Seherin eine seltene Gnade war. Und vielleicht hatte sie ja sogar eine Warnung empfangen, ohne sie zu verstehen. Warum sonst hatte sie so unruhig geschlafen, dass es sie zurück aufs Deck getrieben hatte? Nur hatte Feltifs Anblick sie abgelenkt. Sie war eine Närrin, und das kostete nun ihren einzigen Freunden das Leben. Komelur war ihnen allen nur um wenige Atemzüge vorausgegangen.

Das Boot raste in die Tiefe, als stürze es einen Berghang hinab. Es krachte auf die Fluten, und eine Welle schwappte über sie, höher als sie selbst. Der Sog riss ihr die Füße weg, und während sie fiel, füllte sich ihr Mund mit Wasser. Reflexhaft schluckte sie, würgte, hustete, spuckte aus. Sie schlitterte hilflos, schlug um sich, suchte irgendwo nach einem Halt.

Ihre Hände krallten sich in den Boden, rissen etwas heraus, sie wusste nicht, was, klammerten sich fest. Ein scharfer Schmerz, etwas bohrte sich erst in die Kuppe des Daumens, dann zwischen den Fingern hindurch. Sie wollte schreien, aber sie ließ nicht los. Im Licht einer nicht enden wollenden Abfolge von Blitzen sah sie ihre nassen, blutigen Arme.

Dann war es endlich vorüber, einen Augenblick lang. Das Boot lag frei, wankte auf dem unruhigen, aufgewühlten Meer. Über ihr wehten zerfetzte Enden des Segels im Wind, flatterten und schlugen gegen Reste des Aufbaus.

Doch viel schlimmer war die Wand aus Dunkelheit, die sie vor sich sah, während die Blitze noch immer irrlichterten. Eine Welle raste heran, mehrfach mannshoch, und würde sie alle zerschmettern.

Feltif kauerte im Schutz des Aufbaus, und er hielt etwas in der Hand, ein glänzendes Ding, groß wie sein Gesicht.

Das Werkzeug eines Gottes.

Im selben Moment, als D'ihra es sah, hörte das hilflose Schaukeln ihres Bootes plötzlich auf, und die Welle wurde immer kleiner, während sie heranraste. Der Anblick verwirrte sie, bis sie ihren Irrtum erkannte. Nicht die Welle wurde kleiner, sondern die Sternenbarke erhob sich von den Fluten und schwebte in die Höhe.

Ihr Boot flog wie ein Vogel, der seine Schwingen ausbreitete und damit schlug …

D'ihra hob die Hand vor Entsetzen vors Gesicht und fühlte den Schmerz erst, als sie das spitze Ende des Schilfrohrs sah, das in ihrem Handballen steckte. Warm rann das Blut über ihre Hand, löste sich am Gelenk und tropfte zu Boden.

Wie beiläufig zog sie das Schilf aus ihrem Fleisch und ließ es fallen, während sie über den Schiffsrand in die Tiefe blickte.

Sie hatte sich nicht getäuscht. Das Boot flog.

Die Welle raste unter ihnen dahin, die Gischt berührte fast den Rumpf des Boots. Ein Wunder. Das Wirken eines Gottes, nun konnte Feltif es nicht mehr leugnen.

Mit einem Mal senkte sich die Sternenbarke wieder hinab, doch das Schlimmste war vorüber. Von dem Ding in Feltifs Hand stieg Rauch auf; er schleuderte es über Bord, schüttelte die Hände aus. D'ihra folgte dem Wurf und sah, wo es auf die Wellen schlug. Das Wasser rundum verdampfte. Ein Bild, das sich in ihren Verstand bohrte und das sie so schnell nicht vergessen würde.

Es gelang nun, durch Sturm, Wind und Regen zu segeln, bis sie das Unwetter hinter sich ließen.

Die anderen trauten sich nicht in Feltifs Nähe, doch D'ihra stellte sich neben ihn, streckte ihm eine zitternde Hand entgegen, die er ergriff. »Ich habe von Anfang an gewusst, wer du bist«, sagte sie.

Feltif de Khemrol

Das Boot fuhr wieder auf den Wellen. Noch war die Nacht nicht vorüber, aber an Schlaf war selbstverständlich nicht mehr zu denken.

Der Arkonide sagte sich, dass ihm keine Wahl geblieben war, weil er sonst gestorben wäre – er genauso wie die anderen. Und wenn er sie den grundlegenden Befehlen nach hätte sterben lassen müssen, statt arkonidische Technologie einzusetzen, so galt das nicht für ihn selbst.

Harufont und Marokar versuchten noch immer, die Stoffreste der zerfetzten Segel sinnvoll zu nutzen.

Zu Feltifs Erstaunen hatte nach der ersten Überraschung – oder dem ersten Entsetzen – niemand, nicht einmal D'ihra, gefragt, warum sie nicht bis zur Stadt geflogen waren; auf diese Weise hätten sie Atlantis längst erreicht. Es gab darauf eine Menge verschiedener Antwortmöglichkeiten. Dass die Leistung des Antigravgenerators dazu niemals gereicht hätte, war nur ein Teil der Wahrheit – selbst wenn es möglich gewesen wäre, hätte er es nicht getan. Er benötigte Zeit, um nachzudenken, ehe sie Atlantis erreichten.

Denn sosehr er auch grübelte, er fand keine Lösung für das Dilemma, in dem er steckte. Einerseits konnte er diese Menschen nicht einfach ihrem Schicksal überlassen. Ebenso wenig stand zur Wahl, sie mit in die Kolonie zu nehmen. Wie sollte er dies dem Kommandanten gegenüber rechtfertigen? Wenn er dieses Mal noch weitere Regeln brach, durfte er nicht mehr auf Verständnis hoffen. Alles hatte seine Grenzen, sogar Atlans ohnehin unerklärliche Geduld, und diesmal stand Feltif de Khemrol dicht davor, diese letzte Grenze zu überschreiten.

Aber gab es denn eine Alternative?

Sollte er diese Flüchtlinge dem Meer oder ihren brutalen Feinden überlassen?

Sollte er, Feltif, sich selbst verleugnen und sich den Regeln beugen, obwohl ihm diese zutiefst zuwider waren?

»Woran hast du mich erkannt?«, fragte er D'ihra. Sie saßen im Aufbau in der Mitte des Boots, der das Chaos fast heil überstanden hatte. Nur ein Teil einer Seitenwand fehlte, durch das nun das erste Licht der Morgendämmerung hereindrang. Hin und wieder fiel noch ein Tropfen aus dem miteinander verflochtenen Schilf.

Sie zögerte kurz, als müsse sie nachdenken, lächelte dabei. »Dein Blick. Die Situation. Zwar bist du mir diesmal in einer anderen Gestalt erschienen, aber ...«

»Es ist eine Maske, mehr nicht«, unterbrach er. Sie hielt ihn wohl für einen Gott, der jedes beliebige Aussehen annehmen konnte. Wie sehr sie sich täuschte. Doch wie sollte er ihr das erklären? »Sie verändert mein Äußeres allerdings perfekt. Du hättest mich nicht ...«

»Wie wäre ich in der Lage, den Mann zu vergessen, der mein Leben rettete in der Nacht, als mein Kind geboren wurde?«

Damit sprach sie ein Thema an, über das er bereits lange nachdachte. »Wo ist es?«, fragte er, obwohl er in ihrem Gesicht las, dass es nur eine schreckliche Antwort geben konnte. Eine, über die sie nicht sprechen und die er nicht hören wollte. »Was ist mit deinem Jungen geschehen?«

»Die Kämpfe tobten schon eine ganze Weile, als die Feinde unser Dorf überfielen.« Ihre Worte klangen kalt, ganz anders als alles, was sie zuvor gesagt hatte. Keine Spur von Leben lag darin, sie erinnerte Feltif an die seelenlose Stimme eines primitiven Roboters. »Nicht viele haben überlebt. Ich war nicht in der Hütte, als sie kamen. Godwarn, mein ... der Vater des Jungen, er rannte zurück, um ihn zu holen.«

»Ich verstehe. Du musst nicht weiterreden.«

Doch sie sprach weiter wie in Trance, den Blick ins Leere gerichtet. »Einige brennende Pfeile und einige Krieger. Mehr war nicht nötig, und keiner war in der Lage, es zu verhindern. Ich habe es gesehen, aber ich ... Die beiden konnten ...« D'ihras Stimme erstickte.

»Godwarn und dein Kind haben das Haus nicht mehr verlassen?«, fragte Feltif, um ihr die Chance zu geben, mit einem kurzen Nicken alles zu beenden.

Sie tat es, und sie sah unendlich traurig aus. So als würde die Erinnerung sie fast umbringen. »Du und die Deinen ... ihr kennt sicher keine Kriege?«

Der scheinbare Themenwechsel überraschte ihn. Er beschloss, ehrlich zu antworten. »Doch«, sagte er leise und sah vor seinem geistigen Auge explodierende Raumschiffe. Arkonidische Einheiten ebenso wie solche der Methans, deren Vernichtung er selbst verantwortete. »Und noch viel schlimmere als eure.«

Sie entdeckten Atlantis in der Ferne, und Feltif de Khemrol sah die Stadt, wie er sie nie zuvor wahrgenommen hatte. Er sah sie mit den Augen der Menschen, die über die Wunder staunten, die vor ihnen lagen.

Das glänzende Metall, das spiegelnde, schier unzerstörbare Glas ... Materialien, wie sie die Bewohner dieser Welt nicht kannten. Atlans Turm, sogar für arkonidische Verhältnisse ein Gigant, überragte alles andere. Er stand direkt vor den Klippen der Küstenlinie. Daneben erstreckte sich der künstliche See, über dem die Sommerhitze waberte. Eine bogenförmige Wasserader berührte den Rand des kleinen Raumhafenlandefelds, auf dem einige Gleiter standen – *Himmelstränen.*

Die Gebäude ringsum übertrafen sich gegenseitig an Einfallsreichtum, als hätten ihre Architekten einen Pakt geschlossen, um sich selbst zu verwirklichen. Als wollten sie beweisen, dass sie mehr vermochten, als typische, wenn auch hin und wieder ein wenig extravagante Trichterbauten zu entwerfen.

Das zentrale Erholungsgebiet mit seinen exakt tausend winzigen Plattformen und Logen ragte auf der östlichen Seite halb in den See. Zugleich erstreckte es sich über ein filigranes Röhrensystem einige Dutzend Meter in die Höhe. In seiner Gesamtheit ähnelte es einem gerade vom Boden abhebenden Arkonkranich, wie er nur noch in den Seen des herrschaftlichen Hofes vorkam.

Tarrarin on Zielon – manche nannten sie ein architektonisches Genie, andere eine *Mistmade, die immer nur aus des Imperators Kloake stieg, um ihren angestammten Platz wieder einzunehmen* – hatte sich damit selbst ein Denkmal gesetzt. Eines, das Feltif durchaus beeindruckte, auch wenn er on Zielon nie gemocht hatte. In mancherlei Verhaltensmuster ähnelte sie tatsächlich einer Made, nur dass sie es bis an die Spitze gebracht hatte und nie von einem unachtsamen Fuß zerquetscht worden war.

Aber all das waren müßige Gedanken. Sie halfen ihm keinen Schritt weiter. Über das Meer näherten sie sich Atlantis und würden bald die unsichtbare Schwelle erreichen, an der die automatisierten Abwehrmaßnahmen griffen. Es war sogar einfach programmierten Robotstationen ein Leichtes, Schiffe wie diese Sternenbarke mit künstlichen Unterströmungen und Winden vom Kurs zu bringen.

Menschen dieser Welt erreichten die Stadt nie, egal auf welchem Weg, weder zu Land noch zu Wasser ... Aus ihrem Blickwinkel gesehen, verschworen sich stets entweder die Natur oder aber der Wille der Götter gegen sie. In Wirklichkeit handelte es sich um einfache technische Spielereien – und jeder einzelne Vorfall mehrte die Gerüchte von der mythischen Macht der geheimnisvollen Stadtbewohner.

Der Götter.

Und damit sah sich Feltif vor einer äußerst seltsamen Wahl. Wollte er ein Gott sein in D'ihras Augen und denen ihrer Begleiter? Oder stand er in der Pflicht, ihnen endgültig die Wahrheit zu offenbaren, ob sie nun in der Lage waren, es zu begreifen oder nicht?

Neben ihm schaute D'ihra hinaus in die Weite, schwieg ebenso wie er. Ihre Begleiter mieden ihn nach wie vor. Sie fürchteten sich vor ihm, das wusste er, vor dem Unbekannten, das er verkörperte. Unter anderen Umständen hätten sie ihn wohl hinterrücks zu ermorden versucht, sobald er eine Unachtsamkeit zeigte. Weil er fremd war, nicht so wie sie, jagte er ihnen Angst ein.

D'ihra hingegen kam ihm immer näher. Warum sie ihm vertraute, wusste er nicht. Woher nahm sie diese Stärke, die sie über ihre Artgenossen erhob? Weil sie ihm schon einmal begegnet war? Weil sie als Seherin den Kontakt mit *höheren Mächten* kannte?

Er fragte sich ohnehin, aus welcher Quelle ihre besonderen Fähigkeiten stammten oder ob diese gar nicht vorhanden waren. Konnte sie tatsächlich in die Zukunft sehen? Oder beruhte es nur auf einem kultisch-religiösen System und auf ... Einbildung? Allerdings konnte es gut möglich sein, dass sie über eine spezielle Mutantenfähigkeit verfügte.

An diesem Punkt seiner Überlegungen stockte er.

Natürlich!

Warum war er nicht früher auf diesen Gedanken gekommen?

Eine Parafähigkeit ... ein äußerst seltenes Phänomen, und das bei einem der *primitiven* Bewohner dieser Welt, auf der die Kolonie unter der Leitung des Sohnes des Imperators errichtet worden war. D'ihra war nicht wie alle anderen. Sie war wertvoll. Feltif musste diese Tatsache nur gut präsentieren, um eine Ausnahme der Regeln vor Atlan zu rechtfertigen.

Manchmal lag die Lösung so nahe, und man war nur nicht in der Lage, sie wahrzunehmen, weil der Blick durch allzu offensichtliche Fakten verbaut war. Die Kunst lag darin, das Besondere zu sehen und den wahren Wert einer Sache – oder eines Individuums – zu erkennen.

»Wellen kommen auf.«

Ihre Worte rissen ihn aus den Gedanken.

»Und das fast ohne Wind«, fuhr sie fort.

Feltif wusste, was das bedeutete. Die robotischen Abwehreinrichtungen griffen. Seine Hand fuhr in die weiten Taschen seiner Hose, umschloss einen Impulsgeber. »Ich kümmere mich darum«, versicherte er. Die Entscheidung war gefallen. Er sah D'ihra in die Augen. »Das Wunderland erwartet dich ...«

Kapitel 6

Über die Relativität eines Spektakels
Tarts de Telomar

Die trügerische Ruhe endete völlig unspektakulär mit einer Meldung des Orteroffiziers: »Ein Methanschiff ist im System materialisiert.«

Den Worten folgte ein Augenblick des Schweigens in der gesamten Zentrale. *Er klang fast verblüfft,* dachte Tarts de Telomar, der Kommandant der TOSOMA. Sein Schiff lag nach wie vor im Ortungsschatten der unbedeutenden Sonne in der Nähe von Larsafs nicht weniger unbedeutendem Stern, dem die Kolonie Atlantis den einzigen Glanz verlieh. *Erstaunt darüber, dass nach all der Zeit doch noch etwas geschieht.*

Tarts drehte sich zu dem strategischen Außenhologramm in der Mitte der Zentrale um. »Weitere Informationen!«, forderte er gleichzeitig.

Der Orteroffizier stürzte sich mit Feuereifer auf diese Aufgabe, als wäre sie die Krönung seiner Laufbahn und nicht etwa reine Routine. Er ratterte eine Liste von Messdaten und Entfernungen herunter, die das Holo genauso zuverlässig transportierte wie seine Worte. Alles in allem ließ es sich auf einen einfachen, ebenso erleichternden wie enttäuschenden Nenner bringen: Das Methanschiff war allein, und es stellte keinerlei Gefahr dar. Kein Kriegsschiff, sondern ein Aufklärer, der Daten sammelte.

Die Einheit nahm Kurs auf den dritten, toten Planeten des roten Zwerges.

Sollte Tarts zum Angriff übergehen? Dieses kleine Methanschiff hatte gegen die TOSOMA nicht die Spur einer Chance. Im Fall einer Zerstörung – das sichere Ergebnis eines Kampfes – war die Gefahr gebannt, dass die Feinde die arkonidische Kolonie entdeckten. Andererseits gab es selbst in diesem entlegenen Arm der Galaxis zahllose Sonnen, und Larsafs Stern war zwar nicht sonderlich weit entfernt ... aber weit genug. Die Chance, dass die Methans Atlantis ausfindig machten, war gering.

Außerdem war der Aufklärer ein wendiges Schiff, flinker als die TOSOMA, was ebenfalls dafür sprach, nicht anzugreifen, sondern abzuwarten.

So wie die ganze Zeit schon.

Denn wenn die feindliche Einheit nach einem Angriff entkam, würde sie binnen kürzester Zeit mit einem Flottenverband zurückkehren.

Dann hatten sie es nicht mehr mit einem zufällig umherstreifenden Aufklärer zu tun, sondern mit Dutzenden oder sogar Hunderten Methanschiffen, die die Gegend gezielt absuchten, Atlantis fanden ... und dank ihrer Übermacht zweifelsfrei vernichteten.

Alles war vorhersehbar, eine klare, logische Abfolge von Ereignissen, je nachdem, welche Ausgangssituation Tarts schuf. Dennoch haderte der Kommandant mit sich selbst.

Sollten sie nicht trotz all dieser allzu rationalen theoretischen Überlegungen rasch und gezielt zuschlagen? Erneut einige Feinde weniger. Erneut ein Aufklärer der Gegner, der seinen Vorgesetzten keine wichtigen Informationen liefern würde. Erneut ein winziger, für das Gesamtbild vielleicht unbedeutender Sieg – der dennoch ein Sieg blieb, der sich nicht hinwegargumentieren ließ.

»Kommandant?«

Cunor ter Pelgan. Schon wieder ... und wer sonst? Tarts erteilte ihm auf einer abgeschirmten Frequenz die Erlaubnis zu sprechen. Niemand in der Zentrale würde ihr Gespräch verfolgen können.

»Kommandant, ich empfehle einen Angriff.«

Und das ganz ohne die Frage, ob du offen reden kannst? »Ich höre.«

»Ich denke an die Moral der Mannschaft. Sie wissen, dass man diesen Faktor nicht vernachlässigen darf.«

Und weil ich es weiß, weist du mich darauf hin?

»Ein Sieg wird ihr guttun«, fuhr Cunor fort.

Tarts wusste, wann er einen guten Rat erhielt, ganz unabhängig davon, was er über denjenigen dachte, der ihn aussprach. Als Kommandant eines Schlachtschiffes durfte er keine weitere Sekunde mehr verlieren. »Ich stimme deiner Einschätzung zu.« Er änderte die Funkfrequenz auf einen allgemeinen Kanal. »Wir gehen zum Angriff über.«

Die TOSOMA verließ den Ortungsschatten der roten Zwergsonne, führte eine kurze Transition durch und fiel knapp tausend Kilometer vom feindlichen Schiff entfernt in den Normalraum zurück. Eine wenige Augenblicke dauernde Orientierungsphase folgte, weil kein noch so geübter Pilot den Materialisationspunkt zu hundert Prozent exakt in Bezug auf ein so winziges Objekt wie den Methanaufklärer bestimmen konnte.

Cunor ter Pelgan saß hoch konzentriert an seiner holografischen Arbeitsstation. Tarts musste ihn nicht beobachten, um zu wissen, dass er bereitstand, mit aller Waffengewalt des Schlachtschiffs zuzuschlagen. Der Kommandant warf seinem Waffenoffizier nur einen flüchtigen Blick zu; das genügte.

Nur Sekunden nach der Transition feuerte die TOSOMA auf das weit unterlegene Methanschiff. Der Schutzschirm des Aufklärers glühte – ein Fanal in der Schwärze des Alls, heller als all die fernen Lichtpunkte der Sonnen, die als Kulisse dieses kurzen Spektakels dienten.

Eine Notwendigkeit, wie sie sich tausendmal und öfter in einem interstellaren Krieg zwischen zwei raumreisenden Zivilisationen ereignete. In der Holodarstellung beobachtete Tarts, wie sich der Schirm des feindlichen Schiffes aufblähte und sich einen Lidschlag lang in ein grell leuchtendes Etwas verwandelte, ehe er implodierte und ein Feuersturm im All loderte.

Die Flammen schossen wie die Protuberanzen einer Sonne in die Schwärze, um auf dem Höhepunkt ihres Ausbruchs für immer zu erlöschen. Hitze waberte über das Metall der Außenhülle des Aufklärers, schmolz die Aufbauten der Instrumente und die Antennen, fraß sich durch den Rumpf und legte die stählernen Eingeweide frei.

Und nun die Explosion, die alles an Bord und das Schiff selbst vernichtet und nichts zurücklässt außer winzigen Bruchstücken und den Atomen, die im Vakuum treiben ...

Doch diese Explosion ereignete sich nicht.

Stattdessen geschah etwas, das den sofortigen positronischen Auswertungen zufolge eine Wahrscheinlichkeit von weniger als drei Prozent besaß: Der Methanaufklärer beschleunigte und entfernte sich aus dem energetischen Chaos.

Aus dem aufgerissenen Rumpf jagten brennende Atmosphärengase, die als feurige Spur in der Schwärze leuchteten und irrlichterten.

Fluchend vergrößerte Tarts den entsprechenden Teilabschnitt des Hologramms, und die Detaildaten verschlugen ihm den Atem:

Nicht nur brennende Atmosphäre entwich aus dem Schiff, sondern es stürzten ... Dinge heraus.

Eine rotierende Zwischenwand mit zerfetzten Rändern.

Ein im Vakuum trudelndes Aggregat, aus dem Überschlagsblitze schlugen.

Eine metallische Schüssel, umgeben von Fontänen aus Wasser, das in der eisigen Kälte sofort zu Eis erstarrte.

Und ein Methansoldat mit gespaltenem Rumpf und ausgebreiteten Gliedmaßen. Die Hände schienen nach irgendetwas greifen zu wollen, doch sie waren für immer starr.

»Verfolgung aufnehmen!«, befahl Tarts, der nur mit Mühe Ruhe bewahrte. Er hatte zu seiner Erleichterung mit eigenen Augen gesehen, wie die Antennen des Aufklärers zerschmolzen waren – die Methans konnten keinen Notruf abschicken. Dennoch bestand die Gefahr, dass sie entkamen und direkten Kontakt zu weiteren Schiffen aufnahmen. Dann drohte das Fiasko, das sich Tarts bereits in allzu grellen Farben ausmalte.

Derweil beschleunigte der Aufklärer, raste dem dritten Planeten entgegen, einem dunklen, toten Gesteinsklumpen. Kein Zweifel, die Methans wollten sich dort verbergen, die zerklüfteten Gebirgszüge nutzen, um sich zu verstecken, ehe sie mit einem Blitzstart in den Überlichtflug wechselten. Sie benötigten einige Zeit, bis ihre Transitionstriebwerke wieder sprungbereit waren.

Allzu leicht zu durchschauen – und leider, das musste Tarts eingestehen, mit einer gewissen Aussicht auf Erfolg. Der Aufklärer war kleiner und wendiger als die TOSOMA und ihr damit so nahe an einem Planeten überlegen.

Cunor ter Pelgan feuerte erneut, jagte eine energetische Salve hinter ihren Feinden her. Die Attacke verpuffte wirkungslos in viel zu großer Entfernung zu den Gegnern.

Das Schlachtschiff raste ebenfalls auf den Planeten zu, musste aber die Fluggeschwindigkeit senken, um nicht auf die Oberfläche zu prallen. Der Aufklärer, wenn auch teilweise zerstört, konnte dank seiner geringeren Masse viel waghalsigere Manöver fliegen. Er jagte einem Gebirgszug entgegen. Die Gipfel ragten dicht an dicht auf, mit atemberaubenden Schluchten und Abgründen, an deren Grund dunkles Gestein den Blick in eine lichtlose Hölle zu öffnen schien.

Der Abstand von Jäger und Gejagtem vergrößerte sich jeden Atemzug weiter.

Der Orteroffizier meldete, dass der Methanaufklärer in eine Art Klamm eingeflogen sei, eine schmale Öffnung zwischen zwei Berghängen. »Viel zu eng, um zu folgen!«, fügte der Mann hinzu; er war erst direkt vor Beginn des aktuellen Einsatzes an Bord gekommen. Tarts kannte ihn kaum, doch in diesen Momenten sorgte dieser Offizier nicht gerade dafür, einen guten Eindruck zu hinterlassen.

Selbstverständlich konnte die TOSOMA nicht folgen. Es wäre ein völlig sinnfreies, ja *dummes* Manöver gewesen. »Ter Pelgan?«, fragte Tarts.

»Ich bin bereit.«

Keine Fragen. Kein unnötiger Zeitverlust. Offenbar verstand sein Waffenoffizier mehr davon, diese Situation zum eigenen Vorteil auszunutzen, und hatte dieselbe Chance erkannt wie sein Kommandant. Sehr gut.

»Los!«, befahl Tarts nur.

Cunor ter Pelgan feuerte.

Ein virtueller feuriger Bogen spannte sich in der Holodarstellung der Außenbeobachtung zwischen den Geschütztürmen der TOSOMA und dem Gebirge. Im nächsten Moment schlug das Geschoss ein, detonierte ... und zerfetzte einen Gipfel zu einem Hagel aus Gestein und Splittern. In einer Staubwolke donnerte eine gewaltige Lawine in die Tiefe. Gesteinsbrocken schlugen auf, rissen in einer Kettenreaktion weiteres Geröll mit sich.

Und das alles dicht vor dem ohnehin schwer beschädigten Aufklärer ihrer Feinde. Das Schiff flog in das Chaos der Gesteinslawine.

Die normaloptischen Aufnahmen übertrugen nur noch die Bilder in die Zentrale, wie der Aufklärer in einer allgegenwärtigen Staubwolke verschwand. Danach war nichts mehr zu erkennen. Orterdaten, die auf intensiveren Messungen beruhten, ließen noch auf sich warten.

Cunor ter Pelgan, der Draufgänger, beschloss allerdings, auf Nummer sicher zu gehen. Er jagte ein weiteres Explosivgeschoss vor der Lawine in einen der schroffen Gipfel. Wieder eine Detonation, die Stein und Geröll in alle Richtungen schleuderte.

Diesmal *zerbrach* das Gebirge. Ein Riss platzte auf, raste, sich verästelnd, in die Tiefe. Genau in das Gebiet, in das ein wahrer Bombenhagel aus den Reserven der TOSOMA niederging.

Tarts griff nicht ein; selbst wenn dieser ganze Planet aus dem Gleichgewicht geriet und zerbrach, es spielte keine Rolle. Je größer das Inferno, umso sicherer, dass ihre Feinde nicht entkommen konnten. Wenn dazu unverhältnismäßige Zerstörungskraft verwendet wurde, schadete es in diesem Fall nicht.

Neue Orterdaten gingen ein, die Ergebnisse der aktuellen Messungen.

Ein Erdbeben erschütterte die Gebirgsregion. Die Explosionen wirkten sich offenbar auf die grundlegende Tektonik des Planeten aus – wenig überraschend bei dieser Intensität und Häufigkeit der Detonationen.

Im nächsten Augenblick glaubte Tarts, seinen Augen nicht trauen zu können. Im Normalbildhologramm sah er, wie ein Teil der Gipfel ... absackte. Die ganze Gebirgslandschaft stürzte Dutzende Meter weit in die Tiefe.

»Ein weitläufiges Höhlensystem bricht zusammen«, meldete Messala on Svenoragk, die Wissenschaftsoffizierin. »Der Boden ist über weite Strecken nicht mehr tragfähig!«

Unfassbar große Gesteinsmassen verschwanden im Inneren der Erde. Berge neigten sich trügerisch langsam, ehe ihre Gipfel rutschten und mit Nachbarhängen kollidierten.

Tarts starrte das Hologramm an. Wie hatte er eben noch gedacht? *Es spielte keine Rolle, wenn dieser gesamte Planet zerbrach?* Ein flüchtiger Gedanke, eine theoretische Überlegung. Nie hatte er für möglich gehalten, dass es tatsächlich geschehen könnte. Doch nun wurde er Zeuge, wie zumindest große Teile einer Welt in einem Inferno ohnegleichen vergingen.

Nur dass es in trügerischer, geradezu gespenstischer Lautlosigkeit geschah, ausschließlich visuell übertragen durch die Hologramme.

Nur dass sie sich als Zuschauer an Bord der TOSOMA in Sicherheit befanden wie Barbaren auf primitiven Welten, die sich in ihren Logen daran ergötzten, wie sich Gladiatoren in der Arena gegenseitig in Stücke hieben.

Ein Strahl glutflüssiger Lava schoss als Fontäne aus der geborstenen Tiefe. Wie ein glühender Blitz leuchtete er aus den Staubmassen. Ein Fanal für den Untergang.

»Ich habe in dem Chaos eine höherdimensionale Explosion geortet.« Tarts nahm die Meldung wahr, als dringe sie aus einer anderen Welt zu ihm. »Von ihrer Natur her kann sie nur von der endgültigen Vernichtung des Aufklärers stammen.«

Gut, dachte Tarts. Ein letzter Blick auf das Inferno: Lavamassen kochten dort inzwischen in gigantischen Seen. »Wir kehren nach Larsaf III zurück.«

Seine Mannschaft jubelte – als hätten sie eine entscheidende Schlacht gewonnen und wären nur knapp mit dem Leben davongekommen. Für Tarts war es nur ein weiteres Zeichen dafür, wie groß die Verzweiflung der Männer und Frauen eigentlich war. Sie hatten einen Aufklärer vernichtet, der ihnen nie direkt hätte gefährlich werden können ... und sie hatten dazu auf einem Planeten ein unfassbares Maß an Zerstörung entfesselt.

Er hörte die Euphorie, und ein Gedanke formte sich ganz klar in seinem Verstand, übertönte alles andere: *Wir haben jedes Maß verloren.*

Dennoch schloss er sich demonstrativ dem Jubel an, denn Cunor hatte recht: Die Moral der Mannschaft war wichtig.

Wenig später, als die TOSOMA zurück in Richtung Atlantis flog, bestimmte eine noch düsterere Überlegung seine Gedanken. Die Erfahrung lehrte, dass ein Methan niemals allein flog. Sie hatten kein zweites Schiff geortet – aber was, wenn es doch eines gegeben hatte und es entkommen war?

Es wäre ihr Ende.

Kapitel 7

Von Wegen, die sich kreuzen
Crest da Zoltral

Als die EKTEM im heimatlichen Sonnensystem materialisierte, ereigneten sich mehrere Dinge zugleich.

Am meisten überraschten Crest dabei die eigenen Gedanken – das *heimatliche* Sonnensystem? Dies war nicht Arkon, sondern die Sonne, die über der Erde leuchtete! Wie konnte er diesen fremden Stern und seine Planeten auch nur einen Augenblick als Heimat sehen? Ihn mit Arkon ... verwechseln?

Weil du einen Fehler begehst. Deine Heimat ist nicht notgedrungen dort, wo du geboren wurdest, sezierte der Extrasinn mit seiner unausweichlichen, nüchternen Logik. *Denk nach! Warum hast du Arkon verlassen, Crest?*

Er antwortete nicht, aber er fragte sich, wie viel Wahrheit in diesem kleinen Moment steckte. Und inwieweit es nur ein Augenblick der Verwirrung eines alten, kranken Mannes gewesen war, der sich darum sorgte, wie lange die Wirkung der letzten schmerzstillenden Ampulle noch anhielt.

Kommandantin Demeira on Thanos hatte den drei Geretteten zunächst ein einfaches Quartier zugewiesen, das sie nicht verlassen durften; nun hatte sie Crest und die anderen zu sich in einen Besprechungsraum am Rand der Zentrale gerufen. Dort saßen sie um einen runden Tisch, dessen Platte aussah, als wäre sie aus dunklem, edlem Holz geschliffen worden. Das Zepter des Imperators fand sich als Muster darin wieder; ein Symbol, das auch zehntausend Jahre später noch bekannt war.

Die Kommandantin deutete auf ein Hologramm, das über der Platte schwebte; ihr ausgestreckter Zeigefinger berührte fast das untere Ende des im Zentrum glühenden, faustgroßen Balls: Sol, wie immer mehr Menschen die Sonne der Erde nannten.

On Thanos bewegte die Hand, führte sie einem winzigen blauweißen Ball zu, der als dritter Planet seine Bahn zog. »Dies ist Larsaf III«, erklärte sie unnötigerweise. Die beiden inneren Welten zogen nicht weit entfernt ihre Bahn. Sie befanden sich momentan auf derselben Seite ihres Gestirns, was etwa für den äußeren Gasriesen – Jupiter – nicht galt, der am Rand des dreidimensionalen Abbildes nur noch zur Hälfte zu sehen war und sich langsam, aber stetig aus dem Erfassungsbereich bewegte.

»Vergrößere den dritten Planeten!«, befahl die Kommandantin der Positronik.

Auf ihr letztes Wort hin zoomte die blauweiße Kugel ins Zentrum des Hologramms und nahm an Umfang zu, als würde eine imaginäre Kamera durchs All auf Larsaf III – die Erde – zurasen.

Das Blau formte sich klar zu den Wassermassen der Meere, das Weiß zu Wolkenballungen, die ein bizarres Muster zeichneten. Teilweise tauchten nun auch graue Giganten auf der Planetenoberfläche auf ... Gebirge, steinzerklüftet und in den oberen Regionen mit Schnee bedeckt.

Keine Städte, keine Industrie, keine Technologie, keine Flugzeuge, dachte Crest. Natürlich nicht. Nicht vor zehntausend Jahren. Damals hatte es nur eine Stadt, nur ein Gebiet mit fortschrittlicher Technologie auf dieser Welt gegeben – die Kolonie der Arkoniden.

Die *Kamera* durchbrach die Wolken und erlaubte einen Blick über fast die gesamte Halbkugel; Eiskappen zogen sich, vor allem in der nördlichen Hemisphäre, viel weiter zum Äquator, als ihm von seinen Studien her vertraut war. Wie mochte das Bild erst auf Tatjana Michalowna wirken, die ihren Planeten zweifellos besser kannte als er, die ihr gesamtes Leben hier verbracht hatte, bis sie den Transmitter in der unterseeischen Kuppel durchschritt?

Die *Kamera* raste auf ein Meer zu, den Atlantik. Wellen und vereinzelte Stürme peitschten ihn auf. Crest fühlte einen kurzen Schwindel, als würde ihm der Boden unter den Füßen weggezogen; ihm war, als stürze er selbst den Fluten entgegen. Er sah das Gebiet, das er später als die Sahara kennengelernt hatte – zehntausend Jahre später. In diesem Moment blühte dort eine üppige Vegetation, und er glaubte, Gebäude, ja ganze Städte zu erkennen, errichtet mit primitiven Mitteln.

Im Meer erschien eine Landmasse, weite, unberührte Natur. Eine riesige, nahezu kreisrunde Insel, von der Form her zu perfekt, um nicht nachträglich geformt worden zu sein. Michalowna stöhnte auf. »Was ...«

Sie brach ab, sehr zu Crests Erleichterung. Er konnte sich gut vorstellen, wie sie sich fühlte. Diese riesige Insel durfte es an dieser Stelle gar nicht geben. Ein ganzer Kontinent, der in der Gegenwart der Erde nicht mehr vorhanden war.

Die Kuppel, dachte der Arkonide. *Sie ist nur ein kläglicher Rest der Kolonie meines Volkes, der sie einst vorgelagert war. Ein Rückzugsgebiet oder eine Forschungsstation, wer weiß das schon?*

Demeira on Thanos blickte Tatjana an. »Was ist mit Ihnen?«

»Nichts, ich ...« Die Russin stockte.

Lassen Sie sich nichts anmerken!, dachte Crest konzentriert in der Hoffnung, dass sie seine Gedanken las oder sie gezielt empfing, wenn er sie ... laut genug formulierte. *Sie waren noch nie hier, Tatjana! Dieser Planet bedeutet Ihnen nichts, er ist Ihnen fremd!*

»Dies ist der Kontinent Atlantis«, erklärte die Kommandantin der EKTEM. »Auf ihm liegt das arkonidische Siedlungsgebiet von Larsaf III. Sie sehen überrascht aus.« Misstrauen lag in ihrer Stimme, etwas, das gefährlich werden könnte.

»Ich habe mir die Kolonie irgendwie größer vorgestellt«, sagte Tatjana gepresst; sie klang, als könne sie nur langsam die Überraschung, mehr noch das Entsetzen abschütteln. Eine passable Notlüge, die Demeira hoffentlich überzeugte.

Die Kommandantin zeigte ein verächtliches Lächeln. »Mag sein.« Es hörte sich beleidigt an.

»Meine Kollegin wollte die Wichtigkeit Ihrer Mission sicher nicht anzweifeln«, behauptete Crest. »Es ist ...«

»Genug davon!«, herrschte Demeira on Thanos ihn an. »Mehr als das habe ich leider nicht zu bieten. Ich habe mir dieses Ziel nicht ausgesucht.«

»Es genügt vollauf! Wir danken Ihnen noch einmal für unsere Rettung, Kommandantin. Wir stehen tief in Ihrer Schuld. Arkon wird es Ihnen ebenso danken, weil das kriegswichtige Forschungsprojekt, an dem wir ...«

»Geschenkt«, unterbrach sie. »Reden wir nicht mehr davon.«

Die EKTEM landete auf Atlantis.

Tarts de Telomar

Die Luft roch frisch über dem See; unendlich viel besser als im Inneren der TOSOMA. Insekten schwirrten über der Wasseroberfläche. Er beobachtete eines der fingergroßen Tiere mit den schillernden Flügeln, das sie wegen der Ähnlichkeit mit einer auf Arkon heimischen Art Posstan nannten. Es tanzte förmlich über dem

Seegras, flog plötzlich auf Tarts zu. Er hörte ein Brummen, fühlte sogar einen leichten Luftzug.

Hinter dem See gab es nur ein einziges auffälliges Gebäude: Atlans Turm, ein Gigant aus Metall und Glas, gekrönt von der verspielten Pyramide. Der Schatten des Turms bedeckte die halbe Wasserfläche; Tarts stand gerade noch in der Sonne, genoss deren Wärme.

Von den anderen Arkoniden war kaum etwas zu hören, nur vereinzelte Rufe von den Plattformen des Erholungsgebiets her. Tarts hatte mit Bedacht einen Standort gewählt, der weit entfernt lag. Alles schien friedlich.

Doch dieser Friede war trügerisch, das spürte der Kommandant der TOSOMA deutlich. Etwas lag in der Luft. Er war lange genug Soldat, um eine Art zusätzlichen Sinn entwickelt zu haben, der ihn Gefahr spüren ließ. Nur leise regte sich Skepsis in ihm, die Frage, ob er sich diese ferne Drohung nur einbildete – ob man es nicht als sechsten Sinn bezeichnen sollte, sondern als Altersverwirrung. Vielleicht waren nur *seine* Tage gezählt und nicht etwa die von Atlantis ...

Er verbannte den Zweifel aus seinen Gedanken. Nein, es handelte sich nicht um die Narretei eines Greises, dies war der Instinkt eines verdienten Soldaten, der sich in Hunderten von Schlachten geformt hatte. Tarts de Telomar fühlte es schon lange, aber der Vorfall mit dem Methanaufklärer hatte das Fass zum Überlaufen gebracht.

Die Feinde lauerten nur eine Winzigkeit entfernt. Jeden Augenblick konnte das Verhängnis hereinbrechen. Vielleicht hatten die Methans Atlan sogar gezielt gesucht; er war der Sohn des Imperators, einer der wichtigsten lebenden Arkoniden. Sein Tod wäre ein Schlag für das Große Imperium, seine Gefangennahme das wirksamste Druckmittel, das sich Tarts nur vorzustellen vermochte.

Tarts konnte es förmlich sehen, wenn er die Augen schloss: Larsaf III und damit Atlantis waren dem Untergang geweiht. Diese Kolonie seines Volkes hatte keine Zukunft mehr.

Deswegen war er mit der TOSOMA zurückgekehrt, um mit Atlan unter vier Augen zu sprechen. Die Stadt musste evakuiert werden! Eine geordnete Räumung, solange es noch ging.

Atlan kannte ihn lange genug, das hoffte er, um seinen Worten Glauben zu schenken und sie nicht als Spinnerei abzutun. Wahrscheinlich hatte er selbst längst bemerkt, dass etwas in der Luft lag. Nicht umsonst war Tarts schon immer, seit der Geburt des

Thronfolgers von Arkon, dessen Begleiter gewesen. Atlan hatte – er würde sich hüten, dies jemals laut auszusprechen – wohl mehr von ihm gelernt als von seinem Vater, dem Imperator.

Tarts de Telomar hatte sich noch an Bord der TOSOMA alles genau überlegt. Ein vertrauliches Gespräch mit Atlan ... notfalls die Drohung, sein Kommando niederzulegen, sodass Atlantis den fähigsten Raumschiffskommandanten verlieren würde ... Worte, wie nur er sie dem Sohn des Imperators gegenüber wagen durfte ...

Doch kaum hatte er Larsaf III erreicht, waren all seine Pläne zunichtegemacht worden. Und nun stand er hier, am See, fast im Schatten des Turms, und dachte nach.

Denn Atlan befand sich nicht mehr in der Kolonie.

Das war alles, was man ihm gesagt hatte, als er mit dem kleinen Beiboot auf dem Raumhafen gelandet war: »Der Kommandant hat Atlantis mit unbekanntem Ziel verlassen.« Erst als Tarts nachgebohrt hatte, war ihm schließlich mitgeteilt worden, dass sich *jemand* seiner Anliegen annehmen und ihn treffen werde.

Tarts hatte sich exakt diesen Ort als Treffpunkt auserbeten. Er überlegte, ob er es als Beleidigung seiner Intelligenz auffassen sollte, dass man ihm nach wie vor nicht den Namen dieses ominösen *Jemand* genannt hatte. Wenn man ihn nicht vollkommen vor den Kopf stoßen wollte, kam dafür nur einer infrage – der Tato Feltif de Khemrol, der Gouverneur, der die direkte Befehlsgewalt über Larsaf III besaß; nur Atlan selbst stand noch über ihm, allein aufgrund seiner Herkunft.

Schritte näherten sich vom sonnigen Teil des Ufers her. Er wandte sich um. »Du bist ...«, begann er, ehe er erkannte, dass er sich nicht wie erwartet Feltif gegenübersah, sondern dessen Stellvertreter Kosol ter Niidar. *Ein Wunder, dass sie nicht einen völlig unwichtigen Verwaltungsbeamten aus der dritten Riege geschickt haben,* dachte Tarts verärgert. Keine gute Voraussetzung für seinen Plan, das drohende Schicksal von Atlantis zu verändern.

Kosol begrüßte ihn fast beiläufig, mit dem geringstmöglichen Maß an Etikette, das das Protokoll gerade noch erlaubte. Er war ein hochgewachsener, breitschultriger Mann, dessen ungewöhnlich hellrote Augen stets wirkten, als würden sie leuchten. Wahrscheinlich half er mit speziellen Linsen oder einem Gel nach; der Erfolg bestand darin, dass ihn jemand, der ihm einmal in die Augen geblickt hatte, nie wieder vergaß.

»Nehmen Sie es mir nicht übel«, sagte Tarts, »aber ich habe den Tato persönlich erwartet.«

»Feltif de Khemrol ist … unpässlich.«

Tarts konnte sich denken, was das bedeutete. »Er hat Atlantis wieder verlassen?«

»Allerdings. Jedoch nicht mit unserem verehrten Kommandanten Atlan, der momentan nicht mehr in diesem Sonnensystem weilt.«

Vor ihnen geriet die Wasseroberfläche in Bewegung. Ein faustgroßes, grauerdiges Tier sprang aus dem feuchten Gras und landete halb im Wasser. Es blies einen Kehlsack auf und gab ein quakendes Geräusch von sich. Die Einheimischen bezeichneten es als *Frosch,* wie sich Tarts beiläufig erinnerte. Der Tato hatte ihm dies eines Tages während eines Abendessens mitgeteilt, das aus den Beinen solcher Tiere zubereitet worden war.

Schmackhaft.

»Feltif de Khemrol ist also wieder auf dem Planeten unterwegs?«, fragte Tarts. »Bei den Barbaren?«

»Allerdings.« Kosol ter Niidar legte den Kopf in den Nacken, schaute zur Spitze des Turms jenseits des Sees. Sein fast hüftlanges weißes Haar war zu einem Zopf geflochten, der seitlich über die Schulter rutschte. »Mit der Billigung des Kommandanten Atlan höchstpersönlich.« Er klang nicht so, als wäre er darüber erfreut.

Tarts erging es in dieser Hinsicht nicht anders. Ein Gespräch mit Atlan stand auch in diesem Zusammenhang dringend an. Doch momentan gab es Wichtigeres. Er musste mehr über das Verschwinden des Kommandanten herausfinden. Oder über seine Mission, wie immer man es bezeichnen mochte. »Hören Sie mir gut zu. Ich *muss* wissen, was mit Atlan geschehen ist. Ist er durch diesen … Transmitter gegangen?« Er beobachtete die Reaktion seines Gegenübers genau.

Kosol zeigte sich nicht überrascht; er wusste offenbar, wovon Tarts sprach. »In dieser Hinsicht kann ich, sei es nun zu Ihrer Erleichterung oder Enttäuschung, mit einem *Nein* antworten.«

Warum so umständlich?, fragte sich Tarts. »Sie haben den Transmitter gesehen?«

»Ich weiß, dass der Kommandant von dem Gerät fasziniert ist, seit Kerlon es von seinem Aufklärungsflug in ein nahe gelegenes System mitgebracht hat.«

Und wieder formulierte Kosol es ähnlich umständlich; wahrscheinlich nur, um seinen Mangel an exakteren Informationen zu vertuschen. *Ein nahe gelegenes System.* Eine verschwommene, unkonkrete Aussage für *irgendwo*. Tarts winkte ab. Er hatte seinen Ziehsohn Atlan ausdrücklich davor gewarnt, sich dieser unvorstellbar fremdartigen Technologie anzuvertrauen. Niemand wusste, was mit jemandem geschah, der einen Transmitter durchschritt.

»Der Kommandant«, fuhr Kosol fort, »hat Atlantis stattdessen mit der TOSOMA IX verlassen.«

Tarts schloss kurz die Augen. »Waren die Reparaturen vor dem Aufbruch abgeschlossen?« Natürlich kannte Tarts die Geschichte des Beiboots seines Schlachtschiffes, das wegen seines schlechten Zustands auf Larsaf III zurückgeblieben war.

»Darüber weiß ich nichts«, erwiderte Kosol zu seiner Enttäuschung. »Nur, dass die TOSOMA IX flug- und manövrierfähig war, kann ich bestätigen.«

»Wer hat Atlan begleitet? Warum hat er das Sonnensystem verlassen?«

»Er ging allein.« Kosol ter Niidar hob abwehrend eine Hand. »Ehe Sie etwas sagen – der Kommandant hat darauf bestanden, und Sie wissen, dass er berechtigt ist, diesen Befehl zu erteilen. Weder ich noch sonst jemand kann ihn davon abbringen, wenn er so entschieden hat.«

Es lag Tarts auf der Zunge zu widersprechen, etwa dass sich Atlan für sinnvolle Beratung meist offen zeigte ... doch er schwieg. Er wollte Kosols Redseligkeit nicht unterbrechen. Wieder quakte der Frosch.

»Sein Ziel hat er niemandem mitgeteilt. Der Kommandant hat lediglich betont, dass er gehen *müsse*. Er sehe eine Chance, den Krieg gegen die Methans zu beenden.«

»Er will verhandeln?«, entfuhr es Tarts ungläubig. Er kannte Atlan als klaren, nüchternen Denker – nicht als Träumer, der sich vagen Illusionen hingab. Es mochte Gegner geben, die sich für Verhandlungen offen zeigten, zumal nach einer langen Phase des Krieges, doch die Methans gehörten definitiv nicht dazu.

Zu seiner Erleichterung verneinte Kosol. »Ich glaube nicht, dass ihm danach der Sinn stand. Er hat außerdem versichert, dass er morgen zurückkommen werde.«

Das alles gefiel Tarts nicht.

Überhaupt nicht.

»Einen Moment bitte«, sagte sein Gesprächspartner unvermittelt. Er schaute über den See, den Blick ins Nichts gerichtet.

Da erst bemerkte Tarts den kleinen Funkempfänger in Kosols

Ohrmuschel. Offenbar lauschte er einer Funknachricht. Ob die nächste schlechte Botschaft schon lauerte?

Von der Erholungsplattform her gellten Schreie, und mit einem Mal fragte sich Tarts, ob es längst zu spät war für die Evakuierung, die ihm vorschwebte. Und wenn die Methans sich bereits im Anflug befanden? Beklemmend real sah er vor seinem geistigen Auge, wie die Plattformen des gerade vom Boden abhebenden, riesigen künstlichen Kranichs unter feindlichem Beschuss in Flammen aufgingen; wie Explosionen das filigrane Haltegestänge zerfetzten; wie Dutzende Arkoniden schreiend viele Meter in die Tiefe stürzten.

Aber natürlich geschah es nicht. Die Schreie stammten in Wirklichkeit von einer ausgelassenen Feier. Außerdem wäre Kosol nicht der Erste gewesen, der von einer Ankunft der Methans erfuhr; die TOSOMA flog im Orbit von Larsaf III, und er als der Kommandant des Schlachtschiffes würde sofort benachrichtigt werden.

»Gute Nachrichten, Tarts«, riss Kosol ter Niidar ihn aus seinen Gedanken. »Wir erhalten endlich die Versorgungsgüter und Ersatzteile, auf die wir schon viel zu lange warten.«

»Der Geleitzug ist eingetroffen? Wieso derart verspätet?« Tarts beurteilte diese Neuigkeit offenbar weitaus weniger optimistisch als sein Gesprächspartner.

»Dazu kann ich Ihnen noch nichts sagen. Fragen Sie die Kommandantin persönlich.«

»Wer führt den Geleitzug?«

»Demeira on Thanos.«

Tarts wandte sich ab. »Ich werde mit ihr reden.«

Demeira on Thanos

Das also war Atlantis, die Kolonie, die der Sohn des Imperators höchstpersönlich führte. Gewiss, eine prächtige Stadt mit extravaganter Architektur, das konnte Demeira nicht leugnen. Dennoch fragte sie sich, was Seine Erhabenheit wohl geritten haben mochte, an derart abgelegenem Ort nicht nur eine Kolonie zu gründen, sondern auch noch seinen eigenen Sohn als deren Kommandanten einzusetzen.

Vielleicht stellte sie sich diese Frage aber nur, um sich abzulenken, während sie im Hauptkorridor auf dem Laufband durch die mittlere Kugelschale eilte, dem größten Hangar ihres Schiffes entgegen. Denn die Kommandantin der EKTEM und des zugehörigen Geleitzugs fühlte sich alles andere als wohl in ihrer Haut.

Reiß dich zusammen!

Sie ignorierte die scharfe Zurechtweisung ihres Extrasinns, konzentrierte sich auf ihren raschen Lauf und darauf, tief und gleichmäßig zu atmen. Für derlei Plattitüden hätte sie die Prozedur der Aktivierung nicht hinter sich bringen müssen.

Nun wird sich zeigen, ob es wirklich klug war, dem Notruf zu folgen und dadurch das Ziel noch später zu erreichen.

Es hat sich gelohnt, gab sich Demeira überzeugt. Und sei es nur, um das Gefühl der Lebendigkeit zu verspüren, ihren eigenen Entscheidungen zu folgen und nicht einem starren Regelwerk.

Für einen alten Arkoniden in schlechtem Zustand, eine Humanoide und ein Echsenwesen? Für drei abgerissene Gestalten, deren Geschichte mich logischerweise nicht völlig befriedigt?

Manchmal hatte sie es satt, mit sich selbst zu diskutieren, zumal in derlei Situationen der Extrasinn ohnehin nur ihre eigene Skepsis spiegelte und verstärkte. Er betonte stets das Negative; es gab Momente, da fragte sie sich, ob sich all ihre geringschätzigen Gedanken in ihm versammelt und abgekapselt hatten. Ein düsteres Abbild ihres Charakters gewissermaßen.

Eine lächerliche Theorie, die der gängigen Forschung über den Extrasinn der Arkoniden widerspricht.

Wer weiß, wer diese gängige Forschung dominiert.

Was willst du damit sagen?

Glaubst du, dass Wissenschaft objektive Wahrheiten ans Licht bringt oder dass Erkenntnisse stets gefiltert und interpretiert werden müssen? Und das von denen, die diese Wissenschaft betreiben? Von Arkoniden mit aktiviertem Extrasinn, für gewöhnlich?

Du redest Unsinn.

Mag sein, dass du recht hast.

Das war eins der typischen Gedankengespräche, das sie in ihrer Theorie nur bestätigte, egal wie ungewöhnlich und wie wenig konform sie auch sein mochte.

Sie konzentrierte ihre Überlegungen auf das Wesentliche. Besuch hatte sich angekündigt: Tarts de Telomar war unterwegs zur EKTEM. Sein Beiboot schleuste wahrscheinlich in diesen Augenblicken ein. Natürlich hatte Demeira schon von ihm gehört – wer kannte ihn nicht, den Mann, dem der Imperator seinen Sohn anvertraut hatte? Denjenigen, der am Hof ein und aus ging, der Atlan von Kindesbeinen an alles gelehrt hatte und mehr Einfluss im Großen Imperium besaß als so gut wie jeder andere?

Tarts genoss einen guten Ruf; er wusste zu verhindern, in Intrigen und den gesellschaftlichen Tratsch der Mächtigen hineingezogen zu werden. Für Demeira war er das Abbild eines weisen, gelehrten Mannes, der die Tücken des Lebens kannte und nicht zuletzt in vielen Schlachten geformt worden war.

Dann sprich doch mit ihm über das Wesen und den Nutzen eines Extrasinnes.

Sie gönnte dem Logiksektor keine Antwort, dachte jedoch, dass sie dazu kaum Gelegenheit finden würde. Sie konnte froh sein, wenn es ihr gelang, ihre Rettungsmission zu rechtfertigen, ohne dass es Folgen für ihre Karriere nach sich zog. Denn sosehr sie Tarts auch schätzte, es konnte nicht gut sein, ihn als Gegner zu haben.

»Das Leben lässt sich nicht von Theorie allein bestimmen«, sagte sie wenig später, nachdem sie im Hangar ihren hohen Gast der Etikette entsprechend begrüßt und ihm die Ehre erwiesen hatte. Tarts de Telomar war ohne Begleitung gekommen, genau wie sie. Sie war erstaunt, wie alt er aussah; auf sämtlichen Holobildern, die sie kannte, wirkte er vitaler.

»Deshalb nennt man es auch ... das Leben«, erwiderte er. »Es hält stets eine unerwartete Wendung bereit. Aber worauf wollen Sie hinaus?« Seine Stimme klang scharf, und auch wenn man ihm äußerlich sein nicht gerade geringes Alter ansah, so wirkte seine ganze Haltung straff, jede seiner Bewegungen gezielt und kraftvoll. »Lassen Sie die Einleitung und kommen Sie zum Eigentlichen. Ich bin froh und gratuliere Ihnen, dass Sie den Geleitzug unbeschadet ans Ziel geführt haben, aber Sie waren längst überfällig.«

Demeira blieb völlig ruhig, während sie mit ihrem Gast – und Vorgesetzten – den Hangar durchquerte. »Es gab technische Probleme. Und wir haben Schiffbrüchige vor den Methans gerettet.«

Der alte Arkonide schwieg, aber sie beobachtete ihn ganz genau. Seine Pupillen weiteten sich, und die Augäpfel glitzerten feucht vor Erregung. »Sie haben – was?«

»Während eines Stopps, während sich die Transitionstriebwerke regenerierten, haben wir einen Notruf aufgefangen.«

Tarts de Telomar blieb stehen. »Und als Kommandantin eines

Geleitzuges kam Ihnen nichts anderes in den Sinn, als sich um die Quelle dieses Notrufs zu kümmern?«

Ganz genau. Diese Worte, die ihr zuerst in den Sinn kamen, sprach sie nicht aus. Es galt, ihre Antwort exakt abzuwägen. Eine Menge hing davon ab; vielleicht ihre Zukunft im arkonidischen Militär. »Ich habe die Situation analysiert und bin zu dem Ergebnis gekommen, dass ...«

»Es gibt ganz klare Richtlinien für einen solchen Fall.« Seine Stimme klang immer noch gefährlich leise, aber Demeira fühlte die Wut, die in ihm kochte.

»In diesem Moment dort draußen im All war ...«

»Sind Ihnen diese Richtlinien bekannt, *Kommandantin* on Thanos?«

»Selbstverständlich. Dennoch habe ich mich anders entschieden.«

Er streckte die flache Hand aus: *Schweigen Sie!* »Dann lassen Sie es mich auf den Punkt bringen. Sie haben für eine Handvoll Schiffbrüchige das Leben von Zehntausenden riskiert. Ihr Auftrag bestand darin, Versorgungsgüter für diese Kolonie zu transportieren.«

Demeira schaute sich um. Ein Arbeiter- und Ingenieurstrupp kümmerte sich um ein Beiboot, das am anderen Ende des Hangars parkte. Sonst befand sich niemand in Sicht- oder Hörweite. Gut so. Keiner musste dieses Gespräch mitverfolgen. Tarts stand noch immer auf seinem Platz und sah nicht so aus, als würde er sich rühren, bevor diese Angelegenheit völlig geklärt war; was nicht gut für sie enden konnte.

Was sollte sie sagen? Ausreden? Nein. Rechtfertigungen? Ebenfalls nicht. Wenn sie ihren Kopf aus dieser Schlinge ziehen wollte, musste sie anders vorgehen. *Verständnis.* Der Logiksektor sandte ihr einen Impuls. *Bring ihn dazu, dass er versteht, warum du so gehandelt hast. Ob er es zugeben wird oder nicht, es gab zweifellos Situationen in seinem Leben, in denen er genauso gedacht hat.*

Aber was, wenn er diesen Überlegungen nie nachgegangen ist? Wenn er sie als eine Art Ketzerei angesehen und aus seinem Verstand verbannt hat?

Der gedankliche Dialog lief nahezu zeitverlustfrei ab. Das war einer der Vorteile eines aktivierten Extrasinnes; man hatte stets einen Dialogpartner und Ratgeber zur Hand, der unauffällig sogar während eines Gesprächs konsultiert werden konnte. Es kostete lediglich etwas Übung, sich auf zwei Dinge gleichzeitig zu konzentrieren. Unter den weiblichen Kadetten in den Jahren ihrer Ausbildung galt es als geflügeltes Wort, dass diese Fähigkeit Frauen in die Wiege gelegt worden sei, während Männer sie wohl nie lernen würden.

»Kommandantin«, sagte Tarts de Telomar. »Sagen Sie mir eins: Wie viele haben Sie gerettet?«

»Drei Personen.« Das war keine gute Antwort, aber die einzig mögliche. Sie musste bei der Wahrheit bleiben, die ihr Gegenüber leicht überprüfen konnte. Besser hätte geklungen: *einige hundert Arkoniden von hohem Rang, unter ihnen der Imperator.*

»Personen?«, hakte er nach. »Sie sprechen hoffentlich wenigstens von Arkoniden?«

»Ein Arkonide, zwei ...«

»Genug! Bringen Sie mich zu ihnen. Sofort!«

»Sie sind ...«

»Kein Wort mehr! Kein einziges Wort! Ich will sie sehen. Und für Sie, Kommandantin on Thanos, will ich hoffen, dass diese drei *Personen* unter Arrest stehen und schwer bewacht werden. Ist Ihnen nie in den Sinn gekommen, dass es sich um Agenten der Methans handeln könnte?«

»Ich ...«

Seine Hand zuckte auf ihr Gesicht zu, und einen Augenblick lang dachte sie, er würde sie schlagen. Doch sein ausgestreckter Zeigefinger stoppte wenige Millimeter vor ihren Lippen. »Was verstehen Sie an *Kein einziges Wort mehr* nicht? Es ist mir vollkommen gleichgültig, ob dies Ihr Schiff ist, *Kommandantin,* oder nicht! Ich stehe im Rang über Ihnen, und ich kann Sie mit einem einzigen Befehl zerquetschen, wenn es mir in den Sinn kommt. Zwingen Sie mich nicht dazu, es zu tun, und seien Sie froh, dass dieses Gespräch unter vier Augen stattgefunden hat und nicht vor versammelter Mannschaft. Und nun ... bringen Sie mich zu den Geretteten!«

Trotz der Demütigung behielt Demeira einen klaren Kopf und ließ sich nicht weiter provozieren. Sie fragte sich nur, wer von ihnen beiden in diesem Moment größeren Zorn fühlte und woher Tarts' sichtlich schlechte Laune rührte.

Sie bedeutete ihrem Gast stumm, ihr zu folgen, und machte sich auf den Weg zu dem Quartier, das sie dem Arkoniden namens Crest da Zoltral und seinen Begleitern zugewiesen hatte. Sie ärgerte sich darüber, dass sie lediglich leichte Bewachung angeordnet hatte. Nur ließ es sich leider nicht mehr ändern.

Die ersten Minuten auf Atlantis verliefen nicht gerade gut. Aber noch hatte sie einen Trumpf, den sie ausspielen konnte – den Geheimauftrag des Imperators höchstpersönlich.

Crest da Zoltral

Die Zeit verging quälend langsam. Seit sie Atlantis erreicht hatten, mussten sich Crest, Tatjana Michalowna und Trker-Hon in ihrem Quartier aufhalten. Die Kommandantin hatte angekündigt, sich zu melden, sobald es ihr möglich war.

»Man entscheidet in diesen Minuten über unser Schicksal«, sagte die Telepathin. »Richtig? Und währenddessen bleibt uns nichts anderes übrig, als tatenlos hier herumzusitzen.«

Crest zeigte ein schmallippiges Lächeln. »Fast richtig.«

»Fast?«

»Sie sitzen nicht. Sie wandern umher.«

Tatjana blieb stehen, vor der Wand, die der Eingangstür gegenüberlag. Tatsächlich hatte sie unablässig Runde um Runde gedreht, wohl um ihrer inneren Anspannung und Nervosität wenigstens ein notdürftiges Ventil zu verschaffen. »Das sollte witzig sein?«

Gerade als der Arkonide überlegte, wie er antworten konnte, leistete Trker-Hon ihm unerwartet Unterstützung: Der Topsider brach in ein bellendes Gelächter aus, ein Laut, wie Crest ihn nie zuvor gehört hatte. Tatjana schaute ihn verblüfft an. Das intakte kleine Echsenauge verschwand fast in den Schuppen des Gesichts, als die Schnauze rhythmisch zuckte und die rote Zunge immer wieder kurz zu sehen war. Im nächsten Moment lachte die Russin mit, und für einen Augenblick vergaß auch Crest sämtliche Sorgen.

Die Tür öffnete sich, und sofort kehrte Stille ein.

»Jemand wünscht Sie zu sehen«, sagte Demeira on Thanos, in deren Blick überdeutlich Verwirrung zu lesen stand – und mühsam unterdrückter Zorn.

Die Kommandantin trat ohne weitere Aufforderung ein; diesen Luxus konnte sie sich auf *ihrem* Schiff leisten. Ihr folgte ein hochgewachsener Arkonide, sicher noch älter als Crest. Wahrscheinlich wäre er ohne medizinische Auffrischungen längst nicht mehr in der Lage gewesen, ein aktives Leben zu führen. Der Logiksektor bestätigte diesen Eindruck. Es handelte sich womöglich um eine wertvolle Information für das weitere Gespräch. Wer immer dieser Mann auch war, er konnte offenbar der Kommandantin der EKTEM Befehle erteilen. War dies der Kommandant der Kolonie ... der Unsterbliche? Ging die Art seiner *Auffrischungen* weit über das hinaus, was arkonidische oder verwandte Medizin zu leisten imstande war? Der Gedanke elektrisierte Crest. Stand er seinem Ziel näher als gedacht?

»Mein Name ist Tarts de Telomar«, sagte der andere in einem Tonfall, als müsse jeder ihn kennen.

Crest zögerte. Dieser Mann mochte eine Berühmtheit ersten Grades gewesen sein ... doch zehntausend Jahre in der Vergangenheit, in einer Zeitepoche, aus der nicht viel mehr als die Namen der Imperatoren überliefert waren. Zweifellos las Tatjana bereits seine Gedanken. Er schaute die Telepathin an; sie nickte unauffällig.

»Kommandantin on Thanos hat Sie drei aus Raumnot gerettet«, fuhr de Telomar fort. »Erzählen Sie mir Ihre Geschichte. Und bleiben Sie bei der Wahrheit, Arkonide.« Den anderen gönnte er keinen Blick.

Crest wiederholte, was er bereits Demeira on Thanos berichtet hatte. Wieder nannte er die kriegswichtigen Forschungen und den Überfall der Methans, gefolgt von der Flucht, die nur ihm und seinen beiden Begleitern gelungen war.

»Ich glaube Ihnen kein Wort«, erwiderte Tarts de Telomar hart. »Ein Nachweis Ihrer ... Geschichte lässt sich nicht erbringen.«

»Die Kommandantin hat bereits eine Hyperfunknachricht nach Arkon ...«

»Sie wissen so gut wie ich, dass eine Antwort noch Tage auf sich warten lassen wird. Es steht zu viel auf dem Spiel. Sie werden Atlantis mit dem Geleitzug wieder verlassen, sobald dieser seine Güter entladen hat und zum Abflug bereit ist.«

Jedes Wort traf Crest wie ein Stich ins Herz. Das durften sie nicht zulassen. Sie waren der Unsterblichkeit überraschend näher gekommen – oder zumindest *einem Unsterblichen,* dem Kommandanten dieser Kolonie in der Vergangenheit. Jemand, der also mehr über die Welt des Ewigen Lebens wusste und bestätigen konnte, dass es sich dabei nicht nur um einen Mythos handelte.

»Sind Sie der Kommandant von Atlantis?«, fragte Crest.

Tarts de Telomar beugte sich vor. Seine Oberlippe zuckte, entblößte einige Zähne in der linken Gesichtshälfte. »Nein«, sagte er mühsam beherrscht. »Sie wollen also tatsächlich behaupten, dass Sie mich nicht kennen? Dass Sie nicht wissen, dass Atlan höchstpersönlich diese Kolonie führt? Nun, dann sage ich Ihnen eins: Ich bin befugt, diese Entscheidung zu treffen, und werde den Kommandanten nicht damit belästigen.«

Crest legte die Fingerspitzen beider Hände aneinander. »Ich bezweifle Ihre Kompetenz nicht, dennoch muss ich darum bitten, Atlan sprechen zu können.«

Plötzlich krallte sich Tarts de Telomars Hand in Crests Schulter. Der Stoff seiner Oberkleidung spannte, die Nägel drückten schmerzhaft auf die Schulterknochen. »Ich werde die Zeit des Sohnes des Imperators nicht verschwenden für ein paar dahergelaufene Nichtsnutze, die eigentlich hätten sterben müssen! Habe ich mich klar ausgedrückt?«

Der Sohn des Imperators.

Sie standen also im Dunstkreis des Höchsten. Der Imperator persönlich hatte seinen Sohn geschickt, um eine Kolonie auf Larsaf III, der Erde, zu leiten? Crest witterte ein großes Geheimnis, und es wurde immer klarer, dass sie sich tatsächlich auf der richtigen Spur befanden.

Die Erde ... diese arkonidische Siedlung weit in der Vergangenheit ... die Kuppel auf dem Meeresboden, die die Jahrtausende überdauerte ... die Spuren unsterblicher DNS ... der Transmitter ... der unverhoffte und unerklärliche Sieg der Arkoniden über die Methans irgendwann in der Zukunft von dieser Zeit aus betrachtet ... der Imperator und sein Sohn ... all das hing zusammen.

Crest stand dicht davor, Einblicke in die wahren Hintergründe zu erlangen, in die Spiele der Macht, die vom Hof auf Arkon selbst ausgingen. Doch zugleich drohte ihm, diesen Schnittpunkt der Ereignisse wieder verlassen zu müssen. Ihm blieben die Hände gebunden, und wenn Tarts de Telomar entschied, dass die Gefangenen – genau das waren die drei Zeitreisenden für ihn – entfernt werden sollten, gab es keinen Weg, ihn daran zu hindern.

Oder doch?

Durfte, musste Crest ... Andeutungen machen, um die Aufmerksamkeit seines Gegenübers zu wecken? Von der Welt des Ewigen Lebens sprechen? Von der Zukunft, in der dieser alles bestimmende Krieg längst Vergangenheit war?

Eine andere kam ihm zuvor. Ungefragt ergriff Tatjana Michalowna das Wort. »Tarts de Telomar, wir müssen mit Ihnen reden. Ohne dass irgendjemand zuhört.« Sie wandte den Blick, schaute die Kommandantin der EKTEM an.

Endlich ließ der alte Arkonide Crests Schulter los. »So? Müssen Sie das? Wieso sollte ich Ihnen diese *Bitte* gewähren?«

Tatjana deutete vielsagend auf Demeira on Thanos. »Ich kann es Ihnen nicht laut sagen.«

Die Kommandantin der EKTEM versteifte sich. »Es ist wohl kaum ...«

Sie verstummte, als Tarts de Telomar herumwirbelte, den Arm hob und mit ausgestreckter Hand auf sie wies. »Ich bin nicht bereit, irgendwelche Spiele zu spielen! In dieser Angelegenheit habe ich schon entschieden! Ist das klar? Noch ein einziges Wort von Ihnen ...«, er wies auf Tatjana, »... und ich werde Sie erschießen lassen.«

Seien Sie still, Tatjana!, dachte Crest eindringlich. *Er meint es ernst!*

Doch die Russin schwieg nicht und besiegelte damit ihr Schicksal. »Ronjano IV«, sagte sie.

Tarts de Telomar erstarrte. »Raus hier!«, befahl er scharf. »Alle!«

»K... Kommandant?«, fragte Demeira on Thanos verwirrt.

»Verlassen Sie dieses Quartier! Und nehmen Sie die Gefangenen mit! Aber nicht die Frau! Sofort!«

Demeira on Thanos gehorchte und Trker-Hon ebenso. Auch Crest ging. Das Letzte, was er sah, war ein feines Lächeln auf Tatjanas Lippen.

»Eins noch!«, rief Tarts de Telomar ihnen nach. »Wenn Sie diesen Raum abhören, Kommandantin, werde ich es herausfinden und Sie beseitigen lassen. Haben wir uns verstanden?«

Kapitel 8

Im Wunderland
Feltif de Khemrol

Feltif sandte seinen persönlichen Identifizierungskode, der die Abwehreinrichtungen sofort abschaltete – und in ihr Gegenteil verwandelte. Die robotischen Anlagen sorgten nicht mehr dafür, dass das Boot von seinem Kurs auf Atlantis abgetrieben wurde, sondern zogen es per Traktorstrahl ans Ufer der Stadt.

Damit stand fest, dass es für den Tato kein Zurück mehr gab. Feltif hatte sich über alle Vernunft hinweggesetzt und Menschen dieses Planeten zur Kolonie gebracht. Nur noch wenige hundert Meter trennten sie von den Randgebäuden der Stadt.

Mit D'ihra verließ er die Sternenbarke, ihr Bruder Egmogast folgte, nach ihm Marokar und Harufont. Zu fünft standen sie im Schilfgras der abgelegenen Anlegestelle. Feltif hoffte, dass ihre Ankunft von niemandem beobachtet worden war.

»Ihr sucht Zuflucht in dieser Siedlung«, sagte er zu den vier Menschen. »Diese Bitte verwehre ich euch nicht, aber es gibt Einschränkungen, die ich euch nun erklären muss. Ich bin ein Bewohner dieser Stadt, die den Namen Atlantis trägt. Ich weiß, dass ihr mich für einen Gott haltet, doch in dieser Einschätzung täuscht ihr euch. Ich werde euch ...«

»Nein«, unterbrach Harufont, der ihm am nächsten stand. »Du wirst nichts, Fremder. Wir danken dir dafür, dass du uns auf See das Leben gerettet hast. Damit trennen sich unsere Wege. Du und diese Stadt, ihr steht für etwas, das wir ...« Er stockte, suchte wohl nach dem richtigen Wort.

Egmogast, D'ihras Bruder mit der schweren Zunge, gab einige Laute von sich. Feltif begriff den Sinn dieser gestammelten Silben nicht. Auch die anderen sahen ratlos aus, nur D'ihra schüttelte leicht den Kopf. »Du hast recht, Egmogast. Es stimmt, dass ihr es nicht verstehen könnt, aber es ist bei Weitem nicht alles. Ihr habt Angst, weil er ein Fremder ist! Aber er und diese Stadt ... darin liegt die Zukunft für uns verborgen! Hier finden wir Zuflucht vor dem Krieg, der so viele unseres Volkes getötet hat.«

»Das gilt vielleicht für dich, Seherin, aber nicht für uns.« Harufont trat demonstrativ einen Schritt zurück, stellte sich zwischen Egmogast und Marokar. »Wir werden die Stadt nicht betreten.«

»Nur wegen eurer Angst? Von ihr lasst ihr euch bestimmen?«

Wieder sagte Egmogast etwas, diesmal länger; erneut verstand Feltif de Khemrol kein Wort davon. Das Ergebnis bestand darin, dass D'ihra sich von ihrem Bruder abwandte. »Es tut mir leid.« Sie schaute in Richtung der Stadt. Atlans Turm überragte alles, aus diesem Blickwinkel wirkte er wie ein bizarr steil aufragender, verwirrend schmaler und glatter Berg. Für die Menschen musste er bedrohlich wirken, doch D'ihra zeigte keine Furcht.

»Was werdet ihr tun?«, fragte Feltif.

»Sorg dich nicht um uns!«, forderte Harufont. »Wir lassen deine Stadt hinter uns. Wenn wir Glück haben, sind wir weit genug von unseren Feinden und ihrem Krieg entfernt. Unser Leben beginnt in diesem Augenblick neu, und wir werden sehen, wohin es uns führt.«

Feltif nickte; eine Geste, die er von den Menschen dieser Welt übernommen hatte. »D'ihra, bist du dir sicher, dass du nicht mit ihnen gehen willst? Du schuldest mir nichts.« Und doch schmerzte die Vorstellung, dass sie ihn verlassen könnte. »Dein Bruder und seine Freunde hingegen, sie sind dein Leben.«

»Du irrst dich«, sagte sie mit sanfter Stimme. »Sie waren es. Hast du es nicht gehört? Sie haben sich selbst dafür entschieden, ein neues Leben zu beginnen. Ich aber werde mein eigenes Leben fortführen und sehen, wohin es mich führt.« Sie zögerte einen kurzen Moment und ergänzte dann: »An deiner Seite.«

D'ihra blickte noch lange auf die Stelle, an der die drei Männer zwischen den Bäumen verschwunden waren. Feltif rief per Funk einen robotgesteuerten Gleiter. Gemeinsam mit D'ihra stieg er in das Fluggerät. Sie zeigte erstaunlich wenig Scheu, als wäre ihr ein technologisches Produkt wie dieses nicht völlig fremd.

»Ich habe mich entschieden«, sagte sie nur, als er nachfragte. »Ich will dich begleiten ... und ich will deine wunderbare Stadt sehen, wegen der ich überhaupt erst mit der Sternenbarke aufgebrochen bin. Dazu ist es notwendig, manche Dinge so hinzunehmen, wie sie sind.«

»Es ist nicht *meine* Stadt«, erwiderte er.

»Aber du lebst darin.«

Er schloss kurz die Augen. Weshalb sollte er schweigen? Warum nicht mehr berichten? Die letzte Grenze war ohnehin längst gefallen. »Ich bin der Tato der Kolonie«, erklärte Feltif. »Gewissermaßen ein ... ein Vorsteher. Aber ein anderer besitzt noch mehr Macht als ich.«

»Ein Priester?«, fragte sie. »Oder der Erste Krieger?«

»Krieger«, wiederholte er nachdenklich.

»Du hast gesagt, ihr kennt Schlachten so wie wir, nur noch schlimmer. Also muss es auch Krieger unter deinesgleichen geben.«

»Die Soldaten nehmen eine wichtige Rolle ein, ja. Unser Anführer ist jedoch ...« Er brach ab. Wie sollte er es erklären? Strukturen im Großen Imperium waren über lange Zeit gewachsen. Atlans Bedeutung als Kommandant und Sohn des millionenäugigen Imperators, Seiner Erhabenheit, ließ sich nicht mit wenigen Worten umreißen.

»Wie heißt er?«, fragte sie.

»Er trägt den Namen Atlan und ist der Sohn eines weitaus mächtigeren Mannes aus einem Reich, auf das das Licht anderer Sterne fällt.« Er deutete in den Himmel. »Aus meiner Heimat.«

»Du hast Angst, dass ich nicht begreifen könnte, was du sagst«, stellte D'ihra fest. Sie war eine kluge Frau, das stand außer Frage. »Aber ich denke seit zwei Jahren über diese Dinge nach. Seit du mir gesagt hast, dass du von den Sternen gekommen bist.«

»Du glaubst es?«

»Ein Gott oder ein Mann von den Sternen – das sagt nichts darüber aus, was es *bedeutet,* dass du in mein Leben getreten bist, und das nun schon zum zweiten Mal.«

Feltif steuerte den Gleiter zum Stadtrand. »Über diese Tatsache habe ich ebenfalls lange nachgedacht.«

»Mit welchem Ergebnis?«

»Mit keinem«, gab er zu.

»Also gibt es auch für dich Grenzen. Antworten, die dir verwehrt bleiben.«

»Mehr, als du dir vorstellen kannst.« Denn je tiefer ein Volk wie die Arkoniden in den Weltraum vorstieß, umso mehr Fragen eröffneten sich vor ihm. Jede Antwort zog weitere Geheimnisse mit sich. Jede Offenbarung machte klar, dass es ein verschlungenes, verborgenes Wesen des Kosmos gab. Vielleicht war gerade das ein

Grund, warum sich Feltif zu den Menschen dieser Welt so sehr hingezogen fühlte. Zu D'ihra.

Weil sie von diesen Geheimnissen des Weltalls und der Schöpfung nichts ahnte.

Weil sie wie ein Kind war, das staunte und damit womöglich klüger war als alle anderen.

»D'ihra?«

Feltif gab einen Befehl in die Steuerkonsole des Gleiters ein, der die Sichtscheiben ringsum verdunkelte. Niemand konnte nun noch von außen hineinsehen und den menschlichen Passagier sehen. Von innen jedoch blieben die Scheiben durchsichtig.

»Ja?«

»Ich bringe dich in mein Haus.« Er gab das Ziel in den Autopilotspeicher ein.

»Damit niemand mich entdeckt?«

Er zögerte.

»Ich weiß längst, dass du etwas Verbotenes tust, indem du mich hierher gebracht hast.« Sie lehnte sich in dem Sessel zurück, der weicher und bequemer sein musste als alles, was sie bisher berührt hatte. »Gehst du ein großes Risiko ein?«

Ohne zu zögern, sagte Feltif ihr die Wahrheit. »Aber ich würde mich wieder genauso entscheiden.«

»Warum?«

»Weil du mir den Blick auf meine Welt ganz neu öffnest.«

»Dann zeig sie mir, ehe wir dein Haus erreichen. Zeig mir Atlantis.« Sie legte die Hand auf sein Knie.

Er sah sie an. Ihre Augen waren müde, aber voller Wissbegierde. *Sie ist nicht etwa deshalb neugierig,* dachte er, *weil sie das Kuriose und Wunderbare sucht, um sich daran zu ergötzen – sondern sie will wissen, wie all das funktionieren kann. Wie es Gebäude geben kann, deren Material sie nicht kennt und die um ein Vielfaches größer sind als alles, was sie je gesehen hat.*

Ihre Hand war warm.

»Ich bin einverstanden«, sagte er.

Ein akustischer Befehl schaltete den Autopiloten aus. Feltif steuerte den Gleiter über die Häuser von Atlantis hinweg. Er zeigte D'ihra einige Trichterbauten und betonte, dass dies in seiner Heimat eine weitverbreitete Bauweise war.

»Wieso wählt ihr eine solch komplizierte Form?«, fragte sie.

»Die oberen Bereiche wölben sich nach außen, sodass die unteren Stockwerke sie kaum tragen können. Es gibt eine Weisheit in meinem Volk, Feltif.«

»Nenn sie mir.«

»Wenn du dein Haus nicht vom Kellergewölbe an fest baust, so wird es einstürzen. Wenn du es auf dem falschen Untergrund errichtest wie auf Sand, wird es versinken und zerbrechen.« Sie deutete aus ihrem Seitenfenster, wo ein Trichterbau halb über einem Abgrund hing. »Aber ihr handelt nicht so. Und das mit voller Absicht, nicht wahr? Weil ihr klüger seid und stärker, als die Gesetze der Natur es euch aufzwingen wollen. Weil ihr euch erhoben habt und euch nicht von den Umständen bestimmen lassen wollt.«

Sie war wahrhaftig eine erstaunliche Frau. Was würden wohl die anderen Arkoniden zu diesen Gedankengängen einer *Barbarin* sagen?

»Hältst du uns deswegen für klug?«, fragte er.

Sie lächelte. »Beweisen zu müssen, dass man etwas vollbringen kann, mag durchaus von Klugheit zeugen. Oder von Hochmut.«

Feltif legte seine Hand auf die ihre. »Du überzeugst mich immer mehr, dass mein Volk Menschen wie dich braucht, die ihm den Spiegel vorhalten.«

»Diese Stadt ist wunderbar, Feltif«, beeilte sie sich zu sagen, »aber nicht in allen Punkten besser als meine Heimat.«

»Erzähl mir davon.«

»Unser Dorf stand ebenfalls an der Küste, ehe unsere Feinde es niederbrannten.« Kurz krallten sich ihre Finger um sein Knie, die Nägel drückten in das Fleisch, ehe sie sich mit einem leichten Seufzen wieder entspannte. Ein Schauer durchlief sein ganzes Bein. »Wir schützten uns vor den Wellen und Stürmen, indem wir an einer erhöhten Stelle bauten und einen Damm errichtet haben. Eure Häuser sind nicht geschützt.«

»Doch, D'ihra, das sind sie, aber auf eine andere Weise. Man kann es nicht sehen.«

Ihre Hand wanderte auf seinem Oberschenkel höher. »Ich will mehr erfahren.« Noch höher. »Später!«

Feltif zog den Gleiter bis über die übliche Flugschneise, in eine Warteposition, und küsste sie.

Die Stadtführung beendete er genau nach ihren Wünschen erst *später,* und sein Haus am Stadtrand, wo die unberührten Wälder begannen, erreichten sie erst, als es bereits dunkelte.

Kapitel 9

Bis zum Untergang
Crest da Zoltral

Kommandantin Demeira on Thanos sah fassungslos aus. Auf ihrem eigenen Schiff war sie von Tarts de Telomar nicht nur aus dem Raum geschickt, sondern auch ungeschminkt bedroht worden. Die Dinge in Atlantis liefen offenbar nicht zum Besten; wie wahrscheinlich bei jedem Volk, dessen Angehörige seit vielen Jahren in einem grausamen Krieg ausbluteten.

Crest konnte sich denken, was sich in diesen Momenten in dem Quartier abspielte, das ursprünglich ihm und seinen Begleitern zugewiesen worden war. Tatjana Michalowna hatte Tarts' Gedanken gelesen und darin ein Geheimnis entdeckt – was sie mit *Ronjano IV* angedeutet hatte. Offenbar der Name eines Planeten, auf dem etwas geschehen war, über das niemand außer Tarts Bescheid wusste. Die Telepathin hatte eine gute Wahl getroffen; es hatte genügt, seine Aufmerksamkeit zu wecken. Seine Drohung, Tatjana beim nächsten Wort eliminieren zu lassen, war damit hinfällig geworden.

Trker-Hon hielt sich im Hintergrund und blieb unauffällig wie die ganze Zeit, seit sie sich in der EKTEM befanden. Wahrscheinlich wollte er als unverkennbarer Exot der Gruppe nicht in die Machtspiele und Streitigkeiten der Arkoniden hineingezogen werden. Crest konnte das nur zu gut verstehen und hielt es für einen klugen Schachzug.

Es dauerte nicht lange, bis sich die Tür wieder öffnete.

Tatjana stand im Türrahmen, ein zufriedenes Lächeln auf den Lippen. »Crest, Trker-Hon! Kommen Sie bitte herein.«

Demeira on Thanos schnappte nach Luft, schwieg jedoch. Es musste sie hart treffen, derart übergangen zu werden.

»Sorgen Sie sich nicht«, sagte die Telepathin zu ihr. »Nicht deswegen, was gerade passiert. Es hat nichts mit Ihnen zu tun.« Sie zögerte kurz. »Ganz sicher nicht.«

Crest kam sich vor, als habe er nur die eine Hälfte eines Dialogs gehört; wahrscheinlich war es auch genauso gewesen, wenn die Gesprächsanteile der Kommandantin rein gedanklich geführt worden waren, was diese völlig verwirrt zurückließ. Er ließ Trker-Hon den Vortritt und zog schließlich die Tür hinter sich zu.

Tarts de Telomar stand im Raum, die Arme vor der Brust verschränkt. Über der Nasenwurzel zogen sich sternförmige Falten bis zur Mitte der Stirn. Sie warfen Schatten auf die weißen Brauen. »Ihre Begleiterin hat mich überzeugt, Ihnen einen weiteren Moment meiner Zeit zu schenken. Allerdings will ich fair sein und Ihnen vorab etwas mitteilen. Woher auch immer Sie von Ronjano IV wissen ...« – mit einer raschen Bewegung zog er einen Strahler und entsicherte ihn demonstrativ – »... dies ist kein Spiel. Das war es nie. Sie rühren an Dingen, die *niemanden* etwas angehen.«

Crest war erleichtert, dass Tarts nicht auf ihn oder einen seiner Begleiter zielte. »Das wissen wir. Ihr Geheimnis ist bei uns sicher.« Mit den letzten Worten begab er sich auf abschüssiges Terrain, denn er wusste nicht das Geringste darüber. Es interessierte ihn auch nicht. Tatjanas Vorstoß hatte seinen einzigen Zweck, mit dem mächtigen Arkoniden ungestört reden zu können, längst erfüllt.

»Also, was haben Sie mir mitzuteilen?«, fragte Tarts de Telomar. »Über sich oder über ... was auch immer.«

Tatjana sah ihn fragend an; Crest nickte ihr kurz zu. Sie sollte sprechen, weil sie am meisten über ihr Gegenüber wusste. »Diese Kolonie ist zum Untergang verurteilt«, sagte die Telepathin.

Einen Augenblick lang schwebten die Worte im Raum als eine düstere Verheißung. Für Sekunden hing die Situation in der Schwebe, dann ... lachte Tarts de Telomar. »Nun, wenn das alles ist? Einen Moment lang hatte ich tatsächlich geglaubt, Sie könnten mir etwas von Interesse mitteilen. Doch Sie haben nur Allgemeinplätze zu bieten. Selbstverständlich wird diese Kolonie untergehen. So wie alle Welten Arkons an der Peripherie. Jedes Wesen, das ein Gehirn in seinem Schädel trägt und es nicht nur als Eiweißspeicher benutzt, kann sich das ausrechnen. Sie stehlen meine Zeit!« Er ließ den Strahler wieder verschwinden, ein deutliches Zeichen dafür, dass er seine Gefangenen nicht mehr ernst nahm. »Gleichgültig, was Sie nun noch sagen, es wird mich nicht mehr überraschen.«

Trker-Hon zog alle Aufmerksamkeit auf sich, indem er mit dem Echsenschwanz mehrfach in raschem Rhythmus auf den Boden schlug. Ein schabendes Geräusch folgte. »Warten Sie, Kommandant! Es liegt ein Missverständnis vor. Wir vermuten nicht, dass diese Kolonie untergehen wird. Wir prognostizieren es auch nicht. Wir *wissen* es.«

Tarts hob die Rechte, knetete mit Daumen und Zeigefinger sein Kinn. Er machte sich damit bewusst verletzlich, würde lange brauchen, um an seine Waffe zu gelangen, und das trotz seiner provokativen Worte. »Sie sind sich dessen ganz sicher, weil die Methans, in deren Dienst Sie stehen, es Ihnen gesagt haben?«

»Da irren Sie sich.« Der Topsider ging einen Schritt auf den alten Arkoniden zu. Das Stampfen bildete das einzige Geräusch im Raum, begleitet vom Kratzen der Schwanzschuppen auf dem Boden. »Sie sind ein kluger Mann, Tarts de Telomar. Sie wissen, dass wir nicht diejenigen sind, für die wir uns ausgeben.«

»Das Leben hat mich gelehrt, misstrauisch zu sein. Vor allem in Zeiten wie diesen. Es verhindert einen allzu frühen Tod. Also unterschätzen Sie mich nicht, denn wie Sie sehen, habe ich ein stattliches Alter erreicht.«

»Sie konnten es nur erreichen durch Zellauffrischungen auf dem höchsten Stand arkonidischer Medizin«, vermutete Crest. »Wie oft haben Sie sich behandeln lassen?«

Tarts fuhr herum. »Wollen Sie wirklich *darüber* reden, Sie Narr?«

Noch nicht! Aber es bereitet den Boden für das, was kommen wird. Crest schwieg und überließ Trker-Hon weiter das Wort. Der erste Schritt war getan, die Wahrheit musste offenbart werden.

Der Topsider blieb dicht vor Tarts de Telomar stehen. »Sie haben recht. Unsere Geschichte war eine Lüge. Aber wir sind auch nicht die, für die Sie uns halten.«

»Würde ein Spion der Methans zugeben, wer er ist?« Die Worte des alten Arkoniden trieften vor Hohn.

»Wir wissen, dass diese Kolonie namens Atlantis untergehen wird, weil wir aus der Zukunft stammen.«

Tarts' Mundwinkel zuckten. »Sie behaupten ... was?«

Nun ist es uns also doch noch gelungen, ihn zu überraschen. Ihm den Boden unter den Füßen wegzuziehen.

»Wir kommen aus Ihrer Zukunft«, fuhr Trker-Hon mit ruhiger Stimme fort, völlig nüchtern und im Tonfall eines Mannes, der genau wusste, was er sagte. »Zehntausend Larsafjahre, um Ihnen eine Vorstellung zu geben. Die Methans werden schon bald die Kolonie angreifen. Dieser gesamte Kontinent wird im Meer versinken.«

»Ich bin ein Mensch dieses Planeten«, ergänzte Tatjana Michalowna. »Zum Zeitpunkt meiner Geburt ist Atlantis längst nur noch ein ferner Mythos, um den sich viele Legenden ranken. Niemand glaubt mehr ernsthaft daran, dass dieser Kontinent tatsächlich existiert hat. Von Außerirdischen, die ihn als Kolonie besiedelt haben, ganz zu schweigen.«

Tarts de Telomar zog erneut den Strahler, in einer erstaunlich raschen Bewegung, und hob ihn an. Alles in Crest versteifte sich, bis Tarts die Waffe sicherte und wieder im Holster verschwinden ließ. Er hatte ihn zuvor schussbereit gehalten und war zweifellos in jedem Augenblick kampfbereit gewesen. Was hatte er gesagt? Dies wäre kein Spiel? Dafür spielte er mit echter Meisterschaft ...

»Erzählen Sie mir mehr!«, forderte Tarts tonlos.

»Zu meiner Zeit«, sagte Crest, »ist der Zustand des Großen Imperiums ... anders als jetzt. Unser Volk, Kommandant, steht unter einem verhängnisvollen Einfluss und zieht sich mehr und mehr aus der Realität zurück. Es gibt Ausnahmen, aber Sie würden die einst stolzen Arkoniden nicht wiedererkennen, wie sie in Fiktivspielen versinken und mental der Wirklichkeit entgleiten.«

»Wir haben einen Transmitter betreten«, ergänzte Tatjana. »In einer Tiefseekuppel, die das Einzige ist, was zu unserer Zeit von Atlantis noch geblieben ist. Sie muss vor der Küste errichtet worden sein.«

»Kosols Kuppel?«, fragte Tarts skeptisch.

»Man wird sie in zehntausend Jahren entdecken«, sagte Crest. »Und wenn wir durch den Transmitter gehen, wird uns das in die Vergangenheit befördern. Eine Zeitreise, die uns letztlich genau hier stranden lässt.«

Wieder ergriff Tatjana das Wort. »Die Legenden um Atlantis werden niemals verstummen – die Erinnerung lebt fort. Aber vor allem die Erinnerung an die Katastrophe des Untergangs. *In einem einzigen Tag und einer einzigen Nacht,* so heißt es. Mein Volk wusste nicht, was es zu bedeuten hat. Niemand vermochte sich vorzustellen, was einen ganzen Kontinent im Meer versinken lassen könnte. Ich jedoch kann das inzwischen. Ein Angriff der Methans, die mit einer Flotte kommen und ein Bombardement beginnen.«

»Wir wissen von zwei Überlebenden aus dieser Zeit«, sagte Trker-Hon. »Einer ist der namenlose Kommandant der Kolonie, der mittels einer primitiven Schriftrolle einen Bericht überliefert hat.«

»Was soll Atlan da Gonozal getan haben? Habt ihr Beweise?«

Crest spürte, wie ihm Tränen der Erregung in die Augenwinkel traten. Atlan da Gonozal ... war das der Unsterbliche, den sie suchten? »Wir ...« Er zögerte. Die Schriftrolle war auf ihrem steinigen Weg zur Welt der Unsterblichkeit verloren gegangen. »Leider nein«, sagte er leise.

»Das dachte ich mir! Wer soll der zweite Überlebende sein?«

»Ein Mann namens Cunor.«

»Cunor?« Tarts de Telomar lachte, kalt und humorlos. »Etwa mein Offizier ter Pelgan? Was geschieht mit den Kolonisten?«

»Was Ihren Offizier angeht. Es ist möglich: Wir kennen nur seinen Vornamen. Das Schicksal der Kolonisten ist uns gänzlich unbekannt«, gab Crest zu.

»Worin besteht *mein* Schicksal?«

»Auch das können wir nicht sagen.«

»Weil Sie ein Zeitparadoxon befürchten, wenn ich meine Zukunft kenne?«

»Weil wir nichts darüber wissen.«

Tarts schwieg, und Crest wunderte sich, wie gefasst der alte Arkonide dies alles aufnahm. Allerdings gab es – leider – im nächsten Augenblick eine Erklärung für dieses Verhalten. Tarts stieß Trker-Hon zur Seite und eilte in Richtung Ausgang. »Ich habe mich in Ihnen geirrt. Sie sind keine Verräter oder Agenten der Methans, Sie sind arme, verwirrte Seelen. Ich hoffe, man wird Ihnen auf Arkon helfen und Ihren Geisteszustand heilen können. Sie haben mein Mitgefühl.«

Crest fühlte sich, als habe man ihm einen Faustschlag in die Magengrube verpasst. Sie hatten alles riskiert und verloren. Tarts hielt sie für verrückt.

Es war aus.

Ihre letzte Chance verspielt.

Noch nicht!, meldete sich der Extrasinn zu Wort. *Du kannst ihn packen, dort, wo es ihn persönlich berührt!*

»Tarts«, rief Crest, ohne weiter nachzudenken. »Bitte, bleiben Sie noch!«

Der alte Arkonide, schon direkt vor der Tür, drehte sich um. »Die Zeit, die ich drei bedeutungslosen, aus Raumnot geretteten Gefangenen widmen konnte, ist bereits lange abgelaufen. Irgendwann finde ich heraus, wie Sie etwas über mein Geheimnis erfahren haben. Ich rate Ihnen, niemals darüber zu sprechen.«

Crest ließ sich davon nicht ablenken oder einschüchtern. »Ich will Ihnen eine letzte Frage stellen. Haben Sie sich noch nie gewundert, dass man Ihr Geschwader in diesen wertlosen Sektor der Galaxis beordert hat? Wieso ist ausgerechnet hier eine Kolonie gegründet worden?«

Tarts lachte spöttisch. »Sagen Sie es mir.«

»Weil dieser Planet den Schlüssel zum größten Geheimnis des Lebens bildet. Der Unsterblichkeit!«

Tarts de Telomar

Tarts versuchte erneut, seinem Lachen einen möglichst spöttischen Klang zu geben. »Die Unsterblichkeit?«

»Kennen Sie ihn?«, fragte die Frau namens Tatjana Michalowna, die behauptete, in zehntausend Jahren auf diesem Planeten geboren zu werden. In der Tat sah sie aus wie ein Mensch von dieser Welt, doch das stützte diese absurde Geschichte nicht in ausreichendem Maß.

»Wen?«, fragte Tarts.

»Den Weg zur Welt des Ewigen Lebens?«

Er fühlte das Verlangen, aus dem Raum zu flüchten, doch er zwang sich, ihn mit ruhigen, geordneten Bewegungen zu verlassen. »Genug!«, rief er, als er die Tür hinter sich zuschlug.

Es überraschte ihn nicht, dass er die Kommandantin des Schiffes nicht mehr vorfand; an ihrer Stelle hätte er ebenfalls nicht im Korridor gewartet. Nicht nachdem er sie derart gedemütigt hatte, und das in einer Umgebung, in der sie gewohnt war, alle wichtigen Entscheidungen zu treffen, ohne dass ihr jemand widersprach.

Stattdessen sprach ihn ein einfacher Raumsoldat an; Tarts suchte vergeblich nach Rangabzeichen. »Wohin darf ich Sie führen?«

Wenn er das nur gewusst hätte. Er musste zugeben, keinen klaren Gedanken mehr fassen zu können. Er glaubte immer noch, die Stimme der Menschenfrau zu hören:

Kennen Sie ihn ... den Weg zur Welt des Ewigen Lebens?

»Bringen Sie mich zum Hangar. Sorgen Sie dafür, dass ich unterwegs nicht gestört werde, sondern in Ruhe nachdenken kann. Und richten Sie der Kommandantin aus, dass ich Sie zu sprechen wünsche.«

Der Soldat bestätigte und ging los. Tarts folgte ihm. Er hätte den Weg auch allein gefunden, doch ihm kam eine Einmanneskorte gerade recht; so konnte er besser seinen Gedanken nachhängen.

Dieser Verrückte namens Crest hatte von der Unsterblichkeit gesprochen, davon, dass es die Kolonie nur aus diesem Grund gab, ausgerechnet an diesem entlegenen Ort. Larsaf III würde den Weg zum größten aller Geheimnisse weisen.

Lächerlich!

Und doch hatte der Imperator seinen eigenen Sohn ausgerechnet an diesen fernen Ort geschickt, um sich um die Kolonie zu kümmern.

Wusste Seine Erhabenheit etwas, das sonst niemandem bekannt war? Er war der mächtigste Mann dieser Galaxis – zumindest behaupteten die Arkoniden das mit Vorliebe; die Galaxis jedoch war groß, und bei Weitem waren nicht alle Gebiete erforscht, so riesig das Große Imperium auch sein mochte. Konnte es am Hof ein solches Geheimnis geben, ohne dass Tarts je etwas davon erfahren hatte? Und wenn ja, war es möglich, dass Atlan es ihm verschwiegen hatte?

Kennen Sie ihn ... den Weg zur Welt des Ewigen Lebens?

Wer waren diese Leute? Tatsächlich Zeitreisende? Das war zu absurd, um es für möglich zu halten. Andererseits hatte Tarts in seinem langen Leben schon viele Dinge geschehen sehen, an die er nicht hatte glauben wollen.

Sie mussten verrückt sein.

Aber sie wirkten nicht verrückt.

Sie waren planvoll vorgegangen, hatten sich perfekt abgesprochen. Und die knappe Rede von der Unsterblichkeit ...

Die Worte hatten ihn im Innersten gepackt. Er war ein alter Mann. Nur sein Pflichtbewusstsein hielt ihn davon ab, endlich zu sterben – und die medizinischen Behandlungen, die dieser Crest so scharfsinnig erkannt hatte. Tarts wusste, dass der Tod nahe war; er spürte seinen kalten Hauch von Tag zu Tag näher kommen. Bislang hatte ihm das nichts ausgemacht, war der Tod doch das Ziel, auf das jedes Leben zustrebte, und er hatte ihm lange getrotzt; Jahrzehnte länger als die meisten in seiner Position vor ihm. Er kannte den Tod, war ihm im Krieg schon oft genug begegnet.

Aber nun stand plötzlich der Gedanke im Raum, dass der Tod nicht unausweichlich sein könnte. Und so aberwitzig es klang, es ließ ihn nicht mehr los.

Kennen Sie ihn?

Der Soldat betrat vor ihm einen Antigravlift. In seine Überlegungen versunken, folgte ihm Tarts. Sie schwebten höher, dem Haupthangar entgegen. Als sie den Schacht verließen, wartete Demeira on Thanos auf ihn. Sie blickte ihm in die Augen, mit stolz erhobenem Kopf. Sie ließ sich offenbar nicht unterkriegen, was ihm durchaus imponierte.

»Ich danke Ihnen, dass Sie gekommen sind«, sagte Tarts. »Es geht um die drei Gefangenen.«

»Wie soll ich mit ihnen verfahren?«

»Sie bleiben in Haft, unter verschärften Bedingungen. Ihnen darf kein Leid geschehen, aber sie werden mit dem Geleitzug Atlantis so rasch wie möglich verlassen. Wann sind Sie so weit, nach Arkon zurückzukehren?«

»In einem Tag.« Die Kommandantin gab dem Soldaten ein Zeichen, dass er sich zurückziehen sollte. Er trat in den Schacht und schwebte nach oben. Kaum war er außer Sicht, ergänzte sie: »Eigentlich.«

»Was soll das heißen?«

»Es gibt einen weiteren Grund, warum ich Sie hier treffe, Tarts de Telomar. Ich konnte es bislang noch nicht ansprechen. Wir werden womöglich nicht pünktlich abfliegen können. Denn ich bin nicht nur nach Atlantis gekommen, um die Versorgungsgüter zu bringen.«

»Sondern?«

Sie streckte ihm einen Datenkristall entgegen. Tarts nahm ihn an sich, starrte ihn verblüfft an. »Er trägt die persönliche Signatur des Imperators.«

»Sie werden feststellen, dass er echt ist«, sagte die Kommandantin in einem Tonfall, der ihm klarmachte, dass er sich die Überprüfung ebenso gut sparen konnte. »Ich soll im direkten Auftrag des Imperators etwas zurück nach Arkon bringen. Oder genauer gesagt ... jemanden. Mir scheint, es gibt in dieser Hinsicht keinen besseren Gesprächspartner als Sie, Tarts, denn ich stehe vor einem Problem.«

Seine Hand schloss sich um den Datenkristall. »Sie reden von ...«

»Richtig. Derjenige ist nicht abkömmlich. Der Imperator befiehlt seinen Sohn zurück an den Hof. Ich soll in seinem Auftrag für Atlan da Gonozals sichere Reise in die Heimat sorgen.«

Zurück in seinem Quartier in der TOSOMA, legte sich Tarts in voller Uniform auf sein Bett. Er war erschöpft, aber vor allem musste er nachdenken. Über eine Menge Dinge.

Über seinen Ziehsohn Atlan, der mit unbekanntem Ziel aufgebrochen war, weil er hoffte, den Krieg gegen die Methans beenden zu können ... und der nun von seinem echten Vater zurück nach Arkon gerufen wurde.

Über seinen eigenen Tod, dem nun die ebenso wundersame wie absonderliche Vorstellung des ewigen Lebens entgegenstand, was ihm jeden inneren Frieden raubte.

Und über die Evakuierung und die bevorstehende Zerstörung der Kolonie Atlantis.

Jedes einzelne dieser Themen wog schwer; eine größere Last, als ein Arkonide in seinem ganzen Leben tragen musste.

Die Hände im Nacken verschränkt, starrte er die Decke an und folgte den verschlungenen Linien im Holzimitat, das er dort hatte anbringen lassen. Es erinnerte ihn an den Raum im Haus seiner Eltern, in dem er seine Kindheit verbracht hatte. Es half ihm beim Nachdenken, und die labyrinthischen Muster hatten ihn oft genug in den Schlaf getragen.

Kennst du ihn?

Ob Atlans Verschwinden im Zusammenhang mit den Schiffbrüchigen stand? Sie hatten behauptet, er wäre einer der beiden Überlebenden des Untergangs der Kolonie – überlebend bis in ihre angeblich ferne Zukunft. Wie konnte es sein, dass diese drei ... Zeitreisenden – er sträubte sich, das Wort auch nur zu denken – ausgerechnet in dem Schiff anreisten, das Atlan abholen sollte?

Den Weg zur Welt des Ewigen Lebens?

Langsam und beinahe unmerklich vermischten sich seine Gedanken mit bizarren Traumbildern; nur der Logiksektor wies ihn darauf hin. Doch der Tag war lang gewesen, und sein alter Körper forderte sein Recht, ob es ihm gefiel oder nicht.

Die Lider fielen ihm zu, und mühsam öffnete er sie wieder, und er trieb im Muster des hölzernen Labyrinths davon, und mit einem Mal brach ein Methanaufklärer aus den Wolken über Atlantis, und das halb zerstörte Schiff mit dem offenen Rumpf hatte die infernalische Zerstörung der Gebirgswelt überlebt, und aus dem Gerippe des Aufklärers regneten halb zerfetzte Methans, am Leben gehalten von absonderlichen Instrumenten und umgeben von grünen Atmosphäredämpfen, und einer der toten Soldaten schaute ihn an, und die Augen waren gebrochen, und der bleiche Mund öffnete sich und sprach mit der Stimme der menschlichen Frau: *Kennst du ihn?*

Tarts schreckte hoch.

Die Bilder lösten sich auf.

Natürlich – er hatte etwas übersehen! Wie hatte er es nur vergessen können? Die Gefangenen hatten von *zwei* Überlebenden gesprochen. Atlan und Cunor. Damit konnte wohl nur Cunor ter Pelgan gemeint sein, der Draufgänger, sein Waffenoffizier, dessen Platz an Bord des Flaggschiffs TOSOMA war. Wie sollte es möglich sein, dass ausgerechnet er den Untergang von Atlantis überlebte? Welch ein Unsinn, dass Cunor eines Tages mit Atlan auf der Erde oder in Kosols Kuppel strandete!

Tarts eilte in seine Hygienezelle, starrte in den Spiegel, hielt die Hände unter Wasser und rieb sich damit die Augen. Danach sah er ein wenig besser aus.

Er rief sich den Dienstplan der Zentrale ins Gedächtnis. Cunor würde nicht dort sein, sondern wohl in seinem Quartier liegen und schlafen. Er gab der Bordpositronik den Befehl, ihn zu wecken und in die Zentrale zu beordern. Er musste mit ihm reden. Beweisen, dass die Geschichte der Gefangenen nicht der Wahrheit entsprechen konnte.

Tarts wollte gerade sein Quartier verlassen, als ihm eine Idee kam, die er sofort in die Tat umsetzte. Also gab er der Positronik noch einen weiteren Auftrag, der dieses Mal mit den Gefangenen in direkter Verbindung stand. Er war gespannt, ob diese Vorkehrung neue Erkenntnisse brachte.

Als er schließlich die Zentrale erreichte, befand sich der Waffenoffizier bereits vor Ort.

»Cunor«, sagte Tarts. *Du wirst ganz sicher nicht mit Atlan auf Larsaf III stranden.* Als Militär im Rang eines Offiziers mit ausgeprägtem Pflichtbewusstsein und Ehrgeiz würde er niemals seinen Platz im Flaggschiff verlassen und schon gar nicht während eines Angriffs der Methans. Dennoch gab es einen einfachen Weg, dem ... Schicksal nachzuhelfen. Nur zur Sicherheit. »Ich danke Ihnen, dass Sie so rasch gekommen sind.«

»Selbstverständlich, Kommandant. Wieso haben Sie mich gerufen? Was ...« Er stockte, setzte neu an. »Was kann ich für Sie tun?«

»Ich habe eine neue Aufgabe für Sie, Cunor. Sie wissen über den Geleitzug Bescheid, der bald Larsaf III wieder verlassen wird?«

»Selbstverständlich«, wiederholte der Offizier. Wahrscheinlich erwartete er einen Geheimauftrag, eine Spezialmission.

Damit konnte Tarts nicht dienen. »Ich versetze Sie auf die EKTEM. Kommandantin on Thanos wird Ihnen dort eine Aufgabe zuteilen. Sie kehren mit dem Geleitzug nach Arkon zurück.«

Cunor erstarrte, und plötzlich war sein Gesicht fast so bleich wie seine Haare. »Aber Kommandant, ich ... Wieso degradieren Sie mich? Welchen Fehler habe ich begangen?«

Es tat Tarts leid, dass es ausgerechnet diesen jungen Mann traf, aber es gab Momente in einer militärischen Laufbahn, die hochtrabende Pläne scheinbar grundlos zerplatzen ließen. Nicht zum ersten Mal musste Tarts eine Karriere zerstören – oder ihr zumindest eine unerwartete Wendung geben. »Es gibt keinen Fehler. Sie haben Ihre Befehle, Cunor.«

»Ich protestiere dagegen!«

Tarts ballte die Hände. »Hören Sie mir gut zu, Cunor, denn diese Worte sage ich nur Ihnen zuliebe. Seien Sie vorsichtig, dass Ihre Proteste nicht zu den falschen Ohren vordringen, denn sonst finden Sie sich nicht auf einem anderen Schlachtschiff wieder, sondern im Müllwiederaufbereitungszentrum des jämmerlichsten Versorgungskahns des Geleitzugs! Haben wir uns verstanden?«

Er erwartete weiteren Widerspruch, doch diesmal erwies sich Cunor ter Pelgan als klug. »Ja, Kommandant.«

»Bereiten Sie alles vor. Ich befreie Sie hiermit für Ihre nächste Schicht vom Dienst. Nutzen Sie dies, um Ihren Umzug vorzubereiten.«

Cunor bestätigte mit ausdruckslosem Gesicht und verließ die Zentrale.

Tarts sah ihm hinterher und empfand unendliche Erleichterung. Cunor würde nicht auf Atlantis stranden. Die Worte der Gefangenen waren Unsinn ... sonst hätte es nicht gelingen können, ihn wegzuschicken. Denn wenn es tatsächlich vorherbestimmt wäre, weil es in der Zukunft bereits geschehen war, hätte Tarts es nicht mit einer solch einfachen Vorkehrung ändern können.

Ihm schwirrte der Kopf. Derartige Gedankenspiele waren nicht seine Welt.

Der alte Arkonide fühlte eine unbeschreibliche Erleichterung. Das Gefasel von der Unsterblichkeit, von der Welt des Ewigen Lebens hatte sich als falsch erwiesen. Tarts hatte die Geister, die ihn bedrängten, abgeschüttelt.

Alles war gut.

Er konnte sich wieder den eigentlichen Problemen widmen. Atlan war verschwunden. Atlantis musste evakuiert werden. All das forderte seine höchste Konzentration.

Das waren Schwierigkeiten, wie er sie kannte und mit denen er umgehen konnte. Keine unsinnigen Hoffnungen, den Tod zu besiegen. Keine verborgenen Sehnsüchte, die unvermutet mit aller Macht an die Oberfläche drängten!

Tarts de Telomar fühlte sich frei.

Bis plötzlich Alarm durch die Zentrale gellte.

Feltif de Khemrol

Es war noch dunkel, kein Sonnenstrahl fiel ins Haus, aber Feltif lag wach in seinem Bett. Er musste nichts sehen; die Erinnerung war deutlich genug, um die Bilder erneut heraufzubeschwören. In der Stille hörte er D'ihras tiefe Atemzüge.

Vorsichtig schob er die Decke zurück, stand auf und ging nackt auf die Terrasse am oberen Ende des Trichters seines Hauses. Sterne glitzerten am Himmel. Feltif wusste genau, in welcher Richtung Arkon lag, und er kannte die sichtbare Sonne, die der Heimat am nächsten kam. Darunter lag eine schwarze Fläche. Der Wald, nur als Schatten erkennbar, verwehrte den Weitblick. Das Keckern eines Tieres, wohl eines Affen, hallte in der Dunkelheit.

Das Sternenlicht schien heller als sonst. Wenn er die Augen schloss, sah er keine Bilder des Krieges mehr wie noch vor Monaten, auch keine Szenen aus den Alltagsschwierigkeiten der Verwaltung dieser Kolonie. Stattdessen fühlte er eine Freiheit, wie er sie nie zuvor gekannt hatte. Die Probleme und Pflichten eines Tato waren mit einem Mal kleiner, ja nebensächlich. Der grausame Krieg schien unendlich fern.

Er wanderte an der Brüstung entlang, bis er am Turm vorbei zum Raumhafen schauen konnte. Davor glitzerten vereinzelte Lichter auf dem See, kaum zu erkennen dank der Helligkeit des Landefelds. Dort waren Frachter niedergegangen und löschten ihre Ladung. Offenbar war der längst fällige Nachschub endlich eingetroffen. Warum der Geleitzug wohl derart verspätet angekommen war?

Feltif ging noch einige Schritte, bis zur Schnittstelle der Hauspositronik, identifizierte sich mit seinem persönlichen Zugangskode und projizierte ein holografisches Display.

Darauf rief er die aktuellen Verkehrsdaten des Raumhafens ab. Dank seiner Sicherheitsstufe erhielt er Zugang zu allen Informationen. Auch der Grund für die Verspätung ließ sich leicht herausfinden – der Geleitzug unter dem Kommando von Demeira on Thanos hatte drei Schiffbrüchige gerettet.

Sehr ungewöhnlich. Es widersprach den allgemeinen Flottenregeln.

Und das wiederum gefiel Feltif, das konnte er nicht leugnen. Es zeugte entweder von einem kapitalen Fehler und damit von Dummheit oder von der Fähigkeit der Kommandantin, selbstständig zu denken. Dummheit schloss Feltif bei einer Arkonidin in dieser Position von vornherein aus. Wahrscheinlich würden alle außer ihm diesen Vorfall genau entgegengesetzt beurteilen, doch daran störte er sich nicht.

Er arbeitete sich tiefer ins Informationsnetz vor, um mehr über die Hintergründe zu erfahren, als auf dem Holodisplay das Symbol eines stilisierten Adlers erschien.

Besuch? Um diese Tageszeit?

Die Sonne war immer noch nicht aufgegangen.

»Wer will mich sprechen?«, fragte er.

»Kosol ter Niidar«, antwortete die seelenlose Stimme der Hauspositronik.

Sein Stellvertreter? Feltif konnte sich nicht erinnern, wann Kosol ihn zuletzt zu Hause aufgesucht hatte. »Teile ihm mit, dass ich ihn unten empfange.« Er berührte ein Schaltfeld, das die Projektion des Displays wieder auflöste. Noch stand allerdings die Verbindung zur Positronik. »Falls D'ihra aufwacht, während Kosol sich noch im Haus befindet«, ergänzte er, »teile ihr mit, dass sie auf keinen Fall das obere Stockwerk verlassen soll. Wenn sie einen Wunsch äußert, sorg dafür, dass er erfüllt wird. Und zeichne das Gespräch mit meinem Besucher auf.«

Er ging zurück ins Schlafzimmer, schlüpfte in Kleidung und schwebte im Antigravschacht direkt zum Eingang ins Haus. Die vierzehn Meter legte er in weniger als drei Sekunden zurück. Feltif trat aus dem Schacht. »Öffnen.«

Die Tür schwang zur Seite. Wie erwartet stand Kosol davor, gekleidet in einen weiten schwarzen Mantel, einen dunklen Hut tief ins Gesicht gezogen. *Ebenso wirksam wie ein Verzerrerfeld, wenn man nicht erkannt werden will,* dachte Feltif, *nur unauffälliger, weil sich niemand, der ihm zufällig begegnen sollte, darüber wundert.*

»Treten Sie ein.«

»Ich danke Ihnen.«

Sinnloses Geplänkel.

»Was führt Sie zu mir?«

»Sie haben einen Fehler begangen, Tato.«

Er weiß es. Wie habe ich nur glauben können, D'ihra unentdeckt in die Stadt zu schmuggeln? »Und Sie kommen schnell zum Punkt.«

»Alles andere wäre sinnlos, finden Sie nicht?«

Feltif führte seinen Besucher zu einem kleinen Tisch, um den sich vier Sessel gruppierten. »Nehmen Sie Platz.«

»Ich stehe lieber.«

»Bitte.« Feltif setzte sich trotzdem. »Sprechen Sie offen mit mir.« Denn das würde Kosol ohnehin tun.

»Sie vernachlässigen Ihre Pflichten!«

»Weil ich Atlantis verlassen habe? Ich bitte Sie, Kosol, denken Sie nach! Atlan persönlich hat es mir gestattet. Ich bin nicht in der Dunkelheit geflohen. Ich *forsche.* Und das zum Wohle meiner Kolonie. Und sämtliche Arbeit, die ich zu erledigen habe, ist für die Zeit meiner Abwesenheit delegiert.«

»Das weiß wohl kaum jemand besser als ich«, erwiderte sein Besucher.

Feltif lächelte feinsinnig. »Zu meiner großen Erleichterung weiß ich die politischen Tagesgeschäfte bei Ihnen in guten Händen.«

Kosol stellte sich hinter den Sessel, der Feltif direkt gegenüberlag. Seine Finger klammerten sich um die obere Kante. »Sie versagen als Tato dieser Kolonie, und das in einem Maß, wie ich es nie für möglich gehalten hätte!«

»Ihnen ist klar, dass ich Sie ...«

Mit einem Mal verlor Kosol völlig die Beherrschung. »Ich weiß von Ihrer Menschenhure!« Er schrie die Worte. »Sie wurden gesehen, Feltif! Die automatische Robotstation hat ihre Ankunft *natürlich* weitergemeldet! Wie konnten Sie das tun?«

»Wieso ich eine Menschenfrau in die Stadt gebracht habe? Sie ist ...«

»Es gibt ein Verbot der Fraternisierung! Ein striktes *Verbot,* Tato! Und erzählen Sie mir nicht, dass sich diese Hure nicht in diesem Haus befindet – in Ihrem Schlafzimmer!«

»Was wollen Sie, Kosol?«

»Ich werde Ihrem Treiben nicht länger tatenlos zusehen. Schaffen Sie diese Frau noch heute aus Atlantis heraus, und ich schweige ein letztes Mal. Als Ihr Stellvertreter stehe ich Ihnen gegenüber in der Pflicht, ob es mir gefällt oder nicht. Aber wenn diese Hure ...«

»D'ihra«, unterbrach Feltif, der eine eigenartige, umfassende Ruhe in sich spürte. »Ihr Name lautet D'ihra. In ihrem Volk gilt sie als Seherin, und ich gewähre ihr politisches Asyl.«

Kosols Fingernägel bohrten sich in das Leder des Sessels. »Es ist mir egal, welche schönen Worte Sie dafür finden. Das muss enden! Wem sind Sie loyal, Tato? Den Menschen dieser Welt oder Arkon? Schaffen Sie die Frau aus der Stadt, oder ich melde Ihre Fraternisierung an das Flottenkommando weiter. Dann wird Atlan Sie nicht mehr schützen können, wie auch immer Sie ihn ursprünglich dazu gebracht haben, Ihre Eskapaden zu decken!«

»Sie glauben, ich habe Atlan manipuliert? Es war seine Entscheidung, mich zu unterstützen und mir zu erlauben, mich unter die Bewohner dieser Welt zu mischen. Oder sind Sie etwa der Meinung, dass der Sohn des Imperators nicht zu eigenen Gedanken fähig ist?«

Kosol zog die Hände zurück. Die Lehne des Sessels wippte nach. Seine Finger hinterließen leichte Schweißabdrücke. »Ich gebe Ihnen sechs Stunden, dann melde ich es weiter. Erweisen Sie sich ein einziges Mal als kluger Mann, Feltif. Um unserer Zusammenarbeit willen, an die ich gute Erinnerungen hege, ehe Sie diesen närrischen Irrweg eingeschlagen haben! Kümmern Sie sich nicht um die Barbaren auf dieser Welt!«

»Lassen Sie mich Ihnen etwas erklären.«

»Nein!«

»Ich bin Ihr Tato! Also hören Sie mir gefälligst zu!«

Doch Kosol wandte sich ab. »Sie sind nicht mehr mein Tato. Nicht, ehe Sie Ihren Fehler wiedergutgemacht haben. Sie haben eine Grenze überschritten, Feltif, die das Flottenkommando überzeugen wird, Sie auf die unterste Stufe eines einfachen Soldaten zu degradieren, wenn es davon erfährt. Eine der armen Seelen, die in einer der Schlachten mit den Methans verheizt wird. Und wenn Sie das als Drohung auffassen wollen, kann ich Ihnen nicht widersprechen. Das bin ich Arkon schuldig. Würden Sie Ihren Pflichten als Tato nachgehen, wüssten Sie, welche Zustände in Atlantis herrschen. Welche Gefahr der Kolonie womöglich droht. Stattdessen müssen Tarts de Telomar und ich uns darum kümmern. Der Geleitzug ist endlich eingetroffen und hat drei Schiffbrüchige unbekannter Herkunft hierher gebracht. Wenn es sich um Spione der Methans handelt, könnte das unser aller Leben gefährden. Sehen Sie es sich an!«

Sein Stellvertreter klatschte ein mobiles Projektionsgerät auf den Tisch und schaltete es an. Die holografische Aufnahme dreier ihm fremder Gestalten formte sich darüber – ein Arkonide, eine Humanoide, die von diesem Planeten zu stammen schien, und ein Echsenwesen mit roter Augenklappe.

Kosol wandte sich ab und verließ den Raum, ohne sich ein weiteres Mal umzusehen.

Feltif starrte ihm nach, blieb erschüttert zurück.

Er überlegte, sich die Aufzeichnung dieses Gesprächs von der Positronik vorspielen zu lassen, entschied sich jedoch dagegen. Es gab nichts, was er missverstanden haben könnte. Stattdessen erteilte er die Anweisung, den Mitschnitt zu löschen.

D'ihra aus Atlantis entfernen? Das *konnte* er nicht. Diese Frau faszinierte ihn, und mehr als das, er liebte sie. Dennoch *musste* er es tun. Ihm blieb keine andere Wahl. Kosol hatte nicht im Geringsten übertrieben. Wenn bekannt wurde, was er getan hatte, verlor er schneller seinen Posten, als er sich verteidigen konnte, und fand sich an einer der zahllosen Fronten im Nahkampf wieder.

Hinter ihm klangen Schritte auf, und einen Atemzug später setzte sich D'ihra nackt in den Sessel neben ihm. »Du bist wütend«, stellte sie fest. »Was ist geschehen?«

Er suchte nach den richtigen Worten, die ihr alles erklären konnten, fand sie jedoch nicht. »Wie bist du hierhergekommen? Ich habe ...«

»Du hast dieser Stimme befohlen, dass sie mich daran hindern soll, nach unten zu kommen, ich weiß.« Sie sagte es vollkommen nüchtern, ohne Ärger und ohne ihm einen Vorwurf zu machen. »Aber du hast auch den Befehl erteilt, dass mir jeder Wunsch erfüllt werden soll. Ich wünschte mir also, nach unten gehen zu dürfen, was die Stimme in einen inneren Widerspruch gestürzt hat. Sie hat mir alles Notwendige erklärt.«

Er war fassungslos. D'ihra verstand nicht, wie ein solches elektronisches Haussystem funktionierte, wusste nichts über Technologien und die Gesetze, denen sie folgten – aber sie hatte eine hoch entwickelte arkonidische Positronik binnen weniger Augenblicke ausgetrickst.

Nun deutete sie auf die holografische Wiedergabe der drei Fremden. »Diese sind schuld, nicht wahr?«

»Nein, ich ... ich glaube nicht. Es sind Schiffbrüchige. Unsere Einheiten haben sie aus dem unendlichen Meer zwischen den Sternen gerettet, von dem ich dir erzählt habe. Sie können niemandem etwas antun.«

D'ihra beugte sich vor, und das Licht glänzte auf der Haut ihres Oberkörpers und ihrer Brüste. Sie versuchte, das Abbild der Frau zu umfassen, doch ihre Finger glitten hindurch. Erschrocken erstarrte sie einen Augenblick, schloss dann die Hand um die Holografie, doch es gab nichts, was sie greifen konnte. Stattdessen tanzten die Lichtpunkte auf ihren Fingern, den Adern und Knöcheln. Das Gesicht zog sich über der Daumenwurzel bizarr in die Länge.

»Du kannst diese Bilder nicht berühren«, erklärte er unnötigerweise. D'ihra zog die Hand zurück. »Es sind Fremde, ohne Bedeutung für uns.«

Sie stand auf, setzte sich auf die Lehne seines Sessels. Ihre nackten Oberschenkel berührten ihn. »Du täuschst dich!« Er fühlte ihren Atem, roch ihre Scham. »Diese Frau! Nimm dich vor ihr in Acht!«

»Wieso? Sie ...«

»Bring dieses Bild weg! Es soll verschwinden!«

Feltif schaltete die holografische Wiedergabe ab. Augenblicklich entspannte sich D'ihra. Sie rutschte noch näher zu ihm, bis sie auf ihm saß.

Seine Gedanken rasten. Kosol und seine Forderung. Seine Pflichten als Tato dieser Kolonie. D'ihras seltsames Verhalten beim Anblick der Fremden. »Nein, nicht«, sagte er, als sie ihn küssen wollte.

»Wieso nicht?«

Eine einfache Frage, auf die er keine Antwort wusste. *Weil die Frist, die Kosol mir gewährt hat, bereits läuft und nicht mehr viel Zeit bleibt?* Unsinn! »Wieso nicht«, wiederholte er, allerdings als Feststellung. Er hob D'ihra hoch und legte sie auf den Boden.

Wieso nicht?

Er war noch einmal eingeschlafen, auf dem Fußboden. Ihre Hand lag auf seiner Brust. Als er erwachte, dachte er nach, und in diesen Momenten der Ruhe erkannte er, dass ihm tatsächlich keine Wahl blieb.

Selbst wenn er sich für D'ihra entschied, würde er sie nicht gewinnen. Wahrscheinlich beschwor er nur ihren Tod herauf, ganz zu schweigen von seinem eigenen. Die Kriegsmaschinerie des Imperiums kannte keine Gnade für Soldaten und Offiziere gleich welchen Ranges, die sich ihr widersetzten.

Sie würden beide sterben.

Folgte er jedoch dem ... ultimativen Rat seines Stellvertreters, rettete er nicht nur sich selbst und seinen Posten als Tato, sondern vor allem auch D'ihras Leben. Wenn er sie an einen sicheren Ort brachte, ihr womöglich die eine oder andere Waffe überließ, würde sie nicht sterben.

Diese Schlussfolgerungen waren einfach und völlig klar.

Und sie entstammten den Überlegungen eines Feiglings.

Doch in dieser Lage konnte offenbar nur ein Feigling bestehen – der Ehrenwerte würde mit wehenden Fahnen untergehen.

Er nahm ihre Hand.

»D'ihra«, sagte er.

Sie erwachte nicht.

»D'ihra!«

Flatternd hoben sich ihre Augenlider.

Er konnte kein Wort mehr sagen, ehe der Alarm gellte.

Crest da Zoltral

Crest, Tatjana Michalowna und Trker-Hon saßen in ihrem Quartier an Bord der EKTEM, das ihnen inzwischen immer mehr wie das vorkam, was es eigentlich war: eine Zelle.

»Hat Tarts de Telomar uns geglaubt?«, fragte Trker-Hon.

»Sieht nicht so aus«, sagte die Telepathin mürrisch. »Seiner letzten Äußerung nach hält er uns für verrückt. Nicht die beste Ausgangsposition für weitere Verhandlungen.«

»Konnten Sie seine Gedanken lesen?«

»Am Ende nicht mehr.« Tatjana hob die Hand. »Ich weiß ... es wäre nötig gewesen. Das ist mir auch klar. Aber ich war zu erschöpft. Niemand ärgert das mehr als mich.«

»Keiner macht Ihnen deswegen Vorwürfe«, versicherte Crest. »Wir wissen, dass Sie getan haben, was Ihnen möglich war.«

»Doch«, widersprach sie. »*Ich* mache mir Vorwürfe. Es wäre überaus wichtig gewesen, zu erfahren, was er wirklich denkt. Vielleicht hätten wir ihn emotional doch noch packen und auf unsere Seite ziehen können.«

Crest legte ihr beruhigend die Hand auf die Schulter. »Das haben wir mehrfach probiert. Sie mit Ihrem Hinweis auf ...« Er versuchte sich zu erinnern.

»Ronjano IV«, half Tatjana aus. »Eine für ihn überaus private Erinnerung. Er hat nie jemandem erzählt, was dort geschehen ist. Sie werden verstehen, dass ich nicht mehr darüber sage. Es spielt keine Rolle. Ich habe damit seine Aufmerksamkeit geweckt, das genügt.«

»Selbstverständlich«, sagte der Arkonide. »Später habe ich noch versucht, ihn mit der Verlockung des ewigen Lebens zu ködern – für einen Mann in seinem Alter und mit seiner Lebenserfahrung muss es ein wichtiges Thema gewesen sein. Dennoch ist es nicht gelungen, ihn für uns zu gewinnen. Mehr hätten wir nicht tun können.«

»Das ist nicht sicher«, warf der Topsider ein. »Vielleicht arbeiten unsere Worte in ihm. Er setzt sein Leben dafür ein, Atlantis zu verteidigen. Was wir gesagt haben, kann nicht spurlos an ihm vorübergegangen sein. Wenn er es auch nur für möglich hält, dass wir über weitere Informationen über einen Angriff der Methans verfügten, wird er sich wieder bei uns melden.«

Tatjana stützte das Kinn auf beide zusammengelegten Fäuste. »Sein Verhalten werden wir nicht mehr beeinflussen können. Aber was sollen *wir* tun?« Unter ihren Augen lagen dunkle Ringe, die Tränensäcke waren geschwollen.

»Sie sind erschöpft, Tatjana«, sagte Crest.

»Mehr als das. Ich könnte auf der Stelle einschlafen.«

»Dann tun Sie das. Vielleicht benötigen Sie schon bald all Ihre Kräfte.«

»Aber sollten wir nicht versuchen zu fliehen, ehe dieses Schiff Atlantis wieder verlässt? *Müssen* wir nicht geradezu fliehen? Oder sollen wir einfach hoffen, dass dieser ominöse Atlan vor dem Abflug erscheint? Aber selbst wenn, was geschieht dann? Wird er überhaupt von uns hören, oder ist unser Schicksal mit Tarts' Entscheidung bereits besiegelt?«

»Ich füge noch eine weitere Frage an«, sagte Trker-Hon. »Ist Atlan tatsächlich unsterblich? Tarts de Telomar scheint davon nichts zu wissen. Seine Reaktion auf unseren Hinweis war eindeutig. Und müsste einer der engsten Begleiter dieses Imperatorensohnes nicht von dessen Unsterblichkeit wissen?«

Tatjana stand auf und begann erneut eine ihrer unruhigen Wanderungen durch den Raum. »Das sind mir entschieden zu viele Fragen! Es wird Zeit für ein paar Antworten. Und die werden uns nicht zufliegen, wenn wir hier untätig herumsitzen.« Sie grinste Crest an. »Oder *abwarten,* wenn Ihnen das lieber ist.«

»Für eine Flucht spricht, dass Atlantis bald untergehen wird«, sagte Crest. »Soweit wir wissen, gibt es außer Atlan da Gonozal und Cunor ter Pelgan keine Überlebenden. Bleiben wir hier, sterben wir. Oder nicht? Vielleicht entkommen einige Schiffe. Aber selbst wenn die EKTEM fliehen kann, wird man uns nach Arkon bringen, wo sich herausstellen wird, dass unsere Geschichte nur eine Lüge, eine Fiktion war. Man wird uns den Prozess machen. Was bedeutet, dass uns ein Kriegsgericht als Verräter verurteilt. Wir werden exekutiert.«

»Sie sprühen ja geradezu vor Optimismus«, ätzte Tatjana.

»Ich zeige lediglich die Möglichkeiten auf, die uns verbleiben, und die Konsequenzen, die sich daraus ergeben. Also ist eine Flucht aus der EKTEM und aus Atlantis die einzige Alternative. Wir verstecken uns irgendwo auf diesem Planeten. Auf einer primitiven Welt, auf der wir feststecken, bis wir eines Tages sterben.« Der Arkonide schloss die Augen. »Was in meinem Fall nicht mehr lange dauern wird.«

»Aber Crest, Sie ...«

»Still, Tatjana! Ich stelle mich lediglich den Fakten.«

Der Topsider gab eine Art Bellen von sich, wenn sich Crest richtig erinnerte, ein Ausdruck der Überraschung. »Mir ist etwas eingefallen! Sie sprechen von den Fakten, Crest – und diese besagen, dass es noch eine andere Möglichkeit gibt.«

»Weiter!«, forderte Tatjana.

»Es gibt einen Weg, die Erde zu verlassen, an den wir bislang nicht gedacht haben.«

»Und der wäre?«

»Die Unterwasserkuppel! Dort hat in der Zukunft unsere Odyssee begonnen ... vielleicht endet sie dort auch oder führt uns zumindest an einen neuen Ausgangspunkt. Kerlon hat den Transmitter dort bereits vor dem Untergang von Atlantis stationiert – also wird er sich schon dort befinden. Sozusagen vor unserer Schnauze, gar nicht weit entfernt.«

Die Telepathin lachte. »Sie haben recht! Der einzige Haken bei dieser Sache ist, dass wir hier gefangen sitzen und es auf der EKTEM und in Atlantis wohl ein paar hundert oder tausend Arkoniden gibt, die uns im Weg stehen und uns mit Freuden eine Kugel in den Leib jagen werden.«

»Nicht mit Freuden«, widersprach Crest, »und wahrscheinlich auch keine materielle Kugel ... aber im Prinzip haben Sie recht. Dennoch ist es die bislang beste Idee. Was wir brauchen, ist ein Plan, wie wir ausbrechen können.«

Crest fielen auf Anhieb ein Dutzend Dinge ein, die dabei hilfreich wären. Mindestens zehn Stunden Schlaf für jeden. Einige Waffen und Schutzschirme oder noch besser Kampfanzüge. Etliche Soldaten auf ihrer Seite. Keinen kranken, alten Arkoniden, der für die Gruppe nur eine Belastung darstellte.

Aber Wunschdenken half ihnen nicht weiter. Seiner Analyse zufolge war ein Fluchtversuch zum Scheitern verurteilt. »Ich schlage vor, dass wir auf Atlan da Gonozal warten und versuchen, seine Aufmerksamkeit zu erwecken. Wenn er tatsächlich die Unsterblichkeit besitzt oder ihr nachjagt, wird er auch erfahren, dass wir die Welt des Ewigen Lebens erwähnt haben. Er wird uns aufsuchen.«

»Ich muss widersprechen«, sagte Trker-Hon. »Vielleicht liegt es daran, dass ich kein Arkonide bin und dass ich als Fremdwesen von allen noch misstrauischer beäugt werde als Sie beide. Wir sollten einen Fluchtversuch starten. Wenn er misslingt, haben wir es wenigstens versucht, statt tatenlos auf unser Ende zu warten, sei es nun, weil die Methans angreifen oder weil man uns vor irgendeine Notstandsjustiz schleppt, die uns aburteilt.«

Crest rieb sich mit dem Zeigefinger eine Träne der Erregung aus dem Augenwinkel. »Wenn wir demokratisch sein wollen, wird Ihnen die Schlussfolgerung gar nicht gefallen, Tatjana. Ihre Stimme gibt den Ausschlag.«

Die Telepathin schnappte nach Luft. »Das ist nicht Ihr Ernst! Ich kann das nicht entscheiden! Und überhaupt ... warum sollten wir demokratisch vorgehen? Sie können wohl kaum behaupten, Crest, dass Ihr Volk die Demokratie auslebt. Und bei Ihnen, Trker-Hon, sieht es wohl auch nicht gerade so aus.«

»Diese gesellschaftliche Form ist nicht das Maß aller Dinge«, gab der Arkonide zu.

Der Topsider stemmte sich mit seinem Schwanz in die Höhe. »Und sie ist für unsere Situation nicht maßgeblich. Wenn Sie mir nicht helfen, fliehe ich alleine. Sollte ich dabei sterben, akzeptiere ich mein Schicksal. Vielleicht hätte mein Leben bereits im Wegasystem enden sollen. Ich laufe seitdem nur vor dem Unausweichlichen davon.«

»Unausweichlich?«, rief Crest, aggressiver, als er es eigentlich beabsichtigt hatte. Die Situation zehrte an seinen Nerven, und er spürte, wie die Schmerzen an einem Dutzend Stellen seines Körpers leise anpochten, noch hinter einem gnädigen Vorhang verborgen, der jedoch dünner und dünner wurde. »Ist das alles, was Sie dazu zu sagen haben? Wir sind aufgebrochen, um das ewige Leben zu finden! Der Tod ist *nicht länger unausweichlich!* Nicht für uns!«

»Ruhe, bitte!«, rief Tatjana.

Trker-Hon überschrie sie: »Wenn Sie das glauben, sind Sie ein

Narr! Schauen Sie sich doch um! Sehen Sie, wohin unsere Suche uns gebracht hat! Wir – sind – am – Ende!«

Die Nerven liegen blank, dachte Crest noch, erstaunt darüber, wie schnell die Situation plötzlich gekippt war, obwohl sie doch ... Freunde waren. Gefährten.

Die Tür öffnete sich.

Alle Köpfe ruckten herum.

Crest hoffte, Tarts zu sehen oder Kommandantin on Thanos.

Stattdessen wankte eine Arkonidin in den Raum, schaute sich gehetzt wie ein in die Enge getriebenes Tier um. Die Arme hielt sie überkreuzt vor der Brust, als wollte sie sich selbst umarmen.

Nein. Keine Arkonidin. Ein Mischling. Crest traute seinen Augen nicht. »Was machen Sie hier?«, rief er entgeistert aus. »Quiniu Soptor?«

Die Halbarkonidin, die zur Besatzung der AETRON gehört und die neben ihm, Thora und Tamika als Einzige die Zerstörung des havarierten Schiffs auf dem irdischen Mond überlebt hatte, taumelte bis zur Mitte des Raums. Sie passierte Trker-Hon und Tatjana Michalowna, ohne ihnen einen Blick zu gönnen. Auch Crest schaute sie nur kurz an, und sie sah nicht aus, als ob sie ihn erkannte. Die Augen im schwarzen Gesicht bewegten sich unruhig. Der rostrote Federflaum, den sie statt Haaren trug, wirkte verwahrlost.

»Quiniu«, wiederholte der Arkonide. »Was ist mit Ihnen geschehen? Wie kommen Sie hierher?«

Sie wankte weiter, reagierte nicht auf ihren Namen. Jede ihrer Bewegungen erinnerte ihn an ein verängstigtes, verwirrtes Tier in der Falle. Crest hatte sie völlig anders in Erinnerung. Was mochte mit ihr geschehen sein, dass sie sich so verhielt?

Oder war diese Frau gar nicht Quiniu Soptor? Handelte es sich lediglich um eine extreme Ähnlichkeit?

Das wäre noch weitaus unwahrscheinlicher als ein Auftauchen der echten Quiniu Soptor, kommentierte der Extrasinn. *Warum sollten die Verantwortlichen der EKTEM diese Person in diesen Raum schicken, wenn sie nicht glauben würden, dass sie in einem Zusammenhang mit uns steht?*

Crest rief sich in Erinnerung, was er über Quiniu wusste. Die Halbarkonidin hatte seine Ziehtochter Thora auf einen Erkundungsflug durch das irdische Sonnensystem begleitet. Über der Venus war der Aufklärer mit Thora und Tamika an Bord abgeschossen worden. Lange Zeit hatte Crest geglaubt, dass auch der zweite Aufklärer, den Quiniu Soptor steuerte, bei dem Angriff vernichtet worden war. Doch er hatte sich geirrt: Quiniu Soptor war es gelungen, rechtzeitig abzudrehen und zur Erde zu gelangen. Aber statt sich dort ihm und Thora anzuschließen, hatte sie den mysteriösen Roboter Rico ausfindig gemacht. Zusammen mit der Maschine war sie in die unterseeische Kuppel vor den Azoren vorgestoßen – und war mit Rico durch den Transmitter gegangen. Sie hatte einen Weg eingeschlagen, dem Crest mit seinen Gefährten wenige Wochen später gefolgt war ... und nun hatten sich ihre Wege gekreuzt. Es war ein unglaublicher Zufall. Und folgerichtig. Und folgerichtig war auch die Frage, die Crest stellte: »Wo ist der Roboter? – Quiniu, was ist mit Rico geschehen?«

Diese Frage schien zu ihr durchzudringen, vielleicht, weil der Name des Roboters Erinnerungen in ihr weckte – womöglich an das offenbar traumatische Ereignis, das sie derart verstört zurückgelassen hatte. Sie drehte sich um, und es sah aus, als würde ein Schleier vor ihren Augen verschwinden, als sie mehrfach blinzelte. »Rricoo«, sagte sie gedehnt. »Er ... er ist ...«

Weiter kam sie nicht.

Die Tür flog erneut auf, und Alarm gellte durch das Schiff.

Kapitel 10

Der zweite Aufklärer
Tarts de Telomar

Es war so weit.

Und er, Tarts de Telomar, hatte versagt.

Er hatte sich ablenken lassen durch unnötige Fragen. Auch ohne Atlans Gegenwart hätte er sofort nach seiner Ankunft handeln müssen. Wegen seines Zögerns würden nun womöglich Tausende sterben.

Die einzige Chance, es zu verhindern oder wenigstens aufzuschieben, bestand darin, schnell zuzuschlagen.

Der automatische Alarm der Beobachtungssonde in einem nur zehn Lichtjahre entfernten Sonnensystem hatte ihn eiskalt erwischt. Tarts hatte sofort reagiert, die Gefahrenmeldung an alle wesentlichen Stationen weitergeleitet und die Vorbereitung der Evakuierung der gesamten Kolonie befohlen; allerdings ohne dass Schiffe starten durften. Ganz Atlantis musste sich *tot stellen,* um eine Entdeckung durch die Feinde zu vermeiden – falls es dafür nicht schon längst zu spät war.

Vielleicht war es einfach nur ein unglücklicher Zufall.

Noch bedeutete es womöglich nicht das Ende dieser Kolonie und den Tod aller Bewohner.

Noch mussten sich lediglich alle bereithalten, um im Ernstfall so schnell wie möglich fliehen zu können. Jede Minute rettete vielleicht Dutzenden das Leben.

Tarts hingegen lauerte in der TOSOMA und beobachtete über die abgeschirmten Hyperfunksignale die Quelle des Alarms. Die Sonde hatte im System eines roten Zwergs mit hoher Eigenbewegung einen Methanaufklärer entdeckt.

Womöglich handelte es sich um ein Partnerschiff, das die von der TOSOMA vernichtete Einheit suchte ... oder der Aufklärer war aus reinem Zufall dort erschienen. Vielleicht war dieses Schiff auch nur der Spion, der die exakte Lage der irgendwo in dieser kosmischen Gegend vermuteten Kolonie ausspähte; der Vorbote einer ganzen Welle von Kriegsschiffen.

Obwohl Tarts alle Möglichkeiten in Betracht ziehen musste, fühlte, nein *wusste* er, dass die letzte zutraf. Seit seiner Rückkehr nach Atlantis spürte er, dass die Katastrophe dicht bevorstand, und nun nahm sie ihren Anfang.

Ihr Sternengötter, steht uns bei!

Sollte er selbst sich ebenfalls tot stellen, sich bereithalten für den Fall, dass der Aufklärer ins Larsafsystem vorstieß oder dass eine feindliche Flotte materialisierte? Oder war längst die Zeit für einen Angriff gekommen, um die Chance zu ergreifen, diese Methans zu vernichten, ehe sie etwas weitermelden konnten?

Aus Erfahrung wusste der alte Arkonide, dass Stillhalten oft dem blinden Einsatz von Feuerkraft vorzuziehen war. Nachdem der Kurs samt Transition ins Zielsystem schon längst berechnet worden war, stand der Pilot bereit, sofort zu starten.

Aber noch war es nicht so weit.

Noch ... noch! Immer wieder kehrten Tarts de Telomars Gedanken an diesen Punkt zurück. Er versuchte seine Passivität zu rechtfertigen. Die Verantwortung für die Sicherheit aller Bewohner in Atlantis wog schwer.

Seine Überlegungen drehten sich im Kreis, obwohl er im Grunde wusste, dass er sich nur selbst belog.

Wenn er die Augen schloss, konnte er sehen, wie ein Bombardement auf Atlantis niederging. Es würde der Stadt, dieser stolzen Kolonie seines Volkes in der Ferne des Weltalls, genauso ergehen wie dem toten Planeten, auf dem die TOSOMA den ersten Methanaufklärer vernichtet hatte. Ein Chaos aus Bomben und Zerstörung wartete, um das Schicksal vieler zu besiegeln. Dort waren es Berge gewesen, die auseinanderbrachen – hier würden sich in einem Tsunami die Fluten des Meeres wegen der Erschütterungen und der Erdbeben erheben und alles unter sich begraben.

In einem einzigen Tag und einer einzigen Nacht werde Atlantis untergehen, hatte die menschliche Frau namens Tatjana Michalowna behauptet. Mit einem Mal kamen diese Worte Tarts nicht mehr wie die einer Närrin vor. Auch in dieser Hinsicht hatte er sich nur etwas vorgemacht; was konnte es schon ändern, Cunor ter Pelgan auf ein fremdes Schiff zu beordern und ihn von Larsaf III wegzuschicken? Das Schicksal, die Bestimmung oder die Hand der Sternengötter – worum immer es sich handelte, es ließ sich nicht so leicht austricksen.

Plötzlich überlief es ihn kalt, als ihm klar wurde, dass Cunor noch vor Ort war ... und auch noch sein würde, wenn die Methans zum Angriff übergingen.

Doch das bewies nichts! Die Fremden logen! Es gab keine Zeitreisen und keine Unsterblichkeit!

Kennst du ihn?

Den Weg zur Welt des Ewigen Lebens?

Der Nachrichtenstrom der zehn Lichtjahre entfernten Sonde stoppte abrupt; sie war ausgefallen. Das Fenster in das nahe gelegene Sonnensystem war verschlossen.

Tarts benötigte keinen weiteren Beweis mehr. Der Aufklärer hatte die kaum fünf Meter große Sonde entdeckt und zerstört. Spätestens ab diesem Moment ging das Schiff auf die Suche, um herauszufinden, warum sie dort platziert worden war.

Die Methans würden Atlantis entdecken.

»Evakuierung beginnen!«, befahl er. »Höchste Priorität.«

Gleichzeitig erteilte er dem Piloten das Signal zum Start.

Die TOSOMA flog mit Höchstgeschwindigkeit los.

Zehn Lichtjahre.

Ein geradezu winziger Hypersprung.

Das Schlachtschiff materialisierte, und die einfach lichtschnellen Beibootjäger schleusten aus.

Ihnen blieben nur der Angriff und die Hoffnung auf eine rasche Vernichtung des Aufklärers. So schnell, dass dieser keine Botschaft an die Kriegsflotte der Methans zu senden vermochte.

Was wahrscheinlich bereits geschehen war, nur einen Augenblick, nachdem sie die Sonde entdeckt hatten.

Aber die Hoffnung, hieß es, starb zuletzt. Ein Mythos, an den Tarts schon lange nicht mehr glaubte.

Die Situation unterschied sich grundlegend von der letzten Jagd auf einen Aufklärer. Diesmal rechneten die Methans mit einem Angriff. Sie flogen bereits einen Fluchtkurs.

Die TOSOMA ging zu einer Attacke über und feuerte auf das davonrasende Schiff. Der gegnerische Pilot flog haarsträubende Ausweichmanöver, während er dieselbe Taktik anwandte wie sein Artgenosse, der auf dem namenlosen Himmelskörper unter dem einstürzenden Gebirge zermalmt worden war: Der Aufklärer jagte auf einen Planeten des roten Zwergs zu, eine Welt in der Lebenszone.

Dabei beschleunigte er jedoch weiterhin; er wollte in den Hyperraum springen. In einem halsbrecherischen Manöver passierte der Pilot einen Mond in wenigen Kilometern Entfernung und korrigierte gleichzeitig seinen Kurs, dicht an der Oberfläche des atmosphärelosen Trabanten entlang. Aus der Ferne erinnerte der Anblick an ein Insekt, das über das kahle Mondgestein huschte.

Die TOSOMA-Jäger feuerten. Energiesalven schlugen auf der Mondoberfläche ein. Im Vakuum lautloser Explosionen wurden Staub- und Gesteinsmassen kilometerweit in die Höhe geschleudert. Eins der arkonidischen Beiboote geriet in ein solches Trümmerfeld, das blitzartig vor ihm auftauchte. Der Pilot verlor offenbar die Orientierung und beging einen verhängnisvollen Fehler. Das Schiff explodierte auf der Mondoberfläche. Flammen wallten auf und erstickten sofort; es dauerte nur einen Augenblick lang.

Tarts blieb keine Zeit, auch nur einen Moment lang an die Besatzung zu denken. Er übernahm nun selbst die Steuerung der TOSOMA und versuchte das Schiff in den Kurs des feindlichen Aufklärers zu bringen. Wenn es gelang, konnten sie den Gegner in die Zange nehmen.

Die TOSOMA sprang überlichtschnell über eine Strecke von wenigen Lichtsekunden. Tarts stellte sich um, orientierte sich an der neuen Position. Sein ebenso verwegener wie verzweifelter Plan war gelungen.

Der Methanaufklärer raste exakt auf die TOSOMA zu, gefolgt von den arkonidischen Jägern. Der Planet lag hinter dem Schiff, eine blaugrüne Scheibe, über deren oberem Ende das Licht des roten Zwerges hervorbrach wie eine leuchtende Aura.

Ein neuer Tag, dachte Tarts. *Aber nicht für euch.* Er feuerte. Die Salve schlug in den Schutzschirm des Aufklärers ein. Das Schiff verwandelte sich in ein blitzendes Etwas, als der Schirm die Energien teils absorbierte, teils ableitete. Die TOSOMA-Jäger konnten ebenfalls angreifen, schossen und trafen zielgenau.

Einen Augenblick lang fühlte Tarts unendliche Erleichterung. Nur noch wenige Atemzüge, und der Schirm würde überlastet zerplatzen. Der Aufklärer hatte keine Chance mehr.

Alles, was danach kam, konnte man sehen. Vielleicht war das Verhängnis noch einmal abgewendet worden. Womöglich hatten die Methans nach der Entdeckung der Sonde nicht sofort eine Nachricht an ihr Militär weitergeleitet.

Der Methanaufklärer verschwand.

Aber nicht, weil der Schirm kollabierte und das Schiff zerfetzt wurde, sondern weil es im letzten Augenblick vor seiner Zerstörung in den Hyperraum gesprungen war.

Abrupt herrschte Stille in der Zentrale der TOSOMA. Jedem

Besatzungsmitglied war klar, was das bedeutete. Selbst Tarts de Telomar, der sich als einen alten Narren beschimpfte, der sich von seinen Hoffnungen leiten ließ, konnte sich nun keinen Illusionen mehr hingeben. Die Methans würden schon bald zurückkehren, und das in absoluter Überzahl. Ein großes militärisches Geschwader wartete sicher nur darauf, den Widerstand der Arkoniden zu erdrücken.

Der Untergang von Atlantis war besiegelt.

Tarts baute eine Funkverbindung zur Kolonie auf. »Evakuierung vorantreiben!« Die Stimme drohte zu versagen. »Schnell!«

Er steuerte die TOSOMA zurück nach Larsaf III und befahl den Jägern, die Stellung zu halten. Er würde zurückkehren und sie einsammeln, sobald es ihm möglich war. Sie erst noch einzuschleusen würde zu viel Zeit kosten. Er musste die Kolonie bis zum letzten Atemzug verteidigen, so vielen Arkoniden, wie es ging, die Flucht ermöglichen.

Es überlief ihn eiskalt, als er an all die Schiffe des Geleitzugs dachte, die dem Untergang geweiht waren, wenn sie nicht schnell genug flohen. Tausende Zivilisten befanden sich an Bord.

Die TOSOMA materialisierte über Larsaf III.

Und nur kurz danach fielen zylinderförmige Kriegsschiffe aus dem Hyperraum. Fünf. Zehn. Zwanzig.

Dies ist das Ende, dachte Tarts und befahl den Angriff.

Kapitel 11

Evakuierung
Crest da Zoltral

Soldaten stürmten in den Raum. »Mitkommen!«, schrie einer von ihnen.

Im Hintergrund heulte noch immer der Alarm, ein nervtötendes Geräusch, das sich nur langsam auf eine geringere Lautstärke regulierte. Crest wusste, was es zu bedeuten hatte: Der Ton unterschied sich von demjenigen, der zehntausend Jahre später auf arkonidischen Kriegsschiffen in Gebrauch war, die Symbolik dahinter war unmissverständlich. Sie wurden angegriffen.

»Was ...«, begann Trker-Hon.

Der andere ließ ihn nicht aussprechen. »Angriff der Methans! Die Kolonie wird evakuiert, Sie werden in einer höheren Sicherheitsstufe verwahrt.«

»Man sperrt uns in eine Zelle, während ...«

»Reine Vorsorge«, unterbrach der Soldat erneut. »Und nun folgen Sie mir, oder wir wenden Gewalt an!«

»Ihre Worte klingen nicht so beruhigend, wie Sie sollten«, ätzte Tatjana Michalowna.

»Sorgen Sie sich nicht! Unsere Truppen werden den Angriff zurückschlagen.«

Crest wechselte einen vielsagenden Blick mit seinen Begleitern. *Ganz sicher nicht.* Dies also war der Beginn des Untergangs von Atlantis.

Auch Quiniu Soptor schien das zu wissen. »Müssen weg«, flüsterte sie, so leise, dass Crest sie gerade noch verstand. Ihre Stimme klang rau, und der Blick huschte noch immer unstet durch den Raum. Was mochte hinter ihr liegen? Und was in aller Welt war mit Rico geschehen, dem Roboter, der einer unvorstellbar hochwertigen Technologie entstammte?

»Weeeg hier!«, dehnte Quiniu.

Doch es gab keine Möglichkeit zu fliehen. Wie sollten sich ein alter, todkranker Arkonide, eine völlig erschöpfte Menschenfrau, eine verwirrte Halbarkonidin und ein Topsider, der kein Soldat, sondern ein Weiser seines Volkes war, gegen sechs bewaffnete Raumsoldaten durchsetzen?

»Los!« Der andere zog mit einer unmissverständlichen Geste einen Strahler und deutete durch die offen stehende Tür in den Korridor. Drei weitere Soldaten warteten dort, ebenfalls mit Schusswaffen in den Händen.

Wenig später marschierte die kleine Gruppe der Gefangenen einen engen Gang entlang, bewacht von Soldaten, die ihnen im Kampf haushoch überlegen waren. An einer Abzweigung leuchtete ein in die Wand integrierter Bildschirm. Er zeigte eine Aufnahme von Atlantis aus großer Höhe, wohl die Wiedergabe der aktuellen Außenbeobachtung.

Atlans Turm überragte alles in seiner schlichten, erhabenen Bauweise. Das Licht brach sich in der gläsernen Pyramide auf der Spitze. Etwas Kleines sauste dicht daran vorbei, zog eine rauchende Spur hinter sich her; ein schwarzer Strich über den Himmel. Die Bombe schlug in den See ein und detonierte. Flutwellen schwappten in die Höhe. Blitzartig verdampften gewaltige Wassermengen. Erde und Gestein folgten in glühenden Fontänen, vermischt mit brennenden Pflanzen, die gespenstisch langsam in der Luft trudelten.

Die Soldaten, die den kleinen Trupp durch den Korridor anführten, stockten in ihrer Bewegung, starrten auf die Wiedergabe.

Crest erkannte sofort, dass ihre Chance gekommen war. Sie durften nur nicht denselben Fehler begehen wie ihre Bewacher. *Lass dich nicht ablenken durch das, was du siehst, egal wie grauenhaft es ist. Dies ist erst der Anfang.*

Die Wiedergabe auf dem Bildschirm veränderte sich, als die Aufnahmekamera einen anderen Winkel einnahm. Das Meer vor den Toren von Atlantis tauchte auf – und der Himmel darüber.

Ein Himmel voller Raumschiffe.

Arkonidische Schlachtschiffe und kleine Beibooteinheiten positionierten sich als Verteidigungsring, versuchten einen Schutzwall über der Kolonie zu ziehen. Doch ihnen standen feindliche Einheiten entgegen; eine unüberschaubare Menge, weit mehr als diejenigen, die sich den Angreifern in den Weg stellen wollten.

»Achtzig Methanschiffe«, sagte einer der Soldaten erstickt. Seine Stimme klang wie die eines verzweifelten Kindes. »Und es kommen noch weitere hinzu!«

Crest fühlte eine Berührung am Arm. Tatjana. *Halten Sie sich bereit,* dachte er konzentriert. *Wir werden fliehen!*

Ein erstes Feuergefecht entbrannte über Atlantis. Eines der Methanschiffe brach durch den Verteidigungsring und raste auf die Stadt zu. Dabei feuerte es, und einzelne Häuser vergingen in zerstörerischen Explosionen. Im nächsten Augenblick zerbrach die Einheit der Feinde in zwei Teile, die brennend in die Tiefe stürzten. Sie klatschten ins Meer, ganz in der Nähe von einem weiteren, versinkenden Wrack – seine Besatzung musste die erste Bombe geworfen haben, die im See detoniert war.

Aus dem Augenwinkel sah Crest, wie Quiniu plötzlich hinter einem der fassungslosen Soldaten stand und ihm mit einer gewandten Bewegung einen Strahler aus dem Waffengürtel zog. Der Bestohlene bemerkte es nicht einmal, starrte wie gebannt auf das entsetzliche Schauspiel, das den Untergang seiner Welt einläutete.

Quiniu huschte in den Seitengang davon, und im selben Moment verwandelte sich Trker-Hon aus dem Stand heraus in eine Kampfmaschine. Er rammte einem Soldaten die Faust ins Gesicht, schlug einem zweiten mit dem Schwanz die Beine weg. Wie durch Zauberhand riss er einem dritten seine Waffe aus der Hand und feuerte. Ein weiterer Arkonide ging zu Boden.

Tatjana ging gleichzeitig zum Angriff über, und noch ehe die völlig konsternierten Soldaten begriffen, wie ihnen geschah, war auch Quiniu zurück und schoss ebenfalls rasch und gezielt, zweimal, dreimal.

Erleichtert bemerkte Crest, dass die Waffen auf Betäubungsmodus gestellt waren. Es würde genügend Tote geben in den nächsten Stunden.

Plötzlich packte einer der verbliebenen Soldaten Crest von hinten, schlang ihm den Arm um den Hals und presste die Mündung seines Strahlers an seine Schläfe. »Hören Sie sofort auf! Sie ...«

»Machen Sie keine Dummheiten«, sagte Crest, der sich selbst wunderte, woher er seine innere Ruhe nahm. »Sehen Sie denn nicht, was passiert? Wir sind keine Gefahr! Die wahren Feinde lauern dort draußen, und sie brechen in diesen Augenblicken durch. Lassen Sie uns gehen! Helfen Sie bei der Evakuierung und retten Sie so vielen Arkoniden wie möglich das Leben!«

»Wir haben niemanden getötet«, ergänzte Trker-Hon, »denn wir achten das Leben. Kein Topsider zerstört es, ohne dass es einen unausweichlichen Grund gibt! Helfen Sie Ihren Kameraden auf, und sorgen Sie dafür, dass sie nicht sterben!«

Der Griff um Crests Hals lockerte sich, die Strahlermündung verschwand. Der Soldat stieß ihm in den Rücken, dass er nach vorne taumelte. »Gehen Sie, alter Arkonide, und überleben Sie so wie wir!«

Crest deutete eine ehrfurchtsvolle Verneigung an. »Das wünsche ich Ihnen ebenfalls.«

Im nächsten Moment rannten sie los.

Sie mussten die EKTEM verlassen und ein Beiboot kapern. Ihr Ziel lag in Atlantis. Oder vor dessen Toren. In der Kuppel, wo der Transmitter auf sie wartete.

Feltif de Khemrol

Sie rannten.

Hinter ihnen brannte Feltifs Haus. Ein Drittel des oberen Trichterrandes fehlte bereits. Rauch stieg aus den Trümmern in die Höhe. Dahinter gähnte das große Badezimmer, das Wasser im Bodenpool verdampfte unter glühenden Funken, die in es hineinregneten.

Irgendwann blieben sie schwer atmend stehen. Gleiter jagten über sie hinweg. Der Himmel irrlichterte vor energetischen Blitzen und flackernden Schutzschirmen. Noch hielten sich die Zerstörungen in Atlantis in Grenzen. Den Verteidigungsring der arkonidischen Schiffe durchbrachen die Methans bislang sehr vereinzelt, und es gelang nur den kleinsten, wendigen Beibooten. Nicht auszudenken, wenn ein einziges Kriegsschiff eine volle Salve aus nächster Nähe feuerte. Doch das würde wohl schon bald geschehen.

Feltif de Khemrol, der Tato, wusste, dass er den Beginn des Todeskampfes *seiner* Stadt miterlebte. Er schaute sich gehetzt um. »D'ihra«, sagte er.

Sie raffte das Oberteil enger, das sie in aller Eile an sich gerissen hatte, als sie aus dem einstürzenden Haus flohen. »Ich weiß«, sagte sie leise. »Dies ist der Krieg, von dem du gesprochen hast.«

Feltif sah die Klingen der Feinde von D'ihras Stamm vor sich; der wirklichen Barbaren auf dieser Welt. Er sah die Wunde am Hals ihres Begleiters, die bis auf den Knochen zerschnittene Schulter. Eine schreckliche Verletzung, ein brutaler Krieg – ein Nichts im Vergleich zu dem, was Arkoniden und Methans anrichteten, wenn es zu einer Schlacht kam. Wie viel fortschrittlicher waren sie also, nur weil sie zwischen den Sternen reisten?

Er schüttelte die Bilder der Erinnerung ab. Er musste sich auf die Gegenwart konzentrieren, wenn er überleben und dafür sorgen wollte, dass auch D'ihra dieses Chaos überstand. Er plante, sie an Bord eines der Schiffe zu bringen, die Atlantis verließen. Was er selbst danach tun konnte, wusste er nicht; die Kriegsschiffe, die die Kolonie verteidigten, befanden sich längst im Orbit und stemmten sich der feindlichen Übermacht entgegen.

»Folge mir!« Er rannte wieder los. Der direkte Weg zum Raumlandehafen führte am See vorbei. Als sie sich dem Erholungsgebiet im Schatten von Atlans Turm näherten, stockte ihm der Atem.

Der See existierte nicht mehr. Eine Explosion hatte weite Teile des Gebiets in ein aufgeworfenes Trümmerfeld verwandelt. Letzte Wasserreste rannen durch eine Schneise der Zerstörung ins Meer. Ein tiefer Graben gähnte zwischen den Plattformen des Kranichs, die wie durch ein Wunder noch standen, und dem Turm. Arkoniden lagen reglos auf seinen steil abfallenden Hängen.

Er packte D'ihras Hand, zerrte sie mit sich, vorbei an rauchender Vegetation. Die Krone eines Baumes brannte. Funken stoben knisternd davon. Als sie den ehemaligen Uferweg passierten, versanken Feltifs Füße bei jedem Schritt bis zu den Knöcheln in erdigem Schlamm. Eine gewaltige Welle aus dem See musste über dieses Gebiet geschwappt sein; noch immer stand das Wasser einige Zentimeter hoch, wo es nicht ablaufen konnte.

Sie gingen weiter, wurden eins mit einem Strom aus Dutzenden Arkoniden, die dem Raumhafen entgegenzogen. Eine Detonation in der Ferne dröhnte in seinen Ohren; er glaubte, die Druckwelle wie einen Schlag zu spüren. Etwas knackte in seinen Gehörgängen. Der Nachhall verstärkte sich durch eine Salve kleinerer Explosionen.

Er folgte den Blicken der schreienden Menge rundum. Ein Feuerball stand am Himmel, von dem rauchende Metallteile in die Tiefe rasten. Die Flammen fielen in sich zusammen, nur noch im Zentrum der schwarzen Wolke glühte es düsterrot. Eins der Teile zerschlug das Dach eines Hauses am seitlichen Rand der Uferwiese und brach aus der Frontwand wieder heraus, ehe es sich tief in die Erde bohrte.

Noch immer D'ihras Arm umklammernd, eilte Feltif de Khemrol weiter. Vor ihnen lag eine Frau mit dem Gesicht nach unten in einer Pfütze. Ihr linker Arm fehlte.

Weiter.

Nur weiter.

Inmitten einer kopflosen Menge erreichten sie das Landefeld, wo Soldaten notdürftig für Ordnung im Chaos sorgen. Die Evakuierungspläne griffen – das Militär sorgte dafür, dass möglichst viele Bewohner der Kolonie die Fluchtschiffe betreten konnten.

Ein Soldat erkannte ihn offenbar und winkte ihn durch, schickte ihn zu einem der größten Beiboote. D'ihra folgte ihm wortlos.

Vor dem Einstieg in das kleine Schiff wartete eine einsame Gestalt auf ihn.

Kosol ter Niidar verstellte ihm den Weg. »Sie wurden bereits gesichtet, Feltif. Ich wusste, dass Sie kommen.«

»Dann treten Sie zur Seite und geben Sie uns den Weg frei, damit ...«

»Nein«, unterbrach ihn sein Stellvertreter. »Sie können an Bord gehen. Ihre Gespielin jedoch nicht. Ich lasse nicht zu, dass sie einem Arkoniden den Platz wegnimmt.«

»Das ist doch Wahnsinn! Uns bleibt keine Zeit für so etwas!«

Kosol zog einen Strahler. »Es herrscht Krieg, Tato! Wenn Sie sich als unwürdig erweisen, enthebe ich Sie des Amtes und tue selbst, was getan werden muss.« Er klang völlig ruhig und klar, nicht vor Wut halb außer sich wie während ihrer letzten Diskussion.

»Die Methans greifen an, Kosol! Denken Sie darüber nach, was Sie soeben tun. Es gibt Wichtigeres als ...«

Kosol hob die Waffe, zielte auf ihn. »Feltif de Khemrol, als Ihr Stellvertreter enthebe ich Sie hiermit des Amtes als Tato der Kolonie Atlantis. Treten Sie zurück. Sofort!«

Es verschlug ihm sekundenlang die Sprache. Er hob hilflos die Hände. »Wollen Sie mich wirklich erschießen und den Methans damit die Arbeit abnehmen?«

»Nein.« Kosol ter Niidar schwenkte den Lauf der Waffe, bis die Mündung genau auf D'ihras Kopf wies. *»Sie* bilden keine Gefahr, Feltif.«

Aus dem Stand sprang Feltif vor, schlug mit einer Dagor-Attacke zu. Er hörte etwas brechen: Kosols Unterarm. Der Strahler entfiel den kraftlosen Händen und prallte auf den Boden des Raumhafens. Feltif trat dagegen, dass die Waffe wegschlitterte.

Sein Stellvertreter schrie vor Schmerz, zog den verletzten Arm an seinen Körper und rammte seinem Gegner gleichzeitig das Knie in den Unterleib. Ächzend krümmte sich Feltif zusammen. Er sah Kosols verzerrtes Gesicht vor sich ...

... und hob die Hände, präsentierte sich wehrlos. »Wir haben beide Fehler begangen. Es geht hier nicht länger um uns oder um irgendwelche Befehle und Richtlinien. Es zählt nur noch, dass möglichst viele überleben.«

Kosols gebrochener Arm zitterte. Er presste die Linke auf die Bruchstelle. Tränen rannen ihm aus den Augen. »Sie haben recht. Gehen Sie an Bord. Beide. Unsere Zeit ist abgelaufen. Nun muss das Militär retten, was es retten kann.«

Feltif suchte Kosols Blick. »Ich hoffe, dass Sie überleben und dass wir uns eines Tages wiedersehen.« Er drehte sich zu D'ihra um – und sah ihren Rücken.

»Um nichts in der Welt werde ich dieses Sternenschiff betreten.« Ohne sich noch einmal umzuwenden, rannte sie los, dem Rand des Raumhafens entgegen.

Demeira on Thanos

Es fiel ihr schwer, nicht in die Verteidigungsschlacht einzugreifen. Alles in Demeira drängte danach, die EKTEM in die Schlacht zu werfen, den Verteidigungsring unter dem Oberbefehl von Tarts de Telomar in der TOSOMA zu verstärken – aber ihre Aufgabe war eine andere.

Sie schützte die Schiffe ihres Geleitzugs, die Flüchtlinge aufnahmen, bis ihre Ladekapazitäten weit überschritten waren. Kommandant für Kommandant schloss seine Schotten, verwehrte verzweifelten Arkoniden den Einstieg.

Demeira verfolgte es in der Zentrale über ein Dutzend Holos und noch mehr Funkkontakte; sie beobachtete die Startvorbereitungen und behielt das strategische Gesamtholo im Auge, das die Situation im Raum rund um Larsaf III zeigte.

Eine eingehende Nachricht weckte ihre Aufmerksamkeit; der Absender war Tarts de Telomar persönlich. Sie nahm auf einer abgeschirmten Frequenz an.

»Sie haben richtig gehandelt, Kommandantin«, sagte Tarts.

»Bitte?«

»Als Sie die drei Flüchtlinge gerettet haben. Es war richtig. Wenn es in Ihrer Macht liegt, sorgen Sie dafür, dass die drei Schiffbrüchigen überleben. Verstehen Sie, Demeira? Ich müsste die Kolonie hinter mir lassen und zulassen, dass die Methans sie zerstören – denn die Befehle sehen vor, dass Schlachten mit den

Methans nur dann geschlagen werden, wenn die eigene Position klar in der Überzahl ist. Wenn kein Zweifel besteht, dass unser Volk gewinnt, Demeira. Ich müsste abziehen und Ihren Geleitzug und Atlantis ihrem Schicksal überlassen. Aber das werde ich nicht. Sie haben es mir vorgemacht, und ich habe Sie dafür verachtet. Vergeben Sie mir!«

Ihre Hände zitterten. »Tarts, ich ...«

»Gehen Sie Ihren Weg, Demeira. Fliehen Sie mit Ihrem Geleitzug und schauen Sie nicht mehr zurück. Ich kümmere mich um die Methans und um Atlantis. Ich sorge dafür, dass die Feinde Ihnen nicht folgen werden.«

»Sie sind ein ehrenwerter Mann, Tarts.«

»Ein alter Narr«, verbesserte er. »Einer, der am Ende seines Lebens noch eine wichtige Lektion gelernt hat. Bringen Sie den Geleitzug in Sicherheit, Kommandantin on Thanos, und tun Sie alles für die drei Flüchtlinge. Ihr Leben wiegt genauso viel wie das von Tausenden. Jeder Einzelne tut das, denn die Waagschale lässt sich nicht vergleichen. Mögen die Sternengötter Sie begleiten! Ich hoffe, dass Sie eines Tages auch Ihren zweiten Auftrag erfüllen können und Atlan finden. Entrichten Sie ihm meinen letzten Gruß.«

Die Verbindung brach ab.

Auf dem Holo sah sie, dass die TOSOMA unter Beschuss lag und selbst feuerte. Man belauerte sich nicht mehr dort draußen im All. Die Schlacht hatte längst begonnen, und sie, Demeira, würde ihr Ende nicht mehr erleben.

Bis der Geleitzug starten konnte, blieben nach den aktuellen Informationen noch weniger als zehn Minuten. Demeira funkte den Offizier an, dem sie befohlen hatte, die drei Schiffbrüchigen unter schwereren Gewahrsam zu stellen.

Kapitel 12

Ein einziger Tag – und eine einzige Nacht

Schlaglicht des Untergangs:

Alles war gesagt.

Die Schlacht tobte, und Tarts de Telomar dirigierte nicht nur die TOSOMA, sondern die gesamte Verteidigungslinie. Neunzig Schiffe der Methans standen ihnen entgegen, von denen acht bereits zerstört worden waren. Die Angreifer verfügten über doppelt so viele Einheiten wie die Verteidiger. Die Arkoniden hatten keine Chance, diesen Waffengang für sich zu entscheiden.

Aber Tarts gab nicht auf, denn der Krieg bestand nicht aus Theorie und bloßer Strategie, sondern auch aus ... Empfindung. Tarts würde nicht zulassen, dass die Feinde durchbrachen – nicht, solange der Geleitzug sich noch auf Larsaf III befand. Deshalb spielte er auf Zeit, hielt die Methans auf Abstand, schlug sie immer wieder zurück.

Sämtliche Beiboote hatten die Hangars der TOSOMA verlassen und stürzten sich als Angriffsjäger ins Gefecht.

Einen dieser Jäger befehligte Cunor ter Pelgan. Tarts hatte es nicht befohlen, sondern die Entscheidungsgewalt über die Umverteilung der Mannschaft delegiert. Er hatte Cunors Namen erst kurz vor seinem Funkgespräch mit Demeira gelesen, und er hatte sofort verstanden. Er wusste, was es bedeutete, hatte den verschlungenen Pfad des Schicksals erkannt. Es bestand nun durchaus die Möglichkeit, dass Cunor ter Pelgan überlebte und auf der Kolonie zurückblieb, etwa nach einer Notlandung. Exakt so, wie die drei Fremden es behauptet hatten.

Tarts hatte es zu verhindern versucht, aber er war gescheitert. *Weil es bereits festgeschrieben stand im Lauf der Zeit.* Genau wie die unausweichliche Tatsache, dass Atlantis untergehen würde.

Aber noch war es nicht so weit.

Es gab kaum ein lebendes Wesen, gleich in welchem Volk, das mehr bewaffnete Auseinandersetzungen erlebt hatte als Tarts de

Telomar. Er war des Krieges müde, aber er verstand auch dessen Natur. Er wusste, wie eine Raumschlacht verlief, er kannte jede nur denkbare Angriffs- und Verteidigungsstrategie. Ihm entging kein noch so kleines Missgeschick seiner Gegner, und diese Methans mochten viele sein, aber sie verließen sich zu sehr auf ihre Übermacht. Ein grundlegender Fehler, den er auszunutzen gedachte.

Tarts gab durch ein Manöver der TOSOMA für einen kurzen Augenblick scheinbar versehentlich eine Lücke im Verteidigungsring um Atlantis frei. Seine Feinde stürzten sich wie Narren darauf und liefen exakt in die Falle, die er vorbereitet hatte. Der Weltraum kochte, das Feuergefecht war kurz, und am Ende standen zwölf vernichtete Methanschiffe gegen vier verlorene Beiboote auf der eigenen Seite.

Eines der arkonidischen Kriegsschiffe jedoch, der Achthundert-Meter-Raumer DARAMIS, kollidierte mit einem brennenden Methan-Jäger, dessen Pilot zweifellos sein Ende vor Augen sah und sein Schiff mit letzter Kraft in eine tödliche Waffe verwandelte. Die obere Hälfte der DARAMIS verging in einer Salve aus Explosionen, als sich der feindliche Jäger durch die äußere Kugelschale bis in die Eingeweide des Schlachtschiffes bohrte. Die Hülle barst, die gigantische Kugel erlitt Schlagseite, und im nächsten Moment verschwand alles in einem blau lodernden, energetischen Chaos.

Tarts leitete die Operation, und während die ersten Teile des Geleitzugs starteten, drehte sich das Machtverhältnis um: 38 arkonidische Einheiten gegen 36 Methanschiffe.

Schlaglicht des Untergangs:

Crest da Zoltral wunderte sich, wahrscheinlich mehr noch als seine Begleiter.

»Wir haben Glück«, sagte Tatjana Michalowna, als sie zu viert auf den Eingang in einen Beiboothangar zueilten. Quiniu Soptor war kommentarlos mit ihnen gegangen und schwieg, seitdem sie geholfen hatte, die Soldaten zu überwältigen.

»Weil wir unbehelligt bis an diesen Ort gekommen sind?«, fragte Crest. »Das war alles andere als Glück.«

»Besonders gut geplant haben wir unsere Flucht jedenfalls nicht«, beharrte die Telepathin auf ihrer Meinung. »Wie also würden Sie es sonst nennen? Unser Verdienst ist es nicht – vielleicht sind alle durch den Angriff der Methans zu beschäftigt.«

»Man ist uns aus dem Weg gegangen, weil man sich nicht um uns kümmern will«, schlug Trker-Hon vor. »Weil wir zu unwichtig sind.«

Auch diese Version überzeugte Crest ganz und gar nicht. Der Durchgang zum Hangar öffnete sich vor ihm. »Es steckt mehr dahinter. Während einer Konfrontation kann man als Flüchtling kein arkonidisches Schlachtschiff komplett durchqueren, ohne von Soldaten, Robotern oder einem automatischen Sicherheitssystem gefangen genommen zu werden.«

»Richtig!« Diese Feststellung stammte von einer Frau in der Uniform einer Raumsoldatin. Sie stand vor einem Vierpersonengleiter, dessen Kennzeichnung EKTEM XXXII lautete. »Ich gratuliere Ihnen zu Ihrer Scharfsinnigkeit, alter Mann.«

Quiniu Soptor richtete wortlos die erbeutete Strahlwaffe auf die Fremde.

Diese hob abwehrend die Hände. »Sie wären längst tot, wenn die Kommandantin mir nicht befohlen hätte, sie zu beschützen und auf jede denkbare Weise zu unterstützen. Also nehmen Sie die Waffe runter!«

Crest nickte Quiniu zu. Diese gehorchte.

»Der Einfachheit halber«, fuhr die Soldatin fort, »habe ich dafür gesorgt, dass Ihr Weg frei bleibt und Sie auf niemanden treffen. Es hätte allzu leicht Missverständnisse geben können. Ein Akustiksensor hat Ihre Gespräche aufgezeichnet, seitdem Sie ... geflohen sind.«

»Sie wussten, was wir planen?«, fragte Tatjana.

»Glauben Sie ernsthaft, sonst wären Sie noch am Leben?« Die Fremde deutete auf das Beiboot. »Also, folgen Sie mir. Ich fliege Sie zurück nach Atlantis, auch wenn ich es in dieser Situation für Narretei halte.«

Crest konnte kaum fassen, was geschah. »Wieso unterstützen Sie uns?«

»Habe ich das nicht gesagt? Die Kommandantin hat es mir befohlen.«

»Aber weshalb hat Demeira on Thanos ...«

»Sie legt üblicherweise keine Rechenschaft ab, wenn sie etwas anordnet. Also, soll ich Sie nach unten bringen oder nicht?«

Trker-Hon ging zuerst. »Sie sollen.«

Wenig später schleusten sie aus. Die EKTEM schwebte in geringer Höhe über dem Planeten. Die ersten Einheiten des Geleitzuges erhoben sich und donnerten dem All entgegen. Teile der Stadt brannten. Dutzende Schiffe verdunkelten den Himmel. Der ferne Widerschein von Explosionen im Orbit verlieh allem eine düstere Atmosphäre.

»Sagen Sie mir nur eins«, bat ihre Pilotin. »Warum bei sämtlichen Sternengöttern wollen Sie zurück in diese Hölle?«

»Der Geleitzug würde uns von Larsaf III wegbringen, ins Herz des Imperiums. Was wir auf dieser Welt suchen, ist jedoch zu wichtig, um es zurückzulassen. Wir haben eine Spur gefunden, und nichts in der Welt kann uns davon abhalten, sie zu verfolgen.«

»Auch nicht der Tod?«, fragte die Arkonidin.

»Auch nicht der Tod«, bestätigte Crest.

Schlaglicht des Untergangs:

Irgendwann holte Feltif de Khemrol die flüchtende D'ihra ein. Sie hatte kein einziges Mal zurückgeblickt, bis er sie an der Schulter packte und ihren Lauf stoppte.

D'ihra wirbelte herum, die Hand zum Schlag erhoben. Er blockte den Angriff. Sie starrte ihn verwirrt an. Schweiß und Tränen liefen über ihr Gesicht. Der Stoff ihres Oberteils klebte auf den Schultern und an den Brüsten. »Du bist mir gefolgt?«

»Wieso willst du nicht in das Raumschiff steigen?«

Ihr Atem ging schwer. »Weißt du es wirklich nicht, Feltif? Glaubst du etwa, dass ich Angst habe?«

»Du? Eine lächerliche Vorstellung.«

»Ich habe es mir genau überlegt. Ich bin einen Schritt in ein anderes Leben gegangen. Zu dir. Es hat mich zu einem neuen Krieg geführt.«

Der Boden erbebte, als in der Nähe eine Bombe detonierte. Hitze schlug ihnen entgegen. Eines der Verwaltungsgebäude des Raumhafens brannte. Scheibenfronten barsten. Die Druckwelle erfasste einen Zweipersonenschweber in der Nähe und schleuderte ihn davon, als wäre er nichts weiter als ein loses Blatt im Wind. Er überschlug sich und krachte auf, schrammte über den Boden. Funken sprühten.

D'ihra wischte sich Schweiß von der Stirn. »Ich habe es versucht, aber noch weiter werde ich nicht gehen.«

»Das musst du auch nicht«, erwiderte Feltif. »Denn ich begleite stattdessen dich, wenn du zurück in deine Welt gehst.«

»Wieso?«

Als sie weggerannt war, hatte er plötzlich verstanden, dass er selbst schon lange versuchte, was sie in diesen Momenten aufgegeben hatte: in zwei Welten zu leben. D'ihra hatte in ihrer Weisheit rasch begriffen, dass es nicht möglich war. Und ihm, Feltif, war in diesem Augenblick klar geworden, welches die Welt war, in der er seine zukünftigen Tage verbringen wollte. Das Schiff hätte ihn zurück ins Imperium gebracht, in den Krieg, in eine Gesellschaft, die ihm Fesseln auferlegte und ihm letztlich den sicheren Tod brachte – sei es noch während der Flucht oder in den kommenden Wochen und Monaten, indem langsam seine Seele in den arkonidisch-militärischen Regeln und Geboten erstickte.

»Wieso?«, fragte sie noch einmal.

»Um zu leben«, antwortete er nur und übernahm die Führung. Er wollte zurück zu seinem Haus, aber nicht, um dort etwas aus den Trümmern zu bergen, sondern weil er von dort aus einen sicheren Weg in die Wälder kannte.

Weg von Atlantis. Weg von der Schlacht und dem Bombardement.

Schlaglicht des Untergangs:

Ein arkonidisches Beiboot verging in einer entsetzlichen Explosion, während an einem anderen Schauplatz dieses verzweifelten Kampfes die TOSOMA ein Methanschiff von vierhundert Metern Größe unter Beschuss nahm, bis dessen Schutzschirm versagte und der Raumgigant detonierte. Vier Rettungskapseln schleusten im letzten Augenblick aus; ein Dutzend Schüsse, und keine davon existierte mehr.

Tarts de Telomar beobachtete auf seiner Gefechtsleitstation, wie sich die TOSOMA II, das Beiboot unter dem Kommando des Draufgängers Cunor ter Pelgan, in tödlicher Wildheit auf die Methans stürzte. Cunor steuerte das Schiff in waghalsige Manöver, erzielte mehr Abschüsse als jeder andere und entging selbst mehrfach nur knapp der Vernichtung.

Hat er Glück?, fragte sich Tarts. *Oder ist es Vorsehung, weil nur er und Atlan überleben werden?*

Atlan – wie sehr wünschte er sich ihn einerseits herbei, um einen erfahrenen Anführer an seiner Seite zu wissen. Andererseits war es gut, dass sich der Sohn des Imperators nicht vor Ort aufhielt ... denn nur aus diesem Grund würde er überleben. An den Worten der ominösen Schiffbrüchigen zweifelte Tarts inzwischen nicht mehr. Das ewige Leben war doch *keine* Illusion ... oder es wäre keine Illusion gewesen ohne die Methans, ohne diese gnadenlose Vernichtungsschlacht. Für ihn, Tarts, blieb die Zeit nicht mehr, den Weg dorthin zu suchen.

Etwas zog seine Aufmerksamkeit auf sich. Der Schwere Kreuzer IGITA unter dem Kommando des besonnenen Kommandanten Cerbu brach unvermittelt aus der Phalanx aus. Das Schiff raste den äußeren Planeten entgegen, in einer bizarren Fahrt voller Haken und schier unmöglicher Kurswechsel, um dem Beschuss der Feinde zu entgehen.

»Cerbu!«, rief Tarts den Kommandanten per Funk an. »Was ist mit Ihnen? Cerbu!«

Er erhielt keine Antwort, während die IGITA nach einer kurzen Transition auf den sechsten Planeten zujagte – genauer auf einen der Eismonde, die ihre Bahn um ihn zogen. Mit einem Mal überzog ein Lichtgewitter den Kreuzer, wie Tarts es nie zuvor gesehen hatte. Blaue, gelbe, grüne und grellweiße energetische Muster irrlichterten über die Hülle.

»Etwas ... etwas ist geschehen!«, tönte plötzlich Cerbus Stimme aus sämtlichen Lautsprechern in der Zentrale. »Etwas Unglaubliches!«

»Cerbu! Erklären Sie sich oder kehren Sie ...«

»Ein Bote ist erschienen!« Der Kommandant der IGITA klang fassungslos, während weiter Blitze über sein Schiff tanzten – oder gingen sie davon aus? »Es ist ...«

Der Funkkontakt brach ab, als sich zu dem Lichtgewitter die Protuberanzen des überlasteten Schutzschirms gesellten – sechs Methanschiffe nahmen die IGITA unter Beschuss.

Der Schwere Kreuzer hatte nicht die geringste Chance. Für Sekunden versuchte Cerbu noch zu entkommen, doch der Schutzschirm kollabierte, und eine Salve der Feinde schlug in die ungeschützte Hülle und zerriss sie. Tarts ballte die Hände zu Fäusten, als er hilflos über die Klarbilddarstellung der Ortung verfolgen musste, wie die IGITA brennend über dem Eismond abstürzte, aufprallte und sich das Wrack dank der glühenden Hitze in die Tiefe hineinschmolz.

Die Methans drehten ab, wandten diesem für sie wohl unbedeutenden Zwischenfall den Rücken zu und kehrten an den Brennpunkt am dritten Planeten zurück.

Tarts verdrängte das eigenartige Erlebnis. Er würde sich später darum kümmern – wenn es ein Später gab. Wichtiger war, dass ein Methanraumer schwer beschädigt durchgebrochen war und ständig auf Atlantis feuerte.

Die TOSOMA II raste hinterher, schoss ebenfalls und versuchte die Einheit abzudrängen. Sie durfte nicht über der Stadt abstürzen; noch hielten sich dort zu viele Arkoniden auf.

Tarts überließ diesen einen Punkt Cunor ter Pelgan und ging dazu über, einen Gesamtüberblick zu gewinnen. Es gab nur noch wenige Methanschiffe. Der Konflikt war schon so gut wie gewonnen. Die letzten Einheiten setzten plötzlich kollektiv einen Fluchtkurs.

In der Zentrale der TOSOMA brach Jubel aus, doch Tarts konnte ihn nicht teilen. Dies alles war noch nicht vorbei, das wusste er.

Kennen Sie ihn, den Weg zur Welt des Ewigen Lebens?

Nein, er kannte ihn nicht.

Und er würde ihn nie beschreiten können, das wusste er nun überdeutlich, als ein zweiter Verband der Methans im System materialisierte. Weitere neunzig Schiffe, eine Übermacht, der die geschwächte arkonidische Verteidigungsflotte nichts mehr entgegenzusetzen hatte.

Es war vorbei.

Endgültig.

Schlaglicht des Untergangs:

Crest da Zoltral, Tatjana Michalowna, Trker-Hon und Quiniu Soptor rannten durch eine Zone des Todes. Ihre Pilotin hatte sie nicht direkt bei der Kuppel absetzen können, weil das Gebiet umkämpft wurde und sich der Gleiter plötzlich unter Beschuss wiederfand.

Es hatte nur eine Wahl gegeben – in einem Randgebiet der Stadt schnell auszusteigen oder in die EKTEM zurückzukehren.

Die Entscheidung war den vier Passagieren nicht schwergefallen. Das Geräusch von Schreien in der Luft schien allgegenwärtig. Häuser stürzten unter ständigem Bombardement in sich zusammen. Die Erde riss auf. Meterhohe Wellen schwappten über die Ufer, rasten durch die Trümmerfelder, klatschten gegen die gigantischen Mauern von Atlans Turm.

Schon auf den ersten Holos hatte Crest das filigran wirkende Gestänge des kranichartigen Bauwerks gesehen, das zahlreiche Plattformen trug. Nun brannte es, und der *Kopf* des Kranichs sowie einer der ausgebreiteten *Flügel* waren abgebrochen. Aus großer Höhe, mitten aus den lodernden Flammen, sprang ein Arkonide in die Tiefe.

»Quiniu!«, schrie Crest die Halbarkonidin an, die langsamer wurde und das grausige Geschehen anstarrte wie hypnotisiert. Der bedauernswerte Arkonide schlug auf; einen Sturz aus dieser Höhe hatte er unmöglich überleben können. »Wir müssen in die Unterwasserkuppel vor dem Ufer, rasch!«

»Rico«, lautete die scheinbar völlig unpassende Antwort.

Ob Quiniu noch immer so verwirrt war, dass sie keinen klaren Gedanken fassen konnte, sondern nur *funktionierte?* Oder wollte sie ihm etwas Wichtiges mitteilen?

»Was ist mit dem Roboter? Wo finden wir ihn? Kann er uns helfen?«

Rico war das Produkt einer märchenhaft weit entwickelten Technologie. Er hatte sich nach der Zerstörung selbsttätig aus einem Haufen Schrott wiederhergestellt, indem er sich regenerierte. Entstammte er womöglich derselben Quelle wie die Transmitter? Wusste Quiniu inzwischen mehr darüber und konnte deshalb einen Zusammenhang herstellen?

Sie kam nicht dazu, mehr zu sagen.

Zwei Schiffe stürzten aus dem Himmel, flogen in halsbrecherischem Tempo der Stadt entgegen. Sie umkreisten sich gegenseitig, feuerten unablässig aufeinander. Einer der Schüsse ging fehl, zerfetzte den Boden wenige Meter von den vier Flüchtlingen entfernt. Ein Energiestrahl fraß sich tief in die Erde. Glutflüssiges Gestein spritzte, ein Wall wölbte sich auf, riss Crest von den Füßen. Der alte Arkonide schlug hart auf, rollte davon, bis eine feste Hand ihn packte und zurückriss – Tatjana.

Crest starrte die beiden Schiffe an, die noch immer wie Steine in die Tiefe fielen. Wenn sie aufschlugen und am Boden explodierten, würde die Detonation die halbe Stadt atomisieren. Es lief ihm eiskalt den Rücken hinunter. Er stützte sich ab, stemmte sich in die Höhe. Die Muskeln seiner Oberarme zitterten.

Abrupt änderten die beiden Schiffe – Crest erkannte ein arkonidisches Beiboot und einen Methanjäger – dicht über dem Boden synchron ihre Flugrichtung, jagten über den Häuserdächern zum Meer hin. Dabei beschossen sie sich weiter.

Der mörderische Kurs führte sie nahe an Atlans Turm heran. Eine ganze Salve schlug in dessen Fundament, gefolgt von einer riesigen Bombe aus dem Methanschiff. Crest sah den todbringenden Sprengkörper wie in Zeitlupe fallen. Die Bombe prallte gegen die Turmwand, rutschte daran in die Tiefe und detonierte, noch ehe sie den Boden erreichte.

Schlaglicht des Untergangs:

Sie waren nicht mehr weit von Feltifs Haus entfernt, als die Katastrophe eine neue Dimension erreichte.

Die Detonation mischte sich in den ... üblichen Lärm. Doch das ohrenbetäubende Knirschen und das Kreischen von überdehntem, zerreißendem Metall zogen trotz des allgegenwärtigen Chaos Feltifs Aufmerksamkeit auf sich. Im Lauf drehte er sich um, erstarrte, fiel über die eigenen Füße und schlug auf den Boden.

Er spürte den Aufprall kaum, stemmte sich in die Höhe und nahm wortlos D'ihras Hand, die ihn auf die Füße zog. »Deine Welt geht unter«, sagte sie, und erst jetzt begriff er, dass Atlantis *wirklich* keine Zukunft mehr hatte. Alles würde vergehen. Kein einziger Arkonide in der Stadt konnte dieses Inferno überleben.

Atlans Turm neigte sich zur Seite wie ein gerade gefällter Baum.

Strahlschusslöcher verteilten sich über das untere Drittel, ein viele Stockwerke hohes Loch gähnte in der Außenhülle. Der Rauchpilz einer Explosion wölkte in die Höhe und zerfaserte im Sturm, den die Hitze der Flammen entfachte. Über mehrere Meter in der Breite konnte Feltif ins Innere des Turmes sehen – Böden, Wände, Feuer und flirrende, völlig sinnlose Schutzwände aus reiner Energie.

Der Turm knickte ein, neigte sich weiter und fiel. Er zermalmte ganze Häuser unter sich, schlug eine Schneise der Vernichtung. Seine Außenwand platzte auf, metergroße Metallstücke schwirrten durch die Luft, frästen Bauwerke entzwei. Der Boden erbebte. Staub und Gestein trieben in der Luft, die Erde riss auf und verschlang einen kompletten Straßenzug.

Für einen Augenblick schien die Zeit stillzustehen, dann sackten weitere Häuser in die Tiefe, wurden von der Erde verschlungen, die an vielen Stellen der Stadt aufplatzte. Als sei es damit nicht genug, fiel ein Hagel aus Bomben, und ein arkonidischer Kreuzer stürzte in die Trümmer.

Eine gewaltige Flutwelle raste vom Ufer heran, riss Gebäude, Wracks, Bäume und Leichen mit sich. Auch aus den Erdspalten schossen Wasserfontänen.

In diesem Moment begriff Feltif, dass sie nicht fliehen konnten. Nicht zu Fuß. Atlantis, die gesamte Stadt, ja der ganze Kontinent würden diese Gewalten nicht mehr lange überstehen. Er packte D'ihra und zog sie mit sich, in die Ruine dessen, was einmal sein Haus gewesen war.

Schlaglicht des Untergangs:

Ein Großteil des Geleitzugs startete ins All und versuchte als Konvoi den verbliebenen Methanschiffen zu entgehen. Nur noch zwei Einheiten befanden sich auf dem Landefeld in Atlantis und nahmen weitere Flüchtlinge auf. Schon entspannte sich Demeira on Thanos in der Zentrale der EKTEM, als der Raum erschüttert wurde und die Orter eine Vielzahl neuer Feinde wahrnahmen.

Methanschiffe fielen aus dem Hyperraum, eine zweite Flotte, fast hundert weitere Raumer. Das Schlachtenglück wendete sich erneut, und diesmal gab es keinen Zweifel mehr, wer den Sieg davontragen würde. Die Arkoniden waren verloren. Die aufgeriebene, erschöpfte Militärflotte war völlig chancenlos.

»Kommandantin on Thanos an alle Kommandanten des Geleitzugs!«, schrie sie in den Funk. »Flucht in den Überlichtflug! Alle Kriegsschiffe dienen dem Schutz der zivilen Einheiten. Niemand greift in den Kampf gegen die Methans ein. Ich bleibe mit der EKTEM zurück und schütze die letzten Einheiten.« Noch zwei Schiffe ... zwei gewaltige Raumer, die je mindestens tausend Flüchtlinge aufnehmen konnten. Sie benötigten nur jemanden, der ihnen ein wenig Zeit verschaffte, und die EKTEM war ein mächtiges Schlachtschiff.

»Nein!«, tönte es aus dem Empfänger. »Das ist ein Befehl, Kommandantin!« Es war der Oberbefehlshaber Tarts de Telomar aus der TOSOMA, und seine Stimme klang eiskalt. »Sie werden mit Ihrem Geleitzug fliehen und für den Schutz Ihrer Schiffe sorgen, die bereits gestartet sind.«

»Zwei meiner Schiffe sind noch nicht startbereit! Ich lasse niemanden im Stich!«

»Das tun Sie nicht, Kommandantin.« Nun hörte sie Verständnis und Mitleid in seiner Stimme, so ausgeprägt, dass sie seinen Schmerz beinahe selbst fühlen konnte. »Ich sorge persönlich für den Schutz der Zurückgebliebenen, solange es mir möglich ist. Sie werden vor mir Atlantis verlassen, oder niemand wird mehr fliehen.«

»Tarts, ich ...«

»Starten Sie! Sofort! Das ist ein Befehl!«

Demeira zögerte nur noch einen Lidschlag lang, dann bestätigte sie. Die Steuerung der EKTEM persönlich übernehmend, lenkte sie das Kriegsschiff auf den Kurs des Geleitzugs, beschleunigte und zerstörte einen Methankreuzer, der zum Angriff übergegangen war. Noch hatten sich die hundert neuen Schiffe nicht formiert; dies war die letzte Chance, dem sich verdichtenden Netz noch zu entgehen.

Die EKTEM brach durch, schützte die Flanke des Konvois. Allein ihre Präsenz verjagte zwei kleinere Einheiten der Methans, die stattdessen wieder direkten Kurs auf das brennende Atlantis nahmen.

Über Funk empfing sie die Befehle, die Tarts an seine Kriegsschiffe richtete, während die EKTEM mitsamt dem Geleitzug weiter beschleunigte, um die notwendige Geschwindigkeit für den Wechsel in den Hyperraum zu gewinnen.

Tarts wies seine sämtlichen verbleibenden Schiffe an, sich dem Verband anzuschließen und sich in Sicherheit zu bringen. Nur er selbst würde zurückbleiben, mit der TOSOMA direkt über Atlantis in Stellung gehen und so die Flüchtlinge bis zum letzten Atemzug schützen.

Er war ein guter Mann.

Vielleicht der wertvollste, den Arkon in diesem entsetzlichen Duell verlor. Wie lange währte das Chaos schon? Minuten? Stunden? Sie vermochte es nicht zu sagen.

Die Kommandantin der EKTEM weinte Tränen der Erregung, als sie nacheinander die Bestätigungen der verschiedenen Schiffe empfing. Gleichzeitig stürzte sich das Gros der Methans auf den Geleitzug, wollte die Flucht verhindern. Die neuen Kriegsschiffe feuerten unablässig auf die Angreifer; die Kommandanten unterstellten sich widerspruchslos Demeiras Kommando.

Nur ein Schiff widersetzte sich Tarts de Telomars Befehl und brachte dies klar zum Ausdruck, verbunden mit der *Bitte,* dass Tarts diese Missachtung genehmigte. Das Letzte, was Demeira noch empfing, ehe ihr mit dem Geleitzug der Wechsel in den Hyperraum gelang und das allgegenwärtige Sterben endlich hinter ihr zurückblieb, war der Name seines Kommandanten: Cunor ter Pelgan.

Er befehligte das Beiboot TOSOMA II.

Schlaglicht des Untergangs:

Die Spitze des stürzenden Turms hätte Crest und seine Begleiter erschlagen, wenn sie nicht schnell genug gerannt wären. Nun ragte ein gigantischer Trümmerhaufen vor ihnen auf, Dutzende

Meter hoch und um ein Vielfaches länger. Wasser schoss aus einer Erdspalte und bildete einen See, dessen Ausläufer noch Trker-Hons Füße umspülten.

»Um zum Ufer und zur Kuppel zu gelangen, müssten wir ... dort entlang.« Quiniu Soptors Stimme klang tonlos, als sie den Arm in Richtung des unfassbaren Trümmerberges streckte. Ihn zu überqueren war unmöglich. Berge aus Metall und zermalmten Häusern verhinderten es ebenso wie riesige, aufgeworfene Erdhügel und die Wassermengen, die aus der Erde quollen – nein, mehr noch, die vom Meer her die brechenden Landmassen überfluteten. Über ihnen brannte der Himmel, Energiestrahlen und Bomben zogen ihre tödlichen Spuren.

»Wir sind geschlagen«, sagte Crest. Er fand keinen Funken Hoffnung mehr in sich, um seine Begleiter zu ermutigen. Nur den bitteren Trost, dass es nicht seine Krankheit sein würde, die sein Leben qualvoll beendete.

»Noch nicht«, erwiderte eine Stimme.

Crest drehte sich um. Er hatte den anderen nicht kommen hören. Doch er erkannte ihn sofort, und der Anblick verschlug ihm die Sprache.

Es war Rico.

»Bringen Sie uns zur Unterwasserkuppel!«, forderte ihn Quiniu auf.

Der Roboter mit dem Aussehen eines Arkoniden zeigte ein feines Lächeln. »Folgen Sie mir!«

Schlaglicht des Untergangs:

Cunor ter Pelgan besaß die Unverfrorenheit, sich Tarts' letztem Befehl zu widersetzen. Der alte Arkonide sah keinen Grund, dagegen anzukämpfen – stattdessen respektierte er es. Cunor *bat* sogar darum, diesen Befehlsbruch ausführen zu dürfen.

»Tarts«, rief er über Funk. »Ich danke Ihnen für alles, was ich von Ihnen lernen durfte. Ich bringe die TOSOMA II nun in Stellung.«

Auf dem Orterholo beobachtete Tarts, wie sich die Methans auf Atlantis stürzten und das Bombardement noch verstärkten. Mit gezielten Schüssen der Bordwaffen seines Schlachtschiffes hielt er wenigstens einen kleinen Bereich frei, eine Flugschneise, damit die beiden verbliebenen Schiffe starten konnten. Er sandte den Befehl, die Schotten sofort zu schließen, egal, wie viele Flüchtlinge noch um Einlass baten. Sie mussten *jetzt* losfliegen oder würden es nie mehr tun.

Cunor flog mit seinem Beiboot riskante Manöver, brachte zwei Methanschiffe in unmittelbarer Nähe des Raumhafens zum Absturz. Weitere überaus kostbare Sekunden für die beiden Einheiten, die eine Klarmeldung gaben. Sie hoben ab, stiegen auf.

Tarts atmete erleichtert auf. Die TOSOMA und ihr Beiboot konnten noch für einen gewissen Schutz während der Beschleunigungsphase sorgen, sodass ...

Seine Gedanken stockten.

Die TOSOMA II erhielt einen Treffer zu viel. Der Schutzschirm kollabierte. Die Hülle brannte. Das Schiff trudelte, sackte ab, fing sich dicht über der Erdoberfläche, jagte als lodernde Fackel über die brennende Stadt und stürzte ab.

Ich hätte nicht gedacht, dass es so weit kommt, Cunor, dachte Tarts. *Einen Augenblick lang glaubte ich wirklich an die närrischen Worte der Schiffbrüchigen, die mir von einer Zukunft erzählten, die es niemals geben wird. Ich bedauere, dass du doch nicht überlebt hast. Am Ende gibt es also doch keine Vorherbestimmung.*

Die TOSOMA lag nun unter konzentriertem Beschuss. Tarts versuchte dennoch, die beiden startenden Schiffe abzuschirmen, bis zum letzten Atemzug – auch wenn es sinnlos war. Es würde keinesfalls so lange möglich sein, dass die Einheiten in den Überlichtflug wechseln konnten. Wenn die TOSOMA fiel, waren die zivilen Raumer ein leichtes Opfer für die Methans.

Tarts übergab der Positronik die Schiffssteuerung. Die Ziele standen fest – das feindliche Feuer auf sich ziehen, so viele Gegner wie möglich erledigen. Diese Manöver konnte auch die Positronik im Automatikmodus durchführen.

Er schloss die Augen und erteilte den Evakuierungsbefehl. »Die TOSOMA wird fallen. Die gesamte Mannschaft schleust in Kampfanzügen aus. Schlagen Sie sich durch, suchen Sie auf dem Planeten Zuflucht.«

Er selbst rührte sich nicht. Es war sinnlos. Er war ein alter Mann, der mit seinem Schiff untergehen würde. Das war sein Schicksal.

Jemand packte ihn, die Offizierin, die Cunors Platz in der Zentrale eingenommen hatte. »Kommandant!«

»Lassen Sie mich!«

»Kommen Sie mit! Die Evakuierung ist unsere letzte Überlebenschance!«

Achtet denn niemand mehr auf meine Befehle, wenn sie unbequem sind? Doch angesichts des Todes zerbrach offensichtlich die militärische Führungsgewalt. »Lassen Sie mich!«, wiederholte er.

Doch die Frau ließ ihn nicht, redete auf ihn ein und schloss mit den Worten: »Dann sterben wir gemeinsam mit dem Schiff.«

Das traf ihn im Innersten. »Verlassen Sie die TOSOMA! Sofort!«

»Nicht ohne Sie, Kommandant. Ich verdanke Ihnen mein Leben, und das mehrfach. Ich bleibe bei Ihnen.« Sie streckte ihm die Hand entgegen.

Er fluchte, und gemeinsam rannten sie los.

Sie schleusten als Letzte aus, ehe die TOSOMA halb zerstört ins Meer stürzte. Der Gigant versank in den Fluten, sein Aufprall schickte eine weitere infernalische Welle über das Trümmerfeld, das noch vor Stunden eine blühende, hoch technisierte Stadt gewesen war. Nun lebte dort nichts und niemand mehr. Bombe um Bombe ging nieder, ganze Landschollen brachen ab und versanken in der tobenden Gischt.

Tarts trieb in seinem Kampfanzug als Spielball in den Gewalten, genau wie der Rest seiner Besatzung – die meisten waren bereits tot, verdampft von den Energiestrahlen der Methans, die systematisch jeden auslöschten, den sie entdeckten.

Kennen Sie ihn, den Weg zur Welt des Ewigen Lebens? Vielleicht kannte er etwas Besseres. Womöglich bot der Tod wahre Unendlichkeit, ohne Krieg, ohne Schmerz und ohne Leid.

Ihn erfasste eine merkwürdige Ruhe. Der Tod, der alte Gefährte, der ihm so vertraut war, würde ihn endlich holen.

Tarts schloss die Augen, stellte sich vor, er wäre an einem anderen, besseren Ort.

Und wartete.

Schlaglicht des Untergangs:

Feltif führte D'ihra durch einen unterirdischen Anbau seines Hauses – den kleinen Hangar, gerade groß genug, um seinen privaten Einpersonengleiter aufzunehmen. Der Lärm der Zerstörungen hallte nur dumpf bis an diesen Ort, doch auf Dauer würde auch er keinen Schutz bieten.

»Es ist ein winziges Flugschiff«, erklärte Feltif, als er die Cockpitkanzel zum Pilotensitz öffnete. »Normalerweise nur für mich gedacht. Es wird auch uns beide tragen.«

»Ich will diese Welt nicht verlassen«, sagte D'ihra. »Weder in dem großen Schiff noch in diesem winzigen Boot mit dir.«

Er lachte, zum ersten Mal, seit der Untergang seinen Lauf nahm. »Das könnten wir mit diesem Gleiter auch nicht. Aber er vermag uns aus Atlantis hinauszufliegen, über die Wälder und das Meer, bis ins nächste Land.«

»Also kann dieses Schiff uns das Leben retten?«

Feltif nickte. »Genau das. Am Ziel, irgendwo weit entfernt, steigen wir aus, und ich schicke den Gleiter an diesen Ort zurück, wo er vernichtet werden wird. Ich nehme nichts mit in unser neues Leben. Nichts, was mich an all dies erinnern wird.«

Er stieg auf den Pilotensitz und warf Ausrüstung hinaus, schuf so Platz, dass D'ihra sich neben ihn in die Kanzel kauern konnte.

Feltif schloss den Gleiter. »Wir werden über den Wald fliegen, so tief wie möglich. Wenn wir ... Glück haben, entdecken uns die Feinde nicht. Wenn doch, sterben wir.«

Sie nahm seine Hand.

»Bist du bereit?«, fragte er.

»Wenn du es bist.«

Er war es. So bereit wie nie zuvor in seinem Leben.

Fast war er erstaunt, dass der Funkimpuls die Ausflugsöffnung in der Decke des Hangars noch öffnen konnte. Feltif aktivierte den Gleiter, übernahm die Steuerung, und sie stiegen empor.

Kaum im Freien, sahen sie eine lodernde Flammenwand vor sich. Der Waldrand brannte. Etwas jaulte, so laut, dass sie es auch im Inneren des Gleiters hören konnten. Eine Bombe raste heran und zerfetzte Feltifs Haus endgültig. Er beschleunigte so schnell, mitten in die Flammen hinein, dass der plötzliche Andruck ihn in den Sitz presste und D'ihra schmerzerfüllt aufstöhnte. Die Absorber regulierten es, während sie die Feuerwand durchstießen und in einen herrlich blauen Himmel blickten, der nichts von dem Inferno erahnen ließ, das hinter ihnen tobte.

Er hätte sich nur umdrehen müssen, um es zu sehen.

Er tat es nicht.

Das frühere Leben als Tato von Atlantis war vorüber.

»Kein Blick zurück«, sagte Feltif de Khemrol.

Schlaglicht des Untergangs:

Statt der Dunkelheit des Todes holten ihn gleißendes Licht und der Donner von Explosionen in das Leben und in die Gegenwart zurück.

Tarts de Telomar, der nur noch Frieden und Ruhe wollte, um nicht mehr sehen zu müssen, wie seine hilflose Mannschaft von den Feinden verdampft wurde, traute seinen Augen nicht.

Die Raumer der Methans vergingen. Reihenweise explodierten sie. Ein Dutzend Kugelraumer stürzten sich auf sie, feuerten und zerstörten.

Traktorstrahlen packten die überlebenden Arkoniden in ihren Raumanzügen und zogen sie an Bord der Schlachtschiffe. Tarts selbst erging es ebenso. Ehe sich das Schott hinter ihm schloss, sah er noch mit militärisch tausendfach geübtem Blick, dass die Methans offenbar zu überrascht waren, um konsequent gegen die plötzlich aufgetauchten Arkonidenschiffe vorzugehen.

»Wir sind in der Unterzahl«, hörte er genau die Stimme, die er erwartet hatte. Demeira on Thanos stand in der Schleuse. Sie blutete aus einer Wunde an der Schulter. »Wir kamen in eine kleine Schlacht«, erklärte sie. »Ich habe das Kommando abgegeben und mich von einem Medoroboter verarzten lassen. Mein letzter Befehl lautete: zurückzukehren. Die zivilen Schiffe sind in Sicherheit – im Ortungsschatten einer nahen Sonne. Sobald wir alle Überlebenden eingesammelt haben, fliehen wir wieder, ehe sich die Methans auf die neue Situation einstellen. Für Atlantis können wir nichts mehr tun. In der Stadt kann niemand überlebt haben.«

»Das hätten Sie nicht tun dürfen«, sagte Tarts tonlos. »Sie hätten nicht zurückkommen dürfen!«

»Ich habe es schon einmal getan«, meinte Demeira. »Und letztlich haben Sie mich dafür gelobt, Tarts de Telomar.«

Schlaglicht des Untergangs:

Rico hatte sie zielsicher auf verschlungenen Pfaden und über unterirdische Korridore geführt ... durch ein Labyrinth der Zerstörung bis zu ihrem Ziel. Der Roboter schien sich in dem Chaos völlig problemlos orientieren zu können.

Nun standen sie in der Kuppel, in trügerischer Stille. Die Luft roch sauber und klar.

»Dies ist der einzige Ort, der nicht vergehen wird«, sagte Crest. »Wir sind in Sicherheit.«

»Aber wir können nicht hierbleiben und tatenlos abwarten«, ergänzte Tatjana Michalowna.

Der Transmitter ragte vor ihnen auf, ein äußerlich unscheinbares Stück Technologie und doch die größtmögliche Verlockung. Mit ihm hatte ihre Odyssee begonnen, exakt an dieser Stelle, nur eine unvorstellbar lange Zeit in der Zukunft. Atlantis verging, ein ganzer Kontinent versank in unmittelbarer Nähe – diese Enklave würde alles überstehen.

»Gehen Sie durch den Transmitter!«, forderte Rico sie auf. Der Roboter schien äußerlich makellos, als wäre er nie verletzt oder zerstört worden. Er nahm eine Schaltung vor, aktivierte die fremdartige Technologie. »Ich bleibe hier.«

»Sie kommen nicht mit?«, fragte Trker-Hon.

Der Roboter deutete auf den Transmitter. »Mich erwartet hier eine andere Aufgabe. Ich habe nur eine Bitte. Achten Sie auf Quiniu!«

Crest ging näher. »Wohin wird das Gerät uns bringen, wenn wir es durchschreiten?«

»An den Ort Ihrer Sehnsucht«, sagte Rico.

Noch während der Arkonide über diese kryptische Antwort nachdachte, kam ihm etwas anderes in den Sinn. »Rico, ich bitte Sie noch um eine letzte Antwort.«

»Fragen Sie!«

»In meiner Zeit hatten Sie sich auf der Venus aufgehalten. Mit Thora sind Sie zur Erde gekommen, wurden vernichtet und regenerierten sich. Danach gingen Sie mit Quiniu Soptor durch exakt diesen Transmitter – kamen in dieser Zeitepoche an ... und wollen Ihren eigenen Worten zufolge hierbleiben. Also durchlaufen Sie die Zeit erneut. Eine perfekte Schleife ohne Einstieg. Gibt es mehrere Exemplare von Ihnen? Nicht nur einen Roboter, der wie Sie ist, der den Namen Rico trägt?«

Das künstliche und doch so lebendige Gesicht wandte sich ihm zu. »Ich weiß nicht, wovon Sie sprechen. Sollte ich etwa die Zukunft kennen?«

»Aber Sie ...«

»Es bleibt keine Zeit, darüber zu diskutieren. Noch einmal: Der Ort Ihrer Sehnsucht erwartet Sie. Gehen Sie durch den Transmitter!«

Und das taten sie.

Später
Wüst und leer

Er berührte die Kette, und ihm war, als wollten sich seine Finger weigern weiterzuwandern.

Ein Traum?

Waren die letzten Tage nur ein *Traum* gewesen?

Wärme breitete sich in seiner Brust aus, durch die Kleidung bis tief unter die Haut. Sie kroch in seinen ganzen Körper.

Er sah auf die winzige Wunde dicht neben dem Nagel des Daumens. Eine Lappalie, die er weder spürte noch wahrgenommen hätte, wenn da nicht die ... Heilung gewesen wäre. Vorsichtig tastete er darüber. Der kleine Schnitt, nicht einmal so tief, dass es mehr als einen einzigen Tropfen geblutet hatte, verschloss sich.

Langsam hob er die Hand, brachte den Daumen dicht vor seine Augen, so nahe, dass er gerade noch scharf sehen konnte. Und war das nicht ein wenig näher, als es sonst immer möglich gewesen war?

Er sah, wie sich die Wundränder verschlossen, wie Hautzellen wuchsen.

Ein Traum.

Eigentlich war er sich völlig sicher, dass dies nicht die Wirklichkeit war, andererseits waren seine Gedanken viel zu klar – klarer als je zuvor –, als dass er schlafen könnte. Absolut präzise erinnerte er sich an die vergangenen Tage. Viel zu detailreich, in viel zu satten Farben. Er vermochte sie noch zu riechen. Der Geruch hing in seinen Kleidern, in den langen weißen Haaren.

Nun berührte er das eiförmige Gerät, das er an einer Kette um den Hals trug.

Flüchtig spürte er die Wärme an den Fingern, fühlte den eigenen Puls, über den dieses Etwas zu verfügen schien. Es war mehr als Technologie. So viel mehr.

Es verlieh ihm die Unsterblichkeit, so hatte man es ihm versprochen.

Nur mühsam riss sich Atlan von diesen neuen Eindrücken und verwirrenden Gefühlen los, zurück in die Gegenwart, in die Zentrale der TOSOMA IX. Er flog soeben in das System ein, das einer Heimat näher kam als jeder andere Fleck im Universum außerhalb von Arkon. Larsaf III, Atlantis, seine Kolonie.

Als die ersten Orterbilder in Hologrammen entstanden, starrte er sie völlig bewegungslos an. Eine Ewigkeit lang schien er nicht einmal mehr blinzeln zu können. Der Anblick brannte sich in seine Netzhäute, so, wie in Atlantis *alles* gebrannt haben musste.

Wieder griff er nach der Kette um seinen Hals. *Unsterblich? Ich? Warum?*

Atlan hatte geahnt, was ihn erwartete, doch das änderte nichts an seiner Erschütterung.

Es war kein Traum. Nichts von alldem. Und dies hier ist der Preis des Krieges.

Er lenkte die TOSOMA IX in eine Umlaufbahn um den Planeten, und Schuldgefühle schienen ihn ersticken zu wollen. Hätte er bleiben müssen? Atlantis niemals verlassen dürfen?

Das Meer wogte ruhig, vereinzelt trieben noch Holzstücke und andere schwimmende ... Dinge auf den Fluten. Er wollte gar nicht wissen, worum es sich dabei handelte, doch die Orter rissen erbarmungslos viele Details aus dem Vergessen, Wrackteile, Leichen ...

Atlans Finger strichen routiniert über die Holo-Eingabeflächen des Steuerpults, und die TOSOMA landete auf einer der winzigen Inseln, die von dem Kontinent geblieben waren, der den Methans zum Opfer gefallen war. Sie lagen wie versprengte Erdklumpen in der Weite des Meeres.

Er hatte seine Pflichten im Stich gelassen, als er von Atlantis weggeflogen war. Es war unvereinbar gewesen mit seinen Werten. Aber er hatte etwas gewonnen, was unvergleichlich mehr Wert besaß, als diese Kolonie jemals besessen hatte. Die nüchterne, *unmenschliche* Logik dieser Überlegung wollte ihm das Herz zerreißen. Wie schwer wog Atlantis samt all seinen Bewohnern im Vergleich mit dem gesamten Großen Imperium der Arkoniden? Wie bedeutend war der Sieg über die Methans?

Atlan war wenige Tage weg gewesen, und nun trug er nicht nur das Gerät, das ihm die Unsterblichkeit verlieh, sondern er führte auch die Pläne für eine Waffe mit sich, die dem Imperium die Überlegenheit über die Methans geben würde. Er hatte die Pläne dieser sogenannten Konverterkanone bereits verschlüsselt an das Oberkommando gefunkt. Eine erste Relaisstation hatte den Empfang bestätigt.

Er schaltete die Systeme der TOSOMA IX ab. Es wurde dunkel um ihn. Nur eine letzte Notbeleuchtung erhellte den Weg. Er verließ die Zentrale, ging weiter, lauschte dem Geräusch seiner Schritte, das von den Korridorwänden widerhallte. Niemand außer ihm befand sich an Bord.

Ein Geisterschiff, wie auch die Geister der Vergangenheit über dem versunkenen Kontinent schweben.

Atlan verließ das Beiboot über die Bodenschleuse, hörte das Klacken, mit dem sich das äußere Schott wieder schloss, ging zum Ufer des kleinen Eilands, setzte sich auf den Boden und wartete.

Doch das Wesen, das ihn auf diese merkwürdige Reise geschickt hatte, kam nicht zu ihm.

Er starrte auf das Meer, lauschte, als wäre es möglich, im Rauschen der Wellen die Vergangenheit zu hören, als könne er den Untergang der Kolonie miterleben, das Sterben all der Arkoniden, die ihm anbefohlen worden waren. Er wollte ihren Schmerz fühlen, ihr erlöschendes Leben empfinden, damit sie ihn anklagen konnten.

Er wartete auf ein U-Boot, das aus den Wellen auftauchte, aber es kam nicht. Stattdessen wankte irgendwann jemand anders über den Strand auf ihn zu. Atlan sprang auf, rannte zu dem Arkoniden, dem die Uniform zerfetzt am Körper hing. Das Gesicht wies Verbrennungen auf, die Haare waren verschmort, die linke Hand von Blut verkrustet.

Ehe die beiden Männer zusammentrafen, brach der Fremde zusammen und blieb reglos liegen. Atlan erreichte ihn, bückte sich und stellte erleichtert fest, dass der andere noch lebte und lediglich das Bewusstsein verloren hatte. Er kannte dieses Gesicht. Cunor ter Pelgan! Was war mit ihm geschehen?

»Überlassen Sie das mir, Erhabener«, tönte mit einem Mal eine Stimme hinter ihm auf. Er wirbelte herum und sah das Wesen, das er erwartet hatte; das ihn zuvor auf seine Mission geschickt hatte, ohne etwas über sich selbst zu verraten. Das U-Boot, auf das Atlan bereits gewartet hatte, lag in der Brandung.

»Wer sind Sie?«, fragte Atlan. »Sie sind kein Arkonide!«

»Nein.«

»Was sind Sie?«

»Ihr Diener. Mein Name lautet Rico. Kommen Sie, Atlan da Gonozal.«

Das Wesen hob Cunor sanft auf und ging mit dem Ohnmächtigen zurück zum U-Boot. »Nun kommen Sie, Atlan! Ich habe alles für Ihre Aufgabe vorbereitet.«

»Nichts als ein Erwarten, ewige Hilflosigkeit.«
Franz Kafka, Tagebucheintrag vom 15. März 1914

Frank Borsch

Welt der Ewigkeit

Kapitel 1

Crest da Zoltral

Und dann, einen Herzschlag später, fanden sie sich im Paradies wieder.

Crest da Zoltral blieb stehen. Er verharrte einen Augenblick, als könne er nicht begreifen, was geschehen war. Dann drehte er sich langsam um. Aus den Säulen des Transmitters drangen gleißende Fontänen aus purer Energie, vereinigten sich zu einem Torbogen aus Licht. In dem Bogen herrschte bodenlose Schwärze, die das Licht auf unerklärliche Weise verschluckte.

Der Torbogen erlosch, die Schwärze verschwand, als hätte sie nie existiert.

Die transparente Kuppel am Boden des Atlantiks, die arkonidische Kolonie Atlantis, die Erde der Vorzeit, das Leid und das Sterben der Kolonisten blieben unwiderruflich hinter ihnen zurück.

Von der Seite kam ein lang gezogenes Zirpen. Wie von einer irdischen Grille, nur tiefer und kräftiger. Das Geräusch stammte von Trker-Hon. Crest hatte einen Laut wie diesen noch nie aus dem Mund des Echsenwesens gehört. Der Translator, der in sein Nervensystem implantiert war, übersetzte ihn nicht. Der Arkonide fasste ihn aber ohne Zögern als einen Laut des Staunens auf.

Denn dieser Ort war staunenswert.

Es war warm. Eine gelbe, zum Greifen nahe Sonne schien auf Crest und seine Reisebegleiter herab. Der Transmitter, durch den sie getreten waren, stand auf der Kuppe eines Hügels inmitten einer mit unregelmäßigen Steinplatten gepflasterten Fläche. Mehrere Meter hohe Säulen begrenzten sie, doch weder Wände noch ein Dach behinderten die Sicht. Der Arkonide war an die Ruinen eines griechischen Tempels erinnert, die er auf der Erde besucht hatte.

Zu ihren Füßen lag eine Stadt.

»Trker-Hon«, wandte sich Crest an den Topsider. »Bitte, sagen Sie mir, dass ich nicht träume!«

»Sie träumen nicht, Crest. Auch wenn es sich so anfühlt.« Das

Echsenwesen strich über die rote Klappe aus Stoff, die er über einem Auge trug. »Ein Traum ist in Erfüllung gegangen.«

»Das ist er«, bestätigte Tatjana Michalowna, die mit einer Hand Quiniu Soptor stützte. »Ihr – *unser* – Traum ist Wirklichkeit geworden.«

Ein ganz besonderer Traum. Ein Traum, der Crest seit vielen Jahren in seinen Bann gezogen hatte. Der Traum vom Leben. Vom ewigen Leben.

Konnte es wahr sein? Hatten sie ihr Ziel erreicht?

Leichtigkeit erfasste Crest. Diese Welt wies eine geringe Schwerkraft auf, vielleicht halb so hoch wie die der Erde. Es tat dem Arkoniden gut. Er war ein alter, todkranker Mann, der Strapazen überstanden hatte, die weit über das hinausgingen, was er seinem Körper eigentlich hätte zumuten dürfen.

Doch Crest hätte jede Strapaze, jedes Risiko auf sich genommen, um an diesen Ort zu gelangen. Er hatte die Erde hinter sich gelassen, hatte seine Ziehtochter Thora, die ihm beinahe mehr als das eigene Leben bedeutete, verraten, um an diesen Ort zu gelangen.

Und jetzt war er hier.

Sein Puls beschleunigte, schlug hart. Er hatte es geschafft! Ihm war, als fielen alle Lasten seines früheren Lebens von ihm ab. Crest da Zoltral war ein gezeichneter Mann. Ein Mann von außergewöhnlichem Intellekt und beispielloser Offenheit. Ein radikaler Denker, der sich der Wahrheit – und nur der Wahrheit – verpflichtet fühlte. Ein Verkünder unbequemer Wahrheiten, ein Gegner des Regenten, ein Kämpfer, der verzweifelt versucht hatte, den unausweichlich erscheinenden Niedergang seiner Kultur aufzuhalten.

Rico hat nicht gelogen, meldete sich sein Extrasinn zu Wort. *Er hat gesagt, ihr würdet euch am »Ort eurer Sehnsucht« wiederfinden.*

Die Stimme seines Gedankenbruders klang so heiter und leicht, wie Crest sie noch nie vernommen hatte. Der Extrasinn war seit seiner Jugend ein Teil seiner selbst, aber für gewöhnlich kein bequemer. Er war ein Spötter und Mahner, ein Antreiber und Besserwisser, wie die Menschen es genannt hätten. Der Extrasinn war nie um eine Bemerkung verlegen, um die Magie des Augenblicks zunichtezumachen. Doch selbst er war vom Zauber dieses Ortes gefangen.

Crest löste sich von seinen Gefährten, die an Ort und Stelle verharrten, als fürchteten sie, eine hastige Bewegung könnte diesen

Traum als Traum entlarven. Der Arkonide kletterte einige Schritte weiter auf einen unregelmäßig behauenen Steinquader, um eine bessere Sicht zu erhalten. Die grünen Hügel erstreckten sich bis an den Horizont. Dichter Wald wuchs auf ihnen, nur hin und wieder von unregelmäßigen Lichtungen unterbrochen. Auf einer Hügelkuppe ragte ein Felsen, der Crest an einen irdischen Obelisken erinnerte, aus der Vegetation.

Im Tal lag eine Stadt. Ihre Gebäude folgten dem Lauf eines mäandernden Flusses, säumten auch die zahlreichen Zuflüsse. Die Häuser waren flache, einzeln stehende Bauten. Sie glitzerten wie Juwelen im Licht der Sonne. In einer Richtung – dem Sonnenstand nach zu urteilen und in menschlichen Begriffen im Westen – ging die Hügellandschaft in eine Ebene über. Ein Landefeld verlor sich dort im Dunst. Eine Handvoll kleinerer Fluggeräte oder Raumschiffe war über die Fläche verstreut. Ihre Anordnung mutete Crest willkürlich an.

Im Osten glaubte der Arkonide am Horizont Wasser zu erkennen. Ein See? Oder ein Ozean? Eher Letzteres, entschied Crest. Der warme Wind, der über seine Haut strich, trug würzige, salzige Luft zu ihm.

Dies war die Welt des Ewigen Lebens.

Gänsehaut bildete sich bei dem Gedanken auf seinen Unterarmen. Was würde sie ...?

Ein qualvolles Stöhnen riss ihn aus seinen Gedanken. Crest zwang sich, sich von dem Anblick der Stadt loszureißen, und drehte sich um. Das Stöhnen kam von Quiniu Soptor.

Der alte Arkonide sprang mit der Leichtigkeit, die ihm die niedrige Schwerkraft ermöglichte, von dem Quader und ging auf Soptor zu. Tatjana Michalowna hielt sie mit beiden Händen an den Schultern fest. Crest erinnerte sich, dass Soptor auf der AETRON viel Zeit mit der Pflege ihres rostroten Federflaums verbracht hatte. Jetzt gähnten Löcher darin, gaben den Blick frei auf eine schorfige, ungesund wirkende Kopfhaut. Die verbliebenen Federn waren verklebt, hatten ihren einstigen Glanz verloren.

Quiniu Soptor tat ihm leid.

Dein Mitleid ist fehl am Platz, flüsterte sein Gedankenbruder, der offenbar zu seinem üblichen Gefühlszustand zurückgefunden hatte. *Sie hat Fahnenflucht begangen.*

Dann sind wir im selben Boot, entgegnete Crest. *Oder was glaubst du, wie ein arkonidisches Gericht es werten würde, dass ich mich unter die Menschen begeben habe, statt Rhodan und seine Kamera-*

den auf dem Mond zu eliminieren? Dass ich diesen Wilden Zugang zu unserem Wissen verschafft habe?

Wie immer man es nennen mag, was sie getan hat, meldete sich sein Logiksektor nach einer für ihn ungewöhnlich langen Pause zurück, *es ist ihr nicht gut bekommen.*

Crest blieb vor Soptor stehen. Er versuchte Blickkontakt mit ihr aufzunehmen, aber ihre Augen mit den silbernen Iriden waren stumpf. Als nähmen sie ihre Umgebung nicht wahr – oder als wäre die Halbarkonidin noch gefangen von dem, was sie durchgemacht hatte. Crest dachte zurück an die eigenen Erlebnisse. Wie viel Leid hatten sie während ihrer Odyssee durch Raum und Zeit mit ansehen müssen? Wie viele Entbehrungen hatten sie erduldet? Wie oft hatten sie geglaubt, ihr Leben wäre verloren?

»Was ist mit ihr?« Seine Frage war an Tatjana Michalowna gerichtet. Die Telepathin stützte Soptor jetzt, indem sie beide Hände unter ihre Achseln geklemmt hatte. Als handele es sich bei ihr um eine Betrunkene – oder eine große Puppe.

»Sie hat Angst«, antwortete die Menschenfrau.

»Wieso? Sie braucht keine Angst zu haben. Wir sind am Ziel unserer Reise angekommen! Dies muss die Welt des Ewigen Lebens sein.«

»Vielleicht gerade deshalb?« Ihr Ton war schneidend.

Was war mit Michalowna? Spürte sie nicht die Erhabenheit dieses Ortes? Crest musterte forschend die Telepathin. Er hatte die junge Frau, die ihn einst mit ihrem Wissen um die wahre Mission der AETRON erpresst hatte, mögen und schätzen gelernt. Sie war eine sensible, verletzliche Persönlichkeit – und zugleich zuweilen härter und unnachgiebiger als selbst sein Extrasinn. Eine Folge ihrer telepathischen Gabe, wie Crest annahm. Michalowna verfügte über Kräfte, von denen ein gewöhnlicher Mensch nur träumen konnte – aber im Gegenzug war ihr die gnädige Unwissenheit verwehrt, was andere Menschen über sie dachten. Die Telepathin musste sich schützen, und sie tat es oft mit Härte gegenüber sich selbst und anderen.

»Ich wüsste nicht, was wir ausgerechnet hier zu befürchten hätten«, entgegnete Crest. »Soptors Zustand muss einen anderen Grund ...«

Ein Ruf unterbrach ihn. »Crest! Tatjana! Sehen Sie!«

Trker-Hon zeigte mit einem seiner kräftigen Arme auf das Landefeld. Dort war eines der Fluggeräte aufgestiegen und nahm Kurs auf den Hügel. Lautlos kam es auf sie zu.

»Man kommt, um uns zu begrüßen!«, rief Trker-Hon.

»Ja, das muss es sein«, pflichtete Crest ihm bei. Plötzlich erfasste auch ihn Unruhe. In seinen Gedanken stiegen Bilder auf. Vor wenigen Tagen waren sie auf dem Halbplaneten Tramp aus einem Transmitter wie diesem getreten. Ein pfeilförmiger Gleiter war aus der nahen Stadt aufgestiegen. Der insektoide Orgh Gal-Enn hatte sie ehrerbietig begrüßt, doch innerhalb von Stunden hatten sie um ihr Leben fürchten müssen ...

Lass dich von der Frau nicht verrückt machen!, flüsterte sein Extrasinn. *Tramp liegt lange hinter uns! Die Ähnlichkeiten sind oberflächlich und dem Zufall geschuldet!*

Der Ton mutete Crest unangemessen scharf an. Michalowna war dem Extrasinn unheimlich. Die Telepathin drohte ihm den Status der unergründlichen Entität zu rauben, auf der sein Selbstverständnis ruhte. Doch in der Sache hatte der Gedankenbruder recht. Tramp war ein sterbender Planet gewesen, eine Welt des Todes. Dies hier war eine Welt des Lebens. Des Ewigen Lebens. Michalowna sah Gespenster.

»Gleich werden wir den Unsterblichen gegenübertreten«, sagte Trker-Hon. »Wie sie wohl aussehen werden?«

»Nicht, wie wir erwarten, denke ich.«

Das Fluggerät ging mit derselben Lautlosigkeit, mit der es durch die Luft glitt, neben dem Platz nieder. Seine Form erinnerte an einen Tropfen. Die untere Seite des Rumpfs war kobaltblau, die obere glitzerte silbern. Crest glaubte die Umrisse zweier Wesen in dem Glitzern zu erahnen, einer davon klein, wie der eines Kindes. Übergangslos bildete sich eine Öffnung in dem Gefährt.

Ein Unsterblicher trat hervor.

Er sah aus wie ein Mensch.

Wie war das möglich? Handelte es sich bei den Unsterblichen, die das Netz der Transmitter gesponnen hatten, etwa um Menschen? Oder um Arkoniden? Allein der Gedanke war absurd. Crest hatte die Menschen achten gelernt, doch ihre Zivilisation war primitiv, reichte nicht über die engen Grenzen ihrer Heimatwelt hinaus. Die Menschen träumten in ihren Religionen von der Unsterblichkeit, mehr nicht. Aber selbst den Arkoniden war, ebenso wie ihren zahlreichen Abkömmlingen, trotz ihrer märchenhaft weit fortgeschrittenen Technologie der Sieg über den Tod verwehrt geblieben.

Der Unsterbliche kam auf sie zu.

Er war hochgewachsen und schlank und trug eine einteilige

Kombination. Sie leuchtete im gelben Licht der Sonne, nahm einen dunklen Ton an, als er den Schatten einer Säule passierte, um dann wieder zu Gelb zu wechseln.

Vor Crest da Zoltral und Trker-Hon blieb er stehen. »Willkommen auf Wanderer, Ehrenwerte!«, sagte er und hob eine Hand in einer Geste der Begrüßung. Crest registrierte, dass die Nägel seiner Finger übergangslos ins Fleisch übergingen. Er registrierte die grünblauen Augen, das Haar, das die Farbe von Sand hatte und von innen heraus zu leuchten schien. Und er registrierte die Sprache: Der Unsterbliche hatte sie auf Arkonidisch begrüßt!

Ein Zittern erfasste Crest. Sein Mund war plötzlich wie ausgetrocknet. Seine Gedanken rasten, als er verzweifelt nach einer dem Augenblick würdigen Entgegnung suchte.

Da hörte er hinter sich einen Schrei. Spitz und sich überschlagend, voller Pein. Er wollte sich umdrehen, herausfinden, von wem der Schrei kam, als neben ihm ein Schemen nach vorne schoss.

Er war schwarz. Sein Kopf war von einem fleckigen rostroten Flaum bedeckt.

Quiniu Soptor. Unaussprechlicher Hass glitzerte in ihren silbernen Iriden.

Das Objekt ihres Hasses war der Unsterbliche.

Kapitel 2

Carfesch

»Carfesch! Wanderer liegt vor uns!«

Das Schiff riss den Kundschafter aus seiner Versunkenheit. Carfesch hatte nicht geschlafen. Seit so langer Zeit nicht mehr, dass er nicht mehr hätte sagen können, wie Schlaf sich anfühlte.

»Danke ...«, sagte er. Die Silben lösten sich nur zäh aus seinem lippenlosen Mund. Im Zustand der Versunkenheit war er weit weg von den Dingen. Vielleicht war das der Grund, weshalb er ihn dem Schlaf vorzog. Im Schlaf träumte er von Inkadye. Er hielt sie in den Armen, ganz fest. Klammerte sich an sie. Aber sosehr er sich auch mühte, sie entglitt ihm.

»Alles in Ordnung?«, fragte das Schiff. »Deine Vitalwerte ...«

»... sind ganz allein meine Sache!« Jäh kehrte Carfeschs Aufmerksamkeit zurück. »Du übertrittst deine Befugnisse.«

»Ich folge lediglich meinem Gewissen. Ich ...«

»Du weißt nicht, wovon du redest, Schiff!«, schnitt er dem Computer das Wort ab. »Zeig mir die Welt der Ewigkeit!«

Übergangslos verschwanden die Wände der kleinen, spärlich eingerichteten Kabine. Carfesch fand sich im Weltraum wieder. Es war, als schwebte er im All, ohne Schutzanzug, ganz auf sich gestellt. Sterne hingen in der Schwärze. Winzige Leuchtfeuer, uniform und doch lockend. Carfesch drehte sich um die Achse, machte so einen Lichtpunkt aus, größer als die übrigen.

Wanderer.

Carfesch dachte zurück an Ambur. An den greisen Thort, dessen letzte Minute er geteilt hatte. »Das Muster der Sterne ist gefrorene Musik«, hatte der dreiäugige Ferrone ihm gesagt.

Die Sterne waren das Letzte, was der Herrscher über das Wegasystem gesehen hatte – einem der prächtigsten und zugleich elendsten Orte, denen Carfesch je gewahr geworden war.

Prächtig, weil die blauweiße Riesensonne eine Schar von dreiundvierzig Planeten versammelt hatte und diese wiederum Hunderte von Monden. Leben gedieh auf mindestens einem halben

Dutzend dieser Welten in einer Vielfalt, die Carfesch wie ein Sinnbild für die Vielfalt des Lebens anmutete.

Elend, weil die Ferronen dieses Geschenk, das ihnen das Universum gemacht hatte, nicht zu schätzen gewusst hatten. Statt sich der Pracht ihrer Heimat zu erfreuen, hatten sie einander mit Krieg überzogen, hatten sie sich selbst, ja das Leben insgesamt an den Rand der Ausrottung gebracht. Der Krieg, den die Ferronen das Dunkle Zeitalter nannten, war nun zu Ende. Dank des Thort, dank Carfeschs Wirken. Nur ...

»Du bist traurig«, stellte das Schiff fest.

»Nein, nachdenklich.«

»Der Thort?«

»Ich will nicht ...«, setzte er an, aber besann sich eines Besseren. Das Schiff durchschaute ihn ohnehin. »Ja, der Thort«, gab er zu.

»Ich bin kein organisches Wesen«, sagte das Schiff, »aber mir scheint es, dass ein besseres, erfüllteres Leben als jenes, das der Thort Guall gelebt hat, kaum möglich ist. Er war einst ein einfacher Bursche, ein Krüppel. Dazu bestimmt, im Krieg der Ferronen ein frühes, gewalttätiges Ende zu finden. Stattdessen ist er zum Herrscher aller Ferronen aufgestiegen, hat er das Dunkle Zeitalter zu einem Ende gebracht. Sein drittes Auge hat es ihm erlaubt, Dinge zu sehen und Einblicke zu erhalten, die organischen Lebewesen für gewöhnlich verschlossen bleiben.« Das Schiff schwieg einige Sekunden lang, als benötige es die Zeit, um nachzudenken. Was es natürlich nicht tat. Das Schiff hatte lediglich von Carfesch die Wirksamkeit rhetorischer Pausen gelernt. »Das Leben des Thort hatte einen Sinn. Wieso trauerst du um ihn?«

»Das verstehst du nicht«, sagte Carfesch.

»Du bist arrogant.«

»Nein!«

»Nein? Dann beweis es mir!«

Der leuchtende Punkt, den Carfesch für Wanderer hielt, war näher gekommen. Er war jetzt ungefähr so groß wie eine Faust, die er mit den sieben Fingern seiner Hand formte. Vorsichtig natürlich, um sich nicht mit den eigenen Krallen zu verletzen.

Der Kundschafter gab sich einen Ruck. Was hatte er schon zu verlieren? Das Schiff war sein einziger Gefährte. Wenn er nicht wagte, sich ihm anzuvertrauen, welchen Sinn hatte dann noch seine Existenz? »Der Thort starb nicht in Frieden«, sagte er.

»Er hätte es tun sollen«, hielt das Schiff dagegen. »Er hatte jeden Anlass dazu. Doch was bedeuten schon die wenigen Momente der

Verzweiflung angesichts einer erfüllten Existenz? Sie fallen nicht ins Gewicht.«

Das Schiff verstand ihn tatsächlich nicht. Nicht in dieser Hinsicht. Aber vielleicht in anderer? »Der Thort wollte nicht sterben!«

»Kein organisches Lebewesen möchte sterben. Aber alle sterben irgendwann. Selbst die Unsterblichen. Doch dem Thort ist es vergönnt weiterzuleben.«

»Ein anderer, der sich Thort nennt, tritt an seine Stelle!«

»Und damit ist er unsterblich, nicht? Was den Thort ausmacht, ist sein Werk. Der neue Thort wird das Werk des ersten Thort nahtlos fortführen. Und seine Nachfolger werden es ihm für viele Generationen gleichtun. Was verlangst du noch, Carfesch?«

Der Lichtpunkt, der Wanderer darstellte, hatte sich nun in zwei geteilt.

Die Frage des Schiffs hallte in seinen Gedanken nach. Ja, was verlangte er noch? Antworten? Carfesch diente ES seit langer Zeit, in unverbrüchlicher Treue. Aber Carfesch war kein blinder Gehilfe. Der Kundschafter war ein aufmerksamer Beobachter, ein Wesen, das sich nicht mit dem Augenschein zufriedengab. Carfesch ging den Dingen auf den Grund.

ES hatte überall im Wegasystem Transmitter aufstellen lassen. Carfeschs Herr hatte dafür gesorgt, dass Guall Zugang zu dem Netz der Transmitter fand. Und mithilfe der Geräte, die den Transport von Welt zu Welt in Nullzeit ermöglichten, hatte Guall sich zum Thort aufgeschwungen, hatte er das Dunkle Zeitalter beendet und den Ferronen den Frieden gebracht.

Nur: Weshalb hatte ES den Krieg der Ferronen überhaupt zugelassen? Wäre es ihm nicht ein Leichtes gewesen, ihn zu verhindern?

Carfesch dachte über ein Jahrhundert zurück – an Reyan, den siebten Planeten der Wega. Eine Wasserwelt von berückender Schönheit. Der Kundschafter war mit seinem Schiff über Reyan abgeschossen worden – und wäre im Ozean der Wasserwelt ertrunken, hätte ihn nicht ein humanoides Wesen, das zu einem Mann namens Perry Rhodan gehörte, aus dem Wrack gerettet. Rhodan war mit einer Handvoll Gefährten in Raum und Zeit verschollen gewesen, und dennoch hatte er versucht, die Konferenz der Rebellen, mit der der Krieg der Ferronen seinen Ausgang nahm, zum Frieden zu bewegen. Vergeblich natürlich. Rhodan war nur ein gewöhnliches Lebewesen. Im Gegensatz zu ES.

Wanderer war jetzt so nahe, dass Carfesch Einzelheiten erkennen konnte. Er blickte auf eine grünblaue Welt, mehrere, von dichtem Grün bewachsene Kontinente und weite tiefblaue Meere. Eine der beiden Kunstsonnen, die Wanderer umkreisten, schickte sich an, auf die abgewandte Seite zu wechseln, während das Licht der zweiten bereits einen Strahlenkranz bildete, der die zugewandte Seite in scharfem Kontrast erscheinen ließ.

Es wäre für das Schiff ein Leichtes gewesen, Sonden vorauszuschicken, um auch die abgewandte Seite des Planeten zu erfassen. Doch das kam nicht infrage. ES beliebte ein solches Vorgehen nicht.

Wie ES beliebt hatte, die Ferronen über ein Jahrhundert lang einander abschlachten zu lassen.

»Du denkst an Perry Rhodan?«, fragte das Schiff.

»Ja.«

»Du hättest ihn und seine Gefährten auf Ambur nicht in mich eindringen lassen dürfen«, tadelte ihn das Schiff.

»Rhodan hat mir auf Reyan das Leben gerettet, bevor du und ich zueinanderkamen. Ich folge meinem Gewissen. Ich stehe in seiner Schuld.«

»Das mag sein. Aber glaubst du ernsthaft, du könntest deine Schuld auf diese Weise zurückzahlen? Rhodan wird sterben, das weißt du. Seine Begleiter werden sterben.« Das Schiff legte erneut eine rhetorische Pause ein. »Und du, Carfesch, wirst sterben!«

Er würde sterben ... Carfesch fühlte in sich hinein, beobachtete, was die Worte in ihm auslösten. Er tat es mit einer fast befremdlichen, kühlen Distanz. Der Gedanke an den Tod, stellte er fest, machte ihm keine Angst. Er würde ...

... plötzlich legte sich ein Schleier über die Wahrnehmung des Kundschafters. Die Lichtpunkte der Sterne, Wanderer und seine beiden Sonnen, zerflossen vor seinen Augen. Als betrachte Carfesch seine Umgebung durch eine Scheibe aus Glas, über die bei einem heftigen Gewitter Wasser herabströmte. Der Kundschafter glaubte den Boden unter den Füßen zu verlieren, zu fallen. Er ging in die Knie, streckte die Arme aus und stützte sich mit beiden Händen auf dem Boden des Schiffs ab, der nach wie vor existierte. Ein stechender Schmerz fuhr ihm in den Nacken und ...

... und seine gewöhnliche Wahrnehmung kehrte zurück.

Nichts schien anders als zuvor. Mit einer kleinen, unwichtig anmutenden Ausnahme: Die Position der Kunstsonnen hatte sich sprunghaft verändert. Nur eine war zu sehen. Sie hing beinahe direkt über der Stadt, die ES die Glänzende nannte. Die andere

Sonne stand jetzt hinter Wanderer, strahlte den Planeten von der anderen Seite her an.

Doch der Schein trog, die Ausnahme war von größter Wichtigkeit. Alles hatte sich verändert.

»Wir haben einen Zeitsprung absolviert«, meldete das Schiff.

»Was? Wohin und wie weit?«

»Dreißig Jahre zurück in die Vergangenheit«, sagte das Schiff mit einem Gleichmut, der nicht gespielt war. Das Schiff war hoch entwickelt, aber blieb eine Maschine. Eine Zeit war für das Schiff so gut wie jede andere.

»Wozu?«, fragte Carfesch.

»ES gibt keine Begründungen, das weißt du«, belehrte ihn das Schiff. »Ich habe lediglich einem Fernimpuls gehorcht. Deine Aufregung ist unangemessen, deine Vitalwerte bewegen sich in Bereichen, die deinem Wohlbefinden nicht zuträglich sind.«

»Ich habe dir bereits gesagt, dass dich meine Vitalwerte nichts angehen!«, fuhr er das Schiff an.

»Es ist Rhodan«, entgegnete das Schiff, als hätte es seine Zurechtweisung nicht gehört. »Er lastet auf dir. Soll ich ihn und seine Leute in die Verschränkung versetzen? Die beiden Ferronen Garrean und Shim sind ...«

»Nein.«

»Du ziehst die sofortige Eliminierung vor?«

»Nein!«, brüllte Carfesch.

»Dein Widerstand ist unangemessen. Es ist besser so. Für dich und für Rhodan. Ich versichere dir, er und seine Begleiter werden vor ihrem Tod nicht leiden. Das ist dir doch wichtig, nicht?«

»Nein!«, wiederholte Carfesch. »Ich will nicht, dass Rhodan stirbt! Du tust ihm und seinen Gefährten nichts an! Verstanden?«

»Nein, ich habe nicht verstanden. Ich werde deiner Anordnung dennoch folgen. Aber sag nicht, ich hätte dich nicht gewarnt!«

Carfesch verzichtete auf eine Entgegnung. Er richtete sich vorsichtig auf, hielt die Arme ausgestreckt, als traue er dem Boden unter seinen Füßen nicht länger.

Wanderer war jetzt zum Greifen nahe. Die Kunstsonne erhellte den Großteil der ihnen zugewandten Seite des Planeten. Nur am Rand verlief eine schwarze Sichel. Dort herrschte die kurze, geisterhaft helle Nacht.

Die Welt des Ewigen Lebens.

ES würde Carfesch einen Splitter der Unsterblichkeit verleihen auf der abgewandten Seite Wanderers. Es war höchste Zeit für den Kundschafter, er spürte es in seinen Knochen, in denen sich ein Schmerz breitgemacht hatte, den keine Medizin, die das Schiff aufzubieten hatte, auszulöschen vermochte.

Für einen Moment verschwamm Wanderer wieder vor Carfesch. Doch diesmal absolvierte das Schiff keinen Sprung durch die Zeit. Ein lebensechtes Abbild entstand vor dem Kundschafter, nahm ihm die Sicht auf Wanderer.

Ein humanoides Wesen war vor Carfesch erschienen. Ein flüchtiger Beobachter hätte es mit einem Menschen wie Perry Rhodan verwechseln können, aber der Kundschafter besaß ein scharfes Auge. Die Perfektion des Wesens, das ihm gegenüberstand, hätte ihm seine Natur verraten, auch dann, wenn es ihm nicht längst vertraut gewesen wäre.

Das Wesen war eine Maschine.

»Homunk!«, stellte Carfesch statt einer Begrüßung fest. »Was wollen Sie von mir?«

»Ihren Bericht, Kundschafter.« Die Maschine verzichtete ebenso wie Carfesch auf die Begrüßung. »Aber fassen Sie sich kurz! Ich befinde mich auf dem Weg, eben eingetroffene Ehrenwerte zu begrüßen.«

»Mein Auftrag ist erfüllt«, sagte der Kundschafter lapidar. Es war ihm recht, nicht viele Worte verlieren zu müssen. »Die Dynastie der Thorts ist gesichert und damit der Frieden unter den Feronen. Der Planet Ambur wurde vom ersten Thort an uns übereignet. Die Vorbereitungen laufen nach Plan. Ambur wird sich in Kürze auf den Weg machen, den ES für ihn bestimmt hat.«

Carfesch verschwendete keinen Gedanken daran, dass sein Bericht sich auf Ereignisse bezog, die von seinem jetzigen Standort dreißig Jahre in der Zukunft lagen. Für ES hatten Begriffe wie Vergangenheit und Zukunft keine Bedeutung. ES schuf sich seine Gegenwart, wie es ihm beliebte.

»Gut.« Homunk machte eine knappe Geste, die Zufriedenheit signalisieren sollte. »Landen Sie!«

»Das werde ich.«

Homunks Umrisse zerflossen – und gewannen ihre Schärfe zurück, als die Maschine ihre Aufmerksamkeit noch einmal dem Kundschafter zuwandte.

»Ungewöhnliche Vorkommnisse?«, fragte Homunk.

»Nein«, log Carfesch und hoffte, dass der Maschine sein Zögern, seine geringfügig höhere Stimmlage entging. Oder sie sie wenigstens nicht zu deuten wusste. »Wie kommen Sie darauf?«

»Nur so.« Homunk verschwand, diesmal endgültig.

Carfesch spürte ein Kribbeln unter den Krallen. Es stammte von den winzigen Symbionten, die dort lebten und sich von den abgestorbenen Hornschuppen seiner Haut ernährten. Sie spürten seine Aufregung.

»Das war nicht klug von dir«, sagte das Schiff, leiser als üblich. Auch der Computer musste erst verarbeiten, was er gehört hatte. Carfesch hatte eine Grenze überschritten. »Homunk beobachtet dich genau. Er glaubt seit Langem, dass du ES kein guter Diener bist. Früher oder später wird deine Lüge offenbar werden und dann ...«

»Das wird sie nicht!«, schnitt Carfesch dem Schiff das Wort ab. »Nicht, wenn du meine Befehle befolgst. Und jetzt lande endlich!«

Das Schiff gehorchte.

Kapitel 3

Homunk

Was tut sie hier? Sie hätte niemals zurückkehren dürfen!

Homunks Gedanken überschlugen sich, als die Frau auf ihn zurannte. Sie hatte die Arme weit nach vorne gereckt, ihre langen Fingernägel erinnerten ihn an die Krallen eines Raubtiers.

Die Intotronik rührte sich nicht. Homunk mutete dem flüchtigen Beobachter an wie ein organisches Wesen, schwach und verletzlich. Doch er war eine Maschine. Nichts, was diese Frau, in deren Augen Wahnsinn und Hass standen, auszurichten vermochte, konnte ihm etwas anhaben.

Was ist mit Rico?, fragte sich die Intotronik. *Wieso hat er das zugelassen?*

Zwei Schritte trennten ihn noch von der Frau. Homunk betrachtete, analysierte sie. Er registrierte ihren schütter und matt gewordenen Flaum aus Federn, den Schmutz unter den langen, rissig gewordenen Fingernägeln, er roch ihren stechenden Schweiß.

Quiniu Soptor tat ihm leid.

Homunk hob die Arme, um die Angreiferin abzufangen, sie zu fixieren, bis ihre Kräfte erlahmten.

Doch es kam nicht dazu. Ein zweiter Schemen löste sich aus dem Gleiter, sprang Soptor entgegen.

»Jymenah, nein!«, rief Homunk, der die Bewegung bereits im Ansatz erkannt hatte. Er benutzte die Sprache seines Herrn, die den eben auf Wanderer eingetroffenen Ehrenwerten unbekannt war.

Jymenah hörte nicht. Die Zwergin rammte die Halbarkonidin mit voller Wucht in den Bauch. Soptor schrie auf. Der Schrei verwandelte sich in ein kraftloses Stöhnen, ihre Augen traten aus den Höhlen. Soptor knickte ein. Die Zwergin und die Halbarkonidin verwandelten sich in ein Knäuel, das sich überschlagend über den Boden rollte und einige Meter von Homunk entfernt zum Liegen kam.

Einen Augenblick lang rührte sich nichts, schien es, als hätte die Zwergin die Frau mit ihrem Kopfstoß getötet. Dann bäumte sich Soptor auf. Sie packte Jymenah, trieb ihre Fingernägel in das Fleisch der Zwergin. Diese brüllte vor Schmerz und Überraschung auf.

»Jymenah, hör auf!« Homunk übertönte den Schrei seiner Dienerin mühelos.

Die Zwergin hörte nicht. Sie packte Soptor, schüttelte sie wie eine Puppe. Jymenah wirkte wie ein Kind, doch ihr wohnte eine Stärke inne, die Homunk immer wieder von Neuem verblüffte. Jymenah hätte die Halbarkonidin, die mehr als doppelt so groß war wie sie selbst, in Stücke reißen können – und würde es in wenigen Sekunden tun, wenn Homunk nicht dazwischenging. In ihrem Zorn war Jymenah tatsächlich wie ein Kind. Sie kannte keine Grenzen. Ebenso wenig wie im Anschluss ihre Bestürzung über das, was sie angerichtet hatte, keine Grenzen kennen würde. Aber dann war es zu spät. Selbst ES konnte keine Toten zu neuem Leben erwecken.

Homunk musste eingreifen.

Aber sollte er es wirklich? Die Intotronik hielt inne. Wäre es nicht das Beste für alle Beteiligten, würde Quiniu Soptor in diesem Augenblick sterben? Das tragische Opfer des Wutanfalls einer fehlerbehafteten, organischen Dienerin? Es hätte Homunk vieles erspart. Doch er hätte dadurch verraten, wofür er seit Anbeginn seiner Existenz stand. ES zu dienen bedeutete, die eigenen Anliegen zurückzustellen.

Quiniu Soptor war per Transmitter nach Wanderer gelangt. Sie hatte die Prüfungen seines Herrn bestanden. Sie war eine Ehrenwerte. Es stand Homunk nicht zu, über das Schicksal der Halbarkonidin zu befinden. Das stand allein ES zu.

»Genug!«

Homunk sprang vor, trennte die beiden Kämpfenden mit einer schnellen Armbewegung. Weder die Zwergin noch die Wahnsinnige hatten seiner Maschinenkraft etwas entgegenzusetzen.

»Aber sie ...!«, brüllte Jymenah auf und brach ab, als ihr Zorn in sich zusammenfiel. »Es tut mir leid. Ich wollte dich nur schützen!«

»Ich benötige deinen Schutz nicht«, wies die Intotronik ihre Dienerin zurecht. »Und ich habe dir die klare Anweisung gegeben, im Gleiter zu bleiben.« Er ließ Jymenah los. Von ihr drohte keine Gefahr mehr. Ihre Wut war verglüht, hatte grenzenloser Bestürzung Platz gemacht. Einige Stunden lang würde Jymenah jede seiner Anordnungen auf den Buchstaben getreu befolgen.

Homunk wandte sich Soptor zu. Die Halbarkonidin sah ihn aus weit aufgerissenen Augen an. Wieder schrie sie, bäumte sie sich auf. Aber ihre Kräfte waren verbraucht. Ihre Augen wurden plötzlich blicklos. Die Spannung verließ ihren Körper, und sie sackte zusammen. Homunk hielt sie fest, damit sie nicht auf den Boden fiel.

»Lassen Sie Quiniu los!« Die zweite Frau aus der Gruppe der Ehrenwerten war an ihn herangetreten. »Lassen Sie sie in Frieden!«

Homunk tat, wie sie verlangte. Es war ihm unangenehm, die Halbarkonidin berühren zu müssen.

Soptor kippte weg, aber die zweite Frau fing sie auf und legte sie sanft auf dem Boden ab. »Quiniu?«, flüsterte sie. »Alles in Ordnung?«

Soptor antwortete nicht. Die Halbarkonidin hatte das Bewusstsein verloren.

Homunk übernahm es zu antworten. »Ihre ...«, er suchte nach dem passenden Begriff, »... Ihre Gefährtin ist geschwächt. Ich kann ihr helfen.«

»Rühren Sie sie nicht an!«

»Ich versichere Ihnen, dass ich keine bösen Absichten ...«

»Ja? Wieso ist Quiniu dann auf Sie losgegangen? Wieso hat Ihre ... Ihre Kreatur sie um ein Haar umgebracht?«

Sie weiß nicht, was mit Quiniu Soptor geschehen ist!, stellte Homunk erleichtert fest. »Auf Ihre erste Frage kann ich Ihnen keine Antwort geben«, log er. »Für das unüberlegte Handeln meiner Dienerin möchte ich mich entschuldigen. Jymenah ist zuweilen übereifrig. Doch ich gebe zu bedenken, dass sie lediglich versucht hat, ihren Herrn zu schützen.«

Die Frau schnaubte verächtlich und beugte sich demonstrativ über die bewusstlose Soptor.

Homunk verzichtete auf eine Zurechtweisung für ihre Respektlosigkeit. Seit er sich erinnern konnte, begrüßte er die Ehrenwerten, die via Transmitter auf Wanderer erschienen. Eine Vielzahl von ihnen war ihm bereits gegenübergetreten. Lebewesen, die sowohl in ihrer körperlichen Präsenz als auch in ihren Denkweisen nicht unterschiedlicher hätten sein können. Was sie verband, war, dass sie die Prüfungen bestanden hatten, die ES jenen auferlegte, die die Welt des Ewigen Lebens suchten. Die Prüfungen brachten die Sucher bis an die Grenze ihrer Möglichkeiten – und darüber hinaus.

Gelangten sie nach Wanderer, brach sich der Druck, unter dem sie standen, oft seine Bahn. Homunk war bereits viele Male beschimpft, bedroht und auch angegriffen worden. Natürlich, ohne jemals in ernsthafte Gefahr geraten zu sein.

»Entschuldigen Sie bitte die Unhöflichkeit Tatjanas.« Der alte Mann mit den weißen Haaren war zu Homunk getreten. »Unsere Nerven sind nicht mehr die besten. Wir haben in den letzten Wochen viel durchgemacht.«

»Das ist mir klar, Ehrenwerter. Es besteht keine Notwendigkeit für eine Entschuldigung.«

Der alte Mann deutete eine Verneigung an. »Ich bin Crest da Zoltral von Arkon«, stellte er sich vor. »Ich bin Derengar und Mitglied des ...« Der Arkonide brach ab. Er lächelte und rollte die Augen, als mokiere er sich über sich selbst. »Ich denke«, sagte er dann, »diese Kategorien ergeben wenig Sinn an diesem Ort, nicht?«

»Ihr altes Leben ist hinter Ihnen geblieben«, bestätigte Homunk. »Endgültig.« Crest da Zoltral war ein ungewöhnlich alter Mann. Meist waren die Kandidaten für die Unsterblichkeit jung und kräftig. Und gesund. Aber dieser Arkonide war krank. Seine Haut spannte sich über hohlen Wangen. Sie war so dünn, dass Homunk beinahe die Knochen unter dem Fleisch sehen konnte. Wie war es ihm nur gelungen, die Prüfungen zu überstehen?

»Das ist gut«, entgegnete Crest. Er schien mehr zu sich selbst zu sprechen als zu Homunk. Einige Augenblicke lang hing der Arkonide seinen Gedanken nach, dann kehrte seine Aufmerksamkeit in das Hier und Jetzt zurück. »Darf ich Ihnen meine Begleiter vorstellen?«

Crest sah in Richtung der Frau, die Quiniu Soptor in den Armen hielt und Jymenah mit einem Blick musterte, der so durchdringend war, dass die Zwergin die Hände vor den Kopf hielt, um sich davor zu schützen, und leise wimmerte. »Tatjana Michalowna stammt von der Erde, und sie ist ... aber das wollten wir lassen, nicht?«

Der Arkonide wandte sich dem Echsenwesen zu, das über dem einen Auge eine Stoffklappe trug, als handele es sich um den Angehörigen einer primitiven Zivilisation, die funktionsuntüchtige Sehorgane nicht zu ersetzen verstand. Oder hatte das Echsenwesen das Auge durch eine der Prüfungen verloren? Wenn ja, wäre das tragisch, aber ein geringer Preis für die Aussicht auf die Unsterblichkeit. »Trker-Hon stammt von Topsid.«

Der Topsider gab nicht zu erkennen, ob er Crest gehört hatte. Er stand starr da, das sichtbare Auge blicklos. Homunk verwunderte es nicht. Er war zwar noch nie einem Topsider begegnet, aber Dutzenden von Angehörigen anderer Echsenspezies. Ihnen allen war diese Starre zu eigen, die Intelligenzen, die von Säugetieren abstammten, verstörte. Die Körpersprache der Echsen war ihnen fremd, sie deuteten sie nicht als Ausdruckslosigkeit. Homunk, die Maschine, erkannte darin eine Verbundenheit.

Das Echsenwesen folgte Crests Beispiel, verbeugte sich übergangslos. »Ich freue mich, Sie kennenzulernen«, sagte er. »Sie sind ...?«

»Homunk. Der Erste Diener von ES.«

»ES ...?«, wiederholte Crest lang gezogen. Der Arkonide hörte den Namen seines Herren offensichtlich zum ersten Mal. »Ist ES der Herr dieser Welt?«

»Ja. ES ist der Herr von Wanderer. Unter anderem.«

»Und Wanderer ist die Welt des Ewigen Lebens?«

»Das ist sie«, bestätigte Homunk.

Ehrfürchtige Stille antwortete auf die Eröffnung der Intotronik. Crest erbebte. Die Farbe wich aus seinem ohnehin bleichen Gesicht. Die Echse Trker-Hon eilte an seine Seite, stützte den alten Mann. Die Hand Michalownas, die die bewusstlose Soptor gestreichelt hatte, verharrte auf dem Herzen der Halbarkonidin. Die Frau fixierte Homunk mit ihrem durchdringenden Blick.

»ES vergibt das ewige Leben?« Crest flüsterte die Frage, als müsse er sich zwingen, sie zu stellen. Als fürchte er, eine abschlägige Antwort zu erhalten.

»Wenn es ihm beliebt.«

»Wer ist ES?«, fragte Michalowna.

»ES ist.«

»Das ist eine nichtssagende Antwort!«, versetzte die Frau. Die Finger ihrer Hand hatten den Stoff über dem Herzen der Bewusstlosen gepackt und zerknüllten ihn in einer Faust.

»Es ist die einzige, die ich Ihnen geben kann«, beschied ihr Homunk wahrheitsgemäß. In Worte zu fassen, was ES ausmachte, war selbst ihm, der Intotronik, nicht möglich.

»Wann können wir ES sehen?«, fragte der Topsider.

»Sobald es ES beliebt.« Er hob eine Hand, zeigte auf den Gleiter, mit dem er aus der Stadt zum Transmitter gekommen war. »Ich bitte Sie, mir zu folgen, Ehrenwerte. Hinter Ihnen liegen erhebliche Strapazen. In der Stadt erwartet Sie ein Quartier. Dort können Sie sich ausruhen.«

Homunk wandte sich um, ging zum Gleiter. Jymenah folgte

ihm geduckt. Die Schuld lastete schwer auf ihr. Auf die Ehrenwerten musste es wirken, als wäre Homunk seiner Sache so sicher, dass er darauf verzichten konnte, sich mit einem Blick über die Schulter davon zu überzeugen, dass sie seiner Aufforderung folgten. Doch die Wahrnehmung der Intotronik kannte keine toten Winkel. Homunk verfolgte, wie das Echsenwesen zu Quiniu Soptor ging. Trker-Hon nahm den schlaffen Körper auf und legte sich ihn über die Schulter. Es schien ihm keine Anstrengung zu bedeuten. Das stämmige Echsenwesen musste von einer Welt mit einer höheren Schwerkraft als jener von Wanderer stammen.

Homunk überließ Jymenah die Steuerung. Die Aktivität würde der Zwergin helfen, ihr seelisches Gleichgewicht wiederzufinden. Michalowna und Trker-Hon legten die bewusstlose Soptor vorsichtig auf der Rückbank des Gleiters ab. Die Frau und das Echsenwesen blieben im hinteren Teil, setzten sich vor Soptor, als wollten sie sie schützen. Crest da Zoltral suchte sich schräg hinter Homunk einen Platz.

Als alle saßen, startete Jymenah den Gleiter. Homunk schwieg einige Minuten lang, um den Ehrenwerten die Möglichkeit zu geben, die Stadt und ihre Umgebung aus der erhöhten Warte des Fluggeräts zu betrachten. Schließlich wandte er sich an Crest und fragte ihn beiläufig: »Was ist mit Rico? Wieso hat er Sie nicht begleitet?«

»Rico wollte es nicht«, gab der Arkonide bereitwillig Auskunft. Die Frage schien sein Misstrauen nicht zu wecken. »Er sagte, dass ihn auf der Erde eine Aufgabe erwarte.« Crest strich sich nachdenklich über das Kinn, aus dem graue Haare sprossen. Homunk erwartete, dass sich der Arkonide nach der Aufgabe Ricos erkundigte, aber er irrte sich. »Was ist mit Atlan da Gonozal?«, fragte Crest. »Wohin hat man den Unsterblichen gerufen?«

Atlan da Gonozal. Homunk hatte den Namen noch nie gehört. »Ich bin nicht befugt, Ihnen das mitzuteilen«, log er rasch. Unbehagen rührte sich in ihm. Ein Unsterblicher namens Atlan da Gonozal? Wieso wusste er nicht von ihm? Er war der Erste Diener von ES. Der Weg zum ewigen Leben führte über ihn. *Ausschließlich* über ihn. Was war geschehen? Oder phantasierte dieser alte, kranke Mann? Er ...

Übergangslos flammte gleißendes Licht auf, verschluckte Homunk, den Gleiter, die Stadt und die Hügel zu ihren Füßen. Die Intotronik erschauerte. Jymenah heulte auf. Nicht etwa, weil die Zwergin nicht gewusst hätte, was geschah. Im Gegenteil. Jymenah wusste genau, was das Gleißen bedeutete – und die Zwergin erschauerte in Ehrfurcht und Freude zugleich.

Augenblicke später erlosch das Gleißen.

»Was ... was war das?«, stöhnte Crest. Der Arkonide hatte wie die übrigen Ehrenwerten zu spät die Hände über die Augen gelegt. Er war für die nächsten Minuten von dem grellen Licht geblendet.

»Nichts weiter«, log Homunk. »Nur eine Routine-Kalibrierung einer der beiden Sonnen Wanderers.«

ES hatte sich angekündigt.

ES war auf dem Weg nach Wanderer.

Kapitel 4

Perry Rhodan

Es wurde Licht.

Perry Rhodan schreckte hoch, presste reflexhaft die Hände auf die Augen. Es nützte nichts. Das grelle Licht blendete ihn, durchdrang ihn, berührte sein Innerstes. Er stöhnte, wollte sich verkriechen – und ebenso übergangslos wie das Gleißen gekommen war, verschwand es wieder.

Rhodan richtete sich auf. Verblassende, bunte Irrlichter tanzten über seine Netzhaut, als sein Blick hektisch herumwanderte. Über den Raum verstreut, den er für eine Kabine hielt, lagen seine Gefährten und schliefen, als wäre nichts geschehen.

Die Kabine diente ihnen als Versteck auf dem kobaltblauen Walzenschiff, in das sie sich auf Ambur eingeschlichen hatten.

Hatte man sie aufgespürt? Bei ihrem ersten Aufenthalt auf einem Schiff dieser Art hatte sie nur ein Wunder vor dessen Robotern gerettet, die die unbefugten Eindringlinge hatten töten wollen.

Rhodan sah zur Tür. Sie war verschlossen. Er atmete tief durch, löste sich von dem weichen Energiefeld, das ihm und Sue Mirafiore als Bett diente. Rhodan fühlte sich schuldig. Die Müdigkeit hatte ihn übermannt. Dabei hatte er seinen Gefährten versprochen, über sie zu wachen. Auch wenn es ein hohles Versprechen gewesen war. Was hätte er schon ausrichten können, sollte man sie aufspüren? Wohin hätten sie fliehen können? Das Schiff hatte Ambur hinter sich gelassen, musste sich längst im freien Raum befinden.

Doch zu seiner Verwunderung hatte niemand protestiert. Innerhalb von Minuten waren sie eingeschlafen. Das Vertrauen, das sie in ihn setzten, hatte ihn verblüfft. Oder redete er sich das nur ein, und es war lediglich die grenzenlose Erschöpfung gewesen, die sie auf sein Angebot hatte eingehen lassen?

»Was ... war das?« Sue rührte sich. »Was war das für ein Licht?« Die junge Mutantin richtete sich auf. Ihre rechte Hand legte sich wie automatisch auf das Gelenk der linken Hand und betastete es. Als könne irgendetwas in ihr immer noch nicht glauben, dass sie dort statt einem Stumpf eine Hand vorfand.

Der Arm Sues war dünn wie der eines Kindes, doch er war sehnig und muskulös. Die Suche nach der Unsterblichkeit hatte Sue Mirafiore innerhalb kürzester Zeit zu einer Erwachsenen reifen lassen.

»Ich weiß es nicht«, antwortete Rhodan. Noch während er es aussprach, begann der Boden des Raumes zu vibrieren. Aus dem Bauch der Walze drang das Geräusch von Maschinen, die die Arbeit aufgenommen hatten.

»Solange ich die Augen nicht aufmache«, meldete sich Reginald Bull zu Wort, der mit dem Ferronen Chaktor eine weitere Energieliege teilte, »fühlt es sich fast so an, als läge ich am Ende eines langen Transkontinentalflugs in meinem flauschig weichen Bett in der Privatkabine der Superior Class von Thai Airways, während der Boeing Dreamliner das Fahrgestell ausfährt und zur Landung in La Guardia ansetzt!«

Chaktor lachte mit dem tiefen Bellen auf, das für ihn charakteristisch war – ausgerechnet der Ferrone, der als Einziger der Gefährten Bulls Scherz mangels Kenntnis der alten Erde nicht zu verstehen vermochte. Aber seine Unkenntnis machte nichts aus. Trotz der Kulturunterschiede hatte sich zwischen Chaktor und Bull ein Einverständnis entwickeln können.

Beide Männer waren Raumfahrer, beide spürten, dass etwas in diesem Raumschiff vorging – und beiden war klar, dass ihnen in ihrer Lage Humor die einzig verbliebene Zuflucht darstellte.

»Wir sind im Unterlichtflug«, stellte Thora fest. Die Arkonidin stand auf. Sie hatte auf dem Boden geschlafen. Die dritte Liege hatte sie dem Teleporter allein überlassen. »Tschubai hat es verdient«, hatte sie festgestellt. »Ohne ihn wären wir längst tot. Und er *muss* sich ausruhen. Wir werden ihn bald wieder brauchen.«

»Dann befinden wir uns noch im Wegasystem«, stellte Rhodan enttäuscht fest. Sie besaßen keine Möglichkeit der Zeitmessung, aber mehr als einige Stunden waren nicht vergangen, seit sie die Walze betreten hatten. »Ich habe keine Transition gespürt.«

»Das muss nichts heißen«, widersprach Thora. »Die Wesen, denen dieses Schiff gehört, verfügen über Transmitter. Also beherrschen sie eine Technologie, mit der Intelligenzen schmerzfrei und in Nullzeit große Distanzen überbrücken können. Und dabei sogar noch in der Zeit reisen.«

»Sie glauben, dieses Licht eben war die Begleiterscheinung eines überlichtschnellen Transports?«

»Es spricht vieles dafür.« Thora strich ihre zerknitterte Kleidung glatt, wohl ohne es selbst zu bemerken. Die Arkonidin achtete in jeder Lebenslage auf äußere Formen. »Es würde mich überraschen, sollten Wesen, die vielleicht sogar das Geheimnis des ewigen Lebens ergründet haben, nicht über eine weniger brachiale Möglichkeit des Überlichtflugs als Transitionen verfügen.«

»›Brachial‹! Hört, hört!« Bull stand auf, strich sich über die Stoppeln, die auf seinem Kinn sprossen. Wenn es etwas gab, auf das Rhodans bester Freund nichts gab, dann die passenden Formen. »Mit Verlaub, Ihre Bescheidenheit mutet mir äußerst unarkonidisch an, Madam!« Bull verbeugte sich spöttisch.

Thora versteifte sich. »Was wissen Sie schon über uns Arkoniden, Mister Bull?« Wut glitzerte in ihren Augen.

»Nun, ich habe die eine oder andere Kostprobe erhalten ...«

»Richtig! Und ohne die ›Kostprobe‹ unserer Technologie würden Sie sich jetzt noch im Schlamm Ihrer dreckigen kleinen Erde suhlen!«

»Und wennschon? Das wäre immer noch besser, als auf der Suche nach einem durchgedrehten alten Mann vor die Hunde ...«

»Crest ist nicht durchgedreht! Er ist der bedeutendste Gelehrte, den Arkon jemals hervorgebracht hat!«

»Ja? Wieso ist er dann ...«

»Schluss jetzt!« Rhodan stellte sich zwischen die beiden Streitenden. »Es reicht! Ich verstehe, dass die Nerven blank liegen. Meine tun es jedenfalls. Aber das Letzte, was wir brauchen können, ist Streit. Klar? Wir müssen zusammenhalten!«

Er sah von Bull zu Thora. Sein bester Freund und die Arkonidin hatten in den letzten Wochen ihre alte Feindschaft begraben. Der Mensch und die Arkonidin hatten in ihrem jeweiligen Gegenüber ein Individuum erkannt, das zwar ganz anders tickte als man selbst, aber auf das man sich bedingungslos verlassen konnte.

Doch die Verschiedenheit blieb. Bull kompensierte Druck mit Scherzen und spitzen Bemerkungen, Thora konzentrierte sich ganz auf die Sache, schaltete ihre Gefühle ab. Konnten die beiden handeln, ergänzten sie sich, brachte Bull Zähigkeit und unkonventionelle Ideen ein, Thora Entschlossenheit und kühlen, messerscharfen Verstand. Aber waren die beiden zum tatenlosen Warten verurteilt, waren sie drauf und dran, einander bei der ersten Gelegenheit an die Kehle zu gehen ...

»Mischen Sie sich nicht ein, Rhodan!«, sagte Thora betont kühl, mit einem Beben in ihrer Stimme, das ihre wahren Gefühle verriet. »Das ist allein eine Sache zwischen Bull und ...«

»Ich glaube, statt euch gegenseitig die Augen auszukratzen«, unterbrach Ras Tschubai die Arkoniden, »solltet ihr euch lieber das hier ansehen!«

Rhodan und die beiden Kontrahenten fuhren herum. Der dunkelhäutige Teleporter war ein stiller, nachdenklicher Mann. Tschubai sagte nicht oft etwas – doch tat er es, war man gut beraten, auf ihn zu hören.

Die Wand, die der Tür gegenüberlag, war verschwunden. Stattdessen reichte der Blick nun ungehindert ins All. So schien es zumindest. Rhodan war augenblicklich klar, dass es sich um eine Holografie handeln musste.

Sterne leuchteten einzeln und in Haufen in der Schwärze. Einer von ihnen, er stand in der Mitte des Ausschnitts, wurde größer.

Rhodan spürte, wie eine imaginäre Hand seinen Magen packte und fest zudrückte. »Ich schätze«, brachte er hervor, »wir sind gleich da.«

»Ja. Wo immer das sein mag!« Bull flüsterte die Bemerkung. Auch ihn zog der Anblick in seinen Bann. Was mochte vor ihnen liegen?

Der Punkt wurde langsam größer. »Eine Sonne!«, stellte Bull mit zusammengekniffenen Augen fest. »Das muss unser Ziel sein! Kann schon jemand Planeten erkennen?«

Kopfschütteln antwortete ihm.

Sue stand auf und ging nach nebenan in den Raum, den sie »Bad« getauft hatten. Er war ein Quader bar jeder Einrichtung. Sie hatten einige Zeit gebraucht, bis Thora dahintergekommen war, wie man ihn benutzte: Man tat einfach, als existiere eine Ausstattung. Rieb man die Hände ineinander, floss Wasser über die Finger. Gab man vor, einen Becher in der Hand zu halten, entstand ein Gefäß zwischen den Fingern, das sich aus dem Nichts heraus mit kühlem, klarem Wasser füllte.

Rhodan und seine Gefährten hatten die Minuten, bevor die Erschöpfung sie übermannt hatte, damit verbracht, darüber zu rätseln, wie die Wesen aussehen mochten, für die man das Bad und die Kabine konstruiert hatte. Sie waren zu keinem Ergebnis gekommen. Die Konstruktion ließ keinen Rückschluss auf die körperliche Beschaffenheit ihrer Benutzer zu. Und genau das war der Punkt, hatte Rhodan erkannt, Sekunden bevor er eingeschlafen war: Diese Kabine war darauf ausgelegt, den denkbar unterschiedlichsten Lebewesen zu dienen!

Sue kehrte aus dem Bad zurück. Sie balancierte geschickt durchsichtige Becher und verteilte sie an die Kameraden. Rhodan nahm dankbar einen an und trank von dem kühlen Wasser. Sie hatten großes Glück gehabt, innerhalb von Minuten auf die verlassene Kabine zu stoßen. Sonst hätten sie versuchen müssen, irgendwo in dem Schiff Trinkwasser zu finden. Rhodan bezweifelte, dass sie lange unbemerkt geblieben wären. Es grenzte ohnehin an ein Wunder, dass es ihnen gelungen war, unbeobachtet an Bord zu kommen und bislang nicht entdeckt worden zu sein.

Die Sonne wurde größer. Sie war gelb. Ihr Licht erinnerte an das der irdischen Sonne. »Die Sonne steht unmittelbar über dem Planeten!«, rief Bull. »Als würde die Sonne um den Planeten ...«

Der Becher entglitt Rhodans Fingern, prallte auf den Boden. Er löste sich auf. Doch das verbliebene Wasser ergoss sich nicht auf den Boden. Es wurde zu einem durchsichtigen Ball, der Rhodan an die Wassertropfen erinnerte, die sich in der Schwerelosigkeit bildeten. Der faustgroße Tropfen hüpfte wie ein Gummiball in Richtung des Bades und verschwand darin.

»Heiliger Strohsack!«, ächzte Bull. »Sue, zwick mich! Ich träume, oder? Ich *muss* träumen. Das kann nicht sein! Das kann einfach nicht sein!«

Weder Sue noch sonst jemand kam seiner Bitte nach. Perry Rhodan und seine Gefährten standen wie gelähmt da und starrten an, was nicht wahr sein durfte – und es doch offensichtlich war.

Die Sonne war zwar hell, aber deutlich kleiner als der Planet. Er war eine blaue Kugel wie die Erde. Mit weiten Ozeanen und grünen und braunen Kontinenten.

Eine Welt, die Rhodan nicht zum ersten Mal sah. *Komm, Perry Rhodan!,* hallte plötzlich wieder eine Stimme in seinen Gedanken. *Ich brauche dich!*

Es war die Stimme, die ihn gerufen hatte, als er auf dem Höllenplaneten Gol versucht hatte, den verschollenen Chaktor zu retten. Plötzlich war da Licht gewesen, und Rhodan hatte sich im All wiedergefunden. Allein. Ohne Raumanzug. Die Stimme hatte ihn gerufen. Und er war auf eine Welt zugerast, einen Planeten mit ausgedehnten Meeren ... diesen Planeten!

Rhodan legte eine Hand auf die Augen, drückte mit den Fingern fest auf die Augäpfel. War es möglich? War das die Welt, zu der ihn der Unbekannte in der Vision gerufen hatte? Oder sah er Gespenster, gab sein Verstand unter den Strapazen der vergangenen Wochen nach und gaukelte ihm ein Wunschbild vor? Die Erlösung, die es für ihn und seine Gefährten nicht geben konnte?

Er spürte eine Hand auf seiner Schulter. Rhodan öffnete die Augen und drehte den Kopf. Es war Chaktor. Der kleingewachsene Ferrone hatte den Arm ganz ausstrecken müssen, um seine Schulter zu erreichen. Chaktor zog ihn nach unten, bis er auf Augenhöhe mit dem Ferronen war.

»Das ist sie!«, flüsterte Chaktor. »Das ist die Welt, die wir auf Gol gesehen haben!«

Einen Moment später öffnete sich die Tür der Kabine.

Ein Mensch trat ein.

Beinahe ein Mensch – nach den Maßstäben der neuen Zeit, die in jenem Moment angebrochen war, als die beiden vor dem Erstickungstod stehenden Astronauten Perry Rhodan und Reginald Bull über einen Kraterrand auf dem irdischen Mond gespäht und dort das gestrandete Raumschiff der Arkoniden erblickt hatten.

Der Beinahemensch, der vor Rhodan und seinen Gefährten stehen blieb, war etwa zwei Meter groß und sehr schlank, fast ausgemergelt. Seine Haut hatte die Farbe von Stroh und wirkte auf Rhodan grob, als bestünde sie aus Schuppen. Anstelle der Nase fand sich in der Mitte seines Gesichts eine Öffnung, die lediglich von einem an Gaze erinnernden Netz geschützt wurde. Sein Kinn war breit, sein Mund im Vergleich dazu grotesk klein. Rhodan sah ihn erst nach einigen Sekunden, nicht zuletzt der Lippen geschuldet, dünner als Striche.

Doch was Rhodan in den Bann zog, waren die Augen. Sie standen an den Seiten heraus – und glitzerten im indirekten Licht der Kabine in einem strahlenden Blau. Rhodan war an die Murmeln erinnert, mit denen er als Kind gespielt hatte.

Der Beinahemensch sagte nichts, als fehlten ihm die Worte.

Rhodan räusperte sich und sagte: »Wir kennen uns.« Er hob langsam die rechte Hand und zeigte auf den Kopf mit den Murmelaugen. Eine Narbe, die sich wie eine Schlange ringelte, zog sich über das Gesicht.

»Ja«, antwortete der Beinahemensch auf Arkonidisch. »Ich bin Carfesch. Sie haben mir das Leben gerettet, als mein Schiff über Reyan abstürzte. Es ist einige Zeit her.«

Ras Tschubai hatte den Fremden mit einem Teleportersprung aus dem brennenden Wrack seines Schiffs gerettet. Zum Dank hatte der Fremde ihnen den Durchgang durch einen weiteren Transmitter gestattet, um den siebten Planeten des Wegasystems zu verlassen.

»Nicht für uns«, entgegnete Rhodan. »Für uns sind nur Tage vergangen.«

Der Transmitter hatte sie nach Ambur gebracht, den zehnten Planeten der Wega – und über hundert Jahre in die Zukunft, an das Ende des Dunklen Zeitalters, dessen Anbruch sie auf Reyan vergeblich zu verhindern versucht hatten.

»Ich weiß«, sagte Carfesch.

»Sie haben gewusst, dass wir uns an Bord Ihres Schiffes gestohlen haben?«

»Natürlich. Haben Sie ernsthaft geglaubt, es könnte mir entgehen?«

Rhodan registrierte, wie einer seiner Gefährten hinter ihm scharf Atem holte. Er brauchte sich nicht umzuwenden, um zu erfahren, um wen es sich handelte. Es war Reginald Bull. Sein bester Freund konnte es nicht ausstehen, anderen ausgeliefert zu sein – und insbesondere nicht anderen, die bei ihrer ersten Begegnung, bei ihrer Ankunft auf Reyan, versucht hatten, sie umzubringen.

Reginald Bull traute Carfesch nicht.

»Sie sind unseretwegen nach Ambur gekommen?«, fragte Rhodan.

»Nein.« Carfesch schwieg einen Augenblick. Auch er atmete scharf ein. Der Filter vor seiner Atemöffnung wölbte sich mit dem Luftstrom zuerst nach innen, anschließend nach außen. Rhodan fragte sich, was diese Geste zu bedeuten hatte. War es möglich, dass sich Carfesch ähnlich ausgeliefert fühlte wie Bull?

Der Kundschafter fuhr fort: »Ich versichere Ihnen, dass Sie weder von mir noch von meinem Schiff etwas zu befürchten haben.«

»Ich glaube Ihnen«, sagte Rhodan. »Sie waren es, Carfesch, der uns den Anflug gezeigt hat, nicht?«

»Ja.«

»Wir sind gelandet?«

»Ja.«

»Auf der Welt des Ewigen Lebens?«

Der Atemfilter Carfeschs erzitterte. »Homunk ist abgelenkt, aber wir haben nicht viel Zeit.« Er griff mit einer siebenfingrigen

Hand in eine Umhängetasche, die Rhodan an jene erinnerte, die der Weise Trker-Hon stets bei sich hatte – der Topsider, der sich zusammen mit Crest und Tatjana Michalowna auf die Suche nach der Welt des Ewigen Lebens gemacht hatte. Ein irrwitziger Gedanke kam Rhodan: Angenommen, sie befanden sich auf dieser Welt, würden sie die gesuchten Gefährten hier vorfinden?

»Nehmen Sie das!« Carfesch hielt Rhodan mehrere handgroße Matten entgegen. Ihre Farbe ähnelte der Hautfarbe des Kundschafters so sehr, dass sie kaum davon zu unterscheiden waren.

»Was ist das?« Rhodan musterte die Matten. Sie waren hauchdünn und flatterten gemächlich, als wehte ein Wind in der Kabine. Die sieben Finger Carfeschs mündeten in langen Krallen. Sie mussten scharf sein, aber der Kundschafter vermied es geschickt, die Matten zu beschädigen.

»Multideflektoren. Sie werden Sie und Ihre Begleiter auf Wanderer davor schützen, gefunden zu werden. Die Maschinen verfügen über eine große Vielfalt an Ortungsgeräten. Doch diese Deflektoren decken den gesamten Bereich der maschinellen Sinne ab.«

»Welche Maschinen? Und wieso haben wir sie zu fürchten?«

»Weil Sie eigentlich nicht hier sein dürfen. Ich ... ich habe meine Befugnisse überschritten.«

»Und Homunk wird das nicht dulden, nicht wahr? Wer ist dieser Homunk?«

»Er ist ein Diener von ES, wie ich ...« Carfesch brach ab. »Dafür bleibt uns keine Zeit. Sie müssen jetzt gehen. Vertrauen Sie mir, Rhodan!«

Rhodan spürte eine Hand auf seiner Schulter. Bull trat neben ihn. »Hör nicht auf ihn, Perry!« Er schüttelte langsam den Kopf. »Tu es nicht! Das ist Irrsinn! Denk daran, wie wir auf Reyan aus dem Transmitter in seinem Schiff angekommen sind. Wir wurden freundlich empfangen und wie die Lämmer in einen Außenbereich des Schiffs geführt, wo man uns umbringen wollte, ohne die schöne Inneneinrichtung anzukratzen. Wir dürfen dieser wandelnden Vogelscheuche nicht trauen!«

»Das ist lange her«, widersprach Rhodan flüsternd. »Carfesch meint es ehrlich.«

»Das bezweifle ich. Und selbst wenn! Dann sind wir hier nicht willkommen. In dem Fall haben wir keine Chance – auch nicht, wenn wir wie die aufgescheuchten Hühner aus dem Schiff rennen und versuchen, uns auf einem fremden Planeten zu verstecken. Wenn du mich fragst, will uns dieser Carfesch nur loswerden!«

»Nein, ich vertraue ihm.«
»Perry, wie ...«
Rhodan legte seinerseits eine Hand auf die Schulter des Freundes und drückte fest. »Reg, vertrau mir! Ich habe meine Gründe. Aber jetzt ist keine Zeit für Erklärungen! Später. Ja?«
Er löste seinen Griff, machte einen Schritt auf Carfesch zu und nahm ihm eine der Matten aus der Hand. Bull hinderte ihn nicht.
»Drücken Sie sie mit der flachen Hand an den Hals«, trug der Kundschafter Rhodan auf, als er seinen fragenden Blick bemerkte. »Der Multideflektor wird sich einen passenden Platz an Ihrem Körper suchen.«
Rhodan tat, was Carfesch sagte. Er spürte eine zarte Berührung – wie von Watte. Dann war da eine Bewegung, und die hauchdünne Matte war durch den Ausschnitt seines Hemds geschlüpft und wanderte seinen Oberkörper hinunter. Es kitzelte. Dann hörte das Kitzeln auf, ohne dass Rhodan sagen konnte, an welcher Stelle seines Körpers sich der Multideflektor geheftet hätte.
Rhodan wandte sich an seine Gefährten. »Alles in Ordnung. Stattet euch aus!«
Einer nach dem anderen, legten sie die Multideflektoren an. Bull war der Erste. Der Freund mochte seinen eigenen Kopf haben, aber er vertraute Rhodan bedingungslos – und mangelnden Mut hatte Reginald Bull noch niemand vorwerfen können.
»Folgen Sie mir!«, forderte Carfesch sie auf.
Der Kundschafter führte sie zu einem nahen Schott. Es glitt zur Seite und gab den Blick frei. Die Sonne, die kleiner war als der Planet Wanderer, mutete doppelt so groß an wie das irdische Gestirn. Ihr grelles Licht schmerzte in Rhodans Augen, ließ die Luft über dem Landefeld flimmern. Es war verlassen – bis auf eine Handvoll kleinerer Fahrzeuge, die ohne erkennbare Ordnung auf der weiten Fläche standen. Ob es sich dabei um Raumschiffe oder gewöhnliche Fluggeräte handelte, vermochte Rhodan nicht zu beurteilen.
Am Rand des Landefelds begann ein Urwald, der wie ein dichter Teppich die Hügel bedeckte, die sich bis an den Horizont erstreckten. Vereinzelt waren Lichtungen über die Hügellandschaft verstreut. Aus einer Hügelkuppe ragte ein Felsen über den Wald. Am linken Rand seines Sichtfelds nahm Rhodan ein Glitzern wahr, als reflektierten ausgedehnte Glasflächen das Sonnenlicht.
»Wohin sollen wir gehen?«, fragte Rhodan.
»Ich ...« Carfesch zögerte, als überrasche ihn die Frage, als hätte

er noch nicht so weit gedacht. »Ich denke, Sie sollten im Wald Unterschlupf suchen.«

Rhodan verkniff sich die Frage, was dann weiter sein würde. Er spürte, dass er von dem Kundschafter keine Antwort erhalten würde. Carfesch wusste sie einfach nicht.

»Werden wir uns wiedersehen?«, fragte er stattdessen.

»Ich weiß es nicht.«

Rhodan versuchte in dem Gesicht des Kundschafters zu lesen. Es gelang ihm nicht.

Rhodan nickte. »Ich danke Ihnen, Carfesch.«

Dann trat er vor und machte entschlossen einen langen Schritt in die Luft. Ein unsichtbares Energiefeld erfasste ihn und trug ihn sanft auf das Landefeld.

Rhodan rannte los, dem Wald entgegen. Nach wenigen Schritten stolperte er und wäre um ein Haar gestürzt. Er fing sich im letzten Moment ab. Es hatte zu seinem Training als Astronaut gehört, sich in der Schwerelosigkeit oder bei verringerter Schwerkraft sicher zu bewegen. Jetzt kam ihm das Training zugute: Die Anziehungskraft Wanderers erwies sich als deutlich geringer als die der Erde, vielleicht halb so stark.

Rhodan beschleunigte, hastete in Sprüngen über das Landefeld. Er schätzte, dass sie weniger als dreihundert Meter vom Waldrand trennten. Ein kurzer Sprint, mehr nicht. Doch auf dem offenen Gelände mutete es Rhodan an, als krieche er in Zeitlupe über den Platz.

Er sah nach rechts. An einem Fluggerät mit Deltaflügeln, das ihn entfernt an einen Kampfjäger erinnerte, machten sich einige Gestalten zu schaffen.

Rhodan glaubte mattes Metall zu erkennen. Es mussten Roboter sein.

Aus dem Augenwinkel nahm er eine Bewegung wahr. Rhodan riss den Kopf nach oben, sah ein tropfenförmiges Fluggerät in niedriger Höhe am Himmel vorbeiziehen.

Es war Irrsinn. Man musste sie sehen. Orten. Registrieren. Trotz dieser Multideflektoren, die Carfesch ihnen gegeben hatte.

Aber nichts geschah. Die Roboter gingen weiter ihrer Arbeit nach, der waagrecht stehende Tropfen am Himmel blieb auf Kurs.

Hinter sich hörte Rhodan jemand kommen. Er wurde von Ras Tschubai überholt. Der Sudanese war ein erstaunlich guter Läufer für einen Mann, der sich Kraft seines Geistes von einem Ort zum anderen ohne Zeitverlust bewegen konnte. Doch der gewissenhafte Tschubai hielt sich in Form. Ihm war bewusst, dass seine Teleportergabe zwar ein mittleres Wunder darstellte, aber kein Allheilmittel. Auch nicht in dieser Situation. Sollten die Multideflektoren Carfeschs nicht halten, was der Kundschafter versprochen hatte, bildete Tschubai ihre einzige Hoffnung. Doch der Teleporter konnte die Gefährten nur in mehreren Etappen befördern – und das nur wenige Kilometer weit. Genug für eine verzweifelte Flucht, aber Rhodan war noch nicht an diesem Punkt. Noch lange nicht.

Tschubai erreichte den Waldrand. Er blieb stehen, ging auf und ab. Dann machte er kehrt, holte Anlauf und rannte mit schützend vor das Gesicht gehaltenen Armen in den dunklen Wald.

Rhodan schloss beinahe im selben Moment auf, in dem der Sudanese in den Wald brach. Es gab keine Pfade, geschweige denn einen Weg. Dichtes Gestrüpp, das Rhodan an Spinnennetze erinnerte, versperrte ihnen den Zugang.

Tschubai stieß einen unterdrückten Schrei aus, als er das Spinnennetzgestrüpp erreichte. Einen Augenblick lang erwartete Rhodan fast, dass der Sudanese wie von einer elastischen Wand zurückgeschleudert wurde, doch dann riss das Gewebe, und Tschubai war durch. Thora, Bull und Chaktor verschwanden in der Schneise, die Tschubai geschaffen hatte. Rhodan wartete noch, bis die zerbrechliche Sue eingetroffen war, dann knüpfte er als Schlussmann an.

Der Schatten mutete seinen an das grelle Licht des Landefelds gewöhnten Augen wie tiefe Dunkelheit an. Ein süßlicher Duft lag in der Luft – und ein allgegenwärtiges leises Summen, als lauerten ihnen in der Ferne Insektenschwärme auf. Nach wenigen Metern hörte das Spinnennetzgestrüpp zu Rhodans Erleichterung auf. Hüfthohe Vegetation schloss sich an, die kein ernsthaftes Hindernis für sie darstellte.

Tschubai behielt die Führung mit einer Selbstverständlichkeit bei, als gehöre es zu seinem täglich Brot, gehetzte Gruppen von Gefährten durch einen unerforschten Urwald zu führen, und bahnte ihnen eine Schneise durch die Pflanzenwelt.

Nach kurzer Zeit erreichten sie einen Bachlauf. Sie folgten ihm stromaufwärts. Das Summen kam näher, war trotz des Glucksens und der Fließgeräusche des Wassers gut zu hören. Woher kam es?

Sekunden später erhielt Rhodan die Antwort, als sich ein

Schwarm über die Kameraden senkte. Aber nicht von Insekten, sondern von winzigen Vögeln, nicht größer als irdische Bienen. Rhodan unterdrückte den Impuls, zu versuchen, sie mit den Armen zu vertreiben. Die kolibriähnlichen Vögel umschwirrten sie lange Sekunden, dann zogen sie weiter, als ihre Neugierde befriedigt war.

Sie setzten ihren Marsch fort. Es war heiß und schwül in diesem Urwald. Schweiß brach Rhodan aus, brannte ihm in den Augen. Dicke Blätter versuchten sich ähnlich wie die Multideflektoren Carfeschs an seine Haut zu kleben. Aber er riss sie weg. Sie hinterließen brennende Flecken.

Bald wurde der Hügel steiler. Sie gingen dazu über, von Stein zu Stein zu springen. Es war leichter, als sich durch Gestrüpp zu kämpfen, aber trotzdem eine erhebliche Anstrengung. Viele der Steine waren von einer Art schleimigem Moos bedeckt.

Das Leichtgewicht Sue war hier im Vorteil. Mit der spielerischen Eleganz eines Kindes hüpfte sie über die Steine – bis das Moos ihr um ein Haar zum Verhängnis wurde. Sue rutschte aus, wäre in das Bachbett gestürzt, hätte Rhodan sie nicht abgefangen.

Auch Bull benötigte Hilfe. Dem Freund, der eigentlich mit herausragenden Nehmerqualitäten ausgestattet war, ging rasch die Kraft aus. Die Strapazen von Ambur lagen nur Stunden zurück. Sue hatte sich dank ihrer Gabe rasch von den Nanomaschinen der Fantan erholt, aber Bull würde noch einige Zeit brauchen, bis er wieder der Alte war.

Chaktor sprang Bull zur Seite und stützte ihn unter der Achsel. Es half, aber selbst der bullige Ferrone war nicht stark genug, um Bull allein zu halten. Rhodan wollte ihm zu Hilfe eilen, aber zu seiner Verwunderung kam ihm Thora zuvor. Wortlos und wie selbstverständlich stützte sie den Mann, mit dem sie regelmäßig und lautstark aneinandergeriet.

Schließlich erreichten sie eine Lichtung; eine Insel im Bach, der sich hier in zwei Läufe trennte. Die Stelle war gerade groß genug für die Gruppe. Grasähnliche Pflanzen bedeckten den Boden. Sie legten sich hin. Die herb-säuerlich duftenden Pflanzen muteten Rhodan weich wie ein Bett an.

Einige Minuten lagen sie da, schnappten nach Luft, warteten darauf, dass sich ihr Puls wieder beruhigte. Rhodan betrachtete die Grashalme, die unmittelbar vor seinen Augen standen. Sah man genauer hin, erkannte man, dass sie an die Arme von Tintenfischen erinnerten und mit Saugnäpfen übersät waren. Die Pflanzen mussten sie benutzen, um Insekten und Kleintiere zu fangen.

Schließlich brach Bull das Schweigen. Er sagte nur ein Wort: »Später.«

»Später?«, fragte Rhodan. »Was meinst du damit?«

»Auf dem Schiff.« Bull richtete sich auf. »›Vertrau mir!‹, hast du gesagt. ›Keine Zeit für Erklärungen! Später!‹. Jetzt ist später. Also raus damit: Wieso sollten wir dieser dürren Vogelscheuche mit den Murmelaugen über den Weg trauen?«

»Welche Wahl haben wir sonst?« Rhodan setzte sich ebenfalls auf. »Wir haben uns hier eingeschlichen, sind nicht willkommen. So viel steht fest. Wahrscheinlich fallen wir früher oder später diesem Homunk in die Hände. Aber wieso sollten wir uns vorher nicht noch ein wenig umschauen?«

»Reizende Aussichten«, knurrte Bull. »Und du bist meiner Frage ausgewichen, Perry. Wieso traust du diesem Carfesch? Das hier ist schweißgetränkter Irrsinn, wenn du mich fragst.«

»Eben deshalb. Mein Eindruck ist, dass Carfesch seine Handlungen nicht durchdacht hat. Wenn du mich fragst, Reg, ist dieser Irrsinn die Folge dessen, dass Carfesch seinem Gewissen folgt.«

Bull schnaubte. »Du bist zu gut für diese Welt! Wer weiß, ob diese Bohnenstange überhaupt so etwas wie ein Gewissen kennt. Wir ...«

»Wieso nicht?«, unterbrach Thora ihn. »Gewissen und Gefühle sind keine Erscheinungen, die auf Arkoniden, Menschen oder Ferronen beschränkt wären. Ebenso wenig wie Wut.« Thora hob eine Hand, zeichnete mit ausgestrecktem Zeigefinger eine geschlängelte Linie über ihr Gesicht. »Diese Narbe ... vielleicht hat sein Herr sie Carfesch beigebracht? Es würde eine Rebellion erklären ...«

»Das ist nicht auszuschließen«, pflichtete Rhodan bei und hoffte insgeheim, dass Thora sich irrte. Wenn das die Art war, wie Carfeschs Herr mit seinen Dienern umsprang, wie würde er erst mit Eindringlingen wie ihnen verfahren? »Aber der eigentliche Grund, weshalb ich ihm vertraut habe, ist ein anderer. Dies hier *muss* die Welt des Ewigen Lebens sein.«

»Woher willst du das wissen? Carfesch hat deine Frage ignoriert.«

»Das hat er, ja. Aber Reg, du erinnerst dich an Gol?«

»Die Waschküche des Teufels in XXL-Planetenübergröße? Wie sollte ich das je vergessen!«

»Ich bin aus der havarierten NESBITT-BRECK an die Oberfläche gegangen, um nach Chaktor zu sehen«, erläuterte Rhodan, mehr für die übrigen Gefährten als für Bull. »Dort habe ich etwas erlebt, was ich als Vision bezeichnen möchte. Plötzlich habe ich mich allein im All wiedergefunden. Ich bin auf einen Planeten zugerast – einen halbierten Planeten, um es genau zu sagen.«

»Sie wissen, dass das, was Sie da erzählen, eine physikalische Unmöglichkeit ist«, warf Thora ein.

»Ebenso wie die Unsterblichkeit eine biologische?« Rhodan blickte in fragende Gesichter. »Ich bin der festen Überzeugung, dass der Halbplanet aus meiner Vision und die Welt, die wir aus Carfeschs Schiff gesehen haben, identisch sind. Die Anordnung der Kontinente ist unverkennbar.«

»Das kann ich nur bestätigen«, schaltete sich der Ferrone Chaktor ein. »Ich habe auf Gol gesehen, was Perry Rhodan gesehen hat. Auch wenn ich nicht die Stimme gehört habe. Aber ich bin nur ein gewöhnliches Wesen, und Perry Rhodan ist der Lichtbringer.«

»Eine Stimme?« Zwischen Thoras Augen bildete sich eine tiefe Falte. »Und was hat Ihnen diese Stimme zu sagen gehabt, Rhodan?«

»Sie hat mich gerufen. Sie hat um meine Hilfe gebeten.«

»Sie hat um Ihre Hilfe gebeten?« Thoras Tonfall war ungläubig. »Was könnten Sie ...«

Ein Schrei schnitt der Arkonidin das Wort ab. Der durchdringende, klagende Schrei eines Tieres. Ein hässliches Zischen übertönte den Schrei – und im selben Moment brach er jäh ab.

Kapitel 5

Tatjana Michalowna

Homunk log.

Dieses Gerede von einer Kalibrierung der Sonnen war Unsinn. Das Gleißen, das über Tatjana Michalownas Netzhaut immer noch bunte Schemen tanzen ließ, hatte etwas anderes zu bedeuten. Etwas Unvorhergesehenes. Etwas Erschütterndes.

Die Telepathin musterte Jymenah, die Zwergin, die Quiniu Soptor angegriffen hatte. Das Wesen, das ihr wie die erbärmliche Karikatur eines Menschen vorkam, steuerte den tropfenförmigen Flugkörper. Jymenah wandte ihr den Rücken zu, aber ihre Haltung hatte sich verändert. Die Zwergin kauerte, als duckte sie sich weg, als fürchte sie, jeden Augenblick könnte eine riesige Faust am Himmel erscheinen und sie zerquetschen.

Was ging in ihr vor? Michalowna fixierte ihren Blick auf den kräftigen, alles andere als weiblich wirkenden Nacken der Zwergin und konzentrierte sich auf ihre Gedanken. Die Telepathin vermochte sie nicht zu lesen. Alles, was Michalowna auffangen konnte, waren grundlegende Impulse, als handelte es sich bei ihr um ein Tier und nicht um ein vernunftbegabtes Wesen. Ja, Jymenah fürchtete sich. Gleichzeitig war sie aufgeregt. Und da war ein deutlicher Unterton von Wut. Ergab sich die Gelegenheit, würde die Zwergin über Quiniu Soptor herfallen, die bewusstlos auf der Rückbank lag, den Kopf auf Michalownas Schoß gebettet.

Woher kommt diese Wut?, fragte sich die Telepathin. *Was hat Quiniu Soptor getan?*

Was war mit Homunk? Sie konzentrierte sich auf diesen Menschen, der zu glatt, zu perfekt war, um ein Mensch zu sein. Nichts. Homunk war zu fremdartig, als dass sie seine Gedanken hätte ergründen können. Oder war er womöglich eine Maschine?

»Alles in Ordnung?«, fragte Trker-Hon. »Auf Ihrer Stirn stehen Schweißperlen.« Der Weise hatte längst gelernt, dass der Schweiß ein Zeichen dafür war, dass sie ihre telepathische Gabe einsetzte.

»Ja, natürlich«, bestätigte die Telepathin. »Wir sind auf der Welt des Ewigen Lebens. Was sollte nicht in Ordnung sein?«

»In der Tat. Was nicht?« Das Echsenwesen wandte sich ab, blickte über die Landschaft.

Michalowna folgte seinem Beispiel. Ihr Fluggerät war von außen ein zur Hälfte durchsichtiger Tropfen. Von innen war auch die Unterseite durchscheinend. Das Sonnenlicht brach sich in allen Regenbogenfarben darin. Ein überaus elegantes, zerbrechlich wirkendes und eigentlich unmögliches Gefährt. Doch das Wort »unmöglich« hatte die Telepathin längst aus ihrem Wortschatz gestrichen. Wenn dieser ES, dem diese Welt gehörte, den Tod bezwungen hatte, wieso sollte er nicht ein Fluggerät bauen können, das einem Hauch von einem Nichts glich?

Die Welt des Ewigen Lebens, die sich unter Michalowna dahinzog, war traumhaft schön. Hügel erstreckten sich in drei Richtungen bis zum klaren Horizont, bedeckt von Wäldern, deren Bäume an Blumen erinnerten. Ihre Stämme ragten hoch in den Himmel, endeten in vielfarbigen Blüten. In der Richtung, die Michalowna für sich »Osten« taufte, erstreckte sich ein azurblaues Meer. Es wirkte mit seinen weißen Wellenkronen wie ein zweiter Himmel, über den kleinere Schönwetterwolken verstreut waren.

Eingebettet in die Hügel war eine Stadt. Sie glänzte im Licht der Sonne wie ein Haufen Juwelen, fand Michalowna.

Natürlich ist sie das, ermahnte sie sich. *Du bist schließlich im Paradies, Tatjana!*

Eine große, ebene Fläche kam in Sicht, vermutlich ein Landefeld. Drei kleinere Fahrzeuge und ein einziges Raumschiff standen darauf. Es war eine Walze. Sie musste mehrere hundert Meter lang sein. Ihr Rumpf war kobaltblau. Die Farbe war matt. Auf dieser Welt, auf der alles zu glänzen, alles durchsichtig schien, mutete es Michalowna wie ein Fremdkörper an. Ein Geheimnis. Ein Störenfried?

Wie du selbst, Tatjana!

Die Telepathin war es gewohnt, der Störenfried zu sein, seit sie sich erinnern konnte. Sie war stets diejenige, die das Haar in der Suppe fand. Die sich vom schönen Schein nicht blenden ließ, die hinter die Kulissen blickte. Die die Welt und die Menschen sah, wie sie wirklich waren: erbärmlich und hässlich.

Aber das hier war keine gewöhnliche Welt. Und weder bei Jymenah noch bei Homunk, noch bei ES – was immer er sein mochte – handelte es sich um Menschen.

Sah sie Gespenster? Machte sie die lebenslange Erfahrung, dass der Schein trog, blind? War ihr Misstrauen so stark, dass sie nicht einmal jetzt das offensichtliche Paradies akzeptieren konnte?

Der fliegende Tropfen näherte sich der Stadt, senkte sich ihr langsam entgegen. Die Telepathin konzentrierte sich auf ihre Gabe, horchte.

Stille.

Die glänzende Stadt war verlassen. Dort lebte niemand. Oder lediglich Wesen wie Homunk, die offenbar kein Leben im gewöhnlichen Sinne darstellten.

Aber wozu eine Stadt, wenn es keine Bewohner gab? Michalowna wurde heiß, als sie sich ganz auf ihre Gabe konzentrierte. ES ... vielleicht konnte sie ihn zumindest spüren. Die Telepathin horchte. Da war nichts, nur die Gedankenimpulse von Tieren, das Grundrauschen des Lebens. Intelligente Wesen stachen daraus hervor. Sie ...

Halt! Wie aus weiter Ferne glaubte sie plötzlich Gedankenstimmen zu hören. Vertraute Stimmen! Die Telepathin beugte sich vor, barg den Kopf zwischen den Händen, um sich ganz den Stimmen zu widmen.

Da setzte der semitransparente Tropfen mit einem kaum wahrnehmbaren Ruck auf, und eine gewöhnliche, von Luft transportierte Stimme riss sie aus ihrer Konzentration.

»Wir haben Ihr Quartier erreicht, Ehrenwerte«, sagte Homunk. »Wenn ich bitten darf ...«

Michalowna bohrte die Zeigefinger tief in die Ohren, schloss die aufdringliche Stimme aus. Sie horchte in sich hinein, versank im Grundrauschen, suchte nach den vertrauten Stimmen. Vergeblich. Sie waren verstummt – wenn sie nicht ohnehin nur das Produkt ihrer Einbildung gewesen waren.

Sie spürte eine sanfte Berührung am Arm. Sie richtete sich auf. Es war Crest. »Tatjana«, sagte er leise. »Was ist mit Ihnen?« In seinen roten Augen stand ein lebendiger Glanz, wie ihn Michalowna dem greisen Arkoniden immer gewünscht hatte. Jetzt wäre es ihr lieber gewesen, sie hätte ihn nicht gesehen. Crests Augen glänzten, aber ihr Ausdruck war fiebrig. Als stünde der Arkonide unter dem Einfluss einer Droge.

»Nichts«, sagte sie. »Ich bin nur müde.« Sie richtete sich ganz auf und wandte sich an den Topsider. »Trker-Hon, kommen Sie! Helfen Sie mir mit Quiniu!«

Wortlos packte der Weise mit an.

Tatjana Michalowna wachte über die Halbarkonidin. Quiniu Soptor war weiter ohne Bewusstsein. Sie schwebte in der Mitte des Raumes. Getragen von ... was eigentlich? Einem Antigravfeld? Einer unsichtbaren Energie?

Die Telepathin hatte nicht die geringste Ahnung. Ihr war es gleich. Technik interessierte sie nicht. Sie war für sie ein Mittel zum Zweck, eine Randerscheinung des Lebens, auch wenn ihr klar war, dass Technik für viele Menschen einen Lebensinhalt darstellte.

Ihre Kameraden, die aus technisch weit fortgeschritteneren Kulturen stammten, hätten mit Sicherheit fundierte Spekulationen über das Schweben Quiniu Soptors oder das Quartier abgeben können.

Wie alles auf Wanderer war es greifbar und entwand sich gleichzeitig der Vorstellungskraft. Es bestand aus mehreren Räumen, doch Michalowna wurde den Verdacht nicht los, dass ein Raum zu existieren aufhörte, sobald man ihn verließ – und in jenem Augenblick von Neuem entstand, in dem man im Begriff stand, ihn zu betreten. Die Wände waren durchsichtig. Aber sie verloren ihre Transparenz, als könnten sie die Gedanken der Telepathin lesen. Die Wände des Raumes, in dem sie und Quiniu Soptor sich aufhielten, hatten eine Beschaffenheit angenommen, die an Milchglas erinnerte und sie optisch von ihren Gefährten trennte. Gleichzeitig war eine Türöffnung geblieben, durch die Michalowna dem Gespräch Crests und Trker-Hons folgen konnte.

Doch der Arkonide und der Topsider spekulierten nicht über das Wunder ihres Quartiers, sondern über ES. Was für ein Wesen mochte ES sein? Würde ES ihnen die Unsterblichkeit gewähren? Und wenn, würde ES auch den Krebs heilen, der Crest von innen auffraß? Würde er sie vielleicht sogar verjüngen?

Michalowna setzte sich im Schneidersitz neben die Bewusstlose. Das Energiefeld oder was immer es sein mochte, fühlte sich an wie eine gute irdische Matratze. Nicht zu hart, nicht zu weich.

»Quiniu, was ist nur mit dir geschehen?«

Sie sprach mit der Bewusstlosen, als handele es sich bei der Halbarkonidin um eine enge Freundin, ja eine Schwester. Dabei kannte sie Quiniu Soptor kaum. Sie hatte noch kein einziges Wort mit ihr gewechselt. Sie war eine Fremde, stammte von einer fremden Welt. Auf den ersten Blick konnte man die Halbarkonidin für einen Menschen halten. Sah man aber genauer hin, fielen zahlreiche Unterschiede ins Auge.

Ihre Haut war schwarz, aber nicht von der Art, wie sie bei Menschen vorkam. Das Licht der Sonne erzeugte Reflexe, die wie kleine blaue Flammen über ihren Körper tanzten und sie wie eine Elfe aus einem irdischen Märchen erscheinen ließen. Statt Haaren wuchsen aus ihrer Kopfhaut feine rote Federn. Michalowna strich über sie, spürte ihre Sanftheit. Ihre Finger glitten weiter über eine der kahlen Stellen. Rauer Schorf kratzte an ihren Fingerspitzen. Ihre Hand glitt weiter, entlang der Schulter und Arme der Halbarkonidin. Auch hier spürte sie Federn, so winzig, dass sie mit dem bloßen Auge nur unter Schwierigkeiten zu erkennen waren.

Halbarkonidin. Wie mochte ihr nicht arkonidischer Elternteil ausgesehen haben? Michalowna stellte sich einen riesigen, stolzen Adler vor. War das möglich? Eigentlich nicht. Aber eigentlich gab es kein Unmöglich mehr.

Wie und von wem Quiniu Soptor gezeugt worden war – ihre körperliche Beschaffenheit stellte eine Nebensächlichkeit dar. Eine Schale, die allenfalls Andeutungen über den Kern verriet, der in ihr steckte.

Es war dieser Kern, der Michalowna mit beinahe unwiderstehlicher Macht anzog. Die Telepathin vermochte die Gedanken der Bewusstlosen nicht zu lesen. Aber sie spürte das Leid Quiniu Soptors. Und Michalowna konnte sich ihm nicht entziehen. Sie litt mit. Ihre Gabe ließ es nicht anders zu. Leid war es gewesen, das sie auf der Erde in den Dienst Clifford Monternys hatte treten lassen. Die Suggestorgabe des Mutanten war an ihr abgeprallt, doch das Leid des Irakkriegsveteranen hatte sie angezogen wie eine Motte das Licht. Und beinahe wäre sie wie eine Motte darin verbrannt.

Leid war auch der eigentliche Grund gewesen, der sie zu Crest hingezogen hatte. Die Möglichkeit der Unsterblichkeit, über die sie in seinen Gedanken gelesen hatte, war nur ein zusätzlicher Reiz gewesen.

»Was hat man dir nur angetan, Quiniu?«, fragte sie leise, als könne die Bewusstlose sie hören. »Was ist dieser Homunk? Wieso hasst du ihn?«

Quiniu Soptor war durch denselben Transmitter aufgebrochen wie sie, Crest und Trker-Hon. Nur einige Wochen vor ihnen und in Begleitung des Roboters Rico – und der Transmitter war unmittelbar nach ihrem Durchgang schwer beschädigt worden.

»Warst du auf Ferrol?«, fragte Michalowna. »Am Ende des Dunklen Zeitalters?«

Ferrol war die erste Station auf ihrer Suche nach der Welt des

Ewigen Lebens gewesen. Eine Welt, deren Bewohner von einem Jahrhundert fortwährenden Krieges zutiefst gezeichnet gewesen waren. Michalowna und ihre Gefährten hatten nur dadurch überlebt, dass sie sich in den Schutz eines Wanderzirkus geflüchtet hatten. Schließlich waren sie nach Thorta, der späteren Hauptstadt, gelangt ...

»Hast du den Thort getroffen? Den Arkoniden Kerlon, der mit seinem Raumschiff den Krieg für den Thort entschied?«

Michalowna und ihre Weggenossen hatten alles versucht, um Kerlon nicht zu begegnen. Es hätte ein Zeitparadoxon mit unabsehbaren Konsequenzen ausgelöst, den Gang der Geschichte verändert. Es war ihnen schließlich gelungen, die Begegnung zu vermeiden – dank des Thort, der ihnen den Durchgang durch einen weiteren Transmitter ermöglicht hatte.

»Tramp?«, fragte die Telepathin die Bewusstlose. »Warst du auf Tramp? Ich hoffe nicht.« Sie fröstelte, als sie sich an die nächste Station ihrer Suche erinnerte. Tramp, die sterbende Welt. »Tramp wäre um ein Haar unsere Endstation gewesen. Aber wir konnten im letzten Moment entkommen.« Michalowna strich gedankenverloren über die Kopffedern der Halbarkonidin, ordnete sie. »Doch unser Schiff war ein Wrack. Ein arkonidischer Geleitzug rettete uns und brachte uns auf die Erde der Vergangenheit, gerade rechtzeitig zum Untergang des Kontinents Atlantis. Aber davon muss ich dir nichts erzählen, du hast ihn ja selbst miterlebt.«

Die Telepathin versuchte, die verklebten Federn glatt zu streichen, aber sie widerstanden ihr.

»So viel Leid, so viel Tod«, flüsterte sie. »Warum nur? Weißt du eine Antwort, Quiniu? Es heißt, was wir durchgemacht haben, sei eine Prüfung, um herauszufinden, wer der Unsterblichkeit würdig ist. Homunk hat es bestätigt. Wir haben bestanden. Wir ... und du, Quiniu!«

Sie nahm den Kopf der Halbarkonidin und drehte ihn so, dass sie ihr ins Gesicht blickte. Die Augen Soptors waren geschlossen.

»Rico hat uns aufgetragen, dich mit uns zu nehmen und auf dich achtzugeben. Aber wozu?« Michalowna erwartete keine Antwort von der Bewusstlosen. Sie dachte laut nach, in der Hoffnung, dass sich auf diese Weise ihre Gedanken klärten. »Quiniu, wer ist Rico? Er ist ein Roboter, so viel glauben wir zu wissen. Aber wer hat ihn erbaut? Wem dient er? ES? Oder dient er überhaupt jemandem? Und was will er von dir, Quiniu?«

Die Telepathin fixierte die Bewusstlose, konzentrierte die ganze Macht ihrer Gabe auf sie. Es nützte nichts. Mehr als Furcht konnte sie nicht auffangen. Behutsam ließ sie den Kopf Soptors zurücksinken, wollte sich abwenden, als ein Ruck durch den Körper der Halbarkonidin ging.

Quiniu Soptor schnellte hoch. Ihre Lider öffneten sich, entblößten silbern schimmernde Iriden. »Ich ...«, stöhnte sie. »... ich ... ich muss ... muss ...«

Michalowna packte ihre Handgelenke, umklammerte sie fest. »Quiniu!«, rief sie.

»Ich muss ... muss ...«

»Was musst du? Sag es mir!«

»Ich ...« Die Halbarkonidin bäumte sich auf. Ihre Iriden weiteten sich, eine Flut von Silber ergoss sich über ihre Pupillen. Sie erschlaffte abrupt, als wäre sie eine Maschine, deren Stromquelle übergangslos versiegt war.

»Quiniu, nein!« Michalowna schüttelte die Halbarkonidin. »Nicht! Sprich mit mir!«

Soptor hörte sie nicht. Die Frau mit der dunklen Haut und den Federn fiel zurück und blieb reglos liegen.

Tatjana Michalowna ging nach nebenan. Im Augenblick konnte sie nichts für Quiniu Soptor tun. Da die Telepathin, wenn auch nur schwach, die Gedankenimpulse der Halbarkonidin wahrnahm, konnte sie es vor sich selbst verantworten, sie allein zu lassen. Michalowna würde es merken, sollte sie aufwachen.

»... bei aller Hochachtung, Crest«, sagte Trker-Hon in seinem korrekten, aber mit einem Hauch von Zischlauten unterlegten Arkonidisch, »ich halte es für äußerst unwahrscheinlich, dass es sich bei ES um ein Einzelwesen handelt.«

Der Topsider ging in einer menschlichen Geste auf und ab, wie sie Michalowna noch nicht an ihm bemerkt hatte. Für gewöhnlich war dem Weisen die Starre von Echsenwesen zu eigen, nur unterbrochen von präzisen Bewegungen, die dazu dienten, von einer erstarrten Pose zur nächsten zu wechseln.

Als Michalowna in den Raum trat, hielt er einen Moment inne, musterte sie aus seinem verbliebenen Auge und setzte seinen Weg fort.

»Wieso sollte ES kein Einzelwesen sein?«, hielt Crest dagegen. Der Arkonide ging ebenfalls auf und ab, gab lediglich durch einen raschen Seitenblick zu erkennen, dass er Michalownas Eintreten registriert hatte.

Keiner der beiden erkundigte sich nach Quiniu Soptor.

»Weil das hier zu viel ist!« Trker-Hon deutete über die gläserne Stadt, die sich rings um ihr Quartier erstreckte. Die Wände dieses Zimmers waren transparent. »Diese märchenhafte Stadt, diese Welt Wanderer, die Transmitter, die Raum und Zeit überbrücken können. Das kann unmöglich das Produkt eines Einzelnen sein. Es benötigt viele Wesen, die sich an der Erschaffung eines so gewaltigen Werkes beteiligen, eine Kultur!«

»Normalerweise ja.« Crests Gesicht war ungewöhnlich gerötet. »Aber Sie übersehen den Faktor Zeit. Wir können, nein, wir müssen davon ausgehen, dass ES unsterblich ist. Er hatte Abertausende von Jahren, um das hier aufzubauen. Nichts ist unmöglich, besitzt man die Ewigkeit.«

Trker-Hon antwortete nicht gleich. »Ihre Logik ist in sich schlüssig«, gestand er schließlich ein. »Aber stellen Sie sich vor: Was wäre das für eine Unsterblichkeit? Ewige Einsamkeit! Sie wäre eine Qual!«

»An den Maßstäben sterblicher Wesen gemessen, die in ihre jeweilige Kultur eingebettet sind, wäre sie das. Aber ES ist nicht daran zu messen! Dieser Tatsache bin ich mir gewiss.«

»Woran dann? An den Maßstäben eines Gottes?«

»Ich bitte Sie, Trker-Hon! Wir sind Wissenschaftler.« Crest schüttelte entsetzt den Kopf. Es war eine Geste, die er von den Menschen angenommen hatte. »Aber es liegt doch auf der Hand, dass für einen Unsterblichen andere Maßstäbe gelten. Wir Sterblichen würden sie wohl nur mit großer Mühe begreifen.«

Michalowna folgte fassungslos der erregten Diskussion – und mit steigender Wut. Erkannten Crest und Trker-Hon nicht, was hier gespielt wurde?

»Welche Maßstäbe könnten das sein?«, fragte Trker-Hon.

Waren ihre Gefährten blind? Betäubte die Aussicht auf Unsterblichkeit ihren kritischen Verstand?

»Nun ...« Crest überlegte. »... denkbar wäre zum Beispiel ...«

»Ich weiß, woran wir ES messen sollten«, schnitt die Telepathin ihm das Wort ab.

Der alte Arkonide und die alte Echse ruckten herum und starrten sie an, als nähmen sie erst jetzt ihre Anwesenheit wahr.

»Wir messen ES wie jedes andere Wesen auch: an seinen Taten!«

Crests Pupillen weiteten sich. Er öffnete den Mund, um ihr zu widersprechen, aber die Telepathin gab ihm keine Gelegenheit. »Wir dürfen ES nicht trauen!«, erklärte sie laut. »Hier sind wir, auf Wanderer, der Welt des Ewigen Lebens, einem Paradies. Aber ich sage: Das ist ein trügerisches Paradies! Denken Sie nur an den Weg, der uns hierher geführt hat: Krieg, Leid, Gräuel, Tod! Was soll das mit dem hehren Ziel der Unsterblichkeit zu tun haben?«

»Wir waren uns doch einig, Tatjana«, sagte Crest betont ruhig. »Es waren Prüfungen moralischer Natur. Wir sollten uns in schwierigen ethischen Situationen bewähren, um zu beweisen, dass wir die Unsterblichkeit verdienen.«

Der alte Arkonide sprach mit ihr, als wäre sie ein begriffsstutziges Kind. Es machte die Telepathin nur noch wütender.

»Tatsächlich?«, sagte sie gedehnt. »Wie steht es dann um die moralische Eignung von ES? ES hat es in der Hand gehabt, unsägliches Leid zu verhindern. ES hat es nicht getan!«

»Sie gehen zu weit. Sie kennen die Hintergründe nicht!«

»Ich bin nur ein elender kleiner Mensch, aber ich weiß, welches Gesetz für uns alle gilt: das der Menschlichkeit!«

»Tatjana«, schaltete sich jetzt Trker-Hon ein. »Wir können nicht wissen, welche weit größeren Übel ES durch sein Handeln verhindert hat.«

»Das ist richtig. Aber ich weiß von einem Übel, das er verursacht hat.« Sie drehte sich um und deutete auf den Raum, in dem die Bewusstlose lag. »ES hat Quiniu das angetan!«

»Sie gehen zu weit. Es gibt keinen Beleg dafür, dass ES mit ihrem bedauerlichen Zustand etwas zu tun hat.«

»Aber einen Hinweis! Wieso hat Quiniu solche Angst, wenn hier doch das Paradies ist? Wieso hat sie sich auf Homunk gestürzt? Wieso hat Jymenah sie um ein Haar umgebracht?«

Crest machte einen Schritt auf Michalowna zu. »Tatjana, beruhigen Sie sich. Quiniu Soptor war ein Mitglied der Besatzung der AETRON. Ich kenne ihr Psychogramm. Sie war nie die Stabilste.«

»Sie wissen nicht, was sie durchgemacht hat!« Die Telepathin wich zurück, als widere sie die Nähe zu dem Arkoniden plötzlich an. »Und es gibt noch weitere Ungereimtheiten!«, fuhr sie fort. »Dieser Homunk will der Erste Diener von ES sein. Wie kommt es, dass er nicht wusste, was Rico tat? Wieso hat er nicht von der Existenz Atlan da Gonozals gewusst?«

»Wie kommen Sie darauf? Haben Sie seine Gedanken gelesen?«

»Nein«, musste sie zugeben. »Das war unmöglich. Homunk hat keine Gedanken. Zumindest keine, die ich zu lesen vermag. Aber seine Reaktion war eindeutig. Es braucht keine Gedankenleserin, sie zu interpretieren.«

»Beruhigen Sie sich, Tatjana!« Crest blieb vor ihr stehen, streckte eine Hand nach ihr aus. Die Telepathin wollte weiter zurückweichen, aber die Wand in ihrem Rücken hinderte sie daran – in einem Gebäude, das eigentlich auf die Wünsche seiner Bewohner variabel reagierte. Wieso blieb die Wand?

»Die letzten Wochen haben uns alle über unsere Grenzen hinaus belastet.« Der Arkonide legte ihr eine Hand an den Oberarm. »Ruhen Sie sich aus! Schlafen Sie ein bisschen! Danach sehen die Dinge ganz anders aus.«

»Ich bin nicht müde!« Die Telepathin schob die Hand Crests brüsk zur Seite. Sie wollte nicht schlafen, nicht wie Quiniu Soptor auf einem unsichtbaren Bett liegen und ...

Quiniu?

Michalowna erstarrte.

»Was ist?«, fragte Crest. Sein Tonfall war schlagartig frei von väterlicher Überheblichkeit.

Die Telepathin antwortete nicht. Sie horchte in sich hinein. Etwas hatte sich verändert. Aber was?

Einen Augenblick später erkannte sie es. Sie hörte nichts. Da waren keine Gedankenimpulse mehr.

»Quiniu!«, schrie sie auf. »Nein!«

Sie rannte nach nebenan, erwartete, eine Tote zu finden.

Doch da war keine Leiche.

Der Raum war verlassen.

Kapitel 6

Carfesch

ES, die Superintelligenz.

ES kam nach Wanderer.

Die Ankündigung war für Carfesch als eine Überraschung gekommen – und wiederum auch nicht. ES beliebte es, sich kurzfristig anzumelden. Wenn er es überhaupt für nötig befand. Und wieso sollte er auch? Er war der Herr von Wanderer.

Der Kundschafter hatte also keinen Grund zur Beruhigung. Carfesch war ES im Laufe seines Jahrtausende währenden Dienstes viele Male gegenübergetreten. Seines Herrn ansichtig zu werden war immer wieder von Neuem aufwühlend, verursachte ein Brennen unter seinen Krallen, das nur schwer auszuhalten war. Selbst die mikroskopisch kleinen Symbionten, die dort lebten, schienen zu spüren, dass sie einem Wesen gegenüberstanden, das seinesgleichen in den Weiten des Kosmos suchte.

Doch dieses Mal brannte es dem Kundschafter nicht nur unter den Krallen, es brannte in seinem Herzen.

Was wollte ES ausgerechnet jetzt auf Wanderer?

Manchmal vergingen Jahrzehnte oder sogar Jahrhunderte zwischen seinen Besuchen auf der Welt, auf der er das ewige Leben verlieh. Wieso gerade jetzt? Wieso gerade in diesem Augenblick, in dem Carfesch gegen seinen Herrn rebellierte, indem er Unbefugte eingeschleppt hatte?

Man sagt, ES entgehe nichts.

Carfesch hatte solche Aussagen stets ignoriert. Er glaubte an ES. Er glaubte an die Gerechtigkeit und die Richtigkeit ihres Ringens. Er glaubte daran, dass ES über Mittel verfügte, die er sich nicht einmal in Ansätzen auszumalen vermochte. Doch ES war kein Gott, war nicht allwissend.

Der Besuch von ES hatte nichts zu bedeuten, sagte sich der Kundschafter. Nicht für ihn, Carfesch.

Der Kundschafter trat in das Hygieneabteil seiner Kabine. Er streckte die Arme Hilfe suchend aus, spreizte die sieben Finger der Hand. Das Schiff verstand. Kalte Wasserstrahlen drangen aus der Wand und gruben sich unter seine Krallen. Einige Augenblicke lang linderten sie das Brennen. Carfesch genoss die Erleichterung, wohl wissend, dass er für sie würde teuer bezahlen müssen. Die Wasserstrahlen trugen einen Teil der Symbionten ab. Die verbliebenen würden ihre Reproduktionsrate erhöhen, um die Verluste wettzumachen, und ihre Ausscheidungen würden ein Jucken auslösen, das so unerträglich war, dass er sich das Brennen zurückwünschen würde.

Er handelte unvernünftig, kurzsichtig.

Wie mit Perry Rhodan und den übrigen Fremden.

Was war nur in ihn gefahren? Seine Treue zu ES war bedingungslos. Er hatte seinem Herrn stets nach bestem Wissen und Gewissen gedient. Zugegeben, Carfesch hatte sich von jeher das Recht herausgenommen, dessen Befehle nach seinen Vorstellungen auszulegen. Alles andere wäre töricht gewesen. ES war nicht allwissend, also konnte er nicht alle Nuancen der Situationen voraussehen, mit denen sich Carfesch vor Ort konfrontiert sah. Der Kundschafter *musste* selbst Entscheidungen treffen, um seinem Herrn zur vollen Zufriedenheit zu dienen. Davon war er fest überzeugt.

Doch Unbefugte nach Wanderer zu bringen und sie dann noch vor seinem Ersten Diener zu verbergen und freizulassen?

Es war eine eigenständige Entscheidung – aber die eines Wesens, das den Verstand verloren hatte.

Oder war es die Erschöpfung? Carfesch hob die Arme, ließ den Blick über die Gliedmaßen gleiten. Seine Haut bestand aus einem Gewebe von achteckigen Plättchen. In der Jugend muteten sie wie ein Muster an. Strich man über die Haut, war sie glatt. Nur sensible Finger spürten die winzigen Rinnen zwischen den Hautplatten auf. Im Lauf der Jahre, wenn die Alterung am Körper fraß, wurden aus den Rinnen kleine Schluchten, betont noch durch die Tendenz der Hautplättchen, an den Rändern aufzuquellen und sich nach oben zu wölben.

Der Kundschafter strich mit der Hand über den Unterarm. Fragmente, ja ganze Hautplatten rieselten wie Staub zu Boden. Sie wurden sofort vom Schiff absorbiert und verschwanden, als handele es sich um Schneeflocken, die beim Auftreffen auf einen warmen Boden schmolzen.

Carfesch war alt geworden. Er benötigte dringend eine Regeneration. Sein Körper war verbraucht.

Der Kundschafter fragte sich, die wievielte Zellregeneration eigentlich für ihn anstand. Die fünfzigste? Die hundertste? Er hatte es vergessen. Es waren zu viele, um sich an jede von ihnen zu erinnern. Er erinnerte sich nur daran, dass er es einmal aufgeschrieben hatte, auf einer Folie, mit einem Stift. Auf grotesk primitive Weise, doch unabhängig von ES oder seinem Schiff, das ebenfalls seinem Herrn verpflichtet war. Die Liste war verloren gegangen, irgendwann, irgendwo, irgendwie. Nur noch das vage Wissen darum, dass sie einst existiert hatte, war ihm noch geblieben.

Wie sein erstes Leben. Carfesch glaubte, nicht immer in den Diensten von ES gestanden zu haben. Einst war er ein gewöhnliches Individuum gewesen. Ein Sorgore unter Sorgoren, ein Sterblicher unter Sterblichen. Doch das war lange her. Seine Angehörigen waren vor langer Zeit zu Staub zerfallen, während er immer noch am Leben war, es noch eine lange Zeit sein würde. Ein gütiges Schicksal hatte es besser mit ihm gemeint.

Das Brennen unter seinen Krallen brandete von Neuem auf. Hastig streckte er wieder die Hände aus, wartete auf den lindernden, kalten Wasserstrahl.

Für den Moment half es gegen das Brennen unter seinen Krallen, aber nicht gegen die brennenden Fragen, die seinen Verstand quälten.

War das Schicksal wirklich gütig zu ihm gewesen? Was nützte ein langes Leben, wenn man vergaß, was man erlebt hatte? Wenn man vergessen hatte, wer man selbst war? Wenn man dieses lange Leben in Einsamkeit verbrachte? Teil eines größeren Ganzen, ja, doch eines Ganzen, das schattenhaft blieb, ihm lediglich in Schlaglichtern erhellt wurde. Schlaglichtern, die weit mehr Fragen aufwarfen, als sie beantworteten.

Ein stechender Schmerz fuhr in seinen linken Arm. Ein Muskelkrampf. Carfesch stieß einen überraschten Schrei aus, machte einen Schritt nach vorne, stützte die Hand flach gegen die Wand und legte sein ganzes Gewicht auf den ausgestreckten Arm. Nach einiger Zeit löste sich der Krampf, wenn auch widerwillig.

Er war verbraucht. Er konnte nicht mehr. Er *wollte* nicht mehr.

War das der Schlüssel für sein unerklärliches Verhalten? War er des Daseins derart müde, dass er sich unbewusst wünschte, ES würde ihm die Zellregeneration verweigern? Versuchte er mit Absicht, den Zorn seines Herrn auf sich zu lenken?

Der Gedanke war ungeheuerlich, ja lächerlich. Aber welche andere Erklärung blieb noch, außer jener, dass er tatsächlich den

Verstand zu verlieren begann? Und Letztere war noch ungeheuerlicher. Nur ...

»Verzeih, Kundschafter, aber ich muss dich stören«, sagte das Schiff. Seine Stimme schien von überall her zu kommen. Das war nur folgerichtig: Das Schiff *war* überall.

»Was fällt dir ein? Das Hygieneabteil ist privat!« Carfesch sprach lauter und härter als angebracht. Aber der Impuls, die Scham über seine eigene Schwäche durch die Wut auf einen anderen zu kompensieren, war übermächtig.

»Das ist mir bewusst«, antwortete das Schiff, ohne auf seinen Tonfall einzugehen. »Aber da ist etwas, das du dir ansehen solltest, Kundschafter. Jetzt!«

»Zeig her!«

Ein Hologramm entstand. Es zeigte die Stadt aus der Vogelperspektive. Sie lag im Licht der Alpha-Sonne Wanderers und glänzte. Ihr Glitzern wies einen orangefarbenen Ton auf, der für die Alpha-Sonne charakteristisch war. Er verlieh ihr eine warme Note, die in Carfesch stets eine innere Wärme auslöste. Wieso, vermochte der Kundschafter nicht zu erklären. Ähnelte ihr Licht vielleicht jenem der Sonne, unter der er aufgewachsen war?

Die Straßen der Stadt waren bis auf den einfachen Roboter verlassen, der mit der methodischen Gewissenhaftigkeit einer Maschine Instandhaltungsarbeiten nachging. ES legte großen Wert darauf, dass die Stadt bereit war.

»Deshalb störst du mich?«, herrschte Carfesch das Schiff an. »Ich kenne die Stadt!«

»Die Stadt ja ... aber das hier?«

Es war, als stieße der Raubvogel, aus dessen Perspektive das Bild der Stadt aufgenommen war, auf Beute hinab. Beinahe schlagartig kam die Stadt näher, füllte eine einzige Straße das Holo aus – und in der Mitte der Straße ging ein Lebewesen.

»Wer ist das?«, fragte Carfesch. Er holte so fest Atem, dass der Luftstrom das Gitter über der Öffnung in seinem Gesicht in einem hellen Ton vibrieren ließ.

»Jemand, der von Interesse sein dürfte.«

Der imaginäre Raubvogel näherte sich dem Lebewesen von hinten. Es war ein Humanoide. Dunkle Haut. Sein Gang war schwankend. Der Raubvogel raste über seinen Kopf hinweg und machte halt.

Carfesch erkannte nun, dass es sich um eine Frau handelte. Die Brüste belegten es eindeutig. Ihre Augen waren weit aufgerissen.

Ihre Iriden waren silbern und kalt wie die Optik einer Maschine. Ihr Blick war leer. Aus ihrem Schädel wuchs ein Flaum von rostroten Federn. Der Flaum war lückenhaft, viele der Federn verklebt.

»Sie heißt Quiniu Soptor«, sagte das Schiff. »Sie ist eine Halbarkonidin. Sie kam als Ehrenwerte vor wenigen Stunden nach Wanderer.«

»Sie ist in einem jämmerlichen Zustand. Was ist mit ihr geschehen?«

»Das weiß ich nicht.«

»Wieso ist sie allein in der Stadt? Hat Homunk sie nicht empfangen, wie es einer Ehrenwerten gebührt?«

»Das hat er.«

»Das bezweifle ich.« Carfesch empfand Mitgefühl für die Kreatur, die auf sich allein gestellt durch die Stadt stolperte. »Wieso hat er ihr nicht geholfen?«

»Soptor hat es nicht zugelassen.«

»Das ist unlogisch!«

»Ja«, pflichtete das Schiff bei. »Aber nachvollziehbar: Soptor hat Homunk angegriffen.«

»Was? Wie kann ...?« Carfesch brachte die Frage nicht zu Ende. Er konnte sich in seinen Jahrtausenden nicht an einen solchen Vorfall erinnern. »Wieso hat sie das getan?«

»Ich weiß es nicht. Ihr Angriff war natürlich folgenlos für die Intotronik. Jymenah hätte Soptor um ein Haar umgebracht, aber Homunk hat die Zwergin im letzten Moment zurückbefohlen. Die Intotronik hat Soptor und ihre Begleiter dem üblichen Prozedere folgend in ein Quartier in der Stadt gebracht. Von dort ist Soptor geflohen.«

Was mochte in der Frau vorgehen? Carfesch versuchte in den fremden Zügen zu lesen. Es gelang ihm nicht. Die Erhebung über ihrer Atemöffnung und die breiten Konturen ihres Mundes verzerrten die Symmetrie. Ganz zu schweigen von den Augen, die in tiefen Höhlen im eigentlichen Gesicht vergraben waren.

»Sie ist aus dem Quartier geflohen?«, wiederholte der Kundschafter. »Das scheint mir unmöglich.«

»Homunk ist unachtsam, seit ES sich angekündigt hat. Du scheinst nicht der Einzige zu sein, den die Aussicht auf sein Erscheinen aufrührt.«

Carfesch verzichtete darauf, das Schiff für seine freche Andeutung zurechtzuweisen. Schweigend verfolgte er, wie die Frau durch die Stadt stolperte. Sie wirkte so verletzlich. Ein Schmutzfleck, die die glänzende Fassade der Stadt verschandelte. Sie tat Carfesch leid.

»Soll ich Soptor in mir aufnehmen?«, fragte das Schiff.

»Du ... du willst sie zu uns holen?«

»Ja. Und sie vor Homunk verbergen.«

Der Gedanke war ungeheuerlich. Gleichzeitig reizte ihn seine Kühnheit. Er stellte sich Homunks Verblüffung vor, wenn er feststellte, dass eine Ehrenwerte spurlos verschwunden war. Und das ausgerechnet unmittelbar, bevor ES nach Wanderer kam ...

Sollte er die Frau ins Schiff bringen lassen? Carfesch war im Begriff, dem Schiff den entsprechenden Befehl zu geben, als ihm ein Gedanke kam. Quiniu Soptor war geflohen – aber hatte sie auch ein Ziel?

»Soll ich Soptor aufnehmen?«, wiederholte das Schiff.

»Nein«, entschied er. »Ich will wissen, was sie sucht. Versteck sie vor Homunk!«

»Wie du willst.«

Ein Miniaturroboter verließ das Schiff. Kurze Zeit später hatte er den Standort der Frau erreicht und brachte einen Multideflektor an ihrem Nacken an. Es geschah so schnell und sanft, dass sie nichts davon bemerkte.

Und gerade noch rechtzeitig.

Das Holo der Stadt erlosch. Das Schiff sagte: »Homunk will dich sprechen.«

Homunk? Die Intotronik vermied es seit langer Zeit, über das absolut Notwendige hinaus mit Carfesch zu reden. Hegte Homunk etwa einen Verdacht?

»Sag ihm ...« Carfesch überlegte. »... sag ihm, dass ich unabkömmlich bin.«

»Wie du willst.« Einige Sekunden lang hörte Carfesch nur das leise Sirren seines eigenen aufgeregten Atems, dann meldete sich das Schiff von Neuem. »Homunk besteht darauf, dich sofort zu sprechen. Es sei dringend.«

Der Kundschafter hielt den Atem an. Homunk *musste* Verdacht geschöpft haben. Aber wenn dem so war, nützte es nichts, ihn abzuwimmeln. Und sollte Homunk aus einem anderen Grund anrufen, würde eine Absage ihn erst recht auf falsche Gedanken bringen.

Carfesch griff sich das Oberteil seiner Bekleidung, schlang es um seine Schultern. »Ich rede mit ihm.«

Ein Holo entstand. Es war, als stünde die Intotronik in Person im Hygieneabteil.

»Homunk«, sagte Carfesch, »was kann ich für Sie tun?«

»ES hat sich angekündigt.« Wie üblich im Umgang mit dem Kundschafter verzichtete er auf Höflichkeiten.

»Das ist mir bekannt.«

»Das habe ich vermutet. Ich wollte nur sicherstellen, dass Sie davon erfahren haben. Wenn ich mich richtig entsinne, steht für Sie eine Zellregeneration an.«

Der Verweis auf Carfeschs Sterblichkeit traf. Der Kundschafter ballte die Hände zu Fäusten. Die Krallen bohrten sich tief ins Fleisch. Carfesch hieß den Schmerz willkommen, nutzte ihn, um seine Wut auf Homunk zu kompensieren.

»Das ist mir bekannt«, entgegnete er kühl.

»Das habe ich vermutet.« Homunk schwieg einen Augenblick und musterte Carfesch forschend, als versuchte er zu ergründen, ob seine verbale Spitze den Kundschafter so ungerührt ließ, wie er vorgab. Dann sagte er: »Was Ihnen noch nicht bekannt sein mag, ist, dass es zu einem tragischen Zwischenfall gekommen ist. Eine Ehrenwerte ist spurlos aus ihrem Quartier verschwunden.«

»Tatsächlich? Wie ist das möglich? Ihre Obhut ist doch perfekt, Homunk, nicht?«

»Das ist sie. Aber die Vorbereitungen für den Besuch von ES haben den Großteil meiner Aufmerksamkeit beansprucht. Die Ehrenwerte, ihr Name ist Quiniu Soptor, ist geistig verwirrt. Die Prüfungen müssen sie überfordert haben. Ich fürchte um ihr Heil. Sie könnte sich etwas antun. Haben Sie oder Ihr Schiff sie registriert?«

»Nein, ich habe geschlafen. Die Mission auf Ambur war kräftezehrend. Mein Schiff befand sich bis vor wenigen Minuten im Autoregenerationsmodus. Aber Sie können sicher sein, dass ich Ihnen auf der Stelle Mitteilung mache, sollten wir auf eine Spur dieser bedauernswerten Frau stoßen.«

Wieder musterte Homunk den Kundschafter, doch wieder schien er zu keinem Ergebnis zu kommen. »Ich bitte darum.« Ohne ein weiteres Wort trennte er die Verbindung. Das Holo erlosch.

Das Schiff brach die Stille. »Das war gewagt. Und unvernünftig.«

»Ich weiß«, sagte Carfesch. »Es war eine Ausnahme. Es wird nicht wieder vorkommen.«

»Ja? Während du mit Homunk gesprochen hast, bin ich auf noch etwas gestoßen, was du dir ansehen solltest ...«

Kapitel 7

Chaktor

Als er den Todesschrei des Tieres hörte, wusste Chaktor, dass seine Stunde gekommen war. Er kannte dieses Zischen. Das Feuer eines Strahlers verursachte es.

Seine Kameraden, die sich erschöpft in den sumpfigen, weichen Boden der kleinen Bachinsel hatten einsinken lassen, schreckten hoch.

»Was war das?«, fragte Sue. Sie sprang auf, verdrehte den Kopf und spähte in das Unterholz dieses merkwürdigen Waldes. Sue hatte Angst. Chaktor verurteilte sie nicht dafür. Im Gegenteil, er mochte das Mädchen. Mehr noch, als er vor den anderen eingestanden hätte. Sue erinnerte ihn an Chamar, die dritte Tochter seiner zweiten Frau. Zerbrechlich und schwach – und unbeschreiblich zäh zugleich. Für die Starken war es einfach, stark zu sein. Aber die Schwachen wie Chamar und Sue, die über sich hinauswuchsen, waren die eigentlich Starken.

Chaktor wünschte, dass Chamar noch lebte. Doch seine Tochter war bei der Invasion seiner Heimat von einem Topsider erschossen worden, als sie sich schützend vor ihre blinde Urgroßmutter gestellt hatte.

»Ein Tier«, antwortete Rhodan. Er sagte es ruhig. Es war eine Feststellung. Rhodan blinzelte Bull zu, eine Geste zwischen den beiden Freunden, die leicht zu übersehen war, aber Chaktor inzwischen wohlvertraut war. Bull blinzelte zurück, gab sein wortloses Einverständnis auf Rhodans wortlose Frage.

»Man folgt uns«, stellte Rhodan fest.

Inzwischen waren alle Gefährten aufgestanden. Thora bückte sich, nahm einen Stock auf und hielt ihn wie einen Knüppel hoch, bereit niederzustrecken, wer oder was immer ihnen auch folgen mochte. Die Arkonidin gab sich für gewöhnlich stolz, aber wenn es darauf ankam, dachte sie praktisch, scheute sich buchstäblich nicht, sich die Finger schmutzig zu machen.

»Ich habe es mir gedacht«, sagte sie. »Wir hätten diesem Carfesch nicht vertrauen dürfen. Diese Multideflektoren sind nutzlos!«

»Möglich«, entgegnete Rhodan. »Aber im Augenblick nicht von Belang. Wir müssen weg hier!«

Chaktor ging langsam an den Rand der kleinen Insel. Seine Füße sanken bis zu den Knöcheln in den Boden. Das Wasser war kalt, kühlte sein Blut, kühlte seine Gedanken. Der Ferrone spähte in den merkwürdigen Wald. Der Blick reichte nicht weit, vielleicht zwanzig oder dreißig Meter, bevor das Unterholz ihn verwehrte. Der Ferrone konnte nichts Ungewöhnliches sehen. Zu hören war auch nichts. Aber das war zu erwarten. Das Rauschen des Baches verschluckte alle gewöhnlichen Geräusche.

»Erinnert ihr euch an den einzelnen Fels auf der Hügelkuppe, den wir vom Landefeld aus gesehen haben?«, fragte Rhodan. Chaktor bejahte wie alle übrigen. »Dort ist unser Treffpunkt. Jeder schlägt sich auf eigene Faust dorthin durch. Damit machen wir es unseren Verfolgern schwerer.«

»Ich kann uns teleportieren«, warf Ras Tschubai ein, der Mensch mit der tiefschwarzen Haut, die Chaktor noch immer erstaunte. Nirgends im Wegasystem gab es Ferronen, die vergleichbar dunkel gewesen wären. Ras hatte ihnen mit seiner Gabe bereits mehr als einmal das Leben gerettet.

»Danke, Ras!«, sagte Rhodan. »Aber jetzt nicht. Du bist unser Notnagel. Noch sind wir nicht an dem Punkt, an dem wir dich brauchen. Spar deine Kräfte auf. Und außerdem würde mich es nicht wundern, wenn es auf dieser Welt Messgeräte gäbe, die auf Teleportationen anschlagen.«

Rhodan wandte sich wieder an alle. »Jeder weiß, was er zu tun hat.« Er sondierte sie der Reihe nach. Bei Chaktor blieb er hängen. Der Ferrone spürte, wie ihm die Knie nachgaben. Perry Rhodan war ein besonderes Wesen für ihn.

»Chaktor, was ist mit Ihnen? Sie scheinen nicht überzeugt.«

Chaktor senkte den Kopf, er hielt dem Blick des Lichtbringers nicht stand. Es war Rhodan gewesen, der die Legende des Lichtbringers, der die Ferronen retten würde, mit Leben erfüllt hatte. Rhodan, der ihm auf dem Höllenplaneten Gol persönlich das Leben gerettet hatte.

Und Perry Rhodan durchschaute ihn!

»Doch, doch«, versicherte Chaktor hastig. »Ihr Plan bietet uns die höchsten Chancen.« Der Lichtbringer sollte nicht merken, was er plante. Rhodan würde nicht zulassen, dass er seine Absicht umsetzte. Aber das durfte nicht sein. Chaktor wusste, dass es hier um weit mehr ging als sein eigenes, entbehrliches Leben. »Ich bin nur erschöpft. Das ist alles.«

Es dauerte einige Augenblicke, bis Rhodan antwortete – Augenblicke, die Chaktor wie eine kleine Ewigkeit anmuteten. Schließlich sagte er: »Wir sind alle erschöpft. Am Treffpunkt können wir uns hoffentlich ausruhen.« Rhodan drehte sich weg und rief laut: »Los jetzt! Wir haben keine Zeit mehr zu verlieren!«

Chaktors Gefährten brachen auf. Rhodan ging nach rechts, überquerte den an dieser Stelle engen Bachlauf mit einem Satz und verschwand im Unterholz. Thora folgte ihm über den Bach, wandte sich dann aber in eine andere Richtung. Bull und Ras überquerten den Bachlauf zur Linken. Die beiden hielten kurz an. Bull hob seine rechte Hand zu der Geste, die er »High Five« nannte, Ras schlug ein, dann trennten sich die beiden.

»Was ist mit dir, Chaktor?«, fragte Sue. »In welche Richtung gehst du?«

»Ich weiß noch nicht.« Er sank in die Knie. »Ich muss noch meinen Schuh richten, das Wasser hat die Bindung aufgeweicht.«

»Okay. Viel Glück!« Sue wandte sich stromaufwärts.

Chaktor zog an der einwandfrei sitzenden Bindung seiner Schuhe und wartete, bis auch Sue aus seinem Sichtfeld verschwunden war.

Der Ferrone sog die Luft ein. Er hatte es getan. Er hatte den Lichtbringer belogen – und Rhodan hatte es nicht bemerkt. Chaktor war nicht erschöpft. Nicht körperlich. Die Schwerkraft auf Wanderer lag weit unter der seiner Heimatwelt. Chaktor fühlte sich stark, hatte das Gefühl, Bäume ausreißen zu können.

Und mit der körperlichen Stärke war eine Klarheit seiner Gedanken gekommen, wie der Ferrone sie nie erlebt hatte.

Perry Rhodan war der Lichtbringer. Der Mann, der der ferronischen Überlieferung zufolge sein Volk retten würde. Chaktor hatte es augenblicklich zu erkennen geglaubt, als er Rhodan zum ersten Mal begegnet war. Rhodan hatte es abgestritten. Aber schließlich hatte er sich als Lichtbringer ausgegeben, um die Invasion der Topsider zu stoppen.

Ein Bluff, wie es die Menschen nannten, ein verzweifelter dazu. Aber aus dem Bluff war Wirklichkeit geworden. Rhodan hatte sich als der Lichtbringer erwiesen, als seine Stunde gekommen war. Und in der Zeit danach, auf Gol, auf den verschiedenen Stationen der Suche nach dem todkranken Crest, hatte sich Rhodan immer wieder von Neuem als außergewöhnlich erwiesen. Ein Mann, der niemals die Ruhe verlor, der einen inneren Kompass besaß, der ihm half, in jeder Situation den richtigen Weg einzuschlagen.

Chaktors Ehrfurcht vor Perry Rhodan war mit jedem Tag gewachsen. Aber er kannte Grenzen: Rhodan mochte der Lichtbringer sein, doch er blieb ein fehlbares Wesen. Seine Möglichkeiten waren begrenzt. Und manchmal blieb Rhodan nur ein Bluff. Wie ihm selbst, Chaktor, in diesem Moment.

War man ihnen tatsächlich auf der Spur, würden sie ihren Verfolgern nicht entkommen können. Auch nicht, wenn sie sich trennten. Was seine Gefährten brauchten, war Ablenkung, in deren Schutz sie fliehen konnten.

Chaktor griff mit beiden Händen nach dem Saum seines weiten Hemds und zog es in einer Bewegung über den Kopf. Achtlos ließ er es fallen. Er sah über seinen Bauch und über seine Arme und Schultern. Nichts. Chaktor fasste über die Schultern, tastete den Rücken ab, anschließend suchte er den unteren Rücken ab. Nichts.

Er kniff die Augen zusammen, ging an das Wasser, das sich in einem Becken sammelte. Es war klar. Chaktor drehte sich so, dass er in der spiegelnden Oberfläche seinen Rücken sehen konnte.

Er fand den Deflektor. Das hauchdünne Material hatte sich in der Mitte seines Rückens festgeheftet. An der Stelle, die für einen Ferronen, der deutlich breiter gebaut war als ein Mensch, nur schwer zu erreichen war. Chaktor versuchte es. Er verdrehte den Oberkörper, seinen rechten Arm. Seine Finger arbeiteten sich Zentimeter um Zentimeter vor, berührten schließlich den Deflektor. Chaktor erkannte ihn daran, dass er weicher als seine Haut war.

Noch ein kleines Stück weiter ... noch eines ...

Chaktor stöhnte auf, als ein stechender Schmerz durch seine Wirbelsäule raste. Er biss die Zähne aufeinander und schob den Arm mit einem Ruck weiter in seinen Rücken. Der Schmerz ließ ihn um ein Haar das Bewusstsein verlieren. Doch er bekam den Rand des Deflektors zwischen Daumen und Zeigefinger zu fassen und riss mit aller Kraft daran.

Das hauchdünne Material löste sich. Der Ferrone schrie auf. Sein Rücken fühlte sich an, als hätte man ein Feuer auf ihm entzündet. Aber er hatte es geschafft: Zwischen seinen Fingern baumelte schlaff und blutverschmiert der Deflektor. Er erinnerte an einen alten Lumpen.

Chaktor warf ihn in den Bach, verfolgte, wie er in dem Becken versank. Das klare Wasser verfärbte sich, als sich das Blut und die abgerissenen Hautpartien des Ferronen darin verteilten.

Chaktor sah nicht hin. Er marschierte los, stromabwärts, der Stadt entgegen.

Seine Stunde war gekommen.

Kapitel 8

Homunk

»Er lügt. Carfesch lügt.«

Homunk wandte den Blick von der Stelle, an der eben noch das Holo mit dem Oberkörper und Kopf des Kundschafters geschwebt hatte. Die Intotronik hatte es für Jymenah entstehen lassen. Homunk hätte seiner nicht bedurft, aber die Zwergin wäre ohne die optische und akustische Hilfe außen vor gewesen.

»Was bildest du dir ein!«, fuhr er Jymenah an. »Carfesch ist ein Kundschafter von ES! Er ist mir, seinem Obersten Diener, rechenschaftspflichtig. Seine Treue steht außer Frage!«

»Er weiß, wo diese Quiniu Soptor geblieben ist.« Die Zwergin hatte die Arme verschränkt, wie sie es immer tat, wenn sie im Begriff stand zu widersprechen. »Du hättest mich am Transmitter nicht zurückhalten dürfen, dann wäre das Problem längst erledigt.«

»Achte auf deine Äußerungen! Sie ist eine Ehrenwerte!« Homunks Ärger war echt. Er war ein treuer Diener seines Herrn. Er erfüllte das Belieben von ES stets peinlich auf den Buchstaben genau. Ehrenwerten durfte nichts zustoßen. Unter keinen Umständen. Auch nicht, wenn sie befleckt waren wie Quiniu Soptor. »Ich durfte nicht zulassen, dass du sie in deinem blinden Zorn verletzt oder sogar tötest.«

»Wie du meinst. Aber du machst dir das Leben nur unnötig schwer, wenn du mich fragst.« Die Zwergin wirbelte mit einem Fuß den Staub auf, den es in den Straßen der Stadt nicht gab. »Auf jeden Fall lügt Carfesch. Ich spüre es!«

»Na und? Was bedeutet schon ein Gefühl!« Homunk nahm seine endlose Wanderung durch die Stadt wieder auf. Die Intotronik hatte kein Zuhause. Sie benötigte es nicht. Homunk ruhte in sich selbst.

Jymenah zischte wütend, aber schloss schließlich zu ihm auf. Die Zwergin rieb sich an ihm, aber noch unerträglicher als Homunks Anwesenheit war ihr seine Abwesenheit. Sie versuchte, immer bei ihm zu bleiben. Aber natürlich gelang es ihr nicht. Sie war ein organisches Lebewesen. Bedürftig. In regelmäßig unregelmäßigen Abständen, wenn die Erschöpfung zu groß wurde, zog sich Jymenah in eines der Häuser zurück und schlief.

Ihre Schwäche erregte Homunks Mitleid, aber auch – ohne dass er es je vor Jymenah eingestanden hätte – Faszination, ja einen Anflug von Neid. Manchmal erzählte die Zwergin von ihren Träumen, in denen sie mit Callibso wiedervereint war. Ihr Gesichtsausdruck war dabei versonnen, als kehre sie von einer Reise in eine weit entfernte, bessere Welt zurück.

Wenn dem so war, handelte es sich um eine Welt, die Homunk verschlossen blieb. Die Intotronik kannte das Konzept von Träumen. Er hatte alle verfügbaren Quellen zu dem Phänomen sorgfältig studiert. Doch selbst zu träumen, vermochte er nicht, trotz mehrerer Versuche, die er im Lauf der Jahrtausende unternommen hatte.

»Carfesch lügt!«, wiederholte Jymenah. »Ich weiß es! Gefühle bedeuten einem organischen Wesen alles, auch wenn die meisten es sich nicht eingestehen wollen. Glaub mir! Ich bin ein organisches Wesen – so wie Carfesch!«

»Deine Unterstellung ist absurd.« Die Zwergin hatte Mühe, mit ihm Schritt zu halten. Homunk behielt sein Tempo dennoch bei. »Sie widerspricht den Fakten. Carfesch ist nach den Ehrenwerten auf Wanderer eingetroffen, nachdem er auf Ambur einen wichtigen Auftrag von ES erfüllt hat. Es besteht keine Verbindung zwischen ihm und dieser Frau!«

»Dein Sträuben ist unlogisch!« Es war ein gezielter Schlag gegen Homunk. Jymenah hatte gelernt, dass kein Vorwurf die Intotronik so sehr traf wie dieser.

Homunk hielt abrupt an. »Sei still!«

»Gleich. Wenn du mir sagst, wie du sonst die Fakten erklärst! Quiniu Soptor kehrt nach Wanderer zurück, überraschend, gegen jede Erwartung. Kurz darauf verschwindet sie, kein Sensor nimmt sie wahr. Als hätte sie der löchrige Erdboden Wanderers verschluckt.« Jymenah schwieg, wartete seine Reaktion ab.

Er schwieg. Die Zwergin führte den Gedanken laut weiter: »Beinahe zur gleichen Zeit erscheint der Kundschafter Carfesch. Aber nicht nach Vollendung seines Auftrags, wie du sagst. Ambur ist so gut wie sicher im Besitz von ES, aber eben noch nicht ganz. Er hat den Planeten verfrüht verlassen. Wieso? Hatte Carfesch einen bestimmten Grund? Vielleicht das Eintreffen ganz bestimmter Ehrenwerter auf Wanderer?«

Homunk rief die Daten für Ambur auf. Tatsächlich. Carfesch hatte den Einsatzort tatsächlich verfrüht verlassen.

»Vielleicht«, sagte Jymenah gedehnt, »vielleicht wurde Quiniu Soptor ja nicht vom Erdboden, sondern von einem Raumschiff verschluckt? Von Carfeschs Raumschiff?«

Der Gedanke war ungeheuerlich. »Der Kundschafter steht kurz vor einer Zellregeneration«, wehrte Homunk ab. »Wieso sollte er sein Leben mit einem derart widersinnigen Akt riskieren? Die Wahrscheinlichkeit für die Richtigkeit deiner Behauptungen ist äußerst gering!«

Gering, aber eben nicht unmöglich. Homunk sprach es nicht aus. Jymenahs Gedanke war ungeheuerlich, aber von geradezu zwingender Folgerichtigkeit. Keine andere Erklärung als die, dass Carfesch einen Verrat beging, brachte alle Aspekte des Geschehenen in Einklang.

Homunk blieb stehen. Carfesch ein Verräter? Konnte es wirklich möglich sein? Oder spiegelte sich in seinen Gedanken lediglich seine Aufregung über den unvermuteten Besuch von ES wider? Dieser Faktor spielte mit Sicherheit eine Rolle. Aber Quiniu Soptor war und blieb verschwunden. Wohin sollte sie ...?

Ein Gedanke kam ihm. Die übrigen Ehrenwerten! *Sie* mussten ihr geholfen haben!

Homunk ließ ein neues Holo entstehen. Es war, als blickten er und Jymenah durch ein Fenster in das Quartier der drei verbliebenen Ehrenwerten.

Sie stritten.

»Ihr habt euch von diesem Homunk einwickeln lassen!«, warf die Frau dem alten Mann und der Echse vor. »Sein Gerede von ›Ehrenwerten‹ und der Unsterblichkeit hat euch den Verstand vernebelt!«

»Sie vergreifen sich im Ton, Tatjana!« Der alte Mann stand. Er bebte vor Zorn. Oder spielte auch Scham hinein? »Es gibt keinen Beleg, dass wir Homunk nicht vertrauen können.«

»Ach ja? Wieso stürzt sich Quiniu Soptor dann wie eine Furie auf ihn, sobald sie ihn sieht?«

»Was weiß ich? Ihr Verstand ist angegriffen. Sie wird andere Gründe haben.«

»Das steht zu vermuten«, schaltete sich die Echse ein. »Quiniu Soptor kann Homunk nicht kennen. Es muss sich um einen Zufall handeln.«

»Wieso sollte sie ihn nicht kennen?« Die Frau ruckte herum,

wandte sich der Echse zu. »Quiniu hat Wochen vor uns die Erde über den Transmitter in der Unterwasserkuppel verlassen. Sie kann seitdem Dutzende Stationen durchlaufen haben. In den verschiedensten Epochen. Gut möglich, dass sie dabei diesem Homunk über den Weg gelaufen ist. Und offenbar war ihre Begegnung keine erfreuliche!«

»Tatjana, das sind haltlose Spekulationen!«, meldete sich der alte Mann wieder zu Wort. »Sie haben keine Belege für Ihre Behauptungen.«

»Aber starke Indizien! Wieso der Angriff auf Homunk? Wieso verschwindet Quiniu kurz darauf spurlos? Hat Homunk sie beseitigt?«

»Was reden Sie da? Das ist undenkbar!« Der alte Mann und die Echse sprachen aufgebracht durcheinander.

Homunk verfolgte die Auseinandersetzung mit Verwunderung. Er hatte die Frau als die rangniederste der Gruppe eingeschätzt, jung und unerfahren. Jetzt mutete sie ihm wie die stärkste an. Sie besaß einen scharfen Verstand und war dazu bereit, überholte Vorstellungen und Hoffnungen über Bord zu werfen und sich auf die tatsächliche Lage einzustellen. Und dabei lagen ihre Vermutungen näher an der Wahrheit, als es Homunk genehm war.

»Sie ist klug«, bemerkte Jymenah. »Sie gibt es den sturen alten Männern.«

Die Zwergin verfolgte den Streit aber nur am Rande. Sie hatte sich im Schneidersitz auf den Boden gesetzt und ihr Amulett geöffnet. Ein Holo war vor ihr entstanden. Es zeigte Callibso, der an einem Brunnen zu kauern schien, einem runden schwarzen Loch, das Homunk an das Abstrahlfeld eines Transmitters erinnerte.

Es war eine typische Geste des Trotzes, wie Homunk sie für gewöhnlich unterband. In dieser Situation ließ er es zu. Später, wenn der Verbleib Soptors aufgeklärt war und ES Wanderer wieder verlassen hatte, würde er Jymenahs Fehlverhalten ahnden.

Homunk wandte seine Aufmerksamkeit wieder den Ehrenwerten zu. Er fragte sich, wie sie die Prüfungen überstanden hatten. Der Arkonide war ein Greis, wirkte schwach und krank. Auch die Echse war alt, ihr fehlte ein Auge. Und wie der Streit belegte, gab es in ihrer Gruppe Spannungen, die nur darauf warteten, sich in einer Krisensituation zu entladen. Homunk fragte sich, wieso ES sich überhaupt mit organischen Wesen abgab. Sie waren bedauernswert unvollkommen.

»Callibso, wie geht es dir?«, flüsterte Jymenah.

Die Zwergin sprach mit dem Holo. Callibso war nur von der Seite zu sehen. Er schien ein Zwerg wie sie selbst. Homunk glaubte in seiner Haltung unsägliche Traurigkeit zu lesen, aber möglicherweise war das eine Interpretation, die er aus der Verzweiflung Jymenahs abgeleitet hatte.

»Wir werden uns wiedersehen, Callibso«, flüsterte die Zwergin. »Ich weiß es.«

Wer war dieser Callibso? Ihr Geliebter? Ihr Vater? Vielleicht ein Bruder? Jymenah behielt es für sich, und Homunks Nachforschungen waren ins Leere gelaufen. Wahrscheinlich existierte dieser Callibso nicht. Er existierte nur in Jymenahs Phantasie, musste ein Ausdruck ihrer Sehnsüchte sein.

Ein Laut der Überraschung zog seine Aufmerksamkeit wieder zu den Ehrenwerten. Der Laut war von der Frau gekommen. Sie stützte sich mit einer Hand auf einen Stuhl aus Formenergie, den das Quartier blitzschnell herausgebildet hatte, damit sie nicht fiel. Die andere Hand hatte sie an die Stirn gelegt. Schweißperlen standen auf der Haut. Irgendetwas musste sie stark anstrengen. Aber was?

»Tatjana! Was ist mit Ihnen?« Der alte Mann und die Echse stürzten auf die Frau zu. Ihr Streit schien vergessen. Aber das täuschte, wusste Homunk. Die Erinnerung organischer Wesen war lückenhaft. Doch bei Kränkungen und Konflikten funktionierte sie mit der Perfektion einer Maschine. Der Streit würde zu einem späteren Zeitpunkt von Neuem aufflammen.

»Ich ...« Die Frau verdrehte die Augen. »Ich fange Gedanken auf!«

»Quiniu Soptor? Sie haben eine Spur gefunden?«

»Nein. Es ist ... ist Chaktor, der Ferrone!«

»Chaktor?«, wiederholte der alte Mann ungläubig. »Das ist unmöglich!«

»Er ist es! Ich kenne seine Gedankenmuster. Er ist hier ... und er ... er ist nicht allein. Perry ... Perry Rhodan ist auch auf Wanderer!«

Kapitel 9

Perry Rhodan

Rhodan gelangte an den Treffpunkt. Eine lichte Zone umgab den Fels, der wie ein Turm aus dem Wald stach. Er war aus dunklem Gestein, das stellenweise abplatzte und hellere Adern freigab. Seine Beschaffenheit erinnerte ihn an einen Meteoriten, den er während seiner Ausbildung zum Astronauten in der Hand gehalten hatte.

Nachdem Rhodan den Fels einmal umrundet hatte, stellte er fest, dass er als Erster eingetroffen war.

Aus den Geräuschen des Waldes versuchte er etwas über den Verbleib seiner Gefährten herauszuhören, gab es aber rasch wieder auf. Seine überreizten Sinne gaukelten ihm ein ständiges Knacken von Zweigen vor.

Rhodan zwang sich zur Ruhe, ließ sich mit dem Rücken gegen den Felsen sinken. Er war warm, hatte das Licht der Sonne gespeichert. Seine Oberfläche fühlte sich wie abgeschliffen an, schien sich an seinen Rücken zu schmiegen. Rhodans Arme waren zerkratzt vom Unterholz des Waldes, ansonsten wirkte er unversehrt. Ein Schwarm der Vögel in Bienengröße hatte ihn über weite Strecken begleitet, aber schließlich das Interesse an ihm verloren und war weitergezogen.

Er verdrehte den Kopf, sah an dem Fels hinauf. Er erinnerte an einen irdischen Obelisken. Erstaunlich gerade Linien bestimmten seine Form. Beinahe, als wäre ...

Rhodan ruckte herum, als das Unterholz am Waldrand durchgerüttelt wurde. Er stieß sich ab, war bereit zur Flucht – und im selben Moment stürzten zwei Gestalten auf die Lichtung: Bull und Sue.

Das Mädchen stützte sich auf den stämmigen, ehemaligen Astronauten. Blut sickerte aus einer Wunde an ihrer Stirn.

Rhodan eilte ihnen entgegen. »Was ist passiert?«, fragte er.

»Halb so schlimm.« Bull winkte ab, während Rhodan Sue unter der linken Achsel griff. Das Mädchen war noch leichter, als er vermutet hatte. Sue musste in den letzten Wochen Gewicht verloren haben. »Ausgerutscht. Auf einem der glitschigen Steine im Bachbett – und prompt auf den nächsten geknallt.«

»Verfolger?«, fragte Rhodan.

»Ich habe keine gesehen«, antwortete Bull. »Nur immer mal wieder gehört. Müssen ziemlich rücksichtslos durch den Wald geprescht sein, dem Geräuschpegel nach zu urteilen.«

»Sie haben eure Spur nicht gefunden?«

»Nein. Muss an diesen Multideflektoren liegen. Und wenn du mich fragst, hat irgendwas die Maschinen, oder was uns auf den Fersen war, abgelenkt.«

»Wie kommst du darauf?«

»Die Geräusche kamen anfangs immer näher. So nahe, dass ich schon dachte, es wäre aus mit mir und Sue. Und dann, plötzlich, sind sie sehr schnell leiser geworden und haben sich entfernt.«

Zusammen setzten sie Sue am Fels ab. Bull nahm ihren Kopf zwischen seine beiden Schaufelhände und betrachtete die Wunde. »Blutet ganz ordentlich«, stellte er fachmännisch fest. »Wir sollten sie besser verbinden.«

»Nicht nötig.« Sue wollte den Kopf schütteln, aber der Griff Bulls reduzierte die Geste zu einer Andeutung. »Ich mach das schon.« Sie schloss die Augen. Schweiß trat ihr auf die Stirn, und kurz darauf versiegte die Blutung. Sue hatte ihre Gabe der Zellmanipulation zur eigenen Heilung benutzt. Sie betrieb damit Raubbau an ihren ohnehin angegriffenen Kräften, aber es war die einzige Methode ohne medizinische Ausrüstung. Eine Infektion hätte schlimme Folgen haben können.

Kurz darauf huschte Ras Tschubai geräuschlos wie eine Raubkatze aus dem Wald.

»Nicht übel«, kommentierte Bull. »Altes afrikanisches Jägerblut?«

»Nein, als Kind ausgiebig gespielt.« Tschubai verzog die Lippen zu einem Grinsen. »Ein reicher Onkel hatte einen verwilderten Garten in Khartum. Meine Eltern haben sich dort oft am Wochenende von ihrem anstrengenden Business als Micro-Trader an der Börse von Addis Abeba erholt. Sie wollten keine Zahlen mehr sehen.«

»Ts, ts«, machte Bull, »du trampelst auf meinen letzten Vorurteilen rum. Nicht mal das wilde Afrika ist mehr das, was es mal war.«

Er hatte seine Bemerkung noch nicht zu Ende geführt, als Thora den Obelisken erreichte. Ihre Kleidung war makellos, als schütze sie ein unsichtbarer Schirm vor dem Schmutz und der Vegetation dieses Planeten. Rhodan sah, wie Bull den Mund öffnete, um einen bissigen Kommentar loszuwerden, es sich aber im letzten Moment anders überlegte. Man dachte besser zweimal nach, bevor man sich mit Thora anlegte – und offenbar hatte sein Freund beschlossen, seine Kräfte besser aufzusparen.

Es fehlte nur noch Chaktor.

Als sich die Minuten hinzogen, ohne dass der Ferrone zum Vorschein gekommen wäre, brach Bull das Schweigen. »Jetzt guckt nicht so, als hätte der Wetterbericht sieben Tage Regen vorhergesagt. Chaktor wird schon noch kommen. Der Bursche ist zäh! Der lässt sich nicht so leicht aufhalten!«

»Natürlich, Reg«, stimmte Rhodan zu und hoffte, dass der Freund seine Sorge nicht bemerkte.

Zumindest Thora entging sie nicht. »Wir waren bei Ihrer Vision stehen geblieben, Rhodan«, sagte sie laut. »Sie haben gesagt, eine Stimme hätte Sie gerufen. Auf Gol.«

Rhodan war froh über die Ablenkung. »Ja. Die Stimme hat gesagt, sie bräuchte mich.«

»Rhodan ...«, begann die Arkonidin vorsichtig, »... ich will Ihre Wahrnehmung nicht in Zweifel ziehen, aber sind Sie sicher, dass wir uns auf der Welt befinden, die Sie in Ihrer Vision gesehen haben?«

»Absolut sicher. Die Vision hat sich in mein Gedächtnis eingebrannt. Ich habe das Bild klar vor Augen. Die Welt aus meiner Vision und diejenige, die wir beim Anflug im Schiff Carfeschs gesehen haben, sind identisch.«

»Also gut. Nehmen wir das als gegeben. Man hat Sie hierher gerufen. Aber wir scheinen hier nicht gerade willkommen zu sein. Wie erklären Sie das?«

Rhodan überlegte. »Wer immer hinter uns her sein mag, ist nicht jener, der mich gerufen hat. Das ist eine mögliche Erklärung. Die andere ist, dass wir uns zwar auf derselben Welt befinden, aber noch nicht am Ziel.«

»Das verstehe ich nicht. Wir sind auf der Welt aus Ihrer Vision, in der einzigen Stadt dieser Welt und ...«

»Die einzige Stadt auf dieser Seite der Welt«, unterbrach Rhodan sie. »Aber diese Welt ist eine Halbkugel. Wir befinden uns auf der gerundeten Seite. Aber die Stimme hat mich auf die flache Seite gerufen. Dorthin müssen wir!«

»Sie sind gut! Wir sind eine Handvoll abgerissener Flüchtlinge auf einer fremden, hoch technisierten Welt. Und Sie wollen ernsthaft vorschlagen, wir sollen versuchen, uns zur anderen Seite durchzuschlagen? Eine flache, physikalisch völlig unmögliche Seite, deren Existenz nicht nachgewiesen ist.«

»Sie existiert. Ich bin sicher. Und außerdem: Was wären die Alternativen?«

»Wir könnten uns stellen!«

»Und aufgeben? Vergessen Sie nicht, dass wir nach der Ankunft auf Reyan um ein Haar eliminiert wurden. Nicht jeder Diener von ES dürfte wie Carfesch gestrickt sein und Zweifel kennen!«

»Natürlich nicht.« Zornesadern bildeten sich auf der Stirn der Arkonidin. »Aber was Sie vorschlagen, ist unmöglich!«

»Ist es das? Ich glaube nicht.« Rhodan ging einige Schritte weiter, zu der Sandfläche, die er bei seiner Umrundung des Obelisken registriert hatte. Er sank auf die Knie und scharrte mit den Fingern eine Darstellung der runden Seite von Wanderer in den Sand. Er benötigte nur wenige Augenblicke dazu. Das Bild hatte sich so tief in sein Gedächtnis eingebrannt, dass er es auch mit geschlossenen Augen hätte zeichnen können.

»Wir sind hier!«, erklärte er und steckte seinen Zeigefinger tief in den Sand. »An der Ostküste des Nordkontinents. Meiner Schätzung nach liegt diese Stadt keine fünfhundert Kilometer von der Schnittkante des Planeten entfernt. Dazwischen liegt nur der Ozean. Mit einem Fluggerät ein besserer Katzensprung.«

»Sie glauben nicht im Ernst, dass wir damit durchkommen würden!«

»Nein. Aber es gibt eine traditionelle Möglichkeit, einen Ozean zu überqueren. Mit einem Boot.«

»Wir haben kein Boot!«, versetzte Thora bissig.

»Noch nicht. Die Stadt erstreckt sich bis an die Küste. Der Gedanke, dort könnte ein Hafen existieren, ist zumindest nicht von der Hand zu weisen.«

Es arbeitete in Thora. Schließlich sagte sie: »In Ordnung. Ich gebe mich Ihrem naiven Optimismus geschlagen. Für den Moment. Nehmen wir an, wir haben ein Boot, und es gelingt uns, bis an die Kante vorzudringen. Was dann? Dieses widernatürliche Konstrukt muss durch außerordentlich starke Energiefelder stabilisiert werden. Was würde sonst den Ozean davon abhalten, sich über die Kante zu ergießen?«

»Das haben sich unsere Vorfahren auch gefragt, die die Erde für eine Scheibe hielten.« Rhodan hob die Hand, bevor Thora zu einer scharfen Entgegnung ansetzen konnte. »Nur ein Scherz! Ja, ich stimme Ihnen zu. Dort wird es Barrieren in irgendeiner Form geben. Aber ich habe in meiner Vision gesehen, dass auch auf der flachen Seite des Planeten große Wasserflächen existieren. Die Vermutung liegt also nahe, dass es Wasserkreisläufe gibt, die beide Seiten Wanderers einschließen. Damit ist es also wahrscheinlich, dass eine irgendwie geartete Verbindung besteht, die wir für unsere Zwecke nutzen können.«

Thora musterte Rhodan lange mit einem Blick, in dem sich Hochmut, Mitleid und Achtung mischten. »Das ist möglich, aber geradezu abenteuerlich weit hergeholt.«

»Nicht weiter hergeholt als diese unmögliche Welt, wenn Sie mich fragen. Oder die Unsterblichkeit. Wir ...«

»Achtung!«, rief Ras Tschubai, der es übernommen hatte, über die Gruppe zu wachen, während sie ihre Pläne schmiedeten. »Da kommt etwas auf uns zu!«

Rhodan straffte sich. Hatten ihre Verfolger doch noch ihre Spur gefunden? Sie mussten mit dem schlimmsten Fall rechnen. »Bereitmachen zur Flucht!«, sagte er laut. »Jeder schlägt sich auf eigene Faust durch! Wir treffen uns am Hafen der Stadt!«

Er sah zu Sue, die nur mit Mühe auf die Beine kam. Bull eilte zu ihr, nahm ihre Hand und zog sie mit einem beherzten Ruck auf die Beine. Das Mädchen stand, wenn auch schwankend.

»Sue, geht es?«, fragte Rhodan.

»Ja, gleich. Die Wunde hat nur viel Kraft gekostet ...« Sie griff sich an die Stirn. Dort war nur noch mit Mühe eine helle Stelle zu erkennen. Die Haut war unverletzt.

»Es ist nur einer!«, rief Tschubai, der sich jetzt direkt am Waldrand postiert hatte.

»Na also!« Bull stemmte sichtlich erleichtert die Hände in die Hüften. »Das muss Chaktor sein! Habe ich es nicht gleich gesagt? Unsere praktische und quadratische Blauhaut ist unverwüstlich!«

Der Freund hatte es kaum gesagt, als mit Wucht eine Gestalt aus dem Unterholz brach, drei, vier Schritte weiterstolperte und der Länge nach in das breithalmige Gras stürzte.

Die Gestalt war weder quadratisch, noch war ihre Haut blau.

Sie war groß gewachsen und schlank. Ihre Haut war von einem Schwarz, das noch tiefer schien als das des Sudanesen Ras Tschubai.

»Quiniu Soptor!«, rief Thora. »Das ist unmöglich!«

Die Frau im Gras wand sich, murmelte Unverständliches.

Sue rannte zu ihr und beugte sich über sie. Das Mädchen legte eine Hand auf die Frau. Die Halbarkonidin zuckte zurück, aber entspannte sich, als Sue leise auf sie einredete.

Rhodan folgte Sue, ging in die Knie. »Es ist alles gut«, flüsterte er. »Sie sind unter Freunden!« Die Frau schien ihn nicht zu hören. Ihre Augen waren blicklos. Ihre Iriden waren silbern und glänzten im Licht der Sonne wie funkelnder Chrom. Das Haar ... das Haar war kein Haar, stellte Rhodan fest. Es waren rote, flaumige Federn. Doch das Federkleid war löchrig, die verbliebenen Federn waren verklebt.

Rhodan sah zu Sue. Das Mädchen nickte. Sie würde sich um sie kümmern.

Er stand auf, trat zu Thora, die keine Anstalten machte, zu ihr zu gehen, und sagte leise: »Kennen Sie diese Frau?«

»Ja. Es ist Quiniu Soptor. Eine Halbarkonidin. Sie gehörte zur Besatzung der AETRON.« Thoras Stimme klang gepresst.

»Soptor hat Sie bei der Erkundung des irdischen Sonnensystems in einem zweiten Aufklärer begleitet?«

»Ja.«

»Sie ist neben Ihnen und Crest und Tamika die einzige Überlebende der AETRON?«

»So ist es.«

»Sie freuen sich nicht, sie zu sehen?«

»Wieso sollte ich?« Eine tiefe Falte grub sich zwischen die Augen der Arkonidin. »Ich hatte Chaktor erwartet, einen Kameraden, der sich vielfach bewährt hat. Stattdessen kam eine Verräterin!«

»Eine Verräterin? Das müssen Sie mir erklären.« Rhodan musste sich zwingen, nicht einen Schritt zurückzuweichen. Thoras Wut war einschüchternd.

»Sie hat sich über der Venus aus dem Staub gemacht! Mein Aufklärer geriet in das Feuer der Venuszuflucht. Aber statt mir und meiner Kopilotin Tamika beizustehen oder wenigstens nach unserem Absturz nach uns zu suchen, hat sich Soptor aus dem Staub gemacht.«

»Thora, ich kann Ihre Wut nachvollziehen. Aber gegen die Übermacht der Venuszuflucht hätte ein zweiter Aufklärer nichts ausrichten können. Das muss Ihnen klar sein. Und Quiniu Soptor musste davon ausgehen, dass Sie und Tamika den Abschuss nicht überlebt haben. Es wäre töricht von ihr gewesen, das eigene Leben mit einer Rückkehr zu riskieren.«

Thora fixierte Rhodan mit ihrem stechenden Blick. Sie schwieg einige Sekunden, dann sagte sie: »Mag sein. Aber auf der Erde ist sie untergetaucht. Statt sich bei ihrem befehlshabenden Offizier zu melden, hat sie sich zusammen mit dem Roboter Rico verdrückt. Das ist Fahnenflucht! In der arkonidischen Flotte steht darauf der Tod. Und soweit ich informiert bin, ist das in irdischen Armeen nicht anders.«

»Wir sind keine Armee!«, schaltete sich Bull ein. Sein Gesicht war rot angelaufen, zeigte Rhodan an, dass der Freund drauf und dran war, sich mit Thora anzulegen. Bull hatte eine Schwäche für Schwache. Er konnte nicht anders, als die so unverhofft aufgetauchte Halbarkonidin in Schutz zu nehmen.

»Natürlich nicht«, entgegnete Thora. »Wir sind nur ein elendes Häuflein Gejagter und Verzweifelter unendlich weit und wahrscheinlich Tausende von Jahren von ihrer Heimat entfernt. Wir kämpfen mit nackter Not um unser Leben. Wir können uns weder Gefangene noch falsch verstandenes Mitgefühl leisten!«

»Sie hat uns nichts getan!«, rief Sue. Sie hatte die Arme schützend um Quiniu Soptor geschlungen – so gut es ging jedenfalls. Ihre Arme waren viel zu kurz. »Sehen Sie nicht, dass sie leidet? Sie hat Angst! Sie ist wie wir auf der Flucht. Sie braucht unsere Hilfe!«

»Das ist mir nicht entgangen.« Thora sagte es leise und langsam. Als müsste sie jeden Ton einzeln herauspressen. »Aber wie, bitte schön, sollen wir ihr helfen?«

»Sie kann sich uns anschließen«, sagte Sue. »Was macht es schon aus, wenn wir eine mehr sind?«

»In ihrem Zustand? Sie kann nicht einmal stehen!«

»Das wird wieder! Ich ... Im Augenblick bin ich erschöpft. Aber Sie wissen, dass ich ihr Kraft spenden kann!«

»Das weiß ich sehr gut.« Die Arkonidin sagte es mit einer überraschenden Sanftheit, die verriet, dass auch zwischen ihr und Sue ein Band gewachsen war. »Aber das ist unmöglich. Ihre Kraft, Sue, ist bewundernswert, aber endlich. Und Quiniu Soptor trägt keinen Multideflektor. Sie würde uns innerhalb kürzester Zeit verraten. Wir dürfen sie nicht in unserer Nähe dulden, sonst sind wir verloren!«

Sie drehte sich um und sah Rhodan fragend an. Thora sagte nichts. Aber das musste sie nicht. Ihr Blick sagte genug. Die Arkonidin hatte sich an ihn, den Anführer, gewandt. Sie erwartete eine Entscheidung von ihm. Die Entscheidung, wie sie ein Anführer zu treffen hatte. Im Sinn des übergeordneten Ganzen.

Und eigentlich gab es keine Alternative: Sie mussten Quiniu Soptor zurücklassen und so schnell wie möglich aufbrechen. Thora hatte recht. Die Halbarkonidin gefährdete sie alle. Er musste ihr Schicksal gegen das seiner Kameraden abwägen. Fünf Leben gegen eines. Eine simple Rechnung.

Und doch ...

Sie kämpften um das Überleben auf Wanderer, das war richtig. Aber das war nicht der Grund, weshalb er und seine Gefährten sich aufgemacht hatten. Sie waren unterwegs, um den todkranken Crest da Zoltral zu retten. Um vielleicht die mythische Welt des Ewigen Lebens zu finden. Um Leben zu retten.

Und jetzt sollte er diese Frau, die ebenso wie sie den Mut gefunden hatte, sich einem Transmitter und damit dem Ungewissen anzuvertrauen, die offenbar vor Angst den Verstand verloren hatte, ihrem Schicksal überlassen?

Nein. Er konnte es nicht.

»Quiniu Soptor bleibt bei uns«, entschied er. »Sie gehört zu uns. Wir nehmen sie mit, sobald sie die Kraft dazu hat. Sue?«

»Sie braucht etwas Ruhe. Ich unterstütze ihre Regeneration nach Kräften. In einer halben Stunde ist sie so weit, hoffe ich.«

Rhodan nickte. »Gut. Wir warten. Das gibt auch Chaktor die Chance, zu uns zu stoßen.«

»Rhodan!« Thora war unmittelbar vor ihn getreten. »Überdenken Sie noch einmal Ihre Entscheidung. Sie ...«

»Ein Deflektor!«, rief Sue plötzlich. »Seht nur, sie hat einen Deflektor wie wir!« Das Shirt Soptors war hochgerutscht. An ihrer Hüfte haftete unverkennbar eine dünne Matte, wie sie Rhodan und seine Gefährten von Carfesch erhalten hatten – und sie für Verfolger unsichtbar machen sollten.

»Da bleibt selbst einem alten Astronauten, der die Wunder der NASA-Bürokratie am eigenen Leib erlebt hat, die Spucke weg!« Bull prustete laut. »Was soll das jetzt? Woher hat sie den Deflektor? Von Carfesch? Aber wieso hat er sie nicht gleich mit uns losgeschickt?« Er schüttelte den Kopf so heftig, als wolle er das Gewirr seiner Gedanken im Schädel zurechtschütteln. »Ehrlich gesagt: Ich kapiere das nicht!«

»Und ich auch nicht, Reg«, schloss sich Rhodan dem Freund an. »Aber es ist gut, dass Soptor einen Deflektor hat. Wenn sie wieder bei sich ist, werden wir sie befragen. Ihr Wissen könnte sich als überlebenswichtig für uns herausstellen.« Er wandte sich an Thora. »Einverstanden?«

Die Arkonidin rang mit sich. Schließlich sagte sie: »Sie wissen, dass ich Sie schätzen gelernt habe, Rhodan. Aber Sie sind zu weich. Sie haben noch viel zu lernen ...«

Thora machte kehrt und verschwand hinter dem Obelisken.

Bull sah ihr aus zusammengekniffenen Lidern nach. »Eins muss ich ja zugeben: Ich habe unsere arkonidische Prinzessin durchaus zu schätzen gelernt. Aber manchmal glaube ich, dass sie nicht nur eine Knochenplatte statt Rippen hat, sondern auch einen Stein statt eines Herzens. Kennt sie keine Gefühle?«

»Doch«, antwortete Rhodan. »Aber keine menschlichen, sondern arkonidische.«

Kapitel 10

Carfesch

»Was ist, Schiff? Hat Homunk doch etwas gemerkt?«

Carfesch spürte, wie das Filtergewebe, das seine Atemöffnung schützte, vor Erregung zitterte. Er hatte geglaubt, die Krise sei überstanden.

»Einen Augenblick«, antwortete das Schiff. »Ich sende eine Nanosonde aus.«

Es erzeugte ein neues Holo. Eine rasende Kamerafahrt, die ihren Ausgang am Landefeld nahm. Die Sonde stieg hoch über die verlassene Stadt, die Carfesch noch nie belebt gesehen hatte, und stürzte sich dann wie ein Raubvogel auf den Wald, der sich an Landefeld und Stadt anschloss.

Im nächsten Moment stieß die Sonde durch das Dach der Vegetation und tauchte in das Halbdunkel des Waldes, wohin Rhodan und seine Gefährten vor wenigen Stunden verschwunden waren.

»Ist etwas mit Rhodan geschehen?«, fragte sich Carfesch laut. »Aber die Multideflektoren schützen sie zuverlässig vor Homunk und allen robotischen Systemen der Stadt!«

Das Schiff antwortete nicht.

Die Sonde hatte jetzt den Boden erreicht. In Augenhöhe bremste sie ihren Sturzflug ab, raste stromaufwärts einen Bach entlang. Winzige Schwarmvögel, die die Sonde mit einem Leittier ihrer Art verwechselten, schlossen sich dem autonomen Flugkörper an, vermochten zu Carfeschs Erstaunen das halsbrecherische Tempo mitzuhalten.

Eine gedrungene, humanoide Gestalt kam ins Bild. Sie sprang geschickt von Stein zu Stein, der Stadt entgegen. Ihr Oberkörper war nackt, der Blick auf die blaue Haut war ungehindert.

»Der Ferrone Chaktor!«, rief Carfesch. »Und du kannst ihn wahrnehmen, Schiff! Ist sein Multideflektor defekt?«

»Nein.« Die Sonde verlangsamte ihr Tempo, setzte an, den Ferronen zu umkreisen. Die Schwarmvögel folgten ihrer Vorgabe. Chaktor brüllte etwas in seiner Sprache und schlug im Laufen nach den Tieren aus. Der Ferrone war schnell, aber die Tiere wichen seinen Schlägen dennoch mühelos aus.

»Aber das ist unmöglich, Schiff! Du bist robotisch. Der Deflektor muss Chaktor dafür schützen, von dir wahrgenommen zu werden!«

»Nicht, wenn Chaktor keinen mehr besitzt.«

»Das ist mehr als unwahrscheinlich. Die Deflektoren verbinden sich fest mit der Haut des Trägers. Gegen seinen Willen lassen sie sich nicht lösen.«

»Gegen diesen nicht. Aber was, wenn genau das der Wille des Trägers ist?«

»Du meinst, Chaktor soll sich den Deflektor selbst von der Haut gerissen haben? Das ist lächerlich! Wozu soll er sich seines einzigen Schutzes berauben?«

»Das kann ich nicht beantworten. Ich kann nur feststellen, dass er es getan hat. Sieh!« Die Sonde stoppte ihre Fahrt ab, zoomte eine Stelle am Rücken des Ferronen heran. Auf einer rechteckigen Fläche war die Haut des Ferronen stark verdunkelt, beinahe schwarz – einer Fläche, die exakt den Ausdehnungen eines Deflektors entsprach.

»Er hat ihn vom Leib gerissen!«, sprach Carfesch das Offensichtliche aus.

»So ist es«, stellte das Schiff lapidar fest.

»Er muss den Verstand verloren haben.«

»Das bezweifle ich. Ich gehe davon aus, dass Chaktor seiner eigenen Logik folgt.«

Carfesch beobachtete einige Augenblicke lang stumm, wie der Ferrone sich weiter zielstrebig in Richtung Stadt vorarbeitete. Es musste ihm doch klar sein, dass er dort allenfalls kurze Zeit unentdeckt bleiben würde. Was trieb ihn an? Carfesch versuchte, in den Augen Chaktors zu lesen. Es gelang nicht. Sie lagen zu tief in den Höhlen, als dass er überhaupt einen Blick auf sie hätte erhaschen können.

»Erklär mir diese merkwürdige Logik!«, verlangte er vom Schiff.

»Chaktor muss bemerkt haben, dass man ihn und seine Gefährten verfolgt. Er ...«

»Das ist unmöglich!«, unterbrach Carfesch das Schiff.

»Das sagtest du bereits. Die Roboter der Stadt sind ihnen indirekt auf die Spur gekommen. Dank der Deflektoren können sie weder Chaktor noch Rhodan, noch einen anderen Angehörigen der Gruppe wahrnehmen. Aber sie können ihre Spuren erkennen. Und im Unterholz des Waldes hinterlassen Rhodan und seine Gefährten viele Spuren. Sie hätten sich in Richtung Stadt wenden sollen. Dort wären sie sicher gewesen.«

Die Erkenntnis traf den Kundschafter wie ein Schlag. Das Schiff hatte recht. Und es wäre seine Aufgabe gewesen, ihnen den richtigen Weg zu weisen. Er hatte es in der Aufregung versäumt.

»Ich verstehe nicht, worauf du hinauswillst, Schiff. Selbst wenn deine Vermutung zutrifft, ergibt es keinen Sinn, sich des Deflektorschutzes zu berauben – und noch weniger, im Anschluss daran in die Stadt zurückzukehren!«

»Aus Chaktors auf sich selbst bezogener Sicht nicht. Für die Gruppe schon. Ich habe die Aufzeichnungen analysiert, die ich von den Interaktionen der Gruppe gemacht habe. Chaktor verehrt Perry Rhodan. Er benutzt eine formale Anrede, wenn er ihn anspricht. Er hält ihn für den legendären ›Lichtbringer‹ aus der Überlieferung seiner Kultur. Chaktor würde alles tun, damit Perry Rhodan in Freiheit bleibt.«

»Du glaubst, er will sich opfern, damit Rhodan mit dem Rest seiner Gefährten entkommen kann?«

»Es ist der einzige Schluss, der der Datenlage gerecht wird.«

Nur noch wenige hundert Meter trennten den Ferronen jetzt vom Waldrand. Chaktor hatte den Mund weit aufgerissen. Seine Zunge hing wie ein Lappen heraus, um ihm über die Verdunstung von Speichel Kühlung zu verschaffen. Sie mutete Carfesch überdimensioniert an, zu groß, als dass sie in Mund und Rachen des Mannes Platz gehabt hätte. Sie musste bei fortgesetzten körperlichen Anstrengungen wie dieser anschwellen, schloss er.

Carfesch verspürte eine grimmige Befriedigung bei dem Anblick. Chaktors heroisches Unterfangen bestätigte ihn in gewisser Weise. Dem Ferronen erging es wie ihm selbst: Er glaubte, in Perry Rhodan ein besonderes Wesen zu erkennen.

Doch der Heroismus Chaktors war zum Scheitern verurteilt. Sobald man ihn gefangen hatte, würden die Robotwächter ihn an Homunk übergeben. Und Homunk würde nicht ruhen, bevor er Antworten von dem Ferronen erhalten hatte. Ganz gleich, um welchen Preis.

»Wurde Chaktor bereits registriert?«, fragte Carfesch.

»Noch nicht. Die Spürroboter kämmen den Wald systematisch durch. Mit einer Kehrtwende rechnen sie nicht.« Das Schiff schwieg einen Augenblick, während es weitere Datensätze analysierte. »Homunk ist abgelenkt. Er ist mit Jymenah in der Stadt, aber er und die Zwergin sind damit beschäftigt, die Ehrenwerten zu beobachten, in deren Begleitung Quiniu Soptor nach Wanderer gekommen ist.«

Carfesch erlaubte sich ein Aufatmen, wenn auch ein behutsames. Noch war Chaktor nicht entdeckt, noch war es nicht zu spät.

»Wir müssen rasch handeln!«, mahnte das Schiff. »Wenn Chaktor in die Hände Homunks fällt, wird dein ... dein regelwidriges Handeln nicht lange verborgen bleiben. Die Konsequenzen wären nicht abzusehen.«

Das Schiff wählte seine Worte mit Bedacht. Homunk würde Carfeschs Fehlverhalten an ES berichten, und die Chancen des Kundschafters auf eine weitere Zellregeneration würden damit verschwindend gering sein. Er würde sterben.

»Hol Chaktor an Bord!«, befahl Carfesch.

»Das geht nicht. Mich trennen knapp drei Kilometer Luftlinie von seinem derzeitigen Standort. Und er trägt keinen Deflektor. Mein Vorgehen würde nicht unbemerkt bleiben.«

»Dann ... dann bin ich verloren!«

»Nein. *Wir* sind verloren«, stellte das Schiff fest. »Ich habe dir geholfen, Carfesch. Weder Homunk noch ES werden das übersehen.«

Der Kopf des Kundschafters ruckte hoch. Wir? Das Schiff war nur eine Maschine. Es kannte keinen Tod. Wie sollte es ihn fürchten?

»Aber es bleibt uns noch eine Möglichkeit«, sagte das Schiff. »Sie ist mit hohen Risiken behaftet, aber in unserer Situation ist jedes Risiko gerechtfertigt.«

»Sag sie mir!«

»Wir müssen eine Ablenkung schaffen. Eines meiner Hecktriebwerke zeigt seit einigen Wochen Leistungsschwankungen, die trotz größter Anstrengungen bisher nicht erklärt werden konnten. Die Schwankungen sind in meiner Logdatei dokumentiert.«

»Was hat ein defektes Hecktriebwerk mit unserer Lage zu tun?«

»Nun, da wir auf Wanderer gelandet sind, besteht die Gelegenheit, das Triebwerk in einem Simulationslauf zu überprüfen, nicht?«

Das Gesicht des Ferronen war jetzt dunkelblau angelaufen vor Überhitzung. Trotzdem beschleunigte Chaktor seine Schritte. Er musste spüren, dass die Stadt unmittelbar vor ihm lag.

»Worauf willst du hinaus, Schiff?«

»Der Simulationslauf endet in einer Katastrophe. Das Triebwerk explodiert. Der Energieausbruch überdeckt alle anderen energetischen Aktivitäten im Umkreis von mehreren Kilometern.«

»Du willst dir um meiner Willen Gewalt antun?«

»Für uns. Wir haben keine andere Wahl. Wir sind bereits zu weit gegangen. Es gibt kein Zurück.«

Carfeschs Gedanken rasten. Er war ein Kundschafter von ES. Jedem Kundschafter von ES war ein Schiff zugeteilt. Das Schiff schuldete ihm Gehorsam, war ihm der einzige Gefährte auf den Missionen, die oft viele Jahre der Einsamkeit bedeuteten. Der Kundschafter schuldete es dem Schiff, dass ihm kein Unheil geschah. Eine Selbstverstümmelung war undenkbar.

»Nein!«, rief er. »Das darfst du nicht tun!«

»Ich muss es tun.«

»Ich verbiete es ...«

Ein harter Knall schnitt ihm das Wort ab. Der Boden unter ihm bäumte sich auf. Carfesch wurde gegen die Wand geschleudert und im letzten Moment von einem Energieschirm aufgefangen. Weitere, weniger starke Explosionen ließen das Schiff in raschen Abständen erbeben.

»Der Simulationslauf ist gescheitert, ich hole Chaktor an Bord«, sagte das Schiff, sachlich wie immer. Täuschte sich Carfesch, oder hörte er da einen gepressten Unterton heraus?

Kaum hatte das Schiff seinen Entschluss verkündet, blieb der Ferrone stehen, als wäre er gegen eine gläserne Wand gerannt. Chaktor stieß einen lautlosen Schrei aus – die Sonde übertrug keine Audiodaten –, er wand sich, wollte kehrtmachen und in die andere Richtung davonrennen. Eine weitere unsichtbare Wand hielt ihn an Ort und Stelle. Ein handgroßer Schemen raste heran, klatschte gegen den Rücken des Ferronen. Ein neuer Multideflektor, getragen von einem halben Dutzend Nanosonden. Die Augen Chaktors, für gewöhnlich so tief in den Höhlen, dass sie unsichtbar blieben, traten hervor, als er die Berührung spürte.

Der Deflektor verankerte sich.

Chaktor wurde von der unsichtbaren Hand des Zugstrahls in die Höhe gerissen. Der Schwarm der Sonden blieb an dem Ferronen dran. Die Schwarmvögel blieben zurück. Sie verließen niemals den Wald.

Sekunden später erreichte der mit Händen und Armen verzweifelt rudernde Chaktor das Schiff, wurde durch eine Schleuse in einen Hangar getragen. Die Tore der Schleuse schlossen sich hinter dem Ferronen, der, vom Griff des Zugstrahls befreit, wimmernd zusammensackte.

»Wir haben ihn«, kommentierte das Schiff das Offensichtliche.

»Hat Homunk etwas bemerkt?«

»Soweit ich das beurteilen kann, nein«, antwortete das Schiff. »Der Energieausbruch der Explosion hat die Signatur des Zugstrahls so weit verfälscht, dass nicht erkennbar ist, dass er zu anderen Zwecken als zur Bekämpfung der Folgen des Unfalls eingesetzt wurde. Und der Multideflektor hat Chaktor erreicht, bevor Homunk oder eine andere Maschine den Ferronen registriert haben.«

»Das heißt, wir haben es geschafft?«

»Ja. Aller Wahrscheinlichkeit nach. Es sei denn, Homunk würde über andere, uns unbekannte Möglichkeiten der Sinneswahrnehmung verfügen. Und das ist auszuschließen, nicht wahr?«

»Ja, das ist es. Er ist nur eine Maschine.«

Kapitel 11

Perry Rhodan

Sie arbeiteten sich im Gänsemarsch durch den Wald, dem Meer entgegen.

Reginald Bull ging voran. Er hatte einen langen Stock gefunden und benutzte ihn wie eine Machete, womit er ihnen den Weg frei haute. Ihm folgte Rhodan in drei Schritten Abstand, um nicht in die Bahn des pfeifend hin und her sausenden Stocks zu geraten. Hinter Rhodan gingen Sue und Ras Tschubai. Sie hatten Quiniu Soptor zwischen sich genommen. Die Halbarkonidin hatte die Augen fast geschlossen, ging auf Zehenspitzen, als passiere sie Glasscherben. Oder als wolle sie diese Welt so wenig wie möglich berühren.

Den Abschluss bildete Thora. Die Arkonidin wandte sich immer wieder um, ging einige Schritte rückwärts, während ihr Blick über das Halbdunkel des Waldes streifte.

Thora hatte Angst.

Rhodan konnte es nachvollziehen. Es ging ihm nicht anders.

Ihr Gefährte Chaktor war verschwunden – in diesem Wald. Was mochte ihm zugestoßen sein? War er einem Raubtier zum Opfer gefallen? Hatte er sich ein Bein gebrochen und lag hilflos irgendwo im Dickicht? Hatten ihn ihre unsichtbaren Verfolger aufgespürt?

Und Quiniu Soptor? Ihr Zustand war jämmerlich. Es tat Rhodan weh, sie nur anzusehen. Was hatte man ihr angetan? Und wer?

Rhodan zuckte zusammen, als er ein Knacken hörte. Er warf den Kopf herum, spähte in den Wald, aber da war nichts. Glaubte er. Woher war aber dann das Knacken gekommen?

Der Wald war ihm unheimlich geworden. Perry Rhodan kannte dieses Gefühl. Als Kind hatte sein Onkel Karl ihn auf eine Treckingtour in die Adirondacks im Nordosten des Bundesstaates New York mitgenommen. Sechs Tage und sechs Nächte in der Wildnis, bepackt mit einem Rucksack, der so schwer war, dass der Achtjährige bei jedem Schritt befürchtet hatte, seine Knie würden nachgeben. Sie taten es nicht, und sein Onkel hatte ihn gelehrt, dass jedem Menschen Dinge möglich waren, die er nicht für möglich hielt. Man musste sich nur etwas zutrauen.

Und der Onkel hatte dem Jungen beigebracht, dass er keine Angst zu haben brauchte. Rhodan, der seinen Onkel beinahe mehr liebte als seine eigenen Eltern, hatte Karl geglaubt. Tagsüber, im Sonnenschein, war das nicht schwer gewesen. Aber mit der Dämmerung hatte die Angst ihre Finger nach dem Achtjährigen ausgestreckt, in der Dunkelheit hatte sie ihn fest im Griff gehabt.

Perry Rhodan hatte kein Auge zugetan. Der Wald, der ihn am Tag mit seiner Stille beeindruckt hatte, schien in der Nacht zu einem geisterhaften, bedrohlichen Leben zu erwachen. Es knackte, Steine polterten, Tiere stießen ihre Rufe aus. Und jeden Augenblick, war der Junge überzeugt gewesen, würde die Pranke eines Bären durch die Zeltwand stoßen, vom Duft der Zahnpasta angelockt, die der Achtjährige vergessen hatte, aus seinem Rucksack zu nehmen.

Die Bärenpranke war ausgeblieben. Nacht um Nacht. Die Angst war wiedergekommen. Nacht um Nacht.

Jetzt, auf dieser wundersamen Welt, die eigentlich ein Paradies sein sollte, unendlich weit entfernt von der Wildnis der Adirondacks, legte sich ihr Griff wieder um Perry Rhodan.

Der Wald, gaukelte ihm die Angst vor, wimmelte vor Raubtieren und robotischen Verfolgern. Sie belauerten Rhodan, würden jeden Moment über ihn herfallen.

Seine Gefährten spürten es auch. Ihr Atem war ein unterdrücktes Keuchen. Sie schwiegen die meiste Zeit, und wenn jemand sprach, war es ein gepresstes Flüstern – und mutete Rhodan unerträglich laut an.

Die Minuten zogen sich dahin. Das Unterholz wurde dichter, das Fortkommen schwieriger. Bull keuchte lauter, seine Schläge wurden fahriger. Und dann, übergangslos, blieb der breitschultrige Freund stehen, drehte sich auf dem Absatz um, hieb sich mit der flachen Hand auf die verschwitzte Stirn und sagte laut: »Mann, was sind wir für Trottel!«

Seine Bemerkung war wie ein Schrei. Unerträglich laut.

»Bull, beherrschen Sie sich!«, wies ihn Thora zurecht. »Wir werden verfolgt!«

»Und wennschon! Wir können schreien, so viel wir wollen. Oder singen und tanzen, wenn uns danach ist. Das macht nichts.«

»Der Durst setzt Ihrem Verstand zu. Ich habe Ihnen am Bach doch gesagt, Sie sollen trinken!«

»Wasser! Ein gutes Stichwort!« Bull sagte es fröhlich, als freue er sich, dass die Arkonidin ihm half, seine Gedanken zu ordnen. »Wir sind wie der Unsichtbare im Wasser!«

»Wovon reden Sie da?«

»Von uns! Wir sind unsichtbar dank dieser hiesigen Marke von Nikotinpflastern.« Bull klopfte auf die Hüfte, an der sich der Multideflektor verankert hatte. »Aber man kann uns an der Umgebung erkennen. Es ist wie in diesem schlechten alten Film. Der Held ist unsichtbar, aber wenn er ins Wasser steigt, bildet es seine Umrisse nach – und seine Tarnung ist dahin!«

Thora musterte Bull kühl. »Ich darf Sie darauf hinweisen, dass wir, obwohl wir schweißgebadet sind, uns nicht im Wasser befinden.«

»Aber im Wald! Wir hinterlassen hier Spuren!« Er hob den Stock, mit dem er ihnen eine Schneise durch das Unterholz geschlagen hatte. »Deshalb kommt man uns auf die Spur! Wir waren Trottel, in den Wald zu rennen. Unsere Instinkte sagen uns, dass wir dort Schutz finden. Wie unsere Vorfahren von der Savanne in den Wald gerannt sind, um sich vor Raubtieren zu retten. Aber wir haben ja die Deflektoren. Wir müssen uns ganz auf sie verlassen, auch wenn das gegen unsere Intuition verstößt!«

»Bull, Sie ...«, setzte Thora an. Rhodan hob eine Hand. Zu seiner Verwunderung brach sie ab.

»Du meinst«, wandte er sich an seinen Freund, »das beste Versteck ist nicht hier im düsteren Wald, sondern im strahlenden Sonnenschein. In dieser glänzenden Stadt?«

»Genau, dort hinterlassen wir keine Spuren.« Bull grinste. »Du kennst mich ja, Perry, die Lichter der Großstadt ziehen mich magisch an.«

»Ja, ich kenne dich.« Rhodan erwiderte das Grinsen seines Freundes, zwinkerte ihm zu. »Auf in die Stadt!«

Mit neuem Schwung hieb Bull in das Unterholz. Er wandte sich nach links, der nahen Stadt entgegen.

Eine knappe Stunde später ließ Reginald Bull es sich nicht nehmen, als Erster aus dem vermeintlichen Schutz des Waldes zu treten.

Thora schloss zu ihm auf.

Der Terraner und die Arkonidin traten zwischen die ersten Häuser der Stadt. Es waren unwirkliche, filigrane Gebilde. Aus der Ferne erinnerten sie Rhodan an Seifenblasen, allerdings in unmöglichen Formen – und er bezweifelte, dass diese Gebilde platzten, wenn man sie mit dem Finger antippte.

Bull und Thora blieben stehen und warteten.

Tschubai ging neben Rhodan in Startposition, den Oberkörper auf die Handflächen gestützt, den rechten Fuß an den Stamm eines Baumes, um sich mit aller Macht abdrücken zu können. Der Teleporter würde zu den beiden Gefährten sprinten, sollte sich Bulls gewagte Hypothese als Wunschdenken erweisen, und mit den beiden teleportieren.

Doch nichts geschah. Rhodan zählte seine Herzschläge. Als er zweihundert erreichte – kaum eine Minute war vergangen, sein Puls schlug hart und schnell vor Aufregung –, gab er seinen Gefährten ein Zeichen.

Tschubai kam hoch, nahm zusammen mit Sue Quiniu Soptor in die Mitte, und gemeinsam mit Rhodan kamen sie aus ihrer Deckung heraus.

Bull winkte ihnen zu. »Kommt schon! Die erste Minute fühlt sich merkwürdig an, danach geht es.«

Sie machten sich auf den Weg in Richtung der Küste. Bull übernahm die Führung, Rhodan ließ sich nach hinten fallen. Was war das für eine Stadt? Sie war verlassen, aber mit Sicherheit nicht aufgegeben. Die Straßen und Häuser waren makellos; glitzernde Perfektion, die ihn blendete, wenn ein Sonnenstrahl in ungünstigem Winkel auf sie fiel.

Die Stadt wartete.

Aber auf wen? Sie gehörte diesem obskuren ES wie dieser gesamte Planet. War »ES« lediglich ein Sammelbegriff für die Bewohner dieser Stadt? Und wenn dem so war, wieso lebten die Bewohner nicht in ihrer eigenen Stadt? Wohin waren sie gegangen?

»Halt!«, rief Bull laut und zeigte schräg vor sich. Rhodan sah in die Richtung, in die sein ausgestreckter Arm wies. Zwei Maschinen kamen ihnen entgegen.

Rhodan zwang sich, stehen zu bleiben. Entweder funktionierten die Deflektoren, die Carfesch ihnen gegeben hatte, oder sie waren entdeckt. Die Maschinen mussten sie längst wahrgenommen haben.

Quälend langsam kamen die Maschinen näher. Sie waren etwa so groß wie ein Hund und bewegten sich auf sechs Gliedmaßen fort. Mit einer Geschmeidigkeit, die Rhodan verblüffte. Die Maschinen erreichten die Gruppe der Flüchtlinge – und passierten sie ohne Zögern.

»Bingo!«, rief Bull, kaum dass sie in eine Seitenstraße abgebogen waren.

Sie setzten ihren Weg fort, ohne weiteren Maschinen zu begegnen. Nach einer geschätzten Viertelstunde roch Rhodan den salzigen Duft des Meeres. Nach einer weiteren Viertelstunde sah er es.

Die glänzenden Häuser säumten eine Bucht, die tief in die Hügellandschaft schnitt. Entlang eines Kais schaukelten Boote träge auf der sanften Brandung. Es waren Katamarane, allerdings ohne Masten.

Unschlüssig blieben sie stehen. Ihr Plan war klar. Sie brauchten ein Boot, das sie an die mutmaßliche Schnittkante von Wanderer brachte. Aber welches sollten sie wählen?

»Das hier!« Thora zeigte auf einen Katamaran, dessen Doppelrumpf breiter war als die der übrigen Boote. »Es hat einen größeren Tiefgang!«

Sie inspizierten das Boot. In den Rümpfen fanden sich Kabinen, die leer waren, aber als Sue sich auf den Rücken fallen ließ, entstand ein flimmerndes Bett aus dem Nichts und fing sie auf. In einer anderen Kabine erhielten sie Wasser und einen Brei, indem Ras Tschubai die Arme ausstreckte und sagte: »Ich habe Durst! Ich habe Hunger!«

Das Wasser war erfrischend kühl. Der Brei dagegen erinnerte Rhodan unangenehm an die Astronautennahrung, mit der er sich auch nach Jahren nicht hatte anfreunden können.

Er ging zurück an Deck. Thora stand auf der Plattform, die die beiden Rümpfe miteinander verband. Sie sah zu der Stadt.

»Ich frage mich, was aus Crest geworden ist«, sagte sie leise, als sie Rhodan bemerkte. »Er wollte zur Welt des Ewigen Lebens. Hat er sie erreicht? Ist er vielleicht hier auf Wanderer? Oder ist er längst tot, auf irgendeinem Planeten, der zu dieser verrückten Prüfung gehört, vom Krebs aufgefressen?« Tränen standen in ihren Augen.

»Ich bin sicher, dass Crest noch lebt, Thora«, sagte Rhodan tröstend.

»Ich wünschte, ich wäre mir da so sicher wie Sie.«

Rhodan suchte nach einer Entgegnung, aber Thora wandte sich ab. Sie ging in die Mitte der Plattform und stampfte mit dem rechten Bein auf. Als hätte sie einen verborgenen Schalter ausgelöst, bildete sich vor ihr eine Steuersäule aus. Glitzernd und durchsichtig, wie alle technische Gebilde auf Wanderer, und doch real.

»Woher haben Sie das gewusst?«, fragte Rhodan.

»Ich habe geraten. Der gemeinsame Nenner für die Technologie auf Wanderer ist Situationsbezogenheit. Die hiesige Technik bleibt dezent im Hintergrund, wenn sie nicht gebraucht wird – und ist da, wenn man sie braucht.«

Thora steuerte das Boot ohne Schwierigkeiten aus dem Hafenbecken. Der Antrieb arbeitete nahezu lautlos. Nur ein leises Brummen war zu hören, das rasch von Wind und Wellengang überdeckt wurde. Thora erhöhte die Energiezufuhr. Der Katamaran beschleunigte mit einem harten Ruck. Innerhalb von Sekunden war er so schnell, dass sein Rumpf nur noch die Kronen der Wellen zu berühren schien.

Rhodan konnte die Geschwindigkeit nur schätzen, aber sie musste deutlich über einhundert Stundenkilometern liegen. Ihre Fahrt zum Ende der Welt sollte nicht länger als einige Stunden dauern – sofern man sie gewähren ließ.

»Sie steuern dieses Boot, als hätten Sie Übung darin«, bemerkte Rhodan, als die Küste rasch hinter ihnen zurückblieb. Wanderer musste wesentlich kleiner als die Erde sein, der Horizont war viel näher als gewohnt.

»Eine gewisse Übung kann ich nicht verleugnen.« Die Schärfe war aus Thoras Gebaren verschwunden. »In besseren Tagen haben Crest und ich lange Fahrten auf den Meeren Arkons unternommen.«

»Arkon muss eine schöne Welt sein«, sagte Rhodan.

»Das ist sie. Vielleicht ... ich meine, eines Tages werden Sie sie mit eigenen Augen sehen.«

»Das hoffe ich doch sehr.«

Thora rief ein Steuermodul auf, korrigierte ihren Kurs. »Sie können sich ausruhen«, wandte sie sich an Rhodan. »Ich komme hier klar.«

»Daran habe ich nicht den geringsten Zweifel.« Er wandte sich zum Gehen.

Thora hielt ihn zurück. »Da ist noch etwas ... Sollten Sie zufällig Bull unter Deck treffen, könnten Sie ihm etwas von mir ausrichten?«

»Natürlich.«

»Sagen Sie ihm, dass ich auf der Erde eine Redewendung gelernt habe, an der ich großen Gefallen gefunden habe.« Sie zögerte, gab sich einen Ruck. »Ich glaube, Sie trifft auf Ihren Freund zu. Er ist mit allen Wassern gewaschen.«

Rhodan ging unter Deck. Auf der letzten Stufe der steilen Treppe blieb er stehen.

In der Mitte der Kabine schwebten Sue und Quiniu Soptor. Zumindest schien es so. Eines der unsichtbaren Betten trug die beiden Frauen. Die Halbarkonidin lag auf der Seite und hatte das Gesicht von Rhodan abgewandt. Ihre Bluse war verrutscht, gab den Blick auf ihren Rücken frei, der von vernarbten Striemen überzogen war. Als hätte man Soptor ausgepeitscht und die Wunden unbehandelt gelassen.

Sue saß im Schneidersitz und hatte eine Hand auf ihre Hüfte gelegt. Rhodan registrierte, dass es ihre linke Hand war, die erst vor Kurzem aus dem Stumpf gewachsen war.

Die sechzehnjährige Sue wirkte noch oft wie zwölf. Sie murmelte leise vor sich hin. Ihr Gesicht war wächsern, dunkle Ringe standen unter ihren Augen.

Die Szene wirkte auf Rhodan wie ein vorsintflutliches Ritual, ein Exorzismus.

Der Eindruck täuschte. Sue wurde zuweilen als Heilerin bezeichnet, doch der Ara Fulkar, dem Sue ihre nachgewachsene Hand zu verdanken hatte, hatte einen passenderen Begriff geprägt: Metabio-Gruppiererin. Sue konnte mithilfe ihrer Paragabe Zellen sehen, sie umgruppieren und manipulieren. Rhodan hatte Sue mit auf die Suche nach Crest genommen, weil er sich von ihr erhoffte, den eigentlich unheilbaren Krebs zu heilen, der den alten Arkoniden von innen verzehrte.

Von Crest und seinen Begleitern hatten sie keine Spur gefunden. Aber vielleicht vermochte die Mutantin Quiniu Soptor zu helfen?

Sue sah auf, bemerkte ihn.

»Störe ich?«, fragte Rhodan.

»Im Gegenteil«, antwortete Sue. Sie machte mit der freien Hand eine einladende Bewegung.

Rhodan setzte sich vorsichtig auf die freie Seite des Betts. Es blieb unsichtbar, aber das Energiefeld oder was immer der Mechanismus sein mochte, fühlte sich an wie eine gut austarierte Matratze. Nicht zu hart, nicht zu weich.

»Wie geht es ihr?«

Es war eine überflüssige Frage. Die Halbarkonidin hatte sich wie ein Fötus zusammengerollt. Rhodan konnte sich nicht erinnern, jemals einen Menschen gesehen zu haben, der so elend, so verletzlich wirkte wie Quiniu Soptor.

»Beschi... äh, bescheiden, wie Bull sagen würde.« Sue schüttelte resigniert den Kopf. »Sosehr ich mich anstrenge, sie reagiert nicht mehr auf meine Gabe. Und frag mich nicht, warum. Ich habe nicht die geringste Ahnung.«

»Sie muss viel durchgemacht haben«, sagte Rhodan. Aus der Nähe wirkten die Wundmale der Halbarkonidin noch verstörender. Sie hatten sich tiefer in das Fleisch gegraben, als Rhodan vermutet hatte.

»Das muss sie.« Sue wischte sich Schweißperlen von der Stirn. »Und ein Teil von mir würde viel dafür geben, zu erfahren, was. Und ein anderer Teil sagt mir, dass es das Letzte ist, was ich wissen will.« Das Mädchen kniff die Lider zusammen, als ihr etwas Schweiß in die Augen lief und brannte. »Perry, auf was für einer Welt sind wir hier gelandet? Wir dachten, auf Wanderer gäbe es die Unsterblichkeit. Das hier sollte der Himmel sein, ein Paradies, ein Ort der Erhabenheit und des Friedens. Wie kann dann so etwas passieren?«

Sue sprach Rhodans Gedanken aus, aber er verschwieg es ihr. Es hätte ihre Hoffnung zerstört. Und Hoffnung war das Einzige, was sie noch durchhalten ließ. Ohne Hoffnung würden sie aufgeben – und vielleicht wie Quiniu Soptor enden.

»Wir wissen nicht, was vorgefallen ist«, gab er zu bedenken. »Diese Wunden sind vernarbt. Quiniu kann sie auf dem Weg nach Wanderer erlitten haben. Wir müssen uns vor voreiligen Schlüssen in Acht nehmen.«

»Ich sehe, was ich sehe. Ich spüre, was ich spüre.«

»Das will ich nicht abstreiten. Aber du bist müde, Sue. Ruh dich aus! Ich bleibe bei Quiniu und sehe nach ihr.«

Sie zögerte, sah auf die geschundene Frau, dann wieder zu Rhodan. »Ich weiß nicht. Ich sollte ...«

»Du sagst selbst, dass Quiniu nicht mehr auf deine Gabe reagiert.«

»Schon ... aber ich weiß nicht, was passiert, wenn ich aufhöre.«

Rhodan überlegte. »Dann bleib hier! Ich bin sicher, die Kabine kann ein weiteres Bett für dich erzeugen.«

»In Ordnung.« Sue stand in einer ungelenken Bewegung auf, als müsse sie ihre Hand mit Gewalt von der Halbarkonidin losmachen.

Rhodan beugte sich vor, flüsterte: »Hab keine Angst, Quiniu! Ich bin ein Freund.« Er legte vorsichtig eine Hand auf ihre Hüfte.

Es war, als hätte er der Halbarkonidin einen elektrischen Schlag verabreicht. Quiniu Soptor ruckte hoch, stieß Sue zur Seite. Das Mädchen schrie auf, wurde von der Wucht des Stoßes gegen die Wand geschleudert. Der Kopf der Halbarkonidin ruckte herum. Sie fixierte Rhodan mit dem stechenden Blick ihrer silbernen Iriden.

»Perry Rhodan!«, stieß sie hervor. »Ich ... Ernst Ellert ... ich soll Sie ...«

Die silbernen Iriden weiteten sich zu silbernen Scheiben. Das Licht in ihren Augen erlosch, die Spannung verließ schlagartig ihren Körper.

Die Frau fiel zurück auf das Bett und rührte sich nicht mehr.

Quiniu Soptor kam nicht mehr zu Bewusstsein. Rhodan und Sue blieben bei der Halbarkonidin und rätselten darüber, was geschehen war. Hatte sie wirklich »Ernst Ellert« gesagt?

Ernst Ellert, dessen Körper in einem unterirdischen Mausoleum in Terrania in einem unerklärlichen Winterschlaf lag, während sein Geist durch Raum und Zeit reiste. Es war nicht unmöglich, dass Quiniu Soptor Ellert getroffen hatte – aber mehr als unwahrscheinlich. Das Universum war unermesslich groß. Die Chance, dass sich die Wege zweier Wesen zufällig kreuzten, war gleich null.

Bildete sich Rhodan nur ein, den Namen gehört zu haben? Sue widersprach, sie hatte ihn auch gehört. Aber in den folgenden Stunden, die die beiden über die gemarterte Halbarkonidin wachten und in denen Rhodans Gedanken rasten, verschwamm seine Gewissheit zunehmend.

Rhodan war froh, als er schließlich Reginalds Bull Ruf hörte: »Alle Mann an Deck! Wir sind da!«

Rhodan und Sue stellten sicher, dass Quiniu Soptor bequem lag, und eilten nach oben. Ihre übrigen Gefährten hatten sich bereits auf der Plattform zwischen den Rümpfen des Katamarans versammelt. Bull stand in der Mitte, umzingelt von Steuerelementen. Thora musste ihm das Steuer übergeben haben – ein weiterer Beleg dafür, dass die Arkonidin und sein bester Freund zwar oft wie Feuer und Wasser waren, aber einander durchaus zu schätzen wussten.

»Meine Damen und Herren, darf ich Ihnen präsentieren? Das Ende der Welt!« Bull verbeugte sich spielerisch und fügte hinzu: »Den abgedroschenen Scherz, dass wir jeden Moment über die Kante der Welt ins Nichts stürzen, erspare ich euch. Einverstanden?«

Rhodan blickte in die Richtung, die sein Freund angegeben hatte. Die See war ruhig, beinahe unnatürlich ruhig. Und sie endete vielleicht zweihundert Meter vor ihnen abrupt an einer schnurgeraden Kante. Es war, als befänden sie sich innerhalb eines riesigen Aquariums und blickten von innen auf die Glaswand. Allerdings eine Glaswand, die so makellos sauber war, dass sie unsichtbar blieb.

»Wie ich vermutet habe: eine Energiebarriere.« Thora hatte die Lider zusammengekniffen. »Ich muss zugeben, ich bin beeindruckt. Als Arkonidin ist es mir ohne Weiteres möglich, das Konzept zu erfassen. Aber, offen gestanden, es schwindelt mir bei dem Gedanken daran, welcher Aufwand, welches technische Wissen vonnöten ist, um es umzusetzen.« Sie wandte sich an Rhodan. »Ihre Vision scheint zuzutreffen. Es gibt ein Ende der Welt. Wanderer muss tatsächlich eine Halbkugel sein.«

»Der Schluss liegt nahe«, antwortete Rhodan. Der Anblick beeindruckte ihn – und enttäuschte ihn. Sie hatten das Ende der Welt erreicht. Aber damit hatten sie noch gar nichts erreicht.

»Ich kann keine Unregelmäßigkeiten in der Barriere erkennen«, wandte er sich an die Gruppe. »Wenn wir auf die andere Seite Wanderers gelangen wollen, benötigen wir eine Verbindung. Einen irgendwie gearteten Durchgang. Sieht jemand einen Hinweis?«

Einer nach dem anderen verneinten seine Gefährten. So weit das Auge reichte, dehnte sich die ruhige See aus.

»Was soll's?« Bull machte eine wegwerfende Handbewegung. »Das will nichts heißen. Wir sind keine fünf Minuten hier, haben nur einen winzigen Ausschnitt der Kante vor uns, die sich über mehrere tausend Kilometer erstreckt.« Er griff nach der Steuerung. Der Katamaran reagierte augenblicklich, schwenkte herum und nahm Fahrt auf. Sein neuer Kurs führte parallel zur Kante.

Der Katamaran hatte das Manöver kaum vollendet, als sich die See vor ihnen plötzlich weiß verfärbte. Gischt brodelte, als koche das Wasser.

»Bei allen Sesselfurzern der NASA! Was ist da los?« Bull gab Gegenschub, wollte abdrehen.

Doch es war zu spät. Die Gischt explodierte, wurde zu einer Wand, die auf den Katamaran zuraste.

»Verfluchter Mist!«, brüllte Bull noch, dann verschluckte die Wand aus Wasser das Boot.

Kapitel 12

Tatjana Michalowna

Niemand hinderte Tatjana Michalowna, Crest und Trker-Hon daran, ihr Quartier zu verlassen.

Sie traten auf die Straße und blieben stehen. Die Häuser der Stadt glänzten und glitzerten, wirkten auf die Telepathin, als handele es sich bei ihnen um Trugbilder, die zerstieben, wenn man sie zu berühren versuchte.

Doch Michalowna nahm es nur am Rand wahr. Sie konzentrierte sich auf die Gedanken Chaktors. Es fiel ihr schwer, sie zu deuten. Der Ferrone stand unter Anspannung. Seine Gedanken rasten, waren so flüchtig, dass die Telepathin nur selten Worte, geschweige denn ganze Sätze verstehen konnte. Chaktors Gefühle überlagerten sie. Der Ferrone fürchtete sich, er sehnte sich nach seinem Zuhause, nach seinen beiden verbliebenen Frauen und der Kinderschar. Aber da war ein anderes Gefühl, das die Furcht überlagerte, ihn antrieb: Entschlossenheit.

Die grimmige Entschlossenheit desjenigen, der weiß, dass er für die richtige Sache einsteht – und bereit ist, dafür auch das äußerste Opfer zu bringen.

»Tatjana, welche Richtung sollen wir einschlagen?«, hörte sie Crests Stimme. Sie mutete ihr unwirklich an, kam wie aus weiter Ferne.

»Hier lang ... glaube ich.« Sie deutete in Richtung Westen.

»Darf ich?« Trker-Hon trat neben sie, nahm ihre Hand in seine Klaue, um sie zu stützen. Sie nahm es dankbar an. Die Finger des Topsiders waren hart, als beständen sie lediglich aus Knochen. Die Schuppen waren geschmeidig und glatt, aber tiefe Furchen trennten sie voneinander.

Sie gingen los.

»Rhodan ist auch hier?«, erkundigte sich Crest im Gehen. »Sie sind sich sicher?«

»Ja.«

»Wer noch? Ist Thora bei ihm?« Die Arkonidin war die Ziehtochter Crests. Sie bedeutete ihm fast mehr als das eigene Leben.

Die Telepathin horchte in Chaktor hinein. Thora ... sie fand den Namen nicht. Aber sie fand auch keinen Hinweis auf Trauer über einen verlorenen Kameraden. »Ich kann nicht sagen, ob sie bei ihm ist oder nicht. Aber sie lebt. Ebenso wie die übrigen: Reginald Bull, Ras Tschubai, Sue Mirafiore. Nur der Ferrone Lossoshér ist nicht mehr in der Gruppe. Aber Chaktor weiß nicht, weshalb. Doch das scheint ihn nicht zu belasten.«

»Thora lebt! Das ... das ist gut.« Die Erleichterung des alten Arkoniden war so groß, dass ihm die Worte fehlten. Seit sie auf Ferrol vom ersten Thort der Ferronen erfahren hatten, dass Rhodan mit einigen Gefährten aufgebrochen war, um ihn, Crest, zu retten, plagten ihn Schuld und Sorge.

»Wie sind sie nach Wanderer gekommen?«, fragte Trker-Hon.

»Das kann ich nicht zuverlässig sagen«, antwortete die Telepathin. »Nicht durch einen Transmitter, soweit ich das erkennen kann.«

»Wieso hat Homunk uns nicht von ihrer Anwesenheit erzählt?«, wunderte sich der Topsider. »Rhodan und seine Freunde sind nach Wanderer gelangt. Diese Tatsache allein macht sie zu Ehrenwerten, zu Wesen, die der Unsterblichkeit würdig sind. Wieso sollte er uns das verschweigen?«

»Er wird seine Gründe haben. Denken Sie an Quiniu Soptor. Etwas stimmt hier nicht.«

»Sie sind zu misstrauisch«, wandte Crest ein. »Vielleicht weiß Homunk nichts von deren Anwesenheit.«

»Homunk, der Erste Diener von ES, dem diese merkwürdige Welt gehört? Seien Sie mir nicht böse, Crest, aber das kann ich mir nicht vorstellen.«

Crest verzichtete auf eine Antwort, aber Michalowna sah ihm an, dass er immer noch nicht an eine Verfehlung der Intotronik glauben wollte. Die Telepathin konzentrierte sich wieder auf Chaktors Gedanken. Der Ferrone rannte. Er war nicht in der Stadt, nicht in der Sonne. Halbdunkel umgab ihn, Gestrüpp. Michalowna blickte auf zu den bewaldeten Hügeln, die die Stadt umgaben. Ja, dort.

»Nach rechts!«, wies sie ihre Gefährten an. »Chaktor ist im Wald.«

Sie gingen schneller. Der Puls der Telepathin machte einen Satz, jeder Schlag pochte schmerzhaft in ihrem Schädel. Sie ignorierte den Schmerz, versank in Chaktors Wahrnehmung.

Der Wald. Ein Bachbett. Er springt von Stein zu Stein. Da, Insek-

ten! Oder sind es winzige Vögel? Sie umkreisen ihn. Er will sie vertreiben, aber sie umschwirren ihn hartnäckig. Er gibt es auf, rennt weiter. Er muss schneller sein. Ablenken. Die anderen ... da ist ein Schemen. Er rast auf ihn zu. Ein Schlag an seiner Hüfte! Er ...

Chaktor schrie auf. Sein Schrei brach abrupt ab. Nur ein Nachhall blieb. Ein Nachhall, der sich unvermittelt entfernte und sich rasch verlor.

Michalowna blieb abrupt stehen, fasste sich mit beiden Händen an die pochende Stirn.

Aus einiger Entfernung kam das Donnern einer Explosion. Schwarzer Rauch stieg in der Richtung auf, in der das Landefeld am Rand der Stadt lag.

»Tatjana, was ist?« Crest nahm ihren Arm, drückte ihn.

»Es ist ... er ist weg. Chaktor. Seine Gedanken.«

»Er ist tot?«

»Nein. Nein! Aber ... ich kann es nicht erklären.« Sie rieb sich über die Stirn. Ihre Finger gruben sich tief in die Haut, um den Schmerz wegzumassieren. »Ich weiß nicht, was geschehen ist. Aber ich kann seinen letzten Standort bestimmen. Am Landefeld!«

»Wo sich eben die Explosion ereignet hat?«, fragte Crest. »Hat Chaktor damit zu tun?«

»Nein ... und ja. Ich ... ich kann es nicht genau sagen. Ich weiß nur, dass seine Spur dorthin führt.«

Damit war die Richtung klar. Sie setzten ihren Weg fort. Die Telepathin fühlte sich schwach, musste sich mehr und mehr auf Trker-Hons Hand stützen.

Schließlich blieben die letzten Häuser der Stadt hinter ihnen zurück. Der Blick auf das Landefeld war frei. Ein einziges Raumschiff stand dort. Es war eine mehrere hundert Meter lange kobaltblaue Walze. Am Heck klaffte eine rußschwarze, unregelmäßige Öffnung, aus der Qualm in den makellosen Himmel Wanderers stieg. Dutzende von Robotern verschiedener Größe krabbelten auf dem Rumpf umher, umschwirrten die Öffnung.

»Eines der Triebwerke muss explodiert sein«, sagte Crest und blieb stehen.

»Das ist wahrscheinlich«, stimmte Trker-Hon zu. »Und diese Tatsache scheint Sie zu erschüttern.«

»Ja. Dieses Schiff, diese Walze ... sie muss jenen gehören, die die Unsterblichkeit vergeben. Erinnern Sie sich an Isach, den blinden alten Mann auf Ferrol?«

»Er konnte nicht sterben«, sagte Trker-Hon. »Er hatte zehn Generationen überdauert. Und der Grund war ein humanoides Wesen, das einer riesigen Walze entstiegen war, Mitleid mit dem armen Hirten hatte und ihm das ewige Leben schenkte.«

»Das hat er wenigstens behauptet. Vielleicht hat der Alte sich die Geschichte auch nur zurechtgelegt.«

»Möglich.« Tatjana Michalowna löste sich von der Hand Trker-Hons. Neue Kraft durchströmte sie. »Wir werden es gleich herausfinden. Gehen wir zu dem Schiff!«

»Aber wieso? Wir suchen Chaktor!«

»Eben.« Tatjana Michalowna ging auf die brennende Walze zu.

Kapitel 13

Perry Rhodan

Perry Rhodan erwachte.

Er war nicht mehr auf dem Meer, nicht mehr auf dem Katamaran, nicht mehr der Wut der Elemente ausgesetzt.

Es roch salzig. Unterlegt mit dem stechenden Geruch von Fäkalien. Dämmerlicht erfüllte den Raum. Rhodan lag auf dem Rücken, blickte zu einer Decke, die zum Greifen nahe schien. Sie war aus Zweigen, Blättern und Lehm gefertigt.

»Nein, du bist nicht gestorben und wiedergeboren worden«, sagte eine piepsige Stimme. Sie sprach Englisch. »Du hattest nur mehr Glück als Verstand!«

Rhodan wollte sich zu dem Sprecher drehen, aber ein stechender Schmerz, der ihm in den Rücken fuhr, hielt ihn davon ab.

»Sachte!«, riet ihm die Stimme. »Wasser ist weich, aber wenn es wütend wird, kann es sehr, sehr wehtun.«

Eine Hand legte sich sanft, aber bestimmt auf Rhodans Brust.

Die Hand war eine Pfote. Eine Pfote mit Schwimmhäuten. Rhodan musterte einen Augenblick lang die merkwürdige Pfote, dann wanderte sein Blick die zugehörige Extremität entlang. Der Arm war kurz, aber kräftig. Ein dichter, glänzender Pelz hüllte ihn ein. Wie der eines Bibers oder Otters. Der Arm ging in einen ebenso bepelzten Körper über, einer Mischung zwischen Maus und Biber.

»Ihr hattet mehr Glück als Verstand«, piepste das Wesen. »Niemand kommt der Barriere so nahe und bleibt ungeschoren!«

Große, helle Augen bestimmten das Gesicht. Ein einzelner, langer Nagezahn ragte aus dem Mund. Sein Weiß war so makellos, dass er in dem Dämmerlicht von innen heraus zu leuchten schien.

»Du ... du bist ein Ilt!«, brachte Rhodan hervor.

»*Eine* Ilt«, verbesserte das Pelzwesen. »Ich bin Kitrai. Und du bist ein Mensch und heißt Perry Rhodan.«

»Woher weißt du das?«, fragte Rhodan, obwohl er bereits einen Verdacht hegte. Sie waren bisher nur einem einzigen Ilt begegnet: Gucky. Und Gucky verfügte über Paragaben, die ohne Beispiel waren. Wieso sollten andere Ilts nicht auch, zumindest in Ansätzen, über welche verfügen?

»Ich lese es in deinen Gedanken, deshalb kann ich auch deine Sprache sprechen.« Kitrai nahm die Pfote von seiner Brust. »Es ist zu anstrengend, als dass ich das mehr als einige Stunden am Stück durchhalten könnte, aber uns bleibt vorerst keine andere Wahl, wenn wir uns unterhalten wollen. Dein injizierter Translator beherrscht unsere Sprache noch nicht.«

Rhodan holte tief Atem, entspannte sich. Ein Ilt. Nein, eine Ilt. Er war in Sicherheit, er spürte es. Nur ... er dachte zurück an die letzten Augenblicke, bevor er das Bewusstsein verloren hatte. An Regs Aufschrei.

»Was ist mit meinen Freunden?«, fragte er. »Und wo sind wir?«

»Keine Sorge, sie sind gerettet. Wir machen hier keine halben Sachen. Das können wir uns nicht leisten.« Kitrai ließ ihren Nagezahn in einer Geste blitzen, die eine verblüffende Ähnlichkeit zu Gucky aufwies. »Wir konnten euch nicht zusammen unterbringen, wie du siehst. Ihr seid zu groß.«

Rhodan richtete vorsichtig den Oberkörper auf. Nur eine Handbreit trennte seinen Kopf von der Decke. Der stechende Schmerz, den er erwartet hatte, blieb aus. Er sah sich um. Der Raum – oder eigentlich war »Bau« die bessere Bezeichnung – war gerade so groß, dass er darin ausgestreckt liegen und Kitrai an seiner Seite kauern konnte.

»Aber wie gesagt, wir haben euch alle aus dem Meer gefischt. Darin sind wir gut!« Wieder blitzte der Nagezahn. »Wir haben sogar die Frau geschnappt, die niemals nach Wanderer hätte zurückkehren dürfen!«

»Wen meinst du damit?« Rhodan hatte die Frage kaum ausgesprochen, als er verstand. »Du meinst Quiniu Soptor?«

»Wir haben ihren Namen nicht erfahren. Ihre Gedanken sperren sich dagegen, von uns gelesen zu werden. Sie hat Federn statt Haare auf dem Kopf.«

»Das ist Quiniu! Was ist mit ihr?«

»Sie war schon einmal hier. Sie hätte nicht noch einmal hierherkommen dürfen.«

»Wieso? Was hat sie getan?«

»Darauf kann ich dir keine Antwort geben. Ich kann dir nur sagen, dass niemand nach Wanderer kommen sollte, der nicht von ES gerufen wurde. Und dass derjenige, der die Unsterblichkeit nicht gewährt bekommt, niemals eine zweite Chance erhält.«

Der nicht gerufen wurde ... Sie waren als blinde Passagiere nach Wanderer gelangt. Aber andererseits hatte der Kundschafter Carfesch sie wissentlich geduldet. Und ES hatte ihm eine Vision eingegeben, ihn gerufen, oder? Was würde ES mit ihm und seinen Freunden anstellen? Wie würde seine Strafe ausfallen?

Rhodan drängte den Gedanken beiseite. Er durfte der Furcht nicht nachgeben. Sie waren auf Wanderer, der Welt des Ewigen Lebens, sie *mussten* ES gegenübertreten. Ganz gleich, was dann geschah. Sonst hätte ihre Suche jeden Sinn verloren.

»Du hast mir keine Antwort auf meine zweite Frage gegeben. Wo sind wir?«

»Du bist ein heller Kopf. Das gefällt mir.« Kitrai zwinkerte ihm zu. »Wir sind im Bau meiner Familie. In Sicherheit. Weit weg vom Land.«

»Wieso das?«

»Die Maschinen töten uns, wenn wir an Land kommen. Aber solange wir auf den Inseln bleiben, behelligen sie uns nicht.«

»Dann seid ihr nicht die Bewohner von Wanderer?«

Kitrai stieß einen lauten Piepslaut aus, den Rhodan als Lachen auffasste. »Klar, sind wir das! Und unterkriegen lassen wir uns auch nicht! Aber du hast es anders gemeint, nicht wahr? Du wolltest wissen, ob wir die Ureinwohner dieser Welt sind.«

»Ja, entschuldige. Ich bin noch etwas verwirrt ...«

»Das wundert mich nicht. Du wärst um ein Haar ertrunken.« Kitrais Augen weiteten sich, als sie das sagte. Als fürchte sie sich im Nachhinein um Rhodan. »Die Antwort auf deine Frage lautet: Wir wissen es nicht. Wir wissen nur, dass wir Ilts so lange auf Wanderer leben, wie wir uns erinnern können.«

»Könnt ihr euch an die Zeit vor der ...«, Rhodan suchte nach Worten, »... der Spaltung des Planeten erinnern?«

»Nein. Tut mir leid. Ich wünschte, wir könnten es. Ich wünschte, wir würden verstehen, was ES dazu bewegt hat, eine Welt in zwei Teile zu trennen. Und ich wünschte, wir wüssten, was aus der anderen Hälfte geworden ist. Aber wir wissen es nicht. Wir wissen nur, dass ES auf dem Land eine Stadt hat errichten lassen, die man die Glänzende nennt und die verlassen ist. Und die nicht für uns bestimmt ist.«

Die Ilt machte einen schwermütigen Eindruck, als sie von den existenziellen Fragen ihrer Art berichtete. Sie tat Perry Rhodan leid. Kitrai erinnerte ihn in ihrer Unbekümmertheit an Gucky. Dem Ilt, der mit seinen Freunden Bull und Eric aus der Besunschaft der Fantan ausgebrochen war, war ein grundpositives Wesen zu eigen – doch auch auf ihm lag, wie auf Kitrai, ein Schatten, der ihn von Zeit zu Zeit belastete.

Die Ilt schüttelte sich. Sie griff hinter sich. Als ihre Pfote wieder zum Vorschein kam, ruhte darin eine grob gefertigte Schüssel. Oder war es die eine Hälfte einer übergroßen Nussschale? Kitrai tauchte das Behältnis in eine Pfütze am Boden und schöpfte Wasser daraus.

»Trink! Du musst durstig sein!«

Rhodan war es tatsächlich, wie er nun registrierte, als die Ilt ihm das Wasser anbot. Seine Aufregung war so groß gewesen, dass er den Durst nicht bemerkt hatte.

»Du kannst unbesorgt davon nehmen. Es ist dasselbe Wasser, das wir trinken.« Kitrai deutete sein Zögern falsch. Offenbar war ihre telepathische Gabe nicht stark genug, als dass sie jeden einzelnen seiner Gedanken hätte lesen können.

Rhodan nahm die Schüssel und hielt sie an die Lippen. Das Wasser war kalt und frei von dem salzigen Beigeschmack, den er unwillkürlich erwartet hatte. Er leerte die Schüssel und gab sie an Kitrai zurück. Die Ilt schöpfte ein zweites Mal Wasser für ihn.

»Wie viele Ilts gibt es auf Wanderer?«, fragte Rhodan, als er die Schüssel geleert hatte.

»Das weiß keiner genau zu sagen«, antwortete Kitrai. »Einhunderttausend vielleicht. Wir sind weit verstreut, und wir besitzen keine Technik wie ihr. Aber dafür sind wir gute Schwimmer, gute Taucher, gute Jäger.«

»Das sehe ich.« Rhodan spielte auf den Körperbau Kitrais an. Sie war so groß wie Gucky, einen Meter, aber sie war schlanker und muskulöser. Rhodan sah sich an im Wasser jagende Säugetiere erinnert, wie es sie auf der Erde gab: Biber, Otter, Robben und dergleichen. Im Wasser, ihrem eigentlichen Element, waren sie pfeilschnell und verblüffend geschickt.

»Danke!« Kitrai ließ den Nagezahn blitzen. Rhodan überlegte, wozu er wohl dienen mochte. Die Ilts mussten ihre Beute damit aufspießen.

»Und unsere besonderen Gaben schaden natürlich auch nicht«, fuhr die Ilt fort. »Außerdem ist Wanderer unsere Welt, auch wenn ES das anders sieht. Wir kennen uns aus.«

»Trifft das auch auf die flache Seite zu? Was wisst ihr über sie?«

Kitrai schien eine Handbreit kleiner zu werden. »So gut wie nichts. Selbst wir können uns der Energiebarriere nicht nähern, ohne das Leben aufs Spiel zu setzen. Und selbst wenn es uns gelänge, bis ganz an die Kante vorzustoßen, was wäre dann schon gewonnen? Auf der anderen Seite schließt sich ebenfalls ein Meer an. Und es muss dort ebenso Land geben.«

»Das ist alles, was ihr wisst?«

»Nicht ganz. Auf der Suche nach der Unsterblichkeit kommen immer wieder Fremde auf diese Seite von Wanderer. Es sind nur wenige, oft kommen viele Jahre keine. Manche der Wesen sehen aus wie ihr oder ähneln euch. Andere sehen ganz anders aus als ihr oder wir Ilts. Nach einigen Tagen werden sie auf die andere Seite gebracht. Dort verleiht ES ihnen die Unsterblichkeit, hoffen sie.«

»Sind ihre Hoffnungen berechtigt?«

»Das wissen wir nicht. Die Sucher kehren nicht auf diese Seite von Wanderer zurück. Vielleicht leben sie ewig. Vielleicht tötet ES sie auf der Stelle, wie die Maschinen uns töten, wenn wir an Land kommen. Oder vielleicht stellt er Dinge mit ihnen an, die wir uns nicht vorstellen können ...«

Rhodan sagte nichts. Er beugte sich vor, schöpfte von Neuem Wasser und trank. Kitrai hatte recht. Alles war möglich. Ihre Vorstellungskraft reichte nicht aus, um zu begreifen, was auf Wanderer geschah.

»Wir stehen tief in eurer Schuld, Kitrai«, sagte er schließlich. »Ihr seid ein großes Risiko eingegangen, um meine Kameraden und mich zu retten.«

»Ach, das war nichts!«, wehrte die Ilt ab. »Wir sind gute Schwimmer.«

»Daran hege ich nicht den geringsten Zweifel. Aber ihr habt euch mit unserer Rettung in die Belange von ES eingemischt. Das könnte Konsequenzen für euch haben.«

»Und wennschon! Sollen seine Maschinen nur kommen!« Kitrai ballte eine Pfote und schüttelte sie. »Hier draußen macht uns keiner was vor. Außerdem mussten wir euch helfen. Wir konnten nicht anders.«

»Wieso das?«

»Weil ihr anders seid.« Kitrai senkte die Pfote. »Von Zeit zu Zeit schnappen wir Gedanken von Suchern auf. Das Wenige, was wir über ES und die Unsterblichkeit wissen, haben wir auf diese Weise erfahren. Wenn die Sucher nach Wanderer kommen, sind sie derart mit Ehrfurcht erfüllt, dass sie kaum klar denken können. Und sie denken nur an sich selbst, die Unsterblichkeit, nach der sie sich verzehren. Aber ihr seid nicht wegen der Unsterblichkeit gekommen. Du persönlich, Perry Rhodan, folgst einem Hilferuf, den du zu hören geglaubt hast. Und du und deine Freunde seid aufgebrochen, um einen todkranken Freund zu retten.«

»Das ist ... wir mussten es tun.«

»Eben. So wie wir euch retten mussten. In deinen Gedanken habe ich gelesen, dass ihr unserem Artgenossen Gucky geholfen habt. Ihr habt ihm eine neue Heimat gegeben. *Wir* stehen in *eurer* Schuld.« Kitrai senkte den Kopf.

Ein plötzliches Hochgefühl erfasste Rhodan. Sie hatten unverhofft Freunde gefunden, an diesem Ort, unendlich fern von der Erde. Freunde, die bedingungslos zu ihnen standen – und Freunde, die machtlos waren.

Rhodans Hoch endete abrupt, als ihm aufging, dass sie zwar am Leben waren, mehr aber auch nicht. Sie steckten fest. Kehrten sie an Land zurück, würden die Maschinen sie früher oder später aufspüren, trotz der Deflektoren, die ihnen Carfesch gegeben hatte. Die Maschinen würden sie als Unbefugte töten, wie sie es mit den Ilts taten. Der Weg auf die flache Seite war versperrt. Die Barriere war undurchdringlich, daran hatte Kitrai keinen Zweifel gelassen. Natürlich konnten sie bei den Ilts bleiben. Aber es würde eine Existenz ohne Perspektive sein. Und wahrscheinlich eine kurze: Sie waren im Gegensatz zu Kitrai und ihren Artgenossen nicht an das Leben im Wasser angepasst.

»Sei nicht traurig«, sagte Kitrai leise. »Du hast keinen Grund dazu.«

»Du hast gelesen, was in mir vorgeht?«, fragte Rhodan.

»Ja. Du glaubst, es gäbe keinen Weg für euch. Aber du irrst dich.«

»Was meinst du damit? Die Barriere ist nicht zu überwinden. Du hast es selbst gesagt.«

»Die Barriere, ja. Doch es gibt vielleicht einen Weg auf die flache Seite Wanderers. Allerdings müsst ihr furchtlos sein, solltet ihr es wagen, ihn einzuschlagen. Der Tod könnte auf euch warten ...«

Kapitel 14

Carfesch

Carfesch trat lautlos in den Hangar.

Der Ferrone hatte sich buchstäblich in eine Ecke verkrochen. Er kauerte in fötaler Haltung: den Kopf gesenkt und gegen die Wand gestützt. Er schluchzte laut, erbebte immer wieder.

Carfesch hielt in einigen Schritten Abstand an. Chaktor tat ihm leid. Er war ein einfacher Sterblicher, stammte aus einer Zivilisation, die nicht weiter reichte als bis zu den Planeten des eigenen Systems. Der Ferrone war ein tapferer, ein kluger Mann. Doch was mit ihm geschehen war, musste ihn überfordern.

Eine Erinnerung aus seinem ersten, sterblichen Leben stieg in dem Kundschafter auf. Ein Schiff hatte ihn ähnlich wie den Ferronen mit unsichtbarer Hand gegriffen. Damals hatte er geglaubt, sein Leben stünde vor dem Ende, tatsächlich hatte es erst seinen Anfang genommen. Seitdem war viel Zeit vergangen, und aus Carfesch war der Kundschafter von ES geworden.

»Sie brauchen keine Angst zu haben«, sagte er leise. »Alles ist in Ordnung.«

Noch während er die Worte aussprach, bemerkte er, wie hohl sie in den Ohren des Ferronen klingen mussten.

Chaktor schnellte hoch und stieß sich von der Wand ab. Der Ferrone war stark. Er stammte von einer Welt mit einer höheren Schwerkraft, als sie im Schiff herrschte. Chaktor stieß einen Schrei aus, rannte auf ihn zu und sprang.

Sein Sprung, der Carfesch von den Beinen hätte reißen sollen, endete jäh auf halbem Weg. Das Schiff erschuf eine energetische Barriere. Der Ferrone prallte mit voller Wucht gegen den unsichtbaren Schirm. Einen Augenblick lang schien er an Ort und Stelle zu schweben, dann rutschte er an der Wand ab. Chaktor jaulte wie ein gequältes Tier, das von einem rasenden Schmerz geplagt wurde, ohne zu verstehen, woher dieser kam.

»Bitte unterlassen Sie die Anwendung von Gewalt«, sagte Carfesch. »Dazu besteht kein Grund. Ich habe Ihnen nichts getan.«

»Sie lügen!« Der Ferrone wuchtete sich hoch, rammte ein zweites Mal gegen die Barriere, wurde zurückgeschleudert. Seine Zunge hing weit aus dem Mund. Er hechelte. Chaktor kam wieder auf die Beine, wollte ein drittes Mal gegen die Barriere anrennen, aber überlegte es sich schließlich anders. Die Zunge verschwand in seinem Mund. »Was tun Sie mit uns?«, sagte er keuchend. »Was tun Sie mit mir? Was ist das für ein krankes Spiel?«

»Ich spiele nicht«, wies der Kundschafter ihn ruhig zurecht und fragte sich zugleich, ob der blauhäutige, gedrungene Mann nicht mit verblüffender Zielsicherheit erkannt hatte, was ihn antrieb. War er, fragte sich Carfesch, so gelangweilt von seinem immer wieder erneuerten Leben, dass er den Kitzel eines Spiels auf Leben und Tod suchte, um es wieder lebenswert zu machen? Er schüttelte den Gedanken ab und fuhr fort: »Ich versuche lediglich, mein Bestes zu tun.«

»Das ist das Beste? Was haben Sie mit mir getan?«

»Ich habe Sie zurück auf mein Schiff geholt. Bitte vergeben Sie mir die plötzliche Aktion, doch die Gefahr, dass Sie in die Hände der Maschinen fallen, war zu groß, als dass ich anders hätte handeln können.«

Chaktors hechelnder Atem wurde leiser. Der Ferrone beruhigte sich. Etwas wenigstens. Vielleicht kehrte die Vernunft bald wieder in ihn zurück.

Chaktor stemmt die Arme in die Hüften. »Wieso haben Sie uns vor diesen Maschinen nicht gewarnt? Sie haben gesagt, dass Ihre Deflektoren uns schützen. Sie tun es nicht! Und was ist mit meinen Freunden? Wieso haben Sie sie nicht auch hierher gebracht? Wieso sind Sie nicht hier?«

»Es tut mir leid, das kann ich nicht sagen. Die Multideflektoren schützen sie auch vor der Wahrnehmung durch mein Schiff. Ich weiß nicht, wo sie sich befinden.«

»Sie lügen!« Chaktor warf sich wieder gegen die Barriere, doch diesmal in einer kontrollierten Bewegung. Er wusste um ihre Position, benutzte sie jetzt gezielt, um seine Wut abzureagieren. »Was haben Sie mit ihnen angestellt? Der Lichtbringer ist unter ihnen. Perry Rhodan! Ich will sofort zu ihnen!«

»Ich sagte doch, Ihre Gefährten sind nicht hier.«

»Lassen Sie mich zu ihnen!«, brüllte der Ferrone, als hätte er nicht gehört, was Carfesch gesagt hatte. »Lassen Sie uns einfach gehen! Ich will nach Hause!«

Chaktor war maßlos in seinen Forderungen. Aber in einem

musste Carfesch ihm recht geben: Der Ferrone gehörte nach Hause. Doch das war unmöglich.

»Ich wünschte, ich könnte Ihnen Ihren Wunsch erfüllen«, sagte der Kundschafter laut.

»Hören Sie auf mit Ihren Lügen! Sie sind mit Ihrem Schiff aus meiner Heimat aufgebrochen! Sie können durch die Zeit reisen! Sie können Wesen unsterblich machen und einen Planeten zerteilen! Wieso sollten Sie mich und meine Freunde nicht nach Hause bringen können?« Chaktor senkte die Arme, ließ die Schultern nach vorne sinken. »Bitte«, flehte er, »bringen Sie uns nach Hause!«

Was sollte er der gequälten Kreatur sagen? Dass er nur ein Kundschafter von ES war, ein winziges Rädchen in einem Getriebe, das er auch nach vielen Leben nur im Ansatz begriff? Dass er Chaktor und Rhodan und die Übrigen nicht hätte an Bord nehmen dürfen, geschweige denn nach Wanderer bringen? Dass sein eigenes Leben verwirkt war, wenn ES davon erfuhr? Und dass er nicht einmal selbst zu sagen vermochte, wieso er gehandelt hatte, wie er gehandelt hatte?

Nichts davon würde der Ferrone begreifen. Nichts davon würde er ihm glauben.

»Chaktor«, begann der Kundschafter. »Ich habe Ihnen bereits versichert, dass ...«

»Carfesch?« Das Schiff unterbrach ihn, unhörbar für den Ferronen.

»Was ist?«, herrschte der Kundschafter es an. »Gibt es schon wieder ein Problem?«

»Nein«, kam die Antwort. »Drei.«

Das Schiff erzeugte ein Holo. Es war nicht sichtbar für Chaktor.

Carfesch sah drei Wesen. Eine Menschenfrau, einen alten Arkoniden und ein Echsenwesen, welches er keiner bekannten Art zuordnen konnte. Die drei standen am Rand des Landefelds, auf dem sein Schiff niedergegangen war.

»Wer ist das?«, fragte Carfesch laut, auch wenn er die Antwort bereits ahnte.

»Es sind die Ehrenwerten, in deren Begleitung Quiniu Soptor nach Wanderer gekommen ist.«

»Dieser alte Arkonide, ist das Crest da Zoltral, den Rhodan und seine Gefährten suchen?«

»Ich gehe davon aus.«

Der Kundschafter musterte die drei Wesen, die sich der Prüfungen als gewachsen erwiesen hatten, die derjenige bestehen musste, der nach Wanderer gelangen wollte. Es mussten außergewöhnliche Wesen sein. Sie qualifizierten sich für die permanente Unsterblichkeit, während ihm ES lediglich die befristete gewährt hatte.

Ehrfurcht erfasste Carfesch, der begriff, vor welcher Schwelle diese drei Wesen standen. Und Angst. Die Ehrenwerten standen am Rand des Landefelds und beäugten sein Schiff. Das durfte nicht sein.

»Was suchen sie hier?«, fragte der Kundschafter.

»Quiniu Soptor, vermute ich.«

»Weshalb sind sie zum Landefeld gekommen? Sie können nicht wissen, dass Soptor diesen Weg eingeschlagen hat.« Die Haut unter seinen Nägeln begann zu jucken. Es behagte ihm nicht. Er hatte eine Flut von Ereignissen ausgelöst, die er nicht abgesehen hatte. Eine Flut, wie ihm klar wurde, der er nichts entgegenzusetzen hatte, die ihn mitzureißen drohte.

»Die Explosion meines Triebwerks war sowohl akustisch wie optisch überall in der Stadt wahrnehmbar.«

»Ja, aber eine Explosion sollte ihnen Angst machen. Sie sollten Abstand von uns halten, nicht auf uns zugehen!«

»Deine Logik ist makellos. Aber dennoch sind die Ehrenwerten hier.«

»Aber weshalb?«, fragte der Kundschafter.

»Das kann ich nicht sagen«, antwortete das Schiff. »Ihr Erscheinen könnte ein Zufall sein.«

»Das ist nicht möglich!« Ihm war, als fixiere die Menschenfrau ihn mit dem Blick ihrer großen Augen. Als durchschaue sie ihn. »Die Stadt ist weitläufig. Wieso sollte der Zufall sie genau zu uns führen?«

»Das ist die Natur des Zufalls. Unwahrscheinliche Ereignisse treten ein, ohne dass es eine Erklärung dafür gäbe.« Der Tonfall des Schiffs war belehrend, aber täuschte er sich und hörte einen beunruhigten Unterton heraus?

»Was ist mit Homunk?«, fragte Carfesch. »Die Intotronik behandelt die Ehrenwerten mit größter Sorgfalt. Er würde niemals Kandidaten für die Unsterblichkeit unbeaufsichtigt durch die Stadt streunen lassen. Ihnen könnte etwas zustoßen.«

Als hätten die Ehrenwerten ihr Gespräch belauscht, setzten sich die beiden Humanoiden und die Echse in Bewegung. Sie traten auf das Landefeld.

»Sie kommen auf mich zu!«, rief das Schiff.

Das Jucken unter den Nägeln Carfeschs wurde zu einem Brennen. »Sie wissen es. Sie wissen, dass Soptor bei uns war. Sie wissen, dass Chaktor in unserem Gewahrsam ist.«

»Das ist unmöglich!«

»Nein, das ist die Natur des Zufalls«, entgegnete Carfesch mit einem Gefühl grimmiger Befriedigung darüber, dass er und das Schiff innerhalb von Augenblicken die Rollen getauscht hatten. »Unwahrscheinliche Ereignisse treten ein, ohne dass sich eine Erklärung dafür anböte.«

»Aber ... was sollen wir tun, Carfesch?«

Der Kundschafter ließ sich Zeit mit der Antwort. Vielleicht noch zweihundert Meter trennten die Ehrenwerten von dem Raumschiff. Es gab zwei Möglichkeiten. Homunk hatte sie absichtlich in die Stadt gelassen, damit sie ihn zu Quiniu Soptor führten. Dann war alles verloren. Oder der baldige Besuch von ES lenkte die Intotronik so sehr ab, dass sie noch nicht registriert hatte, dass ihr die Ehrenwerten abhandengekommen waren. Unwahrscheinlich, aber nicht unmöglich – und Carfeschs einzige Chance.

Sie blieben wenige Meter vor dem Schiff stehen.

»Carfesch!«, rief das Schiff. »Was ist deine Entscheidung?«

Der Kundschafter wandte sich um und sah zu Chaktor. Der Ferrone war zu Boden gesunken. Er hatte die Arme schützend um den Kopf geschlungen und wimmerte leise.

Was für ein tapferes Wesen! Was für eine Ungerechtigkeit! Chaktor hatte alles für das gegeben, an das er glaubte. Jetzt war er am Ende seiner Kräfte angelangt. Carfesch hatte den Ferronen nicht angelogen: Er wünschte sich, er könnte Chaktor in seine Heimat zurückbringen. Aber das war tatsächlich unmöglich. Doch es gab eine andere Möglichkeit, ihm Mut zu machen. Ein wenig zumindest.

»Hol die Ehrenwerten an Bord!«, wies er das Schiff an.

»Was? Und dann? Was sollen wir ...«

»Tu, was ich sage!«, schnitt der Kundschafter dem Schiff das Wort ab. »Wir müssen handeln. Alles Weitere wird sich zeigen.« Carfesch ging in die Knie, um auf Augenhöhe mit dem Ferronen zu sein. »Chaktor?«, flüsterte er. »Geben Sie nicht auf! Sie werden sehen, es besteht noch Hoffnung ...«

Der Ferrone reagierte nicht auf Carfeschs Worte.

Die Schleuse öffnete sich, als das Schiff den Befehl des Kundschafters befolgte. Tageslicht drang in den Hangar. Chaktor hob die Arme etwas an, lugte hinter ihnen hervor, um herauszufinden, was geschah. Wie ein gepanzertes Tier, das vorsichtig überprüfte, ob die Gefahr vorüber war.

Die drei Ehrenwerten schwebten, von einem Zugstrahl getragen, in den Hangar.

Chaktor hörte schlagartig auf zu zittern. Der Ferrone erhob sich langsam, drückte seine Daumen tief in die Augenhöhlen und rieb darüber, als traue er seiner Wahrnehmung nicht. Dann gewann die Freude die Überhand. »Crest!«, rief er und warf beide Arme in die Höhe. »Crest da Zoltral!«

»Chaktor!«, rief der Arkonide. »Sie sind es!«

Die Ehrenwerten kamen sanft auf, als das Schiff sie aus dem Griff seines Zugstrahls entließ.

Chaktor rannte auf sie zu, wollte sie umarmen, stoppte aber zwei Schritte vor ihnen ab. Der Ferrone musste sich der Rangunterschiede erinnert haben, die ihn von dem Arkoniden trennten. »Crest!«, rief er. »Ich weiß nicht, was ich sagen soll! Wir haben Sie gesucht!«

»Ich weiß«, antwortete der Arkonide. »Und ich bin Ihnen unendlich dankbar dafür. Doch Sie hätten es nicht tun dürfen. Sie riskieren Ihr Leben! Es war meine Entscheidung, mich auf die Suche nach der Unsterblichkeit zu begeben.«

»Wir mussten Ihnen folgen! Perry Rhodan hat ...«

Carfesch hörte nicht länger hin. Die Frau hatte sich von Chaktor abgewandt. Sie starrte ihn an. Auf ihrer haarlosen Stirn bildeten sich Schweißperlen, ihr Brustkorb hob und senkte sich rasch. Als erbringe sie in diesem Augenblick eine körperliche Anstrengung, die ihre ganze Kraft erforderte. Was war das für ein ...?

»Homunk ist auf dem Landefeld!«, rief das Schiff. »Er will an Bord!«

Carfeschs Fingerspitzen glühten auf – und plötzlich erlosch der Brand. Homunk. Es hatte so kommen müssen.

»Carfesch?«, drängte das Schiff. »Wieso sagst du nichts? Wir müssen etwas unternehmen. Er lässt sich nicht abwimmeln! Wir müssen die Ehrenwerten und Chaktor verstecken!«

»Nein. Das ist sinnlos.«

»Aber er wird herausfinden, was du getan hast!«

»Er wird es sowieso, früher oder später.« Carfesch erkannte, wie töricht er und das Schiff gehandelt hatten. Die Explosion allein musste den Argwohn Homunks geweckt haben. Und dass kurz darauf die drei Ehrenwerten verschwunden waren, musste die Intotronik unweigerlich auf seine Spur geführt haben. Es war vorbei. »Lass Homunk an Bord!«, wies er das Schiff an.

»Du ...«, das Schiff brach ab. »Du gibst die Befehle, Carfesch.«

Das Schott öffnete sich erneut. Kurz darauf schwebte die Intotronik in den Hangar. Homunks Kleidung wechselte den Gelbton, als er aus dem Sonnenlicht in den Schatten des Hangars gelangte. In geringem Abstand folgte ihm die Zwergin Jymenah. Sie trug eine Waffe.

»Ich habe es gewusst«, sagte Homunk statt einer Begrüßung. »Sie verbergen etwas.« Die Intotronik zeigte auf Chaktor. »Dieses Wesen war nicht befugt, nach Wanderer zu kommen.«

Homunk sagte es in der Sprache, der sich die Diener von ES bedienten, um zu kommunizieren. Chaktor und die Ehrenwerten kannten sie nicht, aber sie verstanden die Drohung instinktiv. Sie rückten zusammen, als könnten sie sich damit vor der Intotronik schützen. Nur Chaktor reagierte entgegengesetzt. Er beugte sich vor, um sich vorzuschnellen und sich auf den Unbekannten zu stürzen, der ihn und seine Gefährten bedrohte.

Die Menschenfrau legte ihm eine Hand auf die Schulter, flüsterte ihm etwas zu, was zu leise war, als dass Carfesch es hätte verstehen können. Der Ferrone setzte an, ihre Hand wegzustoßen. Doch dann besann er sich eines Besseren. Waren es die Worte der Frau? Oder hatte Chaktor bemerkt, dass Jymenah nur darauf wartete, dass er sie angriff? In den Augen der Zwergin lag ein Glitzern, das Carfesch als Blutdurst interpretierte.

»Formal gesehen haben Sie recht, Homunk«, sagte Carfesch. »Doch von einer höheren Warte ...«

»Erklären Sie das nicht mir«, unterbrach ihn die Intotronik. »Erklären Sie Ihren unverantwortlichen Akt ES. Unser Herr wird in Kürze eintreffen. Schiff?«

»Ja?« Das Schiff war eine Maschine wie Homunk. Doch sie stand im Rang weit unter ihm.

»Eliminiere den Unbefugten!«

Die Ehrenwerten scharten sich schützend um Chaktor. Sie spürten, dass dem Ferronen Gefahr drohte. Es würde nichts nützen. Das Schiff war in der Lage, mit chirurgischer Präzision zu töten. Jeden Augenblick würde ein genau dosierter Energiestrahl den Ferronen verbrennen. Doch der Strahl blieb aus.

»Schiff!«, rief Homunk. »Ich habe dir einen Befehl gegeben. Ich erwarte den unverzüglichen Vollzug!«

»Carfesch gibt mir Befehle«, antwortete das Schiff. Sein Verhalten war unerhört. Eine Rebellion.

»Deine Verweigerung wird Folgen haben«, sagte Homunk. Er wandte sich an Carfesch: »Geben Sie dem Schiff den Befehl zur Eliminierung. ES will es so!«

ES, sein Herr. ES, dessen Sache er viele Leben lang treu gedient hatte. ES, gegen den er rebelliert hatte, aus Gründen, die ihm selbst verborgen blieben. Carfesch stellte sich vor, wie er vor seinen Herrn trat. ES erwartete, dass sein Wille geschah. Carfesch würde keine Gnade vor ES finden – ganz gleich, ob er den Befehl zum Mord an Chaktor geben würde oder nicht.

»Carfesch! Was ist mit Ihnen? Geben Sie den Befehl!«

Es war zu spät. Carfesch hatte gegen seinen Herrn aufbegehrt. Er würde die Konsequenzen tragen müssen. Doch zumindest wollte er es reinen Gewissens tun.

Der Kundschafter hob die Energiebarriere auf und trat zwischen Homunk und Chaktor und die Ehrenwerten.

Er sagte: »Nein. Ich werde keinen Mord begehen.«

Er sprach Arkonidisch.

Kapitel 15

Perry Rhodan

»Bis hierher können wir euch begleiten!«

Kitrai stellte die Schwimmbewegungen ein. Ihre Artgenossen taten es ihr gleich. Die Seile, an denen sie Rhodan und seine Gefährten durch das seichte Meer von Wanderer gezogen hatten, entspannten sich.

Rhodan begann automatisch mit eigenen Schwimmbewegungen, hörte aber rasch auf, als er merkte, dass sie unnötig waren. Die in seinem Schutzanzug eingeschlossene Luft ließ ihn und seine Gefährten an der Wasseroberfläche treiben. Es war nicht ganz einfach, dabei das Gleichgewicht zu halten. Der athletische Ras Tschubai schlug wild um sich, drehte sich mehrmals um die eigene Achse, bis er die optimale Arm- und Beinstellung herausgefunden hatte.

»Wer in den Strudel gerät, für den gibt es keine Rückkehr«, sagte die Ilt.

Rhodan betrachtete das Meer, das sich vor ihnen bis zum ungewohnt nahen Horizont erstreckte. Die Dünung war sanft, und erst als er genau hinsah, registrierte er, dass die Wasseroberfläche in Bewegung war.

Unwillkürlich tastete er über den Anzug, überprüfte, ob der Helm geschlossen war. Die Ilts hatten ihnen die Anzüge gebracht. Sie stammten aus einer Walze, die vor langer Zeit ins Meer gestürzt war. Die Ilts, die bis zu einer halben Stunde die Luft anhalten konnten, hatten viele Vorstöße zu dem Wrack gewagt, es genau untersucht – und hatten an sich genommen, was sich greifen ließ.

Darunter die Anzüge, die ihnen selbst viel zu groß waren, aber wie für Menschen oder Arkoniden geschnitten. Thora, die mit Abstand erfahrenste Raumfahrerin unter ihnen, hatte die Anzüge überprüft und sie für funktionstüchtig befunden. Zumindest in ihren Basisfunktionen. Die Anzüge waren dicht und versorgten ihre Träger mit einem atembaren Luftgemisch. Thora hatte den

Flugmodus identifiziert, allerdings hatten sie aus Angst, geortet zu werden, bislang darauf verzichtet.

Ebenso wie auf die Handfeuerwaffen, die ihnen die Ilts angeboten hatten. Rhodan hatte sich bedankt, sie aber höflich abgelehnt. Entweder man war ihnen auf der anderen Seite von Wanderer wohlgesinnt, oder sie waren verloren.

Bull schnaubte. »Seid ihr sicher, Kitrai? Das Loch in der Mitte der Welt habe ich mir anders vorgestellt – sagen wir, etwas spektakulärer.«

»Das ist nur die Oberfläche. Der eigentliche Strudel ist am Meeresgrund. Kein Ilt, der sich zu nahe an ihn heranwagte, hat es vermocht, sich seinem Sog zu entziehen. Er ist zu stark. Dafür gibt es nur eine einzige Erklärung: Das Wasser muss abfließen. Und wohin sonst sollte es das tun, außer auf die andere Seite von Wanderer?«

»Schon. Aber auch wenn ich ein lausiger Schüler war, erinnere ich mich dunkel an den Erdkundeunterricht. An den glühenden inneren Kern der Erde zum Beispiel ...«

»Das ist nicht die Erde«, schaltete sich Thora ein.

»Aber eine Welt wie die Erde, mit Gebirgen und Meeren, mit Tieren und Pflanzen. ›Ein höchst gewöhnlicher Planet‹, wie Sie mir einmal anvertraut haben, wenn ich mich nicht irre.«

»Sie irren sich nicht. Höchst gewöhnlich. Und höchst ungewöhnlich. Jede Welt, die Leben trägt, ist ungewöhnlich. Ein Wunder. Eine Unmöglichkeit.«

»Und deshalb glauben Sie, dass dieser Planet belebt ist, aber keinen glutflüssigen Kern besitzt?«

»Ich glaube zumindest, dass es möglich ist. Oder dass derjenige oder diejenigen, die diese merkwürdige Welt erschaffen haben, sie so eingerichtet haben, dass das Wasser von einer Seite zur anderen fließen kann.«

»Sie legen einen Optimismus an den Tag, der einem naiven Barbaren von der Erde gut anstehen würde«, beschied ihr Bull.

»Ich nehme das als Kompliment.« Thora neigte spielerisch den Kopf.

»Ich ... wenn ihr wollt, könnt ihr bei uns bleiben«, bemerkte Kitrai.

Die Ilt schien trotz ihrer telepathischen Gabe das Geplänkel zwischen dem Menschen und der Arkonidin nicht einordnen zu können. Rhodan musste grinsen. Bull wurde immer wieder wegen seines lockeren Mundwerks von anderen Menschen unterschätzt, die nicht verstanden, dass seine Sprüche lediglich seinen Umgang mit Druck darstellten. Aber dass er ausgerechnet in Thora, für die Beherrschtheit eine überragende Tugend darstellte, einen passenden Sparringspartner gefunden hatte, verblüffte selbst ihn, seinen besten Freund.

»Wir wissen dein Angebot zu schätzen, Kitrai«, wandte sich Rhodan an die Ilt. »Aber ich glaube«, Rhodan ließ den Blick über seine Gefährten streifen, die eng aneinander im Meer trieben, »keiner von uns denkt ernsthaft daran aufzugeben.« Er schwieg einen Moment. Wie erwartet kam kein Einwand. »Wir müssen in unsere Heimat zurückkehren. Verstehst du das? Und der einzige mögliche Weg führt über diesen Strudel.«

»Ja«, antwortete die Ilt. Sie tauchte blitzschnell unter, kam zwei Meter weiter wieder zwischen den Ilts zum Vorschein, die Rhodan und seine Gefährten durch das Meer gezogen hatten. »Ihr müsst tun, was ihr tun müsst. Wir wünschen euch viel Glück!«

Sie bedankten sich und schwammen dem Strudel entgegen. Eine unsichtbare Hand griff rasch nach den Menschen. Rhodan spürte, wie die Strömung ihn erfasste. Nach kaum einer Minute hatte sie sie bereits so weit getragen, dass er die Köpfe der Ilts nicht mehr ausfindig zu machen vermochte.

Mit zwei kräftigen Schwimmzügen arbeitete sich Bull an seine Seite. »Wenn du mich fragst, hat unsere pelzige Freundin den Mund etwas voll genommen. Das hier ist nicht halb so wild wie der Strömungskanal in dem Schwimmbad, in dem ich als Kind ...«

Bull tauchte abrupt ab, als hätte ein Raubfisch ihn gepackt und zerrte ihn zum Meeresboden. Doch es war die Strömung, die den Freund in ihre Gewalt gebracht hatte. Im nächsten Moment erfasste sie Rhodan, zog ihn nach unten. Dem Loch in der Mitte dieser merkwürdigen Welt entgegen – und vielleicht ihrem Schöpfer.

Luft perlte in Blasen von Rhodans Anzug ab, hüllte ihn in einen nicht greifbaren Vorhang. Als die Blasen versiegten, sah er vor und neben sich seine Kameraden. Quiniu Soptor trieb leblos in der Strömung. Die Halbarkonidin musste erneut das Bewusstsein verloren haben. Seile verbanden sie mit Sue und Ras. Bull war tief unter ihm. Er hatte die Glieder ausgestreckt und Arme und Beine angewinkelt wie ein Fallschirmspringer. Der Freund ließ sich von der Strömung mit der absoluten Entschlossenheit tragen, die ihm zu eigen war, hatte er sich erst einmal auf ein Wagnis eingelassen.

Thora war rechts von ihm. Die Arkonidin wand sich, schlug verzweifelt um sich – in Zeitlupe, das Wasser und die Strömung bremsten ihre Bewegungen. Versagte ihr Anzug? Oder geriet Thora in Panik, weil sie es als Arkonidin nicht gewohnt war, natürlichen Kräften wehrlos ausgeliefert zu sein?

Rhodan veränderte seine Haltung, ließ sich von der Strömung auf Thora zutragen. Doch er verfehlte sie. Und dann war es zu spät: Innerhalb weniger Augenblicke senkte sich Dunkelheit über Rhodan, als der Strudel ihn so tief unter das Wasser gezogen hatte, dass kein Sonnenlicht mehr seine Augen erreichte.

Rhodan war allein mit seinen Gedanken – und seinen Zweifeln.

Bull hatte recht, erkannte er plötzlich. Es war unmöglich. Das Innere von Wanderer *musste* glutflüssig sein. Es konnte keine Verbindung zur flachen Seite existieren. Selbst wenn sie existieren sollte, maß sie Tausende von Kilometern. Und wenn das Wasser in Schallgeschwindigkeit durch die Verbindung rasen sollte, würde es Stunden dauern, die flache Seite zu erreichen. Musste das Wasser nicht zu kochen anfangen, schließlich zu Dampf werden in dieser Zeitspanne? Und wieso sollte es überhaupt auf die flache Seite fließen? Die Schwerkraft eines Planeten zog Gegenstände zu seiner Mitte. Doch Wanderer war, wenn Rhodan recht behielt, eine Halbkugel. Der Punkt der Anziehung musste sich demgemäß in der Halbkugel befinden – und eben *nicht* auf der flachen Seite.

Der Sog des Strudels wurde stärker, sein Radius verengte sich. Es war ein Zeichen, dass er sich der Öffnung im Meeresgrund nähern musste.

Rhodan zwang sich ruhig zu atmen, sich nicht gegen die Strömung zu wehren. Es war zu spät. Er hatte seine Entscheidung getroffen. Entweder seine Vision entsprach der Wahrheit – oder er und seine Freunde würden sterben.

Er schloss die Augen, konzentrierte sich auf die Bilder, die sich in sein Gedächtnis eingebrannt hatten.

Rhodan fand sich im All wieder, raste der Welt entgegen, die er inzwischen als Wanderer kannte.

Komm!, hörte er wieder die Stimme in seinen Gedanken flüstern. *Komm, Perry Rhodan! Ich brauche dich!*

War es ES, der ihn rief? Doch weshalb? Wozu brauchte ein Wesen, das unsterblich sein musste, die Hilfe eines Sterblichen?

In Gedanken passierte Rhodan im Orbit die gerundete Seite von Wanderer, erblickte die flache Seite. Sie mutete an, als hätte ein unvorstellbar großes Messer diese Welt in der Mitte durchtrennt. Auf der glatten Fläche, die an der Schnittkante entstanden war, erstreckten sich Wälder und Steppen, Seen und Wüsten. Breite Ströme wanden sich über die Fläche. Sie fächerten sich in Deltas auf, verwandelten sich zu Seen und schließlich zu einem ringförmigen Meer, das am Rand der Fläche von einer unsichtbaren Barriere aufgestaut wurde.

In der Mitte der runden Fläche war ein Hochplateau, seine Kanten bestanden aus senkrechten Klippen. Eine Stadt thronte auf dem Plateau, und in ihrer Mitte schoss ein gewaltiger Strahl aus Wasser hoch in den Himmel dieser unmöglichen Welt. Regenbogen glitzerten in den Tropfen. Das Wasser fiel herab, sammelte sich in Bächen, die zu Flüssen wurden, die schließlich in Wasserfällen über die Kanten des Plateaus dem viele Hunderte oder sogar Tausende Meter tiefer liegenden Grund entgegenstürzten.

Die Fontäne ... war dies der Ort, an den sie der Strudel führen würde?

Mit einem Ruck beschleunigte sich die Drehbewegung. Die Zentrifugalkraft riss an Rhodan, wurde stärker und stärker und schließlich übermächtig.

Perry Rhodan verlor das Bewusstsein.

»Rhodan?«

Perry Rhodan spürte, wie Hände seine Schultern packten, an ihm zogen.

»Können Sie mich hören?«

Die Stimme war merkwürdig verzerrt und leise. Rhodan öffnete die Augen. Die Schwärze blieb.

»Reg?« Er streckte die Arme aus, ertastete eine schlanke Gestalt in einem Schutzanzug.

Ein blechernes Lachen antwortete ihm. »Ich muss Sie enttäuschen, Rhodan. Ich fürchte, Sie müssen mit mir vorliebnehmen – Thora.« Sie stieß seine Hände nicht weg.

»Thora?« Unvermittelt kehrte die Erinnerung zurück. Thora, die neben ihm in der Strömung trieb und sich verzweifelt wand. Er hatte ihr helfen wollen, aber sie verfehlt. »Ist ... ist alles in Ordnung bei Ihnen?«

»Inzwischen ja. Sie wurden Zeuge meiner kleinen Panikattacke?«

»Sie haben um sich geschlagen und ...«

»... und anderen Unsinn gemacht. Sie wissen ja, dass es nicht gerade meine Stärke ist, mich wehrlos dem Schicksal zu ergeben.«

»Ich weiß.« Rhodan drehte den Kopf, auch wenn die Schwärze undurchdringlich war. Ein Kratzen teilte ihm mit, auf welche Weise er und Thora miteinander sprachen: über die Berührung ihrer Helme, die die Schallwellen immerhin leidlich übertrugen.

»Was ist mit Ihnen?«, fragte Thora.

»Ich muss das Bewusstsein verloren haben. Die Zentrifugalkraft wurde immer größer ...« Er brach ab, als Thora die Beine um seine schlang und sie mit den Kniekehlen verhakte.

»Damit wir uns nicht verlieren«, erklärte sie und fuhr fort: »Freut mich zu hören, dass ich nicht die Einzige war, der es so ging. Wissen Sie, wo wir sind?«

Rhodan horchte. Er hörte ein donnerndes Rauschen, als lausche er von der Ferne einem Wasserfall. »Ich schätze, in dem Tunnel, der die beiden Seiten Wanderers verbindet. Es muss sich um eine gerade Röhre handeln. Das Wasser strömt ohne Verwirbelungen durch.«

»Und mit konstanter Fließgeschwindigkeit, die wir längst ebenfalls erreicht haben. Deshalb spüren wir die Strömung nicht mehr.«

»So ist es«, stimmte Rhodan zu. »Bleibt nur die Frage, wie lange wir bewusstlos waren.«

»Das ist unmöglich zu bestimmen. Wir haben keinen Anhaltspunkt. Wir ...« Thora brach ab. Rhodan spürte, wie sie sich enger an ihn schmiegte. Die Arkonidin lachte auf.

»Was ist?«, fragte Rhodan. »Was gibt es zu lachen?«

»Ach, nichts. Mir kommt nur gerade der Gedanke, dass Ihre Kultur viele Redewendungen kennt, die geradezu in verblüffender Weise zutreffen.«

»Zum Beispiel?«

»Das Licht am Ende des Tunnels!« Thora ließ seine Schultern los, packte seinen Helm mit beiden Händen und zog mit einem Ruck, der Rhodans ganzen Körper um 180 Grad drehte. »Sehen Sie nur!«

Und dort war es: ein Lichtpunkt, der sprunghaft größer wurde.

»ES!«, rief Thora. »Wir werden ihn finden!«

Kapitel 16

Crest da Zoltral

»Nein. Ich werde keinen Mord begehen.«

Crest horchte auf. Das Wesen, das Chaktor an Bord des Walzenschiffs geholt hatte, hatte seine Antwort auf Arkonidisch gegeben. Es wollte, dass er und seine Gefährten ihn verstanden.

Carfesch war sein Name, hatte Chaktor berichtet. Ein Kundschafter.

Was trieb diesen Carfesch an? Wieso hatte er Chaktor und Rhodan und die Übrigen nach Wanderer gebracht? Wieso stellte er sich nun schützend zwischen sie und Homunk? Carfesch musste klar sein, dass er sein eigenes Leben aufs Spiel setzte.

Crest versuchte, die Miene des Kundschafters zu deuten. Er war ein Humanoide, schlank und hochgewachsen. Aus der Ferne hätte man ihn für einen Arkoniden oder einen Angehörigen der zahllosen Kulturen halten können, die von Arkon im Lauf der Jahrtausende ihren Ausgang genommen hatten. Doch aus der Nähe ... der Mund dieses Carfesch war eine winzige, lippenlose Öffnung, die sich im breiten Kinn verlor. Seine Augen standen nicht im strohfarbenen Gesicht, sondern schräg von ihm ab. Sie waren blau und starr. Crest ging davon aus, dass sie ohne Bewegung einen großen Blickwinkel abdeckten. Anstatt einer Nase besaß Carfesch eine flache Atemöffnung, über die sich ein Gitter aus Haut wie ein schützender, weitmaschig gewebter Stoff spannte. Eine Narbe lief fast über das ganze Gesicht.

Ein Gedanke kam Crest. Isach. Der greise Ferrone, den sie auf Ferrol getroffen hatten. Der blinde Hirte hatte behauptet, dass er als Kind Zeuge geworden war, wie riesige Walzen über seiner Heimat erschienen waren. Wesen, die wie Ferronen waren und auch wieder nicht, waren ihnen entstiegen. Und eines hatte Mitleid mit dem Hirtenjungen gehabt und ihm ein langes Leben geschenkt. Ein Wesen wie der Kundschafter?, fragte sich Crest. Vielleicht eben dieser Carfesch, der sich schützend vor sie gestellt hatte?

Der Arkonide hörte ein Knistern, dessen Rhythmus mit dem

Heben und Senken des Brustkorbs des Kundschafters übereinstimmte. Carfesch war erregt, vielleicht hatte er Angst.

Grund dazu hatte er.

»Treten Sie zur Seite, Carfesch!«, sagte Homunk, ebenfalls auf Arkonidisch. »Dieses blauhäutige Wesen ist nicht befugt, sich auf Wanderer aufzuhalten. Es muss eliminiert werden. Behindern Sie mich nicht in Ausübung meiner Pflicht, sonst werden Sie die Konsequenzen zu tragen haben.«

»Nein.« Der Kundschafter rührte sich nicht von der Stelle. »Chaktor darf nicht sterben.«

»Sie werden sterben, Carfesch! Sie werfen Ihr Leben weg, alles, wofür Sie stehen!«

Es knisterte, als der Kundschafter tief Luft holte. »Mein Leben gebe ich, ja. Aber Sie irren sich im Letzteren: Ich würde aufgeben, wofür ich stehe, ließe ich diesen sinnlosen Mord zu.«

»Wie Sie wollen.« Homunks Miene war ausdruckslos. »Sie haben Ihre Entscheidung getroffen.«

Eine unsichtbare Hand griff nach Crests Magen, drückte erbarmungslos zu. Homunk wollte Chaktor umbringen – und Carfesch. Tatjana Michalowna hatte recht. Wanderer war kein Paradies. Nicht einmal ein trügerisches. Und er hatte es nicht sehen wollen. Die Gier nach der Unsterblichkeit hatte ihn blind gemacht.

Er registrierte, wie Jymenah hinter Homunk in die Knie ging, den Oberkörper nach vorne beugte. Die Zwergin hatte die Waffe in den Gürtel gesteckt. Sie machte sich bereit, Carfesch anzufallen, wie sie es bei Quiniu Soptor getan hatte. Blutdurst glitzerte in ihren Augen. Was war das für eine Kreatur? Was musste ihr widerfahren sein, dass ihr Hass auf andere so groß war?

Crest war am Ziel seiner Sehnsucht angekommen, der Welt des Ewigen Lebens – und er würde Zeuge zweier Morde werden. Und alles, was ihm blieb, war, hilflos dem Gang der Ereignisse zuzuschauen ...

Aber befreite ihn seine Hilflosigkeit von seiner moralischen Pflicht? Chaktor hatte sein Leben riskiert, war ins Unbekannte aufgebrochen, um das seine zu retten. Carfesch hatte Chaktor und seine Gefährten nach Wanderer gebracht und würde in wenigen Augenblicken mit seinem Leben dafür bezahlen. Durfte er sie ihrem Schicksal überlassen? Und sollte er es tun: Könnte er mit der Schuld weiterleben, nicht alles versucht zu haben, das Leben seines Gefährten zu retten? Könnte er ein ewiges Leben, das ewige Schuld bedeutete, ertragen?

Er spürte eine Hand, die sich um seinen Oberarm klammerte. Sie gehörte Tatjana Michalowna. »Nein!«, flüsterte die Telepathin. »Tun Sie es nicht, Crest!« Sie hatte seinen Gedankengang verfolgt, wusste, dass in seinem Innern eine Entscheidung gefallen war.

Er legte seine Hand auf die Michalownas, drückte sie fest und löste ihren Griff. Die Telepathin ließ es geschehen.

Crest da Zoltral trat zwischen Carfesch und Homunk. »Nein! Ich werde nicht zulassen, dass Sie Carfesch und Chaktor ermorden!«

»Treten Sie zur Seite, Ehrenwerter! Diese Angelegenheit ist unangenehm, aber sie ist für Sie von keinem weiteren Belang.«

Crest straffte sich. »Sie sind im Begriff, einen Mord zu begehen, Homunk. Das kann ich nicht zulassen. Kein intelligentes Wesen, ganz gleich, welcher Kultur es angehört, ganz gleich, an welchem Ort des Universums, darf einem Mord tatenlos zusehen.«

»Sie verspielen die Unsterblichkeit, Ehrenwerter.«

»Darüber entscheidet ES, nicht sein Diener.«

Crest hörte Schritte. Tatjana Michalowna und Trker-Hon stellten sich an seine Seite. Schweigend. Ihre Geste bedurfte keiner Worte.

Homunk musterte die drei einige Augenblicke lang. »Dann soll ES entscheiden«, sagte die Intotronik. »Sobald er eintrifft!«

Er gab Jymenah ein Zeichen. Die Zwergin zog ihre Waffe, zielte und drückte ab. Der Schlag einer unsichtbaren, riesigen Faust traf Crest und fällte ihn.

Dann war nur noch Schwärze.

Kapitel 17

Perry Rhodan

Das blendende Licht packte Perry Rhodan und Thora und schleuderte sie dem Himmel entgegen.

Beide wurden von dem extrem schnellen Wasserstrahl aus der Öffnung gedrückt. Aus der Bahn des Tunnels befreit, fächerte der Strahl auf. Rhodan und Thora klammerten sich aneinander fest, aber ihre Kraft reichte nicht aus, um den Gewalten des Wassers mehr als einige Augenblicke zu widerstehen.

Thora wurde weggerissen und wie ein Spielball, der sich in die Fontäne eines Springbrunnens verirrt hatte, herumgewirbelt.

Im nächsten Moment drehte sich die Welt um Rhodan, als ihn dieselben Gewalten zum Spielball machten. Der ehemalige Testpilot reagierte instinktiv, streckte Arme und Beine weit aus, versteifte sich. Es half. Die Drehbewegung verlangsamte sich, kam schließlich zum Stillstand.

Seine Augen, nach Stunden der Bewusstlosigkeit und absoluten Schwärze von der plötzlichen Lichtflut überfordert, gewöhnten sich allmählich an die Helligkeit.

Er ritt auf einem Regenbogen. Nein, auf vielen Regenbogen.

Wasser hüllte ihn von allen Seiten ein. Wasser, das überall hinstrebte, das sich in immer kleiner werdende Tropfen zerteilte; unzählige Tropfen im Licht der Sonne. Das Licht brach sich in den Tropfen, schuf eine Vielzahl von Regenbogen, sorgte für Helligkeit.

Rhodan blickte auf eine unmögliche Welt. Eine Scheibe mit einem Hochplateau. Und in der Mitte des Plateaus ein gewaltiger Strahl aus Wasser. Er erinnerte an die Fontäne eines Geysirs. Es war die Fontäne, auf der Rhodan in den Himmel ritt. Er sah eine Stadt, die sich um den Wasserstrahl erstreckte. Er sah, wie das herabregnende Wasser sich in Teichen und Seen sammelte, Rinnsale bildete, die zu Bächen wurden, die wiederum zu Flüssen anschwollen. Schließlich ergossen sich die Ströme in gewaltigen Wasserfällen über die Kanten des Plateaus und nährten grüne, fruchtbare Ebenen.

Perry Rhodan war der Anblick vertraut.

Dies war die Welt aus seiner Vision. Die Welt, auf die man ihn gerufen hatte. Sie existierte, war kein bloßes Trugbild, das ihm eine unverstandene Sehnsucht in seinem Innern vorgegaukelt hatte.

Er blickte auf die Heimat von ES.

Eine Last hob sich von Rhodan, machte einer ungeahnten Leichtigkeit Platz. Ihm war, als habe er ein für alle Mal die Schwere des Daseins abgeschüttelt.

Rhodan registrierte eine Handvoll Punkte, die mit ihm den Regenbogen ritten. Es waren seine Kameraden. Der Anblick musste sie im selben Maß ergreifen wie ihn. Sie hatten die Welt der Unsterblichkeit erreicht! Nichts konnte ihnen jetzt noch etwas anhaben.

Einen gewissen Moment lang erfüllte Ekstase Rhodan, fühlte er sich unbesiegbar.

Dann zehrte die Schwerkraft Wanderers seine Fahrt auf. Kurz noch schwebte er hoch über der flachen Welt, dann begann der Sturz. Rhodan tastete an den Gürtel, um das Flugaggregat des Anzugs zu aktivieren.

Es reagierte nicht.

Mit einem Schlag war Rhodans Leichtigkeit verflogen.

Er sah an sich hinunter, um sicherzustellen, dass er die richtige Stelle des Gürtels berührte. Er drückte erneut zu.

Nichts.

Sein Mund war plötzlich ausgetrocknet. In einiger Entfernung sah er eine Gestalt, die er für Bull hielt – sie hatte die Glieder ausgestreckt und Unterarme und Schenkel wie ein erfahrener Fallschirmspringer angewinkelt. Der Freund fiel.

Die Passage musste die Flugaggregate beschädigt haben. Eigentlich keine Überraschung. Die Anzüge mochten Tausende von Jahren alt sein, waren nicht für den Einsatz unter Wasser konstruiert. Und hatte Kitrai sie nicht gewarnt? Noch nie war jemand zurückgekehrt, der sich in den Strudel gewagt hatte.

Rhodan hörte ein scharfes Pfeifen. Ein Knäuel von Menschen raste in wenigen Metern Entfernung an ihm vorbei. Seile banden sie aneinander. Sue und Ras, die Quiniu Soptor in ihrer Mitte führten. Die Gefährten waren keine erfahrenen Springer wie er und Bull. Es gelang ihnen nicht, eine stabile Freifallhaltung einzunehmen.

Hilflos musste Rhodan zusehen, wie sie, sich überschlagend,

dem Boden entgegentaumelten – und dann verschwanden sie unvermittelt, als hätten sie nie existiert.

Ras! Er war mit Sue und Quiniu teleportiert. Das war ihre Rettung!

Ihre potenzielle Rettung.

Der Boden kam rasend schnell näher. Rhodan besaß keinen Maßstab, anhand dessen er hätte abschätzen können, wie hoch die Wasserfontäne sie in die Luft geschleudert hatte. Doch er wusste, dass ein Springer auf der Erde – ungebremst – innerhalb von sechzig Sekunden eine Höhe von viertausend Metern verlor – und dass der Teleporter Ras Tschubai Minuten brauchte, bis er erneut genug Kraft gesammelt hatte, um einen zweiten oder gar dritten Menschen bei einem Sprung mitzunehmen.

Ras würde zu spät kommen. Es sei denn, die Angst um seine Freunde trieb den Teleporter zu übermenschlichen Leistungen an.

Rhodan veränderte die Körperhaltung, drehte sich einmal um die eigene Achse. Über sich sah er Thora. Es musste die Arkonidin sein. Sie bemühte sich, eine Freifallhaltung einzunehmen, aber hielt sie nicht durch. Sie drehte und überschlug sich in der Luft.

Übergangslos erschien Ras neben der Arkonidin, griff nach ihr – und einen Augenblick später waren Thora und ihr Retter verschwunden. Blieben noch er selbst und Bull. Rhodan drehte sich erneut, fand den Freund schräg unter sich. Rhodan zog die Arme an den Körper. Sein Sturz beschleunigte sich, er näherte sich Bull. Gleich würde er bei ihm sein, ihn packen, und Ras würde ...

Ras materialisierte neben Bull – schon waren sie weg.

Perry Rhodan war allein – und verloren.

Der Boden war zum Greifen nahe. Rhodan blieben noch Sekunden bis zum Aufschlag. Es war zu wenig Zeit für den Teleporter, um sich zu regenerieren.

Was für ein Tod!, dachte Rhodan. *An der Schwelle der Unsterblichkeit!*

Er fragte sich, wie der Tod sich anfühlen würde. War er wirklich das Ende, wie er seit seiner Jugend glaubte? Oder der Übergang auf eine andere, dem menschlichen Verstand nicht zugängliche Ebene der Existenz?

Ein Augenblick trennte Rhodan noch vom Einschlag, als eine unsichtbare Hand ihn auffing.

Und eine vertraute Stimme sagte in seinen Gedanken: *Da bist du ja endlich, Perry Rhodan!*

Kapitel 18

Homunk

Jymenah steuerte den Gleiter.

Die Zwergin hatte ihr Amulett auf dem Platz neben ihr abgelegt und es geöffnet. Das Holo Callibsos, ihrer Sehnsucht, hatte sich entfaltet. Es schien, als säße Callibso neben ihr, begleite sie.

Es war nicht angemessen, doch Homunk duldete es. Dies war kein gewöhnlicher Flug. Die Intotronik hatte sich schräg hinter Jymenah niedergelassen. Hinter ihm, durch eine weitere Sitzreihe und einen Energieschirm getrennt, befanden sich Homunks Gefangene.

Er hatte ihre Betäubung aufgehoben, in die sie Jymenah mit dem Paralysator versetzt hatte. Früher als notwendig, doch es war ihm richtig erschienen. Die drei Ehrenwerten hatten die Prüfungen bestanden, die ES jenen auferlegte, die nach der Welt des Ewigen Lebens streben. Sie verdienten seinen Respekt, trotz ihres Aufbegehrens. Das galt bis zu einem gewissen Grad auch für Chaktor, den blauhäutigen Ferronen. Er war nach Wanderer gelangt, wenngleich unbefugt. Homunk achtete ihn für seinen Mut, obwohl er offensichtlich fehlgeleitet war.

Aber was Carfesch anging ... der Kundschafter saß abseits. Der Glanz war aus seinen Murmelaugen verschwunden. Sie wirkten matt, wie verfaulende Früchte. Der Kundschafter hatte die Ellenbogen auf die Knie gestützt. Homunk mutete es an, dass er ohne diese Stütze haltlos in sich zusammenstürzen würde.

Carfesch musste bewusst werden, was er getan hatte – und er musste das harte, aber gerechte Urteil fürchten, das ES über ihn fällen würde.

Den Kundschafter und die Intotronik verband eine Jahrtausende zurückreichende Rivalität, und Homunk hatte sich viele Male vorgestellt, welchen Triumph es bedeuten würde, Carfesch ein für alle Mal vor ES als minderwertigen Diener bloßzustellen. Nun stand der Augenblick unmittelbar bevor, doch alles, was sich in Homunk regte, war Mitleid.

Carfesch war gebrochen.

Homunk wandte sich ab, sah hinunter auf die gerundete Seite Wanderers, die unter ihnen dahinzog. Dies war die Welt, die ES ihm, seinem Ersten Diener, anvertraut hatte. Wanderer war sein Daseinszweck, und selbst nach Jahrtausenden zog ihn die Schönheit des Halbplaneten mühelos in ihren Bann. Grün und Blau herrschten vor. Die Kontinente und zahlreichen winzigen Inseln waren von nahezu lückenlosem, kräftigem Grün bedeckt, die Meere glitzerten in verschiedenen Blautönen. Zusammen bildeten sie ein Bild der Harmonie, das selbst die Intotronik mit tiefem Frieden erfüllte.

Wanderer wirkte wie ein Wunderwerk der Natur. Tatsächlich war die Welt von unsichtbaren Händen geformt worden. Und er, Homunk, war die führende Hand.

Ein Geflecht aus Baumstämmen, Ästen und Seetang trieb unter ihnen auf der See, störte die wohlausgewogene Harmonie.

Ein schwimmender Bau der Ilts. Wieso duldete ES die Plagegeister? Wieso verbot er Homunk, Wanderer von dem Ungeziefer zu säubern? Die Ilts hatten auf der Welt des Ewigen Lebens nichts zu suchen!

»Du bist aufgeregt?«

Die Frage Jymenahs war ebenso wenig wie das Holo Callibsos angemessen. Homunk war der Erste Diener von ES. Jymenah seinerseits war seine – geduldete – Dienerin. Es stand ihr nicht zu, sich nach seinem Befinden zu erkundigen. Umso mehr noch, da sie mit ihrer Frage einen heiklen Punkt berührte.

»Wie kommst du darauf?«, fragte er zurück.

»In den letzten Tagen ist eine Reihe von unvorhergesehenen Ereignissen eingetreten. Quiniu Soptor, die niemals wieder nach Wanderer hätte zurückkehren dürfen, kehrt zurück. Aber sie ist verändert, nicht zugänglich, möglicherweise irreparabel geistig verwirrt. Aber bevor wir das klären können, verschwindet Soptor vom Boden Wanderers, als hätte sie nie existiert. Stattdessen erscheint aus dem Nichts ein Blauhäutiger. Und der Kundschafter Carfesch rebelliert, wirft seine Unsterblichkeit weg, als bedeute sie ihm eine Last, von der er sich befreien muss. Das ist Grund genug für Aufregung, wenn du mich fragst.«

Homunk ließ sich einige Sekunden Zeit, bevor er antwortete. Die Zwergin sprach selten, und noch seltener reihte sie mehrere Sätze aneinander. Jymenah war aufgeregt, glaubte offenbar, dass wichtige Ereignisse bevorstanden.

Zu Recht?

»Unvorhergesehenes ist geschehen, ja«, räumte die Intotronik ein. »Aber es sind Geschehnisse ohne weitere Bedeutung. Nichts weiter als das Kräuseln der Dünung auf der Oberfläche des Meeres.«

»Glaubst du? Nimmt die Dünung zu, erhebt sich ein Sturm über der See. Für sich genommen, ist jedes einzelne dieser Geschehnisse unbedeutend. Aber zusammengenommen ... und es gibt einen vereinenden Faktor.«

»Der wäre?«

»Perry Rhodan. Alle diese Wesen, die das Urteil von ES erwarten, sprechen von Perry Rhodan. Hast du je von ihm gehört?«

»Nein«, antwortete Homunk ehrlich. Und diese Tatsache beunruhigte ihn wirklich. Die Intotronik strebte nach Perfektion. Und Perfektion war nur möglich auf einer lückenlosen Basis von Fakten. Dieser Perry Rhodan störte die Perfektion.

»Perry Rhodan muss ein ungewöhnliches Wesen sein«, fuhr Jymenah fort. »Wenn es sich bei ihm nicht nur um eine Einbildung handelt. Eine Wunschvorstellung, die ein unerträgliches Dasein erträglich macht.«

»Wie Callibso?«

Jymenah versteifte sich. »Callibso ist keine Wunschvorstellung!« Die Augen der Zwergin sprühten vor Wut. Jeden anderen als Homunk, der eine solche Bemerkung gewagt hätte, hätte sie angefallen und getötet.

»Ja? Ich kenne nur das Bild, das du bei dir trägst.« Homunk hatte Jymenah an ihrem wunden Punkt getroffen. Er stellte zufrieden fest, dass er diesen Triumph genießen konnte.

»Und? Das beweist nichts! Callibso lebt. Und ich werde ihn wiedersehen!«

»Du traust deinem Callibso einiges zu.«

»Er ist außergewöhnlich!«

»So außergewöhnlich wie das Wunschbild Perry Rhodan?«

»Du ... du ...« Jymenahs Atem ging stoßweise. »Du bist grausam, Homunk!«

»Ich bin eine Maschine. Ich bin strukturell unfähig zur Grausamkeit«, belehrte er sie. »Und nehmen wir an, Callibso existierte tatsächlich und er wäre jetzt bei uns. Was würde es ändern?«

»Alles!«

»Ja? Wie würde er handeln? Was würde er unternehmen?«

»Ich ... ich weiß es nicht. Ich bin nicht wie Callibso.« Die Zwergin schloss die Augen, überlegte angestrengt. »Er würde gut überlegt handeln. Er sagte immer: ›Selbst der stärkste Sturm kann den Himmel nicht gefährden.‹«

Homunk setzte zu einer Entgegnung an, aber in diesem Moment erreichte der Gleiter das Ende der Welt. Jymenah zog das Fluggerät hoch. Der Gleiter schoss über die Barriere hinweg, die das Meer der gerundeten Seite an Ort und Stelle hielt. Gleich darauf passierten sie den Energieschirm, der dafür sorgte, dass sich die Atmosphäre über dem flachen Teil Wanderers nicht ins All verflüchtigte.

Es gab einen Ruck, begleitet von einem ploppenden Geräusch.

Homunk wandte seine Aufmerksamkeit auf den rückwärtigen Teil des Gleiters. Carfesch war die Passage auf die flache Seite Wanderers vertraut, aber die übrigen Wesen musste der Anblick des gespaltenen Planeten am Verstand zweifeln lassen.

Zu seiner Verwunderung sprang lediglich der Blauhäutige auf und stotterte etwas von einer Vision. Der alte Arkonide, die Frau und die Echse tauschten vielsagende Blicke miteinander aus und flüsterten etwas von »Eine Halbkugel. Wie Tramp«.

Tramp.

Homunk war der Name so unbekannt wie der Perry Rhodans. Was war Tramp? Der Bemerkung nach zu urteilen war Tramp eine Welt wie Wanderer, eine Halbkugel. Wieso wusste er, der Erste Diener von ES, nichts von ihr?

Jymenah beschleunigte, ließ den Gleiter in geringer Höhe über die flache Seite rasen. Die Zwergin tat es, um ihre Gefangenen zu beeindrucken. Es gelang ihr. Nach kurzer Zeit schälte sich das zentrale Plateau aus dem Horizont. Seine Wände fielen beinahe tausend Meter tief senkrecht ab. Wasser stürzte in makellos weißer Gischt über die Kanten, dem Boden entgegen.

Jymenah raste auf die Felswand des Plateaus zu und scherte erst im letzten Moment nach rechts aus. Sie hielt die Höhe, folgte dem Verlauf der Wand. Immer wieder stieß der Gleiter durch Wolken aus Gischt. Unzählige Tropfen versuchten sich an seinem transparenten Rumpf zu halten. Vergeblich. Der Fahrtwind presste sie zu Rinnsalen zusammen, fegte sie vom Rumpf. Eine Schleppe aus unzähligen Tropfen folgte dem Gleiter.

Die Zwergin hatte sich wieder beruhigt, schien ganz auf die Steuerung des Gleiters konzentriert, von der Schönheit Wanderers absorbiert.

Ein Gedanke kam Homunk. Wie alt war Jymenah eigentlich?

Sie war seit über einem Jahrhundert seine Dienerin. Wie lange hatte sie noch zu leben? Er nahm sich vor, die Zwergin zu fragen, nachdem ES seine gerechten Urteile gefällt hatte.

Als der Gleiter das Plateau etwa zur Hälfte umrundet hatte, zwang Jymenah ihn nahezu senkrecht nach oben – und enthüllte den eigentlichen Thron.

Die Ströme, die sich anschickten, über die Kante dem Grund entgegenzustürzen. Die zahllosen Seen und Wiesen, die Maschinenstadt, die sich als Ring um die Mitte des Throns legte ... und die gewaltige Fontäne aus Wasser, die mehrere Kilometer hoch in den Himmel ragte.

Ehrfurcht erfasste Homunk, als Jymenah die Fontäne umrundete. Das Licht der Kunstsonne schien schräg auf sie herab, zauberte unzählige Regenbogen.

Dies war die Welt von ES. Unvergleichlich im Universum. Und er, Homunk, war der Erste Diener von ES. ES hatte ihm Wanderer anvertraut.

Homunk würde alles tun, um ES nicht zu enttäuschen.

Jymenah setzte zur Landung an. Sie hielt auf eine freie Fläche am Rand der Maschinenstadt zu. Die Fläche war oval und von Säulenstummeln begrenzt. Homunk nannte sie für sich den Thronsaal von ES.

Hier würde ES sie empfangen – und über jene richten, die sich ihm widersetzten.

Sanft setzte der Gleiter auf. Sie stiegen aus. Die Gefangenen waren still. Ihre Bewegungen waren ungelenk, übervorsichtig. Als trauten sie ihren Sinnen nicht, als glaubten sie, sie träumten und eine unvorsichtige Geste könnte ihren Traum abrupt beenden.

Dann riss plötzlich die Frau einen Arm hoch, zeigte in den Himmel und rief: »Seht nur!«

Kapitel 19

Perry Rhodan

Die unsichtbare Hand trug Rhodan.

Er schätzte die Höhe, die ihn noch vom Boden trennte, auf dreißig, vielleicht vierzig Meter. Ein Sturz wäre tödlich. Doch Rhodan hatte keine Angst. Die unsichtbare Hand musste ES gehören. Jenes Wesen, das ihn nach Wanderer gerufen hatte, hatte ihn aufgefangen.

Wieso sollte ES ihn nun sterben lassen?

Rhodan berührte ein Sensorfeld. Der Helm seines Schutzanzugs klappte zurück, faltete sich zu einer Kapuze. Sie schmiegte sich wie ein Kragen an seinen Nacken.

Dichter Regen prasselte auf Rhodan herab. Innerhalb kürzester Zeit hatten die Tropfen sein Haar durchnässt, lief das Wasser in Strömen über sein Gesicht. Es war warm und brannte in seinen Augen. Salzwasser. Das Wasser, in dessen Strom er und seine Gefährten von einer Seite Wanderers zur anderen gereist waren.

Rhodan öffnete den Mund, leckte sich über die Lippen. Er schmeckte das Salz, das Leben.

War es der Vorgeschmack auf das ewige Leben?

Der Regen wurde schwächer, verwandelte sich in feine Tröpfchen, die wie Nebel in der Luft hingen, als ihn die unsichtbare Hand näher an die Fontäne trug. Ohne den Schutz des Helms war das Donnern des Wasserstrahls ohrenbetäubend.

Unter Rhodan erstreckte sich eine Stadt. Keine transparente, an eine Sinnestäuschung gemahnende Struktur wie auf der anderen Seite Wanderers, sondern eine mit stahlgrauen Mauern und wenigen schmalen Fenstern, die an Schießscharten erinnerten.

Doch eines schien diese Stadt, die einer Festung glich, mit ihrer ätherischen Schwester gemeinsam zu haben: Sie war ebenso verlassen.

»Wohin bringst du mich?«, fragte Rhodan. Das Donnern der Fontäne übertönte seine Worte, aber er war zuversichtlich, dass das nichts ausmachte. ES sprach in Gedanken zu ihm, also würde er auch Gedanken verstehen.

Rhodan erhielt keine Antwort. Er musste sich in seiner Annahme irren. Oder ES zog es vor zu schweigen.

Rhodan glitt weiter über die Stadt. Er erkannte jetzt, dass sie einen Ring um die Fontäne bildete. Ihm fehlte ein verlässlicher Maßstab, aber er schätzte, dass der Ring eine Stärke von mindestens einem Kilometer besitzen musste.

Die Fontäne blieb hinter Rhodan zurück. Das Donnern schwächte sich rasch ab, der feine Nebel machte klarer Luft Platz. Der Wind nahm Schall und Regen weg von Rhodan.

Die unsichtbare Hand transportierte Rhodan über die letzten Gebäude der Stadt. Grasland schloss sich an. Aus dem Grün schälte sich ein ovaler, freier Platz. Säulen säumten seinen Rand. Auf der Fläche war ein Fluggerät gelandet, wie er es schon auf der anderen Seite Wanderers gesehen hatte. Ein Tropfen, kobaltblau und matt an der Unterseite, silbern schimmernd im oberen Teil.

Unweit des Fluggeräts standen einige Personen. Die unsichtbare Hand trug Rhodan zu ihnen hin.

Als Erstes erkannte er Carfesch, den Kundschafter, der ihn und seine Gefährten als blinde Passagiere nach Wanderer gebracht hatte. Seine Silhouette war zu lang und zu hager für einen Menschen. Und der Schatten, den seine Stielaugen auf den Platz warfen, war unverkennbar.

Carfeschs Anwesenheit war keine Überraschung für Rhodan. Der Kundschafter diente ES. Es war nur folgerichtig, dass er zumindest von Zeit zu Zeit auf die flache Seite Wanderers gerufen wurde.

Doch neben Carfesch stand ein ungewöhnliches Wesen. Eine Echse, die entfernt an ein Krokodil erinnerte und wohl beschlossen hatte, wie die Menschen auf zwei Beinen zu gehen.

War es möglich, dass ...?

Das Echsenwesen drehte sich herum, blickte Rhodan entgegen. Eine leuchtend rote Klappe bedeckte eines seiner Augen. Es war Trker-Hon, der topsidische Weise.

Neben Trker-Hon erkannte Rhodan jetzt Tatjana Michalowna. Die zierliche Telepathin hatte einen Arm ausgestreckt, zeigte auf ihn.

Und neben Michalowna stand der Mann, um dessentwillen Rhodan und seine Gefährten zu ihrer riskanten Mission aufgebrochen waren. Der Mann, der todkrank alles hinter sich gelassen hatte, um der Legende vom ewigen Leben hinterherzujagen. Der Mann, dem die Menschheit zu verdanken hatte, dass sich ihr das Tor zu den Sternen geöffnet hatte.

Crest da Zoltral.

Als wären ihr die Hintergründe vertraut, trug die unsichtbare Hand Rhodan zielstrebig auf den Arkoniden zu. Einige Schritte vor Crest setzte sie ihn sanft auf dem Boden auf.

»Crest!«, brachte Perry Rhodan hervor. »Ich ... mir fehlen die Worte, um das auszudrücken, was in mir vorgeht ...« Er verstummte.

Crest da Zoltral sagte nichts. Der alte Arkonide hatte an Gewicht verloren. Tiefe Furchen hatten sich in sein Gesicht gegraben. Er zitterte. Tränen schossen in seine Augen, rannen ihm über die Wangen. »Perry Rhodan! Sie hätten nicht kommen dürfen ...«

Crest da Zoltral hatte Angst. Um ihn!

»Was ist los, Crest?«, fragte Rhodan. »Wir sind auf der Welt des Ewigen Lebens. Wie Sie es sich gewünscht haben. Die Unsterblichkeit ist keine Legende, sondern eine Tatsache.«

»Ja ...« Crest rieb mit einer Hand über die andere. Die Haut war schlaff und mit Altersflecken übersät. »Es ist nur ...« Der alte Arkonide kam nicht weiter.

»Crest!«, rief eine helle, sich überschlagende Stimme. »Crest! Sie leben!«

Ein schlanke Gestalt rannte an Rhodan vorbei, umarmte den Arkoniden, drückte sich mit aller Kraft an ihn. Es war Thora.

Rhodan wandte sich um und sah, dass auch seine übrigen Gefährten eingetroffen waren. Sue führte Quiniu Soptor an der Hand, als handele es sich bei der Halbarkonidin um eine Blinde. Ras Tschubai musste sich auf Bull stützen, aber der Teleporter zeigte Rhodan mit einem Lächeln an, dass ihm nichts fehlte. Die Sprünge hatten ihn ausgelaugt, mehr nicht.

»Crest, ich hatte längst alle Hoffnung aufgegeben!« Thora umarmte den alten Mann, der ihr Ziehvater war, so fest, dass es Rhodan nicht gewundert hätte, wenn er in der Mitte entzweigebrochen wäre. »Crest, ich ...« Die weiteren Worte gingen in einem Schluchzen unter. Rhodan hatte die stolze, beherrschte Arkonidin noch nie so gesehen.

»Thora«, sagte schließlich Crest. »Was soll nur ...«

Weiter kam der alte Arkonide nicht.

Ein Stern fiel vom Himmel.

Gleißendes Licht blendete Rhodan. Er kniff die Lider zusammen, hielt die flache Hand vor die Augen. Quiniu Soptor, die nicht in der Lage war, zu reagieren, brüllte auf. Sie blökte wie ein verletztes Tier und sank wimmernd auf die Knie.

Wusste die Halbarkonidin, was sich ihnen näherte?

Rhodan öffnete einen winzigen Spalt zwischen Mittel- und Zeigefinger. Er sah eine Kugel aus Licht. Sie stürzte ihnen entgegen. War sie aus dem Weltall gekommen? Oder hatte sie sich von der Sonne Wanderers gelöst?

Momente später war die Kugel am Boden angekommen. Rhodan spürte, wie eine Hitzewelle über die ungeschützte Haut seines Kopfes strich. Es brannte. Das Brennen wurde zu einem Jucken, als die gereizte Haut der Kühle des gewöhnlichen Tages auf Wanderer von Neuem ausgesetzt wurde. Rhodan öffnete die Lider einen Spaltweit, lugte zwischen den Fingern auf den freien Platz.

Er erblickte einen Menschen, von dem er geglaubt hatte, für immer Abschied genommen zu haben. Einen Menschen, der ihm beinahe wichtiger gewesen war als seine Eltern. Der sich das Leben genommen hatte, ohne dass Rhodan je die Gründe verstanden hätte.

»Karl!«, rief Rhodan, als er seinen verstorbenen Onkel erkannte. »Karl!«

Der glatzköpfige, hagere Mann, der von innen heraus leuchtete, antwortete nicht. Stattdessen lächelte er Rhodan an, als wolle er ihm bedeuten, dass er sich keine Sorgen um ihn machen sollte. Dann hob er eine Hand und winkte ihm wie zum Abschied.

Rhodan blinzelte – und die leuchtende Kugel war zurück.

Sie schwebte jetzt in der Mitte des Platzes, etwa auf Kopfhöhe. Ihr Licht war immer noch hell, aber erträglich. Rhodan senkte die Hand, öffnete die Lider vollständig. Seine Kameraden, mit Ausnahme von Quiniu Soptor, die leise wimmernd auf den Knien verharrte, taten es ihm gleich.

Die Kugel erinnerte ihn an die Beschreibung des Energiewesens Harno. Doch diese ... diese Entität war deutlich größer. Und sah man genauer hin, erkannte man, dass sie eigentlich keine festen Konturen besaß.

Willkommen auf Wanderer, Perry Rhodan!, ertönte eine Stimme in seinem Kopf.

»Wer bist du?«, fragte Rhodan. Laut, damit auch seine Gefährten seine Worte hören konnten. Und wider besseres Wissen. Es konnte nur eine Antwort auf seine Frage geben.

Rhodan erhielt sie. *Ich bin ES,* sagte die Gedankenstimme. *Ich habe dich gerufen.*

Nach Wanderer. Auf die Welt des Ewigen Lebens. *Ich brauche deine Hilfe!,* hatte die Stimme in seiner Vision gesagt. Wozu? Wozu sollte dieses gottähnliche Wesen seine Hilfe benötigen?

Aber Rhodan fragte: »Was bist du? Ist das deine natürliche Gestalt?«

Ich bin ES. Doch in diesem Augenblick geht es nicht um mich, sondern um dich, Perry Rhodan. Die Suche nach der Unsterblichkeit hat dich zu mir geführt.

Die Unsterblichkeit. Rhodan spürte, wie seine Knie ihm den Dienst zu versagen drohten. ES hatte ihn gerufen, um ihn unsterblich zu machen? Von der Seite hörte er ein Keuchen. Es kam von Crest.

»ES ...«, sagte der alte Arkonide gepresst. »Ich und meine Gefährten haben die Prüfungen bestanden, die du jenen auferlegst, die die Welt des Ewigen Lebens suchen. Wir sind Ehrenwerte, wie dein Diener Homunk uns genannt hat. Wir ...«

Still, Arkonide!, sagte ES donnernd. *Ich werde das Wort an dich richten, wenn es mir beliebt!*

Crest schwankte, als zerre eine Sturmbö an ihm. Er öffnete den Mund, wollte protestieren, aber besann sich eines Besseren.

Ich spreche mit Perry Rhodan, den ich gerufen habe. Dem ich das Geschenk des Lebens anbiete.

Das Geschenk des Lebens. Des ewigen Lebens. Die Unsterblichkeit. Jetzt. Nicht als Versprechen für die Zukunft. Ein Traum, so kühn, dass ihn kaum ein Mensch zu träumen gewagt hatte.

Die Unsterblichkeit. Zum Greifen nahe ...

... und Rhodan verspürte nichts von der Dankbarkeit und der Ehrfurcht, die dem Anlass angemessen gewesen wäre. Er dachte zurück an Rofus, zehntausend Jahre in der Vergangenheit. Der Transmitter hatte sie auf den neunten Planeten der Wega zurückgeschleudert, in das Dunkle Zeitalter der Ferronen. Nerlan der Hässliche hatte ihn und seine Gefährten gefangen genommen. Der Kriegsherr hatte sie gezwungen, den Sturm auf Remanor mitzumachen, eine der zahllosen Entscheidungsschlachten im hundertjährigen Bürgerkrieg der Ferronen, die Zehntausende von Toten und Krüppeln erbrachten, aber niemals eine Entscheidung ...

... Rhodan dachte an Reyan, die Wasserwelt. Der Transmitter hatte sie tiefer in die Vergangenheit geschleudert, auf den siebten Planeten der Wega. Die Ferronen hatten an der Schwelle des Bürgerkriegs gestanden. Eine Konferenz hatte die Entscheidung über Krieg oder Frieden getroffen. Rhodan hatte versucht, die Ferronen zum Frieden zu bewegen. Vergeblich. Während die Walzenschiffe von ES das Wegasystem durchkreuzten und nichts unternahmen, um den Krieg zu verhindern, von dessen bevorstehendem Ausbruch sie wissen *mussten* ...

... ihre nächste Station, Ambur. Der zehnte Planet der Wega, wenige Jahre nachdem der Bürgerkrieg endlich beigelegt war. Ambur war eine harsche Welt gewesen, ein Fluchtpunkt für die vielen Ferronen, die nicht in die neue, straff geordnete Nachkriegsgesellschaft passten. Die Walzenschiffe von ES hatten die Ferronen zum Verlassen der Welt gezwungen, hatten den Planeten präpariert, um ihn für ES in Besitz zu nehmen ...

Auf jeder ihrer Stationen waren sie mit unermesslichem Leid konfrontiert worden. Mit vielfachem Tod.

Wozu?

»Du irrst dich, ES«, sagte Rhodan. »Ich bin nicht um der Unsterblichkeit willen nach Wanderer gekommen. Auch nicht, weil du mich in einer Vision gerufen hast. Ich und meine Gefährten sind aufgebrochen, um unseren Freund Crest da Zoltral zu retten.« Er sah zu dem alten Arkoniden, der wieder die Kraft gefunden hatte, sich ohne die Hilfe Thoras auf den Beinen zu halten, und neigte den Kopf. »Die gesamte Menschheit, ich persönlich, stehe in seiner Schuld. Die Angst vor dem Tod hat Crest dazu getrieben, sich einem deiner Transmitter anzuvertrauen, ES. Crest glaubte, die Legende von der Welt des Ewigen Lebens enthielte einen wahren Kern. Doch was hat er gefunden? Leid und Tod!«

Wie willst du das wissen, Perry Rhodan? Crest da Zoltral und du habt unterschiedliche Wege eingeschlagen.

»Im Prinzip ja. Wir alle haben uns den Transmittern anvertraut, die du im Wegasystem hast verstreuen lassen. Wir alle haben uns den Prüfungen gestellt, die du ersonnen hast, um zu gewährleisten, dass nur jene nach Wanderer gelangen, die du für würdig hältst. Ist es nicht so?«

Du besitzt einen scharfen Verstand, Perry Rhodan.

»Das mag sein. Andere sollen das beurteilen. Aber eines besitze ich mit Sicherheit: ein Gewissen. Und mein Gewissen klagt dich an, ES! Wie nur?, frage ich mich. Wie nur kann ein Wesen, das Wunderwerke wie Transmitter erschaffen, oder halbe Planeten stabilisieren kann, ein Wesen, das ferner die Unsterblichkeit zu verleihen vermag, dem Leid und dem Sterben tatenlos zusehen?

Warum, ES, hast du den Bürgerkrieg der Ferronen nicht verhindert? Du beherrschst Zeit und Raum! Es wäre dir ein Leichtes gewesen!«

Es dauerte einige Sekunden, bis die Kugel aus Licht antwortete. Musste sie etwa über die Frage nachdenken?

Es wäre nicht recht gewesen. Ich habe gehandelt, wie es mir möglich war. Bedenke: Ohne mich gäbe es keinen Thort, der dem Dunklen Zeitalter ein Ende gesetzt hat.

»Das ist deine Antwort? Das ist deine ganze Antwort? Du hast tatenlos einem Jahrhundert des Mordens zugesehen, weil es angeblich nicht recht gewesen wäre, es zu verhindern?« Rhodan drehte sich weg, zeigte auf die wimmernde Quiniu Soptor. »Was ist mit ihr geschehen?«

Ich weiß es nicht.

»Du weißt es nicht? Quiniu ist durch einen deiner Transmitter gegangen – und sieh dir an, was deine Prüfungen aus ihr gemacht haben! Sie haben ihr den Verstand geraubt! Du behauptest von dir, ES, das Geheimnis der Unsterblichkeit zu kennen, nicht? Es muss dir doch ein Leichtes sein, Quiniu zu heilen. Hilf ihr!«

Das ist mir nicht möglich. Ihre Genesung muss aus ihr selbst erwachsen.

Rhodans Blick blieb an der wimmernden Quiniu Soptor hängen. Sagte ES die Wahrheit? Rhodan wandte sich wieder der leuchtenden Kugel zu. »Ich habe keine Möglichkeiten, deine Aussage zu überprüfen. Ich nehme sie für den Augenblick als zutreffend hin.«

Es freut mich, dass dir wenigstens meine Auskünfte genügen, Perry Rhodan.

War da ein amüsierter Unterton oder täuschte er sich? »Nur, was Quiniu Soptor angeht. Und was ist mit den Ilts?« Rhodan dachte kurz an Kitrai und die anderen Ilts. Ohne ihre Hilfe wären er und seine Gefährten an der Barriere ertrunken – und sie hätten niemals den Weg durch den Strudel auf die flache Seite Wanderers gefunden.

Ich bin der Ilts gewahr. Was ist mit ihnen?

»Du lässt sie jagen und töten, sobald sie es wagen, das Land zu betreten!«

Ich habe meine Gründe.

»Welche Gründe kann es geben, zu töten?«

Du würdest sie nicht verstehen wollen, Perry Rhodan.

»Du bist dir deiner Sache sehr sicher. Zu sicher!« Die Selbstgefälligkeit der Entität stachelte seine Wut an. »Du beherrschst Zeit und Raum. Du kennst das Geheimnis des ewigen Lebens. Mit Wanderer hast du bewiesen, dass du eine Welt erschaffen kannst, die eigentlich unmöglich ist. Nach menschlichen Begriffen bist du allmächtig. Aber Macht bringt auch Verantwortung mit sich. Wieso nutzt du sie nicht, um zu helfen?«

Das tue ich, Perry Rhodan. Aber ...

»Aber was?«, schnitt Rhodan der Gedankenstimme das Wort ab. »Lass mich raten: Ich würde es nicht verstehen. Nicht? Du ...«

Hände packten seine Schultern hart an. Reginald Bull. »Perry, es ist genug!«, sagte Bull beschwörend. »Ich bin hier der Zuständige für Wutausbrüche, die uns Kopf und Kragen kosten können. Und ich sage dir: Es reicht! Wenn du nicht sofort aufhörst, knipst uns er ... ES das Licht aus!«

Rhodan legte seine Hände auf die des Freunds, drückte sie fest. »Es ist längst zu spät, Reg. Ich habe gesagt, was ich sagen musste. Soll ES uns töten, wenn ihm danach ist.«

Er sah zu der leuchtenden Kugel. Sie flackerte, begann in einem schnellen Rhythmus zu pulsieren, und dann hörte Rhodan in Gedanken ein lautes Lachen. *Du gefällst mir, Mensch! Aber bevor ich wieder zu dir komme, werde ich erst eine andere Angelegenheit regeln ...*

Kapitel 20

Carfesch

Nun zu dir, Carfesch ..., sagte ES.

Der Kundschafter war überzeugt, dass der Augenblick seines Todes gekommen war. ES beliebte es nicht, wenn man gegen seinen Willen verstieß. Und die Beschuldigungen, die Perry Rhodan seinem Herrn entgegengeschleudert hatte ... Carfesch zweifelte immer noch an seinen Sinnen. Niemals hatte es jemand gewagt, ES verbal anzugreifen.

ES würde nicht belustigt sein.

Carfesch wartete stumm, dass sich sein Schicksal erfüllte. Unter seinen Nägeln brannte ein unerträgliches Feuer, sein Atem ging hektisch und rasselnd. Schräg hinter ihm stand sein Rivale Homunk. Carfesch, dessen hervorstehende Murmelaugen perfekte Rundsicht gewährten, musste den Kopf nicht wenden, um die Intotronik zu beobachten. Homunk schien ungerührt, aber Carfesch wusste es besser. Die Intotronik würde triumphieren, den Augenblick seines Todes kaum abwarten können. Die Haltung seiner Dienerin Jymenah verriet ihn. In den Augen der Zwergin stand blanker Hass.

Carfesch fragte sich, was er ihr angetan hatte. Was man ihr angetan hatte.

Der Kundschafter wünschte sich, das Schiff wäre bei ihm. Es war sein einziger Gefährte. Ihm ging auf, wie grotesk diese Tatsache war. Am Ende seines Lebens, das ein Vielfaches der natürlichen Spanne betragen hatte, blieb ihm eine Maschine als einziges Wesen, das ihm nahe war. Waren es diese Leben überhaupt wert gewesen, sie zu leben?

Du hast meinen Willen missachtet, Carfesch, sagte ES. *Auf Ambur hast du es Perry Rhodan und seinen Begleitern gestattet, in dein Schiff einzudringen. Du hast es in Gefahr gebracht, obwohl du weißt, dass das Ringen keine unnötigen Risiken erlaubt. Aber das war erst der Anfang. Du hast die unerlaubten Passagiere nach Wanderer geflogen. Du hast meinen Ersten Diener Homunk getäuscht.*

Du hast versucht, Quiniu Soptor vor mir zu verbergen. Du hast die Eindringlinge freigesetzt, hast ihnen die Möglichkeit gegeben, das zu vollbringen, was noch niemandem gelungen ist: die abgewandte, mir allein vorbehaltene Seite Wanderers aus eigener Kraft zu erreichen.

ES schwieg einen Augenblick. Die leuchtende Kugel pulsierte flimmernd.

Was hast du zu deiner Rechtfertigung vorzubringen?

Bis vor Kurzem hatte Carfesch keine Antwort auf diese Frage gewusst, hatte er sich selbst damit gemartert. Aber als ES die Frage aussprach, erkannte er die Wahrheit. Carfesch sprach sie aus: »Ich habe getan, was ich getan habe, weil es mir recht erschien.«

Und du glaubst, das wäre Antwort genug?

Carfesch suchte nach einer Entgegnung, aber ES fuhr bereits fort: *Ist das auch die Rechtfertigung für dein Vorgehen, Perry Rhodan? Weil es dir recht erschien? Ist das die Begründung für euch, Crest da Zoltral, Tatjana Michalowna und Trker-Hon, sich meinem Ersten Diener Homunk entgegenzustellen? Ist das die Begründung Quiniu Soptors, die niemals auf meine Welt hätte zurückkehren dürfen? Ein bloßes Gefühl?*

Die Angesprochenen schwiegen.

Homunk, mein treuer Diener! Welche Konsequenz ist für diese Wesen angemessen?

»Es gibt nur eine, Herr. Die Eliminierung.« Die Antwort der Intotronik kam ohne Zögern.

So ist es. Sie haben Fehler begangen.

»Im Ringen darf es keine Fehler geben«, sagte Homunk. »Zu viel steht auf dem Spiel.«

So ist es, Homunk. Es darf keine Fehler geben. Doch die Fehler dieser Wesen beruhen darauf, dass es sich bei ihnen um wankelmütige, gefühlsorientierte organische Kreaturen handelt.

»Ja, Herr«, bestätigte Homunk rasch.

Hast du dich jemals gefragt, weshalb ich mich überhaupt mit organischen Wesen abgebe?

»Ich ...«, die Intotronik zögerte. »Ja, schon viele Male. Sie könnten beliebig viele Diener wie mich erschaffen. Diener, die niemals Fehler begehen. Diener, auf deren Treue bedingungslos Verlass ist.«

Das ist richtig. Es wäre mir ein Leichtes, mich ausschließlich auf Diener wie dich zu stützen, Homunk. Doch ich habe mich dagegen entschieden. Weißt du, weshalb?

»Ich ... Herr, ich ...«

Carfesch folgte verblüfft der Wendung des Gesprächs. Der Kundschafter konnte sich nicht entsinnen, dass die Intotronik jemals um Worte verlegen gewesen wäre.

Ich will dir helfen, Homunk. Ich stütze mich auf Lebewesen wie Carfesch wegen ihrer Unvollkommenheit. Sie begehen Fehler, ihnen unterlaufen Irrtümer, in ihnen regen sich Gefühle, die sie nicht einmal selbst verstehen. Und von Zeit zu Zeit missachten sie meinen Willen, werden sie zu Rebellen.

»Herr, ich verstehe nicht. Welchen Grund könnte es geben, die Unvollkommenheit der Vollkommenheit vorzuziehen?«

Weil Unvollkommenheit das Leben ausmacht, sie Veränderung erst ermöglicht. Leben ist Veränderung. Ganz gleich, wie Leben im Universum beschaffen ist, es erzeugt neues Leben, und bei dieser Reproduktion unterlaufen Fehler, Mutationen. Auf Tausende von ihnen, die zum Nachteil gereichen, kommt vielleicht eine, die zum Vorteil gereicht. Aber diese eine positive Mutation konnte nur um den Preis der vielen negativen entstehen. Unser Ringen braucht beides: Diener wie dich, Homunk, auf die ich mich blind verlassen kann, die niemals fehlgehen. Und Diener wie Carfesch, die mir beizeiten die Stirn bieten, mich dazu zwingen, mich selbst zu hinterfragen.

Was ging vor? Carfesch hörte die Worte von ES, sie hallten in seinen Gedanken nach, doch er begriff sie nicht. Worauf wollte sein Herr hinaus?

Einen Moment später erfuhr es der Kundschafter: *Carfesch soll leben. Ich werde ihm die anstehende Zellregeneration gewähren.*

Der Puls des Kundschafters machte einen Satz, pochte hart in seinem Schädel. ES verzieh ihm! Er würde leben! Leben!

Die nächsten Worte seines Herrn nahm er wie aus weiter Ferne wahr: *Und nun zurück zu dir, Perry Rhodan ...*

Kapitel 21

Perry Rhodan

ES. Eine Silbe.

Ein Name, wie er kürzer nicht hätte sein könnte – oder vieldeutiger.

Was war ES?, fragte sich Rhodan.

Eines stand fest. ES war kein Lebewesen aus Fleisch und Blut. Aber konnten Lebewesen existieren, die nicht aus Fleisch und Blut waren? Rhodan hatte in den Monaten, seit er zusammen mit Reginald Bull den notgelandeten Kreuzer der Arkoniden auf dem Mond erblickt hatte, Dinge erlebt, die er sich nicht einmal in seinen wildesten Träumen hätte ersinnen können. Rhodan hatte seit langer Zeit geglaubt, dass das Wort »unmöglich« in den seltensten Fällen angebracht war. Inzwischen hatte er gelernt, dass es selbst eine Unmöglichkeit darstellte.

ES existierte.

War ES eine Maschine? Es hätte vieles erklärt. Die Tatsache, dass ES eine leuchtende Kugel darstellte, die vom Himmel gefallen war – und offensichtlich aus eigener Kraft durch den Raum gereist war, unbeschadet vom Vakuum und der Kälte des Weltalls. Dass ES schwebte, in Gedanken sprechen konnte. Dass ES es vermocht hatte, die Halbkugel von Wanderer zu erschaffen. Nicht zuletzt, dass ES von sich behauptete, die Unsterblichkeit verleihen zu können.

Und schließlich, musste Rhodan sich eingestehen, der eben noch ganz in seiner aufgestauten Wut aufgegangen war, hatte ES im Urteil über Carfesch eine Weisheit bewiesen, die nur ein Wesen besitzen konnte, das selbst fehlerhaft war.

Du hast die Prüfungen, die ich jenen auferlege, die das ewige Leben suchen, mit Bravour bestanden, Perry Rhodan, sagte ES. *Du und deine Gefährten haben überragenden Mut bewiesen, Augenmaß und Anpassungsfähigkeit. Und am wichtigsten: Selbstlosigkeit. Diese Kombination trifft man nur selten an. Nur die wenigsten, die die Unsterblichkeit begehren, können sie vorweisen.*

»Wir haben nur getan, was zu tun war.«

Nein, widersprach ES. *Du hast viel mehr als das getan. Auf dem Mond deiner Heimatwelt warst du vor eine Entscheidung gestellt, die dich überfordern musste. Der Kreuzer der Arkoniden hat innerhalb eines Augenblicks dein gesamtes Weltbild zum Einsturz gebracht. Alles, wofür du selbst und deine Kultur standen, galt nicht mehr. Aber statt mit Angst und Aggression darauf zu reagieren, hast du die Chance erkannt, die sich dir und der Menschheit bot. Eine neue Existenz zwischen den Sternen. Friede und Wohlstand für die Erde.*

»Unser Sauerstoff ging zu Ende«, wehrte Rhodan ab. »Reg und ich wären erstickt, wenn wir keinen Weg gefunden hätten, in die AETRON zu gelangen.«

Das ist richtig, ändert aber nichts an der Tatsache, dass du die Fesseln deiner Herkunft abgeschüttelt hast. Du bist als Angehöriger eines Stammes, der Amerikaner, zum Mond aufgebrochen, du bist als Mensch, als Terraner zurückgekehrt.

»Du überschätzt meine Rolle. Ich bin lediglich ein gewöhnlicher Mensch.«

Ja, und jeder Mensch, jedes Lebewesen hat es in der Hand, sein eigenes Schicksal, das seiner Kultur, ja des Universums in neue Bahnen zu lenken. Erinnere dich an Reyan, Perry Rhodan. Du warst bereit, ein Zeitparadoxon zu riskieren, das dich selbst und die Welt, wie du sie kanntest, ausgelöscht hätte, um den Bürgerkrieg der Ferronen zu verhindern.

»Ich hätte es mir nicht verzeihen können, tatenlos zuzusehen. Du hast offenbar eine andere Entscheidung getroffen.« Die Wut flackerte erneut in Rhodan hoch. ES hätte den Bürgerkrieg der Ferronen verhindern können. Er hatte es nicht getan.

So ist es. Du, Perry Rhodan, hast deine Entscheidung aus deinem Wissen heraus getroffen. Ich habe die meine aus meinem Wissen heraus getroffen.

»Du weißt vieles. Du hast mir und Chaktor die Vision eingegeben.«

Ja.

»Wozu?«

Es beliebt mir, deinen Werdegang und den der Menschheit zu verfolgen.

»Das ist keine Antwort. Du sprichst von einem Ringen, das keine Fehler erlaubt. Weshalb verschwendest du auch nur einen Bruchteil deiner Aufmerksamkeit auf einen belanglosen, weit abgelegenen Planeten wie die Erde?«

Du unterschätzt euch Menschen.

»So, wie du dich überschätzt? Du führst dich auf wie ein Gott, ES. Aber du bist keiner!«

Bist du dir sicher, Perry Rhodan? Die meisten Kulturen deiner Heimat würden mich als einen Gott sehen. Ich bin allgegenwärtig, allwissend, allmächtig.

»Du bist weder noch. Wärst du allgegenwärtig, bräuchtest du weder einen Ersten Diener Homunk noch einen Kundschafter wie Carfesch. Und was dein Allwissen und deine Allmacht angeht: Die Tatsache, dass meine Gefährten und ich vor dir stehen, beweist, dass es nicht so gut um sie bestellt ist, wie du es dir einbildest.«

ES schwieg einige Augenblicke. Verblüfft? Dann brach er in schallendes Gelächter aus. *Perry Rhodan, glaubst du ernsthaft, ich hätte von deinem Kommen nichts gewusst? Ich hätte nicht geduldet, was in den letzten Tagen auf Wanderer geschehen ist?*

»Das ist möglich«, räumte Rhodan ein. In Gedanken gestand er sich ein, dass alles andere an Unmöglichkeit grenzte. ES, sein Diener Homunk, die Maschinen Wanderers ... wie hätten sie sich von einer Handvoll dahergelaufener Wilder täuschen lassen sollen?

Nur: Er und seine Gefährten waren nicht dahergelaufen. ES hatte ihn gerufen.

Laut sagte Rhodan: »Mag sein, dass du ein Gott bist, ES. Aber seit wann ruft ein Gott um Hilfe?«

Habe ich das?

»Ja. In der Vision auf Gol. Ich habe Wanderer gesehen, beide Seiten. Und ich habe deine Stimme gehört, in Gedanken, wie jetzt. *Komm, Perry Rhodan! Ich brauche dich!* Ich bin deinem Ruf gefolgt, ES. Ich habe meinen Teil erfüllt. Sag mir: Wozu brauchst du mich?«

Tritt vor, Perry Rhodan!

»Wozu?« Er rührte sich nicht von der Stelle.

Ich habe dich zur Welt des Ewigen Lebens gerufen. Wozu wohl?

»Das ist keine Antwort auf meine Frage: Wozu brauchst du mich, ES?«

Du wirst die Antwort auf deine Frage erhalten, sobald du die Unsterblichkeit empfangen hast. Tritt vor, Perry Rhodan!

Die Unsterblichkeit. Rhodan war, als hätte er einen Schlag erhalten, der ihn taumeln ließ. Ihm schwindelte. Das ewige Leben! Er würde niemals sterben ...

Ein Ächzen schnitt seinen Gedanken ab. Es kam von Crest. Der alte Arkonide schwankte, wäre gefallen, wenn nicht Thora und

Trker-Hon ihn gemeinsam gestützt hätten. Der Traum vom ewigen Leben ging in Erfüllung – und die Erkenntnis drohte Crest zu überfordern. Zu Recht. Crest war ein Greis, der Krebs in ihm musste seit seinem Gang durch den Transmitter vor den irdischen Azoren unaufhaltsam gewachsen sein, musste überall in seinem Körper Metastasen gebildet haben. Der Arkonide hatte vielleicht nur noch Tage zu leben – und stand an der Schwelle der Unsterblichkeit.

Konnte ES auch den Krebs in Crest heilen?, fragte sich Rhodan. Und: War ES überhaupt dazu bereit?

»Wieso nur ich?«, fragte Rhodan. »Was ist mit meinen Gefährten?«

An diesem Tag kann nur ein Lebewesen die Unsterblichkeit empfangen. Ein letztes Mal: Tritt vor, Perry Rhodan!

Rhodan erwartete einen Aufschrei von Crest, aber der blieb aus. Da war ein Seufzen, wie er es noch nie gehört hatte. Als wäre die letzte Kraft des Arkoniden verbraucht, verließe ihn endgültig der Lebenswille.

Für Perry Rhodan war es eine Aufforderung, die stärker war als jene von ES.

»Nein.« Rhodan trat einen Schritt zurück. »Ich brauche deine Unsterblichkeit nicht.«

Kapitel 22

Perry Rhodan

Das Miniaturschiff führte Perry Rhodan zu Crest.

Eine unterarmlange STARDUST leitete ihn durch die Walze. Es handelte sich um ein Hologramm und damit eine für irdische Maßstäbe überlegene Technologie, die in den letzten Wochen für Rhodan zu einer Alltagserscheinung geworden war. Doch was Rhodan staunen ließ, war die Perfektion des vorgeblichen Shuttles: Die STARDUST war bis auf die kleinste Einzelheit genau dargestellt.

Woher hatte das Schiff dieses Wissen? Und was mochte das Schiff, mochte der Kundschafter Carfesch, mochte ES selbst über ihn und die Menschheit noch wissen?

Ein letztes Schott glitt vor Rhodan zur Seite, gab den Blick frei auf einen Raum am Rumpf der Walze. Er wirkte wie ein Aussichtspunkt. Der Rumpf war transparent, gab den Blick auf das Weltall frei. Sterne und stellare Wolken zogen an der Walze in einer Geschwindigkeit vorbei, als befände sich Rhodan an Bord eines irdischen Verkehrsflugzeugs und blicke hinunter auf die Lichter von Städten und Dörfern.

Im Halbdunkel stand ein hochgewachsener, schlanker Mann.

Crest da Zoltral, der alte Arkonide.

Rhodan hatte den Gedanken kaum zu Ende gebracht, als er sich selbst korrigierte. Crest war nicht mehr länger alt. Die Haltung des Arkoniden war voller Spannung, wie die eines jungen Mannes, der vor Kraft strotzte.

»Kommen Sie ruhig herein, Rhodan«, sagte Crest leise. »Sie stören mich nicht.«

»Danke!« Rhodan trat vor. Er fragte sich, wie Crest ihn gehört hatte. Das Schott hatte sich lautlos geöffnet, er selbst hatte kein Geräusch verursacht und selbst wenn, hätte das weiche Summen, das die Walze erfüllte, es übertönt. War es Zufall, dass Crest ihn gehört hatte? War es ein Zeichen dafür, dass der Crest, der von Wanderer zurückkehrte, ein verändertes Wesen war? Hatte ES dem Arkoniden mehr als die Unsterblichkeit gegeben?

»Ist der Anblick nicht atemberaubend?«, fragte Crest.

Rhodan nickte. Die Walze befand sich im Überlichtflug. Weder er noch Crest kannten die Position Wanderers, doch Rhodan war sich sicher, dass das Schiff mit jedem Blinzeln Lichtmonate, wenn nicht Lichtjahre zurücklegte – Entfernungen, die Menschen bis vor wenigen Wochen allenfalls in ihrer Phantasie hatten zurücklegen können.

»Dieses Schiff ist ein Wunder«, stellte Crest fest, der einer Zivilisation angehörte, die nach irdischen Maßstäben über eine Technologie verfügte, die ein Wunder darstellte. »Wir Arkoniden beherrschen den Überlichtflug seit Jahrtausenden. Unsere Transitionstriebwerke katapultieren unsere Schiffe in einem Augenblick Lichtjahre weit durch den fünfdimensionalen Raum. Doch eine Transition ist ein brachialer Gewaltakt, begleitet von Komplikationen und Schmerzen für die Besatzung, die wir lediglich abzumildern vermögen. Sie hat nichts von der Eleganz, der Mühelosigkeit dieser Reise. Wir gleiten durch Raum und Zeit!«

»Sie glauben daran, dass Carfesch uns zurück in unsere Gegenwart bringt?«

»Ich habe nicht den geringsten Zweifel.«

Wie um seine Worte zu bestätigen, verlangsamte das Schiff seine Fahrt. Ein einzelner gelber Stern wuchs sprunghaft an. Es musste die irdische Sonne sein, »Sol«, wie sie immer mehr Menschen nannten. In gewisser Weise hatte sie ihre Einzigartigkeit verloren. Seit Rhodan auf dem Mond auf die Arkoniden getroffen war, stand fest, dass unzählige Sonnen im Universum auf Planeten schienen, die Leben trugen. Die Sonne war gewöhnlich geworden. Doch Rhodan spürte ein Kribbeln auf der Haut, als er ihrer ansichtig wurde. Die Sonne und die Erde waren ein besonderer Ort für ihn und würde es immer bleiben – seine Heimat.

»Bald sind wir wieder auf der Erde«, sagte Crest. Er suchte Blickkontakt mit Rhodan. »Ich möchte diese Gelegenheit nutzen, Ihnen zu danken, Rhodan. Ohne Sie wäre ich längst tot, in der gestrandeten AETRON an der Rigidität meiner Kultur verstorben.« Tränen der Erregung traten in die Augen des Arkoniden. »Ich schäme mich für meine Artgenossen. Und wenn ich nur daran denke, dass ich um ein Haar Sie und Reginald Bull auf dem Mond ausgesetzt und dem Erstickungstod überlassen hätte!«

»Das ist lange her«, sagte Rhodan.

»Einige kurze Monate!«

»Dem Kalender zufolge ja. Nur: Kalender haben zwar ihre Berechtigung, aber nur beschränkte Bedeutung. In meinem Herzen liegt unsere Begegnung auf dem Mond eine halbe Ewigkeit zurück. Und jeder Groll, den ich gegen Sie hegen mochte, Crest, ist längst verflogen.«

»Ich ... ich danke Ihnen.« Crest beugte den Kopf, rieb sich mit dem Zeigefinger und Daumen der rechten Hand die Tränen aus den Augen. »Ich werde diese Tage für immer als Mahnung in Erinnerung behalten.«

Der Arkonide griff an die Brust, hob den Gegenstand, den er wie ein Schmuckstück an einer Kette um den Hals trug. Er hatte in etwa Form und Größe eines irdischen Hühnereis. Seine Oberfläche war von mattem Grau und erinnerte an gebürstetes Metall.

Ein Zellaktivator.

»Die Unsterblichkeit in meinen Händen«, sagte Crest gedehnt. »Ich hätte niemals geglaubt, dass es möglich ist.«

Rhodan schüttelte den Kopf. »Nein. Sie haben immer daran geglaubt, dass die Unsterblichkeit möglich ist. Deshalb haben Sie sie nun errungen, Crest.«

Crest strich mit dem Zeigefinger über das Gerät. »ES hat gesagt, es würde meinen Krebs heilen.«

»Sie glauben, ES hat gelogen?«

»Nein. Ich spüre die Kräfte, die mir der Zellaktivator spendet. Ich finde noch keine Worte, das Gefühl zu beschreiben. Aber ich hege keinen Zweifel daran, dass ES in dieser Hinsicht die Wahrheit gesagt hat. Ich bin sicher, medizinische Untersuchungen auf der Erde werden meinen Eindruck bestätigen.«

Rhodan bezweifelte es nicht. Eine Armlänge trennte ihn von Crest, und aus der Nähe war die Veränderung, die mit dem Arkoniden vorgegangen war, nicht zu übersehen. Die Altersflecken auf seiner Haut verschwanden zusehends, die Falten verloren ihre Tiefe, ja selbst die angeschwollenen Tränensäcke bildeten sich auf ein normales Maß zurück. Crest da Zoltral, so schien es, war nicht nur die Unsterblichkeit geschenkt worden, sondern auch eine Verjüngung. Wie weit würde sie führen?

Dem Arkoniden mussten ähnliche Gedanken durch den Kopf gehen, doch er wirkte, als trage er an einer unsichtbaren Last.

»Sie haben das größte Geschenk erhalten, das denkbar ist«, sagte Rhodan. »Aber Sie wirken nicht besonders glücklich.«

»Ach, das wird werden!« Crest ließ den Zellaktivator los, machte eine wegwerfende Handbewegung, während das Gerät auf seine Brust fiel. »Es ist nur so ... seit meiner Kindheit hat mich die Legende von der Welt des Ewigen Lebens fasziniert. Ich habe vom ersten Moment an gespürt, dass es mehr als eine Legende ist. Mein ganzes erwachsenes Leben habe ich ihr nachgespürt. Im Verborgenen meist, um mich nicht zum Gespött meiner Umwelt zu machen. Ich hatte nicht den Mut, zu meiner Faszination zu stehen. Den fand ich erst, als sich mein Leben dem Ende zuneigte. Viel zu spät. Die Mission der AETRON war nicht mehr als die Verzweiflungstat eines sterbenden alten Mannes.«

Crest schwieg einige Augenblicke, sammelte sich. »Nun ist mein Traum wahr geworden. Ich habe die Welt des Ewigen Lebens gefunden. Ich habe die Unsterblichkeit errungen – und ich finde keine Freude in mir. Können Sie das verstehen, Rhodan?«

»Ich glaube ja. Als Kind hatte ich einen Traum. Ich wollte fliegen. Aber nicht mit Motorkraft – wirklich fliegen. Wie die Vögel. Meine Eltern wollten es nicht, taten alles, um mich davon abzuhalten. Aber ich gab nicht auf. Ich legte mein Taschengeld beiseite, verdiente mir etwas dazu. Bis ich genug hatte, um einen Gleitschirmflug zu bezahlen – im Tandem.«

»Wie alt waren Sie?«, fragte Crest.

»Neun. Eigentlich hätte mich der Tandem-Master nicht mitnehmen dürfen. Nicht ohne die Erlaubnis meiner Eltern, aber die durften nichts erfahren. Sie hätten es mir verboten. Er hat mich trotzdem mitgenommen. Ich glaube, weil er spürte, wie groß meine Sehnsucht war. Und der Flug ... der Flug war atemberaubend. Wir erwischten eine günstige Thermik, waren beinahe zwei Stunden unterwegs. Ich hätte das glücklichste Kind der Erde sein sollen.«

»Aber Sie waren es nicht.«

»Nein. Ich war wie leer. Ich hatte mir das Fliegen viel schöner vorgestellt.«

»Und trotzdem sind Sie später Pilot geworden?«

»Ja. Ich wollte immer noch fliegen. Aber dieser erste Flug hat mir aufgezeigt, dass ich anders fliegen wollte. Nicht als Passagier. Ich wollte selbst bestimmen. Dass musste ich erst verstehen.« Rhodan zeigte auf den Zellaktivator. »Mir ist klar, dass mein Vergleich nicht überstrapaziert werden sollte. Aber ich glaube, Ihre Aufgabe ist jetzt, die Unsterblichkeit zu verstehen, Crest.«

»Das wird lange Zeit dauern, fürchte ich.« Der Arkonide umschloss den Zellaktivator mit der Hand, schloss einen Augenblick die Augen. Rhodan mutete es an, als horche Crest in sich hinein, erspürte er die Kraft, die das Gerät ihm spendete. »Aber wenn ich jetzt wohl eines habe, dann ist es Zeit.« Crest öffnete wieder die Augen. »Ich weiß nur nicht, ob ich über die Schuld hinwegkomme.«

»Welche Schuld? Sie haben sich während der Prüfungen von ES nichts zuschulden kommen lassen.«

»Das hoffe ich. Aber ich meine eine andere Schuld. Die Unsterblichkeit steht mir eigentlich nicht zu. ES hat Sie ausgewählt, Rhodan.«

»Ja, aber ich habe mich entschieden, Ihnen die Unsterblichkeit zu geben, Crest.«

»Sie hätten das nicht tun dürfen!«

»Ich hätte nicht anders handeln können. Ich bin jung und gesund, Sie sind ... Sie waren alt und krank. Selbst wenn Sue es vermochte hätte, mit ihrer Paragabe den Krebs zu besiegen, der in Ihrem Körper wütete, wären Ihnen nur noch wenige Jahre geblieben. Zu wenige für das, was Sie vorhaben. Wir brauchen Sie, Crest!«

»Das ehrt mich in einer Weise, für die ich keine Worte finde.« Erneut traten Tränen in die Augen des Arkoniden, rannen über seine Wangen. »Ich stehe für immer in Ihrer Schuld, Rhodan.«

Die Sonne war mittlerweile näher gekommen. Sie war so groß geworden, als blickten die beiden Männer von der Oberfläche der Erde zu dem Gestirn auf. Rhodan erkannte mehrere Planeten, eine rote Murmel, die der Mars sein musste, und eine größere mit einem Ring. Saturn. Wie die Darstellung eines Planetariums. Und der Gedanke traf zu, erkannte Rhodan in diesem Moment. Er und Crest sahen nicht durch ein gewöhnliches Fenster ins All, das Schiff spielte eine spezielle Darstellung für sie ein.

»Und da ist noch eine andere Frage, die mir nicht aus dem Kopf gehen will«, fuhr Crest fort.

»Der Preis.«

»Ja.« Crest musterte Rhodan erstaunt. »Ich habe Sie vom ersten Augenblick für einen klugen Kopf gehalten, aber ...«

»... aber Ihr Lob ist fehl am Platz. Über die Jahre muss etwas von Regs praktischer Veranlagung auf mich abgefärbt haben. Einer seiner Lieblingssprüche ist ›There ain't no such thing as a free lunch‹ – was bedeuten soll ›im Leben gibt es nichts umsonst‹. Auch nicht das ewige Leben.«

»Ihr Freund ist ein erstaunlicher Mann, Rhodan.«

»Passen Sie auf, dass Reg das nie hört!« Rhodan lächelte. »Sie müssten es sich sonst für den Rest Ihrer unendlichen Tage anhören!«

»Ich werde auf der Hut sein.« Ein Lächeln huschte über die Miene des Arkoniden, dann wurde er wieder ernst. »Ich frage mich, was der Preis der Unsterblichkeit ist.«

»Was ES angeht? Er hat keinen genannt.« Das hatte er tatsächlich nicht. Doch Rhodan musste an die wenigen Worte denken, die Quiniu Soptor im Katamaran gesagt hatte, als er sie berührt hatte. »Perry Rhodan! Ich ... Ernst Ellert ... ich soll Sie ...« Was hatte die Halbarkonidin versucht ihm mitzuteilen? Eine Bitte? Eine Warnung? Der Deutsche, dessen Geist sich vom Körper gelöst hatte, reiste durch Zeit und Raum. War er auf ES gestoßen? Und wenn ja, was wusste er über ES?

»ES wird einen Preis verlangen«, unterbrach Crest den Gedankengang Rhodans. »Er wird nicht anders können.«

»Das Ringen?« ES hatte es nur in einem Nebensatz erwähnt. Doch Rhodan war augenblicklich klar gewesen, dass diese beiden Worte die wichtigsten waren, die ES geäußert hatte.

»Das Ringen«, bestätigte Crest. »Ringen bedeutet einen Konflikt. Ich muss zugeben, das macht mir Angst.«

»Dazu besteht kein Grund«, entgegnete Rhodan. »Was immer dieses Ringen sein mag, es ist der Kampf, den ES ausficht. Nicht der unsere.«

»Das ist leicht gesagt.« Crests Stirn legte sich in Falten. »Doch was ist, wenn wir zwischen die Fronten geraten? Denken Sie an die jüngere Geschichte der Menschheit zurück. Auf der Erde existiert eine Vielzahl von Kulturen, manche davon technisch weit fortgeschritten, andere zurückgeblieben. Allzu oft wurden die technisch primitiven Kulturen von den fortgeschrittenen unterjocht oder sogar ausgelöscht. Oder die fortgeschrittenen benutzten die primitiven für Stellvertreterkriege. Im Vergleich zu ES ist selbst die arkonidische Kultur primitiv. Im Falle eines Konflikts wären wir wehrlos.«

»Das mag sein. Aber ich möchte Ihnen zwei Dinge zu bedenken geben. Überlegene Technologie ist nicht immer gleichbedeutend mit der Überlegenheit einer Kultur über die andere. Denken Sie nur an unser Zusammentreffen auf dem Mond, Crest.«

»Wie ich bereits gesagt habe: Ich werde es niemals vergessen. Was ist Ihr zweiter Einwand?«

»Dass ich lieber wissend als unwissend sterbe. Wir ...«

Eine Stimme unterbrach Rhodan. »In wenigen Minuten erreichen wir die Erde.«

Der Kundschafter Carfesch war eingetreten. Mit seinen Murmelaugen, der Atemöffnung und dem lippenlosen Mund glich er nur sehr entfernt einem Menschen oder Arkoniden. Aber Rhodan wurde augenblicklich an Crest erinnert. Carfesch stand aufrecht, schien um Jahre verjüngt. ES hatte auch dem Kundschafter das ewige Leben geschenkt – zumindest einen Teil davon. Carfesch hatte eine Zellregeneration erhalten. Er war verjüngt, würde erneut altern und, wenn es ES beliebte, eine weitere Regeneration, ein weiteres Leben erhalten.

Der Preis, den Carfesch für die Unsterblichkeit bezahlte, war eindeutig: Er hatte sein Dasein ganz ES und dem Ringen verschrieben.

Als Rhodan und Crest nicht auf seine Eröffnung reagierten, verneigte sich der Kundschafter: »Wenn ich Sie bitten darf, Ehrenwerte ...«

Carfesch führte Rhodan und Crest durch das Schiff. Ein Holo begleitete die drei. Es zeigte den Anflug auf die Erde. Der blaue Planet schälte sich aus der Schwärze des Alls. Das Schiff schwenkte auf eine Umlaufbahn ein, setzte schließlich zur Landung bei Terrania an.

»Das Schiff hat Kontakt zur Regierung aufgenommen«, sagte Carfesch, als Rhodan die riesige Menschenmenge sah, die sich am Rand des Goshunsalzsees versammelt hatte. »Es wollte sichergehen, dass seine Annäherung kein Missverständnis mit möglicherweise tragischen Folgen auslöste.«

Die Walze landete. Beinahe. Das riesige Raumschiff schwebte einige Meter über dem Boden. Sie erreichten den Hangar, in dem ihre Gefährten warteten. Sie stiegen bereits aus. Eine unsichtbare Gangway führte zum Grund hinab. Bull war der Erste, der ihn erreichte. Der Freund spurtete voraus, ließ sich mit den Knien voran in den Sand der Gobi fallen, griff mit beiden Händen tief hinein und warf ihn übermütig in die Luft.

Die Übrigen folgten in gemessenerem Tempo. Sie wirkten benommen, schienen kaum fassen zu können, was geschah. Sue führte Quiniu an der Hand. Die Halbarkonidin folgte ihr willig.

Rhodan wandte sich an den Kundschafter: »Carfesch, ich danke Ihnen für alles, was Sie für meine Freunde und mich getan haben. Und ich bitte Sie, die Schwierigkeiten zu entschuldigen, in die wir Sie gebracht haben. Ich versichere Ihnen, dass es nicht im Entferntesten in unserer Absicht lag, Ihnen zu schaden.«

»Sie haben mir nicht geschadet, im Gegenteil.« Es knisterte leise, als der Kundschafter tief Luft holte und das schützende Gitter über seiner Nasenöffnung erzitterte. »Ich genieße das Privileg einer Lebensspanne, die weit über die gewöhnlicher Sterblicher hinausgeht. Doch dieses Privileg birgt die Gefahr, nur noch dieselben Denk- und Handlungsweisen zu wiederholen, die man über Jahrtausende ausgeübt hat. Sie haben mich aufgerüttelt. Ich bin Ihnen zu Dank verpflichtet.«

Thora hatte als Vorletzte ihren Fuß in den heißen Wüstensand gesetzt. Sie wandte sich suchend nach ihrem Ziehvater um.

»Ich komme, Thora!«, rief Crest. Der Arkonide verbeugte sich vor dem Kundschafter und schwebte dem Boden entgegen.

»Leben Sie wohl, Carfesch!«, verabschiedete sich Rhodan. »Werden wir uns wiedersehen?«

»Ich bin sicher«, antwortete der Kundschafter. »Wenn nicht in diesem, dann in einem anderen Leben.«

Rhodan hatte kaum den Sand der Gobi berührt, als das Schiff beschleunigte. Augenblicke später war es nur noch ein winziger Punkt am Himmel. Und dann verschwand der Punkt, als hätte er nie existiert.

ENDE

Die Reise in die Unendlichkeit geht weiter:

PERRY RHODAN Neo 7

»Im Meer der Sterne«

Alexander Huiskes

Im System des Roten Riesen

Prolog

Gleißende Funken rasten um den Rand des Weltenspalters, berstend vor Energie; es wurden immer mehr. Alles war wie in der Simulation und doch vollkommen anders.

Tatjana Michalowna krümmte sich zusammen. Sie keuchte vor Schmerz.

»Es ...«

Kapitel 1

Milchhaut

Es war vollkommen überwältigend, und das nicht im positiven Sinne.

Tatjana Michalowna sah den Weltenspalter und spürte plötzlich eine ungeheure Kraft, die davon ausging und die weit jenseits dessen lag, was sie sich vorzustellen vermocht hatte. Sie wollte schreien, die anderen warnen ... aber ihr Mund gehorchte ihr nicht mehr.

Gedanken drangen auf sie ein, ferne, fremde Gedanken, die so unverständlich im Einzelnen, aber so unverstellt machtvoll in der Gesamtaussage waren: *Finde! Sieh! Hilf!*

Sie spürte, wie die Gedanken sie einspannen und dann mit einem einzigen Ruck *wegrissen.* Sie dachte an ihre Kindheit zurück, an die kalten Winter, in denen Vater ihr immer heiße Milch gegeben hatte, wenn sie kalt gefroren hereinkam. Und sie erinnerte sich genau daran, wie sie stets angeekelt die dünne Haut abgezogen und weggeworfen hatte, welche stets die Milch bedeckte.

Genau wie jener Haut erging es nun ihrem Bewusstsein: Es lag auf ihrem Gehirn wie die Haut auf heißer Milch, aus dieser hervorgegangen und dazu gehörig, aber jemand – oder *etwas* – zerrte sie davon herunter und schleuderte sie weg. Sie fragte nicht, wie so etwas sein konnte, weil sie wusste, dass es darauf keine einfache Antwort geben würde, nicht einmal eine beruhigende, und so beschloss sie, ihr Schicksal in diesen Augenblicken einfach hinzunehmen.

Ihr Bewusstsein trennte sich vom Körper. Ihre *Milchhaut* wurde einfach so abgezogen und fortgeschleudert. Aber von wem ... und wohin?

Sie sah nichts. Sie hörte nichts. Sie roch nichts.

Nichts, das eines Körpers bedurfte.

Aber sie *wusste,* dass etwas mit ihr passierte, von dem sie bisher nicht gewusst hatte, dass es überhaupt ging.

Fassungslos bemerkte sie, wie sich ihr körperloses Bewusstsein immer weiter von dem entfernte, was andere als Tatjana Michalowna kannten und das in diesem Moment nicht mehr als eine Hülle war.

Was geschieht mit mir?

Sie rauschte durch ein Meer von Gedanken, die nur von den Orgh stammen konnten, so fremdartig und doch mittlerweile vertraut klangen sie in ihren Ohren – dabei hatte sie doch gar keine Ohren mehr. Aber sie sprachen auch nicht mit Mündern, und all das schien ihr auf geradezu bizarre Art normal.

Primus ... Bestand des Volkes ... Sekundus ... Sicherheit ... Tertius ... Wohlstand, Nahrung, Besitz ... Aktierier ... Quartus ... Fortschritt ... Ruhm und Anerkennung ... Quintus ... Quinquagesimus ... Exekutale ... Die Begriffe umwirbelten sie, manchmal klangen sie beinahe sinnvoll im Zusammenspiel – wie eine Hierarchie.

Maslows Bedürfnispyramide kam ihr in den Sinn, die sie in jungen Jahren hatte lernen müssen und von der sich nur Erinnerungsfetzen gehalten hatten. Das Denken der Orgh funktionierte ebenso hierarchisch, aber war komplett anders aufgebaut.

Moment ... Wie war das noch bei Maslow gewesen? Sie erinnerte sich an die physiologischen Bedürfnisse, die das Fundament der Pyramide bildeten. Sobald sie erfüllt waren, öffneten sich andere Zielebenen. Was war es noch gewesen? Sicherheit kam als Nächstes, glaubte sie, und ganz oben stand ... Selbstverwirklichung? Die Orgh hatten garantiert noch nie von Maslow gehört; sogar Tatjana hatte ihn lange für einen Russen gehalten, bis sie erfahren hatte, dass er US-Amerikaner gewesen war – was ihn im Ansehen der russischen Volksseele wieder fallen ließ.

Tatjana erinnerte sich gut daran ... an ...

Es war weg.

Woran hatte sie gerade gedacht?

Ein leiser, kristalliner Ton glitzerte in der Ferne und kroch an ihr empor. *Finde uns! Sieh! Hilf!*

Was wollt ihr von mir?

Die Schwärze ringsum wurde dunkler, obwohl das weder möglich war, noch von ihr wahrgenommen werden konnte, aber es war das, was sie *dachte.*

Komm! Finde uns! Hilf!, klingelte die Kristallstimme.

Es war so ... stark. Es verlockte und verstieß.

Wo war sie? Wo war ihr Körper, und wo hielt sich ihr Bewusstsein auf? Konnte beides getrennt voneinander existieren, oder erlebte sie gerade den eigenen Tod mit? Ob es irgendwo im Universum eine Spezies wie die Fantan gab, die mit Bewusstseins-*Besun* handelten? Nichts schien sich ausschließen zu lassen, seit sie diese schreckliche, wundervolle Reise mit Crest und Trker-Hon angetreten hatte, und erst recht, seit sie auf diesem Planeten gelandet und auf den *Weltenspalter* gestoßen waren.

Sie spürte mit Sinnen, die körperlos waren, wie die Milchhaut, die sie war, davongeschleudert wurde, energisch, trudelnd, ziellos. Sie versuchte sich zu konzentrieren: Es musste doch möglich sein, zumindest *ein wenig* Kontrolle zurückzugewinnen! Wenn es die körperliche Tatjana geschafft hatte, ihren Geist zu fokussieren, konnte es doch für das reine Bewusstsein keine Herausforderung sein.

Sie visualisierte eine Kerzenflamme in der Finsternis, und tatsächlich glomm plötzlich im Nichtsehen ein Licht auf. Der Geist war imstande, sich selbst zu betrügen und eine Vorstellung von Wahrnehmung zu erzeugen. Sie ließ das Licht näher rücken, versuchte Farbe, Struktur und Bewegung der Flamme zu erkennen und spürte, wie sie ruhiger wurde.

Ihr Geist entspannte sich, sodass sie ihn wieder fühlte. Etwas kehrte zurück, wie ein Fussel, der sich verfangen hatte.

Maslow.

Maslow, Abraham.

Was sollte dieser Name?

Nach einigen Momenten, in denen sie ihre ganze Milchhaut ertastete, begriff sie, wie trügerisch ihre Reise war: Etwas – die vermutete Bewegung, die Zeit, das Fehlen des Körpers, sie wusste es nicht und hatte auch keinerlei Möglichkeit, es herauszufinden – fraß sie von den Rändern her auf, wie ein Stoff, dem man den Kettelfaden herauszog. Es geschah langsam, aber sie konnte spüren, wie ihr Bewusstsein *ausfranste,* wie Gedanken und Erinnerungen zunächst vage wurden und dann verschwanden.

Wer war Abraham Maslow?

Panik ergriff sie, und im gleichen Moment erlosch auch die Kerzenflamme. Es wurde erneut finster.

Hilfe!, schrie sie mit ihrer körperlosen Stimme. *Hilfe!*

Dann, ob als Reaktion darauf oder als Laune des Schicksals, spürte sie, wie etwas *ewigkalt* – ein passenderer Begriff dafür kam ihr nicht in den Sinn – nach ihr schnappte. Was immer es sein mochte, es war groß und fremd und gefährlich, so viel begriff sie. Sie bot alle Konzentration auf, zu der sie noch fähig war, und entzog sich dem unheimlichen Griff.

Hilfe, schrie sie noch einmal – und spürte eine sanfte, tröstliche Wärme, die von etwas ausging, das sie kannte.

Das kristalline Klingeln erstarb, und sie spürte Enttäuschung in der körperlosen Stimme. *Finde uns!*

Sie ließ sich fallen.

Und schlug die Augen auf.

Kapitel 2

Militär

Rot.

Alles ringsum war rot und flackerte mit zarten Fäden aus Schwarz. Ihr gesamtes Gesichtsfeld stand in Flammen.

Sie war in der Hölle gelandet.

Sie blinzel... – nein! Sie konnte nicht blinzeln, sie hatte keinerlei Kontrolle über das, was sie tat. Das Einzige, was ihr blieb, war, die Sinneseindrücke abzublocken. Das immerhin wäre möglich – aber sie hatte sich stets jeder Situation gestellt. Zu leugnen oder die Augen zu verschließen, und sei es auch nur metaphorisch, war nicht ihr Stil.

Wessen Körper sie auch immer teilte, er, es oder sie würde sicherlich Schutzvorkehrungen getroffen haben; es bestand also aller Wahrscheinlichkeit nach keine unmittelbare Gefahr. Langsam *fühlte* sie den Körper. Sie spürte keinerlei signifikante Hitze, nichts, was ihren »Wirt« beeinträchtigte.

Allmählich konnte sie einordnen, was sie an Eindrücken empfand. Sie war tatsächlich nicht in der Hölle gelandet, aber an einem Ort, an dem sie direkt in eine gigantische rote Sonne blickte. Sie war sich sicher, nicht einmal in ihren Träumen jemals einen solchen Sonnengiganten erblickt zu haben.

Danorgh, sagte ihr eine Erinnerung, die nicht ihre war. So also hieß die Sonne: Danorgh.

Sie hörte den Namen zum ersten Mal. Sie – aber nicht derjenige, dessen Körper sie gerade besuchte. Vielleicht teilte.

Tatjana konzentrierte sich stärker auf den Körper und dessen Wahrnehmungen, versuchte eins mit ihm zu werden. Unidentifizierbares Rauschen, aus dem sich unverständliche Stimmen schälten, drang in ihr Bewusstsein. Immerhin, die Töne waren verständlich, wenngleich nicht der Sinn. Wie auch? Die Translatoren waren Bestandteil ihres physischen Selbst gewesen.

Aber in der Telepathie spielte die Sprache keine so große Rolle, weil vieles über andere Kanäle vermittelt wurde.

Der Blick, den sie empfing und der sich zweier Augen bediente, ging weg von dem feurigen Inferno und glitt über eine Raumschiffszentrale, die leicht altmodisch wirkte – anders jedenfalls, als sie es kannte –, ansonsten aber stark der Zentrale eines typischen Arkonidenraumers ähnelte. Holokonsolen, äußerlich menschliche Offiziere, Bilder, Daten in unbekannter Schrift ...

Ich bin in einem Raumschiff. In einem mir unbekannten Sonnensystem.

Wo befand sie sich? Und ... *wann?* War sie noch immer in der Vergangenheit oder hatte es sie zurück in die Gegenwart verschlagen? War sie aus dem Galaktischen Rätsel *entfernt* worden und wenn ja, weshalb? Hatte es mit dem Weltenspalter zu tun?

Sie wollte den Kopf drehen, aber es gelang ihr nicht. Es war nicht *ihr* Kopf. Sie fühlte ihre Bewusstseinsränder ab. Zumindest was das anbetraf, war alles gut. Der Auflösungsprozess war zum Stillstand gekommen. Also stand er wohl in direktem Zusammenhang mit der Körperlosigkeit ... Sie konnte von Glück sagen, dass sie es geschafft hatte, einen neuen Körper zu finden, selbst wenn es nicht ihrer und sie vielleicht nicht unbedingt mit Billigung des eigentlichen »Besitzers« darin gelandet war.

Danke, sagte sie aufs Geratewohl. Hier, in diesem Körper, hielt sich bereits ein Bewusstsein auf. Sie konnte es unter sich spüren, eine zweite Milchhaut, die dem Gehirn des Wesens perfekt angepasst war und auf der sie sich leicht und bequem hatte niederlassen können.

Das passte zu dem Gefühl des Bekannten, das sie empfunden hatte, als sie sich in diesen Körper gerettet hatte.

Dieser Körper war menschenähnlich, so viel stand für sie fest ...

Ich werde allmählich verrückt, sagte eine Stimme, die nicht ihre war, und ließ den Satz ausklingen, als wollte sie ihm noch etwas folgen lassen, schwieg aber schließlich. Tatjana nahm rote Wellen wahr, die jenseits von Gedanke und Sprache ein endloses Meer an Erinnerungen bildeten.

Du wirst nicht verrückt, widersprach sie. Vermutlich handelte es sich bei dem Wesen weder um einen Telepathen, noch war es sich dessen bewusst geworden, einen unsichtbaren Gast aufgenommen zu haben.

Die Wellen erstarrten für einen Moment, danach klatschten sie umso höher zusammen. Der Fremde war offenbar nicht imstande, einen klaren, gerichteten Gedanken zu fassen.

Ich tue dir nichts, signalisierte sie hastig, was aber zu noch größerem Aufruhr führte.

Du ... tust mir nichts?, gischtete die fremde Rotwogenstimme schließlich. *Du bist in mir! Du bist ich! Du ... stiehlst meine Gedanken, gibst mir deine ein! Und du hast die Frechheit zu behaupten, mir nichts zu tun? Weiß ich wirklich, was ich denke und fühle, oder empfinde ich das nur, weil du da bist? Was willst du von mir? Militärische Geheimnisse?*

Sie gab sich Mühe, ruhig zu bleiben. Sie verstand den Fremden – gefühlsmäßig ebenso wie seine Gedanken; fast, als wäre er ein Mensch wie sie.

Ich bin dir sehr dankbar, dass ich mich in dir niederlassen durfte, versuchte sie ihre Situation zu erklären. Als sie sein Unverständnis registrierte, fügte sie hinzu: *Ich wurde von meinem Körper getrennt.*

Er wirkte interessiert. Dass es tatsächlich möglich war, Geist und Körper vollkommen zu separieren, war eine Hypothese, die nie belegt worden war, und nun hatte er die Gelegenheit, die Auswirkungen zu beobachten.

Ich glaube dir. Mein Name ist Pragosh, ich bin Fünfdimensionaldenker.

Hyperwissenschaftler also, übersetzte sich Tatjana und nannte ihren Namen. Ihm schien das zu genügen.

Welchem Volk gehörst du an?, fragte sie.

Ich bin ein Thenet. Und du?, antwortete er mit einer Gegenfrage.

Tatjana überlegte, ob sie diesen Namen bereits gehört hatte, aber das war nicht der Fall. *Ich bin ein Mensch.*

Pragosh zeigte bei diesem Begriff keinerlei Erkennen. *Siehst du mir ähnlich?,* wollte er wissen. *Dein Körper, meine ich.*

Ich kenne dein Aussehen nicht, also kann ich dazu nichts sagen, gab sie zu. *Aber ich kann durch deine Augen sehen – und deine Gedankenbilder empfangen, wenn du mich lässt,* fügte sie hastig hinzu, als sie seine Aufregung spürte.

Er wirkte erleichtert und besorgt zugleich. Jenseits aller offenen Worte fürchtete er sie und misstraute ihr. Sie konnte das verstehen, alles andere käme bodenlosem Leichtsinn gleich. Sie empfing ein Gedankenbild: Pragosh war ein Mann, vom Äußeren her menschlich, mit schmalen Schultern und leichtem Bauchansatz, nicht besonders attraktiv. Was Tatjana aber viel mehr elektrisierte und ihr erst in diesem Moment zu Bewusstsein kam, obwohl sie die anderen Besatzungsmitglieder bereits gesehen hatte: Er hatte rote Augen und weiße Haare.

Ein Arkonide!

Ich sehe dir ähnlich, sagte sie, nachdem sie ihre Überraschung verdaut hatte, und schickte ihm einen bildlichen Eindruck von sich. *Aber ich ... habe noch nie von Theneten gehört.*

Er schwieg kurz, seine roten Wogen kristallisierten zu kurzlebigen Türmchen und Brücken, die eine komplizierte, sinnverwirrend filigran verwobene Architektur schufen. Dann stürzten sie wieder ein und wurden Wasser.

Ich auch nicht von Menschen, sagte er dann. *Aber das Imperium ist groß. Wie bist du hierhergekommen?*

Tatjana überlegte, wie sie es ihm erklären sollte. *Das ist schwierig zu erklären,* begann sie dann. *Meine Begleiter und ich landeten durch Zufall auf einer Welt, auf der vor vielen Jahren ein fremdes Raumschiff gestrandet war ...*

Was für ein Schiff?, unterbrach Pragosh neugierig. Aber da lauerte noch etwas anderes: Unsicherheit? Zweifel?

Sie beschrieb ihm den Weltenspalter, beschwor Bilder davon herauf und teilte sie mit dem Bewusstsein des Theneten. Die riesige silberne Scheibe mit dem Goldrand, wie eine viel zu große Münze ...

Ich glaube nicht an Zufälle, unterbrach er sie. *Und du?*

Tatjana begriff bei diesen Worten sofort: Er *kannte* den Weltenspalter. Aber ... wie war das möglich? Die Arkoniden ... Sie musste die Gelegenheit ausnutzen, durfte die dünne Brücke des Vertrauens, die sich gerade erst bildete, nicht im Sturm der Zweifel untergehen lassen.

Du kennst den Weltenspalter ebenfalls?, fragte sie nach, bedrängte Pragosh. *Woher?*

Das Wogen ließ nicht nach, aber Lachen sprühte von den Wellenkämmen, danach wieder Worte: *»›Den‹ Weltenspalter? – Sieh hin!*

Pragosh drehte sich um, zoomte ein Holofeld heran. Es zeigte, ausgehend von der gigantischen roten Sonne in einem virtuellen Flug das gesamte Danorghsystem mit seinen zwanzig Welten: Sie folgte den Bildern, umkreiste einmal den roten Feuerball und flog dann an zwei kleinen, glühenden Welten vorüber, die viel zu dicht an Danorgh standen, passierte eine grün-blau-weiße Welt, die wie eine mit zu viel Neoneffekten bearbeitete Darstellung der Erde wirkte, und schoss dann an den weiteren Planeten vorbei bis in die Randgebiete des Systems – und ein Feld aus Planetoiden.

Planetare Trümmer, erkannte sie. *War das der Weltenspalter?*

Wir nennen ihn Hypermanipulator, antwortete Pragosh. *Aber warte und sieh.* Die Kamerafahrt ging weiter: Dort draußen, zwischen den Trümmern, flogen provozierend langsam *fünf* Weltenspalter.

Fünf.

Tatjana spürte Kälte. Bereits ein einziger Weltenspalter überstieg im Grunde ihr Vorstellungsvermögen. Aber es war in Ordnung gewesen, ihn sich als Einzelstück vorzustellen, als eine große Ausnahme. Aber *fünf* ... Dann konnten es ebenso gut zehn sein oder hundert oder eine Million. Weltenspalter vom Fließband ...

Wer baute solche Schiffe und zu welchem Zweck? Wohl keineswegs nur aus Zerstörungswut ...

Hypermanipulatoren?, fragte sie und fischte im Gedächtnis ihres Wirts nach einer genaueren Herleitung des Begriffs. Er entzog ihr diese Information, allerdings hatte sie nicht den Eindruck, dass es bewusst geschah, sondern dass er sein Wissen generell stark verkapselte. Ein Geheimnisträger ...?

»Kommandant?« Eine junge Frau, äußerlich ebenso Arkonidin wie Pragosh, stand plötzlich vor ihm. »Haben Sie neue Befehle?«

Pragosh zögerte, sein Bewusstsein kräuselte sich unter der Milchhaut Tatjanas.

Gib mir Luft!, forderte er leise. *Ich fühle mich unwohl und gehemmt, du bist ... zu dicht.*

Tatjana versuchte es, entspannte ihre Struktur, ließ sie nicht mehr so eng aufliegen wie bisher. Es war erstaunlich, was ein körperloses Bewusstsein vermochte und mit welchen Analogien es arbeitete, um sich selbst gegenüber verständlich zu machen, was es gerade tat.

Danke, sagte Pragosh. »Das ganze Geschwader konzentriert sich auf diesen Hypermanipulator dort!« Er deutete auf einen Weltenspalter, der am Rand des Trümmerfeldes trieb. »Isolieren, dann Zugriff!«

»Sofort, Kommandant«, bestätigte die Frau und gab den Befehl über Holoverbindungen weiter.

Wie viele Schiffe umfasst dein Geschwader?, erkundigte sich Tatjana.

Einundzwanzig, aber du hast nach unserer Bezeichnung für diese Schiffe gefragt. Diese Scheibenraumer zerstören nicht nur Planeten, wie du annimmst, sondern sie arbeiten auch mit fünfdimensionalen Energien und ernten Hyperkristalle.

Hyperkristalle?

Soviel wir wissen, ja. Wir wissen noch nicht sehr viel mehr darü-

ber, aber wir sind uns sicher, dass das längst nicht alles ist, wozu sie gedacht sind. Deswegen sind wir hier.

»Wir müssen versuchen, die Hypermanipulatoren von Danorghethem fernzuhalten«, wies Pragosh einen Offizier an. »Anweisung an Kommandant Leghem! Ablenkungsmanöver!«

Sie spürte genau, dass er wusste, wie sinnlos der Befehl war, aber dass er nach jedem Strohhalm griff. Pragosh war ein integrer Mann, voller Loyalität und Hingabe an Heimat und Imperium. Er wollte forschen und schützen, insofern würde er sich gut mit Perry Rhodan verstehen.

Der Offizier, ein älterer Arkonide, bestätigte.

Tatjana folgte dem Blick Pragoshs, der sich das Bild des betreffenden Weltenspalters näher heranzoomte. Seine Gedanken wogten nervös und besorgt. Er hatte es mit einem Gegner zu tun, den er nicht einschätzen konnte. Den niemand an Bord einschätzen konnte. Bisher.

Ja, es war unverkennbar ein Weltenspalter. Das scheibenförmige Raumschiff ruhte über einem planetaren Trümmerstück. Energie pulste sichtbar in Wellen um die silberne Scheibe, ein Energieschlauch verband sie mit dem Planetoiden. Dort unten war allerdings nichts zu sehen, kein Wesen, das sich dort aufhielt. Es wurden auch keine Trümmerstücke aufgesaugt, obwohl die Analogie einer saugenden Stechmücke sich Tatjana unwillkürlich aufdrängte.

Was geschieht dort?, wollte Tatjana wissen.

Wir sind auf Messungen und Spekulationen angewiesen, sagte Pragosh grimmig-verzweifelt. *Wir verstehen es nicht. Aber wir wissen, dass sie aus dem galaktischen Rand kommen und schon mehrere Systeme vernichtet haben.*

Vernichtet? Ganze Systeme?

Pragosh wirkte bitter amüsiert, aber er verbarg etwas vor ihr. Etwas, das mit der Vernichtung der Systeme zu tun hatte, ein Zusatzwissen, mit dem sie wahrscheinlich ohnehin nichts hätte anfangen können. *Was hast du erwartet? Du selbst nennst sie schließlich »Weltenspalter«.*

Sie schwieg. Es war das eine, etwas theoretisch zu wissen, und etwas ganz anderes, diese Theorie bestätigt zu bekommen. Dann fragte sie: *Weshalb?*

Wenn wir das wüssten! Es gelingt uns nicht, zu ihnen Kontakt aufzunehmen, und wir erkennen auch kein System hinter ihren Aktionen. Wir wissen nur, dass sie kaum aufzuhalten sind. Die imperiale

Propagandaagentur bezeichnet sie als »Randwärtige Sternenfresser« ... aber niemand weiß, wer oder was dahintersteckt.

Tatjana dachte nach. Sie kannte den Begriff *Randwärtige Sternenfresser* aus Äußerungen Crests, die sich auf die Vergangenheit seines Volkes bezogen. Was sich dahinter verbarg, hatte er ihr nicht verraten. Selbst der gebildete alte Arkonide kannte nach all den Jahrtausenden, die der Krieg gegen die Randwärtigen Sternenfresser zurücklag, anscheinend gerade einmal deren Namen.

Vieles deutete also darauf hin, dass sie sich weit in der Vergangenheit befand. War das Zufall? Und wem gehörte die Stimme, die sie gehört hatte? Pragosh schien damit jedenfalls nichts zu tun zu haben.

War es etwa einer der Weltenspalter selbst oder dessen Kommandant, der sie gerufen hatte? War es vielleicht sogar *der* Weltenspalter, der auf Kedhassan gefunden worden war? Suchte er den Kontakt zu ihr?

Ihr schwindelte.

Weißt du etwas, das uns weiterhelfen kann?, fragte Pragosh, der ihr Schweigen auf seine Art interpretierte.

Ich habe den Begriff der Randwärtigen Sternenfresser vor Kurzem selbst gehört, aber ich wusste nicht, dass der Weltenspalter damit gemeint war, gab sie zu. *Mehr weiß ich nicht. Aber wenn mir etwas auffällt, werde ich es dir sagen. Ich glaube, es ist ungemein wichtig, dass wir herausfinden, was es mit diesen Hypermanipulatoren auf sich hat.*

Pragosh wirkte erleichtert. *Gut. Dann lass uns mal nachsehen, was ein Hypermanipulator gegen eine Flotte des Imperiums ausrichten kann!*

Einundzwanzig Kugelraumschiffe umtanzten den Weltenspalter in vielen Tausend Kilometern Abstand. Sie beschossen die silberne Scheibe, aber wer sich ein wenig auskannte, wusste, dass es kein ernsthafter Beschuss war: Sie testeten lediglich mit abgeschwächtem Feuer, wie die fremde Schiffseinheit reagierte und wo ihre Belastbarkeit lag; sie tasteten den Weltenspalter mit allen Sensoren ab, die sie aufbieten konnten, sie schickten Sonden aus, ließen sogar einfache Roboter abregnen und entsandten mehrere Beiboote mit wissenschaftlichem Personal.

Tatjana beobachtete aus der Distanz des Gastes und nahm auf, was sich ihr an Informationen bot.

Erstaunlicherweise wehrte sich der Weltenspalter nicht – das war das Positive. Allerdings ließ er sich auch nahezu nichts entlocken, was Aufschluss gegeben hätte.

Tatjana Michalowna versuchte, mit ihren telepathischen Fühlern Kontakt zu der Silberscheibe aufzunehmen, aber es war, als glitte sie an einer mit Schmierseife beschichteten Wandung ab. Wer immer sich im Inneren des Weltenspalters aufhielt, er trat weder per Funk noch Telepathie in Kontakt mit den Theneten. Oder mit ihr.

Konnte wirklich *er* sie gerufen haben?

Eine Nachricht von Kommandant Leghem traf ein: Seine Flotte hatte versucht, einen oder mehrere Weltenspalter abzulenken, indem sie eine Fährte zu *den Insekten* gelegt hatte, aber die Schiffe hatten nicht darauf reagiert. Sie blieben innerhalb des Trümmerfeldes und ... taten, was sie eben taten.

Ernten sie wirklich Hyperkristalle?, fragte Tatjana.

Das war bisher unsere Annahme, aber ich bin nicht einmal sicher, ob Danorgh XXI über entsprechende Ressourcen verfügte. Wenn, waren es jedenfalls so wenige, dass sich der Abbau für uns nie gelohnt hat. Aber was tun sie sonst?

Darauf musste Tatjana ihm die Antwort schuldig bleiben.

»Wir intensivieren unseren Beschuss!«, befahl Pragosh. »Schutzschirme auf Maximum! Irgendwann muss der Hypermanipulator reagieren!«

Ich halte das für keine besonders gute Idee, sagte Tatjana. Sie hatte ein vages Gefühl des Unbehagens, als stünde Pragosh im Begriff, eine unsichtbare Linie zu übertreten.

Wir müssen etwas tun, sonst ist Danorghethem verloren, widersprach Pragosh. *Alles in diesem System.*

Tatjana wusste ebenso gut wie er, dass er es versuchen musste. Danorghethem war seine Heimat, dort lebten seine Eltern, seine Frau und Kinder. Raumschiffe zur Evakuierung standen nicht zur Verfügung. Wenn die Weltenspalter nicht aufgehalten wurden ...

Es muss eine andere Möglichkeit geben, beschwor sie ihn.

Wenn wir sie gewähren lassen, werden sie Planet für Planet zerschneiden, bis meine Heimat untergeht. Würdest du das mit deiner Heimat geschehen lassen?

Nein, musste Tatjana zugeben.

Die Flotte Pragoshs nahm Kampfformation ein. Diesmal meinten die Theneten es ernst. Wenn es keine Verständigung gab, mussten ernsthafte Konsequenzen gezogen werden.

Doch noch ehe sie das Feuer eröffneten, reagierte der Weltenspalter.
Und Pragosh starb.

Der Tod, der auf einer Welle aus Licht geritten kam, schleuderte die »Milchhaut« Tatjana Michalownas erneut fort. Diesmal waren Schwärze und Kälte sofort über und in ihr, als hätten sie nur darauf gewartet.

Das hingegen, was Pragosh gewesen war, verschwand und erlosch.

Sie war allein.

Ein kristallines Singen erklang. *Komm!,* befahl die Stimme, die Tatjana bereits gehört hatte. *Finde uns! Sieh!*

Der Weltenspalter ruft mich!, dachte sie und ließ sich in Richtung der Stimme ziehen, jedenfalls hoffte sie das. Sie begriff, dass sie kurz davor stand, ein wichtiges Geheimnis zu lüften. Wenn es ihr gelang, Kontakt zu den Schöpfern dieses Raumschiffstyps aufzunehmen, wenn sie lernte, sie zu verstehen ...

Sie taumelte dahin, und wieder lösten sich ihre Bewusstseinsränder, und wieder griff oder schlug etwas Großes, Unbekanntes nach ihr, das ihr Furcht bereitete.

War das der Weltenspalter? Oder etwas ... anderes?

Nein!, dachte sie energisch – oder panisch, da war sie sich unsicher. *Ich muss ... weg!*

Ihr Bewusstsein rauschte davon, ließ Fetzen seiner selbst zurück, aber entzog sich dem Griff des Unbekannten.

Komm!, sang die Stimme, und plötzlich riss ein Sog das Bewusstsein Tatjana Michalownas mit.

Gerettet, dachte sie.

Kapitel 3

Sklaven

»Als Nötiges betrachten wir Wartung und Modernisierung«, sagte der schuppigbraune, dreibeinige Insektoide, der sich eine halbe Stunde lang den steilen Pfad zu Rakuula emporgequält hatte. Seine Stimme klang kein bisschen erschöpft, obwohl er allen Grund dazu gehabt hätte.

Es gab Tage, an denen die von Danorgh ausgehende Hitze fast nicht zu ertragen war. Dabei hielt sich Rakuula eigentlich nicht für besonders empfindlich. Aber an diesem Tag ...

Gib ihm, was er will!

Sie öffnete den Mund, um es ihm zu versprechen, merkte aber sofort, dass sie im Begriff stand, einen kaum wiedergutzumachenden Fehler zu begehen. Wie hatte sie auch nur für eine Sekunde daran denken können, dem Sklaven zuzustimmen?

Eine Art zerebrales Zucken ließ unverhofft ihr Gehirn schmerzen. Nur kurz, aber intensiv. Anspannungskopfschmerz, wahrscheinlich. Oder ...

»Biestiges Insekt!« Rakuula fauchte böse und ließ die Elektropeitsche auf den Rückenpanzer des Orgh knallen. Wenn kein anderer in der Nähe war, musste der Käfer für ihren Schmerz verantwortlich sein. »Wirst du wohl zurück an deine Arbeit gehen? Lass mich in Ruhe!«

Der Orgh knisterte einen unverständlichen Kommentar, aber er trollte sich.

Sie hasste die Arbeitssklaven. Sie hasste sie, weil sie auf sie angewiesen war. Sie hasste sie, weil sie anders waren. Sie hasste sie, weil sie sich nicht provozieren ließen. Sie hasste ... alles.

Die Thenetin stand breitbeinig am Beginn eines ausgetretenen Pfads, der hinab ins Tal führte. Je tiefer es ging, desto unansehnlicher wurde das Gebiet. Während Rakuula mit beiden Füßen violettes Gras berührte und im Schatten eines dicht belaubten Farnbaums stand, staubte es dort unten bei jedem Schritt, und wo nicht zufällig eine Höhle Schatten und Kühle versprach, brannte die Sonne unbarmherzig auf den Boden und verdampfte jede Feuchtigkeit.

Die Orgh störte es nicht, und wenn doch, ließen sie es sich nicht anmerken. Sie gruben mit primitiven Mitteln, sie orteten, gruben weiter, schafften Abraum weg und förderten Hyperkristalle. Kleine Mengen zwar nur, aber gute, brauchbare Qualität.

Es war ein gutes Leben für Rakuula wie für jeden anderen Unternehmer, der mithilfe der billigen Arbeitssklaven, die im Danorghsystem heimisch waren, seinen Lebensunterhalt verdiente.

Es ist verabscheuungswürdig, schoss ihr ein Gedanke durch den Kopf, scharf wie ein Peitschenhieb.

Unsinn. Was dachte sie da?

Verabscheuungswürdig!, wiederholte die Stimme schroff. Es war definitiv nicht ihre eigene. Aber wer ...?

»Zeig dich!«, befahl sie und sah sich um. Wo steckte die unbekannte Sprecherin? Dort hinter den Büschen, die kaum drei Schritte entfernt beisammenstanden und an deren Ästen schwer die blauen Rundarbeeren hingen?

Sie schlug mit der Elektropeitsche in die Richtung, in der sie die Fremde vermutete, mitten in die Büsche. Holz splitterte, Blätter flogen davon, aber sie sah nichts Ungewöhnliches.

Wer bist du? Wo steckst du?, dachte Rakuula und war überrascht, als ihr die Stimme antwortete. Aber nicht akustisch, sondern lediglich als *Gedankenstimme.*

Ich bin Tatjana Michalowna.

Tatjana Michalowna hatte selten so viel instinktive Abneigung gespürt wie gegenüber Rakuula, auf deren Gehirn ihre Milchhaut nunmehr lag und nicht aus eigener Kraft fortkonnte. Erstaunlicherweise »passte« ihr Bewusstsein besser zu Rakuula als zuvor zu Pragosh, wenn auch nur ein klein wenig. Bedeutete das, sie hätte die gleichen Anlagen wie Rakuula?

Sie hoffte es nicht. Allerdings war sie sich darüber im Klaren, dass sie trotz ihrer optischen Ansehnlichkeit keineswegs bei allen Menschen als besonders attraktiv durchging. Oder ... durchgegangen war?

Das lag teilweise an ihrer Art, sich vor den anderen zu schützen. Sie würde niemanden an sich *heranlassen,* weil das nur Scherereien bedeutete. Obwohl sie eine so begnadete Telepathin war, wurde sie von anderen Menschen verunsichert. Konnte wirklich so banal sein, was sie dachten? Musste hinter allem im Grunde nur Gier oder Angst stecken? Wie sollte sie solchen ... Geschöpfen vertrauen können? Und war sie nicht selbst ebenso?

Es gab nur wenige, die *besser* waren. Ausgerechnet ein Topsider gehörte dazu: Trker-Hon. Rakuula aber war schlimmer als die meisten. Die Frau kannte an positiven Gefühlen nur Profit – als ob Profit ein zulässiges Gefühl wäre! – und ansonsten bloß Missgunst und Hass. Unter normalen Umständen hätte Tatjana sich gefragt, wie die Frau so hatte werden können, was ihr zugestoßen sein musste, dass sie sich auf diese Weise präsentierte. Aber dazu war sie ihr bereits zu dicht. Beinahe ekelte es sie, den Geist der Thenetin überhaupt berühren zu müssen.

Raus aus meinem Kopf!, befahl Rakuula.

Tatjana ignorierte den Befehl. Im Gegenteil. Sie konzentrierte sich. Und schlug mental zu. *Sei still!*

Tatjana Michalowna hatte so etwas noch nie zuvor getan und sie wusste, dass sie es kein weiteres Mal machen würde, wenn es sich irgendwie verhindern ließ.

Aber Rakuula brachte das Schlimmste in ihr zum Vorschein.

Zudem durfte sie nicht zögern. Das furchtbare rote Licht, der gewaltige Sonnenball – sie war noch immer im Danorghsystem, und jeder Planet dort wurde von den Weltenspaltern bedroht.

Unter der Wucht ihrer Gedanken schrumpfte das Bewusstsein Rakuulas fast bis zur Unkenntlichkeit. *Sei still! Sei endlich still!*

Du wirst jetzt tun, was ich sage!, befahl Tatjana, als sie keine Gegenwehr mehr spürte.

Rakuula antwortete nicht, aber ihr Körper unterwarf sich bereitwillig Tatjanas Befehlen. Es schien fast, als wäre Rakuula nicht mehr da. Doch Tatjana konnte das Bewusstsein der schrecklichen Frau noch immer spüren. Es lag bewegungslos unter ihrer Milchhaut, aber es war nicht etwa tot oder wehrlos, o nein.

Es ... lauerte. Denn es wollte seinen Körper zurück.

Darauf musste es aber warten. Auf Kedhassan hatte Tatjana keine Chance gehabt, etwas zu ändern, aber auf dieser Welt ...

Tatjana ließ die Elektropeitsche fallen. »Heda, Orgh!«, rief sie laut. Die Stimme klang *falsch.* Aber es war eben nicht ihre eigene, da durfte sie ein wenig falsch klingen.

Der Orgh, der bereits etwa die Hälfte des Wegs in den Talkessel zurückgelegt hatte, blieb stehen und drehte sich zu ihr um, obwohl das wegen seiner Augenanordnung nicht nötig gewesen wäre. Er tat es, um ihr zu *gefallen.*

»Herrin?«

»Du weißt, dass Hypermanipulatoren das gesamte System heimsuchen?«

Der Orgh bejahte steif.

»Ihr seid hier nicht sicher!«

Wieder bejahte der Orgh. »Die Bekanntheit dieses Faktums darf vorausgesetzt werden.«

»Dennoch bleibt ihr hier und arbeitet?«

»Es ist dein Wunsch, Herrin.« Der Orgh war näher gekommen. »Wir sind deine Sklaven, also ist es auch unser Wunsch.«

Sie erhob sich. »Sag deinem Volk, es ist mein Wunsch, dass ihr diesen Planeten, dieses ganze System verlasst. Dass ihr wieder frei seid.«

Der Orgh rührte sich nicht. »Herrin ...«

Sie unterbrach ihn. »Geh! Ich will euch hier nicht mehr sehen!«

Einen vollen Planetentag konnte Tatjana den Körper Rakuulas nach Belieben steuern. Sie ließ die Orgh frei, informierte sich über Danorgh, seine Planeten und Bewohner. Offenkundig gab es zwei Spezies, die auf den zwanzig Welten verteilt lebten, obwohl keine der beiden in diesem System geboren worden war, und beide kannte Tatjana: Arkoniden – selbst wenn sie sich anders nannten – und Orgh.

Genau wie auf Kedhassan waren die Orgh von den Arkoniden auch im Danorghsystem versklavt worden. Sie schürften nach Erzen und Kristallen, sie bearbeiteten Felder und vieles mehr, und alles ohne zu murren.

Gerüchten zufolge schützten sie damit ihre *Königin,* die in einem Raumschiff als Geisel gefangen gehalten wurde ... oder die *Stadt.*

Tatjana stutzte. Hier war das Geheimnis, nach dem sie suchte! Sie betrachtete die Bildaufnahme, die sie gefunden hatte. Nein, kein Zweifel möglich!

Dann, in diesem einen Moment der Unachtsamkeit, lehnte sich Rakuula gegen die Usurpation ihres Körpers auf. Sie hatte sich still verhalten, Tatjana in Sicherheit gewiegt ...

Raus!, brüllten ihre Gedanken. *Ich hasse dich! Und wenn du bleibst, werde ich Mittel und Wege finden, dich zu töten!*

Tatjana lockerte ihren Zugriff und spürte sofort, wie ihr die Kontrolle entrissen wurde.

Rakuula lachte. Aber nur für eine Sekunde.

Denn die Klinge eines Weltenspalters fällte das Urteil über sie und ihre Welt.

Als der Planet – Danorgh X – unterging, zerschnitten wie ein Stück Butter, durch die energetische Klinge eines Weltenspalters, trug es Tatjana Michalowna wieder fort. Diesmal fühlte sie sich viel leichter.

Unbelasteter.

Lag es daran, dass ihre Erinnerungen *ausfransten?* Oder gab es einen anderen Grund? Womöglich Rakuulas Tod?

Rakuula war so gestorben, wie sie gelebt hatte: in Feuer und Hass.

Aber was sollte Tatjana nun tun? Sie versuchte sich zu erinnern. Etwas war da, ein vielversprechender Hinweis. Aber sie kam nicht darauf. Was war es bloß gewesen? Sie sah es *beinahe* vor sich. Ein Straßenplan oder ein Buch ... oder ... nein.

Komm! Finde uns! Sieh!, rief die klingende Stimme, die sie mittlerweile so gut kannte und doch nichts von ihr wusste außer dem Klang.

Tatjanas Milchhaut kräuselte sich ratlos. Und stürzte auf das nächstbeste Bewusstsein zu.

Kapitel 4

Forscher

Die Frau, über deren Bewusstsein sich Tatjanas Milchhaut legte, ehe sie von den schwarzen Winden der Körperlosigkeit zerrissen werden konnte, wirkte sanft und auf liebenswürdige Weise verrückt, weil ihr ganzes Denken sich nur um ein einziges Thema zu drehen schien. Etwas daran wirkte befremdlich, aber Tatjana Michalowna konnte nicht sofort sagen, was es war, zu fokussiert war die Frau.

Erschrecken Sie nicht, flüsterte Tatjanas Gedankenstimme.

Wieso sollte ich?, fragte Luminelle zurück. Es war nicht ihr richtiger Name, aber sie benutzte ihn konsequent und füllte ihn mit Leben, und das genügte, um Luminelle zu *erschaffen.*

Es ist faszinierend, nicht wahr? Ein so schöner Ort ... Luminelle machte sich tatsächlich nichts aus Tatjanas Anwesenheit; eher das Gegenteil war der Fall. Ohne langes Vorgeplänkel erkor sie sich das fremde Bewusstsein zu ihrem Gesprächspartner. Ihr blieb nicht mehr viel Zeit, das wusste sie.

Aber mit wem hätte sie reden sollen? Es war niemand mehr da.

Alle waren gestorben, als der Weltenspalter Danorgh X vernichtet hatte. Nur Luminelle nicht.

Weil sie am *richtigen* Ort gewesen war. Geschützt. Zumindest für eine kleine Weile. Ihr Leben war nur geliehen. Strahlenschäden ... eine vorsintflutliche Todesursache und dennoch nackte Realität.

Es war überaus seltsam, in diesem verrückten Geist verhangen zu sein, der den Tod auf seiner Warteliste hatte.

Rund um die ätherisch dünne Arkonidenähnliche lag ein bleicher, perlmuttfarbener Schimmer, wie ihn Tatjana so ähnlich von Kedhassan kannte. Sie hätte nicht geglaubt, dass es eine weitere *Leuchtende Stadt* geben konnte, allerdings hatte sie auch von dem Weltenspalter angenommen, es könne nur einen geben. Nun erhielt sie den Beweis, dass es zumindest eine weitere Stadt gab wie jene auf Kedhassan: kuppelförmige Dächer, runde Fenster und dreieckige Türen, etliche Vorsprünge und Simse, die Gebäude alle zu Dreiergruppen kombiniert …

Triptychonale Bauweise, erinnerte sich Tatjana.

So etwas wie Interesse glomm in Luminelles Bewusstsein auf. *Korrekt. Woher wissen Sie …?*

Tatjana unterbrach sie. *Unwichtig. Sagen Sie mir lieber, was los ist! Wieso bin ich hier?*

Jemand wird Sie gerufen haben. Finden Sie ihn, und Sie erhalten Antworten. Luminelles bewusstes Denken quoll auf und verdunkelte sich. Sie *starb,* ihr blieb kaum noch Zeit.

Luminelle schickte Gedankenbilder von sich aus, die sie gesund und munter zeigten. Sie wackelten und verschwammen, aber es gab für Tatjana kein Durchkommen, keine Möglichkeit, dahinter zu schauen und die wahren Gefühle zum Vorschein zu bringen. *Ist es nicht schön?*

Die Leuchtende Stadt aus triptychonalen Bauten schwebte im Nichts, eingehüllt in einen seifenblasigen Perlmuttschirm, an dem noch Reste von Erde hafteten. Sie trudelte nicht, sie schwebte.

Sie hatte die Zerstörung ihrer Welt überlebt, wenngleich nur kurz. *Ich bin überzeugt,* sagte Luminelle, *dass die Hypermanipulatoren es auf die Leuchtende Stadt abgesehen hatten. Ich kenne allerdings den Grund dafür nicht.*

Ich ebenso wenig, gab Tatjana zu. *Vielleicht warten wir einfach ab, bis sie da sind?*

Sie spürte das Lächeln Luminelles und schalt sich sogleich eine komplette Närrin. Was hatte sie da gesagt?

Die Weltenspalter würden kommen. Aber das würden Tatjana und Luminelle längst nicht mehr miterleben.

Als Luminelle ihre Augen schloss, um dahinter in die Ewigkeit zu blicken, und ihr Atmen aufhörte, glitt die Milchhaut Tatjana Michalownas einfach so fort. Sie wusste nicht recht, wie sie die Erkenntnisse über die Perlmuttstadt einordnen sollte.

Komm! Finde uns! Sieh!, rief die kristalline Stimme, als hätte sie in den vergangenen Wochen nichts anderes getan.

Diesmal achtete Tatjana nicht einmal darauf. Sie stürzte sich sofort auf das nächstbeste Bewusstsein.

Ein Fehler, wie sie sogleich begriff.

Das, was sie streifte, war nichts Menschliches. Und es packte zu. Ewigkalt.

Nichts annähernd Lebendiges, so wie sie es kannte, sondern etwas ungemein Fremdes. Doch genau das rettete sie: Als die ewigkalten Hände sie über die Trägersubstanz des fremden Bewusstseins ziehen wollten, *passte* es nicht. Tatjana hatte keine andere Erklärung dafür. Im einen Moment wurde sie noch bis zum Zerreißen gespannt, dann davongeschleudert.

Komm! Finde uns! Sieh!

Tatjana spürte, wie sie immer kleiner und schwächer wurde. Nun war ihr alles egal.

Mit letzter Kraft klammerte sie sich an ein vorbeitreibendes Bewusstsein.

Kapitel 5

Königin

Der Mann war ein Überlebender – ein Thenet, den sein Raumanzug geschützt hatte, als sein Schiff vernichtet worden war. Weitaus besser als Luminelle. Sein Name war Barakon, und er war so voller Angst, dass er Tatjana leid tat.

Sie verstand ihn sogar. Was ihm in den letzten Stunden geschehen war, wäre für jeden viel zu ertragen gewesen.

Barakon war von Danorgh VIII als Teil einer Hilfsmission gestartet. Sie sollte Theneten und Orgh auf Danorgh IV aufnehmen, die von ihren Heimatwelten geflohen waren, und diese aus dem System evakuieren. Achtzigtausend Leben sollten auf diese Weise gerettet werden können.

Es war der erste und letzte Konvoi, den die Theneten hatten aufstellen können – mangels Zeit und materieller Möglichkeiten. Dass sie dabei auch an die Orgh dachten, die für sie so lange nur als bessere Sklaven gedient hatten, rechnete Tatjana ihnen hoch an.

Noch war das Universum also glücklicherweise nicht vollends verloren.

Aber Barakon war mit seinem Konvoi den Weltenspaltern in die Quere gekommen – sechs von sieben Schiffen waren sofort schwer beschädigt oder vernichtet worden, das siebte schaffte es ein paar Hunderttausend Kilometer weiter, ehe es zerstört wurde.

Barakon hatte sich in einem Einmann-Beiboot retten können und war bewusstlos geworden. Als er wieder erwachte, fand er sich von Orgh umringt, die ihn offenbar aus seiner Raumnot geborgen und an Bord eines unförmigen alten Erztransportraumers geschafft hatten, mit dem sie das System wohl ebenfalls verlassen wollten.

Und nun auch noch Tatjanas Bewusstsein ...

Barakon fror und schwitzte gleichzeitig. Seine Gedanken zerfaserten, waberten, er war kaum zu einem klaren Austausch fähig.

Tatjana begriff, wie sehr der junge Mann litt und was er gerade durchstand. Leider konnte sie ihm nicht anders helfen als durch ihre Präsenz. Sie versuchte, ihn sanft einzuhüllen, ohne ihn einzuengen oder zu bevormunden und ihm das Gefühl zu geben, geschützt zu sein. Auf diese Weise verwoben sich die beiden Bewusstseine ein wenig, und endlich konnten sie sich miteinander austauschen.

Dann kamen die Orgh. Dutzende von ihnen.

»Bitte zur Folge!«, sagte einer und machte eine einladende Geste.

Barakon zitterte. Er hatte nichts gegen die Orgh, er hatte auch nie Orgh als Sklaven gehalten, aber allein unter den riesigen Insekten fühlte er sich unwohl.

Gehen Sie!, riet ihm Tatjana.

Was können sie von mir wollen?, fragte er unsicher.

Reden. So wie wir.

Tatjana/Barakon fühlte sich vorwärtsgeschoben, die Orgh umdrängten sie in gespenstischer Stille, schwiegen auf jede Frage, reagierten auf kein Wort, ließen durch nichts erkennen, ob sie den dualen Gedankenzopf des Humanoiden entflechten konnten.

Es ging hinaus aus der Kabine, die Barakon ursprünglich zugewiesen bekommen hatte, durch einen Gang bis in einen riesigen Hangar: Es war ein Hangar, wie weder Tatjana noch Barakon jemals einen gesehen hatten. Vor den Füßen des Theneten erstreckte sich kniehoch ein Meer von schwarzen, blauen und gelben Blüten, die sich in einem sanften Lufthauch zu bewegen schienen. Doch Tatjana hatte kaum Zeit, sich mit diesem Gedanken zu befassen, weil das, was sich im Zentrum der gewaltigen Blumenwiese befand, all ihre Aufmerksamkeit fesselte: Dort lag der gut und gerne zwanzig Meter lange und zehn Meter durchmessende Körper eines Wesens, das insgesamt stark an die Orgh erinnerte, obwohl es deutlich größer, massiger und unbeweglicher war. Doch die braunen Schuppen, der tropfenförmige Kopf und die vier Augen ließen kaum einen Zweifel daran, dass es sich um einen Orgh handelte. Einen Riesenorgh.

Barakon zitterte, als er das für ihn monströse Geschöpf sah, und nur Tatjanas beruhigenden Gedanken war es zu verdanken, dass er nicht zusammenbrach.

Wer bist du und was willst du?, fragte Tatjana in Gedanken.

Alles, was sie in ihren Gedanken hörte, war ein kristallenes Klingen wie aus weiter Ferne. Es erinnerte sie an die Stimme, die sie gehört hatte, als der Weltenspalter sie fortgerissen hatte, aber ... sie verstand diesmal nicht einmal die einzelnen Worte.

Der tropfenförmige Kopf des riesigen Orgh bewegte sich langsam, als pendelte er die Antenne auf Tatjana/Barakon aus.

Dann gestikulierte der Riesenorgh mit zwei seiner vier Arme. Es hätte nicht des Drucks durch die Orgh hinter ihr bedurft, damit Tatjana die Botschaft verstand: *Tritt näher.*

Barakon zitterte noch stärker, sträubte sich gegen die Einladung. Der Thenet fürchtete sich.

Tatjana tat ihr Bestes, um ihn zu beruhigen: *Die Orgh wollten etwas von Ihnen, Ihnen droht keine Gefahr.*

Schließlich – es konnte nur Sekunden gedauert haben, aber Tatjana kam es viel länger vor – setzte sich der Körper Barakons in Bewegung und trat vor den Riesenorgh.

»Hier bin ich«, sagte Barakon und verbesserte sich gleich. »Wir.«

Der Riesenorgh sagte nichts. Er *sondierte* sie, ein anderer Begriff wollte Tatjana für das reglose Starren nicht einfallen. Schließlich hob er, in einer langsamen Bewegung, lediglich Oberkörper und Kopf ein kleines Stück – und dann sauste ansatzlos, beinahe schneller, als Tatjana es wahrnehmen konnte, eine seiner Klauen heran.

Mit einem einzigen Hieb trennte die sichelförmige Kralle Barakon den Kopf von den Schultern. Sein Bewusstsein erlosch in ungläubigem Staunen und einem Impuls der Schuld, der an Tatjana gerichtet war: *Verräterin!*

Tatjana Michalowna war geschockt – teils vor Schmerz, der sich ihrem Bewusstsein durch Barakons Körper vermittelte, teils vor Entsetzen, als sie begriff, was gerade geschehen war. Wieder griff die Schwärze nach ihr, als sie den Kontakt zur physischen Welt verlor. Wie sollte sie Antworten finden auf Fragen, die sie nie stellen konnte? Würde ihr Bewusstsein nun endgültig verwehen? Sie spürte, wie ihr Geist sich *an den Rändern auflöste.*

Wie sie weniger wurde und ...

... plötzlich etwas sie wieder in einem gewaltigen Ruck über ein fremdes Gehirn spannte. Dieses Gehirn war in einem Ausmaß fremd für sie, dass es schmerzte, aber nicht so fremd wie das, dem sie vorhin entgangen war. Ihr Bewusstsein *passte* nicht, es *wurde* lediglich so passend gemacht, wie es eben ging, wenn man es dehnte, stauchte und drehte. Sie wusste, dass das Fremde sie damit vor dem Verwehen rettete, aber sie vermochte nicht recht dankbar dafür zu sein. Was geschah mit ihr und warum?

Sie versuchte sich zu wehren, aber was immer der Fremde gemacht hatte, sie war gefesselt.

Öffne die Augen! Sieh! Die kristalline Stimme war deutlich, viel deutlicher als je zuvor, und unendlich laut.

Tatjana ließ sich auf das Bewusstsein fallen, das sie nun umhüllte, und suchte Kontakt. Es fiel ihr diesmal erstaunlich leicht, beinahe so, als hätte der Fremde auf sie *gewartet.*

Sie blickte durch die Augen des Fremden und wünschte sich sogleich, sie hätte es nicht getan.

Sie sah ... Tausende kleine, mosaikartig zusammenhängende und nur grob gerasterte, flache Bilder, jedes leicht versetzt und mit einem gering abweichenden Blickwinkel, aber jedes dieser Bilder flackerte und blitzte, als stünde es in Stroboskoplicht. Es war ein unfassbarer Gesamteindruck voller Bewegung und Licht, vollkommen ungewohnt.

Wie durch die Augen einer Cartoonfigur im Daumenkino, dachte Michalowna und kappte die Verbindung wieder. Ihr Geist stand erneut in Dunkelheit.

Ich kann nicht, dachte sie, mehr oder weniger ungerichtet.

Das ist das Problem, brüllte die Stimme und wurde leiser, als begriffe sie gerade, dass sie zu laut war. *Du kannst das Gesamtbild nicht sehen. Ich schon.*

Wo bin ich? Wer bin ich? Bist du ... ?

Die Stimme klingelte, ein Geräusch wie die Glöckchen am Schlitten Väterchen Frosts. Lachte ihr Gesprächspartner sie etwa aus?

Du bist bei mir und für den Moment in Sicherheit, sagte die Stimme. *Öffne die Augen und sieh. Das ist es, was du tun musst.*

Tatjana nahm ihren Mut zusammen. Es gab einen Weg. Es gab *immer* einen Weg. Langsam legte sie sich wieder auf das fremde Bewusstsein, und wieder empfing es sie freundlich. Sie begriff gleich, dass es nicht mit der Stimme identisch war, die sie soeben gehört hatte.

Willkommen, sagte das Originalbewusstsein des Körpers. *Dein Besuch unterlag der Avision, da die Notwendigkeit einer Kontaktaufnahme mittels orghischen Bewusstseins als gegeben angenommen werden konnte und die Beweisführung erfolgte, gleichwohl die körperliche Kontaktaufnahme dem Zufall weiten Raum gewährte und eine Wiederholung zur Hochwahrscheinlichkeit machte.*

Sie kannte diese seltsame Sprechweise und begriff endgültig, dass sie diesmal im Körper eines Orgh gelandet war. Was der dreibeinige Insektoide da sagte, klang ...

Ihr habt mich gezielt hierhergebracht?

Der Orgh wirkte belustigt.

So ist es, meldete sich der Großorgh erneut mit seiner klingelnden Gedankenstimme. *Eine direkte Kontaktaufnahme mit mir ist nur über ein reines Bewusstsein oder gebunden an die zerebralen Strukturen meiner Kinder möglich. Ich habe versucht, auch anderweitig mit die zu kommunizieren, aber es misslang.*

Deiner Kinder?

Ganz recht. Ich bin die Königin der Orgh und möchte mit dir sprechen.

Tatjana Michalowna dachte nach. Sie gestattete sich kein Erstaunen, keine überflüssigen Fragen. *Nun bin ich da. Sprich.*

Die Königin lachte.

Das Lachen der Königin *leuchtete* – eine bessere Analogie kam dem Orgh-Michalowna-Bewusstsein nicht in den Sinn. Es strich über die gekoppelte Seelenlandschaft wie der Lichtschein einer Taschenlampe, die jemand auf nächtlichem unbekanntem Territorium schwenkt, um den Weg zu finden. Dabei holte es für Sekundenbruchteile Schatten und Scherenrisse von Gedanken hervor und schickte sie wieder in jene Dunkelheit, in der das Dasein für gewöhnlich ruht und sich sicher wähnt.

Dann erlosch das Licht, und die Ruhe und Geborgenheit kehrten zurück, doch Tatjana wusste mit untrüglicher Sicherheit, dass die Königin ihr nichts offenbarte als die Wahrheit.

Du bist sehr offen, sagte die Königin, *und das beweist mir, dass ich mich nicht in dir täusche. Uns bleibt nicht viel Zeit, nur ein kleines Quäntchen Zeit zwischen der Aufmerksamkeit.*

Tatjana wusste nicht, was sie denken sollte, *Wessen* Aufmerksamkeit? Und *wofür* blieb so wenig Zeit?

Das unendlich große Bewusstsein der Königin streichelte sie beruhigend. *Warte!,* hieß das, und sie wartete. *Was ich dir erzähle, betrifft die Orgh, aber auch dein Volk, die Menschen. Was weißt du über die Orgh?*

Tatjana zögerte. Was durfte sie sagen? Sollte sie die ganze Geschichte ihrer Irrfahrt durch Zeit und Raum auf der Fährte des Ewigen Lebens erzählen? Dass sie die Orgh nur in ihrer Vergangenheit kennengelernt hatte? Soweit sie wusste, hatten die Menschen eigentlich keinen Kontakt zu den Orgh gehabt, sie wusste nicht einmal, ob die dreibeinigen Insektoiden in der Gegenwart noch existierten oder längst vom Mühlstein der Geschichte zerrieben worden waren.

Wieder lachte die Königin. *Ich weiß, woher du stammst. Von wann du stammst. Es ist egal. Zeit ist irrelevant, alles ist Muster in Muster in Muster*

Wieso fragst du dann? Allmählich zerbröselte die Geduld, auf die sich Tatjana so viel einbildete. Die Geschehnisse der letzten ... Tage? ... hatten sie arg strapaziert, wie sie soeben erkannte. *Wenn uns nicht viel Zeit bleibt und Zeit irrelevant ist, was willst du?*

Das titanische Geschöpf in seinem Blütenmeer zuckte leicht. Es wirkte schrecklich verwundbar und auf bizarre Art zerbrechlich, und zugleich war es eine mörderische Gefahr, wie Tatjana erst vor wenigen Minuten erlebt hatte.

Die Orgh – das bin ich. Ich vor allem anderen. Jeder Orgh ist ein Teil von mir, aber ich bin nicht in allen Orgh. Die Königin stockte. *Begreifst du das?*

Tatjana dachte kurz nach. Es bedeutete womöglich, dass die Königin einerseits mit allen Orgh verbunden war, andererseits aber selbst keinen aktiv steuernden Einfluss auf sie ausübte. Warum sollte das relevant für Tatjana und die Menschheit sein?

Mein Bewusstsein ist ein Facettenbewusstsein, erklärte die Königin. *Jeder Orgh spiegelt eine Facette meines Denkens – auch widersprüchliche. Sie sind mein Volk, so sehr, wie ein Volk jemandem gehören kann. Nichts, was jemals ein Orgh sah und erlebte, geht auf diese Weise verloren. Facetten vervielfältigen sich, reduzieren sich, verschmelzen. Alles wandelt sich, nur ich bleibe. Das ist der Lauf der Orgh.*

Tatjana wartete ab.

Ich bin die Orgh, alle, zu allen Zeiten, in allen Zeiten, über alle Zeiten. Daher sehe ich mehr. Ich möchte, dass auch du mehr siehst. Sieh hinter die Kulissen eures Daseins, Tatjana Michalowna!

Sie schwieg. Was meinte die Königin?

Ich bin sicher, du hast bereits vom Ringen gehört. Nein, du brauchst jetzt nicht zu antworten. Du hast es gehört, hörst oder wirst hören, und du wirst dich fragen, wer denn da mit wem ringe und was du und die Menschheit damit zu tun habt.

In der Tat. Das wäre eine nützliche Auskunft. Tatjana gab sich keine Mühe, ihre Resignation zu verhehlen. Das wäre viel zu einfach.

Du hast recht: Ich bin nicht berufen, dir mehr über das Ringen zu verraten. Du musst es selbst herausfinden, hinter die Kulissen blicken, die eigentlichen Konflikte begreifen. Nicht das, was sich in deinem Leben abspielt. Was ist schon ein Weltenspalter? Was ist ein Krieg? Nichts für das, was hinter den Kulissen steht. Du siehst nur die Schatten von Ereignissen, Strukturen, Gegenständen.

Nun wurde Tatjana beinahe wütend. Sie spürte, wie das Orgh-Bewusstsein zitterte, weil es zwischen den beiden mentalen Kräften seiner Königin und dieser fremden Menschenfrau stand.

Werde konkreter!, forderte sie.

Die Königin lachte diesmal nicht. *Gut. Ich mache die Orgh zu etwas Besonderem. Ich darf – und will – dir nicht mehr sagen, als dass wir seit, in und für Äonen erwählt wurden, sind und werden als Prüfsteine. Einzelne Orgh, und seien es Hunderttausende, sind ersetzbar und sterben nie, weil sie sind, weil sie mein Ich sind. Daher werden wir entsandt, um zu prüfen, um Bewährungsproben zu sein, um eine Einstufung zu ermöglichen.*

Wenn unsere Aufgabe erfüllt ist, werden wir abgezogen und erscheinen erst wieder, wenn die Erinnerung an uns vergangen ist oder nicht mehr beachtet wird.

Ich habe dich gesehen, sehe dich und werde dich sehen. Du bist eine Repräsentantin eines kleinen Planeten mit einer langen Geschichte, die von deinesgleichen längst vergessen ist. Du bist aufgetaucht inmitten von Prüfungen, die gar nicht euch galten, aber du hast diese Prüfungen angenommen.

Tatjana versuchte, ein sarkastisches Gefühl zu erzeugen und zu vermitteln. *Und habe bestanden, wie?*

Die Königin schwieg kurz. Zu kurz, um Unbehagen aufkommen zu lassen. Womöglich hatte Tatjana es immerhin geschafft, sie zu verblüffen.

Nein, sagte sie dann. *Wir entscheiden nicht, ob eine Prüfung bestanden wurde. Darum geht es nicht. Aber du hast etwas unter Beweis gestellt, was wir nicht erwartet haben, nicht von euch: Mitleid, Einfühlungsvermögen, Toleranz. Auf einem niedrigen Niveau, aber immerhin. Es genügt, um mich dazu zu bewegen, es dir zu sagen.*

Tatjana glaubte, wahnsinnig zu werden. *Was* wollte die Königin ihr sagen?

Du hast die Orgh nicht behandelt wie Sklaven oder Werkzeuge. Du hast ihnen zugehört, hast sie zu verstehen versucht. Ich empfinde es als angemessen, dir das zu vergelten. Geht auf diesem Weg weiter und stellt euch eurer Vergangenheit, Gegenwart und Zukunft!

Die Königin schwieg erneut, und diesmal stellte sich in Tatjana das Gefühl ein, sie wartete auf eine Reaktion, die nicht kam. Was sollten diese mystischen Hinweise?

Der Augenblick ist gekommen und gegangen, die Aufmerksamkeit kehrt zurück, sagte die Königin der Orgh. *Versuche, festzuhalten. Und nun geh, Tatjana Michalowna! Es ist Zeit für dich. Dieses System wird es bald nicht mehr geben. Der Weg wird sich öffnen. Nutze ihn. Und lerne zu sehen.*

Ein Raunen, Rascheln und Rauschen ging durch das Blumenmeer, und Tatjana Michalowna sah, wie die Königin und mit ihr der gesamte Hangarinhalt einfach *verschwand.*

Nur ein Orgh blieb zurück. Ihretwegen.

Dein Gehen ist Möglichkeit, sagte der Orgh stumm. *Doch Wissens Gang ebenfalls. Behalte oder Verliere.*

Tatjana Michalowna sah durch die Facettenaugen des Orgh. Sie hatte versprochen, das Sehen zu üben. Zu sehen, was sich verbarg. Jenseits der Kostüme und Kulissen, jenseits der Akteure, die austauschbar waren.

Sie hatte nicht alles verstanden, aber das schon. Das *Ringen …*

Ihr wurde beinahe schlecht. Die Menschheit schien irgendwie in dieses Ringen geraten zu sein, als Opfer oder Partei wider Willen, das wusste sie nicht zu sagen. Keiner, den sie kannte, hatte auch nur eine vage Idee davon, was dahintersteckte und wofür oder wogegen er zu kämpfen hatte. *Falls* es überhaupt um einen Kampf ging und nicht um irgendein kompliziertes Konzept von Ausgleich und Mitte.

Nun nahm sie die Holos wieder in den Blick. Sie sah: Die Weltenspalter tanzten durch das mittlerweile gänzlich von Planeten gereinigte System wie Korken auf Wellenkämmen, unkontrolliert und wild. Die unfassbaren Energien, die in ihnen erzeugt und von ihnen entfesselt worden waren, erloschen in dem Orkan aus Licht und Strahlung, den sie selbst geholfen hatten zu erzeugen.

Ihr Ziel war zweierlei gewesen: die Glänzende und die Sonne. Was hatten sie vor? Was steckte dahinter? War auch dies ein Teil des *Ringens* oder war es etwas vollkommen anderes?

Alles Ringen ist des Todes oder Lebens, sagte der Orgh schlicht und ohne erkennbaren Sinn.

Das Universum war vollkommen verrückt.

Der Rote Überriese schauderte, und jedes Zittern, das über seine Oberfläche lief, schleuderte Feuer davon und zerrte im Gegenzug an Materie heran, was greifbar war. Er zertrümmerte planetare Brocken, indem er sie mit Schwerkraftfäusten packte und verdichtete, und derweilen spie er sein unlöschbares Feuer aus.

Jeder Fetzen Materie in Reichweite der Schwerkraftarme des Roten Überriesen raste auf den Stern zu, wurde dabei kleiner und kleiner, setzte all seine elementaren Teilchen frei, die noch weiter zerfielen bis ins absolute Nichts ...

Auch das Raumschiff, in dem sich das Orgh-Tatjana-Bewusstsein aufhielt, war davon nicht ausgenommen. Sie *rasten* darauf zu.

Alles starb ... wo steckte aber der Sinn? Was hatte die Königin ihr zu sagen versucht, hinter all den Verrätselungen?

Tatjana Michalowna schrie auf. Der Rote Überriese *blinzelte,* und alles Licht, das er ausgestrahlt hatte seit Jahrtausenden, floss in diesem Sekundenbruchteil zurück. Es war ein Strudel aus allen Rottönen und orangefarbenen Schlieren, der so gewaltig groß und so unendlich lang war und komprimiert wurde in einen einzigen Augenblick ...

Plötzlich, von einem Moment auf den anderen, war da *nichts* mehr. Es war kein Rot und kein Feuer, es war auch keine Leere oder Schwärze, es war *nichts* und doch *etwas,* das sich der Wahrnehmung entzog.

Ein Etwas, für das der Mensch keine Entsprechung in seinem Vokabular hatte und das er in seiner Not als *schwarz* bezeichnete.

Die Sonne hatte sich in ein Schwarzes Loch verwandelt. Und in diesem Schwarzen Loch ... verschwand schließlich, majestätisch langsam, viel langsamer als alles andere, die Glänzende Stadt, unberührt, perlmuttschimmernd.

Sie allein hatte Bestand. Für einen kurzen Moment wirkte es, als fände die Glänzende inmitten des Schwarzen Loches ihre wahre Bestimmung. Als wäre sie ein *Teil* von einer gigantischen Maschinerie, von dem auch das Schwarze Loch nur ein Rädchen darstellte.

Zu spät!, dachte Tatjana Michalowna, als die gewaltige Kraft des Schwarzen Loches auch sie anzog, sie wegzerrte. Sie raste darauf zu, sie und ... Fetzen trieben auf sie zu, vereinigten sich wieder mit ihr, lange verloren ... Abraham Maslow ... das älteste von sieben Kindern ... jüdisch-ukrainische Immigranten ... Promotion in Psychologie ... Humanist des Jahres ... Bedürfnispyramide

Alles Wissen, das sie ausmachte, obwohl sie sich dessen gar nicht mehr bewusst war, und das sie im System des Roten Überriesen scheinbar verloren hatte von den Rändern ihres Bewusstseins, wurde wieder in sie hineingestopft, komprimiert. Anderes streifte sie ab. Als flöge sie *rückwärts durch die Zeit.*

War es das, was die Königin ...?

Und dann war sie durch.

Epilog

Tatjana Michalowna zitterte. Sie sah Crest und Trker-Hon und ...

»... ich hatte gerade ... einen mentalen Kontakt. Eine Gedankenbotschaft der Orgh, die so stark war, dass sie mich mit sich fortriss!«

Sie vollendete den Satz nicht. Was hätte sie sagen sollen? Was hätte sie sagen *können?*

Was ... war geschehen?

Sie wusste es nicht mehr.

ENDE

Nachwort

Kleine Warnung im Voraus: Man sollte dieses *Nach*wort wirklich *nach* den Geschichten des Buches lesen, sonst beraubt man sich womöglich der Pointe.

Das galaktische Rätsel ist gelöst. Perry Rhodan und seine Freunde haben die zahlreichen Prüfungen bestanden und den lang gesuchten Planeten des ewigen Lebens gefunden. Diese Zäsur im Erzählstrang der Serie PERRY RHODAN NEO mag Anlass sein, einmal darüber nachzudenken, wie Schriftsteller dafür sorgen können, dass ihre Romane ein Erfolg werden.

Eine Strategie besteht naheliegenderweise darin, sich in das Denken ihrer Leser hineinzuversetzen, zu erspüren, was sie interessiert, was sie begeistert, was sie in einer Geschichte vorzufinden erwarten. Und dann genau das in den eigenen Text hineinzupacken.

Gerade bei einem Werk wie PERRY RHODAN NEO drängt sich diese Strategie geradezu auf, hat die Serie doch ein erprobtes Vorbild, an dem man sich nur orientieren muss. Was läge näher, als die klassische PERRY RHODAN-Serie genau zu studieren, ihre Highlights – beziehungsweise das, was bei den Lesern besonders gut ankam – herauszupicken und es dann auf geschickte Weise zu modernisieren und neu zu kombinieren.

Sieht man sich den Beginn von PERRY RHODAN NEO an, so könnte man den Eindruck gewinnen, genau so sei das Autorenteam um Frank Borsch vorgegangen. Die großen Bilder, die grandiosen Szenen, die einprägsamen Personen der frühen PERRY RHODAN-Tage finden sich wieder: Perry Rhodans Begegnung mit Thora und Crest auf dem Mond, die strahlende Kuppel in der Wüste Gobi, die dem chinesischen Trommelfeuer standhält, die Schar der Mutanten mit ihren übersinnlichen Fähigkeiten, der verzweifelte Kampf der Ferronen gegen die topsidischen Invasoren im Planetengewirr der Wega, die Spur, die durch Zeit und Raum zum Planeten Wanderer führt.

Selbstverständlich ist das alles dem heutigen Zeitgeschmack angepasst. Die Charaktere sind sauberer und tiefer ausgearbeitet, als man dies in den Sechzigerjahren des vorigen Jahrhunderts bei einem Heftroman für nötig fand. Krude Schwarz-Weiß-Malerei wurde vermieden. Selbst einen Gegner wie Clifford Monterny hat man nicht als reine Negativfigur angelegt. In gleicher Weise wurden auch die Sternenvölker weitaus differenzierter und damit zugleich interessanter gezeichnet, als dies in den Anfangsjahren der klassischen PERRY RHODAN-Serie üblich war.

Alles scheint also darauf hinzudeuten, dass Frank Borsch und seine Mitstreiter exakt der oben skizzierten Strategie gefolgt wären: das Erfolgreiche heraussuchen und verbessern. Und dabei – das machen Namen wie Carfesch und Callibso deutlich – den Blick nicht allzu starr auf die ersten zwanzig bis dreißig PERRY RHODAN-Hefte richten.

Doch spätestens der dritte NEO-Zyklus – eben jener, der in diesem und dem vorangegangenen Platinband enthalten ist – beweist, dass man Borsch & Co. mit dieser Sichtweise unrecht tun würde.

Und sie wären mit einer Beschränkung auf ein »Gib den Leuten, was sie wollen« auch schlecht beraten gewesen. Denn mit ihr ordnet der Schriftsteller die eigene Phantasie derjenigen der Leserschaft unter, nimmt sich eine ganz große Chance, nämlich die, seine Leser zu überraschen.

Aber dies ist den Autoren von PERRY RHODAN NEO in dem Handlungsbogen um die Suche nach der Unsterblichkeit gleich zweimal in perfekter Weise gelungen. Die meisten von uns haben in der Episode »Der Administrator« wohl damit gerechnet, dass es Perry Rhodan selbst sein wird, der am Ende diesen Titel tragen und damit zum Oberhaupt der neu gegründeten Terranischen Union gewählt werden wird. Schließlich ist man es von den klassischen PERRY RHODAN-Heften gewohnt, dass Perry Rhodan immer auf die eine oder andere Art die Geschicke der Menschheit lenkt. Aber Rhodan verzichtet und schlägt statt seiner Homer G. Adams vor.

Auch am Ende des Handlungsbogens spielt Frank Borsch mit den Erwartungen der Leser, anstatt sie punktgenau zu erfüllen. Alles, aber auch alles scheint sich auf Perry Rhodans Unsterblichkeit zu fokussieren: Er ist der Auserwählte, der Lichtbringer, der von ES persönlich Gerufene. Und in der klassischen PERRY RHODAN-Serie ließen sich die Autoren ja auch nur neunzehn Hefte Zeit, bis sie ihrem Helden das ewige Leben verliehen.

Doch wieder gibt es bei PERRY RHODAN NEO eine völlig unerwartete Wendung. Perry Rhodan weist die Unsterblichkeit zurück – zugunsten von Crest. So bekommt der alte Arkonide den Zellaktivator, jener Crest, dem ES im neunzehnten Band der alten PERRY RHODAN-Hefte die Unsterblichkeit »als dem Vertreter einer degenerierten Art« nicht mehr hatte zugestehen wollen.

Den Autoren um Frank Borsch ist durchaus bewusst, dass es auf die Dauer nicht tragen kann, beständig auf die Lesererwartungen zu schielen und diesen Genüge zu tun. Denn auch die Leser ermüdet und langweilt es, wenn sich immer alles so entwickelt, wie es abzusehen war.

Die Autoren von PERRY RHODAN NEO folgen – wie einst schon K. H. Scheer oder William Voltz bei den klassischen PERRY RHODAN-Romanen – einer anderen, äußerst erfolgversprechenden Strategie: Sie erzählen die Geschichten, die sie selbst gerne lesen würden.

Michael Thiesen